CW01510969

FUTURA

Valerio Malvezzi

Questo libro è un'opera di fantasia. Nomi, personaggi, luoghi e avvenimenti sono il prodotto dell'immaginazione dell'autore o sono usati in modo fittizio e non devono essere ritenuti reali. Ogni somiglianza con eventi, luoghi o persone reali, viventi o defunte, è puramente casuale.

Titolo originale: Futura

Copyright: ©Valerio Malvezzi, 2020

Tutti i diritti sono riservati.
È vietata ogni duplicazione anche parziale non autorizzata.

Edizione a cura di: Michela Fenu

L'*autore*
Valerio Malvezzi

Valerio Malvezzi è nato ad Alessandria nel 1967.
Imprenditore e docente universitario in materia di
finanziamenti d'azienda e strategia aziendale, dirige la scuola
privata per commercialisti
Win the Bank.
Il suo prevalente interesse scientifico e sociale è quello di
proporre una diversa forma di economia, che definisce
umanistica.
Futura è il suo primo romanzo.

Una storia è solo una possibilità tra un prologo e un epilogo

Prologo

Sarà primavera.

Il giovane guarderà dalla finestra.

Luce, sole, il verde dei campi. Più in là, dietro la strada di ghiaia che correrà tra le basse colline, uno spicchio di mare, oceano. Il suo sguardo si soffermerà sullo stormo di uccelli in lontananza, che librandosi improvvisamente dal campo incolto attireranno la sua attenzione per un momento. Avrà una rada peluria sul viso, si farà la barba ogni settimana, i capelli crespi leggermente lunghi, almeno per i criteri dei suoi genitori, e lui li lascerà crescere apposta, anche se si staranno già diradando. Se ne accorgerà, guardandosi allo specchio, in bagno, osservando le tempie.

Ho solo 17 anni, che cazzo.

Dopo essersi spogliato, entrerà nella sala da bagno.

Getterà il pigiama e la biancheria nel cesto. Il contenitore si richiuderà, gli indumenti saranno portati al piano di sotto, in lavanderia. Entrerà nella doccia, ampia e spaziosa.

"Acqua, 28 gradi."

Che palle. Con una giornata così, dovere andare a lezione. Chissà se c'è la biondina, però.

L'acqua scenderà, morbidamente, spruzzata dagli iniettori: la doccia sarà stata programmata in modo che i 24 diffusori saranno orientati e tarati alla pressione desiderata, e non avrà bisogno di alcuna modifica.

Prologo

Sarà primavera.

Il giovane guarderà dalla finestra.

Luce, sole, il verde dei campi. Il giovane si chiederà se non sia migliore la vita di quei gabbiani. Di certo, loro saranno liberi di muoversi, di volteggiare nel cielo, di salire nella luce.

E soprattutto, per loro niente lezioni.

Si guarderà allo specchio, entrando in bagno, osservandosi le tempie, e scuotendo la testa. Getterà la biancheria nel cesto, e ordinerà al comando vocale la temperatura richiesta per la doccia. Dovrà decidersi di parlare alla biondina, penserà, lasciando scorrere l'acqua tiepida sul corpo. Al termine, entrerà nel box adiacente, ordinando il getto d'aria tiepida degli aeratori.

"Ricardo, sei pronto? Io devo andare, sbrigati!".

Accidenti, e vai, no?

"Non ho fame, mamma." – dirà con voce scocciata, abbassando il volume dell'aeratore – "ora devo iniziare la lezione, farò colazione a metà mattina."

"Se tu non perdessi le tue serate con quei perditempo, la mattina ti alzeresti al momento giusto." – dirà la voce –"Io e tuo padre dobbiamo andare, vedi di non fare casino."

Il ragazzo alzerà gli occhi al cielo, uscendo dal box. Si infilerà una maglietta sportiva, fresca di stampante, di sua invenzione, e pantaloni elasticizzati neri, sopra le scarpe sportive. Andrà vicino alla scrivania, salirà sul tappeto verde, infilerà l'olocasco, e si appresterà a entrare nella realtà virtuale.

Il ragazzo lascerà scorrere la fonte di vita e la sua mente si svuoterà, per alcuni minuti.

"Ferma."

L'acqua smetterà di scorrere.

"Apri. Asciuga. Tiepido."

Il giovane entrerà nel box adiacente. Un getto d'aria tiepida dagli aeratori.

"Ricardo, sei pronto? Io devo andare, sbrigati!".

"Arrivo, mamma!"

Accidenti, e vai, no?

Dopo dieci minuti entrerà in cucina, maglietta colorata rossa, fresca di stampante, pantaloni elasticizzati neri, gli stessi indossati con la sua band musicale, scarpe sportive. Sosterrà lo sguardo della madre.

"Santo cielo, Ricardo, quante volte ti ho detto di metterti almeno qualcosa di decente, quando vai a lezione?"

Il ragazzo guarderà svogliatamente il notiziario, proiettato a settanta centimetri dalla sua tazza di latte, una giornalista con voce impostata starà dicendo qualcosa di estremamente noioso sulla prevista visita del Papa nell'isola. Le immagini in tre dimensioni, le mani del Pontefice sulla brioche alla marmellata.

"Tuo padre e io andiamo, torniamo stasera, vedi di non fare casini."

La donna camminerà per la cucina frettolosamente, toccando i programmi di pulizia sugli schermi virtuali.

"Tua sorella resta dai nonni, sei solo a pranzo, ordina il programma che vuoi, ne ho comprati un po', sono in memoria." La donna bacerà sulla tempia il ragazzo, poi salirà al piano superiore.

"Programma 28, volume 52", dirà il giovane con voce annoiata. Il video si sposterà su un programma musicale, la musica invaderà la stanza.

"Santo cielo Ricardo ti vuoi sbrigare?" La voce della donna arriverà dalle scale. "Sono quasi le 9! Non arrivare tardi a scuola come tuo solito. E abbassa quel volume!"

Il ragazzo guarderà il timer del display olografico, le 08:39.

"Mamma, ma se manca ancora mezzora...volume 32" dirà con voce annoiata il ragazzo, in bocca un pezzo di brioche.

Il giovane con la rada peluria sul viso, i capelli crespi leggermente lunghi sugli occhi, ascolterà il professor russo, stando al contempo nella propria stanza e al posto 23 dell'aula scolastica, ad emiciclo, bianchissima, in cui la luce virtuale entra soffusa dalle molte finestre laterali.

"E quindi avremmo il risultato zero su zero. Che non è…"

Il docente alzerà lo sguardo, interrompendosi, compirà tre passi con fare teatrale e scandirà ad alta voce:

"Lo zero a zero del risultato della partita di soccer che il vostro collega dell'ultima fila in alto a destra sta leggendo."

La classe esploderà in una divertita e spontanea risata. Ricardo non si girerà come gli altri a guardare il ragazzo dai capelli rossi, ma osserverà di sfuggita la sua compagna di banco virtuale, la ragazza bionda.

Quanto ride è ancora più bella.

"Ora, se il vostro esimio collega me lo consente, vorrei tornare alla lezione di oggi."

Io ci rinuncio.

Ricardo deciderà di seguire la lezione del docente, e dimenticare la biondina.

"Ora, vorrei che apriste la mente ad un ragionamento forse per voi nuovo. È del tutto possibile, stando alle ultime più accreditate teorie, che proseguono lo sviluppo della fisica quantistica dell'ultimo secolo, che in questo esatto momento ci sia un altro universo, separato e distinto da questo, ma coesistente. Immaginiamo un continuum spazio temporale…"

Il fisico disegnerà alla lavagna olografica due fogli paralleli.

"…e poi un altro…ed un altro ancora. Insomma, immaginate di leggere un giallo classico, ma di uscire dal modo di ragionare dei vostri nonni. In un libro il colpevole è il maggiordomo, ma nell'altro il giardiniere, oppure l'omicidio non è nemmeno avvenuto, oppure deve ancora avvenire…"

Non ci riesco. Non riesco a seguire, tanto non capisco una mazza di questa roba.

"…ma questo significa uscire dal ristretto modello mentale di concepire il tutto secondo le tre sole dimensioni dell'universo che siamo abituati a vedere, quello dello spazio euclideo."

La chitarra del cantante annegherà nel bicchiere di latte.

"Che lezione hai in programma oggi?"

"Niente di che, vado a seguire un corso interscolastico di meccanica quantistica, è la seconda lezione del trimestre."

Il cantante volerà sulla folla, affogando nel bicchiere di latte.

"Io vado, amore, ciao!" risponderà la madre.

Il giovane sentirà il rumore dell'ascensore che si chiuderà al piano di sopra, la madre starà salendo all'ultimo piano della villetta. Negli ultimi dieci anni il parcheggio delle aviomobili sul tetto sarà un obbligo, per ragioni di spazio, decisione del consiglio comunale. Anche in questa parte del mondo ormai lo spazio sarà un problema, e nessuna nuova abitazione, compresa la loro, sarà stata realizzata senza la zona di parcheggio per almeno una aviomobile sul tetto. La loro, che pure ne conterrà già un paio, ne avrà in previsione una terza, per quando Ricardo sarà maggiorenne. Una aviomobile abilitata al transito transoceanico sarà lunga circa dodici metri, l'ottenimento di autorizzazioni non sarà banale, ma il padre di Ricardo avrà buoni agganci in città.

Dieci minuti dopo il ragazzo andrà nella propria stanza, si avvicinerà alla scrivania, salirà sul tappeto verde di due metri per due, lo spazio di registrazione - purtroppo i suoi genitori non potranno permettersi gli ultimi modelli, che registreranno movimenti in uno spazio fino a quattro volte superiore - e accenderà la sedia gravitazionale. Quindi, in piedi, si metterà l'olocasco. Le telecamere ad infrarossi registreranno ogni suo movimento, proiettando la sua immagine nel mondo virtuale, in ogni condizione di luce. Contemporaneamente, il ragazzo riceverà direttamente sulla propria retina la proiezione dei programmi caricati. Numeri e immagini scorreranno, tutti i programmi del ragazzo, la band musicale, la palestra, le case degli amici. Il ragazzo individuerà a memoria il programma scolastico.

"Scuola superiore, corso III, programma 13, aula 2, lezione 2."

Un'aula scolastica, ad emiciclo, bianchissima, luce soffusa dalle molte finestre laterali, divisa in quattro settori, le scalinate lievemente inclinate, convergenti al centro verso la cattedra. In fondo a tutto quel bianco, una schermata virtuale di dieci metri, divisa in 3 sezioni, conterrà gli spazi di caricamento dei programmi didattici.

"Il che significa, giovanotti, che dobbiamo ipotizzare forme di misurazione, che escano tuttavia dall'apparato sensorio naturale. In questo, per rappresentare la pluridimensionalità, ci aiuta la fisica quantistica…"

Che fossette, che denti. Farei qualsiasi cosa per baciare quei denti.

"Chi ricorda il paradosso del nonno della lezione scorsa?"

Si alzerà una mano dalla prima fila, la mano di un ragazzo dai capelli rossi.

"Dica, signor Flanaghan."

"Quella cosa che dice che io non posso tornare indietro nel tempo per uccidere mio nonno, altrimenti sarebbe un paradosso, che io non potrei essere qui a seguire la sua lezione?"

Il docente lo osserverà mentre il ragazzo ridacchierà con gli amici.

"Sì, ed a pensarci bene non sarebbe stata questa grave perdita…" – osserverà il russo – "…per lei dico, non per suo nonno."

La classe riderà.

"Ma dicevamo. Ah, sì. Ebbene, fu merito del fisico quantistico David Deutsch trovare una soluzione a tali generi di paradossi, ipotizzando la ramificazione del cosmo in realtà parallele…"

Bionda, occhi chiari, l'accento però è americano. Forse della costa orientale.

"…immaginate quindi questi fogli, disegnati qui, come i fogli racchiusi in un libro, composto sì di pagine a due dimensioni, ma che nel loro insieme sono inserite in un libro, e quindi in tre dimensioni. Ecco, immaginiamo che i fogli siano gli universi paralleli…"

Sì, ma se fosse della costa occidentale, o del mid west, come ci arrivo a trovarla? I miei mi ammazzano, se lo scoprono.

"…vero è che potrebbe anche trattarsi di un unico ed infinito piano spaziale ripiegato su sé stesso, a strati geometricamente paralleli. Del resto, se ricordate, la massa oscura è stata scientificamente rilevata in modo empirico. Essa si estende intorno alle galassie…"

Beh, tu chiediglielo. Se è dell'ovest, non se ne fa niente, ma se fosse in Florida? Si trova a due passi da te e tu non ci provi nemmeno?

Il docente muoverà la mano, prendendo nello schermo filmati, registrazioni e immagini, per poi spostarle nello spazio davanti a sé. Ricardo saprà che tutto questo starà succedendo a migliaia di chilometri di distanza, la scuola nominalmente sarà di Londra, un corso prestigioso, per il quale i suoi genitori avranno pagato una cospicua retta, pur essendo una scuola pubblica.

"Posto 23."- dirà il ragazzo al microfono integrato nel casco.

"Il docente è russo. Le lingue che hai usato più frequentemente sono spagnolo e inglese. In che lingua desideri la traduzione istantanea?" – chiederà il programma.

"Spagnolo."

Studenti, voci allegre, risate, colori nel bianco.

Speriamo che lei sia ancora lì. Ieri, alla prima lezione, c'era.

Non sarà riuscito a togliersela dalla testa per tutto il giorno.

"Prego, prendete posto." dirà il docente, al centro dell'aula, accendendo il primo dei 3 video. Un uomo sulla quarantina, capelli biondi, baffetti tagliati corti, in camicia stampata di classe, un fare aristocratico e insieme affabile.

Chissà da dove parla? Devo averlo letto sul programma, va beh chi se ne frega?

Settantadue posti nell'aula, si siederà nel suo banco in terza fila, alcuni sedili saranno vuoti, come qualche volta succede. I ragazzi e le ragazze siederanno nella propria sedia gravitazionale, e le loro immagini saranno proiettate intorno a Ricardo.

C'è.

Si siederà alla destra accanto a lui, appena un cenno, bellissima, bionda, attraente senza volerlo apparire, un velo di trucco, i denti bianchissimi, le fossette che Ricardo ormai conoscerà a memoria, pur avendole viste soltanto il giorno prima.

La voce del professore parlerà da alcuni minuti.

"L'idea che esista uno e un solo universo, e che esista per conseguenza una sola storia, che scorre in linea retta dall'inizio dei tempi, è da rivedere…"

I ragazzi seguiranno e scriveranno sulle proprie lavagne, le loro mani reali si muoveranno nello spazio a centinaia e migliaia di chilometri di distanza, ma Ricardo ascolterà distratto, la sua mente sarà su quell'orecchino a settanta centimetri da lui.

"…quindi, alla fine, facciamo fatica ad accettare la cosa, intuitivamente, pensando che ci sia un solo universo, perché siamo ancorati al concetto tradizionale di unità di misura. Galileo, Isaac Newton, e tutta la fisica classica viene rivoluzionata proprio in questo dalla fisica quantistica, ragazzi, dal fatto che si comincia a pensare che sia impossibile conoscere lo stato di una particella senza modificarlo definitivamente. Come vedete, una volta determinata la quantità, non si può determinare quale fosse il suo valore prima di tale misurazione…"

Un voletto in aviobus, una cosa da niente. Magari è libera già stasera. Magari ci mangiamo un gelato.

"…capisco che per voi sia difficile ammettere questa ipotesi. Un po' come leggere il nostro giallo e scoprire solo alla fine che ci sono diverse possibili soluzioni, o che magari i personaggi in realtà non si sono mai conosciuti, semplicemente perché si trattava di storie parallele, per quanto magari concomitanti, o con dei punti di contatto. Magari in una storia succede ciò he nell'altra non è ancora successo, ma potrebbe succedere, o non succedere mai…."

Posso mica dirle: ciao, io ti ho visto da due giorni, ma io ti amo?

"…del resto, lo stesso Einstein, sentite cosa scriveva in "Come io vedo il mondo": ma il pensiero non potrebbe sopportare l'idea che ci sono due strutture di spazio indipendenti una dall'altra: una di gravitazione metrica, l'altra elettromagnetica…"

Magari ha già il ragazzo. Sì cazzo, ma come fai a saperlo se nemmeno glielo chiedi?

"… ed è qui che gli sforzi della fisica teorica si sono concentrati a cercare di compendiare la teoria della relatività generale con la meccanica quantistica…"

E poi, magari è uno stronzo che stasera manco la caga per uscire con gli amici.

"…secondo loro, la materia, l'energia, lo spazio ed il tempo, sono in realtà manifestazioni di entità fisiche primordiali, le quali si sviluppano in diverse dimensioni. Se osservate questo foglio olografico a destra, per esempio, supponendo di essere in uno spazio-tempo a dieci dimensioni, di cui una di queste temporale e le altre nove spaziali…"

Di dove sarà?

"Ora, sappiamo che esistono invece multiversi, e su questo sembra ormai esserci concordia tra le teorie scientifiche più accreditate."- dirà il professore, muovendo immagini e spostandole al centro dell'aula.

Lo sguardo di Ricardo scenderà sul seno, appena accennato sotto una maglietta stampata a fiori.

"In questa lezione rifletteremo sulle seguenti questioni: se essi siano strutturalmente identici, se possano esistere in diverse configurazioni e se, pur esistendo diverse configurazioni, esse possiedano le stesse leggi fisiche e le stesse costanti fondamentali."

La voce del professore arriverà nelle cuffie di Ricardo, rendendo esattamente l'idea della distanza dei circa nove metri che lo separerebbero dalla cattedra, ma la sua mente seguirà quelle mani affusolate, che non staranno realmente spostando le immagini a poche spanne dalle sue. Nemmeno quelle, purtroppo, saranno vicine, ma il ragazzo saprà che, se le toccasse, il programma virtuale simulerebbe il contatto.

Devi parlarle, magari non segue tutto il corso, ci devi provare, prima che sia finita la lezione e si disconnetta.

"Ma la vera questione, al di là dell'ipotesi di questa nota scienziata dell' Accademia delle Scienze Cinesi, è un'altra." Il professore si siederà sul bordo della cattedra e sorseggerà un bicchiere d'acqua, che scenderà nel suo corpo a migliaia di chilometri di distanza da dove gli studenti lo staranno osservando.

"Il problema è il tempo e la correlazione delle azioni. Sono davvero non comunicanti, come negli ultimi decenni abbiamo prevalentemente creduto, oppure non solo può esserci transito di informazioni tra di essi, ma anche, come potremmo arrivare un giorno a dimostrare, una integrazione reciproca?"

È bionda, l'ho sentita parlare con la ragazza giapponese in inglese, sembrava un accento europeo. Magari si è trasferita con la famiglia. Devi invitarla a cena. Provaci, chiedile almeno come si chiama.

"Perché se così fosse, il problema è quello della sovrapposizione. Quanti universi si sovrappongono? In questa logica, non solo lo spazio assume un significato diverso da quello che conosciamo, ma anche - questo è il punto - il tempo."

Magari non ti fa fare una figuraccia, non mi sembra il tipo. Anzi, quando parlava con la sua amica, sembrava perfino timida.

"…ma mentre la teoria della relatività non predice il numero delle dimensioni che l'universo potrebbe avere, lasciando al fisico il compito di avanzare ipotesi, la teoria delle stringhe apre una nuova ed interessante prospettiva…"

Sì, figurati. Come può essere timida una figa spaziale come questa?

"…ma il paradosso è che invece di semplificarci la vita, questo ce la complica un pochino, perché se risolviamo l'equazione troviamo che il numero di dimensioni dell'universo non è quattro, come siamo abituati da sempre a pensare, e cioè le tre spaziali oltre al tempo, ma ventisei…"

Figa e timida. Questo sì, che sarebbe un paradosso.

"…quindi dobbiamo uscire dall'ipotesi mentale ristretta di essere bloccati in un unico spazio a tre più una dimensioni dell'intero universo, ma accettare l'ipotesi che in realtà, in questo momento, noi stiamo semplicemente vivendo in un universo, condizionato da precise ipotesi e cause, ma totalmente diverso da quest'altro, e quest'altro ancora, ed insomma dall'infinito universo di universi possibili…"

Ti devi buttare. Sì, ma cosa le dico? Ciao io sono Ricardo e vorrei uscire con te? Se poi vuoi anche fare l'amore per me si può provare.

"…il fatto che non possiamo verificare empiricamente la teoria dipende dal fatto che le concentrazioni di energia sarebbero al di fuori della portata di qualsiasi strumento oggi immaginabile, poiché per osservare le stringhe dovremmo andare alla dimensione di circa dieci alla meno trentacinque metri…"

E perché no? Magari tagliando l'ultimo pezzo, per cominciare.

"…allora, sappiamo che oggi siamo nel 2028, ma quello che succede in questa mattina potrebbe condizionare ciò che succederà in questo universo, o anche in universi paralleli?"

Magari è ancora vergine.

"…allora, il concetto di storia va rivisto, e dobbiamo parlare di storie. Quante volte ciascuno di noi si è chiesto: cosa sarebbe successo se quel giorno non avessi fatto questo, ma avessi fatto quest'altro?"

"Cose già successe possono succedere ancora? E possono succedere in modo diverso?"

Il ragazzo, sbircerà con la coda dell'occhio la vicina di banco, assorto nei suoi pensieri.

Le lezioni interattive non registrate sono ammesse per persone realmente residenti a distanza non superiore ad un fuso orario. Potrebbe risiedere nella costa orientale degli Stati Uniti, o del Canada.

"Perché, se tale teoria fosse dimostrata, allora un'azione in uno dei possibili universi potrebbe influenzare non solo altre azioni nel proprio universo, ma nel multiverso. Il che ci porta a concludere che anche il significato di storia non avrebbe più senso, poiché dovremmo parlare di storie. L'umanità stessa non avrebbe una sola storia, ma storie diverse, in funzione di diverse azioni, anche casuali o marginali, rispetto alla portata dell'evento stesso nel multiverso."

Se è sulla costa orientale, sono poche ore di viaggio, con l'aviobus posso partire nel pomeriggio e tornare per mezzanotte, massimo l'una. Posso raccontare che sono andato fuori in città per la prova con la banda.

Il professore estrarrà dalla tasca una comune moneta, e la mostrerà alla classe. Si arrotolerà le maniche della camicia, fin sotto i gomiti. Lancerà la moneta, che ruoterà nell'aria e ricadrà nella sua mano. Il monitor 3 inquadrerà la mano del docente, e mostrerà la croce.

"Siamo vicini a dimostrare che per ogni evento possibile esiste una realtà quantica alternativa, cioè un mondo parallelo. In questo universo, in questo mondo, questa moneta vi appare in quest'aula e quindi a casa vostra, dal lato della croce. Ma esiste una realtà parallela in cui la moneta mostra la testa?"

Sono un pazzo. Chi vuoi prendere in giro? Non glielo chiederai mai. Non ti ha neppure salutato.

Il professore camminerà nel tappeto verde della sala di proiezione, e percorrerà tutti i quindici metri disponibili, per mostrare la moneta agli studenti della classe, che il casco gli proietterà nella sua realtà virtuale.

"Ora, proviamo a fare un passo in più. Chiediamoci se possiamo influire sulla dinamica dell'evento."

"Scelte apparentemente casuali, banali perfino, possono cambiare completamente la nostra vita, in alcuni casi in modo definitivo. Talune scelte, apparentemente non correlate alla dinamica dei grandi avvenimenti storici, possono modificare non solo la nostra esistenza, ma anche il corso degli eventi umani, il corso della storia…"

Sì, e perché tu non lo sei?

"…prendiamo ad esempio due dei più noti avvenimenti dello scorso secolo, due casi di fatti realmente avvenuti, o non avvenuti. Il primo è l'omicidio di Hitler, che non avvenne. Il secondo è l'omicidio di Kennedy, che invece avvenne. Anche Hitler subì decine di attentati, ed in alcuni casi fu quasi ucciso, quasi, ma non capitò. Invece, Kennedy fu assassinato. Il caso? Ma quanti miliardi di combinazioni entrano in gioco? Esistono universi in cui Hitler muore assassinato ed altri invece nei quali Kennedy vive e continua la sua opera? E com'è il mondo in questi due universi paralleli? Non lo sappiamo, solo perché non possiamo dimostrare la validità di questi due scenari, perché non la sappiamo misurare…"

Vaffanculo, ti devi buttare.

"…quindi, in questa prospettiva, cambia il significato steso di storia, dovremmo parlare di storie. Al di là della fisica quantistica, l'uomo ha questa idea in mente, intuitivamente, almeno da quando scrive e legge romanzi. Cos'è un romanzo, se non un mondo parallelo? Esiste, quel mondo? Tutti gli scrittori convenzionalmente, usano tempi passati per descrivere le loro storie, per via di un tacito accordo tra lo scrittore ed il lettore; entrambi sanno che quella storia non è esistita nel proprio mondo, ma accettano l'idea che sia esistita in un altro, un mondo parallelo…"

Prima che finisca la lezione.

"…e se allora il multiverso è il libro, e le singole pagine sono gli universi che lo compongono, ogni storia è parallela ad un'altra. Simile, magari, e potrebbe anche avere punti di apparente connessione, ma certamente, a meno di ipotizzare dei passaggi tramite porte dimensionali, le due storie scorreranno parallele, e non si incontreranno mai, nemmeno alla fine del romanzo…"

Ho paura.

"Chiediamoci per esempio se possiamo decidere che questa moneta, lanciata per aria, possa, in qualche universo, non solo cadere di taglio, ma anche se noi siamo in grado di determinare quel risultato."

Il ragazzo non ascolterà più, le immagini scorreranno sugli schermi, la voce del docente continuerà ad entrare nelle cuffie, ma lui guarderà nervoso sull'orologio lo scorrere dei minuti. Mancherà poco alla fine della lezione.

Non avrò mai il coraggio.

Dovrà scollegarsi, per seguire poi la seconda lezione, prima di pranzo. Saprà di dover prendere una decisione.

Non lo avrò mai.

"Se così fosse, allora tutti gli esiti possibili, di tutti i possibili eventi, possono potenzialmente verificarsi in un infinito numero di universi multipli."

Non fare la figura del cretino.

"Allora, le diverse azioni possono condizionare diversamente gli universi. La singola azione può mutare le cose. Maggiore la portata dei cambiamenti che quella singola azione ha comportato, maggiore la differenza tra gli universi, le realtà, le diverse storie del multiverso."

Il professore scriverà un'altra formula alla lavagna, e proietterà l'immagine al centro della classe, ripartita in 3 sezioni, una per scalinata.

"E quindi avremmo il risultato zero su zero. Che non è…"

Alzerà lo sguardo, interrompendosi, compirà tre passi con fare teatrale e scandirà ad alta voce:

"Lo zero a zero del risultato della partita di soccer che il vostro collega dell'ultima fila in alto a destra sta leggendo."

La classe esploderà in una divertita e spontanea risata. Il ragazzo dai capelli rossi si guarderà intorno a destra e sinistra, come per cercare conferma di essere stato sorpreso, quindi frettolosamente chiuderà il proprio schermo collegato ai risultati sportivi. Ricardo guarderà la ragazza alla sua destra.

Quando ride è ancora più bella. Io ci rinuncio.

Negli ultimi venti minuti il ragazzo non riuscirà a seguire la lezione, e resterà a chiedersi in quale recondita parte della propria anima trovare il coraggio che manca.

Lo so bastardo, ma ce la devi fare.

"…nel nostro esempio di prima, prendiamo la storia che noi conosciamo, quella che studiate a scuola. Provate ad ipotizzare che quella non sia la storia, ma sia solo una storia. Prendiamo uno dei due esempi di cui sopra, l'assassinio di Kennedy, ed ora ipotizziamo di scegliere nel multiverso, cioè in questo immenso libro diciamo, due soli fogli, due sole storie parallele. Possiamo ipotizzare che in una delle due storie Kennedy sia effettivamente ucciso, mentre nell'altra potrebbe non esserlo ancora stato, e forse potrebbe esserlo in futuro, oppure no. Ma questo da cosa dipende?"

La lezione sta per finire, non ce la faccio, magari provo domani.

"…e quindi i fogli, i piani, non sono determinati da qualcosa di misterioso, ma da noi, dalle nostre scelte. Da ciò che facciamo, in ogni istante della nostra vita, creando le diverse possibilità. Così ragionando, il caso non esiste, tutto ha una causa, ed un effetto, magari dirompente, magari in un futuro remoto tra gli infiniti futuri possibili…"

No, ora, ora o mai più.

"…ci sono momenti, nella vostra vita, nella vita di ciascuno di voi, in cui avete la possibilità di modificare il vostro universo, il nostro universo, l'universo stesso. E quei momenti sono infiniti, quei momenti sono in ogni momento. Il futuro, così come siamo abituati a pensarlo, non è che uno scenario determinato da scelte. E alcune scelte, che a volte compiamo, cambiano lo scenario della nostra vita in modo definitivo, e creano, per effetto di questo cambiamento, un universo in cui le cose sono completamente diverse, non solo per noi, ma per il mondo intero. A tutti gli effetti, è nato un universo nuovo…"

Il ragazzo guarderà la sua mano nella cameretta.

"…in ogni istante della vostra vita, possiamo quindi affermare che potrete prendere decisioni in grado di modificare il vostro futuro, e se ci pensiamo, al contempo modificare quello di tutto il resto del mondo, e questo succede ad ogni istante, in una serie infinita di combinazioni…"

Ricardo muoverà la mano nel guanto virtuale, anche se saprà che non esisterà ancora la tecnologia che restituisca la sensazione tattile. Ciò nondimeno, allungherà la mano sul banco, fino a sfiorare quella di lei.

"…e quindi, in una realtà alternativa una singola azione potrebbe cambiare una realtà differente. E se una azione potesse cambiare la posizione di un singolo atomo, un'altra azione potrebbe cambiare il destino dell'intera Galassia. Potrebbe cambiare, perfino, la storia dell'umanità."

Non rischiare di coprirti di ridicolo.

"…potrebbe cambiare il futuro."

Il professore avrà concluso la lezione. Il cicalio lampeggiante indicherà il segnale di disconnessione. Gli studenti si alzeranno, un brusio generale, risate. La ragazza bionda saluterà la ragazza giapponese al suo fianco e scomparirà, come altri compagni della classe. Il professore chiuderà la propria cartella e spegnerà i monitor, nel vociare dell'aula. Ricardo saprà di dover staccare la connessione, e che a quel punto l'aula scomparirà. Per alcuni, lunghissimi secondi, resterà a pensare che quel mondo, al quale vuole disperatamente aggrapparsi, non sarà più reale, quando staccherà il collegamento e dovrà tornare ad un'altra realtà. Saprà che quel banco vuoto al suo fianco sparirà, e lui tornerà ad una dimensione che non gli appartiene. Resterà a guardare la classe svuotarsi, le voci sparire in lontananza, rimanendo a osservare per un tempo indefinito, illuminato dalla luce bianca dei lucernari, il banco vuoto nell'aula deserta.

Alla fine, staccherà il collegamento, rimanendo fermo in poltrona, senza togliersi il casco.

Sarà buio.

"Ciao, io mi chiamo Ricardo" – bisbiglierà – "Sono di Cuba, e tu?"

Non saprà spiegarsi in quale remota parte della sua anima abbia trovato il coraggio. Né perché alle volte nascano le cose, e come esattamente si verifichino. Ma ormai sarà successo, e la pallina starà rotolando sul piano inclinato. La ragazza non si volterà, e non muoverà nemmeno la testa, ma Ricardo osserverà che si sarà spostata i capelli dietro l'orecchio, quello verso il quale lui sarà rivolto.

È timida.

"Sei della costa orientale, per caso?"

Non comprenderà cosa faccia sì che alle volte si trovi il coraggio di fare le cose, e altre invece no, né perché alle volte si prenda una strada, invece dell'altra. Saprà solo che ora non potrà fermarsi, non vorrà fermarsi, saprà solo che il suo cuore gli batterà in gola come un tamburo, che la sua realtà non esisterà più, che non esisterà la sua cameretta, che non esisterà più nemmeno l'aula virtuale, che tutto il mondo, tutto lo spazio infinito, tutto l'universo sarà concentrato in un punto piccolissimo, l'angolo di quella bocca vista di profilo.

"Perché se è così, magari ci potremmo vedere per un gelato, una di queste sere, che ne dici?"

La ragazza non guarderà, continuerà a fissare il banco senza fiatare, sembrerà quasi che le manchi il respiro per rispondere. Ma quella meravigliosa fossetta sulla guancia si muoverà appena.

È davvero, timida.

La voce di Ricardo sarà un sussurro, quasi una preghiera.

"Allora?"

La ragazza sorriderà, senza guardare.

Tra un prologo e un epilogo

Una storia

Mercoledì, ore 8.44

L'uomo e la donna cammineranno affiancati, con il collo incurvato nei cappotti, per ripararsi del freddo tagliente dell'inizio dell'inverno.

Il sole pallido incerto dietro i palazzi di Chicago, una foschia persistente mescolata allo smog cittadino. I due attraverseranno il parcheggio della stazione della sotterranea, e saliranno le scale mobili, incolonnati con le centinaia di altri pendolari che si staranno dirigendo al lavoro.

"Dovresti venire, qualche volta, Sue." – dirà il giovane nero, sfregandosi le mani per riattivare la circolazione – "Ieri sera ti saresti divertita".

"Ne dubito molto." – la giovane donna, cinese, carina, alta quanto le spalle del nero, camminerà con passi rapidi al suo fianco stringendosi la sciarpa bianca nella brezza del mattino – "Un party composto in prevalenza di uomini, con una spruzzata di cretinette del quarto anno con gonna pubica e quoziente di intelligenza inferiore a quello di un procione lavatore che ridono a tutte le vostre battute, peraltro di dubbio gusto, non è esattamente la mia idea di divertimento."

I due attraverseranno i giardini pubblici, un'oasi di verde nella confusione cittadina, dirigendosi verso la zona universitaria.

Il nero riderà divertito studiando il viso fintamente serioso della collega.

"Procione lavatore! Solo tu puoi trovare un paragone simile. Davvero, Sue, una serata senza i tuoi vecchi film indiani o russi anni '20 ti farebbe proprio bene. E poi cos'hai contro i miei amici?" – il nero sposterà i folti capelli ricci dalla fronte, allargando un sorriso cordiale di denti bianchissimi.

La donna cinese ricambierà il sorriso, scuotendo la testa. Passeranno a fianco al Dipartimento Universitario, nel quale entrambi saranno ricercatori. La zona pedonale sarà preclusa ad ogni genere di mezzo, e le aviomobili passeranno in lontananza, a decine di metri di altezza, nel cielo cobalto, mentre il rumore del traffico risulterà attenuato.

"Cos'hai tu contro i film classici? Vi erano ancora attori veri, sai?" - risponderà la giovane cinese.

261 giorni prima

La giornata di inizio primavera sarà bellissima, il cielo terso, una lieve brezza dal mare.

La nuova residenza privata del Papa, alla periferia di Roma, sarà immersa nel verde. I lunghi viali alberati saranno pieni di passanti, mentre decine di metri sopra la loro testa viaggeranno le aviomobili, incolonnate nelle strade virtuali, costruite al computer. I raggi laser di diversi colori orienteranno il traffico, e i sensori posti sulle aviomobili non consentiranno al guidatore di uscire dai parametri di guida, se non disinserendo il controllo automatico. Tale decisione costituirebbe una grave infrazione, comportante l'immediata sospensione della patente per sei mesi. Mezzi pubblici e aviomobili passeranno veloci, molti mezzi ad un solo guidatore, nessun mezzo di trasporto sarà consentito in città.

"Quanto manca?" - chiederà l'uomo vestito elegante, parlando al microfono incorporato sul video davanti al suo volto.

"Sta per uscire, state pronti" - risponderà la donna vestita di blu.

L'uomo elegante farà un segno alle guardie della sicurezza; otto uomini si muoveranno a tempo al suo gesto, diretti alle 3 aviomobili di colore blu. I guidatori accenderanno i motori, le aviomobili si alzeranno di 30 centimetri da terra, per effetto del motore antigravitazionale, rimanendo sospese a mezzaria.

"È sempre così, non si può mai prevedere quanto ci mette" – un uomo alto col vestito grigio, folti capelli corvini scuri, si gratterà la barba, facendo cenno ai poliziotti italiani di salire sulle aviomoto. Quattro poliziotti balzeranno in sella, accendendo i lampeggianti blu. Un solitario piccione si poserà nel cortile piastrellato di mattoni antichi, disinteressato della frenesia del mondo circostante.

"È il nostro lavoro, Commissario." – dirà l'uomo elegante, capelli biondi, mascella volitiva, gli occhi chiari piantati in quelli dell'italiano, come per redarguirlo. Quindi si rivolgerà in tedesco ai suoi uomini.

Velocissimo, il Commissario italiano sposterà il traduttore del suo monitor integrato alla retina, selezionando il tedesco. L'Ispettore al suo fianco osserverà i poliziotti italiani mentre si dispongono due in testa alla colonna, e due in chiusura, con le aviomoto lampeggianti.

La donna cinese proverà sollievo, entrando nel tepore del bar, rabbrividendo lievemente per il piacevole contrasto con la rigida temperatura esterna, nella via affollata che porta all'austero palazzo d'epoca, grigio con persiane e tetti rossi, uno stile che striderà con la modernità del palazzo seguente, in cui si troveranno i laboratori di ricerca. Il locale sarà affollato di persone, in prevalenza studenti, professionisti e pendolari della zona lavorativa. I due si fermeranno al bancone e ordineranno caffè e dolci.

"E comunque, se proprio ci tieni tanto a saperlo" - la donna si leverà il cappello di lana, lasciando scorrere una folta chioma di capelli corvini, togliendo le labbra dal caffè troppo caldo - "io non ho proprio niente contro i tuoi amici. Trovo solo penoso che gente che ha superato abbondantemente la trentina stia ancora ad ubriacarsi, giocando a fare gli studenti genio e sregolatezza, a ridere delle stesse penose battute di dieci anni fa, a parlare ancora di baseball e gonne troppo corte; dite sempre le stesse cose, santo cielo, non ve ne rendete conto? Sembrate vecchi rincoglioniti a sbavare dietro alle vostre studentesse ochette del primo anno. "

Il nero pagherà e si avvieranno all'uscita in mezzo alla folla.

"Hei, lascia stare il baseball, sai? È una delle cose che voi donne non potrete mai capire."

Il nero sorriderà divertito tenendole aperta la porta all'uscita del bar, mentre un gruppo di pendolari e studenti entrerà davanti a loro chiassosamente. Nel gruppetto, una ragazza bionda dalla gonna troppo corta su calze velate e tacchi a spillo attirerà l'attenzione del nero, che volterà la testa rimanendo a guardarle insistentemente i glutei.

"Appunto." La gomitata della cinese arriverà al fianco del nero, che quasi non avvertirà il colpo. "Quella potrebbe essere tua figlia."

"Ehi, Sue, non essere così gelosa." Dirà l'uomo fingendo di massaggiarsi dolorosamente il petto.

"Idiota."

I due si incammineranno in una via del centro, passando per un giardino che costeggerà una piccola vecchia biblioteca, lungo un edificio dallo stile vetusto.

"Di che si parla nella riunione di oggi pomeriggio Sue?"

La giovane donna eviterà una pozzanghera, stringendo la cinghia della borsa.

"Sirene spente." – raccomanderà ai suoi uomini.

Il Commissario si girerà verso di lui, mentre il biondo si allontanerà abbaiando ordini ai suoi uomini in borghese, che salteranno nelle aviomobili: "Quel figlio di puttana sta dicendo che la polizia italiana è sempre in ritardo. Ha ragione, dannazione, cosa dice il sorvegliante?"

L'Ispettore parlerà sottovoce nel monitor visivo personale, proiettato davanti a sé, osservando distrattamente il piccione nel cortile.

"Dammi la posizione. Siete in posizione?"

"Sorvegliante uno in posizione. Visibilità buona. Niente da segnalare."

Il Commissario camminerà nervosamente nel cortile, non gli piacerà l'idea di spostarsi nel centro di Roma, di giorno, su un tragitto deciso da giorni, la notizia ormai resa pubblica.

Tutto il mondo lo sa. Speriamo nessuno faccia cazzate.

"Dobbiamo stare attenti. Mobile uno, hai occhi?"

Una voce gracchierà nell'auricolare.

"Mobile uno, stazione di sorveglianza al chilometro sei, in posizione. Via libera."

Il Commissario guarderà la bandiera italiana ad un pennone lontano. Il piccione sarà stato raggiunto da un suo simile vicino a un'aiuola, e berrà da una pozzanghera. Due guardie svizzere scatteranno sull'attenti. Una piccola folla di uomini in borghese e di religiosi uscirà dal palazzo, dirigendosi verso l'aviomobile bianca, al centro del cortile. Una piccola predella sarà stata collocata per agevolare il passo dell'anziano custode della cristianità, che si muoverà sorridendo e salutando alcuni cardinali con una stretta di mano, una cartella nera nella mano sinistra.

"Ci siamo, state pronti. Squadra uno pronti a muovere."

La colonna entrerà nel traffico, al primo livello, le aviomobili sembreranno scivolare ordinatamente su binari invisibili, disegnati solo dai percorsi colorati del laser. I sensori garantiranno le distanze. Una ventina di metri sotto, bar e negozi saranno affollati di gente che si godrà la prima giornata primaverile, camminando senza più indossare i goffi vestiti invernali. Le immagini della città eterna scorreranno sotto lo sguardo del Commissario, che per un istante sembrerà rilassarsi.

"Le solite cose, il vecchio Borman ha fissato la riunione per le 3, una accozzaglia di resoconti apparentemente strampalati, abbiamo scandagliato tutte le notizie bloccate sulla rete e Borman vuole trovare connessioni e ragioni delle varie censure. I soliti paesi cattivoni sono sotto maggiore controllo, ovviamente, ma niente che parli di truppe ai confini o di nuovi satelliti antimissile, se proprio vuoi saperlo." – dirà la donna gesticolando.

Passeranno vicini all'aviosilos. Una struttura cilindrica alta circa venti piani, per il ricovero automatizzato delle aviomobili. Sei grandi ascensori porteranno decine di persone, ad ogni minuto, fino all'ultimo piano, dove i proprietari dei velivoli ritireranno il proprio mezzo, gestito dalla logistica del parcheggio e spostato automaticamente ai vari piani, secondo ordinati criteri. Dal tetto, due rampe, una in ingresso e una in uscita, consentiranno il decollo e atterraggio dei velivoli, con un caleidoscopio di colori di luci di posizione e di segnalazione dei veicoli e dei semafori, nella foschia del mattino invernale. Dall'ultimo piano, un uomo biondo in impermeabile chiaro, di grande corporatura, guarderà nella strada in direzione sottostante.

"Ho sentito dire che hai trovato un romanzo su una congiura per assassinare il Papa. È vero?" – chiederà il nero, con voce divertita.

"Rick ha sempre la lingua troppo lunga" – sbotterà la donna – "comunque sì. Niente di che, in ogni caso, un testo fantascientifico privo di ogni fondamento. Un giallo senza pretese, un romanzucolo. Non so nemmeno se parlarne oggi."

Una ragazza dai lineamenti orientali, pantaloni attillati e stivali neri, camminerà lentamente con le mani nella giacca a vento alla moda, lungo un'ampia strada coi viali alberati, osservando le vetrine dei negozi, la maggior parte ancora chiusi a quell'ora.

"Immesso in rete due giorni fa e tolto dopo quaranta secondi. Stiamo indagando per capire chi è e perché. Forse la guardia vaticana, su certi argomenti manca il senso dell'umorismo. E tu invece?"

I due passeranno in una stradina che conduce nell'ampia arteria viaria, coi viali alberati. L'uomo biondo sul tetto si sarà messo vicino ad un cartello pubblicitario lontano dalle altre persone, un visore in mano, e confronterà il contatto visivo con i dati che gli appariranno sulla retina dal suo display personale.

Le aviomobili scivoleranno tra i palazzi della città.

Un viaggio come tanti altri. Breve. Non essere nervoso.

"Primo svincolo ascensionale, milleottocento metri." La voce arriverà in stereo nell'aviomobile dalla macchina civetta.

Poco dopo, la colonna prenderà la svolta ascensionale a destra, e salirà verso il secondo livello del traffico, più scorrevole, ad una altezza media di circa 50 metri. L'uomo nella monoavio verde avrà un casco scuro.

"Tempo di arrivo allo svincolo di Giardini Vaticani?" chiederà il Commissario. La monoavio verde si immetterà da dietro un palazzo nel traffico e seguirà a circa 80 metri la colonna, puntando alle due monoavio della polizia coi lampeggianti.

"Rallentamento sul raccordo. Cinque minuti."

Una donna in strada indicherà col braccio alzato la colonna. Molti passanti osserveranno con la testa reclinata.

"Semafori verdi, centrale tenere il traffico. Siamo sulla direttrice due."

La monoavio verde sorpasserà un mezzo pubblico, quindi un taxi, mantenendo la distanza sugli 80 metri. Per alcuni minuti Cervetti osserverà pigramente il traffico, il cielo terso, qualche remota nuvola in lontananza, in direzione del mare.

Solo da due ore ti ho lasciata, e già mi manchi.

Roma scivolerà sotto di lui come tante altre volte.

Cosa darei per sentirti ancora sotto di me.

Le strade, mentre si avvicineranno al centro, brulicheranno di gente, molti turisti. La poltrona sarà morbida, Cervetti accarezzerà sovrappensiero la pelle, cercando di svuotare la mente.

La cosa più bella era il mio braccio sulla tua pelle, all'alba, nel dormiveglia, sapendo entrambi di non voler perdere quell'attimo.

Guarderà nervosamente nell'orologio passare i minuti.

Stai tranquilla, ci vediamo stasera.

Roma scorrerà placida sotto di lui.

"Commissario, stazione 2 chiede la linea." dirà l'Ispettore seduto a fianco del guidatore, girandosi verso il Commissario.

"Passali in stereo."

Che cazzo succede ora?

"Qui Cervetti, stazione 2 avanti."

Le immagini della donna cinese e del nero che camminano per la strada scorreranno affiancate coi testi di un corposo dossier.

"Un saggio sul baseball e ragazze in minigonna." – risponderà sorridendo il nero.

A trecento metri, nella piazza in fondo al viale alberato, che condurrà al vecchio edificio di arenaria, un uomo di corporatura robusta e corti capelli neri con un giaccone di pelle consumato consulterà un tabellone del metrò. Il suo visore proietterà foto degli esterni e degli interni dell'edificio di arenaria.

La donna cinese lancerà un'occhiata al suo collega, aprirà la bocca, poi la richiuderà alzando gli occhi al cielo, prima di attraversare la strada, diretta alla scala prestigiosa che porta all'edificio di arenaria. Sul muro una targa che recita:

Medoc. Spin Off del Dipartimento di Studi economici e sociali.

"Sì, ma c'è anche un interessante dossier sull'uso sfrenato di birra sui divani nelle serate di luna piena." Il nero si lancerà in un ululato, seguendo la giovane donna.

"Dottor Porter!" – esclamerà la ragazza dai lineamenti orientali, a pochi passi dalle scale davanti all'edificio.

L'uomo e la donna si volteranno. La giovane, decisamente una bella donna, più alta della media delle donne della sua razza, vietnamita, ma con lineamenti a tratti occidentali, attraverserà con grazia felina la strada.

"Mi scusi se la disturbo, dottor Porter. Mi chiedevo se potesse rispondere ad un paio di domande sul terzo capitolo del manuale, sa, io lavoro e non sempre riesco a seguire le sue lezioni olografiche interattive. Ho provato a contattarla, non vorrei proprio disturbare..." – il tono della giovane sarà affabile, il sorriso disarmante.

"Non può venire domani in ricevimento?" osserverà il nero.

"Oh, sa, oggi pomeriggio ho il test di ammissione al suo corso del prossimo trimestre, e domani lavoro. C'è un bar qui dietro, non le ruberò che dieci minuti, offro io naturalmente." – le mani giunte, le gambe unite, quasi in preghiera sulla testa reclinata in sorriso. Una coppia dovrà scendere dal marciapiede per evitare il trio fermo davanti agli scalini che portano al vecchio portoncino in legno massiccio, sormontato da una telecamera di sicurezza. La donna cinese squadrerà dal basso in alto la giovane nuova arrivata.

La voce arriverà lontana, dopo qualche secondo.

"Commissario, segnalata dal sistema una guida automatica di un furgone trasporto." La voce si interromperà, come ad attendere istruzioni.

Qualcosa non va.

Il Commissario rifletterà alcuni secondi, prima di parlare, potrebbe non essere nulla. "Verificare con la centrale se qualcuno ha fatto richiesta di trasporto automatico senza guida. A che distanza?"

Dannazione, speriamo sia qualche coglione che ha autorizzato un traffico automatico non controllato in zona urbana.

La colonna procederà tra i palazzi del centro cittadino. "Negativo Commissario. Centrale comunica che non risultano autorizzazioni di trasporto automatico non controllato. Sembra proprio un veicolo commerciale pilotato a distanza. Stanno rintracciando il segnale, comunque sembra nel raggio di 2 chilometri dalla vostra posizione."

Maledizione. Una coincidenza?

La monoavio verde si avvicinerà alla colonna di qualche metro.

"Calcolare cambio rotta, girare alla prossima svolta a destra."

La colonna con al centro l'aviomobile bianca del custode della cristianità girerà verso l'interno della città, i tetti di molti palazzi scorreranno a fianco.

"Calcolare la distanza del segnale, rintracciare la fonte. Datemi informazioni, Cristo!"

Dimmi che si allontana.

La voce arriverà nell'abitacolo come una fucilata.

"Segnale in avvicinamento. Ora circa 1,5 chilometri. La centrale comunica che il velivolo trasporto è un furgone di media cilindrata, non autorizzato al transito in zona centro, ed è comandato in remoto da postazione mobile. Stanno cercando di rintracciare la posizione."

Come, postazione mobile?

La voce del Commissario sarà incrinata dal nervosismo. "Priorità assoluta, individuare la postazione mobile di controllo del furgone. A tutte le unità, massima vigilanza, segnalare ogni velivolo sospetto. Voglio un perimetro mobile nel raggio di cinquecento metri, e lo voglio subito! Centrale, inviare rinforzi!"

"Ho capito, io vado." - bofonchierà la cinese premendo il pulsante sul portoncino e guardando nella telecamera, sbuffando. "Dopo mi racconti il saggio sul baseball." – commenterà quando la porta si aprirà con un cigolio.

"Arrivo tra cinque minuti!" – risponderà di rimando l'uomo, ma la collega sarà già sparita nell'ingresso.

Il palazzo di arenaria sarà articolato su 3 soli piani oltre al sottotetto, al quale si accede da una portineria. La donna di mezza età aprirà la porta, dopo aver guardato nel monitor il volto, circondato dalla sciarpa bianca, della nota ricercatrice cinese. I capelli raccolti in un crocchio, un viso duro e stanco dietro un vetro oscurato, seduta su una comoda sedia girevole, con un gatto persiano in grembo.

"Buongiorno signorina Sue" – dirà la donna con tono formale, guardando un programma in rete proiettato in olografia e sorseggiando una tazza di caffè.

"Buongiorno, signora Nielson"- risponderà la donna cinese, premendo il bottone per chiamare l'ascensore a gabbia.

L'edificio, in realtà, sarà quasi deserto. La donna cinese entrerà nell'antico ascensore, una struttura finemente lavorata in ferro, che corre lentamente al centro delle scale, e premerà il secondo bottone. All'altezza del primo piano, nel cigolio dell'ascensore che sale, la donna osserverà distrattamente una porta a vetri su un elegante portoncino in legno pregiato; sopra sarà affissa una targa:

Steven's & Sons, Assicurazioni

La ricercatrice saprà che, ovviamente, sarà una copertura. L'ufficio sarà aperto solo il pomeriggio. Il terzo piano non sarà occupato da anni; Sue non conoscerà nemmeno cosa vi sia con esattezza nel vecchio solaio al quarto piano. Le scale saranno illuminate, anche a quell'ora del mattino, da antiche lampade, perché la luce fatica ad entrare dalle finestre dai preziosi vetri colorati. L'ascensore si fermerà con un clangore nel silenzio delle scale in penombra. La donna uscirà dall'ascensore, lo chiuderà, si avvicinerà al portoncino con la targa in ottone *Medoc*, premerà il campanello, guarderà nella telecamera fissa alla parete, attendendo il cicaleccio bitonale, e quindi entrerà decisa.

Maledizione, le coincidenze in questo lavoro non esistono.

"Commissario, il capitano Hauser sulla due." - dirà l'Ispettore al posto davanti, nel frattempo ha estratto la pesante pistola ad impulsi dalla giacca.

Ci mancavano anche gli svizzeri a rompere le palle, ora.

La colonna si sposterà ulteriormente verso destra e prenderà un altro svincolo, seguendo le indicazioni del software di navigazione. Decine di uomini staranno regolando i semafori per dare sempre il via libera. Il Commissario guarderà in basso, la gente nelle strade passeggerà nella prima bella giornata di primavera della stagione.

"Capitano mi dica."

La voce entrerà nella cabina come l'abbaiare di un pastore tedesco. "Commissario, abbiamo cambiato percorso. C'è qualche problema?"

Fanculo.

"Stiamo verificando Capitano. Sembra ci sia un veicolo non autorizzato in zona, i miei uomini lo stanno cercando." - Cervetti cercherà di sembrare il più naturale possibile – "Normale precauzione. Procedure ordinarie di sicurezza."

La monoavio verde si muoverà in modo ordinato nel traffico, il casco scuro proietterà dati che scorreranno veloci sulla retina del pilota. Al centro, la mano destra manovrerà con fare sicuro una levetta, che muoverà il pallino giallo sul tridimensionale proiettato nel casco, che si avvicinerà ai veicoli blu.

"Se ci sono problemi desidero saperlo, Commissario. Siamo sicuri?" - la voce del tedesco sembrerà quasi priva di emozione.

"La terremo informata Capitano. A dopo." Cervetti farà un segno brusco all'Ispettore di tagliare la comunicazione, guardandosi nervosamente intorno. "Stazione 2, qual è la situazione? Qualcuno mi vuol dire qualcosa?"

La colonna attraverserà ancora un semaforo, l'aviomobile civetta eviterà per pochi metri un contatto con una monoavio che non ha rispettato il segnale, fatto scattare senza preavviso.

"Qui stazione 2. Commissario, la centrale ha rintracciato il segnale. Sembra provenire da una monoavio in coda alla colonna. Il velivolo risulta rubato. Stanno trasmettendo i dati della monoavio a tutte le unità. Vi trasmettiamo la situazione sul monitor."

"Ehi Sue, lo sai che John ha fatto di nuovo incazzare il vecchio?" – dirà allegramente la ragazza mora nella prima stanza a destra del corridoio, senza alzare lo sguardo dal monitor olografico, continuando a muovere le dita affusolate sullo schermo, prendendo pezzi di filmati e montandoli insieme.

"Che diavolo ha fatto ancora?" risponderà la donna cinese, levandosi il cappotto e appendendolo all'attaccapanni, nell'atrio alla sinistra. Nella stanza della ragazza dai capelli neri un grande camino, coperto da una griglia metallica, emanerà un piacevole calore, scoppiettando i pezzi di legna, caricati dal computer attingendo ad un ripostiglio seminterrato, secondo un programma automatico. La stanza con gli affreschi sul soffitto, i quadri olografici alle pareti e le finestre coi vetri colorati, un misto di moderno e antico, come molte altre cose nel palazzo.

"Sembra abbia inserito nella riunione di oggi pomeriggio un altro saggio astruso di medicina, che so io, una roba cinese, o giù di lì" risponderà la giovane continuando a muovere pezzi proiettati nello spazio davanti al camino. "Insomma qualcosa delle tue parti."

La donna Cinese camminerà decisa nel corridoio, i suoi passi faranno cigolare il pavimento in legno che ricopre l'intero piano. Metterà la testa a destra, nella grande sala riunioni, un tavolo ovale di pregiato legno antico di circa nove metri circondato da una dozzina di comode poltrone bianche in pelle, ad appoggio gravitazionale, bacheche ai lati e un grande schermo in fondo alla sala. Vuota. Passi nel corridoio alla sue spalle.

"Ciao Sue, sei arrivata." – l'uomo dai capelli castani, sotto i trentacinque anni, il classico volto da ex bravo ragazzo studioso, appoggerà la mano sulla spalla della donna cinese.

"Ciao Rick, allora?" – lei si volterà, incrociando le braccia.

"Allora niente. Il vecchio Borman ha sbraitato mezzora sulle regole." Il giovane metterà l'indice della mano destra sulle labbra, parlando sottovoce, indicando sorridendo con l'altro la stanza in fondo al corridoio, dal quale proviene un brano di musica classica.

La giovane seguirà l'uomo nella stanza alla sinistra del corridoio, dove un altro uomo biondo, pantaloni sportivi e maglione, starà sommerso dietro almeno una mezza dozzina di fogli olografici sovrapposti, comodamente sdraiato sulla propria poltrona, i piedi sulla scrivania.

I tre poliziotti del velivolo si gireranno verso il Commissario, parlando con gli occhi.

"Quanto ai giardini vaticani?" – chiederà Cervetti – "Distanza del furgone?"

Dev'essere dannatamente bravo a manovrare un furgone nel traffico, in remoto, alla guida di una monoavio.

"Giardini a tre minuti Commissario. Furgone ora a ottocento metri, laterale sinistro, a ore dieci, due strade in parallelo." La voce suonerà professionale, ma con una lieve incrinatura.

O dannatamente pazzo.

"Dammi la centrale."

L'Ispettore a fianco al guidatore toccherà lo screen proiettato in mezzo all'abitacolo.

"Qui centrale operativa." Una voce di donna.

La mano destra del pilota della monoavio verde muoverà velocemente la leva, mentre la sinistra impugnerà saldamente il comando di guida per un veloce sorpasso.

"Avete effettuato scannerizzazione del furgone? Quadro tattico della situazione."

Non ce la facciamo.

Il Commissario osserverà i tetti della città che scorrono, antenne, un misto inestetico di antico e modernità.

"Rilevazione scanner satellitare indica oggetto dimensioni scatola da scarpe, fili elettrici, elettronica e componenti. Inviata immagine alla scientifica. Possibile bomba. Stanno facendo valutazioni delle immagini. Confermata assenza umana ai comandi. Mosso in remoto. Procede ad alta velocità. Ha svoltato nella vostra direzione. Tempo di arrivo stimato ottanta secondi."

Possibile bomba.

"Mobile 2 e 3, arrestare immediatamente la monoavio!" urlerà il Commissario.

Il casco scuro vedrà immediatamente negli schermi le due aviomobili uscire dal traffico per dirigersi al suo inseguimento. Accelerando a tutto motore, la monoavio scatterà, disinserendo la guida sicura.

La voce entrerà chiara e forte in cabina.

"Commissario, qui mobile 2, il bersaglio ci ha individuati!"

"Come sempre, il nostro John pensa che questo sia un circolo democratico, non si ricorda che il professore è stato maggiore dell'esercito ai suoi tempi!" esclamerà l'uomo dai capelli castani.

"Hei Rick, è il tuo piccolo questo? Ma com'è cresciuto!" – Sue starà guardando l'immagine proiettata a un lato della scrivania, un bambino davanti ad una grande torta con una candelina, tenuto in braccio da una donna mora sorridente.

L'uomo annuirà. "È il suo primo compleanno. Stasera, se la riunione non va troppo per le lunghe, vorrei prendere il treno delle cinque e mezza. Ho promesso ad Helen di essere a casa per le sette."

Rumore di una porta che si apre, la musica di Bach invaderà il corridoio, passi pesanti sul pavimento in legno. L'uomo vestito in abiti sportivi toglierà di scatto i piedi dalla scrivania, mentre i suoi due colleghi si sposteranno dalla porta per fare entrare un uomo tarchiato di mezza età, con la barba ben curata.

"Bene ragazzi, cos'abbiamo per oggi?" – chiederà il nuovo entrato.

In quel momento, l'uomo con l'impermeabile chiaro starà scendendo in uno degli ascensori del Silos vicino alla palazzina.

"Niente di sostanziale, signore, settimana un po' fiacca." – la donna cinese risponderà a nome dei suoi due colleghi – "Sono stati osteggiati un po' di autori sconosciuti, nessuno di fama. Temi assolutamente ordinari. Ah, sì, io ho un romanzo per la verità un po' strambo su un attentato fallito al Papa, Rick ha una indagine sulla correlazione lineare tra invecchiamento della popolazione e dimensione media dei campi ad uso agricolo, Susan di là ha un po' di materiale musicale, per lo più canzoni a sfondo politico in alcuni Paesi dell' America latina, le solite cose. Niente che riguarda azioni militari o di polizia. Ah, e poi c'è il rapporto di John sul saggio in campo medico di uno scienziato.. di dov'è John? Cina?"

"Precisamente. A proposito, signore, se potesse darmi la sua attenzione, sembra un fatto un po' insolito che i cinesi…" - interverrà il biondo con il maglione di lana alzandosi in piedi.

L'uomo di mezza età alzerà le braccia. "Le ho già spiegato almeno un paio di volte, signor Whiley, che qui non abbiamo tempo da perdere per strampalate teorie."

"Ha staccato la guida sicura, può girare in ogni direzione ora." la voce arriverà trafelata, un rumore di sirena in sottofondo. "Si è gettato sotto, al livello due!"

Il Commissario calcolerà mentalmente il da farsi. Si volterà vedendo, a distanza di un centinaio di metri, l'aviomobile bianca.

Il Commissario aprirà la proiezione olografica, e al suo fianco comparirà l'uomo seduto sul sedile posteriore dell'aviomobile che li segue, il Santo Padre, sereno in volto.

Il bersaglio.

"Pronto il blindato di supporto, agganciare monoavio. Centrale operativa, potete arrestare il furgone con posto di blocco? Mobile due, situazione." - chiederà, sapendo già la risposta.

"Qui centrale. Negativo. Il furgone si dirige a tutta velocità nella vostra direzione ora. Trenta secondi. Confermata direzione su centro colonna." La voce della donna aumenterà di intensità.

Centro colonna. Il Papa.

"Qui mobile due, il bersaglio si sta gettando giù nel traffico al livello uno!"

Non c'è più tempo. Non ci sono altre soluzioni.

"Qui blindato di supporto Commissario. Monoavio agganciata. Visuale libera per venti secondi." La nuova voce maschile entrerà roca nella cabina. L'Ispettore si volterà con voce trafelata - "Commissario, il capitano Hauser ci sta chiamando."

Venti secondi. Dopo.

"Blindato supporto, aprire il fuoco sul bersaglio."

La mitragliatrice ad impulsi a canne rotanti avrà una capacità di fuoco di milleduecento impulsi al minuto. La raffica sarà breve, pochi secondi. Il Commissario Cervetti si volterà a vedere la violenta fiammata, e già una colonna di fumo si alzerà nel cielo di Roma ad oltre mezzo chilometro di distanza. La colonna di aviomobili scorrerà nel traffico. Sirene appena udibili in lontananza.

L' Ispettore si volterà e parlerà sottovoce.

"Commissario, il capitano Hauser in linea."

Cervetti volterà la testa e guarderà il collega, senza parlare. Quindi distoglierà lo sguardo, per osservare la registrazione olografica che proietterà nella cabina l'immagine del furgone.

L'uomo tarchiato infilerà le mani in tasca.

"In ogni caso, il fatto che lei abbia inserito per la riunione di oggi una tesi di ricerca di un oscuro laboratorio cinese in campo medico non è stata particolarmente apprezzata dai nostri capi, giù in sede. Non credo di dovervi spiegare, signori."

L'uomo chiuderà con una mano un foglio olografico in mezzo alla stanza.

"…che i fondi connessi a questo programma di studi non sono infiniti, e che io devo rendicontare al nostro capo Dipartimento il modo in cui spendiamo i soldi dei nostri contribuenti. E comunque, gradirei essere informato, prima di certe iniziative – come dire ? - originali. In ogni caso, oggi pomeriggio in riunione vediamo tutto il materiale, e speriamo salti fuori qualche connessione. Sono settimane che non abbiamo una linea decente, e io sono stanco di spiegare che questa sezione deve continuare ad essere finanziata perché voi passiate il tempo a leggere romanzi e ascoltare musica. Tutti puntuali, oggi, ore 15 in sala riunione. Sue, apri tu e vedi di darmi un quadro chiaro delle teorie ipotizzate prima di esaminare i dettagli dei tuoi estroversi colleghi." – dirà lanciando un'occhiata all'uomo col maglione – "Ah, Rick, e voglio quel rapporto sulle forniture di materiale radioattivo che aspetto da una settimana."

"Sì, signore. Oggi pomeriggio pensavo di portarlo in riunione." – replicherà il ricercatore all'uomo tarchiato, che si sarà girato sui tacchi, ritornando nella sua stanza. La porta si chiuderà e Bach si attenuerà in lontananza.

"Beh, oggi sembra di buon umore!" – scherzerà l'uomo sportivo.

"E piantala! Piuttosto, dov'è Richard?" – chiederà Sue.

"Stavo per dirvelo ragazzi. Ha chiamato mezzora fa, sembra abbia l'influenza." - la ragazza coi capelli corvini terrà le mani appoggiate allo stipite della porta – "Ce l'ho sulla due, linea protetta."

"Passamelo. Ci devo parlare." – dirà Rick.

"Subito."

La ragazza dai capelli corvini uscirà dalla stanza.

L'uomo tarchiato nella piazza vicino al tabellone del metrò si allaccerà la giacca di pelle, incamminandosi nella via.

Privo di guida, il furgone volerà diritto nell'ultima direzione conosciuta, per poi impattare in una grande insegna pubblicitaria all'ultimo piano di un palazzo in un'enorme fiammata.

"Il capitano Hauser, Commissario?" – chiederà con garbata insistenza l'Ispettore seduto davanti.

Cervetti, senza rispondere, guarderà la proiezione olografica del Santo Padre, sorridente a fianco a lui, trasmessa dall'aviomobile bianca, blindata e insonorizzata.

Non si è accorto di nulla.

Nella proiezione olografica a fianco, il Commissario osserverà la registrazione di quanto avvenuto pochi istanti prima, la monoavio verde attraversata da decine di proiettili ad alto potenziale, una nuvola di frammenti e materiale organico esplosa come un secchio di vernice nella cabina. Una nuvola rossa spiaccicata sui vetri.

Cristo Santo.

Dopo pochi secondi apparirà al centro della stanza l'immagine olografica di un uomo di circa quarant'anni, obeso, mollemente adagiato su un divano, i lunghi capelli neri mossi e tenuti lunghi alle spalle, la barba corta poco curata.

"Ehi ragazzi, come va? Oggi temo niente riunione per me." – una voce nasale.

"Caspita Richard, che bella voce sensuale che hai." - scherzerà Sue.

"Trovi? Ricky, mi sono letto il saggio del tuo autore sulla correlazione lineare tra i campi agricoli e l'invecchiamento della popolazione, sai, sociologicamente potrebbe essere una cosa interessante. Oggi magari mi collego in olo alla riunione. A proposito, John, mi hai trovato quel vecchio libro in biblioteca? Sai, per la mia indagine sociologica sulle migrazioni della popolazione. Non si trova in rete, è un testo vecchissimo." – il grosso ricercatore sembrerà voler cercare una posizione più comoda sui cuscini, che evidentemente non riescono a contenere la sua taglia troppo abbondante.

"E secondo me, John" – continuerà il grasso ricercatore – "potrebbe esserci una connessione con quel tuo strano rapporto del laboratorio medico in Cina."

"Non vedo come."

"Non lo so, è solo una mia idea. Ma mi serve il libro, allora ce l'hai?"

Il biondo vestito sportivo si batterà una mano sulla fronte.

"Accidenti, mi sono dimenticato!" – guarderà l'orologio – "Beh, se faccio un salto in biblioteca in mezz'ora posso tornare e ne parliamo prima della riunione di oggi."

"Ma dai, John, non è il caso. Facciamo la prossima settimana." – replicherà il collega, muovendo le grasse mani che sembreranno urtare nell'immagine olografica un vaso da fiori collocato su un tavolino nella stanza.

"Nessun problema, faccio un salto." – l'uomo col maglione afferrerà una giacca pesante e si chinerà a dare un affettuoso bacio sulla guancia della piccola donna cinese, sussurrando - "Vieni con me bellezza?"

La donna guarderà fuori dalla finestra. Avrà iniziato a piovigginare.

36

239 giorni prima

Quella giornata di aprile avrà il cielo terso sopra l'isola di Santorini; l'azzurro del cielo si fonderà con il blu del mare, insolitamente calmo, e quello sarà il primo bel pomeriggio di una calda primavera. L'aliscafo di ultima generazione si avvicinerà al porto, mosso dalle 6 turbine a idrogeno, alla velocità di crociera di quasi 90 chilometri orari, sorpassando di getto un bianco panfilo a tre piani, ormeggiato in rada. Distante dai turisti, riparati nelle apposite sale da vista sul ponte, il giovane uomo, magro, vestito elegante, osserverà con un mezzo sorriso le onde sollevate dal veloce natante a prua, mentre il sole scintillerà sulle onde.

Le mani in tasca, quasi a trattenere le falde della giacca che sventolano nel vento, e un fazzoletto di seta al collo, gli conferiranno un'aria certamente fuori moda, quasi aristocratica. I capelli di un biondo castano, di solito pettinati con la riga da una parte, voleranno sul viso, sollevati dal vento. Un paio di occhiali a specchio scuri saranno poggiati su un naso leggermente aquilino, sotto il quale un paio di curati baffetti biondi si immergeranno periodicamente nel bicchiere di birra chiara che sorseggerà, guardando il mare. Ai suoi occhi, a un tratto, appariranno gli edifici sul molo, con case basse e forme quadrate e rotondeggianti, quasi fuori del tempo, con i colori prevalenti bianco e giallo che staccheranno vistosamente nel paesaggio, in quella stagione già di un verde intenso. L'uomo osserverà le ripide scogliere, le rade nuvole in cielo, gli edifici con i tetti blu, le facciate bianche e gli ampi portali e archi, e i parapetti delle case che si affacceranno sul mare.

Nel prestigioso albergo sulla baia, la spiaggia a fianco alla piscina sarà ancora quasi vuota, in quella stagione, ma due uomini e una donna, in abiti sportivi, siederanno seduti discutendo animatamente sotto grandi ombrelloni di paglia, posati su pali bianchi. Una grande passatoia in legno condurrà alla spiaggia, sulla quale un paio di coppie passeggeranno in calzoncini e maglietta. Il vento ogni tanto solleverà qualche granello della bianca sabbia della spiaggia, in gran parte artificiale. Un cane correrà sulla battigia abbaiando alle piccole onde.

"Con questo tempo?" – osserverà la cinese – "No grazie, resisterò al tuo fascino, per oggi."

L'uomo col maglione solleverà sorridendo le spalle, guadagnando l'uscita.

"John, hai dimenticato il tuo personal display!" gli urlerà dietro Ricky. Ma la porta d'ingresso sarà già sbattuta.

"Mi creda, dottor Porter, non so come ringraziarla." – dirà la donna vietnamita con un sorriso, sfiorando la mano del nero sul tavolino del bar – "Mi spiace darle tutti questi fastidi.".

"Nessun fastidio" – replicherà l'uomo pagando il conto – "venga su da me cinque minuti, le lascio la copia olografica del programma e poi le mando il materiale per posta".

Le labbra perfettamente truccate di rosso si schiuderanno nell'ennesimo sorriso.

Il biondo con l'impermeabile chiaro avrà raggiunto l'uomo col giaccone di pelle vicino a un chiosco nella via del palazzo di arenaria, mettendosi al riparo della pioggia sotto un balcone della vecchia abitazione.

"Buongiorno signora Nielson." – dirà allegramente l'uomo col maglione, che avrà sceso gli scalini a due a due, saltando sul pianerottolo – "Gran bella giornata oggi. Esco dal retro."

La donna arcigna lo guarderà senza sorridere. L'uomo imboccherà la porticina del cortile, si rialzerà il bavero del giaccone, e correrà sotto la pioggia. Aprirà una porticina sul retro, infilandosi per una scorciatoia, entrando in un vicolo.

"Non la definirei un'operazione da manuale" - la donna corpulenta dai capelli tinti di rosso sulla sdraio blu non nasconderà il tono accusatore – "non sapevo cosa dire al direttore. Mi sono dovuta inventare un mare di cazzate."

"Quella è una tua specialità. Quindi, non ci sventolare sotto il naso i tuoi meriti." - replicherà a muso duro l'uomo con la cravatta fuori moda, baffi neri e un piglio deciso.

"In ogni caso" – interverrà il terzo uomo, radi capelli bianchi, sollevandosi a sedere e tirando i pantaloni che non riusciranno a trattenere la pinguità del suo ventre – "in ogni caso era la nostra migliore opzione. Un esplosivo fisso era fuori discussione."

La donna allargherà le braccia. "Oh, e saresti così cortese da illustrarmi la ragione?"

"Prevedibile, aggirabile, eliminabile." – ribatterà l'uomo con la cravatta – "Piazzi l'esplosivo sul tracciato. Ovviamente il percorso è pattugliato prima che la colonna lo attraversi, ma poniamo pure il caso…"

L'uomo disegnerà nella sabbia usando un bastoncino, muovendola tra i propri piedi.

"…poniamo pure il caso che la gendarmeria vaticana o la polizia o i servizi, insomma che nessuno lo scovi. Per assurdo, dico."

Gli altri due seguiranno il bastoncino che disegnerà una traiettoria curvilinea nella sabbia tra le sdraio.

"Non può non essere visto dagli scanner di una stazione di sorveglianza, che manderà certo un blindato degli artificieri ad indagare coi rilevatori, e fine del gioco." – interverrà il grasso – "per non contare, bella mia, di un altro fatto fondamentale."

Si passerà le mani sulla fronte stempiata, per trattenere i radi capelli spazzati da un colpo di brezza.

"Che sarebbe?" – incalzerà la rossa.

"Che sarebbe che un dispositivo fisso non solo è più facile da rintracciare con i satelliti e gli scanner di percorso, ma anche, ovviamente, non è spostabile. Un esplosivo mobile, direzionabile in remoto, può anche cambiare percorso." – riprenderà l'uomo con la cravatta disegnando un'altra strada sulla sabbia.

Due ragazzi si abbracceranno in lontananza sulla battigia, il maschio bacerà la femmina, che solleverà una gamba ridendo.

La risata sarà portata dal vento.

Mercoledì, ore 09.02

Sarà una giornata di cielo plumbeo. Quell'anno a Chicago l'autunno starà già lasciando il passo a giornate ventose, di un vento freddo e tagliente, alternato a giornate umide e piovose. Il nero suonerà il campanello al secondo piano del vecchio edificio di arenaria, aprirà la porta salutando la ragazza coi capelli corvini che sarà uscita dal salotto con il camino acceso, per vedere chi è entrato.

"Ciao, la signora è con me. Venga signora." – dirà facendo strada e introducendo la vietnamita nella prima porta a sinistra. Quindi chiuderà la porta, prima di incrociare lo sguardo divertito della ragazza dai capelli corvini.

Mi piacerebbe davvero che venisse, questa qui.

"Allora signora, si metta pure comoda, mentre cerco un attimo la copia del programma, non l'abbiamo ancora pubblicata, sa, questi programmi cambiano continuamente."

Aprirà diversi fogli nello spazio olografico davanti alla propria scrivania, voltando le spalle alla vietnamita e parlando forse fin troppo scioltamente.

"Che poi, sa, molti studenti fuori corso come lei chiedono spesso le modifiche del programma, ma io credo che sia giusto differenziare il materiale didattico tra i frequentanti delle lezioni interattive olografiche e chi, come lei, purtroppo non ha il tempo di partecipare attivamente."

Muoverà le mani nello spazio, spostando cartelle e aprendo filmati, gesticolando e parlando velocemente.

Ma soprattutto vorrei venire io, con questa qui.

"In ogni caso, l'importante per la sua tesina è che i filmati interattivi vengano considerati solo uno spunto per il suo intervento, sa, è pieno di studenti che non comprendono che questi sono solo materiali di appoggio per l'intervento, e non l'intervento stesso. Ah, si metta pure comoda, ci vorrà un attimo."

La donna vietnamita si slaccerà la giacca a vento alla moda, sbottonando la cintura.

Eh, come vorrei che ti mettessi molto più comoda di così.

Il nero continuerà a parlare in tono dottorale.

"Cosa che abbiamo fatto." – aggiungerà il grasso – "Secondo la nostra registrazione ad un certo punto qualcosa è andato storto, qualcuno ha ordinato il cambio percorso, ma il nostro operatore ha comunque cambiato in tempo reale quello dell'esplosivo mobile. Ci siamo andati vicino, molto vicino."

Il cane sulla battigia si unirà ai due ragazzi, evidentemente la ragazza ne è la padrona. Il ragazzo lancerà un rametto di legno a una decina di passi, e il cane correrà a prenderlo, sottraendolo alla risacca.

"Bravi, gran bella teoria. Peccato che abbiamo avuto l'ultimo piano di un palazzo del centro di Roma devastato, un furgone precipitato in rottami sulla folla a trenta metri sotto, 6 feriti di cui uno grave, per tacere di un nostro operatore buono per essere spalmato su una fetta di pane. Cristo Santo, e tu la chiami la nostra migliore opzione?" - la donna fisserà negli occhi il suo interlocutore.

"Poteva andar peggio." – risponderà laconico l'uomo con la cravatta.

"Ah, davvero?"

"Certo. Cos'hanno in mano? Un esplosivo che puoi trovare nell'ultimo bar del confine egiziano. I rottami di un furgone rubato, come pure la monoavio. Dispositivi elettronici acquistabili in qualsiasi centro specializzato e un cadavere che, salvo imprevisti, non potrà rivelare loro granché dell'operazione." – replicherà l'uomo con la cravatta infilando il bastoncino nella sabbia.

"Trovo il tuo sarcasmo fuori luogo." – la donna coi capelli tinti si avvicinerà abbassando il tono di voce – "Cos'hanno in mano? L'iniziativa. Ecco cos'hanno in mano. Ora tutti i servizi del mondo sanno che qualcuno ha tentato, per ragioni ignote, di ammazzare il Papa. Staranno tutti in guardia, scambieranno informazioni con le forze di polizia, la gendarmeria vaticana riceverà segnalazioni. Cambieranno i programmi. Cos'hanno in mano! Cristo Santo."

Il grasso si alzerà, spazzando il disegno sulla sabbia con la scarpa.

"Via, via, discutere a questo punto di quanto successo è inutile. E poi, la notizia è passata dopo pochi minuti sulla rete come un attacco fallito ad un portavalori di valuta in oro. La polizia stessa ha contribuito a non divulgare la notizia."

"Il problema di una relazione di apertura trimestre è che alcuni studenti non considerano che lo stile non può essere giornalistico, occorre usare una struttura delle frasi di tipo logico, la metodologia di strutturazione del testo è importante quanto la gestione delle fonti e delle note a piè pagina, capisce, non conviene mai presentare ad una commissione una opinione personale, suggerisco invece di farsi scudo dietro le opinioni dell'autore, quasi noi lo osservassimo in modo distaccato. A proposito, qual era il passo esatto che voleva che cercassi?"

Il nero si volterà sorridente guardando sorpreso il cilindro nero a trenta centimetri dal suo occhio destro. La donna premerà il grilletto, e il suo volto scomparirà come un uovo rotto sul muro.

Whiley correrà nel vicolo e uscirà nella strada colma di gente. Le persone si accalcheranno sui marciapiedi, entrando e uscendo dai negozi, cercando di ripararsi dalla pioggia. Whiley alzerà gli occhi al cielo, starà piovendo più forte, in aria si vedranno strisce colorate dei fari delle aviomobili dipingere arcuate traiettorie mentre si immetteranno nelle diramazioni stradali. Dopo pochi metri, raggiungerà una piazzetta non distante dal Silos, correndo sotto gli alberi, ed entrerà nell'edificio interamente di vetro, dentro il quale decine di studenti staranno leggendo sui tavoli comuni. Decine di video saranno incastrati nei mobili d'epoca che arredano con gusto classico il locale. Scrollando il giaccone nell'ingresso, pesterà i piedi ed entrerà, fermandosi a parlare con una addetta dietro una scrivania di mogano. Gli verrà indicato un terminale. Whiley prenderà una tessera dal proprio portafoglio e la inserirà. Guarderà distrattamente l'orologio, sedendosi davanti al monitor. L'orologio segnerà le ore 10.23, quando volgerà lo sguardo all'addetta. Una ragazza un po' bruttina, con le lentiggini e una fascia nei capelli.

Un colpo sparato da una 44 impulsi con silenziatore non produrrà più rumore di un forte colpo di tosse. La donna vietnamita aprirà la porta e osserverà la ragazza coi capelli corvini che le mostrerà le spalle, mentre starà lavorando al proiettore olografico davanti al camino acceso.

Il grasso scrollerà la sabbia dalla scarpa prima di riprendere a parlare.

"Su tutto l'episodio è sceso il silenzio stampa. Non ci sono prove di un attentato. E abbiamo inscenato bene la notizia da dare alla stampa. Uno dei nostri ha registrato il finto ologramma dal basso di un attacco al furgone porta valori. Siamo caduti in piedi."

"Ma siamo caduti in un mare di merda." – ribatterà la rossa – "e a giudicare dall'onda che avete alzato, signori, direi che assomiglia ad uno tsunami."

L'uomo elegante scenderà dal molo, in mezzo a un gruppo di turisti, portando un solo bagaglio a mano. Salirà su un aviotaxi parcheggiato appena fuori dal molo, schiacciando un pulsante del proprio traduttore sottocutaneo nell'avambraccio sinistro, e dirà l'indirizzo dell'hotel all'autista. La risposta del greco, un semplice "va bene signore", arriverà alle sue orecchie tradotta nella sua lingua richiesta, l'inglese, parlata del sud est britannico, voce maschile numero 18. Il taxi si sposterà alla quota riservata a questi mezzi, che nella località potranno girare ad appena venti metri dal suolo. Dal finestrino dell'aviotaxi l'uomo elegante osserverà a pochi metri da sé una cupola azzurra su una torre ottagonale, con altrettante finestre verticali sui lati.

L'edificio si staccherà, bianchissimo, sul blu del mare, e la croce bianca si confonderà per un istante con il bianco delle onde sollevate da un aliscafo in partenza in lontananza. Sul parapetto ai piedi del monumento, un gruppo di quattro turisti starà registrando la scena. Le moderne antenne di ricezione e le rampe di appoggio delle aviomobili saranno i pochi segni di modernità in un luogo che sembrerà ancorato al passato. L'aviotaxi passerà su un quartiere di case rosa, con le forme arrotondate come torte – penserà l'uomo elegante - che gli ricorderanno lontanamente sembianze umane nelle bocche delle porte marroni e negli occhi delle finestre incorniciate di bianco. Il taxi si muoverà quindi lungo l'isola, sorvolando un complesso di case in discesa sul mare, coi colori prevalenti gialli e bianchi, spezzati dal grigio delle scalinate di pietra. L'uomo si godrà il paesaggio rilassandosi, senza pensare al motivo della sua visita.

La vietnamita camminerà silenziosamente, cercando di non fare scricchiolare il pavimento in legno, e aprirà il portoncino di ingresso. Il biondo con l'impermeabile chiaro e l'uomo col giaccone di pelle le passeranno davanti.

Lei indicherà con la canna dell'arma la porta alla sua destra, quella con il camino, e quella più avanti sulla sinistra del corridoio, di fronte alla grande sala riunioni. Il biondo estrarrà la mitraglietta ad impulsi da sotto l'impermeabile entrando di scatto a destra. Non avrà nemmeno bisogno di aspettare il collimatore, poiché la ragazza si troverà a meno di tre metri di distanza, intenta ad osservare un campo arato nel proiettore olografico. La raffica silenziata proietterà in una nuvola cremisi la giovane nelle immagini olografiche, facendola sussultare violentemente. Per un istante le fiamme del camino, le immagini di un campo arato e il corpo della ragazza si fonderanno.

Whiley osserverà i files proiettati all'altezza del suo volto, e inizierà con le mani a spostare nello spazio dati e informazioni, girando per cataloghi ed elenchi. Alla fine, troverà il testo. Un vecchio saggio sulle proiezioni demografiche mondiali, risalente ad almeno 25 anni prima. Si alzerà e si recherà allo scaffale fisico, dove troverà la copia del libro; ne consulterà brevemente l'indice verificando che il contenuto sia quello richiesto dal collega. Si fermerà, infilando la mano in tasca, ma non troverà il proprio dispositivo personale. Allora cercherà nelle altre tasche, quindi si fermerà come per riflettere. Appena infastidito, si recherà dall'addetta al tavolo di mogano.

"Vorrei inviare una copia del libro archiviato con numero 1252, scaffale 17, bancale A, in versione digitale e olografica, al seguente indirizzo: dottor Richard Palmer, Dipartimento di Metodologia della Ricerca Sociale, ufficio 36, prego." – dirà cortesemente alla ragazza dietro al bancone.

La ragazza sorriderà cortese sotto le lentiggini.

"Codice?"

L'uomo dai capelli tagliati corti a spazzola estrarrà la mitraglietta da sotto il giaccone, lanciando uno sguardo a destra nella grande sala riunioni, vuota.

Il grasso si stringerà nelle spalle, scrollando ancora la sabbia dalle scarpe.

"Beh, insomma, oltre a darci lezioni di gestione operativa da dietro la tua scrivania, tu avresti qualche idea migliore?" – chiederà l'uomo con la cravatta.

La donna coi capelli tinti si osserverà le unghie.

"Certamente. L'ho già avuta, per rimediare ai vostri casini."

L'uomo con la cravatta toglierà il bastoncino dalla sabbia, scrollandolo e poi battendolo distrattamente sui pantaloni color panna.

"E pensi di farci partecipi della tua pensata o ci hai fatto fare questo viaggio per farci vedere questa gradevole spiaggia?" – chiederà, congiungendo le dita delle mani.

"L'operazione ci è sfuggita di mano. Non possiamo usare altre risorse abituali, ho gli occhi addosso e un fucile alla schiena. L'altro giorno in commissione un paio di ispettori del ministero hanno fatto domande imbarazzanti, anche se ovviamente andavano a casaccio. Ufficialmente la nostra sezione non esiste."

"Andiamo, un paio di ispettori non ti hanno mai spaventato, finora." – affermerà il grasso, alzatosi in piedi a guardare il mare in lontananza.

Una ragazza correrà sulla spiaggia in tenuta sportiva.

"Non mi avevi mai messo in condizioni di aver paura, finora." – risponderà seccamente la rossa – "Vorrei comunque che fosse chiara una cosa, signori. Se io casco, voi mi seguite a ruota, dritti come fusi. E se continuiamo a seguire le vostre migliori opzioni, direi che le probabilità che l'evento si verifichi sono considerevoli."

I due uomini guarderanno per terra.

"Quindi, assumo io il comando dell'operazione. Nessun piano sarà più presentato dalla sezione senza la mia visione."

"Non credo che tu abbia l'autorità per fare un'affermazione del genere, Marta." – l'uomo con la cravatta smetterà di smuovere il bastoncino e si avvicinerà parlando sottovoce alla donna.

"A quanto pare il vecchio non la pensa così. Mi ha dato ieri una autorizzazione speciale di livello 6." – risponderà la donna abbassando la voce, e avvicinandosi a sua volta – "La vuoi vedere?"

La donna vietnamita lo seguirà, con la lunga pistola in mano. L'uomo spalancherà la porta socchiusa alla sua sinistra, lasciando partire una lunga raffica, quasi d'istinto, svuotando il caricatore, facendo girare la canna per tutta la stanza. Otto colpi ad impulsi scaraventeranno Ricky a rotolare sugli oggetti della sua scrivania, facendogli esplodere altrettante macchie rosse nella schiena e nel petto. Dieci colpi andati a vuoto spaccheranno l'intonaco sul muro mentre la canna ruoterà con un forte ronzio. Al termine della corsa, altri quattordici colpi faranno ballare a lungo la piccola Sue, macellandola tra il seno, le braccia, la gola e il volto. La cinese crollerà a terra come un mucchio di stracci bagnati, trascinando un tavolino con alcune statuine di metallo e il vaso di fiori.

La ragazza con le lentiggini sarà molto cortese:
"Mi spiace signore, ma dei testi così vecchi non sempre abbiamo la versione digitale. Occorre una scansione olografica, ma se può aspettare gliela faccio con la macchina sul retro."
Whiley guarderà l'orologio: "Ci vorrà tanto?"
"No, vediamo" - la ragazza sfoglierà delicatamente il vecchio volume con mani esperte – "sono quasi trecento pagine, con l'automatico direi meno di venti minuti."
Whiley si stringerà nelle spalle, guardando il distributore accanto ai banconi in fondo alla sala, tra decine di studenti.
"Va bene, mi prenderò un caffè, intanto." – sospirerà.

"Ma insomma, la volete smettere con tutto questo casino?" – il professor Borman uscirà di scatto dalla sua stanza sulla destra in fondo al corridoio. La musica del clavicembalo invaderà il corridoio, ora silenzioso. Per circa due secondi l'uomo contemplerà la scena di una donna asiatica mai vista prima, vestita di nero e con una lunga pistola impugnata nella mano inguantata, al centro del corridoio. Poi, da qualche parte del suo cervello l'addestramento di soldato si muoverà, e lo indurrà a scattare verso la porta del bagno alla sua destra, spalancandola e chiudendo rapidamente dietro di sé la serratura. Gli stivali della vietnamita produrranno un forte rumore mentre correrà sul pavimento in legno lungo il corridoio, raggiungendo la porta.

L'uomo con la cravatta si alzerà in piedi, buttando il bastoncino nella sabbia ad un paio di passi di distanza.

"Dicci cosa siamo venuti qui a fare, Marta." – interverrà diplomaticamente il grasso, tornando a sedersi mollemente sulla sdraio, che affonderà nella sabbia – "perché ci hai fatto venire qui?"

"Non l'ho scelto io il posto della riunione. L'ha scelto la nostra risorsa." – risponderà secca la rossa.

"Intendi dire che la risorsa non è alle nostre dipendenze?" – chiederà stupito l'uomo con la cravatta.

"No. Il vecchio ha ritenuto di avvalersi di uno esterno. Mi ha incaricato di fare una ricerca dei migliori. Ci ho lavorato nelle ultime due settimane. Ho sentito un po' tutti i soliti, cinesi e israeliani, ma anche gli indiani. Alla fine ne è venuta fuori una rosa di soli sette candidati, e il vecchio ha scelto questo."

"Cacchio, due settimane. E non ci hai detto niente!" – sbotterà l'uomo con la cravatta.

"Avrei dovuto?" – osserverà la donna – "Lo sai bene come vanno queste cose, non siamo un comitato, e non siamo nemmeno nell'ambito di un congresso democratico. Meno persone sanno una cosa meglio è. E a giudicare da come voi due avete gestito l'operazione di Roma il mese scorso, direi che il vecchio non ha tutti i torti a non fidarsi di usare una risorsa interna."

Per alcuni secondi, i due uomini staranno in silenzio.

"Uno a contratto quindi. Uno in affitto con gli altri servizi." – commenterà l'uomo grasso, spazzolandosi i calzoni.

"Una puttana, insomma." – chioserà l'uomo con la cravatta.

La rossa scoppierà in una risata amara.

"Oh, mi spiace sentitamente di avere urtato la tua profonda sensibilità. Non sapevo che frequentassi ancora le Orsoline."

"E cos'avrebbe di speciale nel suo palmarès" – chiederà l'uomo grasso, coricandosi sulla sdraio – "per meritare, finora, l'attenzione del vecchio?"

La donna si guarderà nuovamente le unghie, perfettamente curate.

"Ha semplicemente qualcosa di cui voi due siete in difetto." – risponderà la rossa - "Non ha mai sbagliato, finora."

Sparerà due colpi alla serratura, seguiti da una violenta pedata. La porta si aprirà con uno schianto. L'uomo avrà già aperto la finestra del bagno sul ballatoio del cortile, e con sorprendente agilità, per la sua stazza e la sua età, avrà già la gamba sinistra sul muretto della finestra. La vietnamita rifletterà in una frazione di secondo, sapendo di non dovere sparare nei vetri. Solleverà di scatto l'arma. L'impulso raggiungerà il ginocchio destro dell'uomo, distruggendoglielo in mille frammenti. L'uomo, colpito alla gamba d'appoggio, crollerà con un urlo terribile all'indietro nel centro del bagno, afferrandosi con ambo le mani la gamba colpita. La donna camminerà fino alla finestra, mentre l'uomo urlerà contorcendosi al suolo. La donna guarderà rapidamente nel cortile, chiudendo la finestra con calma, quindi abbasserà la pistola. L'uomo continuerà a urlare, contorcendosi sul pavimento. Lei sparerà i due lampi che gli fermeranno il cuore, con calma. Osserverà i suoi occhi aperti verso il soffitto, quindi alzerà lo sguardo verso i due uomini armati che la staranno guardando all'ingresso del bagno.

"Ne manca uno." – commenterà il biondo con accento tedesco, ricaricando, con calma, la mitraglietta.

La donna scavalcherà il cadavere, evitando di appoggiare lo stivale nel sangue che scorrerà sulle mattonelle blu, passerà davanti ai due uomini, entrerà nel corridoio, guardando intorno nelle stanze. Alla fine, sospirerà. Osserverà l'orologio: ore 10,25.

"Lo troveremo. Qui abbiamo già perso troppo tempo." – la voce della donna risuonerà secca, calma e razionale – "Pulire. Tre minuti.".

Fuori, la pioggia batterà monotona sulle lucide mattonelle di arenaria.

L'avio taxi girerà sulle case bianche, seguendo la linea della collina che degraderà sul mare. L'uomo elegante guarderà le scale che degraderanno tra le palme. Il mezzo passerà a fianco ad una doppia colonna bianca, con due corni che si piegano all'esterno, sormontata da una croce quadrata, sotto la quale, avvolta in un morbido arco, svetterà una campana di bronzo, sulla quale si proietterà un raggio di sole. L'aviotaxi sorvolerà una strada che scenderà con una serie di curve a gomito, circondata da murate di mattoni, superando due costruzioni bianche, coi tetti blu, di forma sferica.

Quindi, sorvolerà dolcemente una piazza con alcune palme ai lati, piena di gente, con un edificio bianco dalle molte finestre sormontato da una cupola ottagonale, con il tetto azzurro, e ad un lato una struttura triangolare con 6 campane su tre piani. Il taxi atterrerà poco dopo sul tetto di un prestigioso hotel. L'uomo elegante pagherà e scenderà, quindi seguirà le scale grigie in mattoni che porteranno alla reception, posizionata in un androne con una splendida vista sul mare, scintillante nei riflessi del sole pomeridiano.

"Buongiorno signore, ha prenotato?" – la voce della ragazza al banco non avrà bisogno del traduttore in inglese.

"Prenotazione GL384." – risponderà l'uomo, affabile.

"Grazie signore. Codice di identificazione internazionale?"

"EUD278783HR13KVPLMR" – preciserà l'uomo, confermando con le prime 3 lettere che la sua area d'origine è in area politica dell'eurodollaro.

Sul video della ragazza apparirà il volto di un uomo di circa 35 anni, capelli castani chiari pettinati sulla destra, un paio di baffetti curati su una mascella lievemente allungata.

"Benvenuto, signor Palmer. I suoi amici hanno lasciato un messaggio" – sorriderà la ragazza – "dicono che l'aspettano in area spiaggia, dietro la piscina."

"Li raggiungerò tra poco. Desidero farmi una doccia, intanto."

L'uomo con la cravatta osserverà con disinteresse il greco in sella al primo di una fila di muli, legati tra loro da una corda di canapa, che attraverserà la spiaggia tra la curiosità dei rari turisti, in lontananza.

"Di dov'è questa risorsa. È uomo, donna?"

Mercoledì, ore 10.39

Sarà una mattina ventosa a Chicago, come tante altre in quel periodo a cavallo tra la fine dell'autunno e l'inizio dell'inverno.

Jonh Whiley uscirà correndo dalla biblioteca, coprendosi il collo dalla gelida pioggia spiovente di traverso, alzandosi il bavero della giacca sportiva, e immettendosi nella folla di una strada principale. Poco minuti dopo, rientrerà nel vicolo sul retro dell'antico palazzo in arenaria, salendo di slancio i tre gradini che lo porteranno all'ingresso secondario dal cortile, e aprirà con la propria chiave il portoncino di ingresso nell'edificio.

"Salve signora Nielson, sono uscito a rapinare un banca, lo scriva nel rapporto!" – scherzerà il giovane ricercatore, guardando con un'occhiata nella portineria la donna seduta di spalle a guardare un programma olografico. La scorbutica portinaia non avrà soltanto il ruolo di agevolare l'ingresso dei rarissimi visitatori dello stabile, quanto piuttosto quello di registrare tutti gli spostamenti degli ospiti ma anche degli impiegati dello Spin Off universitario, e di fare rapporto all'Agenzia. L'uomo salirà i gradini allegramente, fermandosi a guardare la telecamera, prima di porre il dito sul campanello d'ingresso.

È di nuovo girata, dovrò segnalare nuovamente la cosa al professor Borman, perché mandi qualcuno a ripararla.

Solo un paio di secondi dopo si accorgerà che la porta di ingresso sarà socchiusa; la spingerà alzandosi le spalle, entrando negli uffici.

L'aviomobile scura si fermerà nel Silos di parcheggio dell'Allerton Hotel, al posto di guida l'uomo con il giaccone di pelle, al suo fianco il tedesco con l'impermeabile.

"Restate qui." – dirà la vietnamita, aprendo la portiera.

La donna si dirigerà all'ascensore e scenderà fino al piano terra. Quindi attraverserà la piazzola con i giardini curati ed entrerà nella Hall dell'Albergo. Si dirigerà alla zona bar e si siederà al tavolo, di fronte all'uomo dagli occhietti grigi che, guardandola attraverso le notizie del giorno del proiettore olografico, sorseggerà un caffè con panna.

La rossa guarderà il mare in lontananza, prima di rispondere.

"Il nostro file è estremamente scarso di informazioni. Maschio, età presunta incerta, tra i trentacinque e i quaranta, desunta dal primo incarico ufficiale compiuto come mercenario paracadutista, terza guerra d'indipendenza africana, molti anni fa. Ha lavorato per le primarie multinazionali operanti in materia di riciclo, per almeno sei governi, parla correttamente tre lingue oltre a quella d'origine, il che, ne converrete, in epoca di traduttori simultanei, è una nota di interesse. Ha al suo attivo almeno 12 eliminazioni ufficialmente a lui attribuite, ma rapporti non confermati parlano di un numero ufficioso ben più alto: 37."

I due uomini si guarderanno senza commentare.

"Non risulta aver ottenuto diplomi o lauree, ma ha certamente frequentato il 14° corso della Master & Liu per allievi combattenti mercenari delle guerre d'africa diciassette anni fa." – la donna accenderà il suo mini proiettore connesso al suo identificatore personale olografico innestato nell'avambraccio destro - "Da una dozzina d'anni operativo a contratto per diversi servizi. Sappiamo che usa almeno 4 diverse identità, ha alterato altrettante volte i sistemi di identificazione internazionali, non sappiamo la sua zona di residenza abituale, ammesso e non concesso che ne abbia una, e ama lavorare da solo. Un rapporto mediorientale afferma che la sua località di nascita è in Boemia. Non risultano legami personali."

L'uomo con la cravatta emetterà un fischio. "Insomma, non sappiamo un cazzo."

L'uomo grasso si sposterà sulla sdraio incurvandosi verso la donna: "E arriva in giornata questo fantasma? Credi che potremo avere l'onore di invitarlo a restare a cena con noi?"

La donna spegnerà il piccolo proiettore, guardando il mare.

"Perché non glielo chiedi tu stesso? La ragazza alla reception mi ha mandato un messaggio 10 minuti fa. È già qui."

La rossa stringerà calorosamente la mano dell'uomo, che la sovrasta in statura di almeno una ventina di centimetri.

"Non vorrà che la chiami veramente Signor Kevin Palmer, vero? I miei colleghi immagino già li conosca."

L'uomo elegante sorriderà affabile. "Ovviamente." – la sua voce suonerà calma e sicura – "Di fama, intendo dire."

51

"Abbiamo pulito la slitta." – dirà la vietnamita, guardando il menù. L'uomo corpulento di mezza età, ben vestito, dal viso roseo come quello di un bambino, radi capelli riportati sulla testa e piccoli occhi grigi da miope, annuirà, continuando a leggere il giornale. Un tempo, prima dell'evoluzione medica in campo oculistico, avrebbe certamente ancora portato gli occhiali.

"Il lavoro è finito?" – chiederà l'uomo, sorseggiando il caffè e continuando guardarla attraverso le quotazioni in trasparenza della borsa di Hong Kong.

La sala sarà quasi vuota, in quel momento della mattinata, quattro tavoli più in là una coppia di anziani turisti, probabilmente europei, staranno facendo una tardiva colazione. Si avvicinerà un giovane in divisa verde.

"La signora desidera?" – chiederà solerte il giovane cameriere, guardando un foglio di ordinazioni proiettato a circa due spanne dal proprio petto, rigorosamente ricoperto della divisa elegante dell'albergo.

"Un caffè con latte. Ed una di quelle fette di torta con doppio strato di crema e caffè. Una fetta generosa, grazie." – risponderà la vietnamita con un sorriso.

"Subito signora." – il cameriere toccherà con l'indice della mano lo spazio olografico di fronte a sé, e l'ordinativo sarà già giunto nelle cucine, quindi con un accenno di inchino si allontanerà. Una ragazzina, probabilmente la nipotina dell'anziana coppia, arriverà di corsa nel bar, rivolgendosi in una lingua dell'est europeo ai due vecchi, che la faranno sedere con loro al tavolo, con grandi cure e gesti d'affetto. Nessun'altra persona sarà presente nello spazioso locale, illuminato da luci soffuse dorate, per supplire alla carenza di luminosità naturale nella fredda giornata autunnale.

"Ottima scelta, qui fanno delle ottime torte. Tu poi puoi permettertelo, io un po' meno, mi tocca limitare gli zuccheri, dice il mio medico." - commenterà spegnerà il programma olografico, e le quotazioni di borsa scompariranno dall'ovale perfettamente truccato della vietnamita sedute di fronte. - "Perché hai voluto vedermi? Non potevamo parlarci su una linea protetta?"

"Non esistono più linee veramente protette." - la donna si toglierà la giacca a vento alla moda – "Quando avete fatto l'ultima volta il controllo di questo locale?"

L'uomo elegante stringerà la mano dei due uomini, alzatisi dalle sdraio.

"In ogni caso, le presentazioni non sono necessarie, signori." - aggiungerà – "Come disse qualcuno, nel nostro mestiere l'anonimato è una calda coperta."

"Vogliamo sederci e parlare di affari, allora?" – sorriderà la rossa –"Mi sono permessa di ordinare un drink, è la specialità del locale, se non le piace ordino subito qualcos'altro, naturalmente. Credo lei sappia il motivo della sua visita."

"Per rispondere alla sua prima domanda, signora, per questo contratto, se giungeremo ad una intesa, s'intende" – l'uomo elegante mescolerà con il bastoncino di legno il drink, facendo tintinnare il ghiaccio nel bicchiere – "oh, a proposito, sempre provare le specialità del luogo. Beh, direi che mi può chiamare con il nome in codice di Anna."

L'uomo con la cravatta esploderà in una breve risata: "Anna!"

"Naturalmente. Un nome vale l'altro. Corto, simmetrico, si scrive in fretta, si pronuncia bene in alcune lingue. Sempre che non sia già occupato per altre vostre operazioni in corso." – Palmer sorseggerà il drink.

L'uomo grasso si sposterà i radi capelli della fronte: "Che io sappia, non abbiamo altre Anna, al momento.". Scuoterà la testa e sorriderà, prendendo il suo drink.

"Bene, e questo è deciso."- chioserà Palmer – "quanto al motivo della visita… davvero buono questo drink… beh, diciamo che 3 agenti di livello operazionale dei servizi italiani che mi cercano dopo qualche settimana fa passò come notizia di terz'ordine un assalto ad un furgone portavalori nel cielo di Roma…siete stati bravi a far girare dopo pochi minuti un ologramma alternativo, avevate già previsto il fallimento?"

Una coppia di ragazzi correrà sulla battigia, con le maglie della squadra di calcio locale.

"Siamo sempre previdenti." – bofonchierà l'uomo con la cravatta di pelle.

"Abbiamo ricevuto ordini precisi." – la rossa appoggerà il bicchiere sul tavolino in legno inclinato nella sabbia – "Ci rendiamo conto che si tratta di un obiettivo diciamo…insolito. Il bersaglio preoccupa il nostro committente in quanto…".

L'uomo sorseggerà il caffè bollente, guardandola negli occhi.

"Abbiamo controllato settimana scorsa, il locale è pulito. Qui possiamo parlare liberamente. Nessuno ci può ascoltare, a meno che quella bambina sia un nano travestito." – l'uomo sembrerà di buon umore. La vietnamita spazzolerà la giacca alla moda, guardando per un secondo la bambina che ride in braccio alla nonna.

"Non tutti i cani erano sulla slitta." – dirà ad un tratto la donna.

L'uomo cambierà espressione, farà per parlare, ma poi si fermerà notando il cameriere di ritorno.

"Prego signora." - il giovane poserà da un elegante vassoio il caffè e una fetta di torta sul tavolo, quindi si allontanerà.

"Il cane di punta?"

"Sì."

"Allora, chi manca?"

Whiley entrerà nell'ufficio, la musica di bach inonderà il corridoio, proveniente dall'ultima stanza in fondo a destra. L'uomo entrerà nella stanza con il camino acceso, girando a destra e slacciandosi il giaccone.

"Mi rompi sempre la balle con la sicurezza e le procedure, e poi quando non ci sono io, qualcuno ha lasciato la porta a…"

La donna sarà a terra in una macchia di sangue scuro.

Whiley si guarderà intorno, incapace di realizzare la scena. Il camino scoppietterà, immettendo nella stanza un dolce tepore. La pioggia batterà sui vetri colorati. L'uomo non riuscirà a distogliere per alcuni secondi lo sguardo dal sangue rappreso sul pavimento di legno pregiato. Solo allora noterà i fori sul muro sopra il camino. Si volterà di scatto, il battito cardiaco alle stelle, e guarderà nella stanza di fronte, attraverso la porta aperta. Sul muro, sopra la scrivania, una macchia di sangue e di materiale cerebrale colerà verso il tappeto. Whiley si porterà una mano alla bocca.

La donna vietnamita mostrerà all'uomo di mezza età il lato protetto di una proiezione olografica, in modo che il trio dei nonni e della bambina non possano casualmente vedere. La proiezione mostrerà le foto ed un report dettagliato di Whiley. L'uomo leggerà, mentre la donna assaggia la torta.

"Perché il cane non era sulla slitta?"

"Non è necessario, signora." – la interromperà Palmer – "Talvolta chiedo il dove, qualche volta il quando, sempre il quanto. Ma mai il perché. Per me, è un uomo come un altro."

Per alcuni istanti, nessuno commenterà.

"Abbiamo deciso che si agisca presto. Il nostro committente ha fretta, bisogna farlo prima che..." – interverrà alla fine il grasso.

"Fretta?" – l'uomo elegante lo interromperà, posando il bicchiere sul tavolino – "La fretta è una cattiva consigliera, dicono. Sceglierò io il momento."

"Abbiamo studiato tutti gli appuntamenti ufficiali ed ufficiosi. Abbiamo una lista dei luoghi, delle misure di sicurezza, e le forniremo copertura operativa con una squadra internazionale." – interverrà l'uomo con la cravatta – "Non perdiamo tempo in preliminari, lei crede di poter risolvere questa faccenda, e se sì quando? Senza girarci intorno: a quanto pensa?"

"Tutto si può risolvere, avendo tempi e mezzi." - Palmer lo guarderà negli occhi – "Il tempo lo scelgo io. Il quanto anche: settantacinque milioni. Dieci per cento in anticipo."

"Cosa?" – l'uomo con la cravatta verserà il drink sulla sabbia.

"Starà scherzando, spero." – aggiungerà il grasso, battendosi una mano sul ginocchio.

"Non se ne parla, non riusciamo a giustificare uscite di questa entità, Marta, una cifra del genere non si può coprire, nemmeno coi nostri controlli." – l'uomo con la cravatta alzerà la voce - "Ho già sentito almeno tre dei nostri uomini migliori, ed il più caro non arriva ad un decimo di quella cifra, cazzo!"

"Ferma, ferma!" – esclamerà Palmer, quasi sottovoce – "Voi mi state dicendo, signori, che avete già fatto girare la voce su almeno tre altre persone in giro, su un tema come questo? Se avevate intenzione di organizzare una squadra sportiva, potevate anche mettere un annuncio. Il mio prezzo è legato alla riservatezza, perché questa è inversamente legata al rischio, e quando la riservatezza, come in questo caso, tende a zero, il mio prezzo tende ad infinito. Se questa è la giornata dell'allegro dilettante, allora il mio prezzo cambia, signori."

Il biondo elegante si curverà sul tavolino nella sabbia, poserà il bicchiere, e guarderà negli occhi i propri interlocutori.

"C'era il segnale del suo display personale." – osserverà la vietnamita – "non sappiamo perché lui non c'era. Forse lo aveva lasciato ad un collega, forse lo ha dimenticato. Non potevamo aspettare, qualcuno dalla sezione potrebbe aver chiamato e senza risposte potrebbe essersi insospettito, e aver mandato un controllo."

L'uomo batterà con le dita sulla tovaglia bianchissima, sovrappensiero.

"No. Finora nessuno ha segnalato niente. Ma potrebbe essere questione di minuti." – allontanerà il proprio caffè – "Avete pulito?"

"Come sempre. Nessuna traccia, cancellato tutte le registrazioni."

L'uomo osserverà la coppia di anziani ad una decina di metri intenti a giocare pazientemente con la bambina.

"E adesso cosa pensi di fare?" – chiederà con ansia nella voce.

La donna morderà con appetito la torta, masticando con calma. Quindi, si pulirà senza alcuna fretta le labbra con il tovagliolo.

"Quando si fa vivo, tu ce lo dici."

L'uomo guarderà la donna senza fiatare. Anche al chiuso del locale, ascolterà il battere della pioggia violenta sui vetri, spinta da raffiche di vento. La donna sorseggerà il caffè, quindi poserà la tazzina nel piattino, guardandosi il tovagliolo.

"Abbiamo un altro problema." – dirà, stirandolo sul tavolo.

Whiley uscirà dal bagno, in uno stato confusionale, una mano appoggiata sulla fronte, quasi barcollando, cercando di ricordare nozioni apprese di controvoglia tanti anni prima, pensando che non sarebbero mai servite.

In casi rientranti fra quelli che abbiamo visto in questa lezione, non chiamare la polizia ma la centrale sulla linea di emergenza e attendere istruzioni.

Avrà paura. E se l'assassino fosse ancora lì? Entrerà con cautela nell'ufficio del professor Borman, guardandosi intorno, come se assurdamente qualcuno potesse celarsi sotto le tende trasparenti che danno sulle finestre dai vetri colorati. Le scie delle luci di segnalazione lampeggianti di una aviomobile in lontananza si sposteranno curiosamente sull'ultima fila di piastrelle colorate.

"La tariffa è cambiata," – dirà il biondo – "ora il mio prezzo è cento milioni, in eurodollari, cinquanta per cento all'incarico, pagati su un conto segreto cifrato su una banca di Hong Kong, che farò avere ad un unico contatto con il quale opererò esclusivamente in olografico protetto. Non ho intenzione di prendere ordini o ricevere informazioni da nessuno, e di certo non da voi. Sceglierò io il luogo, il mezzo ed il momento, e posso dirvi sin d'ora, signori, che ho in mente qualcosa di un po' meno esplosivo, e di certo non in Roma, visto che la piazza è – come dire? - bruciata."

Il sole comincerà a scomparire dietro la scogliera più alta dell'isola. Un aliscafo in lontananza scintillerà per un momento coperto di luce, sovrapponendosi con una vecchia barca da pesca appena fuori dalla rada. Alcuni gabbiani gireranno intorno alla barca da pesca. La spiaggia vicino alle sdraio sarà ormai deserta, e per centinaia di metri non si vedranno esseri umani. Alla fine sarà il grasso a parlare.

"Non mi sembra che siano condizioni ragionevoli."

L'uomo elegante annuirà, si batterà le palme delle mani sulle ginocchia, sorridendo sommessamente.

"In tal caso, signori," – chioserà l'uomo elegante alzandosi ed allacciandosi la giacca - "rivolgetevi ai vostri contatti abituali. Vi consiglio però di preparare qualcosa di più originale la prossima volta, non vorrei salisse troppo l'assicurazione dei furgoni porta valori."

La mano della rossa gli prenderà il polso.

"Perché non finisce il suo drink? – dirà con tono calmo della voce – Anna."

Chiamare da una linea pubblica, se possibile.

Whiley penserà che il professor Borman era stato un maggiore dell'esercito, l'unico della squadra ad avere esperienza evoluta di armi. A dire il vero, l'unico che potesse avere una qualche logica in una squadra come quella. La sua carriera universitaria era storia più recente, ma in gioventù aveva frequentato l'accademia militare, si era diplomato a pieni voti, ed era anche stato militare nell'aeronautica, dalla quale si era congedato nove anni prima con il grado di maggiore. Più volte gli aveva mostrato le proprie medaglie, e soprattutto la propria pistola, una 44 impulsi.

Ragiona, ragiona, ragiona.

Whiley aprirà la mensola sopra la libreria, salirà sulla predella, ed estrarrà la scatola di legno con le insegne dell'aeronautica militare americana. Dentro, la pistola ad impulsi ed un caricatore. La prenderà in mano. Una luce rossa apparirà sulla canna metallizzata ed un lungo suono cupo disturberà per un paio di secondi la celestialità della melodia settecentesca. Whiley correrà nella stanza di fronte alla sala riunioni, cercando di non guardare nuovamente i cadaveri, ed in particolare quello della piccola cinese riversa sul vaso di fiori, si siederà tristemente alla propria scrivania guardando il proprio identificatore personale.

Non l'avevo lasciato in quella posizione.

Rimarrà a ripetersi di essere sicuro di averlo posato vicino al vaso di fiori, nel sottovaso, chiedendosi per quale ragione allora non era caduto a terra insieme al vaso. Nel dubbio, deciderà che sia meglio non prenderlo, sapendo che il modo più semplice per essere rintracciati sarà tenere in tasca l'identificatore personale.

I satelliti spia riescono a rilevare uno spostamento di un oggetto di paio di metri.

Dato quello che è successo questa è più che una probabilità.

Se l'oggetto fosse già sotto osservazione saprà che nel giro di una manciata di minuti la cosa sarebbe comunicata.

Devo farlo con una scheda vicino alla mano di Borman.

Correrà in bagno.

Speriamo sia lì.

Cercando di non guardare il cadavere e la gamba scompostamente piegata, frugherà nelle sue tasche.

Sì!

232 giorni prima

Le statue di Roma saranno splendenti nel sole del mattino in quella bella giornata di primavera. All'ultimo piano, il sesto, dell'antico palazzo, il Commissario Cervetti sarà in piedi alla finestra a guardare le statue nel cortile. Un'aviomobile della polizia si leverà dalla rampa sul tetto con i lampeggianti accesi. La donna magra e nervosa, capelli biondo platino, arriverà scura in volto, dura come un bastone, i suoi tacchi rimbomberanno nel vuoto del corridoio.

"Il Questore Capo si è liberato, Commissario." – dirà stringendo freddamente la mano all'uomo con la barba, che la sovrasterà di una testa abbondante, una testa di capelli ricci scuri – "Mi segua, prego."

Cervetti si troverà come sempre a disagio nella stanza del Questore capo di Roma, piena di targhe commemorative e bandiere.

"Si accomodi, Cervetti." – il Questore, sulla settantina, secco, capelli grigi ancora fluenti e impomatati, lievemente curvo, un viso scavato ed occhi chiari che ricordano lontanamente un rapace, si alzerà dalla scrivania con modi vagamente militareschi. "Grazie, dottoressa Patrella; vada pure."

Cervetti si siederà sull'ampia poltrona in pelle bordeaux di fronte al tavolinetto. La donna uscirà chiudendo la porta.

"Dunque, Cervetti, come saprà, sull'intera vicenda grava il più totale segreto di Stato. Tuttavia" – l'uomo siederà al tavolino, aprendo un dossier olografico – "il Ministro sta facendo fuoco e fiamme. Il rischio che qualche informazione sfugga sulla rete è elevato."

Il dossier olografico mostrerà una serie di registrazioni e montaggi della scena del fallito attentato, prese da diverse angolazioni, dai satelliti, e dalle unità presenti quella mattina.

Strano, come tutto sembri diverso, se guardi ciò che hai visto in prima persona da una registrazione.

"Abbiamo motivo di ritenere che ci sia una talpa."

Il volto del Commissario non tradirà alcuna emozione, né commenterà la pesante affermazione del superiore.

"La dinamica dell'attentato comporta pesanti sospetti." – continuerà il Questore Capo.

"Salvietta. Salvietta."

Raccoglierà i due fazzoletti dal distributore sul lavandino che gli vengono offerti dalla macchina, con questi prenderà il dispositivo personale di Whiley, accendendo il programma per le connessioni agli oggetti personali. Prenderà la mano del morto, mettendola sull' impugnatura della pistola. Una luce verde ed un breve tono acuto.

Sì!

Le dita di Whiley scorreranno velocemente nello spazio, il suo sguardo cercherà di non notare la macchia di sangue sul lavandino, ed il programma ricercherà velocemente il numero di matricola della pistola. Quindi, ordinerà al programma di resettare la programmazione dell'arma. La pistola si spegnerà, mentre il programma pulirà i files di caricamento dell'arma. Dopo circa un minuto, lascerà il bagno e correrà nella propria stanza, prenderà il proprio personal display ed impugnando la pistola avvierà il programma di riconoscimento delle impronte digitali.

Forza. Forza.

Due minuti dopo, impugnerà la pistola osservando con un sospiro la luce verde di accensione. Toglierà l'opzione sonora di accensione, si infilerà le salviette in tasca, poserà il proprio personal display esattamente nella posizione in cui l'ha trovato, guardandosi intorno, cercando di non toccare nulla, lascerà le luci accese, si infilerà la pistola con il caricatore in tasca, e stranamente si chiederà con un ultimo sguardo sul corridoio quando finirà di suonare la musica. Quindi si dirigerà alla porta di ingresso senza voltarsi indietro.

Nel zona bar dell'Allerton Hotel l'uomo corpulento guarderà la vietnamita, osservando i nonni e la bambina. La nonna prenderà la bambina per mano e, infilandole pazientemente una graziosa giacca a vento bianca e rosa, seguirà il marito verso l'uscita del bar.

"Quale problema?" – la voce dell'uomo sarà quasi afona.

La vietnamita poserà il caffè pulendosi le labbra con il tovagliolo. Con esasperante lentezza estrarrà il rossetto e guardandosi nello specchietto rotondo si colorerà nuovamente di rosso vivo il labbro superiore.

"Un altro cane potrebbe abbaiare."

"Il luogo, la conoscenza del percorso nei suoi dettagli, della nostra scorta" – aggiungerà – "per non dire dell'uso del dispositivo di guida a distanza: tutto questo non può essere opera di un singolo terrorista. Qualcuno lo ha aiutato dall'interno."

Nello spazio apparirà la foto di un uomo sulla trentina, il volto scavato, occhi e capelli neri, ritratto da diverse angolazioni.

"Un algerino, appartenente a una fazione integralista combattente, abbiamo scoperto che era lui alla guida. Banale. Troppo scontata la pista del contrasto religioso, proprio oggi che il nuovo Pontefice, per la prima volta, parla apertamente di unità delle tre religioni monoteistiche e di comunanza di fede. Qualcuno ha assoldato il terrorista, evidentemente, ma chi?"

"Un'operazione del genere richiede coordinamento e supporto." – un'affermazione, non una domanda, quella del Commissario.

Il Questore si appoggerà allo schienale inspirando profondamente, prima di continuare.

"Precisamente. Ed è in questo senso che lei deve indagare. Ho dovuto rispondere a precise accuse ieri in commissione interna, Commissario. Il Ministro dell'Interno ci sta col fiato sul collo. Ho argomentato che era necessario usare la forza, che non era possibile arrestare il terrorista, in quel momento, e che la sua decisione è stata la più corretta, date le circostanze."

Il questore spegnerà la proiezione.

"Tuttavia, ora siamo in prima linea. Almeno sette governi hanno già avviato segretamente un'azione di intelligence internazionale, e dobbiamo collaborare. Non credo di doverle spiegare quanto la cosa abbia gettato nel panico mezzo mondo cattolico."

"E il Vaticano?" – chiederà Cervetti.

"Lei si è fatto un nemico, Commissario. Il capitano Hauser vorrebbe sbatterla nelle segrete e darla alla Santa Inquisizione, se ancora potesse. Credo che in altri tempi un bel rogo non glielo avrebbe levato nessuno. In ogni caso, sua Santità non intende minimamente modificare i suoi programmi per i prossimi mesi. Insomma, niente rogo per lei e niente di nuovo sotto il sole per noi."

Incredibile, sembra un sorriso.

"Ora il problema è nostro. Dobbiamo tornare ad avere l'iniziativa. Il Governo Italiano è sulla graticola."

Quasi affabile.

L'uomo cercherà di non mostrare il proprio disappunto.

"Da dove salta fuori questo?" – dirà l'uomo - "Avevamo la lista della sezione."

La donna passerà al labbro inferiore.

"Non della sezione. Qualcuno di fuori. Non era previsto" – la donna toccherà il vuoto davanti a sé, e dalla parte dell'uomo verrà proiettata una scheda con un dossier dettagliato. Si tratta di un ricercatore del Dipartimento di Metodologia della Ricerca Sociale e verrà proiettata un'immagine di repertorio. Un uomo sotto la quarantina, capelli lunghi, una barba corta su un viso fin troppo rotondo ed una camicia estiva colorata, in una giornata di sole su un corpo evidentemente obeso. Altre immagini di una famiglia, con una donna e due bambini. L'uomo stopperà la proiezione.

"Cosa c'entra con la sezione?"

"Non ne fa parte. Lavora in un altro dipartimento dell'Agenzia." – risponderà la vietnamita, chiudendo il rossetto e riponendolo nella propria borsa a tracolla – "Tuttavia, abbiamo registrato una conversazione questa mattina. Deve partecipare alla riunione di oggi pomeriggio, ed a quanto pare ci si aspetta che porti un contributo sul tema, dal suo punto di vista. Doveva essere presente fisicamente, addirittura, ma a quanto pare non è andato all'ultimo momento. Sappiamo il suo indirizzo, e che in questo istante è a casa sua."

La donna aggancerà la borsa a tracolla alla sedia.

"Sai, il vento di questi giorni gli deve aver procurato un gran mal di gola, altrimenti ce lo saremmo trovato inaspettatamente nella slitta, e tu non ne sapevi niente."

Gli occhi grigi da miope dell'uomo corpulento fisseranno quelli della vietnamita, che sosterrà divertita il suo sguardo.

"Evidentemente,"- continuerà la vietnamita –"i cani di tuo interesse ne hanno parlato con lui, a vostra insaputa, perché ritengono utile in qualche modo il suo pensiero. Sei tu che devi sapere perché e se c'entra o meno. Potrebbe anche essere soltanto un caso."

L'uomo guarderà i nonni uscire con la bambina, accompagnati sulla porta dall'uscere che li saluta aprendo la porta con un grande inchino, accettando con un sorriso la mancia dall'anziano ospite.

"Da un colloquio avuto ieri ad alti livelli, sembra che i carabinieri abbiano motivo di ritenere che la talpa possa addentrarsi nei nostri servizi, Commissario." – proseguirà il Questore –"Lei deve operare verificando segretamente gli spostamenti dei nostri funzionari, ed i movimenti di denaro dai fondi neri. Mi servono nomi, Commissario, e mi serve sapere se qualcuno sta preparando qualcosa, in Italia o nel mondo. Dobbiamo sapere se viene acquistato esplosivo, componenti elettronici, robot per guida di avio in remoto, software illegale, tutto. Verificate i movimenti di qualsiasi terrorista vero o presunto, di qualsiasi pazzo entri nel nostro Paese. Dobbiamo scoprire se era un gesto di un folle o se quel gesto può essere imitato da altri."

Si interromperà, osservando la reazione del suo interlocutore.

"Signor Questore, con il dovuto rispetto, sono d'accordo su tutti i punti tranne che su una cosa."

"Sarebbe?"

"Se davvero esiste un disegno occulto ed organizzato, e se qualcuno all'interno di questo Stato ne fa parte, allora il modo del prossimo attentato potrebbe variare, potrebbero passare ad una nuova strategia." – il Commissario si stringerà nervosamente le mani – "Non credo che il problema sia scoprire se intendono riprovarci, ma quando. E come."

Il Questore guarderà il suo interlocutore con i suoi piccoli occhi grigi, per alcuni secondi, muovendo le labbra sottili, come se dovesse parlare. Quindi si alzerà, abbottonandosi la giacca e porgendogli la mano.

"Mi tenga informato."

L'uomo che si farà chiamare Kevin Palmer sorriderà, camminando sui morbidi tappeti del quinto piano dell'hotel nell'isola di Santorini. La cena a base di cucina greca sarà stata di suo gusto, soprattutto per l'accordo intercorso. La donna coi capelli tinti di rosso avrà segnato il suo numero di conto della filiale di Hong Kong della sua banca cinese. I tre commensali partiranno domani mattina alle 9,30, avranno detto. Lui avrà confermato che anch'egli partirà, ma nel pomeriggio, dopo aver fatto un giro dell'isola.

Sorriderà nuovamente, davanti alla porta.

"Mia cara" – dirà con calma l'uomo corpulento – "dalle mie informazioni sapevo che tu eri una sicurezza, in questo genere di operazioni. Data l'evoluzione dei fatti, a questo punto non possiamo lasciare le cose al caso."

La donna si allaccerà nuovamente la giacca alla moda.

"Se ci fossimo basati sulle tue informazioni, ora penseremmo di avere un solo cane fuori dal recinto, invece sono due."

L'uomo riaccenderà lo schermo olografico, ridimensionandolo con il pollice e l'indice della mano destra alla grandezza di una spanna, quindi con l'indice ritornerà alla pagina delle quotazioni di borsa.

"Quindi, ora cosa pensi di fare?" – chiederà, guardando la donna attraverso i numeri.

La donna si alzerà, prendendo la propria borsa dalla sedia - "Di uno dei cani almeno sappiamo la posizione no?"

L'uomo guarderà la donna alzarsi e voltarsi, mentre le quotazioni di borsa scorreranno veloci sulla sua schiena.

Whiley scenderà alla portineria. La donna sarà girata di schiena e guarderà in direzione della parete, sulla quale è proiettato un programma di intrattenimento. Lui aprirà la porta. Un gatto correrà via miagolando tra le sue gambe.

Cristo Santo.

Sulla scrivania due telecamere che sorvegliano l'ingresso esterno ed il secondo piano, la donna immobile di spalle, le pulsazioni del sangue alle proprie tempie.

Smetti di battere.

Whiley prenderà la donna per la spalla, la sedia girevole ruoterà. Il foro da impulsi nel centro della fronte, gli occhi della donna fissi nel vuoto, un filo di sangue lungo il naso e la guancia. L'uomo volterà istintivamente la testa, e uscirà di corsa dalla portineria, aprendo il portoncino laterale. Riuscirà appena ad arrivare ai gradini del cortile, poi si porterà il palmo della mano alla gola, iniziando a vomitare. Dopo alcuni minuti, si ricorderà delle salviette in tasca e si pulirà, buttandole in un cestino, per poi guardarsi intorno. Rimarrà con le mani sui fianchi, vicino al cestino della spazzatura, cercando di riprendere fiato.

Tutto come previsto.

"Palmer." – dirà l'uomo al dispositivo per il riconoscimento vocale. La porta della sua stanza d'albergo si aprirà, scorrendo silenziosamente. L'uomo entrerà, assicurandosi che la porta sia chiusa e bloccata, quindi si spoglierà. Si siederà sul letto, si sbottonerà la camicia avvicinandosi al video sul comodino.

"Reception, prego."

"Buona sera, signor Palmer, desidera?"

"Vorrei la sveglia domani per le ore otto, musica classica possibilmente, e la colazione in camera alle ore nove. Uova e pancetta, caffè d'orzo, e frutta. Pane integrale, se ne avete."

"Certamente signore. Buon riposo." – nel video una ragazza affabile, una ventina d'anni scarsi.

Palmer spegnerà il video di comunicazione offerto dall'albergo, si avvicina allo schermo olografico sul muro, collegato con tutte le produzioni artistiche mondiali, compresi tutti i divertimenti interattivi. Volendo, potrebbe simulargli una partita di golf. L'uomo parlerà con il video, e sceglierà, continuando a spogliarsi, la sezione musica, musica da camera, Schumann. Quindi ordinerà al lettore di scendere e scandagliare i pezzi, fino a che non troverà qualcosa di suo interesse. Le note della sonata numero 2 in re minore, opera 121, per violino e pianoforte, riempiranno la stanza d'albergo. L'uomo indosserà la vestaglia da camera, le pantofole offerte dall'albergo, ed ordinerà al mobiletto del bar un bicchiere di rhum, invecchiato 23 anni. Prenderà dal vassoio in argento il bicchiere di rhum, appena versato in automatico, accomodandosi alla scrivania; quindi, sorseggiando l'ottimo prodotto, assaporerà il gusto della canna da zucchero rilassandosi. Aprirà il proprio personal display. Decine, centinaia di sezioni di archivio, differenti files, filmati, registrazioni. L'uomo comporrà diverse sequenze di numeri, lanciando programmi di protezione per la sicurezza informatica. Naturalmente, il display sottocutaneo installato nell'avanbraccio sarà soltanto un minuscolo hardware per ottenere meramente la connessione con i dati personali, residenti nei server remoti. L'identità di Palmer sarà diversa da quella registrata nei documenti, e l'uomo dovrà inserire una serie di chiavi di crittografia.

Alla fine, accederà ai propri archivi e a quelli della rete globale.

Alzerà lo sguardo, e ruoterà la testa, per osservare i palazzi che daranno sul cortile, infilandosi una mano tra i capelli lunghi e spettinati. I muri grigi dell'interno del cortile deserti, le finestre chiuse, la pioggia che batterà incessante, i rigagnoli che scenderanno dai tetti.

Nessuno.

Correrà via, sollevandosi il bavero della giacca, guadagnando l'uscita sotto la pioggia.

Porrà all'intelligenza artificiale una serie di quesiti, ed effettuerà delle ricerche. Il biondo coi baffetti ordinerà luce soffusa, colore oro, e la scrivania verrà avvolta da una calda coperta luminosa, lasciando il resto della stanza in penombra. Le ore passeranno, lentamente. Sul video, compariranno immagini di fucili ad impulsi di ultima generazione. Palmer porrà una serie di domande tecniche su alcuni aspetti di dettaglio, data la sua esperienza, confermata anche da un brevetto di tiratore scelto, conquistato in africa sul campo di battaglia. La sua mente esaminerà i fattori critici del piano che sta facendosi largo tra i suoi pensieri.

Il peso.
La distanza.
Il vento.
Il proiettile.

Alle due di notte, Palmer deciderà di inserire una ricerca sui siti neri. Dovrà muoversi rapidamente, lanciando un programma per la navigazione in incognito. Ovviamente, qualora venisse rintracciato, sarà ricercato il cliente della stanza d'albergo registrato in questa notte. La probabilità è remota, ma esiste. L'uomo continuerà a muovere le dita nello spazio olografico, ad estrarre informazioni, a girare per vari nodi, finché sembrerà aver trovato trovare ciò che era indicato nei propri appunti, un nome di donna.

Saki Nishizawa

Confronterà l'immagine che apparirà a video con quella del suo repertorio. Prenderà due immagini con le dita, le farà ruotare nello spazio, le dimensionerà con le mani alla stessa grandezza di circa venti centimetri, quindi sovrapporrà due foto di donne. La prima foto sarà quella di una donna sulla ventina, la seconda di una donna più matura, di almeno trentacinque anni. La prima donna avrà i capelli lunghi e castani, la seconda caschetto ed i capelli neri, ed inoltre sarà vistosamente truccata.

Fuori, il cielo comincerà a schiarire.

Palmer manipolerà con le mani le immagini nello spazio, e lancerà un programma di ritocco digitale.

Mercoledì, ore 11.05

Le strade del centro di Chicago saranno piene di gente in quella giornata di fine novembre. Whiley correrà scansando i passanti impegnati nello shopping, senza nemmeno sapere dove andare. Il suo unico pensiero sarà quello di allontanarsi da quella casa.

Raggiungere un posto sicuro.

Dopo alcune centinaia di metri Whiley si fermerà, con il fiatone.

Contattare l'agenzia sul numero d'emergenza.

Per quanto allenato dallo sport praticato in gioventù, non sarà in abiti adatti per una corsa.

Per fortuna sta smettendo di piovere.

L'uomo accaldato si fermerà vicino ad un negozio di fiori. La sua mente sarà confusa, mentre cercherà di riprendere fiato, appoggiando le mani alle ginocchia. La fioraia che lo guarda con troppa intensità, non assomiglia alla portinaia?

Tutti morti.

Gli occhi della portinaia, quagli occhi sbarrati con il buco in mezzo alla fronte, la striscia di sangue che scorre lungo il naso.

Tutti morti, cazzo.

Whiley si allontanerà camminando, pensando alla fioraia che continuerà a guardarlo, comprendendo che non sarà il caso di attrarre ancora l'attenzione dei passanti. Un rumore forte di sirene. L'uomo si chiederà se stiano già arrivando, e chi possa aver chiamato la polizia.

Chi è stato?

Istintivamente si nasconderà sotto una tettoia. Guarderà in cielo, poi vedrà i lampeggianti di un'aviomobile delle forze di polizia correre verso est, in direzione opposta alla casa di arenaria. L'uomo cercherà di ricordare tutte le cose apprese nel corso per le emergenze, seguito anni prima, ma tutto gli sembrerà così confuso, e non riuscirà a distogliere la mente dalla scena di sangue.

E perché?

Whiley deciderà di uscire dalla strada, entrando in un parco. La pioggia sarà molto calata di intensità, e sgocciolerà dai rami spogli delle piante lungo i viali interni.

Seguire la procedura.

Ordinerà di rimuovere il trucco, di cambiare colori e forma dei capelli, di aggiungere età alla prima immagine di repertorio. Alla fine, sovrapporrà la prima immagine manipolata sulla seconda. Sorriderà.

Ciao, Saki.

Quindi, segnerà sul proprio archivio personale l'indirizzo di un Sushi Bar, ad Okinawa. Soddisfatto, si alzerà dirigendosi alla finestra. La notte sarà meno scura.

Andrà al video comunicatore sul tavolino da notte e contatterà la reception, alle ore 5.42. Un uomo apparirà sul video - "Reception, dica." - La voce un po' assonnata.

"Qui stanza 603. Vorrei un aviotaxi tra venti minuti. Sì, grazie."

Si dirigerà in bagno, e facendosi la barba penserà che potrà riposarsi in aereo nel viaggio per Atene. Poco dopo, lascerà l'albergo, salendo sull'avio taxi, e mentre il mezzo dirigerà la coppia di motori in posizione orizzontale per guadagnare l'altezza di decollo, si soffermerà a guardare dal finestrino lo spettacolo incantevole delle prime luci dell'alba sull'isola ancora addormentata.

Palmer sarà seduto in attesa del volo, previsto entro un paio d'ore, al ristorante all'aeroporto internazionale Eleftherios Venizelos, ad Atene. Gli altoparlanti in lontananza annunceranno chiamate per voli in decollo, ma i rumori saranno attutiti dall'ottima insonorizzazione del locale, costruito su una torre laterale distanziata di circa un chilometro dalle piste. Starà gustando delle *dolmades*, foglie di vite ripiene di riso, cipolle, pomodoro ed erbe aromatiche, in un tavolo appartato. Il sole primaverile sarà tramontato da poco più di un'ora, e le luci degli aviogetti coloreranno il cielo di Atene. Nel locale la metà dei tavoli sarà occupato da turisti e uomini d'affari, ed avrà avuto cura di scegliere l'ultimo tavolo in fondo al locale, vicino al giardino. Un messaggio sul personal display. Palmer odierà lavorare durante le proprie pause, ma la provenienza del messaggio lo indurrà a fare un'eccezione.

Zibo Bank, filiale di Hong Kong.

Le panchine saranno deserte, solo pochi passanti attraverseranno i giardini camminando nei sentieri alberati, curvi nei propri giacconi. L'uomo li guarderà con un misto di timore e sospetto. Un'anziana ricambierà il suo sguardo, camminando curva con dei sacchetti della spazzatura in mano.

Tutti gettati via per la casa.

L'uomo devierà percorso, tagliando per un ponticello di legno su un laghetto.

Come spazzatura.

Passando sul ponte osserverà un cigno, immobile sotto la pioggia leggera, come se il mondo non lo riguardasse. Anche la piccola collega cinese ormai era immobile. Solo a quel pensiero si accorgerà che il cuore avrà ricominciato a battere quasi normalmente. Si fermerà sul ponticello di legno, appoggiando le mani sul parapetto e guardandosi intorno, senza vedere nessuno nella stradina, cercando di riordinare le idee. Osserverà ancora il laghetto dei cigni, nel battere leggero della pioggia nell'acqua. Il rumore del traffico in lontananza nel cielo arriverà ormai attutito come il battito del cuore.

I centri di comunicazione saranno gratuiti, da anni. Ogni persona potrà accedere, e connettersi rapidamente alla rete mondiale, effettuando ricerche, passando il tempo giocando o leggendo libri, guardando film o ascoltando musica. La consumazione non sarà nemmeno più obbligatoria, come succedeva nei primi tempi. Le nuove leggi sulla pubblicità e propaganda nei luoghi di pubblica utilità avranno ridotto di molto l'interruzione degli spot pubblicitari.

Whiley ne troverà uno alla fine del parco, la scelta ideale per contattare l'Agenzia. Avrà lasciato volutamente il proprio personal display nella casa, per non farsi rintracciare. Meglio chi ha compiuto la strage continui a pensare che lui si trovi lì, oppure che non è ancora passato a ritirare il proprio oggetto. Purtroppo tutti i propri dati personali, i propri ricordi, i filmati, i documenti, i certificati, tutto quanto sarà disponibile dal display, ma in ogni caso i dati dei cittadini saranno archiviati in remoto, ed il terminale personale sarà solo uno strumento.

Si porterà educatamente il tovagliolo alla bocca, quindi aprirà il proiettore in modalità schermata, dimensione 10 centimetri, e collocherà l'immagine tra le proprie gambe, sulla tovaglia sotto il tavolo. Muoverà rapidamente le dita della mano sinistra, fino ad inserire la password del proprio numero di conto, appositamente aperto pochi giorni prima. Il numero tondo sarà semplice da osservare: 50 milioni di eurodollari. Chiuderà rapidamente l'immagine nel proiettore del display personale, sorridendo. Riporrà la carta del display nel suo innesto sottocutaneo sull'avanbraccio sinistro, guardando oltre i vetri verso l'aeroporto in lontananza. Il giardino della torre, nel quale si potrà mangiare nelle belle giornate di sole, sarà avvolto dall'oscurità della sera. Un gioco di luci del locale proietterà la propria immagine riflessa sul vetro della finestra ad un metro di distanza dal suo tavolo. L'uomo guarderà la bottiglia di vino rosso sul tavolo, osserverà l'etichetta, Kamaritis, versandone un mezzo calice, poi guarderà nuovamente la propria immagine riflessa nel vetro.

Quindi, con un cenno di sorriso, solleverà il calice verso la finestra.

Il villaggio di Onna Son, sulla parte centro occidentale dell'isola di Okinawa che guarda il mar cinese orientale, diventerà una delle principali mete turistiche dell'isola. Palmer salirà al tramonto la scalinata in pietra tra le rocce, ricoperte di rigogliosa vegetazione. Solo tre giorni prima era in Europa, ed ora avrà trascorso la giornata facendo magnifiche immersioni subacquee e rilassandosi in spiaggia. Al tramonto, in cima alla scogliera, si soffermerà a guardare il blu cobalto del mare, che cambierà colore nel tratto della barriera corallina, fino a diventare acqua chiara che si poggerà ritmicamente sulle spiagge bianche. Quindi, entrerà nell'area privata, leggendo il cartello:

Kafuu Resort Fuchaku Condo Hotel

Un'ora dopo, l'uomo, vestendo un elegante completo da sera di foggia europea, attraverserà l'area piscine, osservando le lampade gialle proiettare piacevoli coni di luce nelle acque riscaldate.

Sarebbe sufficiente fare denuncia di smarrimento in comune ed alle forze dell'ordine, e in pochi giorni un normale cittadino ne avrebbe uno in sostituzione. Un normale cittadino. Lui saprà di non esserlo più, dal giorno del reclutamento in Dipartimento. Fu lo stesso professor Borman a contattarlo, e fu molto affabile e convincente. Sembrava un gioco, ed in fondo lo era stato.

Fino a quel momento.

La donna vietnamita con il giaccone alla moda guiderà veloce nel traffico, in direzione nord, sulla via 36, a circa 250 metri di altezza, seguendo i segnalatori laser, con l'assistenza automatica. Centinaia di aviomobili saranno incolonnate, ed il percorso non sarà scorrevole. Non potrà disinserire il controllo automatico ed il limitatore di velocità, non senza provocare l'immediato intervento di qualche pattuglia della stradale, e quella sarà proprio l'ultima cosa che desidera. Parlerà nel dispositivo di comunicazione interno, chiedendo di essere messa in contatto con un numero. L'immagine dell'uomo robusto con l'impermeabile chiaro apparirà nello spazio virtuale di circa venti centimetri, sul display trasparente sul lato laterale destro del cruscotto. L'uomo apparirà in una strada, vicino ad un albero.

"Sono io. Novità?" – chiederà la donna, guardando innervosita la coda di aviomobili che starà impedendo il sorpasso regolamentare sulla quarta corsia.

"Il cane mancante non si è ancora visto. Il suo collare è sempre sulla slitta."- risponderà il biondo con accento tedesco.

"Continuate a sorvegliare la slitta stando a distanza. Avvisatemi se ci sono novità."

La donna spegnerà la comunicazione, accelerando fino al massimo di velocità consentito in quello spazio aereo.

Whiley entrerà nel bar annesso al centro di comunicazione. Praticamente, ormai quasi ogni posto di ristoro pubblico ne avrà uno. Chiederà un caffè, ed una cabina insonorizzata privata. Fortunatamente, a quell'ora in un giorno feriale ve ne saranno un paio disponibili. Si siederà in poltrona, appoggiando la tazza nell'apposito porta vivande, e ordinerà la chiusura della porta.

A bordo piscina, tra le piante, sotto l'enorme costruzione alta una ventina di piani completamente illuminati, una serie di divani sotto grandi tettoie in bambù saranno parzialmente occupati da ospiti che staranno ridendo e chiacchierando amabilmente, sorseggiando aperitivi locali. Palmer si porterà le mani sui baffetti biondi lisciandoli meccanicamente con il pollice e l'indice della sinistra, mentre osserverà lo splendore del tramonto sulla baia. Il sole sarà ormai scomparso sul mare, ma una luce rosa tenue rimarrà in lontananza, tra le nuvole bianche. Le lampade gialle ai piedi delle palme tra i divani cominceranno ad accendersi.

Attraverserà il grande spazio comune, passando vicino ad una pagoda, costruita evidentemente per fini turistici, per poi entrare da una grande entrata con vetri scorrevoli nell'area ristoranti. Fingerà di guardare le varie proposte, indicate in cartelli olografici con camerieri in costumi tradizionali dell'isola che illustrano gli interni del locale, per poi dirigersi, come dopo aver confrontato i prezzi, verso un sushi bar. All'ingresso, si soffermerà ad osservare una serie di cesti di vimini contenenti uova di pietra levigate, bianchissime, e una serie di statue di colore amaranto, raffiguranti una serie di diavoli cornuti. Quindi, entrerà nella sala ristorante, seguendo la folla sotto un grande arco illuminato con fiaccole accese. Grandi ripiani scorrevoli, su tre piani rialzati, faranno scorrere ogni genere di pietanza sotto una miriade di piccole lampade colorate. Dietro grandi ripiani di marmo, almeno una dozzina di cuochi continueranno senza sosta a preparare cibo, mentre i turisti li osserveranno incuriositi posare il cibo sui nastri rotanti. La ragazza giapponese, vestita di un kimono tradizionale, gli chiederà qualcosa.

Lui accenderà il traduttore dal proprio personal display, e le frasi della ragazza diventeranno immediatamente comprensibili nella lingua da lui richiesta, l'inglese. L'uomo risponderà di preferire un posto privato appartato, chiedendo espressamente una sala riservata, per sei persone. La ragazza lo condurrà ad un tavolo riccamente addobbato, dietro un separé di canne di bambù, sotto una spirale di steli di vetro di molti colori, che nasconderanno lampade che proietteranno una luce viva sul soffitto, tra le colonne di legno intarsiate.

Whiley chiederà al terminale che la cabina venga oscurata in modo che dall'esterno non sia possibile vedere all'interno. L'aria condizionata entrerà con un lieve fruscio. Pronuncerà la sequenza numerica che avrà imparato a memoria.

"Emergenza." – il volto di una giovane donna, dietro ad una scrivania bianca, su una parete anonima. Non vi saranno elementi che possano indicare il luogo in cui la donna si trovi.

Whiley non riuscirà a parlare, avrà dimenticato la procedura.

"Emergenza. Dica." – ripeterà la donna, guardandolo, sfiorando il tasto di registrazione nello spazio.

"Pronto? Parlo con l'agenzia?" - il respiro affannoso.

"Si qualifichi." – la donna in abito blu chiaro, colletto bianco, un viso anonimo e imperscrutabile, non muoverà un muscolo.

"Sono John Whiley. Sono tutti morti."

Lui osserverà la donna, una fossetta sul mento, magra, con i capelli castani raccolti, immobile nello schermo.

"Si qualifichi, prego."

"Ma ha sentito cosa ho detto? Sono tutti morti! I miei compagni. Sono Whiley, sono un ricercatore." – sbotterà l'uomo alzando la voce, guardando la porta a vetro rotonda e chiedendosi se l'insonorizzazione sia così efficiente. "Dovevamo avere la riunione oggi pomeriggio. Borman l'aveva convocata."

"Niente nomi, prego. Si qualifichi in codice." – la voce della donna non avrà mutato minimamente tonalità.

"Cosa?" – Whiley si passerà la mano sulla fronte – "Ah, sì certo. Segugio 6. Segugio 12/6."

"Chiama dal luogo dell'incidente?"

Incidente.

"Ma cosa dice? Quale incidente? Ho detto che forse c'è stato un incidente? Ho detto che sono morti! Morti ammazzati!" – Whiley butterà le parole di fretta, come per liberarsi del ricordo. Inspirerà profondamente, aggiungendo: - "Cosa devo fare ora?"

"Si trova ancora lì?" – la voce della donna suonerà nasale – "Chiama da una linea protetta?"

"Lì? Lì dove?" – Whiley si slaccerà il giaccone – "Senti, troia, non sono rimasto lì coi piedi nel sangue, era un macello, là dentro, se è questo che vuoi sapere!"

Un enorme acquario lungo almeno sei metri e profondo almeno cinquanta centimetri occuperà in altezza l'intera parete.

"Quando arrivano i suoi ospiti, signore?"- la voce della ragazza verrà tradotta da un'altra lingua femminile nel traduttore simultaneo.

Palmer si siederà sui comodi cuscini, osservando le splendide grandi conchiglie bianche e rosa, appoggiate su piante marine di un verde scuro. Una mezza dozzina di grandi pesci tropicali coloratissimi entreranno giocosamente nei canali naturali delle conchiglie, per uscire in modo casuale ogni volta da un lato diverso.

"Credo di essere solo. Vorrei ordinare, ho un certo appetito, grazie." – risponde Palmer con un ampio sorriso, che rivelerà la sua imperfezione tra gli incisivi superiori, lievemente divaricati, rendendo tuttavia forse più gradevole l'immagine complessiva del giovane uomo.

La ragazza guarderà con stupore l'europeo dai modi eleganti, seduto da solo ad un tavolo rotondo da sei posti - "È mio dovere informare il signore che questa sala riservata ha un costo fisso per la prenotazione di 50 eurodollari per ogni coperto che equivale a…"

"Naturalmente." – la interromperà Palmer, infilando la mano in una tasca della giacca – "Naturalmente. Metta sul mio conto il tavolo completo. Ah, avrei una cortesia da chiederle; faccio affidamento sulla sua discrezione. Le sarei infinitamente grato se, al termine della cena, volesse essere così gentile da pregare la padrona del locale di venire qui al mio tavolo. Le dica che sono interessato ad aprire un'esatta copia di questo locale nel mio albergo a Parigi, e sono qui per parlare di affari."

La ragazza guarderà incredula la banconota da 500 eurodollari nel palmo della sua mano, che lo straniero le avrà con grande cortesia inserito.

"Tenga pure il resto" – continuerà lo straniero con un grande sorriso – "ed ora, vogliamo ordinare?"

Quarantanove minuti dopo, il separè si aprirà ancora una volta, ma invece della cameriera, appariranno due donne. Palmer, essendo seduto più in basso rispetto al pavimento su cui si aprirà la porta scorrevole, inizialmente vedrà i piedi in eleganti sandali neri della prima.

Whiley guarderà l'ologramma della donna in cabina.

"Borman era nel bagno, gli altri sparsi come animali squartati per tutta la casa, ti dico. Sono scappato. Ma chi cazzo ha inventato questa procedura? Se non sai cosa devo fare, passami qualcuno che me lo dica!"

L'ologramma di lei lo osserverà per un istante, muovendo impercettibilmente il labbro inferiore.

"Resti in linea."

Il biondino, alto e magro, sarà seduto in un ufficio al dodicesimo piano, in uno spazio condiviso con altri tre colleghi, al momento impegnati ai propri terminali dietro vetrate di separazione. Un lungo corridoio vetrato, altri uffici fino agli ascensori.

"Recupero."

"Abbiamo un impiegato di ricerca, il sesto addetto della sezione dodici. John Whiley, operativo di livello due. Sembra in stato confusionale. Riferisce di una serie di delitti alla sua sezione. Chiede istruzioni."

"Passamelo." Il giovane comporrà sul proprio display il nome appena ascoltato.

Al video apparirà un uomo con i capelli bagnati e spettinati, nella luce soffusa di una cabina. Il volto dell'uomo corrisponderà alle immagini di repertorio, solo i capelli ora sono più lunghi.

"Avanti, segugio 12/6. Mi racconti con calma. Siamo qui per assisterla. Da dove chiama?"

Whiley osserverà il volto del giovane nel video ologramma di fronte a sé, una normale scrivania di un normalissimo ufficio.

"Da un comunicatore in un bar. Sono fuggito."

Il biondino prenderà nota di ogni parola. Aprirà nello spazio a fianco a sé un file sulla sezione 12, Medoc; sembra sia solo uno Spin Off universitario, una sezione ricerca dell'agenzia. Troverà subito la sede, sullo schermo una casa antica coi muri in arenaria, centro storico di Chicago, a 8 chilometri da lì.

"Dove si trova?"

"In un bar. Gliel'ho già detto."

"Mi faccia un rapido quadro della situazione. La linea è protetta. Si calmi. Abbiamo 3 minuti."

Le unghie smaltate di rosso vivo nei sandali di vernice, un paio di grandi scarpe da ginnastica, l'uomo solleverà lo sguardo per osservare le due nuove entrate. La più anziana, una donna sotto i quaranta, sarà di una bellezza mozzafiato. Capelli neri lisci e lunghi su un corpo pieno di curve, l'abito nero su una generosa scollatura. Indosserà una splendida collana, anelli riccamente lavorati su mani curatissime, occhi dal magnifico taglio orientale. La seconda entrata, una ragazzona molto più giovane, in pantaloni, sarà alta almeno un metro e ottantacinque, e indosserà una felpa di una qualche squadra sportiva.

"Signora Nishizawa – esclamerà Palmer interrompendo di gustare il suo dessert, portandosi un tovagliolo alla bocca e scattando in piedi – "È per me un immenso onore conoscerla. Grazie di aver trovato il tempo di venire. La prego, si accomodi."

La donna accetterà l'accenno di baciamano dell'europeo e si siederà con grazia sui cuscini. La voce della traduttrice simultanea non avrà certamente la grazia della sua parlata originale in lingua giapponese.

"Grazie." – dirà accomodandosi – "Il signor…"

"Kevin Palmer. Per servirla."

"Lei è Chiyeko." – dirà la donna indicando la ragazzona, rimasta in piedi. Palmer si chinerà a sfiorare con le labbra la grande mano della ragazza. Questa si porterà l'altra a mano alla bocca senza riuscire a trattenere una stranissima, soffocata e breve risata.

"Chiyeko non è abituata a questo genere di cose, signor Palmer. Ma la prego, si accomodi. E forse, mentre finirà il suo dessert, vorrà spiegarmi la ragione della sua visita."

L'uomo si siederà e sorriderà affabilmente, versando un bicchierino di sakè alle due donne al suo tavolo, prendendo i bicchieri dai posti vuoti al suo fianco.

"A cosa brindiamo?" – chiederà la donna.

"Beh, al successo del suo locale, signora." – dirà Palmer muovendo premurosamente i bicchierini sul tavolo di legno, verso le due donne.

La ragazzona non avrà minimamente la femminilità della sua compagna, e starà seduta posando le mani sulle ginocchia, con le scarpe bianche incrociate sotto le natiche.

Il biondino muoverà rapidamente le mani nello spazio, cercando i locali pubblici in un raggio di 3 chilometri dalla casa di arenaria.

"Io non so cosa sia successo. Ero fuori a cercare un libro per Richard, un libro sulle curve di Koonz. Sono stato in Biblioteca. Quando sono rientrato erano tutti morti, Borman, Porter, tutti. Armi da fuoco. Assassinati."

Il biondino muoverà rapidamente le mani nello spazio, controllando le immagini dei membri della sezione 12.

"Chi è Richard? Non risulta un Richard nella sua slitta."

"Richard Proctor. Lavora in un'altra sezione, è un sociologo. Un metodologo della ricerca sociale. Dovevamo vederci oggi." – vorrebbe aprire la porta girevole, la stanza sembrerà troppo stretta – "Ma aveva il raffreddore."

È ferito?"

"Chi, Richard? Non credo, no. Non lo so."

"No, lei."

"Chi io?" – Whiley si allenterà il bordo del maglione bianco, girocollo.

Che cazzo di caldo, qui dentro.

"No, io no. Io non c'ero. Gliel'ho spiegato, ma mi ascolta? Ero in biblioteca. Quando sono tornato erano tutti morti! Ah, e anche la signora Nielson." – l'uomo lascerà cadere il giaccone sul tavolino – "La signora Nielson era sulla sedia girevole."

"Quando è successo?"

"Cosa?... non lo so esattamente. Circa un'ora fa. No, mezzora fa."

"Un'ora o mezzora?"

L'uomo nella cabina sembrerà confuso, si porterà tre dita della mano sinistra sulla fronte, premendo con le unghie.

"Mezzora. Forse poco più. Credo."

"Ha chiamato qualcuno? La polizia è stata avvertita?"

"Qualcuno? No. Che io sappia no. Cioè, io non ho chiamato nessuno."

"Bene. Facciamo noi. Lei si tenga fuori, e non torni al suo posto di lavoro per nessun motivo. Non chiami nessuno."

La stanza gli sembrerà più stretta.

"Fate voi? Voglio sapere cosa devo fare io. Devo venire lì? O dove devo andare?"

Palmer osserverà la ragazzona, un volto duro, un naso importante tra folte sopracciglia scure sotto una gran massa di capelli tagliati a spazzola, tinti di un improbabile arancione.

"Alla sua." – dirà la donna vestita da sera con un educato sorriso, scrutando il suo misterioso ospite.

"Si è fatta un nome internazionale per la squisitezza della sua proposta di ristorazione, per la sua eleganza e la cura dei dettagli."

La ragazzona porterà il sakè alle grandi labbra carnose e lo inghiottirà in un attimo, prima di posare sgraziatamente il bicchierino sul tavolo.

"Ma è la funzionalità che più mi interessa della sua proposta. La sua efficienza. La sua efficacia." – continuerà l'uomo sorseggiando il suo sakè.

La donna assaggerà appena la bevanda, guardando con interesse il suo interlocutore.

"La funzionalità è sempre molto importante. Guardi questo acquario, signora Nishizawa." – commenterà l'uomo osservando il pesce a striature gialle e blu sulla pancia bianca che girerà lungo il bordo della conchiglia più grande – "Apparentemente non ha alcuna importanza, ma nessuno potrebbe dire che non serva, in questa stanza. Come pure quella silenziosa porta scorrevole, dalla quale i piatti arrivano in modo discreto e nell'esatta ordinazione, né troppo presto, né troppo tardi."

La donna poserà il sakè sul tavolo, senza finire di bere.

"Del resto, chi ha un certo modo di produrre le cose, chi si è fatto un nome in un campo, in qualunque settore si metta, continuerà a portarci la sua precisione, la sua meticolosità, la sua classe." – continuerà l'europeo, posando a sua volta il bicchierino e spostandolo lentamente a toccare quello della donna di fronte a sé.

Il pesce tropicale scomparirà nuovamente in una grande conchiglia bianca.

"Cosa è venuto a fare, esattamente, signor Palmer? – la voce della donna suonerà guardinga e sospettosa, un sorriso stirato sulle labbra perfette – "A quale genere di cose è realmente interessato, a parte la cucina di Okinawa?"

La ragazzona al suo fianco starà seduta serissima ed immobile, senza smettere di osservare ogni minimo movimento dell'uomo di fronte a lei.

Nella stanza del biondino sarà entrato un collega, un uomo robusto, coi capelli neri tagliati corti. Guarderà il biondino ascoltando la voce trafelata, senza entrare nel campo visivo della registrazione.

"Stia calmo. Normale procedura di recupero. Dobbiamo verificare le informazioni."

Verificare?

Il cuore ricomincerà a battere più veloce.

Cosa c'è da verificare?

"Con chi ho parlato?"

"Le sto mandando una sequenza per chiamarmi direttamente. L'ha ricevuta?"

Whiley guarderà la serie di lettere e numeri sul video.

"Sì."

"La salvi nella memoria temporanea del suo comunicatore. Richiami esattamente tra…" – il biondino guarderà l'uomo in piedi di fronte a lui. L'uomo gli mostrerà le dieci dita delle mani. "Dieci minuti."

"Con chi ho parlato?" – chiederà di nuovo Whiley.

Lo spazio olografico davanti a sé si spegnerà con un sordo ronzio, lasciando la cabina nella penombra, appena rischiarata dai punti luce laterali. Rimarrà a fissare il nero del caffè nella tazza, ascoltando il proprio battito salire alla gola.

Il caffè sarà freddo, come il sudore alle mani.

"Ma la signorina forse desidera ancor del Sakè, che maleducato che sono." – dirà Palmer afferrando la bottiglia e stappandola nuovamente, per versare ancora del liquido nel bicchierino della ragazza, sorridendole.

"La signorina è di poche parole, non è vero?"

"Chiyeko ha bevuto abbastanza" – le unghie colorate in rosso vivo della donna toccheranno fermamente la mano dell'uomo che sta versando il liquore – "Quanto alla sua eloquenza, è sordomuta dalla nascita."

L'uomo ritrarrà la mano, visibilmente imbarazzato.

"Sono terribilmente spiacente, non avevo idea…"

"Oh, ma non si preoccupi. Chiyeko ha subìto ben altro, almeno fino a 5 anni fa, quando l'ho presa sotto la mia custodia." – sorriderà la donna, ritirando a sua volta la mano – "Gli uomini che l'avevano presa con sé non erano quel che si dice un esempio di gentilezza, specie con le bambine. Forse per questo Chiyeko ha una particolare sensibilità per capire quando un uomo dice delle bugie, come lei fa fatto fino a questo momento, signore."

Palmer ammiccherà e poserà la bottiglia.

"E ora, mio caro" – dirà la donna sorridendo – "il mio tempo è scaduto. Quindi le riformulo un'ultima volta la domanda, chiedendole di venire al punto. Che cosa è venuto a cercare, in questo locale?"

L'uomo sospirerà, appoggiando le palme delle mani sulle ginocchia.

" A vedere se potevo ritrovare qualcosa che i migliori tiratori scelti del mondo considerano ancora una leggenda. I fucili di precisione, stampati artigianalmente a mano, della più grande costruttrice dei tempi moderni. Ci tieni molto alla tua riservatezza, dai tempi delle guerre d'Africa. Non è stato facile, trovarti, Saki."

La donna sembrerà imperturbabile nel suo enigmatico sorriso.

" E come ha fatto?"

"Oh, ho chiesto un po' in giro. Chi compra roba buona sa dove trovarla."

"Credo che a questo punto, io, lei e Chiyeko si possa andare a proseguire questa conversazione in un luogo più appartato, signor Palmer. Vuole seguirci?" – chiederà la donna alzandosi e voltandosi con un cenno alla ragazza, che aprirà la porta scorrevole.

Mercoledì, ore 11.33

Gli uffici dell'Agenzia nel grattacielo di Chicago saranno disposti come tante celle di un alveare, aperte e con i vetri trasparenti, chiudibili attraverso porte scorrevoli. Al penultimo piano, come se fosse stato attraversato da corrente elettrica, la tensione si percepirà a pelle. Il biondino si alzerà di scatto, aprendo altri due schermi laterali alla scrivania.

"Chiamiamo Daft. La nostra sezione 12 è stata attaccata. Abbiamo un cane randagio."

L'uomo robusto lo guarderà stupito.

"La 12? Ma quelli non sono topi da biblioteca?" – allargherà le braccia – "Che diavolo ci si può trovare lì dentro di così importante? Non è nemmeno classificata posto sensibile nei piani antiterrorismo."

"Appunto."- osserverà il biondino aprendo una comunicazione – "La cosa non è normale."

L'ologramma di un uomo bruno, sulla cinquantina, apparirà di fronte alla scrivania.

"Signore, sono io. Abbiamo un problema."

Whiley salverà la sequenza su una memoria temporanea e uscirà dalla cabina, lasciando la giacca appesa sulla poltrona, per evitare di perdere il posto. La sequenza per richiamare sulla linea protetta sarà attivata automaticamente tra circa 9 minuti. Camminerà nervosamente per il locale, quattro persone staranno al banco del bar a chiacchierare allegramente, mentre una donna anziana sarà seduta ad un tavolino a prendere un the. Un giovane nero parlerà, certamente giocando con un amico a un game tridimensionale, con un tono di voce altissimo nella cabina insonorizzata di fianco alla sua.

"Un caffè nero. Con panna." – dirà al barista, pensando al da farsi.

"John L. Whiley." - Il biondino mostrerà l'ologramma di Whiley al nuovo entrato, l'uomo dai capelli scuri, seduto sulla sedia. – "Bianco, 37 anni, Laureato a pieni voti in Economia Pubblica."

La musica coprirà appena il vociare dei clienti. Un gruppo di giovani occidentali starà brindando rumorosamente per un compleanno di un ragazzo, bevendo birra locale. La musica sarà stata alzata, per coprire la cacofonia dei turisti.

"Non chiedo di meglio." – concluderà l'uomo, con una fugace occhiata alla schiena nuda, parzialmente fasciata nell'abito da sera che lo precede. Seguirà la giapponese vestita di nero che camminerà con grazia nel locale, dopo essersi fermata a dire qualcosa all'orecchio di una cameriera, ancheggiando nello stretto vestito da sera. L'europeo vestito elegante, infilando le mani in tasca e avviandosi dietro di lei nel corridoio, si costringerà a non dare a vedere di guardarle insistentemente il culo.

La ragazza con le scarpe sportive chiuderà la porta scorrevole, e camminerà silenziosa alle loro spalle.

"Un dottorato in Econometria. Ricercatore alla Medoc." – commenterà il biondino –"È lui che ha denunciato l'attacco alla sezione 12."

L'uomo dai capelli scuri avrà modi decisamente bruschi, evidentemente per rimarcare il proprio ruolo di capo.

"Manda immediatamente una squadra a verificare. Rapporto immediato." – ordinerà seccamente all'uomo robusto in piedi in mezzo alla stanza, che uscirà di corsa.

"Dammi i dettagli." – dirà poi al biondino

"I genitori sono morti entrambi in un incidente dieci anni fa. Non risulta avere parenti stretti. Eterosessuale. Nessuna relazione fissa. Dopo il dottorato ha fatto 4 anni di ricerca in Università. Di qui, da noi contattato e reclutato in agenzia. Nessuna nota disciplinare. Nessuna nota caratteriale. Un perfetto sconosciuto." – il biondino manovrerà le immagini di repertorio movendo le mani nello schermo virtuale di fronte alla scrivania, estraendo immagini e testi apparentemente dal nulla.

"Non mi piace. Indagare sulla sua vita privata. Chi lo ha reclutato per noi?"

Il biondino muoverà parecchi files nello spazio olografico, prima di trovare una scheda di alcuni anni prima.

"Borman. Lo ha reclutato il professor Borman quattro anni fa."

"Attuale incarico?"

"Esaminatore di accessi."

L'uomo rifletterà, prima di parlare.

"E dice che ci sarebbe un altro testimone?"

"Non un testimone. Uno che avrebbe dovuto partecipare ad una riunione. Non è ben chiaro. Era molto confuso."

"Fammi vedere la registrazione."

Il biondino aprirà il file sullo schermo laterale destro, trasmettendo la registrazione del colloquio intercorso. Le immagini della cabina non saranno ottimali, la luce risulterà troppo soffusa e ci saranno delle ombre, ma l'audio sarà buono. Due minuti e cinquanta secondi dopo l'uomo dai capelli scuri si alzerà di scatto, aprendo la porta.

"Chiamami Goedhart. Passalo sulla mia linea privata." – abbaierà al biondino, prima di sbattere la porta dietro di sé.

226 giorni prima

Il villaggio di Onna Son in Okinawa sarà diventato un centro turistico molto sviluppato. L'elegante donna giapponese e il giovane europeo usciranno dal sushi bar immettendosi sulla strada. La giapponese in abito da sera condurrà, mentre la ragazza seguirà i due ad alcuni passi. Usciranno dall'albergo, immettendosi in una strada molto trafficata, a livello terra veicoli elettrici scorreranno tra la gente che si accalcherà sui marciapiedi, attraversati da turisti e stranieri. La musica tradizionale giapponese arriverà diffusa dagli altoparlanti della via commerciale, piena di negozi e di luci. Una insegna di Mac Donald's indicherà un ristorante ad 80 metri, sopra insegne in scritte locali. Attraverseranno una strada piena di negozi di vini e liquori, distributori di coca cola, librerie, negozi di prodotti tipici.

La giapponese non dirà una parola, muovendosi sinuosa sugli eleganti sandali da sera, e un paio di giovani appoggiati al muro la guarderanno con evidente interesse. Palmer la seguirà, ogni tanto osservando la ragazzona che li segue come un'ombra. Passeranno vicino ad una serie di grattacieli di colore bianco, interamente ricoperti di luci, la cui struttura moderna striderà vistosamente con quella di altri palazzi più vecchi, dall'architettura più tradizionale. In cielo, passerà rumoroso un aviobus, certamente diretto all'aeroporto. Le strade saranno piene di luci e di musica.

La donna elegante girerà ad un tratto a sinistra, entrando in una galleria, interamente ricoperta con una arcata grigia e grandi lampade che emetteranno una luce fosforescente rosa. Il rumore sarà quasi assordante, e l'europeo faticherà a capire perfino il traduttore giapponese integrato nel proprio personal display. Sentirà ad un tratto un rumore di chitarra, quindi musiche occidentali, faticando quasi a tenere il passo deciso della giapponese davanti a lui, che sembrerà perfettamente a suo agio sugli alti sandali dorati. L'uomo si girerà ancora una volta per verificare che la ragazzona giapponese li segue sempre, con il suo viso molto serio, in contrasto con la sua giovane età.

Passeranno davanti a locali che venderanno ogni genere di bevande e prodotti alimentari, quindi usciranno nuovamente su un'altra strada trafficata.

"Goedhart." - risponderà l'uomo corpulento ben vestito, rispondendo al proprio comunicatore comodamente seduto in una poltrona dell'Allerton Hotel.

"Sono io. Chiamo da una linea pulita."– dirà l'uomo dai capelli bruni – "Sembra che la pulizia non sia completa."

L'uomo ben vestito stringerà gli occhi come per mettere meglio a fuoco l'immagine nel proiettore, che restringerà con le dita nell'aria di fronte a sé, ruotandolo in modo che sia nascosto da sguardi indiscreti.

"Lo so. Me lo ha detto la donna delle pulizie." – commenterà con tono piatto.

L'uomo bruno non dirà nulla per una decina di secondi.

"Come? Quando l'hai vista?"

"Poco fa. Mi ha cercato lei. Voleva parlarmi. Sembra che un segugio sia scappato dalla slitta, no?"

"Sì. Gli parlo tra due minuti. Vuole rientrare."- dirà l'uomo dai capelli bruni – "Comunque, la donna delle pulizie non aveva alcuna titolarità per contattarti direttamente senza avvisarmi."

"Evidentemente riteneva non irrilevante dovermi riferire che noi eravamo così coglioni da non sapere che c'era un altro cane che doveva partecipare alla riunione." – l'uomo si pettinerà nervosamente con la mano i capelli grigi – "Cristo Santo Daft, che cazzo succede? Chi cazzo è quest'altro e cosa c'entra con la slitta?"

L'uomo dai capelli scuri alzerà appena un sopracciglio.

"Non è il caso di cagarci nelle braghe. Ci parlo tra un minuto e lo tengo sotto controllo. Vuole rientrare, me ne occupo io. Dov'è ora la donna delle pulizie?"

L'uomo più anziano abbasserà la voce.

"L'ho mandata a fare quello che sa fare meglio, il suo lavoro. A pulire." – poserà il tovagliolo sul tavolo, a fianco alla propria tazza di caffè, alzandosi in piedi - "Io prendo un aviotaxi ed arrivo in una ventina di minuti. Tu intanto occupati di segugio 12/6."

"Stai tranquillo. Non sa nulla. Cioè, non sa di sapere." – dirà l'uomo dai capelli scuri.

"Forse non hai ben compreso la gravità della situazione." – replicherà l'uomo ben vestito, indossando il cappotto – "Se il segugio rientra, e se, - a prescindere da cosa sa o non sa – quello apre la bocca, tutto il programma viene mandato a puttane."

Palmer dubiterà di riuscire a ritrovare la strada dell'albergo, nonostante il suo occhio allenato sia abituato ad un certo senso dell'orientamento. La donna in abito da sera girerà nuovamente a sinistra in un'altra galleria, sovrastata da scritte in giapponese di colore giallo, in mezzo a una moltitudine di suoni e colori di luci intermittenti. In cielo, passerà una colonna di aviotaxi con le caratteristiche luci di posizione gialle. Un altoparlante richiamerà qualcuno, trasmettendo un annuncio che il traduttore spiegherà essere una promozione di prodotti locali, capi di abbigliamento in sconto. In fondo alla galleria, la donna entrerà in un negozio sormontato da due enormi torce accese, che emetteranno fiamme alte nella notte. Palmer la seguirà, entrando nel locale. Due giapponesi enormi staranno all'ingresso con le braccia conserte, ad osservare una decina di turisti intenti a chiacchierare e chiedere informazioni sulle armi tradizionali dell'isola, appese agli scaffali. Un commesso di mezza età starà educatamente spiegando loro qualità e prezzi di alcuni pezzi in esposizione. Il rumore assordante della strada giungerà smorzato entro il locale. I due giapponesi e il commesso si inchineranno profondamente quando entrerà la donna elegante nel suo vestito nero. In fondo alla sala, altri turisti staranno osservando una dimostrazione tra due maestri di arti marziali, vestiti in kimono bianchi.

"Le interessa il Kobudo, signor Palmer?" – chiederà la donna.

"In modo superficiale, non posso definirmi un appassionato."

La donna salirà una scala di legno che porta al piano superiore. Da una balaustra in legno i tre osserveranno l'esibizione sul quadrato sottostante, per metà coperto di imbottiture. I due maestri staranno manovrando delle armi, il primo manovrando una strana arma composta da tre bastoni legati tra loro da una catena, l'altro armeggiando due falcetti con i manici in legno, e un becco adunco con una lama affilata. Il pubblico seguirà con interesse la dimostrazione, evidentemente fatta allo scopo di promuovere la vendita delle armi sugli scaffali.

"Sa cosa sono quelle armi, signor Palmer?" – chiederà la donna indicando i combattenti.

"Beh, uno è un maestro nel Kama Jutsu," - risponderà l'europeo – "mentre l'altro pare un esperto nelle difficile arte del manovrare il Sansetsukon."

"E se il programma va a puttane," – proseguirà l'uomo ben vestito –"io vado a puttane. Non ho spazzato la merda degli altri per quarant'anni in questa Agenzia per farmi fottere ora, ad un anno e mezzo dalla pensione, Daft. E se vengo fottuto io, puoi star certo che tu vieni a farmi compagnia, e la pensione sarà l'ultimo dei nostri problemi, te lo garantisco."

L'uomo ben vestito stringerà ancora i piccoli occhi grigi.

"Ti è più chiaro il quadro, ora?"

L'uomo dai capelli castani aspetterà alcuni secondi, prima di rispondere.

"Non ti preoccupare. Stiamo indagando."

Nella hall dell'albergo arriveranno due coppie di turisti, e si dirigeranno alla reception.

"Non dovete indagare." – ribatterà l'uomo più anziano – "Dovete agire."

"Segugio 12/6 sullo schermo 2, signore" – dirà il biondino.

"Passalo." – risponderà Daft.

Nella sala riunioni comparirà l'olografico di Whiley, chiuso in una cabina, la luce soffusa, la figura in ombra di un uomo nervoso. Il biondino e l'uomo robusto staranno fuori campo visivo. L'uomo robusto aprirà la giacca, dalla quale si intravvederà il calcio di una pistola.

"Buongiorno, Whiley." – dirà Daft.

L'uomo nella cabina resterà silenzioso per alcuni secondi.

"Lei chi è?"

L'uomo dai capelli bruni risponderà in modo pacato, lentamente.

"Mi chiamo James Daft. Coordinatore operativo, divisione controllo informativo di Chicago."

Coordinatore operativo.

"Non ci conosciamo." – risponderà l'uomo nella cabina.

Un pezzo grosso.

"No, ma potremmo conoscerci presto. Borman mi parlava spesso di Lei. Una vera perdita." – la voce dell'uomo sembrerà contrita - "Come è successo?"

Una vera perdita.

Palmer osserverà i duellanti appoggiandosi al balcone e osservando per un istante la finta lotta organizzata per gli spettatori – "Anche se io continuo ad essere uno ammiratore del vostro Sai tradizionale."

"Signor Palmer" – la donna piegherà la testa sorridendo – "Siete una continua sorpresa. Non vorrete aprire anche una palestra, a Parigi? Mi segua, prego."

La donna salirà una seconda rampa di scale, ed entrerà in una abitazione privata, aprendo una porta scorrevole.

"Perfino Chiyeko è sorpresa della sua competenza, davvero notevole per un europeo" – dirà la giapponese sorridendo alla ragazza dietro di loro – "Chiyeko è una praticante di diverse forme di arti marziali, ma predilige il combattimento Muay Thai."

L'uomo sorriderà a sua volta, piegando con ammirazione la testa, osservando la ragazza dietro di sé, sempre seria in volto. Quindi, i tre scenderanno alcuni gradini che condurranno dietro una seconda porta scorrevole, in una sala da tè. La donna in abito da sera getterà la borsetta su una poltrona, si avvicinerà ad un bancone, versandosi un bicchiere di vino in un bicchiere. La presa della ragazza al collo sarà da professionista, e la lama di coltello verrà posizionata nella schiena nel posto giusto per uccidere senza lasciar emettere un grido.

"Ora" – dirà la donna in abito da sera, con voce pacata – "Dammi un motivo, un solo motivo per cui dovrei togliere a Chiyeko il piacere di ammazzarti come un cane."

La lama pungerà dolorosamente attraverso la camicia elegante dell'europeo, mentre la stretta al collo toglierà il fiato. La donna in abito da sera si siederà sulla poltrona di fronte all'uomo e assaggerà il calice di vino, accavallando le gambe e lasciando dondolare un sandalo.

"Sai, signor Palmer" – continuerà quindi con un amabile sorriso – "a Chiyeko piace tanto ammazzare la gente, gli uomini, in particolare. Sono stati cattivelli con lei, e ogni tanto ha bisogno di una valvola di sfogo. A proposito, ti confesso che giusto l'altro giorno stavo pensando di doverle fare un regalo di compleanno. Sai, è più efficace che andare dallo psicologo, e poi costa meno. Nel mio lavoro c'è sempre qualche coglione da eliminare."

L'uomo nella cabina aspetterà alcuni lunghi secondi prima di parlare.

"Ah sì? E cosa le diceva?" – l'uomo nella cabina parlerà lentamente – "A me non ha mai detto nulla di Lei."

L'uomo dai capelli scuri guarderà fugacemente il robusto ed il biondino fuori campo. Il biondino scatterà con le mani nel proprio schermo, estraendo rapidamente files dalla scheda di Whiley. Il robusto allargherà le braccia, leggendo freneticamente i testi apparsi nel vuoto. Dopo una decina di secondi il biondino scuoterà la testa.

"Dobbiamo farla rientrare, Whiley." – riprenderà Daft – "Ma dobbiamo farlo in sicurezza. Lei sta bene?"

La voce dell'uomo nella cabina sembrerà venire da molto lontano.

"Bene?" – chiederà, soffocando una risata isterica – "No, signore. Non sono mai stato così lontano dallo stare bene."

L'uomo dai capelli castani guarderà nuovamente il biondino ed il robusto, fuori campo.

"Dove si trova, ora?" – chiederà.

Nella sala riunioni di fronte a loro, in fondo al tavolo ovale, l'uomo nella cabina picchietterà con le dita sul tavolino.

"In un bar. Ditemi dove devo venire. Con chi devo parlare?"

"Ho io la responsabilità di tirarla fuori. Ce ne stiamo occupando. Stiamo raccogliendo informazioni e predisponendo il piano di rientro in tutta sicurezza e nella massima riservatezza. Non possiamo correre rischi, né farne correre a lei. Non ha il suo personal display? Ci dia un numero cui possiamo chiamarla."

L'uomo nella cabina rifletterà ancora, prima di parlare.

"Quanto tempo ci vuole per il vostro piano? Non posso venire io?"

"Negativo. Se si muove senza display non sappiamo dove si trova, non possiamo sorvegliarla. Potrebbe essere un bersaglio e noi non possiamo garantire la sua sicurezza. Un'ora. Dobbiamo avere un'idea di cosa sia successo, dobbiamo farci un quadro della minaccia. Non abbiamo informazioni al momento, a parte quello che ci ha riferito lei. Stiamo indagando. Richiami tra un'ora esatta e la tiriamo fuori di lì. Stia calmo e non faccia nulla; stiamo già organizzando l'unità di recupero."

"Comunque," – continuerà la donna in abito da sera indicando la ragazza – "quelle teste di cazzo in camice bianco un paio di anni fa l'hanno definita un'instabile con pulsioni omicide a sfondo sessuale, o qualcosa del genere, mi pare. Ha compiuto diciassette anni, la piccola, e ne ha abbastanza di queste stronzate da adolescenti. Meglio qualche emozione forte, ogni tanto, la fa stare meglio, per un po' almeno."

L'uomo sentirà la stretta ancora più forte, fino a togliere il fiato.

"Quindi, se non ci tieni ad essere il suo regalo, giocati veloce le tue carte, e vedi di aver qualcosa in mano. Venendo al punto, stronzo, esiste uno straccio di motivo per cui la mia giovane amica non dovrebbe prendersi la tua vita del cazzo?"

La porta dell'ufficio del Commissario Capo Cervetti, alla Direzione Centrale Polizia Prevenzione, Sede dei NOCS a Roma, risuonerà di colpi vigorosi dati con le nocche di una mano.

"Avanti!"

L'Ispettore entrerà trafelato, salutando.

"Commissario, sembra che ci siano novità importanti. La sezione di investigazione telematica, Ispettore Capo Santilli, la cerca sulla linea 2 con urgenza." – dirà d'un fiato.

"Entri e chiuda la porta."

Cervetti si gratterà nervosamente la corta barba nera, aprendo la comunicazione sul video della propria scrivania. Apparirà l'ologramma di un uomo piuttosto alto, dai capelli grigi arruffati, in camice bianco.

"Qui Cervetti. Allora, Santilli, novità?"

"E come, Commissario. Senta qui. Dieci movimenti di denaro sospetti in un arco di 8 ore, su linee dedicate, avviate in un buco nero".

Cervetti farà cenno al suo assistente di sedersi sulla poltrona davanti alla sua. Il buco nero sarà una espressione gergale della telematica per indicare la fuga di dati su una connessione ad accesso inviolabile, in mancanza di chiavi. I dati non raggiunti in tempo sono persi, per sempre, a meno di riuscire a trovare successivamente una chiave di accesso a quella parte di universo del sistema globale.

"La somma?"

A mezz'aria sul tavolo ovale, l'uomo nella penombra nella cabina sospirerà pesantemente.

"E io che devo fare nel frattempo?"

"Stia fermo, cerchi di stare calmo, e non parli con nessuno. Un'ora."

L'uomo spegnerà il monitor e l'immagine della cabina scomparirà dalla sala riunioni. Guarderà il biondino ed il robusto.

"Perché non ha voluto dirci dove si trova?" – chiederà il biondino.

Whiley uscirà dal bar. Avrà smesso di piovere, il cielo sarà nuvolo. Si guarderà intorno, alcune vecchie auto elettriche a sospensione magnetica graviteranno a circa venti centimetri da terra, passando sulla strada con un silenzioso brusio. Si allaccerà la giacca attraversando la strada, guardandosi intorno tra i passanti. Scenderà nuovamente i gradini di granito ed entrerà nel parco antistante la piazza. Sarà quasi ora di pranzo. Noterà un chiosco che venderà ciambelle, parcheggiato sotto gli alberi ancora umidi per la pioggia, vicino ad un giardino ricoperto di foglie rossastre cadute dalle piante. Un gruppo di adolescenti starà comprando dolci e bevande con grande vociare e risa.

Dobbiamo farlo in sicurezza.

L'uomo si metterà in coda dietro ai ragazzi, guardando in giro per i giardini. Il parco sarà circondato da edifici pubblici e palazzi, e dalla vicina scuola decine di giovani staranno scemando al termine delle lezioni.

Borman mi parlava spesso di Lei.

"Una ciambella alla crema e una tazza di caffè." – dirà all'uomo del chiosco, nel vociare della scolaresca.

Però, non sapeva nulla di me.

Si allontanerà dalla comitiva dei giovani, entrando in un vialetto laterale, tra gli alberi quasi completamente spogli.

Si allontanerà dal chiosco, camminando sulle foglie di un colore giallo carico, che ricopriranno il verde del prato sottostante e parzialmente la stradina.

Non ha il suo personal display?

Si fermerà a guardare l'orizzonte da una collinetta.

"Dieci movimenti da cinque milioni."

Cinquanta milioni.

"Quando?"

"Tre giorni fa, purtroppo l'abbiamo scoperto solo ora, sono stati dannatamente bravi, non hanno lasciato tracce sui sistemi di ricerca."

"E non sappiamo dove sono finiti?"

"No, Commissario. Hanno girato per pochi secondi su diverse linee di transito, ad intervalli casuali, per poi unirsi su un'unica frequenza. In meno di 8 ore sono stati movimentati e confluiti in un unico server che risultava chiuso al termine dell'operazione. Un buco nero. Senza detriti."

I detriti saranno in gergo le tracce informatiche nelle operazioni di movimenti di denaro non registrato, illegali.

"Però, Commissario, la cosa strana è un'altra."

"Quale?"

"Non sappiamo dove siano finiti e quale strada esatta abbiano percorso, ma sappiamo da dove sono partiti."

Cervetti si muoverà sulla poltrona, avvicinandosi allo schermo olografico.

"E sarebbe?"

"Da Roma, Commissario." – dirà l'uomo dai capelli grigi mostrando una sequenza di cifre sul proprio visore – "Precisamente, da qualche linea di comunicazione che ha transitato, per circa 8 secondi, su spazi virtuali riservati."

"A chi?"

La voce dell'uomo suonerà sicura.

"Al Ministero dell'Interno, Commissario."

Cervetti per qualche istante sarà immobile. Quindi, si alzerà in piedi.

"Bel lavoro, Santilli. Stategli dietro, priorità assoluta. Mantenete un monitoraggio costante. Massima riservatezza, ovviamente. E mi raccomando, tenetemi informato se scoprite qualsiasi cosa. Stato di allerta di tutta l'unità speciale."

"Sì, Commissario. Naturalmente. Ah, Commissario, una cosa…"

"Dica."

L'uomo si gratterà la testa, poi si infilerà le mani nelle tasche del camice.

Si siederà su una panchina, ancora umida, in cima alla collinetta. Che senso avrà avuto porre una domanda retorica, dato che avranno certamente saputo che non lo aveva con sé? In lontananza i grattacieli ed il rumore degli aviogetti.

E non parli con nessuno.

Sorseggerà il suo caffè nel bicchiere termico, per aiutare l'ultimo boccone della ciambella, che ha divorato. Le voci della città saranno attutite dall'oasi verde.

E con chi dovrei parlare?

Sarà sempre affamato, quando è nervoso. L'idea gli arriverà come un pugno nello stomaco.

Con Richard!

Butterà il caffè in un bidone a scomparsa, quindi si metterà a correre nel parco, in direzione del percorso centrale, quello di solito più frequentato.

Richard non sa nulla.

Forse, il suo amico sarà già in pericolo. Incrocerà due studenti, un ragazzo ed una ragazza che staranno camminando mano nella mano.

"Ragazzi, ehi ragazzi, posso chiedere una cortesia?" – chiederà cercando di essere sorridente ed affabile, senza riuscirci troppo, per la verità.

"Dica." – dirà il ragazzo, una gran massa di capelli ricci biondi su un viso pieno di lentiggini, lasciando la mano della compagna.

"Ho dimenticato il mio personal display, e non ho un comunicatore. Ho una chiamata urgentissima da fare. Se mi presti il tuo, per cinque minuti, ti pago 50 eurodollari." – dirà aprendo il portafogli ed estraendo le banconote.

Il ragazzo guarderà la ragazza, che scoppierà a ridere.

"Mi prende in giro?" – chiederà sospettoso il ragazzo con le lentiggini.

"È una emergenza. Va bene, facciamo così, prendi 100 eurodollari, è circa il suo valore, direi, ad occhio e croce."

Il biondino lo guarderà indeciso, estraendo il comunicatore personale.

"Guarda, mi metto su quella panchina. Cinque minuti. Ok?" – chiederà Whiley.

"Ma che cosa succede?" – chiederà Santilli –" Io, in diciotto anni che faccio questo lavoro, una cosa così non l'avevo mai vista."

Cervetti abbasserà la testa, poi guarderà nel display.

"Nemmeno io. E speravo di non vederla mai."

Spegnerà la comunicazione, guardando l'Ispettore seduto di fronte a sé. Girerà intorno alla scrivania, facendo alcuni passi, sovrappensiero, con le mani nelle tasche dei pantaloni. Osserverà il muro: in calce alla stampa in pergamena antica nel quadro appeso al muro, nel quale il suo nome è citato per una decorazione, leggerà ancora una volta il motto del Corpo.

Sicut Nox Silentes

Silenziosi come la notte. Quindi si volterà, lentamente, incrociando lo sguardo preoccupato del suo assistente.

"Chiami il Primo Dirigente. Dica che è urgente."

La stanza della casa di Onna Son avrà le pareti ricoperte di antichi arazzi e morbidi tappeti sul pavimento, vasi preziosi e un magnifico bonsai. Palmer tossirà, non riuscendo quasi a respirare. La donna in abito da sera, seduta davanti a sé, farà un cenno con la testa alla ragazzona che gli terrà un braccio intorno alla gola, puntandogli la lama dritta al polmone. La ragazza allenterà impercettibilmente la pressione, e l'uomo tossirà ancora, prima di parlare.

"Veramente, bella signora, io te ne darei 2 milioni di ragioni. In eurodollari."

La donna smetterà di dondolare il piede nel sandalo e poserà il calice di vino, curvandosi sul tavolino.

"Chiyeko." – sussurrerà.

La ragazza colpirà con la sua grande scarpa da ginnastica il retro del ginocchio destro dell'uomo, che con un gemito crollerà in ginocchio. Il coltello della ragazza in un attimo sarà sulla sua gola, mentre la mano afferrerà i capelli, strappandogli con violenza la testa all'indietro.

"Allunga le mani, stronzo. Lentamente, e senza gesti bruschi. Chiyeko non è tanto brava, come barbiere." – dirà la donna, scavallando le gambe e frugando nella borsetta.

La ragazza sorridendo inciterà il compagno: "Beh, dai, e daglielo, per cinque minuti…"

"Grazie." – sospirerà Whiley con un sorriso, prendendo il comunicatore ed allontanandosi di una ventina di passi, fino alla panchina, vicino ad una aiuola con una grande statua di marmo.

"Quello non è normale, parola mia. Me l'hanno regalato i miei due anni fa, sarà costato 85 eurodollari." – dirà il ragazzo, sorridendo.

"E chi se ne frega? L'ha voluto lui." – riderà la ragazza.

I due osserveranno, restando in piedi in disparte, l'uomo che volterà loro le spalle, seduto sulla panchina bagnata del parco, sul tappeto di foglie. Whiley opererà ricoprendo con la giacca lo schermo, come se dovesse dire qualcosa veramente di molto riservato.

"Quello non è normale, parola mia." – ribadirà il ragazzo, sollevandosi con la mano i ricci biondi dalla fronte.

La ragazza riderà di nuovo.

Palmer sentirà un bruciore alla gola, ed allungherà nervosamente le mani in avanti.

"Chiusura." – ordinerà la donna, e l'oggetto metallico si chiuderà attorno alle sue mani.

Manette elettroniche.

"Ed ora, resta fermo, proprio come un sacco di letame." – la donna si piegherà in avanti frugandogli l'interno della giacca, quindi gli palperà ripetutamente il costato, la pancia, la schiena, quindi le cosce.

"Sono pulito. Se avessi voluto assassinarti saresti già morta. Con o senza il tuo dolce angioletto qui dietro."

La donna guarderà la ragazza, quindi si siederà nuovamente sulla poltrona e farà rapidi gesti nella lingua dei sordomuti. La ragazza lascerà la presa arretrando di un paio di passi. L'uomo respirerà, massaggiandosi il collo con le mani. Sulle dita, una goccia di sangue. Il calcio alle reni sarà cattivo e di una violenza sorprendente, inattesa. Con un urlo prolungato, l'uomo si rotolerà sul pavimento, cercando di portarsi le mani ammanettate alla schiena, inutilmente. La ragazza lo guarderà contorcersi con un sorriso sottile. La donna in abito di seta nera berrà un sorso di vino, distogliendo per un istante lo sguardo, poi poserà con grazia il calice sul tavolino di vetro. L'uomo continuerà a gemere, sembrerà non riuscire a parlare, e solleverà le mani, come per chiedere tempo.

"Cerca di essere più prudente, il tuo sarcasmo irriverente è veramente – vuoi che te lo dica? – insopportabile. Ora, se non vuoi che Chiyeko al prossimo calcio ti faccia veramente, e dico veramente, male, rispondi in fretta a due semplici domande, senza commenti. Chi sei? E che cazzo ci fai qui?"

L'uomo faticherà a parlare, la voce uscirà roca e stanca.

"Sono un killer. E sono qui per comprare un fucile."

Il silenzio scenderà nella stanza. La donna giapponese, comodamente seduta in poltrona, guarderà con un misto di curiosità ed interesse l'uomo dolorante sul pavimento, come una scienziata di fronte ad una nuova specie animale.

La ragazza rimarrà in piedi, con il coltello in mano, come non in grado di capire l'evoluzione della faccenda.

Mercoledì, ore 12.20

Uno spicchio di sole passerà da uno squarcio nelle nuvole sopra il polmone verde nel cuore della grande città, ricoperto di una lieve foschia, dopo la pioggia. L'uomo muoverà le mani nello spazio olografico, selezionando il flag nel quale consentirà al ricevente di vedere la propria immagine tramite camera satellitare, quindi inserirà l'auricolare, ed attenderà la risposta.

4 squilli, e dai.

Si volterà con la coda dell'occhio ad osservare i due ragazzi, fermi ad una ventina di passi a chiacchierare.

Rispondi, cazzo.

"John. Hai cambiato comunicatore?"- l'uomo grasso, coi capelli lunghi spettinati, sarà seduto su un divano di casa, la voce nasale, allegra ed amichevole.

Non sa nulla.

"Richard!" – l'uomo sulla panchina sospirerà, passandosi le mani nei capelli – "Per fortuna ti ho trovato."

"Beh, che succede? Qualche problema?"

Qualche problema.

"Richard, sei ancora a casa? Ti ha chiamato qualcuno?" – chiederà espirando Whiley.

L'ologramma si alzerà lievemente sui cuscini, e si avvicinerà nello spazio olografico.

"Ma che hai? No. Non mi ha chiamato nessuno. Chi mi doveva chiamare?"

"Richard. Non puoi stare a casa. Devi andare via di lì. Subito. Lì non è sicuro."

L'uomo si metterà a ridere.

"Sicuro? Amico, e che mi dovrebbe capitare in casa? Cos'è, sta arrivando un tifone?" – dirà allegramente.

L'uomo sulla panchina scatterà in piedi, alzando la voce.

"Richard, non c'è un cazzo da ridere! Sono morti!"

"Chi, sono morti? Ma…ma cosa dici?"

"Porter, Sue, Rick, Borman. Tutti morti, cazzo! Siamo stati attaccati. Questa mattina."

L'uomo sulla panchina abbassera la voce.

"Assassinati."

"Due milioni. Il cinquanta per cento subito. Stasera." – tossirà il biondo – "Ma l'arma deve essere speciale, artigianale, fuori dell'ordinario. Un'opera d'arte. Un fucile di precisione Nishizawa. Come quelli che ti ha insegnato a costruire tuo padre, Saki."

La donna si alzerà in piedi, guardando con sospetto l'uomo per terra.

"E chi mi dice che non sei un fottuto sbirro? Un infiltrato? O un inviato di un clan rivale? O …"

L'uomo alzerà le braccia, con un dito alzato. Quindi, a fatica, si metterà in ginocchio sul pavimento in legno. Scoprirà lentamente la manica del braccio sinistro. La ragazza si avvicinerà di un passo, stringendo il coltello, ma la donna alzerà in modo impercettibile una mano, fermandola. L'uomo attiverà il dispositivo sottocutaneo del proprio braccio sinistro, premendo un minuscolo tasto, ed il visore riempirà lo spazio olografico di fronte a lui. Le mani ammanettate prenderanno l'aria di fronte a sé, estraendo cartelle e files, fino a trovare un programma e avviando una registrazione. Il vuoto ordinato della sala giapponese si riempirà di ologrammi confusi nel montaggio improvvisato. Lui stesso, più giovane, vestito di abiti da guerra, in una savana. La registrazione mostrerà un filmato di circa 50 secondi. Nella sala da tè l'uomo inginocchiato per terra sarà affiancato da un sosia, più giovane, intento a montare un fucile nella radura vicino ad un albero secolare, sopra il bonsai giapponese. Il cecchino quasi invisibile nella tenuta mimetica avanzerà nell'erba alta vicino al divano. Lontanissimo, sul muro bianco della sala, tra i quadri giapponesi, un nero, vestito da generale, camminerà in un villaggio tra altri uomini in uniforme. Il colpo, sparato da grandissima distanza, volerà sulla savana, attraversando la sala da tè fino a fare esplodere la tempia del nero in una macchia rossa sul muro bianco, tra le stampe pregiate dei samurai.

"Il generale era Owanda Mombasi. Se vuoi ti faccio vedere la sua cartella. Un poliziotto non fa questo genere di lavori, Saki, lo sai. E il fucile era.."

"Un Nishizawa 28." – lo interromperà la donna, voltandogli le spalle.

Rimarrà a guardare l'ologramma sul muro, prima di parlare.

I due ragazzi osserveranno da lontano l'uomo gesticolare vistosamente, mentre camminerà nell'aiuola.

"È uno scherzo, vero?" – chiederà con ansia l'uomo sul divano, in movimento immobile sulle foglie umide dell'aiuola.

Whiley, in piedi tra le foglie gialle si guarderà le scarpe, l'erba ancora umida, e ridurrà con la punta delle dita l'immagine del collega, nascondendolo alla vista con il giaccone aperto.

"Senti." – la sua voce sarà un sospiro – "Tutta la sezione è andata. Io sono vivo per miracolo, ero uscito un attimo. Temo che c'entri qualcosa la sezione, ma non lo so. Tu dovevi venire oggi. Oggi c'era una riunione. Deve essere qualcosa che ha a che fare con quello. Io non lo so, Richard, ma al tuo posto me ne andrei via da lì, per prudenza. Almeno qualche ora, in attesa che qualcuno ci dica cosa sta succedendo."

L'uomo sul divano si alzerà in piedi, proiettato in trasparenza su una scritta apposta su una stele di pietra in mezzo al verde.

"Hai chiamato la sede? Sanno qualcosa? Io non sentito nessuna notizia, finora."

Whiley penserà, si guarderà intorno, allontanandosi un'altra decina di passi dai due ragazzi nella stradina del parco.

"Sì, sanno tutto. Stanno facendo i controlli. Li devo richiamare tra poco. Avvisa tua moglie e dille che stai fuori, inventa qualche balla, ma dammi retta, non restare in casa. Poi, dopo che lo avrai fatto, lascia il personal display ed il tuo comunicatore a casa."

"Ehi signore! Noi dovremmo andare." – il ragazzo sulla strada avrà un braccio di fronte a sé, il palmo della mano rivolto in alto.

"John, ma tu dove sei? Come faccio a trovarti?" – chiederà l'uomo in piedi, parlando dalla stele bianca in pietra.

"Dobbiamo vederci, parlare. Ma non coi comunicatori, troppo rischioso. Lo sai che dopo un po' trovano chiunque."

"John, mi sembri paranoico."

"Tu non hai visto come hanno ridotto Sue." – replicherà Whiley con voce stanca.

Silenzio. Il giardino sarà vuoto.

Whiley osserverà un uccello su un ramo di una conifera. In lontananza, in cielo, un rumore degli aviogetti sul primo livello di traffico.

"Sono quasi vent'anni che non ne produciamo uno. Ora abbiamo dei modelli migliori. Il filmato che hai fatto potrebbe essere un montaggio, conosco dei tizi che ne fanno di migliori, e sembrano datati e reali."

L'uomo continuerà tossendo, la voce cavernosa. Muoverà nuovamente le mani, riavvolgendo la scena e bloccandola, sotto un'altra angolatura, ingrandendo l'immagine di sé stesso nella savana, ad altezza naturale, fino a coprire d'erba il divano.

"Sì, potrebbe. Ma non lo è. Sono un agente a contratto, Saki. Lavoro per chi mi paga. E sono qui per pagare un tuo fucile. Posso pagarti subito, come prova, il cinquanta per cento. Il prezzo va bene?"

La donna si volterà ad osservarlo, ridendo, i sandali eleganti nella polvere rossa africana.

"E chi pagherebbe 2 milioni di eurodollari un fucile?"

"Uno che ha bisogno un'arma che non esiste ancora." – dirà l'europeo, sedendosi nella savana e massaggiandosi il collo – "Quel colpo di poco fa l'ho sparato in africa orientale, dodici anni fa, da una distanza di circa 2.650 metri, su un bersaglio fisso. Ora, ho bisogno di poter sparare ad un bersaglio da una distanza probabilmente superiore ai 3.000 metri. Forse, in movimento."

La donna riderà ancora, allargando le braccia e poi mettendosi le mani sui fianchi, all'altezza dell'erba mossa dal vento infuocato.

È impossibile, un tiro del genere."

L'uomo contemplerà per qualche istante sé stesso visibilmente più giovane, in tenuta mimetica a fianco a lui, appoggiato all'albero secolare in mezzo alla sala da tè. Poi volgerà lo sguardo a fissarla negli occhi, serissimo.

"È per questo, che sono qui."

"D'accordo, allora. Dove ci vediamo?" – chiederà l'uomo con voce nasale, soffiandosi il naso.

"Ti ricordi dove Helen si era addormentata? Dimmi solo se hai capito. Sono circa le 12.28. Ci vediamo lì diciamo...tra un paio d'ore. Alle due e mezza."

Come dimenticarsi l'episodio? Certo che Richard ricorderà. I due amici avevano passato una splendida giornata, quando ancora erano dottorandi. Helen era la ragazza di Rick, allora, il terzo amico. Avevano riso spesso della cosa, in seguito.

"Certo. Va bene, ma non sarebbe tutto più semplice se tu rientrassi e ne parliamo?"

"Ora devo scappare. Ci vediamo alle due e mezza."

"Ma io che faccio, intanto?"– il grasso camminerà nervosamente per il proprio salotto - "Cristo Santo, è da non crederci."

"Signore! Ehi, dico a Lei! Noi dovremmo andare." – insisterà il ragazzo sulla stradina.

"Ora devo chiudere" - dirà Whiley – "fai come ti ho detto. Ti richiamo presto."

"Ti richiamo presto." La voce dell'uomo risuonerà nell'abitacolo dell'aviomobile che scorrerà nel traffico sopra la città, nelle linee periferiche di transito, affollate nell'ora di punta. La donna vietnamita guarderà negli specchi laterali, consultando il navigatore, e osservando le linee colorate delle strisce laser di separazione delle corsie di volo. Quindi, sfiorerà il visore dell'accelerazione.

All'ingresso del corridoio all'ala est del palazzo bianco dai vetri oscurati, al ventiquattresimo piano, il biondino passerà davanti ad un uomo fermo davanti agli ascensori, con una pistola nella fondina sotto la giacca, attraversando a passi veloci tutto il corridoio per fermarsi alla penultima porta, prima della sala riunione. A fianco della porta il biondino leggerà la targhetta:

James Daft. Coordinatore Operativo

"Signore, la squadra sul posto chiede la linea sullo schermo 2." – dirà il biondino trafelato aprendo la porta.

225 giorni prima

La casa sarà avvolta dall'oscurità, ed i rumori della città di Onna Son giungeranno ovattati, nel ricco appartamento interno, separato dalla strada da un gradevole giardino, illuminato dalle lampade notturne opportunamente mascherate nelle fioriere. Sarà da poco passata la mezzanotte, e Palmer siederà sul pavimento, a guardare la donna in abito di seta nero che camminerà avanti ed indietro per la stanza, pensierosa. La ragazza col coltello non gli toglierà un attimo gli occhi dalla schiena.

"Se mi dai un numero di conto, ti dimostro che non scherzo." – dirà l'uomo – "Non sono un infiltrato di un altro clan, e tanto meno un poliziotto. Sono un cliente, e non è stato così facile trovarti, Saki."

La donna lo guarderà sorridendo, incrociando le braccia. "E chi ti dice che io abbia ciò che cerchi?"

L'uomo premerà nuovamente sul proprio display - "Permetti?"

La donna si accomoderà sulla poltrona, accavallando nuovamente le gambe - "Prego."

L'uomo muoverà le mani, impacciato dalle manette, estraendo dallo schermo disegni e schemi, per poi ingrandirli, tirandone gli angoli con le punte delle dita nello spazio di fronte a sé, fino alla dimensione di circa un metro. Nella sala da tè appariranno schemi e disegni, elaborati con un software di progettazione tridimensionale. I disegni saranno piuttosto semplici, quasi elementari, simili agli scarabocchi di un bambino, ma chiari.

"Prima di tutto, la compattezza. Deve stare in una valigetta, non più grande delle dimensioni di una comune scatola da scarpe. Poi il materiale deve essere quasi interamente in polimeri plastici, niente metalli. Quindi il peso, il tutto non deve superare il chilogrammo, massimo un chilo e mezzo."

L'uomo parlerà muovendo le immagini. La donna lo seguirà con interesse, guardando un disegno in controluce sul bonsai.

"La culatta, l'otturatore ed il calcio devono stare in questo scomparto. Invece, mirino e silenziatore in quest'altro. Poi, naturalmente, voglio un doppio visore."

"Doppio visore?" – chiederà la donna, allargando le mani.

Daft si precipiterà nell'altra stanza, dove l'uomo robusto coi capelli neri starà manovrando davanti allo spazio olografico.

"Rapporto. Confermate?" – chiederà Daft.

"Positivo signore. Qui è una mattanza. Cinque cadaveri negli uffici, uno nella portineria. Stiamo mandando le immagini registrate." – risponderà il nero, camminando nel corridoio.

"Fammi un quadro."

"Un lavoro pulito. Professionisti. Camere di registrazione cancellate. Abbiamo fatto la rilevazione delle impronte; niente, a parte quelle dei sei membri della sezione. Uffici deserti. Manca segugio 12/6, il suo comunicatore è sulla sua scrivania, come rileva il controllo satellitare. L'unica stanza che pare svaligiata è quella del cane di punta."

Daft osserverà il biondino e il robusto, senza lasciar trasparire alcuna emozione.

"Cos'hanno rubato?" – chiederà avvicinandosi allo spazio olografico –"Documenti?"

"No, signore, la cosa in effetti è un po' strana." – risponderà il nero entrando nella stanza del prof. Borman – "il cadavere è in bagno, ma manca una sola cosa rispetto all'inventario della slitta che lei vede ora sullo schermo tre: la pistola ad impulsi del cane di punta. Era in uno scomparto, quindi qualcuno deve averla presa. Abbiamo fatto delle ricerche immediate sui codici di attivazione, verificando i codici con i registri di porto d'arma, e la pistola risulta da stamani non più connessa alle impronte digitali del cane di punta."

L'uomo in piedi nell'ufficio si siederà pesantemente su una sedia, posandosi una mano sulla fronte.

"E sappiamo se i codici sono passati su un'altra possibile connessione per una procedura di attivazione?" – chiederà, con una incrinatura nella voce.

"Sul comunicatore di 12/6. Questa mattina i dati della pistola sono passati sulla sua banda di comunicazione."

L'uomo seduto guarderà i due collaboratori, dirigendosi poi allo schermo.

"Procedere a sopralluogo approfondito. Fissare un perimetro di controllo, raccogliere ogni evidenza, sgomberare i locali e pulire."

"Collegato al mirino. Voglio avere la visione telescopica del bersaglio, senza perdere contatto col mondo esterno. Solo agli ultimi 30 secondi chiuderò sul bersaglio, ma prima devo vedere a panoramica." – spiegherà l'uomo.

"Capito."

"E poi, naturalmente, il treppiede di appoggio retraibile, e uno stabilizzatore di posizione del pezzo. La canna, deve essere modulare, allungabile fino ad un metro e mezzo."

"Caricatore o colpo singolo?"

"Caricatore. Cinque colpi."

"Impulsi?" – chiederà la donna indicando con l'indice lo schema di una batteria.

"Cella di energia. Esplosiva. A contatto."

La donna rifletterà a lungo.

"Hai proprio intenzione di fare un bel buco. Cinque colpi a che servono?"

L'uomo sorriderà.

"Non servono, sono solo previdente."

La donna annuirà, sorridendo a sua volta.

"E come pensi di far passare i controlli alla scatola?"

L'uomo scomporrà i pezzi nello schermo, che scorreranno proiettati sulle stampe dei samurai.

"Come ho detto, saranno inviati a destinazione separatamente. Troveremo il modo di spedirli in container di merce simile alle singole parti."

La donna si alzerà, camminando per la stanza. I tacchi dei sandali risuoneranno sul pavimento di legno, nel silenzio.

"Anche ammesso che superi il problema spedizione, penso che il tuo bersaglio sarà sorvegliato. Esatto?"- chiederà la donna, dandogli la schiena.

"Molto sorvegliato." – risponderà l'uomo seduto sul pavimento.

"Ed allora" – chiederà la donna, voltandosi – "come pensi di sfuggire all'individuazione satellitare? Un fucile montato ha una forma piuttosto riconoscibile, a quel punto."

"È per questo che devo sparare da lontano." – l'uomo infilerà le mani nello spazio olografico - "Anche se sospettassero di un attacco col fucile, è probabile che formeranno un cordone satellitare alla distanza massima di tre chilometri."

Il Coordinatore Operativo guarderà lo schermo olografico.

"Mantenere una squadra di sorveglianza e rientrare per un rapporto completo." – dirà, chiudendo la comunicazione.

Camminerà per la stanza, pensieroso; quindi si volterà e si rivolgerà al biondino, le unghie della mano ad artigliare la tempia.

"Chiamami il Direttore."

L'uomo grasso si sposterà i capelli lunghi da dietro l'orecchio, nelle orecchie gli auricolari per non fare ascoltare la conversazione dalla donna delle pulizie, che starà rassettando la cucina, a pochi metri di distanza.

"Sì, lo so che avevo detto che stavo a casa. Ma ho una cosa da sbrigare in Dipartimento, lo sai come sono…"

La donna delle pulizie lo vedrà gesticolare in mezzo al salotto davanti all'immagine della moglie.

"Sarà una cosa veloce, credo. I compiti a Jennifer li correggo io stasera."

L'uomo si infilerà la giacca.

"Per cena. Stai tranquilla."

Prenderà le chiavi dell'aviomobile e chiamerà l'ascensore per l'ultimo piano.

"Anch'io."

Poserà il personal display sul tavolo in salotto, lasciando il comunicatore ed aprendo la porta di casa.

"Signora, io esco. Chiude lei vero?"

L'ala est del palazzo bianco dai vetri oscurati, al ventiquattresimo piano, sarà un via vai di persone agitate. Il direttore operativo, un uomo alto, coi capelli bianchi tagliati a spazzola, il viso segnato dalle rughe, presiederà la riunione al tavolo ovale in fondo al corridoio. Alla sua destra siederanno un uomo sulla cinquantina ed una donna mora, di fronte l'uomo dai capelli scuri, alla sua sinistra il biondino ed il robusto. Alle due estremità dell'ovale l'uomo corpulento di mezza età, ben vestito, e una donna bionda sulla cinquantina, secca e dal viso severo.

"Signore e signori, grazie per essere venuti."

L'uomo aprirà un archivio nello spazio olografico, estraendo una tabella che riporterà i migliori cento tiri degli ultimi dieci anni. "Nessuno, fino ad oggi, ha ancora superato la distanza dei 3.000 metri per un centro accreditato. Io, per non rischiare, dovrò sparare ad almeno 3.000, come ti ho detto."

La donna lo guarderà con una espressione di scetticismo dipinto sul volto.

"Su un bersaglio in movimento."

"È una possibilità."

La donna camminerà fino alla finestra. Aprirà le tende, guardando nel giardino tre piani sottostanti, illuminato dalla luce soffusa delle lampade nelle aiuole.

"Che genere di movimento?" – chiederà la donna, guardando i muri ricoperti di piante rampicanti e fiori del cortile – "Velocità tendenzialmente costante o altamente variabile?"

"Tendenzialmente stabile. Un'aviomobile, se sono sfortunato. Se ho fortuna, un'auto elettrica a sospensione magnetica. Comunque, velocità molto modesta e tendenzialmente stabile. A passo d'uomo."

La donna si siederà, sul volto una espressione di perplessità.

"Credi si possa fare?" – chiederà l'uomo.

La donna si guarderà le mani.

"Mi serviranno una stampante ultimo modello ed una pressa di fissaggio di ultima generazione. E naturalmente materiali rari, visto il peso che chiedi. Tutta roba che costa almeno centomila eurodollari, forse centocinquanta."

"Naturalmente." – confermerà l'uomo – "Queste sono spese a parte, fammi la quotazione totale. Allora accetti l'incarico?"

La donna scuoterà la testa, perplessa.

"Non lo so, faremo dei test. Naturalmente, un episodio del genere significa una grande pubblicità per la mia produzione, e la mia immagine può beneficiarne, ma anche risentire di un eventuale fallimento. È una cosa stimolante, non lo nego, ma è una impresa al limite dell'impossibile."

"Per questo, ti ripeto, sono qui."

La donna si avvicinerà sinuosamente, e con un dito solleverà il mento dell'uomo seduto a gambe aperte sul pavimento.

"Come tutti voi sapete"- proseguirà il direttore – "abbiamo una procedura di recupero in corso. Mi spiace, ma credo che dovrete saltare il pranzo. James, vuoi farci un quadro della situazione?"

"Certamente" – dirà Daft – "Direi di saltare la descrizione della scena sul luogo dell'attacco. Quella la conoscete ormai tutti e avete già ricevuto rapporto ed immagini registrate dalla nostra squadra sul campo. Allo stesso tempo avete già ricevuto la scheda dell'unico sopravvissuto, John L. Whiley." - l'uomo si volterà verso il biondino –" Vorrei vedere le registrazioni olografiche delle 3 telefonate con Whiley."

"Certo, signor Daft."

Il biondino manipolerà lo spazio davanti a sé e proietterà la registrazione della prima conversazione nello spazio olografico in fondo alla sala.

"Signora Levis, le spiace chiudere le tende?" – chiederà il direttore alla donna seduta a fianco a sé.

La donna si alzerà, andrà alla grande vetrata in fondo alla sala e guarderà per un istante nel parco sottostante, di fronte al grande centro commerciale che dista alcune centinaia di metri, quindi parlerà ad un dispositivo elettronico sulla parete. Una seconda linea di vetri esterni si inclinerà, lasciando la sala in penombra. La scena della prima chiamata apparirà registrata da più angolazioni, ed in fondo alla sala appariranno sia l'ologramma della donna che risponde alla chiamata, sia quello dell'uomo nella cabina.

"Da quale cabina sta chiamando?" – chiederà l'uomo corpulento dal vestito elegante.

"Non lo sappiamo ancora. Da un posto pubblico, lo dice più avanti, signor Goedhart." - risponderà il robusto.

I due ologrammi parleranno, nel silenzio della sala.

"Non sono rimasto lì coi piedi nel sangue." – commenterà Daft al termine della tre registrazioni – "Sono le esatte parole di Whiley alla prima chiamata. Quale è il senso di questa frase? Sembra un uomo sconvolto."

"Beh, non dev'essere stata una gran giornata per lui." – commenterà la donna coi capelli biondi.

"Da un comunicatore in un bar." – proseguirà lo stesso Daft – " È la sua prima risposta alla nostra richiesta di indicazione della sua posizione, nella seconda chiamata."

"Signor Palmer." – dirà la giapponese, sorridendogli amabilmente – "Sono una donna, e come tale sono sensibile all'adulazione. Tuttavia, ci sarebbe ancora un problema."

"E sarebbe?" – chiederà l'uomo, guardando le sue labbra carnose, perfettamente disegnate dalla matita.

La donna ricambierà il suo sguardo.

"La distanza. Il movimento. A quella distanza, il vento, i fattori ambientali, hanno un effetto devastante sul risultato. Dobbiamo prevedere uno scomparto aggiuntivo. E una connessione ad un programma di gestione satellitare." – rifletterà la donna – "L'hardware non serve a nulla, altrimenti. Ci vuole qualcuno per il calcolo delle traiettorie modificate in tempo reale. Mi serve un disegnatore. Il migliore."

"Lo avrai."

La donna si girerà sui tacchi, attraversando la stanza e sedendosi con grazia sulla poltrona.

"E alla fine potrò tenermi l'attrezzatura?"

L'uomo guarderà la donna, poi la ragazza alle sue spalle, sempre seria e vigile come un cane da guardia.

L'uomo sorriderà.

"Quindi, mi sembra che tu non abbia più scuse, ormai. Vogliamo passare alla parte commerciale?" – chiederà allungandole le mani nelle manette.

Il Commissario Cervetti entrerà nell'ufficio del Primo Dirigente, nella sede dei NOCS a Roma, ufficio Direzione Centrale Polizia Prevenzione. L'uomo, capelli brizzolati, ricci, la mascella forte, starà guardando un testo nel proprio proiettore di ologrammi.

"Allora, Cervetti, si sieda. Se ciò che mi dice è vero la situazione è un gran casino. Possibilità che l'Ispettore Capo Santilli si sbagli, secondo lei, ce ne sono?"

Il Commissario lo guarderà prima di rispondere. Avrà il piglio dell'uomo abituato a decidere, forse qualche chilo di troppo dovuto all'età

"Remote. Sappiamo entrambi che è un uomo esperto, e la sua squadra è affiatata e affidabile. Non mi avrebbe chiamato, se avesse dei ragionevoli dubbi."

"Ma quando il nostro operatore chiede più avanti dove si trovi, lui risponde genericamente: in un bar, gliel'ho già detto. Che sia stata una giornata così brutta da non ricordarsi dove si trova?" – chiederà Daft, guardando la donna secca al capo del tavolo.

"Chi è il Richard di cui parla nella seconda chiamata?" – chiederà il Direttore.

"Richard Proctor." – risponderà il biondino, aprendo un altro schermo e facendo apparire un terzo ologramma, un uomo con barbetta e capelli lunghi, dal fisico decisamente sovrappeso – "Il migliore amico di Whiley, ci risulta. Si conoscono dai tempi del dottorato, due rami diversi, Proctor è un metodologo della ricerca sociale. Nella mia seconda conversazione con Whiley, se ci fate caso, lui mi dice che era uscito per prendere un libro per l'amico, e che dovevano vedersi oggi. Anche Proctor è stato reclutato da noi, ma opera in un'altra sezione."

"È uno dei tuoi ragazzi, Meredith?" – chiederà il Direttore alla donna bionda e magra.

"Lo conosco di vista. Abbiamo reclutato decine di giovani, in tutti questi anni, lo sai, non posso ricordarmi di tutti."

"Voglio parlargli. Dobbiamo capire che personalità ha questo Whiley, cosa pensa. Forse è l'ultimo che gli ha parlato. Cercatemi questo Proctor." – concluderà il Direttore rivolgendosi all'uomo sulla cinquantina alla sua sinistra, in giacca verde fuori moda.

L'uomo si alzerà, uscendo dalla stanza.

"Quando poi, sempre nella seconda chiamata, il nostro operatore gli chiede da quanto tempo è successo il fatto, lui si confonde, prima dice un'ora, poi mezzora." - continuerà Daft.

"Andiamo, che diamine, è un uomo abituato ad avere a che fare coi libri, non con le pistole." – interromperà la donna secca.

"Nella terza chiamata" – proseguirà l'uomo dai capelli scuri senza prendere atto dell'osservazione – "avrete notato che io cerco di sapere dove si trova, e lui nuovamente dice soltanto di trovarsi in un bar. Non solo, ma non ci spiega nemmeno perché non ha preso con sé il suo personal display."

"Non mi pare il caso di giungere a conclusioni affrettate Abbiamo un uomo di libri, un uomo addetto al controllo delle informazioni, non un agente operativo." – dirà la donna secca.

Il Primo Dirigente annuirà, come dispiaciuto della risposta.

"Allora, è un problema. La piega che ha preso il caso va al di là del normale controllo per attività terroristiche che ci compete, e che il Questore le ha assegnato." – continuerà l'uomo unendo le punte delle dita delle mani davanti al viso – "Abbiamo una pista da seguire, ma è una pista interna, a quanto pare. Ho bisogno di autorizzazioni di alto livello, per lasciarla proseguire nelle sue indagini, Commissario."

"Abbiamo il dovere di capire chi ci sta dietro."

"Sì. Certo. Tuttavia…" – ribatterà il Primo Dirigente, alzandosi dalla poltrona e guardando dalla finestra verso la strada, molto più in basso – "Sono stato obbligato ad informare il Questore dell'evolversi dell'indagine, e di consigliarlo di chiedere un incontro congiunto ad alto livello. Prima che si riunisca il comitato interforze previsto tra due giorni. E poi, sappiamo che diversi Governi stanno lavorando sul caso con i rispettivi servizi. La minaccia al Pontefice, in questo momento poi, in cui sta facendo profferte di riappacificazione tra le opposte culture e contro gli estremismi, è vista con grandissima preoccupazione da molte parti. E se esce l'informazione che proprio al nostro interno abbiamo una talpa, come qualcuno ipotizza…"

Il Primo Dirigente farà una pausa, dopo l'eloquio.

"Un incontro congiunto a livello alto. Quanto alto?" – chiederà Cervetti.

"Il Questore ha ascoltato il mio Consiglio, e chiamato il Capo di Gabinetto del Ministro dell'Interno. Siamo convocati domani sera, a palazzo." – risponderà il Primo Dirigente guardando dalla finestra – "Verrà anche Lei, Commissario."

La donna osserverà l'uomo seduto sul pavimento di fronte a sé, nel suo appartamento in Onna Son.

"Allora, se accetti di creare per me quest'opera d'arte, il tuo compenso sarà di due milioni in eurodollari, più centocinquantamila di materiali, e diciamo una componente software per qualche decina di migliaia di euro. Le spese di sviluppo software sono ovviamente a carico del committente, quindi le pago io."- concluderà il biondo, passandosi una mano sulla frangia.

"Dalla sua scheda non risulta nemmeno che sia armato, né abilitato all'uso di armi." – la donna indicherà l'ologramma - "È normale che sia confuso, e dia risposte contraddittorie, quello che è successo stamane farebbe saltare i nervi a chiunque. Mi pare che tu stia correndo un po' troppo, James."

L'uomo dai capelli scuri farà un cenno al biondino, che aprirà un altro schermo.

"Abbiamo verificato, una ragazza della biblioteca conferma di averlo visto, ma stiamo verificando i tempi in cui è stato fuori, su cui, come sappiamo, esiste solo la sua confusa testimonianza, dato che qualcuno ha cancellato le registrazioni. Come dici tu, non è abilitato all'uso di armi da fuoco. Il nostro uomo, evidentemente, è così confuso da non ricordare davvero molte cose. Nemmeno di dirci che ha trafugato la pistola del professor Borman, regolarmente registrata a suo nome in qualità di ex maggiore dell'aeronautica in congedo permanente. Come vedete nelle immagini Borman è morto in bagno. Eppure, qualcuno che sapeva dove Borman teneva l'arma, in uno scomparto della sua stanza, qualcuno quindi che lo conosceva bene, si è peritato di prenderla e sprogrammarla. Per farlo, deve aver inserito l'arma nella mano di Borman." – l'uomo si volterà verso la donna bionda – "Forse tu avrai una interessante teoria sul perché i dati di serie della pistola questa mattina siano transitati nell'archivio del personal display di Whiley."

Nella sala, i presenti guarderanno la proiezione dei dati storici di serie dell'arma, che il biondino mostrerà aprendo un altro foglio nello spazio, confrontandoli con i dati di connessione dell'archivio del personal display di Whiley, disponibili alla data odierna.

"Non mi piace." – osserverà il Direttore – "Vediamo di riportare indietro il nostro uomo. Abbiamo un po' di cose da chiedergli."

La porta della sala riunioni si aprirà, e l'uomo con la giacca verde tornerà al suo posto a fianco al Direttore.

"Richard Proctor non risponde. Il suo personal display e comunicatore sono a casa. In casa risponde una domestica che dice che è uscito piuttosto di fretta, dopo aver parlato con la moglie. La moglie, interpellata, ci dice che è andato al Dipartimento e che tornerà per cena."

Un mormorio percorrerà la sala riunioni.

La giapponese manterrà uno sguardo enigmatico, mollemente adagiata sulla poltrona in pelle.

"Il che ci porta, mia cara signora" – continuerà l'uomo sul pavimento – "Sì, diciamo a un due milioni oltre a un dieci per cento per le spese, quindi in totale due milioni e duecentomila eurodollari. Anticipo di un milione, ora. Il resto alla consegna. Può andare?"

La donna muoverà appena un sopracciglio.

"Bene, allora diciamo che mi serve una sequenza ed un conto bancario riservato."

La donna lo guarderà attentamente, come per valutarlo, quindi si alzerà e scriverà con le dita della mano le informazioni su un pannello aperto nello spazio olografico, quindi camminerà fino al bar. L'uomo muoverà fogli nello spazio olografico, aprendo due pannelli virtuali, quindi ordinerà il trasferimento della cifra da un conto cifrato all'altro. Dopo circa un quarto d'ora, chiuderà il pannello.

"Bene, ora non ci resta che aspettare, mia cara. Secondo i miei calcoli, considerando le richieste e le necessità di controlli di password e di verifica dei protocolli di sicurezza e di identità, ci vorrà un po'. Diciamo dalle due alle tre ore."

La donna si verserà da bere dal bar, aprendo un pannello olografico da uno scomparto interno al mobile.

"Non ti preoccupare, signor Palmer." – dirà la donna, versandosi del ghiaccio nel bicchiere – "Non c'è fretta. Chiyeko, vuoi farmi la cortesia di mettere il nostro ospite legato e bendato alla statua di ferro in ingresso? Io intanto mi riposo un po', mentre aspettiamo di vedere se quanto dice corrisponde al vero. Fagli buona guardia, e svegliami tra tre ore."

La ragazza afferrerà l'uomo per la camicia e lo strattonerà senza molti riguardi, puntandogli il coltello alla gola. Trascinerà l'uomo ammanettato vicino ad un appendi abiti, dal quale estrarrà una lunga fascia da donna, con la quale formerà un cappio. Quindi, lo obbligherà a gesti ad indossare la testa nel cappio, facendolo inginocchiare e legandone l'estremità ad una pesante statua in ferro, raffigurante un antico monaco guerriero. L'ultima cosa che vedrà Palmer sarà l'immagine della donna vestita di seta nera che si sfilerà i sandali e si coricherà sul divano, prima che un cappuccio nero gli venga calato sulla testa.

113

Il Direttore si rivolgerà alla donna mora alla sua sinistra, che prenderà appunti sul suo display: - "Mandare subito qualcuno al suo Dipartimento, e appena trovano questo Proctor lo mettano in comunicazione direttamente con me."

"Avete detto che parla da un bar. Visto che ci contatterà tra poco, quanto ci vuole per rintracciarlo?" – interverrà l'uomo corpulento al capo del tavolo, fissando il direttore e stringendo i piccoli occhi grigi.

"Abbiamo fatto una ricerca della zona." – risponderà il biondino, aprendo un altro foglio, con la mappa tridimensionale del centro di Chicago, sulla quale appariranno, sopra il tavolo della sala, tanti pallini di colore blu – "Se sono vere le sue informazioni, e se si è mosso a piedi, allora nell'arco di tempo da lui dichiarato potrebbe essersi allontanato di un raggio di circa tre chilometri dalla zona dell'attacco. Per prudenza, abbiamo stimato cinque chilometri, e verificato tutti i posti pubblici dotati di connessione con comunicatori olografici. Quindi, abbiamo fatto un inventario, e verificato il tipo di postazioni corrispondenti al tipo di cabina usata da Whiley. Purtroppo è un tipo di cabina piuttosto comune. Sappiamo con esattezza che il numero totale di cabine simili a quella usata nelle nostre registrazioni è usata in totale in 282 esercizi pubblici, in quell'area."

"282!" – ripeterà l'uomo con gli occhi grigi.

"Sì, signore."

"E quanto ci vuole a rintracciare con esattezza il luogo della chiamata?"

"Con queste informazioni, avendo così ridotto il campo, ci basta monitorare tutti i centri di connessione individuati sulla mappa e tenerlo in comunicazione in un tempo stimato attorno ai settanta secondi." – risponderà il biondino.

"E a quel punto, quanto serve ad una nostra unità per arrivare sul posto?" – chiederà l'uomo corpulento, passandosi una mano sui capelli grigi.

"Come vedete, stiamo tenendo una stazione di controllo in orbita focalizzata sull'area, quindi…" - il biondino farà muovere le figure tridimensionali sull'area della mappa che fluttuerà ruotando sul tavolo di riunione.

Ore dopo.

Le gambe saranno indolenzite, quando Palmer sentirà le mani robuste della ragazza sfilargli il cappuccio, ritornando a vedere la luce della sala da tè. La donna in abito da sera gli sorriderà.

"Mio caro, a quanto pare, abbiamo un accordo." – dirà la donna facendo un cenno alla ragazza, che infilando il coltello nel cappio con un paio di colpi decisi reciderà la corda – "Ho appena visto sul conto una simpatica cifra. Grazie."

La ragazza aiuterà l'uomo ad alzarsi, rinfoderando il coltello in una guaina legata all'avambraccio sotto la tuta.

"La prudenza, come sai, è d'obbligo nel nostro mestiere. Tuttavia, come possiamo farci perdonare?" – chiederà la donna con voce mielosa.

"Intanto" – dirà l'uomo massaggiandosi il collo – "togliendomi queste, e dicendomi dove è il bagno."

"Le manette tra poco. Il bagno è in fondo al corridoio, dietro quella porta."

Quando Palmer ritornerà nella sala, sarà vuota. Sentirà una musica zen provenire da dietro una porta scorrevole. La aprirà, facendo leva con entrambe le mani, ancora chiuse nelle manette. La donna sarà sdraiata sul letto, ancora vestita. La ragazza invece sarà in mutande, senza reggiseno. La stanza sarà riccamente decorata, piena di oggetti preziosi, un grande letto rotondo al centro, sul soffitto un anello di tenui luci di colore blu.

"E queste?" – chiederà Palmer, indicando le manette.

"Oh, tra un attimo, tesoro. Vedrai che ti diverti di più. Perché non saluti il nostro nuovo cliente, Chiyeko?" – dirà la donna, unendo alle parole dei gesti.

La ragazza si avvicinerà all'uomo sulla soglia, e lo tirerà dentro; anche senza scarpe è più alta di lui di qualche centimetro, e di una ventina quasi più alta della donna. Gli sbottonerà i pantaloni, e guardandolo negli occhi, senza sorridere, afferrerà con decisione il membro dell'uomo, iniziando ad aprire e chiudere il palmo della mano.

"Oh, è solo il suo modo per dire che non era nulla di personale, signor Palmer." – commenterà la donna alzando in aria il palmo della mano.

"…con un paio di aviomobili stazionarie in zona per la raccolta dei dati e una unità su strada, elettrica o a propulsione di idrogeno con sospensione magnetica per l'intervento…" – concluderà il biondino - "…non più di 12 minuti, Signore."

"Signore, con tutto il rispetto" – interverrà la donna secca rivolgendosi al Direttore Operativo – "mi sembra che stiamo prendendo precauzioni eccessive. Alla fine dei conti, è Whiley che ci ha contattato, dando l'allarme e chiedendo di rientrare. Perché lo avrebbe fatto, se avesse in mente altro?"

"E infatti lo faremo rientrare, Meredith" – risponderà il Direttore, alzandosi dal tavolo – "Ma al momento abbiamo sei cadaveri da coprire, una storia plausibile da dare alla polizia, una scena del delitto senza tracce e con le registrazioni di sicurezza cancellate; le uniche evidenze sono le impronte digitali di un uomo in fuga, unico superstite, che è in possesso non autorizzato dell'arma del suo capo assassinato. Il quadro richiede prudenza, mi pare."

Gli astanti si alzeranno in piedi.

"Quando il nostro uomo chiama, rintracciatelo e fatelo rientrare immediatamente." – ordinerà il Direttore.

"Me ne occupo io." – risponderà l'uomo dai capelli scuri.

Quando i partecipanti usciranno dalla sala, l'uomo dagli occhietti grigi prenderà questi per un braccio, tirandolo in disparte.

"Cos'hai intenzione di fare, ora?" – sussurrerà.

"Ho detto che lo farò rientrare." – risponderà l'uomo dai capelli scuri, scrollando il braccio – Rientrerà. In un modo, o in quell'altro."

Quando nella villetta suonerà il campanello d'ingresso, la signora di mezza età, seduta sul divano, metterà in pausa il programma, chiudendo con un gesto della mano nell'aria il pannello olografico. Nella stanza adiacente, il robot, un barilotto giallo e nero con un braccio meccanico snodato che starà manovrando un lungo tubo flessibile, smetterà di raccogliere la polvere sopra il mobile. La donna osserverà per un istante l'ologramma del robot chiudersi, e si alzerà sbuffando per compiere i pochi passi che la separeranno dallo schermo nel corridoio.

L'uomo guarderà i grandi seni della ragazza, eccitandosi al massaggio, la stretta sarà vigorosa.

"Sai, signor Palmer, Chiyeko lo fa solo per scusarti ed essere un po' carina con te, dopo tutto." – la donna aspirerà una boccata di fumo da un contenitore con una lunga canna infilata su un braciere ardente, ad un tavolino ai piedi del grande letto che occuperà gran parte della stanza. Un forte odore speziato aleggerà nel locale. L'uomo penserà che il viso della ragazza sarà privo di grazia, che il naso risulterà troppo grande, come pure la bocca dalle labbra troppo carnose, gli occhi scuri bovini. La ragazza continuerà a stringere vigorosamente con la mano il suo membro, senza sorridere e guardandolo negli occhi.

"Oh, vedo che state facendo amicizia, bene. Sembra che tu gli piaccia, Chiyeko." – noterà la donna, alzandosi in piedi e guardando il membro nella mano della ragazza – "Purtroppo, non ti illudere, mio caro, a Chiyeko tu non interessi molto." – aggiungerà facendo una carezza al viso dell'uomo.

La donna si volterà e la sua lingua sparirà nella grande bocca della ragazza, che ricambierà con traporto il suo bacio, stringendo ancor di più il membro dell'uomo, che si lascerà sfuggire un gemito.

"Lei è perdutamente lesbica." – sussurrerà poi la donna, asciugandosi le labbra con il palmo della mano, voltandosi quindi di schiena e slacciandosi i vestiti.

L'uomo avrà il respiro affannoso, mentre la ragazza si avvicinerà al letto, sempre tenendogli il membro in mano.

"E tu?"

"Oh, io" – sorriderà la donna, levandosi la biancheria intima e mostrandogli un sedere perfettamente modellato – "Io sono una donna curiosa, e di più ampie vedute."

La ragazza lascerà la presa, sfilandosi le mutande e coricandosi sul letto, di schiena, a gambe divaricate. La donna prenderà il membro dell'uomo dalla mano della ragazza, sorridendogli. Quindi voltandosi, si strofinerà il pene sul sedere.

"Se ti va, puoi restare per stanotte." – dirà sommessamente la donna – "Il servizio è compreso nel milione."

Quindi salirà sul letto, in ginocchio tra le gambe della ragazza, le mani appoggiate sulle grandi cosce tornite di lei.

La donna delle pulizie premerà il pulsante per accettare la chiamata al campanello d'ingresso, che riprenderà l'immagine del visitatore in fondo al prato, nel viale, davanti al cancello metallico. Guarderà l'ologramma della bella signora, il busto fasciato da un giubbotto elegante, che sarà appena entrato sul tappeto del corridoio all'ingresso, di fronte a lei, dietro le sbarre di ferro del cancello.

"Mi scusi, è in casa il dottor Proctor?" – chiederà gentilmente la donna.

"No, signora. È uscito da pochi minuti."

"Sa per caso dov'è andato?"

"Non lo ha detto. Credo che torni stasera. Di chi devo dire?"

"Oh, lasci stare. Sono una sua amica. Lo cercherò io."

La donna delle pulizie si stringerà nelle spalle, guardando la vietnamita girarsi nel viale, e scomparire dal corridoio.

L'uomo appoggerà le mani ammanettate sulla schiena della donna, guardandole il sedere ed infilando il membro da dietro nella sua vagina. La mano destra della donna lo aiuterà, mentre la sinistra artiglierà la coscia della compagna, che si morderà le labbra. Poi, con un gemito di piacere, la testa della donna si piegherà tra le gambe della ragazza.

Mercoledì, ore 12.44

Il sole tornerà a fare capolino, intimidito dietro le nuvole basse sui grattacieli di Chicago, gettando tenui raggi di luce sui palazzi in costruzione in fondo al grande viale alberato.

Non hanno avvertito Richard.

Whiley camminerà spedito, uscendo dal viale, diretto nuovamente al bar.

Perché?

L'uomo si stringerà la giacca sollevandosi il bavero sul collo, per proteggersi dai colpi di vento, diretto ai grandi magazzini sulla sinistra, vicino ai palazzi in costruzione.

Richard voleva quel libro.

Salirà la scala mobile, entrando in un negozio di articoli sportivi.

Oggi ne dobbiamo parlare.

Saprà di non potere andare alla polizia, e nemmeno rientrare nell'Agenzia di propria iniziativa, senza cautela.

Guarderà negli scaffali, e sceglierà un comune binocolo con visore a registrazione di immagini.

Sospettano di me?

Gli basterà un modello comune, poco costoso. Andrà alla cassa e pagherà in contanti.

Pensano sia stato io?

Il centro commerciale sarà pieno di gente. Entrando in un secondo negozio, cercherà un comunicatore portatile, tra le decine di modelli sugli scaffali.

Mi fido solo di Richard.

Prenderà uno dei modelli meno complessi, e più economici, dovendo pagare in contanti per non lasciare traccia.

Non voglio rientrare da solo, lo faremo insieme.

Comprerà un modello con una settimana di comunicazioni gratuite, in promozione, nessun dato personale da registrare, più un giocattolo che altro, senza funzioni particolari.

Ecco, decideremo insieme.

L'uomo avvertirà una strana sensazione di disagio. Salirà le scale mobili e uscirà da una scala laterale.

225 giorni prima

La grande casa di Onna Son in Okinawa sarà avvolta nel silenzio, quando i raggi di sole entreranno dalle finestre orientate ad est, sopra il cortile.

L'uomo si alzerà, grattandosi la barba e cercando di orientare la mente ottenebrata dal fumo e dalle poche ore di sonno. Gli ci vorrà qualche secondo per comprendere dove si trovi, come spesso succede quando si dorme in un posto diverso. Un grande letto rotondo, piccole lampade sul soffitto, abiti sparsi per terra sul pavimento di legno levigato nella stanza vuota. Si alzerà e andrà alla porta che darà sull'esterno, facendo scorrere la porta di legno a vetri decorati che darà sul balcone. Una splendida aurora illuminerà il giardino sottostante, pieno di alberi in fiore. Si sposterà in bagno, si vestirà, verificando sul personal display che il suo traduttore universale sia impostato ancora sul giapponese, quindi aprirà la porta della zona pranzo. Saki, vestita di un morbido kimono tradizionale, lo accoglierà con un inchino ed un sorriso.

"Ben svegliato, signor Palmer." – dirà versando una bevanda in una tazza finemente decorata - "Vuoi fare colazione con me?"

"Un caffè sarà sufficiente" – l'uomo si passerà una mano nei capelli spettinati – "Si può avere?"

La donna si rivolgerà alla macchina su un mobile ordinando quanto richiesto dall'europeo.

"Cosa sta facendo?" – chiederà l'uomo, sedendosi, allungando il mento verso la ragazza, vestita della solita felpa, con i pantaloni, calzini bianchi, seduta sul pavimento a gambe incrociate, completamente assorta a guardare un programma olografico pubblicitario. Nello spazio di fronte a lei ruoteranno 3 diversi modelli di auto sportive.

"Chi?" – chiederà la donna, versando il caffè in una bevanda, dando le spalle all'europeo, voltandosi – "Ah, Chiyeko? Oh, niente, guarda uno dei suoi soliti programmi preferiti, è appassionata di auto sportive, sai?"

La donna si siederà al tavolo con l'europeo, mentre la ragazza non lo degnerà di uno sguardo, completamente presa dalla presentazione di una nuova automobile con la carrozzeria dorata e gli interni bianchi, dal look molto aggressivo.

Whiley prenderà il passaggio sospeso tra i due palazzi, passando sulla passatoia vetrata che congiungerà le due ali del grande centro commerciale. Quella sensazione sarà qualcosa che non aveva mai provato con tale intensità. Paura.

Cosa diceva sempre Borman?

Guarderà l'orologio, e noterà che mancheranno pochi minuti all'appuntamento, dovrà agire in fretta. Punterà dal vetro con il binocolo osservando le strade, il parco, il bar in fondo al viale, le scale della metropolitana direttamente all'ingresso del centro commerciale, che portano in ogni direzione, piene di gente.

Bisogna sempre avere un piano di emergenza.

Chiuderà il binocolo, dirigendosi alle scale mobili per scendere al piano terra, confondendosi tra la folla.

Borman è morto.

Cercherà di cancellare l'immagine della gamba piegata in modo innaturale nel bagno dell'ufficio, e sarà contento di inspirare aria fresca, quando uscirà in strada.

"Signore, chiamata sulla linea 2, è una linea pubblica." – dirà il biondino al Direttore Operativo.

"Girala su Daft." – risponderà questi, osservando la donna bionda, l'uomo elegante e quello robusto. Il biondino aprirà due schermi in contemporanea, in uno appare Whiley, nella cabina, nell'altro il coordinatore operativo, Daft, su uno sfondo di parete bianca.

"Daft." – dirà quest'ultimo, guardando l'altro ologramma.

Le persone nella sala riunioni staranno dietro un vetro oscurato, potranno sentire le loro voci senza entrare nella comunicazione tra i due.

"Allora, cosa devo fare?" – chiederà Whiley.

"Si trova nello stesso posto?"

"Sì."

"Ha parlato con qualcuno?"

Richard.

Whiley guarderà nel vuoto.

Meglio non dirgli di Richard.

"Allora, Whiley, ha parlato con qualcuno?"

"No."

"Lei va pazza per le auto italiane." – dirà sorridendo la donna indicando con la tazza lo schermo – "Farebbe qualsiasi cosa per averne una. Non scherzo, sai?"

L'uomo assaggerà il caffè.

Farebbe qualsiasi cosa per averne una.

"Allora, vogliamo parlare di affari? Vorrei vedere il tuo famoso laboratorio." – dirà allontanando dalle labbra la bevanda bollente.

"Tesoro" – risponderà affabile la donna – "Se tu lo vedessi, dopo sarei mio malgrado costretta a chiedere a Chiyeko di ucciderti, e sarebbe vero un peccato, dopo aver verificato la tua competenza stanotte."

La donna gli accarezzerà la mano sul tavolo, quindi prosegue: "Penso che dovrai accontentarti di esaminare il prototipo quando sarà pronto."

"E quando, sarà pronto?"

"Se tu mi procuri il disegnatore, uno bravo, tre settimane." – dirà la donna, bevendo la sua bevanda - "Un mese, al massimo, da quando avrò i disegni."

L'uomo annuirà, guardando la ragazza che osserverà rapita la pubblicità dell'automobile italiana, che prometterà di essere la quarta vettura a sospensione magnetica più veloce del mondo, con una velocità di punta di 526 km/h ed una accelerazione da zero a cento km/h in 1,4 secondi.

"Mi presti un comunicatore olografico?" – chiederà l'uomo, sorseggiando il caffè.

"Quando vuoi; quanto spazio ti serve?"

"Diciamo almeno un 5 metri. Domani, direi. Oggi vorrei dedicarmi a visitare l'isola. Sai, mi piace lavorare con calma ed assaporare le cose."

"Oh, se è per questo" – osserverà la donna con un sorriso malizioso – "Lo so bene."

Nello spazio olografico, Palmer sarà seduto nella quarta fila di un'aula universitaria, ad anfiteatro, con le panche in legno e grandi vetrate bianche ai lati. La luce sarà diffusa dalla serie di finestre verticali, e il programma sarà così realistico da rappresentare i raggi di sole filtrare dai vetri.

"Senta Whiley, voglio che faccia esattamente come le dico, esegua alla lettera le mie istruzioni e tutto andrà bene. D'accordo?"

"Va bene." – mormorerà l'altro.

"Ora mi deve dire dove si trova, ed io la vengo a prendere. Poi noi due andremo a farci una bella chiacchierata."

"Di cosa dobbiamo parlare? Io non so niente."

Il biondino starà manovrando in un terzo spazio olografico, facendo scorrere velocemente sul tavolo della sala riunioni parti di città in tre dimensioni, strade e palazzi, persone che camminano, tutte in corrispondenza di nodi di chiamata possibili, e decine di pallini blu si spengono divenendo rossi ad ogni secondo, portandosi via l'immagine della strada corrispondente.

"A che punto siamo?" – chiederà l'uomo vestito elegante – "lo avete trovato?"

"Manca poco, signore." – risponderà il robusto.

"Per esempio della pistola di Borman. È sparita." – dirà l'ologramma di Daft. In qualche via blu, nel centro della mappa sul tavolo da riunione, il cuore di un uomo prenderà a correre senza controllo, e la cabina sembrerà farsi più piccola.

"Che cazzo sta facendo?" – la donna secca scatterà in piedi, rivolgendosi al Direttore operativo.

"Santo Cielo, Meredith, lo sta facendo parlare. Lo tiene occupato. Sai la procedura." – dirà l'uomo elegante alzando un braccio.

"Non parlarmi di procedure del cazzo, Goedhart! Non c'è scritto da nessuna parte di mettere sotto pressione chi vuoi portar dalla tua parte." – la donna camminerà per la stanza, indicando gli schermi dietro il vetro oscurato – "Quello ci stava per dire qualcosa!"

"Non è il momento per le vostre beghe, Meredith" – dirà il Direttore – "alzate l'audio, non si sente bene."

"Lei ne sa qualcosa, per caso sa dove possa essere finita?" – chiederà Daft.

La domanda si sarà sentita benissimo. Anche il silenzio. Il biondino continuerà a manovrare nelle strade della città sul tavolo da riunioni. Sopra il tavolo, nello spazio olografico, altre strade scorreranno via, portandosi dietro in una folle corsa aviomobili e persone, cose e palazzi, ma quel cuore accelerato non si troverà ancora.

I raggi del sole appariranno così come effettivamente sarebbero, stando alle precisioni metereologiche, esattamente a quell'ora, nella località della lezione: Parigi. Attorno a sé, le proiezioni di studenti, per lo più giovani, prenderanno appunti nei propri fogli proiettati, mentre il docente, un uomo anziano, vestito con grande classe, piuttosto alto e con una parlata spiccatamene britannica, starà parlando di programmazione binaria. Palmer, in realtà, non starà ascoltando nessuna parola di ciò che ascolta, ed in effetti, se anche lo facesse, non ne capirebbe un granché. Al termine della lezione gli studenti si alzeranno dai posti, chiacchierando coi compagni, chiudendo i propri fogli di lavoro e gli archivi degli appunti.

"Professor Kane. Mi scusi, professore, posso parlarle un attimo?" – chiederà Palmer, muovendosi tra gli studenti nello spazio olografico all'ultimo piano della casa di Okinawa ed avanzando di qualche passo, avvicinandosi alla cattedra virtuale a Parigi. Il docente a sua volta metterà alcuni appunti in una cartella, avvicinandosi di qualche passo verso la prima fila, per incontrare l'uomo che lo ha chiamato.

"Ti ho visto da un'ora e mezza là in quarta fila. Non sei un po' grandicello per seguire le lezioni, Robert?" – chiederà il docente – "O come ti devo chiamare, ora?"

Un paio di studentesse passeranno accanto all'uomo salutando il docente e scomparendo un istante dopo dallo spazio olografico.

"Ho bisogno di incontrarti. Devo parlarti di lavoro."

"Che genere di lavoro?"

"Programmazione. Mi serve un tuo allievo. Venti giorni di lavoro. Uno bravo e che non abbia mai lavorato prima." – dirà l'uomo guardandosi intorno nell'aula universitaria.

"Tu dove sei, ora?"

"In Oriente."

"Ah. Io invece sono a mezzora da qui, proprio a Parigi. Possiamo incontrarci qui, se vuoi." – dirà il professore, salutando un altro giovane in uscita dallo spazio olografico – "Quanto bravo?"

"Il migliore."

Il vecchio annuirà, allacciandosi il panciotto.

L'uomo elegante si passerà una mano nei capelli, guardando il robusto.

"Ci siamo quasi, signore. Ancora pochi istanti."

"Perché non sei nello stesso ufficio di questa mattina?" – chiederà Whiley – "Sento un rumore di sottofondo... Dove sei? Ti stai muovendo?"

L'ologramma di Daft non aprirà bocca per alcuni secondi, troppo lunghi, nel silenzio della sala riunioni.

"Sì, ti sto venendo a prendere."

"Dove stai venendo?"

Silenzio.

"Sei solo? Chi mi dice che vieni da solo?"

"Cazzo. Così non va!" – la donna secca si muoverà avanti e indietro, allargando le braccia – "Quello così lo spaventa."

"Sarò solo. Io e te andremo a chiacchierare da qualche parte e mi spiegherai con calma cos'è successo stamani."

Il biondino alzerà una mano, facendo ampi gesti al robusto.

"Ci siamo, agganciato! Trasmetto le coordinate all'aviomobile per la sorveglianza aerea. Il furgone elettrico è a quattro punto otto chilometri, è nostro!" – urlerà il robusto.

"E quanto tempo pensi di metterci a raggiungermi?" – mormorerà l'ologramma di Whiley.

"Massimo venti minuti, se mi dici dove sei." – risponderà l'altro ologramma all'altro lato del tavolo da riunioni.

"Quanto tempo per il furgone?" – chiederà l'uomo elegante.

"È ora di punta, signore. Senza sirene... sei minuti." – risponderà il biondino.

"Ti aspetto." - l'ologramma dell'uomo in cabina spegnerà la comunicazione.

"Cazzo, datemi il furgone sulla tre!" – urlerà il Direttore Operativo "e voglio una scansione del bar e della zona circostante."

"Quello sa che lo stavamo intercettando." - non sarà una domanda, ma una affermazione, quella dell'uomo elegante – "non ha chiesto come faceva Daft a sapere dove andare."

"Oh, che intuito, Goedhart! – sbotterà la donna secca - È un nostro agente, anche se non è un operativo conosce le procedure."

Ha messo su qualche chilo, dall'ultima volta.

"Credo di avere qualcosa di interessante, ma dovrò fargli una proposta. Limite di budget?"

"Sostanzialmente, nessuno."

L'uomo ammiccherà, sorridendo: "È sempre un piacere fare affari con te, Robert. Oggi è lunedì. Per te va bene se ci vediamo venerdì sera nella hall dell'Hotel Plaza Athénée a Parigi, diciamo alle 20?"

"Come faccio a sapere se nel frattempo hai trovato qualcuno?"

Gli ultimi studenti staranno uscendo dall'aula.

"Iscriviti al mio Corso con il solito nome, Robert Holden, studente di Brooklyn. Poi, scrivimi domani e chiedi di sostenere il prossimo appello d'esame, ed attendi 24 ore. Se la risposta è positiva, l'incontro è confermato." – risponderà il professore.

L'aula sarà deserta, malinconica e silenziosa.

"Prenota una stanza con vista sulla torre." – dirà Holden, uscendo dall'aula universitaria. Kevin Palmer si toglierà il casco, aprirà la finestra, e annuserà, abbagliato per un istante, il profumo dei ciliegi in fiore.

Il Commissario Capo Cervetti guarderà la grande scrivania, gli specchi dorati alle pareti, il candelabro in oro massiccio. Accanto a lui, nell'ufficio del Ministro dell'Interno, siederanno, sulle poltrone di velluto rosso, il Questore e il suo Primo Dirigente dei Nocs. L'antico orologio a pendolo sul muro ticchetterà rumorosamente, quindi batterà due colpi. Le diciannove e trenta, fuori starà calando la sera.

"Come le dicevo, signor Ministro, abbiamo motivo di ritenere che il movimento di denaro sia in qualche modo connesso, purtroppo, a fondi assegnati dal Governo italiano ai nostri servizi." – dirà il Questore, spingendosi in avanti con il suo viso aquilino ed incurvando maggiormente la schiena.

"Siete sicuri di questa informazione?" – chiederà il Ministro, capelli radi ancora scuri, nonostante sia avanti nell'età, uno spiccato accento napoletano, congiungendo le mani e appoggiando il mento sulle dita.

Il Questore e il primo dirigente si guarderanno a vicenda.

"Evidentemente, anche se lo abbiamo trattato come tale" – aggiungerà la donna, ringhiandogli sulla faccia – "non è un fesso."

Il biondino muoverà rapidamente le mani nella città tridimensionale sulla scrivania, tirerà verso di sé strade e ponti, girerà palazzi e grattacieli, fino ad ingrandire l'immagine di una strada, per poi entrare in un furgone che corre sulla sospensione magnetica, nel quale diversi uomini in borghese stanno controllando le armi.

"Il bar si trova su una strada a senso unico, vicino ad una zona pedonale, il traffico è rallentato, in quel punto" – commenterà il robusto – "e non ci sono nemmeno Silos di parcheggio per l'aviomobile. Ci arriva prima il furgone da terra."

Nella sala riunioni, i quattro uomini e la donna guarderanno la scena, senza fiatare.

Un grande furgone bianco si fermerà accostando al marciapiedi di fianco al bar, restando sospeso a cinquanta centimetri in sospensione magnetica. Il guidatore resterà al suo posto, con il motore acceso, mentre dal portellone laterale, quattro uomini in borghese usciranno, estraendo mitragliette ad impulsi da sotto la giacca, facendo in un attimo irruzione nel locale. Sul tavolo ovale scorreranno immagini tridimensionali del bar, prese dalle telecamere in movimento sulle armi, uomini che corrono, cabine vengono spalancate, una donna che urla. Confusione. Uno dei quattro uomini, rinfoderando l'arma sotto la giacca, camminerà sul tavolo da riunione, uscendo dal bar e tornando dal sesto uomo, in piedi davanti al furgone fermo in strada.

"Signore, qui non c'è." – comunicherà l'uomo armato a Daft, davanti al furgone.

"Cazzo" – esclamerà la donna secca, mettendosi le mani nei capelli – "siamo riusciti a farlo fuggire. Tanto valeva suonare la carica. Bell'operazione."

L'altro uomo in piedi sul tavolo da riunioni davanti al furgone si porterà la mano in tasca, sorpreso.

"Signore, un numero sconosciuto sta chiamando Daft!" – dirà il biondino – "Un comunicatore portatile."

"Sulla due!" – ordinerà il direttore nella sala riunione.

"Signor Ministro" – interverrà l'uomo dai capelli ricci brizzolati, alla destra di Cervetti – "La nostra unità di sorveglianza ha verificato i tabulati più volte. Non sembrano esserci dubbi. Sono stati molto bravi, e le tracce si perdono in un buco nero informatico, quindi non sappiamo dove siano finiti, ma sappiamo al di là di ogni ragionevole dubbio da dove sono partiti, prima di girare ai quattro angoli del Globo: da fondi dei nostri servizi."

Il ministro non commenterà, e guarderà quasi distrattamente una piccola immagine olografica statica che lo ritrae sorridente con due bambine, probabilmente le nipoti, in una zona balneare.

"Abbiamo il dovere di informarla che abbiamo ritenuto doveroso chiedere la collaborazione dell'Interpol" – riprenderà il Questore – "Ho avuto un colloquio nella loro sede di Roma, e sono stato informato che direttamente dalla sede di Lione è stato emesso un avviso a tutte le sedi dei Paesi aderenti perché fossero allertate su episodi apparentemente irrilevanti che possano tuttavia avere aderenza con le nostre indagini."

"E quale sarebbe lo stato delle indagini?"

"Sinceramente, signor Ministro" – dirà il Questore allargando le braccia – "al momento stiamo brancolando nel buio, come si suol dire. Non abbiamo una pista. Tuttavia, riteniamo che se qualcuno sta programmando un altro attentato, sia utile essere tempestivamente informati di ogni furto o violazione di reti informatiche, o acquisti di materiale potenzialmente usabile in un attentato, qualsiasi cosa. Abbiamo provveduto a fare una lista dei possibili scenari di nostro interesse, e diramato l'avviso."

"E cosa ci aspettiamo che succeda, da questo?" – chiederà distrattamente il Ministro – "Vorrei poter dare al Primo Ministro qualche informazione più rassicurante. I nostri rapporti con la Santa Sede sono molto delicati, come ovviamente tutti sappiamo."

"Era nostro dovere informarla dello stato delle cose" – risponderà il Questore – "perché lei potesse valutare quali azioni fossero più opportune. In ogni caso, se qualcosa nel mondo dovesse succedere anche di solo potenzialmente riconducibile alla nostra indagine, saremo informati, e forse avremo un crimine, o dei nomi da ricercare. Il nostro Commissario Capo Cervetti, qui presente, sta coordinando una unità operativa pronta all'intervento ventiquattrore su ventiquattro."

La voce di Whiley invaderà la sala riunioni, nessuna immagine, evidentemente non avrà acceso la proiezione olografica.

"Mi avevi detto venti minuti. Sei in anticipo."

Sul tavolo da riunioni, l'ologramma di Daft si volterà girando intorno al furgone bianco.

"Perché diavolo non mi hai aspettato? Avevi detto che restavi qui."

"E tu hai detto che venivi solo. Belle scarpe, comunque."

Nella sala riunioni, si sentirà chiaramente l'interruzione del segnale.

"Belle scarpe. Ha detto belle scarpe?" – chiederà il Direttore Operativo.

"Che cazzo significa?" – gli farà eco il robusto.

La donna secca scuoterà la testa.

"Sta comunicando con noi" – dirà, sedendosi con voce stanca – "ci tiene a farci capire che sta guardando Daft in questo momento, che lo vede. Nel furgone non poteva vedergli le scarpe. Ci sta dicendo di smetterla di trattarlo come un cretino. Conosce il gioco."

"Maledizione!" – il Direttore Operativo guarderà il biondino "Dove può essere andato in pochi minuti? Cosa c'è lì intorno?"

"Metti la ricerca sul comunicatore dell'ultima telefonata" – suggerirà l'uomo elegante – "e lo sapremo."

Whiley sarà in piedi sul ponte di vetro del centro commerciale, e registrerà l'immagine di Daft nel binocolo, quindi chiuderà la comunicazione e correrà alle scale mobili. Si dirigerà verso i treni della metropolitana, mescolandosi nella folla e cercando di confondersi alle registrazioni delle telecamere di sicurezza.

Si ritroverà bloccato sulla scala mobile, in mezzo alla folla, dietro di lui una coppia di ragazzi staranno ridendo, davanti due turiste staranno parlando di shopping reggendo nelle mani diverse borse di regali. Una delle due donne, decisamente grassa, ostruirà il passaggio e la vista con una monumentale pelliccia sintetica ed un vistoso cappello di pelo.

La discesa gli sembrerà interminabile, poi finalmente l'uomo vedrà le diramazioni degli accessi ai treni.

Il Ministro non sembrerà particolarmente soddisfatto della discussione.

"Io credo Signori" – dirà dopo una pausa – "Che dovremo valutare l'opportunità di costituire al più presto una unità di crisi. Sarà certamente una unità interforze, e dovremo ovviamente garantire la collaborazione a tutti i governi informati dell'attentato, particolarmente quelli ad ampia base cattolica, e soprattutto quelli dell'area euro americana."

"Ma così sarà difficile, per non dir quasi impossibile mantenere la segretezza dell'operazione" – obietterà il Primo Dirigente.

"Voi preoccupatevi delle indagini, signori, e ditemi di quali risorse ha bisogno il Commissario Capo per la sua unità di crisi. Delle implicazioni politiche e delle relazioni internazionali me ne occupo io, se non vi dispiace. La politica, come sapete, è l'arte della mediazione di opposti interessi."

Cervetti guarderà la bandiera Italiana ed Euramericana alle spalle del Ministro, chiedendosi quali siano mai gli interessi da mediare nel fatto di salvare la vita di un vecchio che rappresenta, per milioni di persone, la speranza in terra dell'umanità. Si guarderà bene, tuttavia, dal proferire parola, limitandosi ad osservare le lancette oscillare con un monotono ticchettio nella pendola.

L'europeo biondo con i baffetti, vestito con pantaloncini corti e una maglietta militare verde, correrà sulla scogliera di Onna Son, poco prima dell'aurora, e guarderà in lontananza sul mare un aliscafo scivolare veloce lungo la costa, sollevando spume di onde bianche. La primavera sull'isola sarà gradevole quell'anno, e l'uomo correrà con impegno, soffiando ritmicamente l'aria fuori dai polmoni. Un lavoro come il suo richiederà un buon livello di prestanza fisica, unitamente ad una adeguata preparazione mentale. L'uomo correrà mantenendo una buona andatura. Suole che batteranno sulla terra dura, la maglietta verde copiosamente bagnata sul petto e sulla schiena.

Mens sana in corpore sano.

Cercherà di svuotare la mente, ma avrà un pensiero ricorrente da un paio di giorni

Quelle labbra.

"Signore!" – urlerà il biondino – "abbiamo rintracciato il comunicatore. Il centro commerciale. Terzo settore, ala est, è diretto ai treni."

"Ricevuto" – l'ologramma di Daft correrà sul tavolo da riunione – "Ai treni, presto!"

Gli ologrammi degli uomini della squadra del bar attraverseranno i giardini del parco e gireranno a sinistra per il centro commerciale, correndo a fianco dell'uomo.

"Troppo tardi, Signore" – dirà il biondino guardando il puntino blu che corre nella mappa tridimensionale sul tavolo – "è salito ora su un treno. Riceviamo il segnale in movimento rapido."

"Quale treno?" – chiederà il Direttore Operativo.

Il biondino aprirà altri fogli nello spazio virtuale, sovrapponendo l'immagine del puntino sulla mappa con la linea della metropolitana di Chicago.

"Ha preso questa linea, signore!" – esclamerà con enfasi il biondino.

"Trasmetti i dati alle aviomobili in zona. Ordina a tutte le avio disponibili di scendere alle fermate successive, voglio che tutte le uscite di quella linea siano sorvegliate!" – ordinerà il Direttore Operativo.

"Dove si starà dirigendo?" – chiederà il robusto.

Tutti guarderanno il pallino lampeggiante sulla linea, finché si fermerà alla terza fermata.

"Signore, sta uscendo!" – urlerà il biondino – " sceso dal treno. Velocità di persona che cammina a piedi ora."

"Dove si trova?" – chiederà il Direttore Operativo.

Il biondino esaminerà la mappa del metrò, quindi confermerà: "È sceso alla fermata The Magnificent Mile, Signore."

"Vuole mescolarsi alla folla nei negozi del centro." – osserverà l'uomo elegante, alzandosi in piedi e camminando nervosamente.

"Chi abbiamo sul posto?" – chiederà il direttore.

"La squadra 3 signore, due agenti. In comando l'agente speciale Jester." – risponderà il biondino, aprendo una strada, fino a trovare due uomini tra la folla, selezionandoli come ologrammi.

"Non voglio sparatorie in luogo affollato. Bloccarlo se possibile senza usare la forza. Convergere sul posto e chiedere rinforzi immediati."

Le labbra carnose della ragazzona, sostanzialmente brutta, quel naso importante e quel viso poco aggraziato da bambinona troppo cresciuta, sempre imbronciata, come se dovesse fare i capricci da un momento all'altro.

Ma quella stretta di mano.

Palmer sorriderà, nonostante lo sforzo fisico della salita sulla scogliera, mentre guarderà con la coda dell'occhio tra gli alberi in fiore lo scorcio della baia, duecento metri circa sotto di lui.

Che faccia da gran stronza.

Sarà importante avere un cuore ben allenato, e saper controllare la respirazione sarà utile, come le immersioni in apnea, per continuare a trattenere il respiro al momento opportuno, prima di tirare il grilletto. La giornata sarà magnifica, e la brezza renderà piacevole la corsa, mentre compirà una delle ultime curve prima di arrivare all'albergo, ripensando alla frase della donna inerente alla ragazza.

Farebbe qualsiasi cosa per averne una.

L'uomo avvertirà un fastidio doloroso ai polpacci, avrà sempre qualche piccolo problema di tenuta, sulle lunghe distanze; l'uomo penserà che nelle prossime settimane dovrà intensificare le sessioni di preparazione atletica. Non lascerà mai nulla al caso, e sarà abituato a programmare meticolosamente ogni suo lavoro. Alla penultima curva, il comunicatore suonerà più volte, un semplice messaggio.

L'uomo rallenterà, stringerà i denti affrontando gli ultimi scalini naturali nella roccia, tra gli arbusti rossastri ai lati del sentiero, fino ad arrivare ad un' ansa praticamente a picco sul mare, sotto un grande albero pieno di fiori bianchi. L'uomo, ansimando, compirà alcuni passi nella zona pianeggiante per rallentare la corsa, gradatamente fermandosi, quindi premerà un tasto al polso sinistro, guardando verso il mare.

Dal polso la frase verrà proiettata a mezz'aria, all'altezza del suo sguardo.

Signor Holden, Siamo lieti di comunicarle che la sua richiesta di iscrizione al prossimo appello d'esame è stata accolta.

Le due righe verranno proiettate in controluce bianca sul blu lucente del mare, illuminato dai raggi del sole mattutino.

Nella sala riunioni, gli ologrammi della squadra 3 correranno nella metropolitana, piazzandosi davanti all'uscita. Il pallino colorato nella mappa tridimensionale si avvicinerà lentamente al punto di controllo della squadra 3.

"Abbastanza scaltro, per essere un non operativo" – commenterà l'uomo elegante, mettendosi una mano nei capelli grigi – "sa che nella folla potremmo aver difficoltà ad inquadrarlo nelle telecamere di sicurezza."

Su un altro pannello olografico della sala riunioni una aviomobile atterrerà in un Silos, e altri due uomini correranno agli ascensori per scendere al piano della metropolitana, fermata The Magnificent Mile. Sul monitor centrale la folla scenderà dal treno. Immagini confuse oscilleranno fortemente a causa della registrazione in corsa dei due uomini della squadra 3.

"Ci siamo signore, 80 metri al bersaglio." – confermerà il biondino. La confusione aumenterà in mezzo alla folla, e il rumore non consentirà di comprendere cosa staranno urlando i due agenti. Nella sala riunioni arriveranno distintamente grida di donna.

"Signore, l'agente speciale Jester sulla uno. Sono sul bersaglio ora."

"Passalo, presto!" – ordinerà il Direttore.

L'ologramma di un uomo robusto, di colore, con grandi trecce di capelli intrecciate sulle spalle entrerà nella sala riunione.

"Agente Jester, Signore, lo abbiamo trovato." – dirà l'uomo in mezzo alla folla.

"Finalmente! Avete Whiley?"

La voce del nero si udirà a malapena, nella confusione.

"No, Signore. Abbiamo il comunicatore. Ma lui non c'è."

Una donna grassa in pelliccia sintetica, con un grosso cappello di pelo, entrerà inaspettatamente nella sala riunioni, sbraitando e protestando animatamente contro i due uomini che le avranno messo le mani nelle borse dello shopping.

L'espressione della donna secca varrà più di mille parole.

L'uomo metterà le mani sui fianchi, respirando affannosamente, camminerà lievemente curvo fino ad appoggiare la schiena all'albero, quindi si lascerà lentamente scivolare appoggiando la schiena al tronco, fino a sedersi, sfinito, per terra. Ascoltando la risacca in lontananza, l'uomo sentirà il respiro ritornare gradualmente normale, fisserà l'orizzonte e, rileggendo la frase in trasparenza sul mare, chiuderà il comunicatore.

Sorriderà.

Mercoledì, ore 13.12

La fermata degli aviobus sarà gremita di persone, in prevalenza studenti e pendolari, e le pensiline ancora goccioleranno dei residui dei rovesci della mattina, in quell'autunno mite ma piovoso. L'uomo in abiti sportivi, maglione bianco a giro collo e ampi pantaloni in velluto, cercherà di confondersi con la folla, e dopo aver fatto il biglietto al distributore automatico, del costo di pochi centesimi, salirà sull'aviobus. Si disporrà verso il centro del mezzo, che presto si riempirà di persone che occuperanno la quasi totalità degli 80 posti disponibili. Mentre allaccerà le cinture, e il mezzo si solleverà in decollo verticale, controllerà sul pannello olografico quale sia la fermata alla quale scendere. Si rilasserà, osservando dal finestrino la città allontanarsi sotto di sé, mentre l'aviogetto, spostati i due grandi motori gradualmente in posizione di spinta orizzontale, si dirigerà verso i sobborghi in zona nord est. Dopo pochi minuti l'aviobus sarà salito sulla scorrevole corsia preferenziale al terzo livello di traffico, e l'uomo osserverà dal finestrino i grattacieli più alti scorrere ai lati in lontananza, a diverse centinaia di metri d'altezza, mentre il sole autunnale del primo pomeriggio illuminerà le grandi vetrate.

Nella sala riunioni regnerà una certa confusione, uomini e donne entreranno riferendo al biondino e al robusto i rapporti delle squadre di sorveglianza, sia sulle aviomobili, sia su mezzi di terra.

"Voglio avere un quadro della situazione, fatemi una sintesi, che diavolo è successo?" – chiederà il Direttore Operativo

È successo che quel figlio di buona donna ci ha giocati" – risponderà l'uomo corpulento coi radi capelli bianchi – "non è mai salito su quella linea, ed ora potrebbe aver preso qualsiasi altra direzione."

"Quante linee attraversano quel centro commerciale?" – chiederà il Direttore.

Il biondino sposterà dei cubi nello spazio olografico, corrispondenti a pezzi di mappe tridimensionali della metropolitana.

"Sei."

220 giorni prima

Il viale degli Champs-Elysées sarà pieno di turisti in quel pomeriggio di aprile, quando il sole farà capolino dalle nuvole e attraverserà i rami degli alberi in fiore. L'uomo vestito sportivo, coi capelli castani ed i baffi chiari, un paio di occhiali da sole, camminerà tranquillo con in mano la borsa da viaggio, godendosi il panorama. Giunto in Avenue Montaigne, dopo cinque minuti di tranquilla passeggiata, si fermerà ad osservare il palazzo d'epoca recentemente ristrutturato con i colori di inizio secolo, le pareti bianche, le tende da sole rosse, il tripudio di fiori dello stesso colore. Attraverserà l'ingresso, con i tavolini dalle bianche tovaglie sulle sedie di colore verde, separati dal marciapiede da una siepe ed una bassa cancellata, entrando nella hall dell'Hotel Plaza Athenee. Tra le volte bianche sorrette da colonne dorate, stupendi candelabri pieni di cristalli, un via vai di ragazzi dell'albergo in eleganti divise nere con in mano i bagagli dei clienti. L'uomo camminerà sui soffici tappeti, arrivando al bancone delle prenotazioni.

"Ho una suite riservata a mio nome. Robert Holden."

La suite avrà un grande letto foderato di lenzuola color malva, una zona salotto, un'area libreria con lo spazio per un comunicatore olografico di circa 3 metri, e una scrivania per lo studio. L'uomo che si è registrato come Robert Holden, di nazionalità euramericana, residente in Brooklyn, si spoglierà entrando in un bagno ricoperto di specchi e marmi intarsiati di greche in avorio, con una grande doccia, una piccola sauna e una vasca rotonda centrale, con idromassaggio. L'uomo, parlando al comunicatore, ordinerà l' accensione delle luci, ponendo i suoi effetti personali in un armadio a muro di mogano. Collegherà il proprio personal display alla scrivania ed aprirà la finestra, uscendo sul balcone. Sotto la tenda rossa parasole, si siederà su una poltrona al tavolino coperto di una bianca tovaglia, sul balcone ricoperto di gerani rossi, ordinando al distributore automatico di versare una bibita in un bicchiere. Si metterà gli occhiali da sole, e guardando alla sua destra, oltre la ringhiera in ferro battuto che separa la sua stanza da quella vicina, osserverà compiaciuto la torre Eiffel.

"Sei, in due direzioni, escludendo quella che ha presa rimangono altre 11 possibilità. Mandiamo le squadre su tutte quelle linee, in tutte le fermate, controlliamole tutte." – proporrà l'uomo dai capelli bianchi.

"Con tutto il rispetto signor Goedhart" – osserverà il robusto – "anche volendo non credo che abbiamo squadre a sufficienza disponibili, senza preavviso."

L' uomo dai capelli bianchi lo fulminerà con lo sguardo.

"In ogni caso è l'unico piano che abbiamo, e non possiamo trascurare alcuna possibilità. Avviate immediatamente il controllo di tutte le 6 linee della metropolitana. Chiedi rinforzi alle altre sezioni. Abbiamo un nostro uomo in fuga." – ordinerà il Direttore.

"Fuga che abbiamo provocato noi, o sbaglio?" – chiederà la donna secca.

"Il punto ora non è vedere chi ha sbagliato, Meredith. Daft sta rientrando e gli chiederò conto del suo operato. Ma ora, mi importa trovare quell'uomo. Se tu hai ragione, ed è solo spaventato, potrebbe essere ancora più pericoloso per l'agenzia. Non sappiamo cosa può fare, con chi può parlare. E se si rivolgesse agli organi di comunicazione?" – chiederà il Direttore.

La donna secca si metterà i capelli biondi dietro l'orecchio, guardando il Direttore attraverso un cubo olografico con un pezzo di metropolitana.

"In tal caso, Direttore" – osserverà con calma – "Il punto non è vedere chi ha sbagliato, ma non sbagliare più. Ed in effetti ha ragione nel dire che non possiamo trascurare nessuna possibilità."

"E con questo cosa intendi dire?" – chiederà l'uomo dai capelli bianchi, infilando le mani nelle tasche del panciotto.

La donna secca si volterà verso di lui con le braccia conserte.

"Avete considerato che potrebbe anche non aver preso nessun treno?"

La fermata degli aviobus al Brookfield Zoo, a Brookfield, nei sobborghi di Chicago, nella zona nord est dello Stato dell'Illinois sarà gremita di visitatori, e il parco sarà aperto tutto l'anno, ogni giorno. Whiley scenderà insieme ad alcune decine di persone, dirigendosi all'ingresso nord, dove acquisterà un biglietto pagandolo in contanti.

Un messaggio giungerà sul display, e verrà trasmesso sul piccolo visore al tavolino.

Spero tu abbia fatto buon viaggio. Ore 21, al ristorante 4, ho prenotato un tavolo a mio nome. Kane.

L'uomo sorseggerà la bibita, ammirando la torre in lontananza, e si appresterà a trascorrere qualche ora di rilassante lettura, godendosi i raggi caldi del sole pomeridiano.

Il ristorante numero 4 sarà disposto in ampie sale moderne, illuminate a giorno da luci proiettate da quadri luminosi sul soffitto, tavoli quadrati posizionati tra colonne di marmo poggiati su soffici tappeti rossi, pareti circondate da specchi. I due uomini siederanno per la cena ad un tavolo riservato in fondo al locale, comodamente seduti nelle poltrone ricoperte di velluti gialli di varie sfumature, chiacchierando amabilmente.

"Così hai trovato qualcuno che potrebbe fare al caso mio." – dirà Holden, portando alla bocca un boccone di una succosa bistecca ricoperta di una salsa rosa.

"Lo incontreremo stasera. Frequenta il mio Corso questo semestre" – il prof. Kane poserà il bicchiere di ottimo vino bianco, portandosi il tovagliolo alla bocca – "veramente molto dotato. Io non l'ho mai incontrato, ma abbiamo parlato più volte sulle linee come dire… non pienamente legali. Naturalmente, ha scoperto dopo la mia identità, e solo allora mi ha rivelato di essere uno studente."

"Ma ha delle doti che vanno al di là del programma didattico, da ciò che intuisco."

"Assolutamente" – commenterà Kane – "francamente, non capisco cosa io possa insegnargli. In assoluto, uno dei migliori che io abbia visto in sede di disegno. Sa progettare un software di interfaccia remota con praticamente qualsiasi dispositivo fisico. Ti sa aprire porte, scassinare, acquisire informazioni per spionaggio industriale, è molto… molto noto nel nostro giro."

"Quale giro?"

"Di quelli che hanno una doppia vita."

"In che senso, doppia vita?"

"Reale e virtuale."

Si infilerà nelle strade del parco, cercando di mescolarsi con una comitiva di turisti. Girerà per i giardini per circa mezzora, badando soprattutto ad individuare possibili telecamere, cercando di mimetizzarsi nella folla.

Richard mi ha parlato di un libro.

Camminerà per una larga strada bianca di mattonelle di marmo, passando davanti alla zona delle capre.

Ma quale libro?

Si dirigerà verso il luogo dell'appuntamento, camminando lungo la larga strada di pietra, cercando di individuare l'amico. Ai lati della strada dei prati verdi, perfettamente coltivati, termineranno ai lati della radura con una fila di alberi dalle larghe foglie gialle, molte delle quali ormai a terra, umide di pioggia.

Dove sei?

Al centro della verde radura, nella splendida cornice naturale, si stacca una costruzione bianca dalle cui bocche concentriche una serie di piccole campane di acqua circonderanno una serie di più grandi campane centrali, che proietteranno i getti d'acqua a decine di metri d'altezza.

La fontana di Roosevelt.

Alla fine, lo scorgerà. Un uomo alto, con un giaccone nero su una circonferenza decisamente abbondante, nettamente visibile sul bordo bianco della fontana. Whiley si avvicinerà con il cuore che comincerà a battere forte.

"Richard!"

L'uomo dai riccioli neri, lunghi fin sulle spalle, si volterà a mostrare il volto rotondo, ricoperto di una barbetta sottile. Un volto simpatico. Un volto amico.

"Ma dove sei stato?" - l'omone lo abbraccerà con affetto - "Mi vuoi dire che diavolo succede?"

"Non lo so cosa succede, ma meno male che sui qui. Ora ti racconto."

Il rumore dell'acqua della fontana suonerà come un piacevole, rilassante sottofondo.

L'uomo elegante, chiuso nel suo ufficio, nella stanza al piano inferiore a quello della sala riunioni, si avvicinerà alla finestra, guardando i grattacieli della città.

I due smetteranno di parlare, lasciando passare un cameriere che servirà una coppia di mezza età seduta al tavolo a fianco, dietro la prima colonna di marmo.

"Sai, c'è sempre più gente che fa una doppia vita" – riprenderà Kane – "le nuove tecnologie creano un nuovo tipo di società, e molte persone trovano di gran lunga più interessante, più appagante, direi… sì…più eccitante, la loro vita virtuale."

Holden verserà del vino al suo ospite.

"Per non dire che talvolta" – riprenderà Kane prendendo il bicchiere in mano – "ciò è anche molto redditizio."

Holden annuirà, portando alla bocca un altro boccone di carne.

È squisita" – commenterà pulendosi col tovagliolo – "Ma tu conosci questo tuo studente? Garantisci per lui?"

L'uomo alto dai capelli bianchi impomatati poserà il bicchiere sul tavolo e taglierà il pesce, adagiato su una purea di verdure.

"Mettiamola così" – risponderà – "non l'ho mai incontrato, nella vita reale. Frequenta le mie lezioni in modalità olografica, come tutti i miei studenti. Un tipo barbuto, si siede di solito in ultima fila e non l'ho mai visto fare amicizia con nessuno, se ne sta per lo più in disparte. Il suo nome non lo ricordo nemmeno, ma ti dirò: dubito sia quello vero. In ogni caso, io ti presento non il mio allievo, ma la sua identità virtuale, quella con cui è una leggenda nel nostro giro, come ti dicevo. Un vero mito."

"E almeno ha un nome, questo mito?"

L'uomo anziano sorriderà affabile, inghiottendo un boccone di pesce, quindi berrà un sorso di vino bianco.

"Oh, sì. Letteralmente. È noto come Janus." – sussurrerà misterioso l'anziano professore.

"Janus."

"Precisamente."

"E questo" – chiederà Holden, estraendo il vino dal cestello del ghiaccio e versando da bere al suo compagno – "dovrebbe dirmi qualcosa?"

"Beh, mio caro ragazzo, dovrebbe, se tu conoscessi la storia della religione romana, latina ed italica, in generale. Ma forse il termine Giano Bifronte ti dirà qualcosa: il dio bicefalo. Sai, ogni intrusore delle comunicazioni mondiali ha un suo nome d'arte."

Il sole starà già iniziando a scendere, in un bel pomeriggio di fine autunno. Ordinerà al dispositivo sul muro di abbassare le tende, e gradualmente i vetri esterni oscurati scenderanno a ridurre le luminosità, impedendo ad eventuali occhi esterni di guardare nella stanza. Si avvicinerà al divanetto al centro della stanza riccamente arredata, e sedendo a fianco di una rigogliosa pianta verde aprirà il comunicatore.

"Sono arrivata tardi" – risponderà la vietnamita senza salutare – "Non era in casa."

"Lo so" – dirà l'uomo parlando a bassa voce - "Per questo ho deciso di aiutarti. Ho un vecchio amico nella polizia che mi deve un paio di favori su cose del suo passato. Ho chiesto di rintracciare la targa dell'aviomobile del nostro segugio."

L'uomo ordinerà all'armadietto dei liquori di versargli un bicchierino di scotch.

"Quarantacinque minuti fa, una telecamera di sorveglianza ha individuato la targa in direzione nord est, all'uscita del terzo sbocco di Brookfield, quarto svincolo del primo livello."

"Dove porta quell'uscita?"

L'uomo chiederà di aggiungere due cubetti di ghiaccio.

"Allo Zoo."

I due uomini saranno seduti su una panchina vicino alla fontana.

"Ma perché hai voluto vedermi qui?" – chiederà l'omone seduto a fianco di Whiley sulla panchina, scuro in volto.

La strada sulla radura sarà attraversata da qualche gruppetto di turisti. Una coppia osserverà la fontana, mentre il sole del pomeriggio starà lentamente scendendo, colorando le foglie gialle degli alberi nei giardini.

"Perché è un posto all'aperto, poche telecamere. E sapevo che ti saresti ricordato dov'era."

"Come potevo dimenticare di quando Helen si è addormentata sotto il sole proprio su quella panchina?" – sorriderà l'omone – "Quando è stato? Sei o sette anni fa? Sembra un secolo. Non erano ancora sposati allora, e Rick…"

Smetterà di parlare, osservando il sorriso amaro dell'amico.

"Già, e Rick non era ancora un cadavere."

"Nomi d'arte?"

"Sì, ma molti sono dozzinali, biecamente commerciali, roba da fumetti. Credo che il nostro amico invece abbia scelto questo appellativo per il suo significato simbolico."

"Che sarebbe?"

"Il dio degli inizi, materiali ed immateriali" – l'anziano professore taglierà una patatina con il coltello d'argento, infilzandola con la forchetta e portandola davanti al viso del suo ospite – "Materiali ed immateriali. Realtà e realtà virtuale. Questa patata è vera o immaginaria?"

"Assaggiala e lo saprai."

Il professore riderà, inghiottendo il boccone.

"Squisita, per altro, dovresti assaggiarne una." – dirà indicando il proprio piatto – "Ma non è questo il punto."

"E quale sarebbe il punto?"

"Sarebbe la sua capacità straordinaria di far vedere cose reali dove la realtà non esiste. La sublimazione dell'inganno. Il doppio volto, la verità ed il mistero, la menzogna. In questo, quell'uomo è veramente un genio. Potrebbe farti vedere cose che non esistono come reali."

"A me serve qualcosa di molto reale. Serve un software di guida di un proiettile per un tiro alla lunghissima distanza."

"Oh, Robert" – il professore sbufferà – "come sei pedante. Lo so, lo so, si fa per parlare. E poi, non credere che sia così facile far girare per il mondo un programma del genere, con tutti i controlli che ci sono. Per questo, ho scelto uno che non si faccia beccare dai controllori telematici delle forze di polizia."

L'uomo inghiottirà un boccone del suo pesce al vapore, versando sopra un cucchiaio di salsa da una ampolla in vetro, a fianco del piatto, mentre passerà un altro cameriere.

"Il nostro amico è l'unico che io conosca" – dirà riprendendo il discorso – "che abbia inventato un sistema di programmi di allarme abbinato alle connessioni olografiche. Vendere software illegali con connessioni remote tramite olografia è un affare rischioso, molto rischioso. Ma non altrettanto, se hai inventato dei campanelli di allarme. E il bastardo non li vende, naturalmente, sono una sua proprietà, la sua, come dire… polizza sulla vita. Sai cosa faceva Janus secondo la mitologia, Robert?"

Whiley abbasserà lo sguardo a terra.

"Stasera sarebbe uscito tra poco più di un'ora per andare a una festa, suo figlio compie un anno giusto oggi. Ti immagini Helen?"

I due uomini staranno in silenzio per un po', seduti sulla panchina nel parco a guardare i passanti.

"Ma perché sei scappato? Devi rientrare, John, così peggiori la tua situazione."

"Cosa devo peggiorare?" – Whiley si alzerà in piedi – "non mi credono. Non mi hanno creduto dal primo momento. Forse pensano che io sappia qualcosa, o forse che sia stato io."

"Tu?"

"Non lo so, sono l'unico superstite no?" – l'uomo si metterà le mani nelle tasche, guardando una coppia che passeggia lungo la fontana – "Senti, facciamo quattro passi. Qui diamo un po' nell'occhio, siamo fermi da quasi un'ora a parlare."

I due uomini cammineranno per il viale, continuando a parlare.

"Tu quindi credi che abbia a che fare con la riunione di oggi?" – chiederà l'omone, camminando con le mani in tasca e l'andatura strascicata.

"Pensaci. Tu eri l'unico al di fuori della sezione invitato alla riunione. A proposito, hai ricevuto la copia del libro che mi hai chiesto?"

"Si, certo, ma non ho avuto ancora il tempo di leggerlo."

"Perché ci tenevi tanto ad averlo?"

I due uomini cammineranno nel parco, continuando a parlare mentre il sole del pomeriggio comincerà lentamente a scendere, tenendosi sulla sinistra dell'area dei pachidermi.

"…quindi Ricky aveva trovato un saggio di un tale che è stato censurato. Cioè, ha pubblicato il suo intervento ma è stato eliminato dalla rete olografica dopo poche ore. Il saggio proponeva uno studio sulla correlazione lineare tra lo sfruttamento dei campi agricoli e l'invecchiamento della popolazione."

I due rallenteranno, osservando un grosso rinoceronte avvicinatosi alla rete di protezione.

"Non vedo come la cosa possa essere di interesse di un sociologo." – osserverà Whiley.

Comincerà a fare piuttosto freddo nel parco.

L'uomo che si farà chiamare Holden non ne avrà la più pallida idea.

"Rinfrescami la memoria, te ne prego"

Il professore sorriderà.

"Controllava le porte, Robert. I passaggi, i ponti. In latino, iani. Capisci l'allegoria del nostro giovane figlio di puttana? I passaggi olografici, i ponti di collegamento, i nodi, sono sorvegliati come sappiamo dagli agenti speciali dell'Interpol. E cosa ti inventa il nostro intrusore bastardo?"

"Cosa ti inventa." – suggerirà il giovane coi baffetti biondi, con sussiego.

"Gli ianitores."

"Gli ianitores."

"Robert, non è necessario che ripeti come un pappagallo tutto ciò che dico. In latino significa portinai."

"E sarebbero...?"

"E sarebbero" – dirà sospirando l'anziano docente piegandosi in avanti, parlando in modo che la sua voce sia coperta dalla musica soffusa del locale – "programmi pirata che sorvegliano l'entrata e l'uscita delle informazioni dai nodi mondiali."

"Programmi di allarme."

"Sì. Metti il caso" – il professore disporrà una serie di grissini a formare delle intersezioni sulla tovaglia bianca – "metti il caso che tu sei un fottuto agente informatico dell'Interpol che si inserisce in questa sezione, perché hai avuto un simpatico satellite che ti ha avvisato di una parola, di un termine, di una cifra, di quello che ti pare insomma, e tu sei a caccia di quella informazione. Tu allora percorri questo segnale, nella vita virtuale, mentre i tuoi colleghi, in quella reale, avranno già estratto i loro fucili a pompa ad impulsi pronti a fare irruzione nella stanza in cui il tuo bersaglio sta camminando nel suo spazio olografico. Ma in quel momento..."

Il giovane smetterà di mangiare e guarderà con aria interrogativa il suo istrionico interlocutore, allungando il collo ed alzando le sopracciglia.

"..in quel momento uno dei suoi ianitores ti avrà già direzionato da un'altra parte!"

"Cosa significa?"

Le giornate si staranno accorciando e l'inverno sembrerà alle porte ai pochi visitatori di quel pomeriggio. I due uomini parleranno animatamente, mentre alla loro sinistra scorrerà la zona australiana.

"...per cui, se questo tale avesse ragione, l'uso dei campi agricoli, mediante l'impiego delle energie rinnovabili, negli scorsi decenni avrebbe potuto aumentare notevolmente la capacità di produzione di cibo, capisci? Molto più di quanto non sia stato fatto. Ora, questo ha davvero a che fare con la struttura sociale. La crescita della popolazione mondiale è il problema di questo secolo, giusto?"

I giovani ricercatori discuteranno camminando per le strade del parco, preferendo la camminata al noleggio di una cabina elettrica incontrando gradualmente meno persone nel parco. Giunti alla savana africana saranno ormai passate le quattro del pomeriggio.

"...per limitare il problema del sovraffollamento della terra o limiti la crescita del numeratore, cioè controlli le nascite, o aumenti il valore del denominatore, cioè la capacità di produzione di cibo pro capite. Non ci sono altre strade," – l'uomo sovrappeso parlerà con un po' di fiatone – "se tu impedisci che il denominatore cresca, a parità di crescita di popolazione, il problema si aggrava."

"Cioè, l'autore di Ricky sostiene che qualcuno o qualcosa avrebbe avuto l'interesse a fare in modo che non si sviluppasse l'uso di tecnologie innovative in campo agricolo per limitare la crescita di produzione di cibo?" – chiederà Whiley – "Ma che senso ha?"

I due uomini ogni tanto si fermeranno a discutere, dimentichi di tutto, in quell'angolo di mondo animale ricostruito. Alla loro destra, all'angolo degli orsi, osserveranno un magnifico esemplare di orso bruno avvicinarsi alla rete.

"...controllare la struttura sociale. Ciò potrebbe aver condizionato, questa è la mia ipotesi, la struttura della popolazione mondiale."

L'orso bruno gratterà nel terreno, senza degnarli di uno sguardo.

"Sono relativamente pochissimi secoli che l'uomo ha cominciato a spostarsi dalle campagne alle città." – aggiungerà l'omone – "Ora, supponiamo che questo autore abbia ragione."

L'orso bruno solleverà una zolla erbosa.

"Significa che quel figlio di buona donna" - il professore picchierà teatralmente con il palmo della mano sul tavolo – "ti avrà chiuso un nodo di accesso e aperto uno su cui tu perdi il collegamento, così i tuoi colleghi poliziotti non riusciranno a trovare la sua vera posizione nella vita reale. Non riusciranno a fare irruzione, perché non troveranno il segnale."

"Molto ingegnoso. Quindi il tuo studente non ha mai subito una irruzione nel suo spazio olografico."

"No. E sai come appaiono i suoi programmi in olografia, quale immagine hanno e come sono conosciuti dagli intrusori?"

Di nuovo l'uomo coi baffetti biondi scuoterà la testa, come uno scolaro diligente.

"Una chiave ed un bastone. I portinai, gli ianitores. Le due facce dell'entrata e dell'uscita. La vita virtuale" – spiegherà il professore brindando – "e quella reale."

Il giovane alzerà a sua volta il calice verso l'anziano mentore.

"In tal caso, non vedo l'ora di conoscere il tuo allievo."

"Lo conoscerai molto presto" – prometterà il professore bevendo un sorso – "abbiamo un appuntamento olografico. Questa notte. Alle 24. Nella mia stanza."

La serata sarà fresca, e i due uomini avranno trascorso qualche minuto sulla veranda della stanza, al quinto piano dell'albergo, davanti ad un tavolino di cristallo, illuminato da una palla di luce color ambra. L'uomo anziano, con in mano un calice di cognac, seguirà il suo più giovane compagno rientrando nella camera da letto, ordinando al dispositivo di chiudere la finestra e osservando l'ora: venti minuti alla mezzanotte.

"Un vero peccato" – Holden indicherà le luci della torre, illuminata sullo sfondo – " sarei rimasto a guardare Parigi di notte ancora un po', ed a chiacchierare dei vecchi tempi."

"Già, è sempre un bello spettacolo, non è vero?"

Le tende scenderanno lentamente, togliendo gradualmente ai due uomini la vista delle luci della città, finché anche la grande base della torre scomparirà.

"Ma ora mettiamoci al lavoro." – dirà l'uomo più anziano – "indossa il casco olografico e siediti qui a fianco a me. Viaggeremo insieme."

"Se qualcuno ha impedito il diffondersi di tecnologie che potessero rendere energeticamente e alimentarmente autonome vaste zone agricole del globo, ebbene la conseguenza sarebbe che ha condizionato lo sviluppo di un modello non agricolo, ma industriale. Come conseguenza, avrebbe incentivato lo sviluppo di un modello di grandi agglomerati urbani, in luogo di tante piccole città, sparse per il mondo."

"Ma a che scopo?" – chiederà Whiley.

"Mantenere il controllo. Detenere il potere. Alimentare la diversità. Se consideri che tutto questo avrebbe consentito di eliminare le cosiddette periferie del mondo…"

Il sole inizierà a tramontare dietro gli alberi, colorando con i raggi le foglie degli alti aceri che costeggiano il rettilario.

"…pensiamo soltanto al continente africano, ai paesi poveri dell'est asiatico. Hai idea di quante persone sono morte di fame negli ultimi decenni? Sarebbe probabilmente stato possibile impedirlo. Ma non avremmo avuto le più recenti metropoli. I principali governi del globo hanno sviluppato modelli secondo i quali milioni di persone hanno spopolato le campagne per andare a popolare le città."

"Per questo Rick voleva che tu partecipassi alla riunione." – osserverà Whiley.

"Probabilmente. E mi aveva suggerito quel vecchissimo libro di inizi secolo sulle curve di invecchiamento della popolazione, e sulle previsioni di spostamenti dalle campagne alle città. È stato Rick a mettermi sulla buona strada per formulare questa teoria…"

I due giungeranno in una zona del parco denominata la "palude". Sulle rive di un isolotto un paio di coccodrilli staranno prendendo gli ultimi tiepidi raggi di sole.

"…e quindi Rick voleva segnalare che qualcuno ha impedito che un saggio del genere diventasse di dominio pubblico." – osserverà Whiley – "Ma chi ha l'interesse a impedire la diffusione di tecnologie che avrebbero incrementato la produzione di cibo nelle aree agricole del pianeta, attraverso il riutilizzo dei rifiuti ad uso di fertilizzante?"

"Non lo so. Immagino chiunque abbia interesse a mantenere il divario tra i Paesi ricchi e quelli poveri."

I due uomini indosseranno le attrezzature, i caschi ed i guanti, sedendo sulle poltroncine posizionate nei circa 3 metri quadrati di spazio olografico del tappeto verde.

"Dove ci incontreremo?" - chiederà Holden.

"Oh, virtualmente al bar dell'Università."

Il programma avrà caricato un tipico bar per studenti, quasi deserto.

"Non vedo ancora nessuno."

Una coppia di ragazzi starà chiacchierando in modo un po' spinto in un tavolino d'angolo, i guanti olografici sembrerà stiano trasmettendo al giovane qualche piacevole sensazione. La ragazza starà tenendo a bada i primordiali istinti del maschio, più per imbarazzo che per volontà.

"Beh, è normale. Siamo in anticipo. Arriverà."

"Peccato non abbiano ancora inventato la possibilità di bere qualcosa, nei viaggi olografici. Passeremmo più comodamente il tempo." – noterà Holden.

"Oh, per quanto mi riguarda, questa sera ho bevuto anche troppo. E poi, dobbiamo essere lucidi e rapidi. Il nostro amico non ama perdere troppo tempo nello spazio olografico. Sa che meno si resta qui, meno si è rintracciabili nella vita reale."

"Come sai che accetterà l'incarico?"

"Non lo so, ma lo suppongo. La retta della nostra università è piuttosto costosa, circa 25.000 eurodollari l'anno, e non tutti hanno la possibilità di spendere 100.000 eurodollari per un diploma. Meno che mai il nostro amico, che pare provenga da una famiglia povera. Finora, si è mantenuto vendendo i suoi servizi per poche migliaia di eurodollari, ma si tratta per lo più di ragazzate, di goliardate. Con te, farebbe il salto."

I due uomini osserveranno per alcuni minuti ologrammi di studenti entrare ed uscire dal bar, più che altro si tratterà di gente che si incontra per darsi appuntamenti nella vita reale, o per scambiarsi informazioni sulle attività didattiche.

"Eccolo che arriva." – dirà ad un tratto, indicando un giovane con la folta barba scura che entrerà dalla porta.

"Buonasera, King." – dirà il giovane, con voce baritonale.

"King?" – chiederà Holden, girandosi verso il suo mentore.

"Ma se non si sviluppano i Paesi poveri, il mercato di vendita dei ricchi si restringe."

"È un costo accettabile, per chi vuole che esistano sempre le periferie del mondo e gli imperi."

"Accettabile per chi?"

"Per chi ha interesse a che si sviluppi un modello di sviluppo sociale rispetto a un altro." – risponderà l'omone spostandosi i lunghi capelli neri dalla fronte.

"Sull'ultimo punto non ti seguo."

Siederanno su una panchina, osservando la palude. Ormai pochi visitatori staranno attraversando il viale.

"Se io volessi controllare grandi masse di persone, preferirei averle ammassate in grandi punti di aggregazione, e non renderle libere dai due bisogni primari per l'uomo dal tempo della pietra."

"E sarebbe?"

"Mangiare e scaldarsi. Cibo, ed energia."

"Per non parlare di tutto il resto che ci fai, con l'energia."

"Appunto. E che potresti avere nelle campagne del mondo, rendendo i popoli autosufficienti. E quindi, niente migrazioni dalle campagne alle città."

I due uomini si guarderanno, condividendo i pensieri.

"Senti, John" – dirà l'uomo grasso – "Io sono praticamente arrivato, devo andare da quella parte, ho la mia avio in un Silos dietro la porta sud. Allora siamo d'accordo. Se proprio non ti fidi a rientrare insieme, lasciami parlare per te. Dirò che ti ho visto, e che sei disposto a rientrare, se mi danno garanzie scritte che non sarai messo sotto accusa. Non hanno proprio nulla contro di te."

"Non lo so, fammici pensare. L'ultima volta che volevano parlarmi hanno fatto irruzione in un locale con le armi spianate. È un modo strano di dialogare."

L'uomo grasso allargherà le braccia – "Ne abbiamo parlato tutto il pomeriggio. Non c'è altro da dire, e non vedo altra soluzione. Allora lasciami provare, ci parlo io per te. Fidati, andrà tutto bene, capiranno. E poi faremo come dici tu."

"All'ultimo piano della torre. Stasera, alle 20." – dirà Whiley, guardandosi intorno – "Se non ti vedo entro le 21 vuol dire che non è andata. E allora…"

"Il mio nome, qui dentro" – risponderà Kane – "e questo è il mio amico, di cui ti ho parlato."

Il giovane sposterà la sua sedia fino ad avvicinarsi ad un metro, nello spazio virtuale del bar.

"Hai bisogno di un disegno. Per integrazione di percorso. Lunga distanza."

"Precisamente." – risponderà Holden

"Hai le specifiche dell'oggetto?"

"Certamente."

"Regione di invio del software?"

"Sud est asiatico."

"L'oggetto è di serie od originale?"

"Originale."

"È già stato testato il percorso su quella distanza?"

"Mai. Il prototipo è ancora in costruzione."

Il giovane muoverà le mani sul tavolo del bar, come se usasse una video connessione remota.

"Qui non è sicuro. Ci dobbiamo vedere, di persona. Ma prima dobbiamo stabilire il compenso."

"Quanto vuoi?"

Il giovane ci penserà un istante.

"Duecentocinquantamila. Versati su questo conto. Cinquantamila entro tre giorni. Il resto a fine lavoro." – dirà infine mandando il numero di conto di una banca tedesca.

King emetterà un fischio.

"Ragazzo, sei diventato esoso." – commenterà, battendosi le mani sulle ginocchia.

"Mi sta bene." – taglierà corto Holden – "Dove ci vediamo e quando?"

"Da me. Istanbul, tra 3 giorni, lunedì a mezzogiorno. Trovati nella Basilica di Santa Sofia."

Il giovane barbuto si alzerà, uscendo dal bar senza salutare, dissolvendosi nello spazio olografico.

I due uomini nella stanza d'albergo si toglieranno il casco e i guanti, scenderanno dal tappeto verde chiudendo e aprendo le palpebre per abituarsi al cambio di luminosità.

151

"Mi vedrai. Fidati, John, ti tiro fuori io da questo casino."

Alcuni visitatori si staranno dirigendo verso le uscite.

"Allora, prometti di non fare altre cazzate e di fidarti di me? Muoverò mari e monti, ma stasera sei fuori."

Whiley percepirà che la voce del suo amico esprimerà più una speranza che una certezza.

"E va bene. Ma vedi di esserci, stasera." – dirà sospirando.

"Alle venti. Ultimo piano."

I due amici si saluteranno abbracciandosi con un sorriso forzato. Whiley, con un accenno di panico, osserverà il compagno dirigersi verso la porta sud del parco, lentamente, come un grosso plantigrado. Nel parco, ormai quasi deserto, gli ultimi raggi di sole staranno scendendo dietro una collina e si accenderanno le prime luci artificiali. Solo quando l'amico sarà scomparso dietro una curva si volterà, sollevando il bavero della giacca, e imboccherà il viale in direzione opposta, mentre dai prati in lontananza inizierà a levarsi una lieve foschia.

Il professore si avvicinerà al tavolino nel salotto tra le poltrone di stoffa bordeaux, e aprirà una piccola bottiglia di champagne.

"Eh, non è più come ai miei tempi, i ragazzi d'oggi sono diventati più venali, non avevo idea che fosse così caro." – commenterà versando lo champagne in un calice, che offrirà al suo ospite.

"Va bene così" – taglierà corto Holden, prendendo il bicchiere – "Ti ringrazio di aver fatto da mediatore."

L'anziano professore alzerà il proprio calice. Holden penserà che il vecchio volpone avrà suggerito il prezzo al suo allievo, e concordato un dieci per cento per sé. L'equivalente di un anno di retta universitaria, ma pagato al suo mentore, esentasse.

Alzerà a sua volta il calice e sorriderà, brindando.

Mercoledì, ore 17.05

Sarà una serata insolitamente calma e con poco vento, e una lieve foschia si alzerà, con il calare della temperatura, avvolgendo le strade ed i palazzi come una coperta lattiginosa. L'uomo corpulento uscirà dal Brookfield Zoo, nei sobborghi di Chicago, e camminerà lungo la strada in mezzo ai visitatori in uscita dal parco, dirigendosi ai mezzi pubblici dalla porta sud, con la flemmatica camminata consentita dal suo corpo appesantito, infagottato nel giaccone nero. Estrarrà dalla tasca un comunicatore portatile, comprato nel pomeriggio con pochi spiccioli, per non farsi intercettare.

"Ciao, sono io"

Attraverserà la strada insieme ad una famiglia, padre, madre e due bambini, maschio e femmina; il maschio è sui dieci anni, la femmina forse un paio di meno. La bambina sembrerà più matura del fratello, che continuerà a scherzare con una maschera dei primati, comperata ad un negozio del parco.

"Ho visto John, oggi pomeriggio." – dirà il l'uomo col giaccone nero, passando nel tunnel che conduce al Silos, la grande torre rotonda che sale per ventidue piani, interamente dedicati al ricovero delle aviomobili – "Sì, John sta bene, te lo saluto."

Il tunnel sarà pieno di persone, e passerà una trentina di metri sopra il manto stradale, sul quale scorreranno a decine le auto elettriche e a gravitazione magnetica, dalle caratteristiche forme ovali e levigate, producendo curiosi ronzii, come se passasse uno sciame di calabroni.

"Sì. A proposito, non riesco a tornare per cena, come ti avevo promesso."

Il tunnel avrà ampie finestre interamente a cielo aperto, e una doppia serie di passatoie mobili, larghe alcuni metri, consentirà alle persone che lo desiderano di non camminare ed essere trasportate alla zona commerciale ed ai parcheggi.

"...lo so che le avevo promesso di leggerle le storie. Proprio non riesco a tornare...no... John si è messo in un casino, e ha bisogno del mio aiuto..."

L'uomo corpulento seguirà la coda delle persone alle casse.

213 giorni prima

Ancora una volta, in quella mattina di primavera, il sole scalderà i bianchi palazzi della città che ebbe nome Bisanzio all'epoca dei Greci, Costantinopoli a quella dei Romani, e quindi Istanbul, da quando divenne la capitale dell'Impero Ottomano. L'uomo vestirà come un turista americano, scarpe sportive e pantaloni bianchi, una camicia a fiori rossa, occhiali da sole, e un cappello bianco per ripararsi dal sole, insolitamente caldo per la stagione.

Speriamo che il vecchio non si sbagli sul suo allievo.

Attraverserà la piazza gremita di gente, osservando le guglie che guarderanno al cielo, come tanti missili puntati nello spazio, di colore bianco come i muri e i tetti curvi del palazzo sotto il quale starà passando.

Non ha mai sbagliato, finora.

Girerà a sinistra passando davanti a moderni alberghi la cui struttura architettonica striderà notevolmente con le strutture edilizie della via pedonale di Istikal, nella quale si sarà addentrato, tra vecchi tram elettrici colorati di rosso e bianchi nuovi mezzi di trasporto pubblici ad energia solare.

Se è bravo come dice, potrebbe riuscirci.

Tra la folla del mattino, si soffermerà ad osservare le vecchie torri circolari in pietra terminanti in cima con una guglia, immerse nelle più recenti costruzioni, i bar e i ristoranti tra le case tipiche dell'antica città, porta d'oriente e d'occidente, miscuglio di generi e gusti, lingue ed odori.

L'assistenza al tiro va direttamente nello scomparto del fucile.

L'uomo camminerà senza fretta, godendosi la mattinata passeggiando come un normale turista. Al termine di Istikal salirà alla Torre di Galata, fermandosi ad ammirare il panorama sul Bosforo e sulla città.

Il software dovrà modificare automaticamente collimatori e mirini.

Oltre i tetti delle case, il blu dello stretto entro la città sarà percorso da decine di imbarcazioni di ogni genere e tipo, dalle lente imbarcazioni dei primi del secolo ai moderni aliscafi, e il bianco delle barche staccherà sul blu del mare.

Le persone si fermeranno ai dispositivi automatici, estrarranno la tessera virtuale dal proprio spazio olografico, e la sposteranno nella mano di una gentile figura femminile. La ragazza sospesa nell'aria ringrazierà, salutando e indicando la rampa di decollo e il piano al quale ritirare il proprio mezzo. Contemporaneamente i robot andranno a prendere nei piani del silos le aviomobili, portandole con bracci meccanici in zona parcheggio, secondo l'ordine di arrivo dei richiedenti.

"...è una cosa complicata, una emergenza. Sai com'è John, i guai gli capitano addosso, ma stavolta non è proprio colpa sua, te lo assicuro, e gli devo dare una mano. Lui lo avrebbe fatto, per me, lo sai..."

Salirà con la famiglia nella cabina dell'ascensore, mentre la bambina si lamenterà con la madre del fratello che finge di spaventarla con la maschera da gorilla.

"...non posso alzare la voce, sono in ascensore. Va bene, quando torno correggo io i compiti..."

Una coppia di anziani sembrerà infastidita dai lazzi dei due ragazzini nell'ascensore, e sembreranno sollevati quando la famiglia uscirà al settimo piano.

"...ci vediamo per ora di cena con John, spero che non sia una cosa lunga, ma se tardo non aspettarmi alzata..."

La cabina arriverà al dodicesimo piano e le porte si apriranno. L'uomo uscirà con la coppia di anziani diretto alla propria aviomobile, mentre altre persone proseguiranno ai piani superiori.

"...sì, va bene. Dalle un bacio da parte mia, e promettile che sabato la porto a pattinare... sì, va bene..."

La coppia di anziani si dirigerà dal lato opposto del garage, illuminato dalle grandi lampade sul soffitto, mentre l'uomo raggiungerà la propria aviomobile.

"...sì, te lo saluto. Ciao. Sì, ciao."

Salirà nell'aviomobile e chiuderà il tettuccio, osservando le prime luci della sera che accenderanno la città, e si chinerà per indicare la rotta verso la sede degli uffici dell'agenzia. Rialzando la testa, vedrà nello specchio retrovisore due bellissimi occhi dal taglio orientale.

Il turista americano camminerà sul ponte di Galata, fermandosi ad ammirare l'anello di congiunzione tra la parte moderna e quella storico monumentale della città. Camminando in uno dei marciapiedi, tra tante persone, osserverà un gruppo di pescatori con moderne canne elettroniche che staranno calando le lenze dal parapetto, mentre sulle corsie del ponte moderne macchine a sospensione magnetica scivoleranno con il caratteristico sordo brusio. Dal ponte, si soffermerà ad osservare i minareti, mentre un moderno tram a propulsione solare passerà con un fischio nel mezzo, tra le corsie.

Il problema sarà quello di fare avere il software direttamente a Saki.

L'uomo con il cappello bianco attraverserà la zona monumentale di Istanbul ed entrerà nei giardini di piazza Sultanameth, fermandosi ad osservare la Moschea Blu. Decine di turisti staranno entrando nei giardini, diretti alla magnifica struttura bianca, circondata dalle torri che puntano verso il cielo, ma l'uomo si limiterà a fermarsi e tornare sui suoi passi, per verificare, come di sua abitudine, se qualcuno eventualmente lo stia seguendo.

Da dove lo farà passare, dal nodo debole di Singapore?

Dopo pochi minuti, l'uomo si volterà dirigendosi dall'altra parte, verso la Moschea di Haghia Sofia. Si aggregherà ad un gruppo di turisti euroamericani, e pagherà l'interprete turca, che guiderà il gruppo nella bellissima moschea, mentre i turisti regoleranno i propri personal display per la traduzione in lingua inglese.

È mezzogiorno, dovrebbe essere qui.

L'uomo seguirà il gruppo che starà osservando le magnifiche guglie della Moschea. La guida starà spiegando che il tempio di Santa Sofia fu costruito da Giustiniano, successore di Costantino, che aveva trasferito la capitale dell'impero da Roma a Bisanzio, diventata Costantinopoli.

All'interno del tempio la voce della guida rimbomberà tra le colonne.

Nessun giovane barbuto in giro.

La guida continuerà il percorso, ricordando che i mosaici rappresentano Cristo, la Madonna con in grembo Gesù, e gli imperatori Costantino e Giustiniano.

Gli uffici all'ultimo piano del palazzo bianco saranno in fermento, mentre ai piani inferiori gli impiegati prenderanno gli ascensori per tornare a casa. Il Direttore sarà seduto alla propria scrivania, e parlerà all'uomo dai capelli castani, seduto di fronte a lui vicino alla finestra, dalla quale osserverà accendersi le insegne luminose di una officina di riparazione.

"Non è ancora il momento di avvisare il Consiglio di Direzione" – dirà il Direttore – "vediamo di risolvere la situazione all'interno della sezione. Proposte?"

"Tutte le squadre operative hanno la descrizione di come era vestito l'ultima volta che lo abbiamo visto. Una squadra sorveglia la sua abitazione, ed una il Dipartimento, gli uffici del Medoc sono stati chiusi e abbiamo preparato una versione per la polizia, che è già sul posto." – l'uomo dai capelli castani parlerà indicando immagini che il biondino mostrerà nello schermo olografico – "Non può prendere la propria avio, e le stazioni di treni, metropolitana, avioporto sono tutte allertate, nostre squadre sorvegliano le telecamere di sicurezza."

"Considerando come ti ha giocato questo pomeriggio, Daft" – interverrà l'uomo dai vestito elegante – "dobbiamo supporre che anche lui sappia queste cose, e se ne terrà lontano. Non può allontanarsi dalla città, non può affittare un mezzo privato, nemmeno usare pagamenti telematici, lo verremmo a sapere. Quindi, quale sarà la sua prossima mossa?"

"Dobbiamo supporre che cerchi di mettersi in contatto con il suo amico, Proctor" – osserverà la donna secca.

"Non abbiamo sue notizie da ore, signora, ma una squadra ha recuperato il suo personal display ed il suo comunicatore in casa sua." – dirà con sussiego il biondino.

"Rintracciate tutte le chiamate ricevute e fatte dal comunicatore del dottor Proctor nella giornata di oggi." – ordinerà il direttore – "Voglio sapere con chi ha parlato. Poi, dite alla polizia di rintracciare la sua aviomobile."

"Non credi che così facendo solleviamo un merdaio?" – chiederà l'uomo elegante – "Non sarà facile tenere segreta la cosa per molto tempo."

"Tu dici? Abbiamo sei agenti morti, uno in fuga, ed uno non rintracciabile da ore."

Santa Sofia, nelle intenzioni di Giustiniano doveva essere un tempio più bello di quello fatto costruire da Salomone a Gerusalemme.

I cinquantamila sono già sul suo conto.

La guida racconterà ai turisti che il tempio della Divisa Sapienza di Santa Sofia passò a Maometto secondo nel 1453, quando Costantinopoli prese il nome di Istambul.

Vuoi vedere che lo studente ha preso i soldi ed è scappato?

L'uomo guarderà la grande volta, seguendo le indicazioni della guida.

"Lei è l'amico di King?"

Holden si volterà. La donna sarà sotto i trent'anni, i capelli gialli tagliati a spazzola. L'uomo annuirà, mentre il gruppo dei turisti si allontanerà, seguendo la guida dietro una colonna.

"Sono un'amica di Janus" – la voce della donna sarà dura – "La osservo da un quarto d'ora. È venuto da solo?"

L'uomo annuirà nuovamente.

"Questa sera. Alle 23. Qui fuori, nella piazza, all'angolo vi è un bar con i tavolini di marmo dove la gente gioca a scacchi. Janus chiede il rispetto di 3 condizioni: lasci il comunicatore in albergo, venga disarmato e venga solo. Se non rispetta le condizioni, l'incontro salta. Chiaro?"

La donna si girerà sui tacchi e si allontanerà, senza attendere la risposta, infilandosi in un gruppo di turisti diretti all'uscita.

Istambul di notte sarà ancora più bella, penserà Holden, seduto ad un tavolino, con una birra in mano. L'uomo sarà seduto comodamente rilassato, come un normale turista, sorseggiando la bevanda quasi distrattamente, osservando le mille luci della città, contrasto di passato e presente. Guarderà per un po' la gente giocare a scacchi sui tavolini di marmo, nel via vai dei turisti. La macchina nera a sospensione magnetica arriverà ad un tratto, scivolando silenziosa, fermandosi al bordo del marciapiede.

La portiera del sedile posteriore si aprirà, e la donna bionda con i capelli a spazzola muoverà impercettibilmente la testa, facendogli un cenno.

"Andiamo?"

Il direttore guarderà l'uomo ben vestito, dritto nei suoi piccoli occhi grigi, sedendosi stancamente sulla poltrona – "Ho il sospetto che ci siamo già, in un merdaio, Goeadhart. Quindi, vediamo di trovare una pista prima che faccia notte, ok?"

Whiley camminerà per le strade del centro. Passando davanti ad una vetrina si guarderà nel vetro, osservando la propria immagine riflessa. Si recherà ad un distributore di contanti sul lato di una banca e inserirà la mano nel dispositivo olografico, che verificherà in un istante le impronte digitali. Ritirerà il massimo della disponibilità giornaliera per il suo conto, duemilacinquecento eurodollari. Si recherà in un negozio di abiti, e comprerà un giaccone imbottito, colore blu scuro, ed un maglione nero girocollo. Pagherà in totale cinquecentotrenta eurodollari e si farà cambiare due pezzi da cinquecento, uscendo con una borsa contenente i suoi abiti usati. Entrerà poi in un negozio di cappelli, comprerà un berretto di lana da settanta eurodollari, e si farà cambiare la terza banconota da cinquecento eurodollari.

Devo stare in un posto sicuro, anonimo.

Uscito dal negozio, si siederà su una panchina e metterà due banconote da cinquecento eurodollari in uno scomparto del portafoglio, e novecento in un altro scomparto.

Non in mezzo alla strada.

Entrerà nel centro commerciale, salirà le scale a chiocciola, e comprerà un biglietto per un cinema olografico, prendendo le banconote dall'ultimo scomparto. Lo spettacolo sarà già iniziato, quando siederà in poltrona, metterà la borsa dei vestiti tra le gambe, e indosserà il casco, osservando che nel buio della sala ci saranno probabilmente nemmeno una dozzina di persone a sedere.

Un uomo ed una donna proietteranno un distintivo virtuale sulla porta di casa alla donna che ha aperto.

"Ci scusi, signora, suo figlio è in casa?" – chiederà la donna dai capelli castani, ritirando l'immagine nel proprio comunicatore.

"Oh, Santo Cielo, cos'ha combinato stavolta?" – risponderà la donna, mettendosi una mano sulla bocca.

"Non si preoccupi signora, niente di grave."

Holden lascerà la mancia sul tavolino, e salirà. Alla guida un turco dai capelli mori, lisci e raccolti in una lunga coda. Non si sorprenderà neppure quando la bionda gli punterà una pistola ad impulsi, perquisendolo. Non troverà neppure strano che l'auto magnetica giri per le strade trafficate della metropoli per almeno mezzora, e che la bionda continui a guadarsi alle spalle. Sarà quasi mezzanotte quando la macchina si fermerà davanti ad una discoteca, dove sul marciapiede decine di persone saranno in coda per entrare. La musica arriverà fino all'auto che attenderà con il motore acceso, ferma in levitazione, a trenta centimetri dal manto stradale. La bionda coi capelli a spazzola terrà la portiera aperta, facendo cenno ad Holden di scendere.

"Janus ti aspetta lì dentro." – dirà all'uomo sceso sul marciapiede.

"Dove lo trovo?"

"Ti troverà lui."

L'auto nera si allontanerà, sparendo nel traffico notturno.

L'interno della discoteca sarà assordante, almeno per i gusti di Holden. Decisamente, non sarà il genere di locale adatto a lui. Centinaia di persone si staranno dimenando ad un ritmo frenetico, e diverse piste saranno gremite di giovani danzanti in un inferno di luci intermittenti e suoni prevalenti di strumenti a percussione. Molti saranno vestiti in abbigliamento dark, e il locale richiamerà volutamente, nelle scelte estetiche, dai crocifissi alle bare, miti antichi e stereotipi della Transilvania. Istintivamente, l'uomo cercherà di allontanarsi dalla zona dove la musica sarà più alta.

Per quanto sia in buona forma fisica e sappia di essere un uomo attraente, si sentirà decisamente fuori posto, per abbigliamento ed età.

Probabilmente sono il più vecchio, qui dentro.

Si fermerà ad ordinare un whisky al bar, trovando finalmente un posto per sedersi in un divanetto in disparte. Sul lato opposto del tavolino due giovani si staranno baciando. Holden si guarderà in giro, senza notare nessun giovane barbuto, ma solo il barista, un pelato pieno di tatuaggi, ed una ragazza minuta, seduta da sola ad uno sgabello.

"Dobbiamo solo fargli un paio di domande." – aggiungerà la donna, chiudendo il comunicatore - "Possiamo entrare per cortesia?"

Da una stanza giungerà il rumore di una chitarra elettronica.

"Sì, certo. Ma perché volete vedere mio figlio?" – la donna farà entrare la coppia e si rivolgerà ad un ragazzino in salotto, seduto a terra con le ambe incrociate a guardare un programma proiettato nello spazio davanti a sé – "Mark, smetti subito quella cosa e vai a chiamare quel disgraziato di tuo fratello! Oh, Santo Cielo…"

Pochi istanti dopo, il ragazzino aprirà una porta, accompagnato da un adolescente con una chitarra in mano che si muoverà a ritmo di musica, facendo oscillare un casco vistosamente dipinto. Quando si toglierà il casco olografico, una gran massa di capelli biondi ricadrà su un viso con le lentiggini.

"Oh, cazzo!" – esclamerà il giovane vedendo gli agenti, alzando gli occhi al cielo – "Io lo sapevo che quello non era normale. Lo sapevo, cazzo."

L'uomo con il giaccone blu ed il maglione girocollo nero sarà sull'ultimo piano della Willis Tower. Uscito da uno dei veloci ascensori, camminerà tra la gente, osservando dall'alto lo spettacolo affascinante della città illuminata sotto di sé, per miglia e miglia. L'uomo cammina un po', guardando attentamente intorno, poi osserverà ancora una volta l'orologio: le venti e tre minuti.

Richard, maledizione, dove sei?

Il tempo sembrerà non passare mai, tra il vociare dei turisti, le luci dei palazzi e le scie luminose degli aviogetti sulle vie illuminate in lontananza, nella sera.

Ti prego, Richard.

Una sera perfetta, per vedere la grande città, con poche nuvole in cielo, spazzate via dal vento del pomeriggio, una immensa volta stellata, che si vede nonostante la luminosità sottostante, attenuata a terra dalla foschia.

Ti prego.

Un'ora e venti minuti dopo si deciderà a tornare agli ascensori, sforzandosi di dominare il senso di panico che gli salirà alla gola. Guarderà un'ultima volta dalla vetrata.

La ragazza minuta avrà un visino gradevole, un filo di trucco, il nero borchiato decisamente sembrerà più un costume che un abito sentito. Carina, nonostante il vestito, penserà l'uomo, stimandone l'età, sui vent'anni. Si avvicinerà e si siederà, accavallando le gambe. La classica studentessa disposta ad una serata diversa, per arrotondare e pagarsi l'affitto.

Non ho tempo, carina.

"Ciao" – la ragazza si piegherà per farsi sentire nella musica, sorridendo – "mi offri un drink?"

"Magari un'altra volta" – replicherà l'uomo, cortese – "Sto aspettando una persona."

La ragazza si alzerà, si guarderà intorno, gettando un'occhiata fugace al giovane che starà armeggiando, senza troppa competenza, con il reggiseno della ragazza al tavolino in fondo alla sala, poi si piegherà per parlargli all'orecchio.

"L'hai trovata" – una borchia sulla lingua – "sono Janus."

L'immagine della grande città illuminata sotto di sé, la sconfinata pianura di luci che continuerà nel buio a perdita d'occhio, attraverso le grandi vetrate, gli sembrerà, per la prima volta, quasi paurosa e aliena.

Le facce stanche, le camicie sbottonate, la tensione palpabile negli uffici all'ultimo piano, l'unico illuminato del grande palazzo.
"Non può andare a casa, né in un albergo. Non può prendere un treno o un aviogetto. Sa che deve evitare controlli e telecamere. Fa freddo a Chicago, in questa stagione, di notte." – dirà il Direttore Operativo guardando i suoi collaboratori nella sala riunioni – "Pertanto, dove può andare?"
Nessuno nella grande sala riunioni avanzerà delle ipotesi, lasciando un silenzio imbarazzante gravare nell'aria.
"In tal caso"- concluderà il Direttore – "Sono costretto a convocare una riunione d'emergenza del Consiglio domattina."
L'uomo osserverà ancora un istante i collaboratori, quasi sperando di ricevere una soluzione imprevista, poi uscirà dalla stanza con il comunicatore in mano, e chiuderà la porta.

L'uomo con il giaccone blu ed il maglione girocollo nero terrà la testa appoggiata al finestrino dell'aviobus, guardando per l'ennesima volta il mezzo scendere in una rampa di atterraggio. Non sarà stata una scelta motivata, quella di prendere quella particolare linea, ma casuale, dettata solo dalla necessità di avere un posto in cui pensare e stare al caldo. L'aviobus si solleverà un'altra volta sopra le case e i palazzi, ora mediamente più bassi. L'altoparlante avviserà i viaggiatori: la prossima è l'ultima fermata, dopo il mezzo deve tornare al deposito, quindi si prega di prepararsi a scendere. Negli ultimi cinquanta minuti sarà stato al caldo, e avrà fatto trascorrere il tempo osservando i pendolari rientrare nei quartieri popolari, sulla linea diretta alla periferia. Penserà a varie possibilità, osservando le persone a fianco a sé, che nelle ultime fermate gradualmente saranno scese, dirette alle proprie case. Ad un certo punto avrà avuto anche l'idea di ripetere una cosa fatta tanti anni prima, quando era studente. Era in un collegio religioso, al campus, e aveva come tutti gli studenti provenienti da famiglie benestanti una stanza singola.

212 giorni prima

Istanbul diventerà una delle zone turistiche più frequentate, anche in considerazione dei cambiamenti climatici connessi al riscaldamento globale di circa 3,5 gradi centigradi verificatesi negli ultimi cinquant'anni. Intere zone del mediterraneo, dalla Grecia all'Italia meridionale, diventeranno di fatto climaticamente più simili all'Africa che all'Europa. Istanbul diventerà una località di moda non solo per il turismo storico culturale, ma anche per quello alternativo, giovanile, per il suo cocktail esplosivo di tecnologia informatica e naturale snodo di scambio culturale tra oriente ed occidente, anche illegale.

"Seguimi." – dirà semplicemente la ragazza vestita di nero, cercando di farsi strada tra la folla dei suoi coetanei. Nella discoteca sul mare la musica sarà quasi assordante, e il ritmo scatenato. Centinaia di giovani si staranno dimenando nel mix musicale di diverse culture. Holden osserverà ragazzi bere bevande contenenti sostanze che procurano assuefazione, e alcuni di loro accompagnarle con pastiglie ingoiate di nascosto nei bagni o nei corridoi dietro le colonne. La ragazza saluterà un buttafuori, un tipo con la testa rasata di due metri per centotrenta chili di muscoli. La ragazza si infilerà in un arco, attraverso una porta scorrevole di vetro, camminando per un lungo corridoio, nel quale la musica arriverà ad un volume attenuato. Dopo aver superato diverse porte chiuse, si fermerà infilando la mano nella fessura olografica della quarta porta a destra. La porta si aprirà con un sibilo. Dentro, una stanza con un divano, un tavolino e un cestello con ghiaccio, nel quale sarà stata inserita una bottiglia, sul tavolo un cesto di frutta.

"Qui possiamo stare tranquilli, nessuno ci disturberà" – dirà sedendosi e posando la borsetta – "ho già pagato la consumazione."

"Parliamo qui?" – chiederà l'uomo stando in piedi.

"Di certo, non faremo altro." – la ragazza solleverà la testa – "Se per caso ti sono venute strane idee conoscendomi."

Holden annuirà più volte, quindi si metterà le mani nelle tasche.

"Mettiamo subito in chiaro un paio di cose, ragazza. Primo, finora sono stato alle tue regole, e posso anche capire che tu abbia dovuto prendere delle precauzioni."

Al venerdì sera, il collegio chiudeva fino alla domenica sera successiva, e tutti andavano a casa. Restavano in tutta la grande struttura solo due preti; il direttore, soprannominato "la biscia", e l'economo, soprannominato "lo sgrunf". Prima di chiudere la palazzina studenti, il venerdì sera lo sgrunf faceva il giro dei corridoi. Whiley ricorderà ancora come si fosse nascosto nell'armadio della propria stanza, e come, quando aveva sentito lo sgrunf manovrare la vecchia manopola della propria porta, avesse trattenuto il fiato. Poi, mezzora dopo, era uscito sentendosi il re incontrastato dell'intera palazzina, dove aveva soggiornato per due giorni, giocando con altri ragazzi sparsi in altre residenze del campus con gli allora primi videogiochi olografici interattivi.

Potrei intrufolarmi nel mio ufficio in Dipartimento.

L'uomo, coltiverà l'idea disperata, mentre l'aviobus sorvolerà i quartieri popolari.

Dormire di nascosto.

Poi, si rassegnerà a concludere che molto probabilmente gli uomini dell'Agenzia saranno sorveglianti ben più pericolosi dello "sgrunf". Quando all'ultima fermata, venti minuti dopo mezzanotte, l'altoparlante avviserà che è obbligatorio scendere, saranno solo quattro persone, sugli ottanta posti della cabina, ad uscire sulla rampa.

E ora?

Si troverà nella stazione vicino al terminal, in un sobborgo mai visitato prima, dall'aspetto decisamente fatiscente. Farà freddo.

Devo trovare un posto per dormire.

Si calerà il berretto di lana sulla fronte e alzerà il bavero del giaccone, sia per proteggersi dall'umidità della sera, sia per essere meno riconoscibile. Attraverserà il piazzale, osservando i pochi passeggeri scesi insieme a lui sparire in diverse direzioni. Entrerà nei giardini della piccola stazione, praticamente deserti, tranne che per un paio di barboni che dormiranno sulle panchine.

Finirò così stanotte?

Attraverserà i giardini, avvolti dalla foschia e scarsamente illuminati, spuntando in una piccola piazza, dalla quale si dirameranno alcune stradine che porteranno a zone deprimenti di periferia, vecchie fabbriche abbandonate, bettole.

"Lo avrei fatto anch'io, probabilmente. – dirà, alzando la testa per incrociare il suo sguardo – "Questo lo accetto, e va bene. Secondo, non ho tempo da perdere, io sono qui per lavoro e non per importunare una ragazzina, cosa che peraltro non sono sicuro ti possa dispiacere. Quindi, la tua aggressività mi fa perdere tempo. E questo, non lo accetto. Il mio tempo ha molto valore."

La ragazza incrocerà le braccia sul petto, guardandolo con aria di sfida.

"Quello che intendevo dire" - proseguirà l'uomo – "è che questo posto non è adatto alla conversazione tecnica che dobbiamo avere, e temo che tu stia sottostimando di parecchio la complessità dell'incarico per il quale ti ho ingaggiata, pagandoti una cifra certamente superiore a quanto tu abbia mai guadagnato nella tua breve esperienza professionale. Ricorda che io sono il cliente, e tu la fornitrice, e non sono uso pagare per ricevere battute sarcastiche sui miei gusti sessuali, che peraltro non conosci. Per quanto ho visto finora, non posso onestamente dire che tu mi abbia impressionato particolarmente. Pertanto, prendi una decisione: o cresci in fretta, o ti invito a restituirmi il mio anticipo."

La ragazza allargherà le braccia, e le porrà sul tavolo. Inspirando, guarderà attentamente l'uomo davanti a sé, la propria borsetta, il proprio comunicatore, il pulsante rosso su un lato del tavolo, quindi la porta alle sue spalle. Infine, espirando, prenderà una banana dal tavolo, un coltello, e dopo averla tagliata a metà ne offrirà un pezzo all'uomo in piedi davanti a sé.

"Forse abbiamo iniziato con il piede sbagliato."

Abbiamo?

"Sai, a me viene una fame tremenda, quando sono nervosa. Ne vuoi?"

"No, grazie."

"Beh, siediti." – guarderà l'uomo in piedi, con i due pezzi della banana nelle mani – "Per favore."

"Credo tu abbia qualche piccolo problema di carattere." – osserverà l'uomo, sedendosi.

"Sì." – la ragazza parlerà masticando un boccone del frutto – "non sei il primo che me lo dice. Lo pensa anche la mia migliore amica. Quella coi capelli corti, quella che hai visto oggi, sai?"

Rimasto solo, in mezzo alla piazza, si guarderà intorno senza vedere anima viva. Rimarrà curvo nel giaccone, al buio, con il bavero rialzato e le mani in tasca. Si volterà a osservare i rami degli alberi dei giardini ricoperti di rugiada, e le vie laterali silenziose, avvolte nella foschia. Poi noterà, all'angolo, le luci gialle di un Pub filtrare dalle finestre sulla strada.

L'uomo la guarderà mangiare anche il secondo pezzo della banana, offrendole da bere. Ottimo vino bianco.

"Quanto tempo abbiamo?"

"Quanto vuoi. Il locale chiude alle quattro. Spiegami di cosa hai bisogno."

L'uomo prenderà un bicchiere di vino, sorridendo.

"Oh, decisamente sei ottimista, sulle tue capacità di analisi del problema."

"Sono una veloce. Dicono."

Veloce.

"Hai mai costruito i disegni software per un fucile di precisione?"

La ragazza scuoterà la testa, ingoiando l'ultimo boccone e buttando la buccia in un cestino.

"Beh, no. Che ci vuole?" – commenterà, aprendo un piccolo schermo davanti a sé.

E arrogante.

"Prendi nota. Partiamo dalle cose base." – dirà l'uomo, rilassandosi ed appoggiando la testa ai morbidi cuscini. La musica del locale arriverà decisamente ovattata.

"Prima di tutto, il fucile è solo una parte del progetto, di cui tu stai facendo una parte."

"E questo fucile dove lo trovo?"

"Non esiste."

La ragazza alzerà la testa dal video su cui starà scrivendo appunti.

"Non ancora almeno. Lo stanno realizzando."

"Chi?"

"Non ti deve interessare. Una mia amica."

"Va bene. Ma io con cosa integro il software?"

"Ti ho portato i disegni. E se hai dubbi dovrai parlare solo con me."

La ragazza prenderà il minidisco dalla mano dell'uomo, grande come l'unghia di un mignolo, e lo inserirà nel proprio display, manipolando poi a mano gli schemi nello spazio olografico, con interesse.

Ma brava.

Giovedì, ore 00.39

La notte sarà fredda, e il cielo diventerà bianco, quando il quarto di luna sarà tramontato; le nuvole lasceranno trasparire le stelle, in quella zona di periferia, dove l'inquinamento luminoso sarà meno accentuato. L'uomo camminerà con le mani nelle tasche del giubbotto, attraversando la strada, curvo sotto il lampione, la borsa in mano. Aprirà la porta a vetri arancioni, levandosi il berretto di lana ed entrando nel locale.

Un po' di caldo.

Un corridoio porterà in una sala dove quattro uomini staranno giocando ad un vecchio biliardo. Nella sala centrale, diversi tavoli in legno saranno occupati da avventori che bevono birra. Whiley preferirà il corridoio laterale, dove troverà un tavolo libero, sedendosi sul fondo, verso la finestra, da dove potrà controllare l'ingresso del locale.

Devo mangiare qualcosa.

La musica, diffusa dalle casse di un grande proiettore olografico in fondo alla sala centrale, accompagnerà una ragazza non troppo vestita che si dimenerà cantando una canzone di alcuni anni prima, volteggiando tra i tavoli. Dietro il bancone del bar un uomo con un paio di lunghe basette servirà birra sui vassoi, urlando le ordinazioni a un giovane sul retro e passando i vassoi a un paio di cameriere che serviranno ai tavoli. La bionda, bianca, di mezza età, l'aria vissuta, servirà birra a un avventore, attraversando la cantante discinta, tra le proteste e le risate sguaiate di un gruppo di tre ragazzi un po' su di giri. Whiley poserà la borsa e il giaccone quando la mora, una nera coi capelli crespi, arriverà al suo tavolo con un sorriso di circostanza:

"Cosa ti porto, amico?"

"Ho fame. Cosa avete di buono? Mi consiglia, lei?"

La nera, un bel viso sotto una massa di capelli corvini, indicherà un paio di panini sul menù.

"Beh, senti, a me questo non dispiace, e le patate non sono male, con le salse, almeno."

Non sarà forse un'esperta di marketing, ma sembra sincera.

"Vada per il 32 allora."

"E da bere?" – chiederà la nera.

Per una mezzora l'uomo illustrerà le immagini e la ragazza osserverà disegni, schemi e tabelle dei dati.

"Partiamo dalle basi, dicevo." – proseguirà l'uomo – "Il fucile sarà solo una parte di un progetto molto più complesso. Il tuo programma dovrà tener conto del mio equipaggiamento, che si comporrà essenzialmente di quattro parti basilari: i binocoli, il kit di camuffamento, i dispositivi di pulizia e settaggio, ed il supporto olografico di gestione integrata dei dati."

"Equipaggiamento. Quattro componenti." – annoterà la ragazza.

"Esatto." – l'uomo assaggerà dei pistacchi – "Poi dovrai tener conto dei dispositivi notturni. Non ho ancora deciso, ma forse lavorerò di notte. Comunque, è una eventualità."

La ragazza annuirà, poco convinta.

"Questo significa che dovrai tener conto di due elementi," – proseguirà l'uomo – "i dispositivi ad intensificazione della luce, e quelli a rilevazione di calore. Inoltre, ci saranno ovviamente i sistemi di intensificazione bioculari, la maschera per il viso, i supporti, gli illuminatori ad infrarossi, ed un orologio ad elettroluminescenza."

"Orologio. Beh, non mi pare così complesso."

L'uomo, senza commentare, assaggerà una fetta di ananas.

"Beh, in questa sezione vedi invece il calcolatore, sarà un normale processore comprato sul mercato, qui verrà inserita la bussola, qui il cronometro, questo è il lunotto direzionale e queste le lenti antiriflesso."

Holden commenterà il significato di tutte le definizioni, e la ragazza prenderà nota.

"Ho poi bisogno degli elementi protettivi per la fuga. Questi saranno di due tipi: i campanelli di allarme, e le mine antintrusione. Quindi, il software dovrà garantire che entro un certo perimetro, io venga avvisato se qualcuno violerà lo spazio di sicurezza, e potrò far brillare mine di diverso tipo."

"Tipo?"

"Fumogene, lacrimogene, o antiuomo, cose così. Non ti interessa. Tu devi solo tener conto dei sistemi di attivazione."

"Non posso lavorare bene" – protesterà la ragazza – "se non conosco i dettagli."

"Una birra, signora, grazie. Media. Rossa ne avete, per favore?"
La nera lo guarderà stupita. Non sarà abituata a sentirsi dare del
lei, e tantomeno della signora.

Il biondino avrà gli occhi stanchi e il volto affaticato, mentre
controllerà ancora una volta le registrazioni, passando le immagini al
computer. Prenderà i dati delle telecamere di sorveglianza infilando
le mani nello spazio olografico, e spostandole dal centro allo
schermo laterale. Un suo collega starà dormendo su una branda,
russando leggermente. Osserverà ancora una volta i dati di una
dozzina di telecamere di sorveglianza delle stazioni degli aviobus,
confrontando con le immagini dell'uomo al suo fianco, a sinistra.
L'ologramma camminerà per una strada, un uomo biondo, capelli
lunghi con la riga, abiti sportivi, maglione bianco a giro collo e
pantaloni in velluto. La camminata, registrata la mattina precedente,
sarà stata ripescata da una telecamera posta sulla via di accesso agli
uffici del Medoc. Il biondino chiederà il controllo delle immagini al
computer, che, sulla base delle informazioni, selezionerà dodici
registrazioni. Altre figure umane cammineranno per la stanza e il
biondino le osserverà stancamente, notando una certa somiglianza
con la prima alla sua sinistra. Alla dodicesima registrazione, il
biondino quasi cadrà dalla seggiola. L'ologramma centrale, seppure
un po' sfocato, mostrerà un uomo che sale su un aviogetto,
mescolato tra la folla. Il biondino spegnerà le altre dodici figure
umane ed affiancherà nello spazio l'immagine iniziale con l'ultima.
Selezionerà un tratto di circa 3 secondi in entrambe le registrazioni,
e farà muovere i due ologrammi nello spazio per diverse volte, a ciclo
continuo, confrontando la camminata, la postura, l'altezza e le
fattezze del viso, per quanto osservabili. Dopo circa cinque minuti
di attenta visione, spalancherà la porta e si precipiterà nel corridoio.
"Signor Daft, abbiamo un'immagine confermata!" – urlerà,
affacciandosi alla porta in fondo al corridoio – "Circa undici ore fa,
Signore, ad una stazione di aviobus!"

I pantaloni un po' stretti fasceranno i fianchi della nera in un
modo che i tre ragazzi al tavolo giudicheranno meritevole di
commenti piccanti.

L'uomo osserverà la ragazza.

E bravo Kane.

L'uomo aprirà altri fogli, illustrando diffusamente le caratteristiche ed i meccanismi di funzionamento dei sistemi antintrusione.

"Il tempo passa, mia cara" – dirà, dopo un po' – "dobbiamo muoverci, se non vogliamo far l'alba. Mamma non ti sgrida se arrivi tardi vero?

La ragazza lo guarda di sbieco, e lui le passerà un pistacchio, sorridendo.

"Ora stai attenta, perché viene una parte interessante. Mi servirà probabilmente un sistema che mi metta in corpo una droga rilassante. Quando spari ci sono tre elementi difficili da controllare: il respiro, la pressione del dito sul grilletto, ed i muscoli. Queste tre cose possono renderti la vita difficile, se il tiro è alla lunga distanza, e se il tempo di attesa prima dello sparo è molto lungo. Quindi il software dovrà monitorare i miei parametri biologici."

"Parametri biologici." – ripeterà lei.

"Tieni conto che il tiro avverrà probabilmente da una posizione prona nota come posizione di Hawkins, qui vedi i dettagli. Quindi il software dovrà monitorare una serie di parametri qui indicati, vedi? Rilievo dell'occhio, errore di parallasse, regolazione della parallasse sul cannocchiale, controllo del respiro in condizione di stress, controllo della pressione sul grilletto, e così via."

L'uomo risponderà pazientemente a molte domande della ragazza, che si sarà levata la maglia per il caldo.

"Veniamo ora a questa parte, molto delicata: il camuffamento."

L'uomo si alzerà e camminerà per sgranchirsi le gambe.

"Il programma dovrà monitorare gli indicatori di bersaglio, che si compongono essenzialmente di tre elementi; la lucentezza o rifrazione, il profilo, ed il contrasto. Vedi? Questa si chiama Ghillie Suit, ed è una sorta di tuta mimetica. Dovrò farmela fare su misura."

"Una cosa tipo le tute verdi e marroni dei militari che si vedono nei documentari , quei tipi con i ramoscelli sulla testa?" – chiederà la ragazza, alzando la testa.

"Beh, sì, una cosa del genere."

Uno dei tre toccherà il sedere della donna, mentre lei sarà china a raccogliere i piatti, provocando un'esplosione di risa da parte dei suoi due compagni. Forse avranno bevuto un po' troppo.

"Provaci ancora e te la taglio, quella mano, chiaro?" – urlerà la nera, voltandosi con un coltello da tavola in mano. I giovani continueranno a ridere, mentre il ragazzo sembrerà prenderci ancora più gusto.

"Ragazzi, andiamo, fatela finita." – dirà Whiley.

Il ragazzo smetterà di ridere.

"Che cazzo hai detto?"

"Ho detto semplicemente che è una bella serata, non vale la pena rovinarla, non ti pare?"

Il ragazzo si alzerà, coi pugni stretti, guardando l'uomo biondo seduto di fronte a sé. Non sembrerà decisamente uno abituato a fare a pugni.

"E tu chi cazzo sei per darmi ordini?"

"Nessun ordine, solo un consiglio."

"Ehi, ma lo sentite sto stronzo? Ficcatelo nel culo il tuo consiglio, ok?"

La nera prenderà un braccio del ragazzo.

"Dai siediti, e non facciamo casino ok?"

"Che succede lì? Se avete qualcosa da discutere andate fuori, non voglio grane nel mio locale!" – sbraiterà l'uomo con le basette.

"È questo stronzo che non si fa i cazzi suoi. Hai capito stronzo? Se vuoi discutere con me vieni fuori."

"Non c'è nulla da discutere, va tutto bene." – dirà la nera, mettendo la mano sull'avambraccio del giovane – "Dai, ragazzi, allora: questa birra come la volete?"

"È solo un povero coglione, lascia perdere" – commenterà il ragazzo alla sua sinistra, battendo una mano sulla spalla all'amico.

Whiley penserà alla pistola ad impulsi nella tasca interna del giaccone, poi abbasserà la testa e continuerà a mangiare le sue patate, distogliendo lo sguardo.

Il robusto avrà gli occhi carichi di sonno, mentre ascolterà l'uomo coi capelli castani che starà ordinando di cercare ancora indizi.

"Dove andava questo aviobus?"

L'uomo incrocerà le braccia sul petto.

"Solo che qui sarò probabilmente in ambiente urbano, quindi dovrò studiare quella esatta vegetazione."

"Ah, ok."

Benedetta ignoranza.

"Quindi tu vuoi una sorta di allarme, che ti avvisi ad esempio se il tuo profilo è più o meno visibile, un po' come nei videogiochi olografici, in cui c'è un indicatore a barre rosse o verde che ti dice quanto gli altri ti vedono, giusto?"

Però è brava.

"Brava, una cosa del genere. Il sistema dovrà tenere conto di questi cinque parametri fondamentali: il mio movimento, se ne farò, la mia visibilità rispetto all'ambiente di sfondo, la mia posizione ed eventuali riflessi, la mia immagine all'orizzonte ed il profilo, ed eventuale rumore che produrrò."

"Questo perché qualcuno potrebbe cercare o rilevare qualcosa che assomigli ad un cecchino. Cioè tu." – dirà la ragazza portandosi una mano sul mento, sovrappensiero – "e forse potrebbero usare scanner e satelliti per individuazione…"

"Sì."

"E hai pensato al calore del corpo, se usano gli infrarossi?" – chiederà, ad un tratto.

Decisamente, brava.

"Non ho ancora trovato la soluzione. Ci sto lavorando. Forse userò una posizione coperta."

"Posizione coperta?"

"Significa una struttura costruita, una posizione fissa da cui tirare."

"E dentro una posizione coperta potrei mettere qualcosa per risolvere anche questo problema" – risponderà l'uomo, a sua volta pensieroso – "ma ci arriveremo più avanti. Stiamo alle cose base, per ora."

La ragazza formulerà molte altre domande sulle immagini proiettate dal dischetto nello spazio olografico.

"…e poi, bisogna considerare i quattro parametri che condizioneranno il tiro, dalla lunga distanza."

"Vale a dire?"

"È la linea per Brookfield."

L'uomo con i capelli castani alzerà la testa, prendendo un altro file da un foglio aperto nello spazio olografico. Dopo averlo osservato, si girerà verso il biondino, in piedi a fianco a lui.

"E qui ha prelevato dei soldi dal suo conto. Quanti soldi?"

"Sì signore, nel pomeriggio, da questo distributore indicato sulla mappa, in centro. Duemilacinquecento."

Quindi, sarà tornato in centro città. Si girerà, rivolgendosi al robusto.

"Chiamami il Direttore."

"A quest'ora, Signore?"

"Fa come ti ho detto."

All'una e quarantacinque, il pub sarà quasi deserto. I ragazzi se ne andranno verso l'uscita, dopo aver lanciato ancora un paio di insulti a mezza voce all'uomo con il maglione nero. Il ragazzo con le mani lunghe butterà i propri soldi sul bancone lamentandosi per il servizio con il padrone, tra le risate dei suoi compagni. Nel locale saranno rimasti solo una coppia appartata a bere in un angolo, quattro giocatori al tavolo da biliardo, e un vecchio bevitore solitario, in fondo alla sala. La donna si avvicinerà a Whiley, portandogli la seconda birra.

"Comunque, grazie per prima, ma non era necessario." – dirà con un mezzo sorriso – "Comunque qui tra poco chiudiamo, alle due."

L'uomo non saprà cosa rispondere.

La chiamata sveglierà il Direttore nel cuore della notte.

"Mi spiace per l'ora, ma abbiamo una pista, forse."

"Dimmi, Daft."

La voce sarà assonnata.

"Il nostro uomo ha preso dei soldi dal suo conto da un distributore in centro oggi pomeriggio, duemilacinquecento. Sappiamo che a ora di pranzo aveva parlato a Richard Proctor, il ragazzo ha confermato di avergli prestato il suo comunicatore per una decina di minuti. E abbiamo una sua registrazione di ieri pomeriggio da una stazione degli aviobus, in direzione nord est, periferia, in direzione Brookfield."

L'uomo indicherà il foglio olografico.

"Beh, li vedi in questo schema: il calcolo della distanza, la natura dell'obiettivo, la natura del terreno e dell'ambiente, e le condizioni di luce."

La ragazza manipolerà con le mani le immagini nello spazio, quindi, lasciandosi cadere sullo schienale, allargherà le braccia sul divano, sospirando.

"Santo cielo, sono esausta" – dirà poi, inghiottendo un altro bicchiere d'acqua – "meno male che abbiamo finito. Beh, direi che il quadro mi è chiaro. Cioè… è un vero casino, lo ammetto, ma dovrei farcela."

La ragazza guarderà l'ora: le tre e quarantanove.

"Veramente" – dirà l'uomo tornando a sedersi – "abbiamo appena cominciato. La parte difficile viene ora."

"Cosa c'è ancora?" – chiederà lei sbarrando gli occhi.

"La determinazione dei parametri del tiro a lunga distanza."

"Ma da quanto vuoi tirare?"

"Tre chilometri." – risponderà, semplicemente – "Almeno."

La ragazza si alzerà, si allungherà la gonna di pelle nera sulle ginocchia, e camminerà per la stanza.

"E qualcuno, questa cosa, l'ha già fatta?"

L'uomo muoverà impercettibilmente le labbra, scuotendo leggermente la testa. La ragazza camminerà pensierosa, guarderà ancora l'orologio, poi il proprio comunicatore.

"Qui tra poco chiude. Dobbiamo andare da qualche altra parte."

L'uomo ingoierà un altro pistacchio.

"Io non ho sonno."

La ragazza annuirà.

"Fammi fare una chiamata."

"Che cosa avete deciso di fare?"

"Proctor non è tornato a casa. La moglie ha fatto denuncia alla polizia. Evidentemente Whiley e Proctor si sono visti da qualche parte lungo la linea. Mi dai autorizzazione per informare della cosa la polizia?"

La proiezione olografica conterrà solo la voce, perché il ricevente non avrà autorizzato la visione delle immagini.

"Tratta la cosa con il massimo riserbo. Non voglio che gli organi di informazione sappiano nulla della nostra ricerca."

"Certamente."

"Ah, Daft."

"Cosa?"

"Segnalate quelle banconote."

"Già fatto. A domani." – risponderà Daft, facendo un cenno all'uomo elegante. Dall'altro lato della linea sentirà una voce di donna assonnata.

"Ma chi era, a quest'ora?"

"Non è niente. Solo un piccolo problema di lavoro."

Whiley si recherà in bagno. I quattro giocatori di biliardo staranno pagando alla cassa, e la donna bionda starà spegnendo le luci, dopo aver spento la musica. In sala, sarà rimasto solo il vecchio a bere in un angolo. Dalla porta del bagno, mentre si lava le mani, gli giungerà l'eco della conversazione attraverso le pareti.

"Non me ne frega un cazzo se qualcuno ti palpa il culo. Tu qui li devi rispettare i clienti, è chiaro? Fai un sorriso, e finisce lì. Per lo più sono ragazzi che si spaccano il culo tutto il giorno e la sera sono un po' su di giri… tutto qua."

"Non mi va che alzino le mani. È solo che pretendo rispetto."

"Beh, e io pretendo che tu domani sera vieni qui puntuale e con il sorriso sulle labbra, non ti pago duecentocinquanta eurodollari a settimana per mandare via i clienti, sai?"

Whiley si laverà le mani.

"Domani sera? Cioè questa sera?"

"Questa sera, sì. Quella troia di Jenny ha chiamato quattro ore fa, ha l'influenza. Perché?"

"Oh, merda, lo sai che il giovedì non posso. Non ho chi mi tenga Niki. Non posso, così senza preavviso."

212 giorni prima

A soli undici chilometri dal centro storico di Istanbul, Yeşilköy , nel distretto di Bakırköy, diventerà uno dei quartieri periferici più importanti della città, dopo l'espansione del vicino avioporto internazionale di Atatürk, e l'ingresso a pieno titolo nella federazione euramericana. La notte comincerà a schiarire verso est, quando l'auto elettrica nera scivolerà lungo il porticciolo. Holden sarà comodamente rilassato sul sedile posteriore destro, a fianco alla ragazza. Sui posti anteriori, la bionda coi capelli a spazzola e l'uomo con la coda alla guida non avranno detto praticamente una parola durante il viaggio. Vedrà un cartello scivolare lungo il finestrino.

Marina di Yeşilköy Burnu

"Dove siamo?" – chiederà alla ragazza al suo fianco.

"I miei nonni raccontano che una volta si chiamava Άγιος Στέφανος, Santo Stefano. Molte chiese sono dedicate al nostro Santo protettore. Io abito qui."

"Andiamo a casa tua?"

"Oh, no. Ci ospita la mia amica. Siamo quasi arrivati."

Holden guarderà le scale che dal lungomare scenderanno verso una spiaggia bianchissima e sabbiosa.

"I tuoi colleghi qui davanti sono i tuoi cani da guardia?"

La donna coi capelli biondi a spazzola si volterà, guardando la ragazza. Avrà il traduttore istantaneo inserito.

"Sono solo amici."

Holden continuerà a guardare il mare, osservando i gabbiani nella baia. In lontananza le luci di un paio di barche di pescatori si intravedranno nella notte morente.

"Dormiremo qualche ora. Ti ho fatto preparare una stanza." – dirà la ragazza, quando la macchina si sarà arrestata vicino a una casa bianca, su una stradina laterale – "Continueremo più tardi, se non ti spiace, io sono un po' stanca."

Holden guarderà il quartiere residenziale, ancora addormentato nella zona del lungo mare, seguendo la ragazza nel vialetto.

Cinque ore dopo, l'uomo e la ragazza saranno seduti all'ultimo piano, il quinto, di un piccolo condominio.

"Oh, non puoi. Beh, senti un po', carina. Vuoi che ti faccia vedere come faccio io a trovarmi un'altra cameriera?"

Whiley si asciugherà con una salvietta.

"Vedi di portare qui il tuo prezioso culetto domani sera, alle sette precise, oppure vedi di non portarlo più. Sono stato chiaro?"

Whiley sarà fermo nella stradina, vicino ai giardini, appoggiato all'ombra di un albero lontano dai lampioni, nella strada deserta. Quando le luci del pub si spegneranno, la nera saluterà la collega, e attraverserà la strada solitaria avvolgendosi in una sciarpa. Il cielo sarà bianco e farà freddo, un freddo umido. La donna si dirigerà alla vecchia auto elettrica, parcheggiata lungo il marciapiede, ad una decina di metri dall'albero, aprendo la portiera.

"Mi scusi."

La donna, voltandosi, riconoscerà immediatamente l'uomo uscito dall'ombra.

"Mi scusi, ma non ho potuto fare a meno di sentire la conversazione tra lei ed il suo capo."

La donna resterà ferma in piedi, con la borsa in mano, a fianco alla portiera.

"Mi chiedevo se io potessi aiutarla."

Lei lo fisserà con un'espressione dubbiosa.

"Aiutarmi?"

Non esiste un modo elegante di dirlo, e fa freddo, qui fuori.

"Se lei mi può ospitare per una notte, io le posso dare cinquecento eurodollari."

"Grazie, ma non sono quel tipo di donna. Siete tutti uguali." – risponderà lei salendo in auto, prendendo il suo comunicatore – "Se ne vada o chiamo la polizia."

Merda.

"Oh, no, no! Non ha capito, non intendevo quello, ovviamente. È che sono così stanco che non so più parlare, voglio dire non mi so spiegare. Oggi è stata una giornata orribile per me."

"Non sei l'unico, cui non è andata bene. Ora, se non ti spiace dovrei andare."

L'uomo si avvicinerà estraendo il portafoglio, guardando nello scomparto esterno.

Lei sembrerà ancora più giovane, senza trucco e con una semplice maglietta bianca, su pantaloni sportivi. Sul tavolo vi sarà una brocca di caffè, e il sole filtrerà nella stanza dalle tende chiare degli abbaini.

"Qui possiamo stare tranquilli." – dirà la ragazza aprendo un foglio dello schermo olografico, dimensionandolo con le mani agli angoli fino a tirarlo alla dimensione di circa mezzo metro. Mangerà pane e marmellata, mentre manovrerà gli schermi, perfettamente a suo agio.

"E i tuoi amici?"

"Dormono." – risponderà la ragazza masticando – "Oggi pomeriggio loro vanno al lavoro. Non sei stato molto carino, con loro."

"Un vero maleducato, e dire che sono di una simpatia irresistibile, i tuoi amici. Noi stiamo qui?"

"Sì, ci ospitano qualche giorno. Più sicuro di andare in hotel."

"Ma tu vivi qui?"

"Questo non fa parte del contratto, mi pare. Non dico a nessuno dove vivo." – risponderà la ragazza, masticando – "Studiamo il problema, tu mi spieghi tutto ciò che serve. Poi io mi assento qualche giorno per preparare il software, e ti mando il lavoro quando sarà pronto."

L'uomo berrà un sorso di caffè.

"Quando hai finito il caffè, possiamo andare sul terrazzo, è più carino."- la ragazza si verserà un bicchiere di succo di frutta – "Se non sbaglio, mi hai detto che il difficile deve ancora venire."

Tre ore dopo saranno ancora seduti su vecchie sedie di vimini nella veranda coperta di canne di vite, e i raggi del sole filtreranno tiepidi sul tavolino di marmo.

"… il problema vero, nel tiro ad una distanza simile, è dato dal poter calcolare la deflessione del proiettile, la caduta dovuta alla forza di gravità, ed eventuali correnti del vento."

"E qui entro in gioco io." – osserverà la ragazza.

"Esatto. Ma prima ti devo spiegare tutto il sistema che va interconnesso. La postura può influire sul risultato del tiro in modo disastroso, ad una tale distanza. Quindi, mi serve un sistema di controllo preliminare."

"Va bene, senta, facciamo così." – dirà infilandole in mano delle banconote – "sono ottocentocinquanta eurodollari, di più non posso, sono disperato. È tutto quello che ho. Mi resta qualcosa, ma domani devo prendere qualche mezzo, ed andare da qualche parte."

La donna fisserà le banconote nelle sue mani e poi l'uomo in piedi con il berretto di lana. L'uomo guarderà il cielo bianco, un cielo da neve.

"È tardi. Sono stanco. Fa freddo, e io non ho un posto dove andare."

Non sembra un malvivente o un violentatore.

"Vorrei solo dormire un po'."

Di solito, chi vuole violentarti non ti mette in mano dei soldi.

"E non pensare più per qualche ora."

Già, ma chi lo fa?

"Scusa, ma non puoi andare in un albergo?"- dirà lei guardando le banconote – "Con questi soldi ti assicuro che puoi permetterti una stanza dovunque, da queste parti."

L'uomo la guarderà, abbassando lo sguardo.

"Per favore. Solo per una notte."

Oh, merda, ma che stai facendo?

"Immagino che tu abbia qualche problema con la giustizia." – dirà lei guardando i soldi nelle proprie mani – " e io proprio ho bisogno di tutto tranne che questo genere di problemi, sai?"

Non sai chi cazzo è questo qui.

"Non le darò nessun problema. Glielo prometto. Mi basta una stanza, da qualche parte. Domani mattina me ne vado."

Forse dovrei chiamare la polizia.

"Promesso."

La donna guarderà ancora l'uomo in piedi davanti a lei, con le mani in tasca.

"Dove hai messo la borsa?"

"La borsa? Ah, la borsa. L'ho regalata a un barbone nel parco, mentre la aspettavo. Avevo dei vecchi vestiti."

Sembra così assurdo da essere vero.

La donna guarderà le banconote.

Sono più di tre settimane di lavoro.

Poi rimarrà ferma a osservare il volante.

"D'accordo."- dirà la ragazza – "Dimmi cosa vuoi."

Dalla veranda, l'uomo osserverà i gabbiani e le barche dei pescatori in lontananza.

"Prima di tutto, mi serve un banale software di controllo del fatto che l'ottica ed il fucile siano perfettamente assemblati in asse, che mi indichi a quale valore tarare le viti di calciatura e gli anelli. Il sistema dovrà aver tarato l'arma ad una distanza conosciuta e registrato con l'aiuto di un cronografo la velocità del calibro del fucile ad impulsi. Quindi, dovrai prevedere la registrazione della temperatura atmosferica, la pressione barometrica per verificare l'umidità, quindi l'altezza del luogo sul mare, e così via. Tutti i dati vanno mandati al computer inserito nel fucile."

"Fin qui non mi sembra un problema."

"A questo punto, dovrai trasferire tutti i dati atmosferici e la velocità dell'impulso al computer, che dovrà stabilire la traiettoria del proiettile fino al bersaglio; questa è la funzione del programma balistico."

"Credo di poter trovare quel che ti serve, e poi lo modifico".

L'uomo osserverà una coppia che starà facendo jogging sulla spiaggia, in lontananza.

"Sì, ma non mi serve un programma standard. Mi devi preparare qualcosa che mi costruisca la mia tabella balistica personale, sulla quale dovrò allenarmi per almeno un paio di settimane ogni giorno. Devo provare i tiri in diverse condizioni meteo, ed al variare delle condizioni le ripetizioni daranno alla memoria del fucile le informazioni necessarie per calcolare la variazione della traiettoria in funzione della tabella balistica."

La ragazza prenderà appunti mentre l'uomo farà ruotare sul tavolo, sopra un cesto di frutta, l'immagine olografica del fucile.

"Ok, quindi sostanzialmente un programma di testing delle tue prove, che crei la tua tabella balistica personale al variare delle condizioni atmosferiche."

"Esatto. E che registri anche l'angolo di sito, vedi? Ho bisogno di una indicazione che indichi di quanto sono più in alto del bersaglio, o più basso."

"E tu sarai in alto o in basso?"

"Non lo so ancora. In alto, probabilmente."

La vecchia auto elettrica viaggerà silenziosa per le strade quasi deserte. Il biondo sarà seduto silenzioso al suo fianco.

Ma che cazzo hai nella testa?

"Mi spiace, non posso permettermi un'aviomobile." – dirà la donna guidando - "E credo di non poterti offrire di più di un vecchio divano in salotto."

"Va benissimo. Grazie."

Non è di queste parti.

"Solo per stanotte, giusto?"

"Solo una notte. Mi spiace averti spaventata, e mi rendo conto che la mia richiesta sia quanto meno insolita. Avrei voluto conoscerti in un'altra circostanza."

È fuori posto, parla in modo strano.

"Non hai l'aria di uno di queste parti." – osserverà la donna – "che lavoro fai?"

Ha l'aria stanca, e si vergogna della situazione.

"Sono un ricercatore. Lavoro in uno spin off accademico."

Cazzo, se è una balla ne ha di fantasia, questo.

"Ha l'aria di essere una cosa complicata." – dirà la nera, sorpassando un furgone automatico di lavaggio delle strade – "io non ho finito le scuole, invece."

L'auto scorrerà silenziosa per le strade, mentre un lieve tepore si diffonderà nell'abitacolo.

"Non posso sapere che cosa ti è successo, vero?"

L'uomo tacerà alcuni secondi, troppi.

"Preferirei non doverti mentire" – dirà, guardando le luci dei lampioni che scorrono nella notte – "ho fatto un errore."

E chi non ne ha fatti.

Ad un tratto lei si volterà.

"Oh, santo cielo, non avrai mica ucciso nessuno, vero?"

L'uomo si girerà a sua volta.

No." – sembrerà stupito – "no, che idea. Stai tranquilla. Per l'ultima volta, io non voglio fare del male a nessuno. E non ho fatto del male a nessuno, ok?"

La donna continuerà a guidare, in silenzio.

"Ok."

La ragazza guarderà pensierosa i tetti delle case, che in quella stagione poco turistica poggeranno silenziosi all'orizzonte sul Mare di Marmara.

"Comunque, stai attenta, ora, perché qui viene il difficile." – proseguirà l'uomo – "L'Everest della difficoltà di calcolo."

"E sarebbe?"

"Il vento."

L'uomo aprirà un terzo foglio olografico, tarando la sua luminosità in modo che sia perfettamente visibile in trasparenza sul blu del mare.

"Ad una distanza estrema come quella di cui parliamo, il vento è un vero incubo, che rende secondo alcuni impossibile realizzare quel tiro."

"E per noi no?"

"Ce la faremo, se tu puoi determinare la velocità del vento in questi tre punti."

L'uomo disegnerà tre cerchi su una linea curva, alle estremità della quale inserirà due quadrati sui quali scriverà le parole *tiratore* e *obiettivo*. Il disegno sarà immobile in controluce sul mare.

"Dobbiamo in ogni momento sapere la velocità del vento all'inizio della parabola, al suo zenith, cioè il punto più alto raggiunto dal proiettile nella traiettoria, e sul bersaglio."

"Questo sembra un casino."

"Lo è." – ammetterà l'uomo – "Anche perché è semplicistico parlare del vento."

La ragazza lo guarderà con aria interrogativa.

"Succede a volte che in due punti della traiettoria si incontrino venti contrari uno all'altro."

Lei farà una smorfia, inghiottendo un sorso di succo di frutta da un bicchiere sul tavolino.

"Per non parlare del fatto che il vento, a quelle distanze, può spostare il proiettile a destra o a sinistra, ma anche più in alto o più in basso rispetto al punto di mira. Dipende se abbiamo vento a favore o contrario, ad ora sei o ad ore dodici."

"E come faccio a calcolarlo?"

L'uomo osserverà il disegno in controluce sul mare.

"Ecco perché prima ti ho parlato della tabella balistica."

185

Per alcuni minuti, i due staranno in silenzio e lei accenderà la radio su un canale di musica, sentendosi vagamente a disagio. Quando si girerà per parlargli, lo troverà addormentato.

Forse farei meglio a chiamare la polizia.

L'auto si immetterà in una deviazione periferica, lungo il fiume, per una strada quasi deserta. La donna lo osserverà con la coda dell'occhio, rallentando la vettura fino ad arrestarla, incerta sul da farsi.

Questo non ha proprio l'aria, del violentatore.

Lo osserverà ancora un istante dormire, si guarderà nello specchietto, scuoterà impercettibilmente la testa e metterà in moto la vettura, girando poi a destra verso la stradina di periferia.

L'uomo berrà a sua volta un sorso di succo – "È qui che la tabella ci aiuta a suggerire la correzione del brandeggio relativa ad una data velocità del vento. Ma non è finita."

"Non è finita." – ripeterà la ragazza, con voce scoraggiata.

"No. Dobbiamo prevedere gli effetti della direzione del vento sulla direzione del proiettile. E qui dovrai sviluppare una parte del software che li determini in modo empirico, registrando gli effetti del vento sull'ambiente circostante."

La ragazza si appoggerà sullo schienale della poltrona di vimini, espirando.

"Ci sono ancora almeno un paio di problemi. Uno è il fatto che il software dovrà tenere conto della variazione della luce ambientale."

"In che senso?"

"Non è detto che io arrivi sul posto e spari dopo pochi minuti. Possono passare anche molte ore, dipende. In tal caso, variazioni dell'intensità di luce durante il giorno, o durante la notte, porteranno a diversi punti d'impatto a quella distanza. Immagina quello che succede guardando in lontananza a tre chilometri. Hai mai visto dei miraggi?"

La ragazza si alzerà, lisciandosi i pantaloni con le mani, farà alcuni passi e si appoggerà alla ringhiera, guardando il mare. Il vento le muoverà i lunghi capelli neri sul volto, mentre lei sarà taciturna a riflettere. In lontananza, le onde del mare creeranno piccole macchie di spuma bianca irregolare. La ragazza non riuscirà a immaginare dove si formino le onde, nel confuso disegno della natura.

"Avevi detto un paio di problemi." – dirà voltandosi, con le mani appoggiate alla bianca ringhiera – "Qual è l'ultimo?"

"La deriva giroscopica."

La ragazza lo guarderà senza aprir bocca. La sua espressione sarà una domanda implicita.

"Hai presente che prima abbiamo visto lo schema di funzionamento del fucile ad impulsi?" – risponderà il biondo, lisciandosi i baffetti – "Questo è un altro fattore che determina lo sbandamento del proiettile, oltre al vento di cui abbiamo parlato prima. La deriva giroscopica è l'effetto dello spostamento del proiettile nel verso della rigatura della canna."

Giovedì, ore 02.22

La forma dei quartieri periferici delle grandi città del mondo sarà sempre più contrastante con lo skyline del centro storico, come le periferie del mondo saranno sempre più lontane dal suo centro. L'auto elettrica si fermerà con un brusio nella stradina vicino al fiume, nel quartiere popolare. La strada avrà pochi alberi ai lati. Tante casette dai tetti bassi, separate tra loro da steccati. La donna guarderà l'uomo addormentato sul sedile al suo fianco, spegnendo i fari. Lo toccherà per un gomito. L'uomo si sveglierà di soprassalto, poi, vedendola, cercherà di ricomporsi portandosi una mano sugli occhi assonnati.

"Scusa." – dirà lei.

"Devo essermi addormentato. Siamo arrivati?" – chiederà con voce impastata.

"Sì. Hai dormito un quarto d'ora."

Un cane abbaierà nella notte.

"Ascolta. Non posso farti entrare con me, ora. Tu mi aspetti qui, io devo prima pagare la baby sitter, ok? Ci metto cinque minuti, tu resti al buio e non ti fai vedere." – nella voce della donna una vena di imbarazzo – "Non voglio dover dare spiegazioni."

L'uomo guarderà il cortile oltre lo steccato, vedendo una altalena ed una piccola casa a due piani, con una luce accesa al primo.

"E domani te ne vai." – dirà la donna, uscendo dalla macchina.

La donna avrà già chiuso la portiera, prima che lui possa confermare.

Pochi minuti dopo, sulla veranda apparirà nuovamente la donna, che accompagnerà alla porta una ragazza nera. La luce al piano terreno proietterà una tenue luminosità nel giardino, attraverso le tende delle finestre, protette da vecchie inferriate in ferro.

"…Niki è stata un tesoro… mi spiace, lo sai, per stasera…lo avessi saputo prima. Comunque, mi chiami per una conferma per venerdì sera, allora?"

"Sì, grazie ancora. Ti chiamo io." – dirà la donna, sulla soglia.

"Buonanotte."

"Buonanotte."

La ragazza resterà ad ascoltare l'uomo, senza interromperlo, con aria preoccupata.

"Alle corte distanza, sui moderni fucili ad impulsi, è praticamente inesistente. Ma a tre chilometri, ciò determina un errore stimabile tra i venti ed i quaranta centimetri."

La ragazza rimarrà in piedi sullo sfondo del mare.

"E tu vuoi che io faccia tendere a zero anche questo tipo di errore."

La ragazza incrocerà le braccia sul petto, la schiena appoggiata alla ringhiera - "È tutto?" – chiederà poi.

L'uomo allargherà le braccia.

"Beh, come sai i moderni fucili ad impulso consentono di modificare il calibro ed il peso del proiettile, quindi questa scelta influisce ancora sulla traiettoria e…" - osserverà il volto sconcertato della ragazza - "…ma sono dettagli. Sì. Diciamo che sostanzialmente è tutto."

Il vento le solleverà ancora i capelli.

"Ora, in tutta onestà" – chiederà l'uomo dopo una pausa – "credi di farcela?"

La ragazza guarderà il mare, osservando i gabbiani volteggiare nella baia, a tratti girare senza muovere le ali, spinti dal vento, oscillare nel cielo e poi precipitare, per risalire ancora in un vortice imprevedibile di forme. Osserverà l'orologio, quindi nuovamente l'uomo, serissima.

"A cinque minuti da qui c'è il quartiere di Florya, dove conosco un paio di ristorantini tipici favolosi." – dirà poi allegra, sollevandosi i capelli – "Hai mai mangiato il vero kebab?"

La porta si chiuderà, e si accenderà una seconda luce al piano terreno, in un'altra stanza. I passi della ragazza nera si allontaneranno sul vialetto di ghiaia. La ragazza salirà su una piccola auto elettrica, accenderà il motore, e si allontanerà nella notte. Poco dopo, la donna riaprirà la porta, ed un fascio di luce si proietterà nel guardino.

Il piano terreno si comporrà di tre sole stanze, una cucina, un piccolo bagno e un salotto, al centro del quale una scala a chiocciola in legno porterà ai piani superiori. L'uomo osserverà brevemente il salotto, composto di mobili di scarso valore, un paio di piante da arredo, e un divano che avrà visto tempi migliori.

"Beh, puoi dormire qui, sul divano." – mormorerà la donna – "Il bagno è lì dietro, a fianco alla cucina."

La stanza sarà piccola, decisamente priva delle più moderne comodità e quasi totalmente di elettronica, ma sarà tiepida, e l'uomo si sentirà come se avesse trovato una via di salvezza, per quanto momentanea.

"Io..." – dirà in imbarazzo – "...io davvero non so come ringraziarti."

Lei lo guarderà con un paio di coperte in mano.

"Beh, non devi." – dirà posando le coperte sul divano – "Per ottocentocinquanta eurodollari a notte ci sono posti migliori".

La mattina sarà ventosa. L'aviomobile atterrerà alla terza rampa sul tetto del grande edificio bianco, in centro città, con le luci lampeggianti. La grande insegna pubblicitaria indicherà le ore 07.39, quando l'aviomobile si fermerà in una nuvola di vapori. Un uomo in divisa scura scenderà, aprendo la porta all'uomo con la valigetta, in lungo soprabito e cappello scuro. Il Direttore scenderà, curvo sotto le folate di vento, nella mattina grigia, osservando il biondino corrergli incontro. Il giovane alto si curverà a sua volta, per proteggersi dalle folate di vento fastidiose, all'ultimo piano del grande palazzo bianco, aprendo direttamente un foglio olografico in mezzo al piazzale. Il foglio seguirà i due che cammineranno spediti verso la cabina discensionale, posta sotto le grandi insegne pubblicitarie. A un tratto, l'uomo si fermerà, per leggere meglio.

208 giorni prima

L'aviomobile scenderà alla rampa di atterraggio di uno dei quattordici Silos che circonderanno l'avioporto di Ataturk, nel distretto di Bakırköy in Istanbul, il più importante della regione mediterranea. I Silos di ricovero automatico delle aviomobili saranno tutti collegati da un sistema di trasporto dei passeggeri ai sistemi di imbarco. Nastri trasportatori porteranno migliaia di persone dai silos alla struttura centrale, sedute in treni silenziosi alimentati a pile solari, che viaggeranno in gallerie di polimeri trasparenti. L'insieme assomiglierà ad una struttura a ragnatela, con al centro il punto di raccolta. La ragazza guarderà l'uomo biondo coi baffetti, mentre nella mattina di sole lo accompagnerà al check-in, seduta in una cabina del treno.

"Quanto tempo credi che ti ci vorrà?" – chiederà l'uomo, guardando dal finestrino. Avranno scelto una cabina di quattro persone, con due sedili liberi.

"Più di quello che credevo" – risponderà la ragazza – "ne abbiamo parlato per tre giorni, ed ora mi è tutto chiaro, ma un conto è aver capito il problema, un altro il saperlo risolvere."

"Il tuo maestro mi diceva che sei specializzata a risolvere problemi.

La ragazza avrà perso parte della sua istintiva aggressività, sembrando più naturale, un poco infantile, ma sempre decisa.

"Qui non si tratta di risolvere qualche stupido problema di programmazione. La sola ragione per cui molti trovano difficili i problemi è che non immaginano."

"Allora tu immagina la soluzione."

Il treno scivolerà in un soffio a fianco di un altro Silos, cambiando direzione in una seconda galleria ricoperta di polimeri trasparenti.

"Qui non si tratta di immaginare una soluzione già pensata da altri. Qui si tratta di trovare componenti che altri possano avere, per sviluppare un motore software non ancora realizzato." – risponderà la ragazza, aprendo le braccia – "Dovrò girare parecchio, incontrare gente."

"E dove pensi di girare?"

"Nei cubi."

"Cristo Santo, ma quando lo hanno scoperto?"

"Questa mattina, Signore. All'alba." – il biondino si solleverà il colletto, per proteggersi dal vento – "Ho ritenuto di non svegliarla nuovamente, signore, sapendo che sarebbe stato qui sul presto. Spero di non aver sbagliato."

L'uomo lo guarderà, scuro in viso.

"L' hai detto a qualcun altro?"

"No signore. È il primo a saperlo, naturalmente."

L'uomo ammiccherà, aprendo la porta a vetri automatica in cima alla rampa.

"Non parlarne con nessuno, per ora, darò la notizia io stesso. Voglio tutti i dettagli sul mio tavolo entro cinque minuti. La riunione di Direzione è tra mezzora."

Il biondino lo seguirà, tirando con un dito il foglio olografico dietro di loro.

"Il rapporto della polizia è già sul suo tavolo, signore."

Quando ci si sveglia in un letto che non è il proprio, talvolta si fatica a ricordare dove si è stati la notte prima. Una mano gli spingerà un paio di volte la spalla. Per alcuni secondi l'uomo non metterà a fuoco la piantina di gerani sul tavolino, e non capirà da quali tende chiare filtri una luce soffusa da un cielo grigio, quasi invernale. Poi, noterà la bambina nera, che lo starà fissando con due grandi occhi scuri, le mani su una cartella da scuola poggiata sulle ginocchia, vestita con una giacca a vento rossa ed un berrettino bianco. Carina, molto seria.

"Tu chi sei?"

Whiley si stiracchierà lievemente sentendo un fastidio alla schiena, e noterà che un cuscino si sarà spostato e una coperta sarà scivolata di lato durante la notte.

"Chi sei?" – ripeterà la bambina.

Potrà avere cinque o sei anni, penserà l'uomo, massaggiandosi la guancia, sentendo il ruvido della barba.

"Niki!" – dalla cucina uscirà la nera – "cosa ti avevo detto?"

La donna entrerà decisa e prenderà la bambina per un braccio.

"Prendi la tua colazione e sali in macchina, siamo in ritardo." – dirà la donna spingendo la piccola in cucina. La bambina si fermerà sulla soglia a guardare.

"Nei cubi?"

La ragazza disegnerà con il dito disegni immaginari sul vetro della cabina.

"È un sistema di divertimento olografico di ultima generazione, non ha ancora preso piede, ma sarà il futuro, credimi, e chi lo ha inventato farà i soldi a palate. Hai presente un cubo? Beh, immagina che nello spazio olografico ogni utente, da ogni parte del mondo, acceda partendo da un cubo. Il cubo è l'unità di misura, che corrisponde alle dimensioni, nella vita reale, diciamo di una grande stanza, di dieci metri di lato, anche se la misura non ha molto senso, nella realtà virtuale."

"E che te ne fai del cubo?"

"Lo riempi. Lo costruisci come vuoi, attingendo da milioni di parametri nelle librerie. Vuoi che casa tua sia una reggia? Beh, puoi partire da una stanza del genere. La arredi come preferisci. Poi, dentro puoi ricevere altre persone, parlare di affari, di sport, di quello che ti pare."

"E a che serve questa cosa?"

La ragazza sbufferà, poggiando la testa sullo schienale.

"Come, a che serve? È divertente. Non capisci? Ciascuno crea un pezzo di realtà virtuale. La moneta però non esiste, non si possono fare transazioni. Ma gli appassionati, quelli che contribuiscono alla crescita degli scambi, vengono pagati in cubi, o meglio in crediti per i cubi. E il sistema, raggiunto un certo punteggio, ti consente di costruire il secondo cubo, poi il terzo, e così via. Questo aprirà un commercio, sai?"

L'uomo la guarderà con un'espressione dubbiosa.

"Come sei all'antica!" – sbotterà la ragazza – "Beh, non la pensano così le agenzie di pubblicità sai? E anche le grandi società; quelle comprano personale che passerà la giornata ad alimentare il gioco, perché sanno che nelle vie virtuali le persone vedranno il marchio Mac Donald's. E cosa pensi che faranno le persone uscite nella vita reale? Questa cosa, nel giro di pochi anni, ma che dico, pochi mesi, potrebbe crescere a dismisura; si creeranno città virtuali, mondi immaginari, e non ci sarà nessuno a programmarli, saranno costruiti dai desideri dei giocatori, dalle proiezioni immaginarie delle persone comuni."

"Senza uno scopo?"

"Niki!" – la donna indicherà la porta con l'indice della mano – "In macchina, ho detto, dobbiamo andare a scuola. Non fartelo ripetere."

La bambina si allontanerà lentamente, continuando a studiare l'uomo sul divano.

"Senti..." – la donna si volterà verso l'uomo sdraiato sui gomiti – "...ho provato a chiamarti ma dormivi pesante. Comunque, in cucina trovi un paio di fette di torta e il caffè. Non dovrebbe venire nessuno, comunque non aprire. Io faccio in un attimo, tra un'ora al massimo ritorno."

La donna si allontanerà di qualche passo, poi si volterà:

"Del resto, negli alberghi da ottocentocinquanta eurodollari a notte si lascia la stanza dopo le dieci, almeno così dicono. Io non ci sono mai stata." – la donna sospirerà nervosamente sulla soglia di casa – "Non farmi pentire di averti portato qui, ok? Devo portare Niki a scuola. Quando torno, tu te ne vai."

Quando sentirà chiudere la porta, l'uomo si metterà la mano destra nei capelli, inspirando, e cercherà di combattere il mal di schiena per alzarsi.

L'aviogetto nero atterrerà sulla rampa in cima all'alto grattacielo, in un cielo terso e soleggiato, al centro di Dubai. I due uomini di scorta accompagneranno il vecchio, vestito all'occidentale, mentre scenderà sulla rampa e attraverserà il tetto, sotto la pensilina di vetro, diretto agli ascensori. Uno dei due prenderà premurosamente la valigetta di pelle, l'altro lo aiuterà a scendere le scale. La chiamata olografica arriverà nel momento meno appropriato, quando il vecchio starà scendendo l'ultimo scalino. Una chiamata intercontinentale. Il vecchio farà cenno a uno dei due assistenti, che gli aprirà ossequiosamente la comunicazione e dimensionerà l'immagine in trasparenza verso i grattacieli, mettendosi quindi in disparte a un paio di passi. Un uomo corpulento, con il viso roseo e i radi capelli grigi apparirà in trasparenza in controluce nell'aurora radiosa.

"Dimmi, Goedhart." – la voce del vecchio sarà sottile.

"L'Agenzia sta per essere informata. Hanno trovato il settimo uomo."

"E l'ultimo?"

La ragazza sorriderà, mentre attraverso il sedile in pelle bianca avvertirà un piccolo sobbalzo, accompagnato da un suono ovattato, simile ad un colpo di aria compressa, quando la cabina si infilerà ad altissima velocità in una diramazione della galleria trasparente.

"Certo, e tutto questo gratuitamente. Sai qual è il più grande motore alla costruzione di qualsiasi opera umana?" – la ragazza si divertirà ad attendere invano la risposta, osservando il paesaggio scorrere velocissimo dai vetri, attraverso la galleria trasparente – "Il desiderio. Chi desidera produce qualcosa, ma quanto faticoso è realizzare quello che vuoi nella vita reale? Lì puoi essere chi ti pare, e costruire pezzi di realtà virtuale, aggiungendo cubi su cubi, e più partecipi al gioco, più guadagni credito, e più hai credito dagli altri utenti, più avrai potere, come nella realtà. Solo che qui potrai costruirla come vuoi, quella realtà. Un mondo in continua crescita, solo per il desiderio di chi lo abita. Possibile che l'idea non ti affascini?"

Il treno scorrerà veloce sopra all'area delle partenze, e attraverso le cupole trasparenti, si vedranno dall'alto le persone muoversi nelle sale d'imbarco, come tante formiche nel formicaio.

"Sarà" – commenterà l'uomo – "io mi diverto di più ancora nella vita reale."

"Ma per quanto?" – obietterà lei, picchiando con l'indice sul tavolino – "e comunque, nella vita reale le informazioni non corrono così veloci. Se due persone si devono incontrare quanto ci mettono a farlo? Lì è immediato, e puoi trovare persone che sanno cose che manco ti immagini."

L'uomo la guarderà con attenzione.

"Cose come pezzi di software utili al controllo del tiro a distanze estreme?"

La ragazza sorriderà.

"Benvenuto nell'era moderna, dinosauro."

Il Commissario Capo Cervetti, nell'ufficio di Roma della Direzione Centrale Polizia Prevenzione, presso la sede dei NOCS, guarderà l'uomo dai capelli brizzolati.

"Il Ministro è stato impressionato dai suoi precedenti successi, Commissario. L'insistenza del Questore ci ha aiutato. Abbiamo carta bianca. Tuttavia…"

"Gli stiamo ancora dietro."

Il vecchio guarderà il deserto in lontananza, dietro i grattacieli.

"Sono deluso." – la voce sarà un sibilo – "Molto deluso."

"Non ti devi preoccupare. L'agenzia non sa niente."

"Preoccuparmi fa parte del mio mestiere. Solo gli stolti e gli inguaribili ottimisti non si preoccupano del futuro, e io da tanto tempo non sono più ottimista. Ho dovuto convocare gli altri. Questa partita va chiusa in fretta, il rischio è enorme, e tutti hanno da perderci, a livelli molto alti, lo sai."

Il vecchio si muoverà di alcuni passi, e l'immagine dell'uomo proiettato sul deserto stringerà i piccoli occhi grigi.

"Lui non può più rientrare, ora. E anche se ci riuscisse, non potrà dire loro nulla, perché non sa nulla a sua volta."

La voce del vecchio, nell'immagine sfocata in controluce nel sole di Dubai, giungerà gelida alla stanza d'albergo dell'uomo corpulento, in quella grigia mattina.

"Lui non sa di sapere." – mormorerà la palla di sole - "Trovalo."

L'ultimo piano del palazzo bianco nel centro di Chicago sarà in fermento. Gli schermi trasmetteranno immagini satellitari nella grande sala, e le stanze degli addetti dell'Agenzia saranno separate da semplici paratie di vetro scorrevoli, senza porte. In fondo al corridoio, in una saletta di accesso con grandi vetrate, due segretarie registreranno la conversazione che starà avvenendo all'interno della sala riunioni. Due uomini armati, di corporatura robusta e coi capelli tagliati corti alla militare, sorveglieranno la porta di ingresso.

"Abbiamo motivo di ritenere, signori, che il nostro agente qui raffigurato, John L. Whiley, sia in fuga, dopo aver trafugato qualcosa dalla nostra sezione."

Il Direttore Operativo indicherà il volto raffigurato nello spazio olografico, mentre il biondino manovrerà le immagini.

"L'uomo è anche l'unico sopravvissuto a una misteriosa azione di sangue che ha visto morire, ieri mattina, le persone in queste immagini, tutte nostre agenti; trovate le schede nei vostri rapporti. Abbiamo motivo di sospettare che Whiley possa essere in qualche modo coinvolto nell'episodio."

Nell'ufficio farà caldo, in quella giornata di primavera, e l'aria condizionata, per volere del superiore, sarà spenta.

"Tuttavia?"

"Tuttavia, come lei forse sa, pochi giorni fa la Procura di Milano della nuova Divisione Antiterrorismo ha aperto una indagine, vedendo una connessione tra il fallito attentato del mese scorso a sua Santità e la successiva fuoriuscita di fondi dai nostri servizi interni."

L'uomo dai capelli ricci si alzerà e guarderà la strada sottostante, dalla finestra con le persiane abbassate.

"Non faccia così, Commissario. Prima o poi doveva succedere. La Divisione Antiterrorismo ha preso in mano la faccenda, e noi saremo, di fatto, la sua unità investigativa. Noi agiremo nel massimo della libertà di indagine, ma dovremo riportare le nostre informazioni al magistrato. La questione ormai travalica i confini nazionali, e questa indagine richiede il coordinamento con le investigazioni di altri Paesi. Questo vuol dire ambasciate, autorizzazioni, permessi, mandati di cattura, sa bene come vanno le cose. E mi creda, siamo stati fortunati. Lei collaborerà con uno dei migliori magistrati in circolazione."

Qualcuno busserà alla porta.

"Avanti." – dirà il primo dirigente.

Un uomo in divisa.

È arrivato il dottor Bordini."

"Lo faccia accomodare."

"Come, Bordini?" – chiederà il commissario Capo – "Il "pretore d'assalto"?"

"Ecco, Cervetti, a lui oggi non piace particolarmente quel vecchio nomignolo della stampa, che si porta dietro almeno da trent'anni anni, credo. Per cui due consigli; non si faccia più scappare quella definizione, e collabori in tutto ciò che le chiede." – osserverà il Primo Dirigente, parlando a mezza voce. L'uomo in divisa farà entrare un uomo piccoletto, piuttosto in carne, stempiato e con un simpatico sorriso sotto un paio di folti baffi neri.

"Primo Dirigente, grazie di avermi ricevuto." – dirà il nuovo arrivato, porgendo la mano.

"Ma dottor Bordini, si immagini. Saremmo venuti, noi."

La donna anziana e i due uomini seduti ai lati del Direttore, in qualità di membri del Consiglio Direttivo, dovranno a loro volta riferire agli organi politici.

"Mi scusi Direttore, ma sulla base di quali ipotesi giungiamo a queste conclusioni?" – chiederà la donna bionda e magra – "È un uomo spaventato, ha subito uno shock cui non era preparato, non è un agente operativo, e la nostra azione di recupero lo ha chiaramente spaventato ulteriormente. Si è sentito sotto accusa. E se fosse innocente?"

"È una ipotesi che non scartiamo Meredith, ovviamente" – risponderà il direttore – "ma abbiamo il dovere di rappresentare i fatti alla commissione, e ci sono fatti nuovi. Questa mattina, all'alba, la polizia di Chicago ha trovato l'aviomobile del dottor Richard Proctor, che stavamo cercando da ieri. Si tratta di un altro nostro agente, non operativo, anch'egli addetto alla divisione ricerca, in un'altra sezione."

Il robusto passerà da un foglio olografico un file al biondino, che farà apparire un ologramma crudo in sala.

"Purtroppo, alla guida vi era il cadavere del dottor Proctor. Gli hanno tagliato la gola. Non è un bello spettacolo."

La donna secca abbasserà lo sguardo, scuotendo la testa.

"Ora i fatti sono i seguenti" – proseguirà il Direttore Operativo – "Primo, Whiley ha sottratto la pistola ad impulsi del Professor Borman, da uno scomparto di cui sapeva l'esistenza, e l'ha sprogrammata inserendola nelle mani di Borman. Lo sappiamo perché i dati sono passati sul driver di Whiley. Secondo, sappiamo che ha chiamato Proctor dai giardini, almeno una decina di minuti, secondo la testimonianza degli archivi e di due testimoni oculari nel parco. Terzo, abbiamo trovato una immagine che lo ritrae diretto a Brookfield, su un aviobus, e questa notte abbiamo trovato una registrazione da Brookfield nuovamente su un aviobus per il centro."

Nello spazio si muoverà per circa tre secondi Whiley, la stessa immagine trovata dal biondino, confrontata con quella nitida davanti al Medoc.

"Abbiamo passato l'informazione della presenza di Whiley in quel quartiere alla polizia, e questa mattina all'alba una pattuglia ha trovato l'aviomobile di Proctor."

"Avevo un po' fretta." – risponderà semplicemente l'ometto, stringendo calorosamente la mano.

"Dottore, permetta che le presenti il responsabile dell'operazione, il Commissario Capo Cervetti."

L'ometto guarderà dal basso in alto il giovane uomo barbuto, dai capelli ricci neri.

"Molto lieto. Così lei ha in mano l'unità di crisi. Bene, bene. Avremo un'indagine piuttosto delicata e riservata da portare avanti, dico bene?"

"Piacere mio. I miei uomini sono pronti, e sono tutti affidabili e riservati." – dirà Cervetti, ricambiando la stretta di mano.

Il Primo Dirigente farà cenno al magistrato di accomodarsi.

"Come posso aiutarla? Abbiamo aperto un file, ma non abbiamo ancora granché."

"Veramente" – risponderà l'ometto posando il soprabito su una sedia – "potrebbe cominciare con l'offrirmi un buon caffè?"

La ragazza accompagnerà l'uomo biondo all'uscita del bar principale dell' Avioporto di Ataturk, nel distretto di Bakırköy in Istanbul, verso la corsia d'imbarco.

"Così, hai capito come fare a contattarmi?"

"Tutto molto semplice, direi." – risponderà l'uomo, camminando al suo fianco con un piccolo bagaglio a mano – "Affitto un cubo ed accedo registrandomi con l'indirizzo olografico finto che mi hai dato ed il nome in codice di Anna_324. Quindi, dal mio cubo mi connetto all'indirizzo Isola della Tortuga 1. Ma non potevate inventare un nome meno scontato?"

"Non l'ho scelto io. E fa molta scena nel nostro giro." – la ragazza camminerà spedita – "E poi cosa fai?"

"E poi..." – ripeterà l'uomo con tono cantilenante, come il bambino che ripete la lezione – "...ogni sera alla mezzanotte ora di Londra mi collego da qualunque parte del mondo ed entro nel locale virtuale della Taverna del Pirata – che stronzata, ma quanti anni avete lì dentro? – e aspetto mezzora, per vedere se ci sei. Se tu ci sei, parleremo di cazzate, e sei hai risolto tu dirai la frase in codice "la nonna ha gli occhi buoni", altrimenti, se hai fallito, dirai che "la nonna deve farsi operare agli occhi".

"Certo che ne hai di fantasia..."

"Purtroppo" – continuerà il Direttore in tono grave – "dentro all'aviomobile c'era il suo cadavere. L'auto era in un silos in prossimità del parco, al terminal dello Zoo, e ci siamo fatti dare tutte le registrazioni video delle camere del parco. Non è stato difficile trovarli."

Nello spazio in fondo alla sala riunioni, Whiley e Proctor cammineranno, vicini ad un recinto, e ad un tratto il corno di un rinoceronte sembrerà entrare in mezzo ai commissari.

"Le ultime notizie ci danno Whiley in centro, ha prelevato duemilacinquecento eurodollari dal suo conto personale ad uno sportello. Poi, è sparito. Non abbiamo sue notizie."

Sulla sala scenderà il silenzio.

"Quindi mi vuoi dire che questo tizio si è visto per più di un'ora al parco con un suo collega, e che poi questo viene trovato morto nella stessa località con la gola tagliata?" – chiederà uno dei due uomini alla destra del Direttore.

"Sì. Ora, io mi chiedo: una coincidenza? Agisce da solo? Ha un piano? E se è innocente e non è lui implicato in tutta questa storia, allora perché si nasconde?"

Il Direttore guarderà i membri della Commissione.

"E ora dove si trova?" – chiederà la donna a fianco del Direttore.

"Sinceramente, non lo sappiamo. Ma da questo momento, è ufficialmente ricercato dall'Agenzia come cittadino sospetto, indiziato di reati federali in tutti gli Stati dell'Euramerica."

La donna secca guarderà il volto inespressivo dell'uomo coi capelli grigi, seduto taciturno di fronte.

La ragazza siederà sulla poltroncina della sala d'aspetto, nell'ultima fila vicino ai bagni, seria in volto.

"Senti, non c'è nulla da ridere. Tu credi che sia un gioco, ma non è così. Io devo usare tutti i trucchi di cui sono capace, ma questa volta rischio davvero. Penso di trovare ciò che cerco, ma ovviamente non è legale, e se quel che stai progettando è roba grossa come credo, stai pur certo che avrai sollevato un vespaio dovunque. Lo spazio olografico è monitorato giorno e notte da centinaia di migliaia di agenti e da programmi di ricerca. Loro ci studiano, raccolgono milioni di informazioni, e passano tutto al setaccio. Poi, se trovano una parola, una frase, un numero, qualsiasi cosa, che ritengono sospetto, cercano il nodo e da lì rintracciano da dove uno si sta connettendo. Possono anche distaccare unità di ascolto, se sanno dove cercare, e a quel punto, mentre tu nella vita virtuale stai giocando, loro nella vita reale si avvicinano a te. Magari sono a cento metri, magari dietro la porta. E quando ti trovano, qualcuno fa irruzione con le pistole spianate ed un mandato di cattura."

L'uomo guarderà la ragazza senza più sorridere.

"Ho visto troppi amici bruciati perché prendevano la cosa sul ridere. Oggi, ti sbattono dentro per certe cazzate."

"Ok, e allora che precauzioni dobbiamo avere?"

"Ti creerò una immagine olografica, una sorta di maschera virtuale. È illegale, manco a dirlo, ma pochissimi lo sanno fare. Nessuno vedrà il tuo vero volto. Sarai Anna, una donna bionda."

"Fammi carina, almeno."

"Avremo un solo contatto nel cubo. Uno solo non consente di programmare le unità di sorveglianza reale."

"Sorveglianza reale."

"Sì, se anche ci beccano, non possono inviare immediatamente sul posto una unità mobile, ci vuole tempo. La rapidità e il movimento sono il segreto. Avremo un solo contatto, o la va o la spacca. Se ho risolto avremo il secondo contatto, altrimenti, ti rimborso i soldi, detratte le spese."

"E se risolvi?"

La ragazza aggrotterà la fronte.

"Da lì arriva il casino. Non per te, ma per me."

Giovedì, ore 08.32

I giornali non si leggeranno più da decenni, non esisteranno più le edizioni della giornata, le notizie saranno in tempo reale e gli articoli saranno pubblicati a qualsiasi ora del giorno e della notte. I giornalisti a contratto pubblicheranno notizie per editori anche in concorrenza tra loro, e il sistema verrà regolato da un organo di sorveglianza della libera informazione, con funzioni di monitoraggio e controllo della autenticità delle notizie, sollevando così i Direttori dei giornali dal ruolo di responsabili, per consentire la rapidità dell'informazione. Nella sala riunioni per alcuni secondi, osservando le notizie olografiche, nessuno commenterà. Poi, la donna secca si rivolgerà al Direttore:

"Se è ricercato, che versione diamo alla rete olografica?"

"Goedhart, vuoi renderci partecipi del piano di copertura? – chiederà il Direttore. L'uomo farà un cenno al biondino, e gli ologrammi riempiranno la sala.

"Whiley non ha parenti stretti, non è sposato, è orfano. Lo abbiamo dato per morto. Nessuno chiederà di vederne la salma, e se come probabile l'autopsia sarà ordinata dal magistrato, rivelerà un uomo ucciso per arma da fuoco. Abbiamo inserito sul luogo del delitto un cadavere di un detenuto che vagamente gli assomiglia, ucciso con un colpo al volto."

"Perché, Cristo Santo?" – la donna secca alzerà la voce.

"In effetti, come mai questa scelta?" – aggiungerà uno dei due commissari a fianco del Direttore Operativo.

"Signore, signori" – dirà con calma l'uomo elegante, stringendo nervosamente gli occhi – " Non sappiamo con che minaccia abbiamo a che fare, e non sappiamo la ragione della minaccia. Finché non avremo maggiori informazioni, vogliamo lasciare a Whiley una porta aperta. Mettere una ricerca ufficiale tramite la Polizia significherebbe metterlo in allarme, ed in fuga. In questo modo, se è innocente, ci cercherà lui, e rientrerà secondo le normali procedure di recupero. A quel punto, se è innocente, ci inventeremo una copertura. E se è colpevole, beh, vedremo allora il da farsi."

"Stronzate." – commenterà la donna secca.

"Meredith, tu hai un piano migliore?" – chiederà il Direttore.

La ragazza osserverà la sala d'aspetto, prima di continuare, a bassa voce: "Il ricevente non è intercettabile, perché la trasmissione dei dati dura pochi minuti. Ma il caricamento di un software come quello che mi hai chiesto è pesante, e tracciabile. Ci possono volere anche venti, o venticinque minuti. Abbastanza perché mi trovino, se sanno dove cercare."

L'uomo la guarderà taciturno, seduto a braccia conserte.

"Per questo, io adotto semplici regole. Il camuffamento, è la prima, ma quella non ti salva se entrano in casa tua con le pistole spianate. Il cambio di posto, è la seconda. Io non uso mai due volte la stessa posizione di trasmissione, per non dare riferimenti nella vita reale. La terza sono i miei programmi di difesa."

"Gli ianitores."

"Sì" – la ragazza aggrotterà le sopracciglia – "come lo sai?"

"Il tuo maestro ha la lingua lunga, come tutti i vecchi. Quindi, come farai?"

"Se risolvo, ti darò un appuntamento, uno solo, vedi di non mancare. Cambierò luogo di trasmissione reale, ma correrò comunque un rischio. Ti consegnerò il lavoro, incasserò il saldo, poi sparirò per almeno sei mesi."

La ragazza infilerà le mani nelle tasche dei pantaloni, abbassando la testa sul petto.

"...sempre che non sia dietro le sbarre."

L'uomo guarderà gli orari dei voli sui tabelloni olografici.

"Beh, pessimismo cosmico, vedo. Ecco perché ti vesti sempre di nero."

La ragazza lo guarderà alzarsi e prendere il bagaglio a mano.

"E tu che farai, nel frattempo?"

"Mi prenderò qualche giorno di riposo" – dirà l'uomo – "devo fare dei regali."

La ragazza lo guarderà alzarsi senza un saluto e mettersi in coda per l'imbarco. Quindi si alzerà, infilando le mani nelle tasche dei larghi pantaloni neri, e si avvierà pensierosa all'uscita.

Si parte.

La donna secca si morderà le labbra, lo sguardo sul tavolo.

"Qualcosa che non scateni su questa agenzia un mare di richieste di spiegazioni da parte degli organi di controllo esterno?" – chiederà il Direttore.

La donna secca guarderà ancora il tavolo ovale davanti a sé.

"Bene, in tal caso" – riprenderà il Direttore Operativo, rivolgendosi alla donna ed ai due uomini seduti al suo fianco – "se per i signori del controllo interno ve bene, eviterei per il momento di alzare un polverone con un rapporto alla commissione di controllo. Cerchiamo di gestire l'emergenza con questa copertura. Vediamo di trovare l'agente Whiley, sperando comunque che sia lui a ricontattarci ed a fornire una spiegazione di quanto successo."

"E se il tuo agente fuggisse dal Paese?" – chiederà uno dei due commissari interni.

"Non ha mezzi, né soldi. Abbiamo disposto il blocco di tutti i suoi conti, delle proprietà, dei suoi beni. I suoi punti di riferimento sono controllati. La sua casa, il suo ufficio in Dipartimento, i suoi colleghi, i suoi amici. Abbiamo disposto un controllo dei comunicatori di tutte le persone che ci risulta abbiano avuto contatto con lui in passato, compagni di scuola, di università, colleghi di lavoro, amici. Non può chiamare nessuno che abbia a che fare con il suo passato, senza che noi lo veniamo a sapere."

"E se contattasse qualcun altro?" – chiederà il secondo commissario.

"E chi?"

L'uomo si stringerà nelle spalle.

"Bene, allora, se non ci sono altre osservazioni, signori..." – concluderà il Direttore Operativo rivolgendosi ai membri della commissione interna – " ...naturalmente sarete tutti informati di ogni sviluppo nelle indagini." I presenti si alzeranno ordinatamente dal tavolo della sala riunioni.

"Vedi di trovare quest'uomo in fretta" - sussurrerà la donna Commissario a fianco del Direttore – "possiamo fingere di non vedere per poco tempo. Qualcuno prima o poi farà domande. E noi dobbiamo dare delle risposte. E nella Commissione di controllo esterna i politici non vedono l'ora di mettere i membri dell'Agenzia sulla graticola, lo sai."

206 giorni prima

In quella tarda mattina dei primi di maggio, Parigi sarà rinfrescata da una lieve brezza che farà percepire il tepore del sole ancora più piacevole. All'ultimo piano del prestigioso stabile a Printemps du Luxe, 64 Boulevard Haussmann, la giovane venditrice accompagnerà quello che sembrerà un facoltoso acquirente, un giovane americano distinto e vestito con abiti italiani firmati, nell'ufficio riservato del direttore della sede parigina di De Beers. La donna, con tono mellifluo, spiegherà al manager, un uomo grassoccio di mezza età, le esigenze del cliente, mentre i due si siederanno nel salottino finemente arredato.

"Oh, sì, naturalmente, signor Holden" – il tono dell'uomo sarà ossequioso – "Il professor Kane mi aveva anticipato il suo arrivo e comunicato in anticipo della sua preferenza. Eccolo qui, veramente un'ottima scelta, se posso permettermi, signore."

Il biondo accavallerà le gambe, spostandosi i capelli da una parte e osservando con attenzione il gioiello.

"Come potrà notare, il disegno floreale dell'anello converge al centro nel diamante ovale; di grande raffinatezza, non trova?" – commenterà il manager.

"Quanti carati?"

"Sei punto zero due, signore."

Il biondo fisserà il gioiello, lisciandosi i baffetti.

"E i petali del fiore?"

"Come vede è circondato di diamanti più piccoli, ciascuno tre punto novantotto carati. Sono diamanti bianchissimi, colore D, la tonalità più pregiata per il brillante."

L'uomo continuerà ad osservare, freddamente.

"Un modello estremamente fine, se mi permette." – il grassoccio butterà un'occhiata speranzosa alla sua assistente, rimasta in piedi – "La signora ne sarà certamente entusiasta."

Alla fine, il biondo si scioglierà in un tiepido sorriso.

È perfetto. Lo prendo. Desidero che sia consegnato, entro quindici giorni, al destinatario tramite consegna a vostro carico, direttamente nella camera di sicurezza della banca che vi indicherò."

Il Direttore risponderà guardando il pavimento.

"Lo so. Vedrai, lo troveremo, e si risolverà tutto."

"Lo spero" – commenterà la donna, guardando i due colleghi, visibilmente preoccupati – "lo spero per tutti noi."

Whiley sarà seduto nella cucina, e accenderà il dispositivo olografico vicino al forno, per vedere le notizie. Fino alla sera prima, stranamente, la notizia non era comparsa sui video caricati, e Whiley non l'aveva vista nemmeno durante l'ora di attesa alla Willis Tower, dove si era seduto ad aspettare Richard, sui divanetti al centotreesimo piano. Troverà subito la notizia, e caricherà, con un nodo alla gola, la registrazione olografica. Uno speaker entrerà nella cucina: delitto efferato al Medoc, uno Spin Off accademico, un gruppo di ricercatori è stato assassinato, da ignoti assalitori. Gli investigatori della polizia non avanzano ancora ipotesi, ma si sospetta una azione di spionaggio industriale. Spionaggio industriale. Seguirà l'elenco delle vittime. Whiley farà scorrere il foglio olografico, con i filmati e le immagini di repertorio. Proverà dolore a vedere le immagini dei propri colleghi entrare allegramente nella cucina, mentre un attimo dopo agenti in divisa cammineranno davanti alle pareti esterne del grande palazzo di arenaria, appoggiate sulla mensola del pane. Ad un tratto, l'ologramma del capitano di polizia lo colpirà come un pugno. Whiley andrà al lavello, berrà un altro sorso d'acqua, quindi scriverà di getto il nome del proprio amico nel motore di ricerca, utilizzando la tastiera virtuale proiettata nell'aria sul tavolo da cucina. Il panico lo prenderà alla gola, quando all'altro lato del tavolo apparirà l'immagine del corpulento amico, coi capelli più neri e più lunghi, con la barba più corta e sorridente. Leggerà. Il dottor Richard Proctor, è deceduto ieri pomeriggio, ucciso nella propria auto da ignoti. Le autorità ritengono che l'omicidio sia stato perpetrato a scopo di rapina. L'uomo, un metodologo della ricerca sociale, lascia una moglie e due figli...

Whiley spegnerà d'impulso il proiettore di ologrammi e si alzerà con le mani nei capelli, dirigendosi alla finestra. All'esterno della modesta casa di periferia, in mezzo al giardino, il vento del mattino farà dondolare leggermente un'altalena con un monotono cigolio.

"Ci sarebbero le spese di trasporto e di assicurazione da considerare, naturalmente." – osserverà il Direttore, serrando le mani, con un sorriso di circostanza.

"Naturalmente." – risponderà il biondo, sovrappensiero – "Quanto costa?"

"Oh, beh, è un pezzo raro di alta gioielleria, lei capisce. Il prezzo, trasporto ed assicurazione compreso…è di un milione e trecentomila eurodollari."

L'uomo guarderà fuori dalla finestra. La giornata sarà splendida, per una passeggiata in centro città. Del resto, non avrà altro da fare.

"D'accordo." – dirà, sovrappensiero, senza distogliere lo sguardo dagli alberi in fiore.

Il Direttore, visibilmente rallegrato, chiederà alla donna di aprire il file del nuovo cliente.

"Mi scusi, signore. Il luogo della spedizione?"

L'uomo biondo si liscerà nuovamente i baffetti, voltandosi a guardare il suo interlocutore.

"Okinawa." – risponderà con un sorriso.

Il giovane uscirà alle sei di sera dalle porte a vetri del grande palazzo nel centro di Breslavia, in Slesia, sede polacca dell' Opera Software, la società norvegese per la quale starà lavorando da un anno come programmatore di applicazioni in rete olografica. Indosserà un abbigliamento sportivo, un giubbotto di pelle fuori moda, lunghi capelli castano rossicci su una barba rada ed incolta. Starà pensando al contatto dell'altra sera, alla pista olografica nella discoteca annessa al bar, nella quale aveva incontrato il famoso Janus, una celebrità tra gli hacker. Avrà studiato parecchio il problema, in quei giorni.

Sistemi di controllo di tiro alla lunga distanza.

Prenderà l'aviobus, osservando le facciate colorate degli edifici, mentre cercherà di riflettere sul senso dell'incontro.

Del resto, io stesso sono una celebrità.

Janus avrà voluto incontrarlo l'indomani sera, in un posto sicuro, nel porto di Tortuga, la meta olografica di tutti gli incursori del pianeta, una sorta di porto franco.

Deve esserci sotto qualcosa di grosso, se paga una consulenza a me.

Whiley, osservando l'altalena, ripenserà alla proiezione olografica, quando il capitano di polizia, in piedi davanti al forno, aveva letto l'elenco delle vittime, consentendogli di scoprire di essere morto. Nel prato, le foglie gialle copriranno come un tappeto l'erba sotto l'altalena.

Sarà seduto in cucina, davanti al foglio olografico, e scriverà sulla tastiera virtuale degli appunti, cercando disperatamente di riordinare le idee.

Perché ci hanno attaccati? Per prendere qualcosa nell'edificio?

La cucina sarà dipinta di giallo, alcune parti del muro saranno scrostate, ed i pensieri dell'uomo rincorreranno le venature nella parete.

No, perché Richard non era presente, eppure lo hanno ucciso.

Noterà che le venature si incroceranno, e un puntino potrebbe sfuggire all'infinito a un secondo puntino che lo insegue a distanza di una spanna, cambiando continuamente la venatura?

Quindi era per uccidere noi, noi del gruppo. Eppure Richard non ne faceva parte. Allora perché?

La vecchia pendola sul muro simulerà curiosamente il rumore degli antichi orologi a pendolo, una simulazione quasi reale.

Forse per quello che avevamo scritto. Siamo ricercatori. Forse abbiamo scritto qualcosa che qualcuno non voleva si sapesse.

Il battere dei secondi nel silenzio della cucina sembrerà esplodere nella testa dell'uomo, concentrato sul foglio davanti a sé.

O forse, abbiamo mandato un rapporto a qualcuno che ha letto qualcosa che non dovevamo dire.

Nel giardino, un uccello solitario beccherà alcune bacche nella siepe, sollevando ad ogni beccata la testa, come in sintonia con la pendola sul muro della cucina.

No, non abbiamo scritto niente in comune, non di recente, e che io sappia nemmeno in passato, non tutti insieme. Ma allora?

L'uomo si alzerà meccanicamente per chiudere il rubinetto del lavello, dal quale una goccia continuerà a cadere, togliendogli la concentrazione.

Non è per quello che abbiamo scritto in passato…è per quello che avremmo potuto scrivere in futuro!

L'aviobus sorvolerà rumorosamente i tanti canali che si immettono nel fiume Oder.

Devo parlargli da casa, è più sicuro, sembra che ci sia un bel gruzzolo da fare, se faccio questa consegna.

La fermata dell'aviobus a circa duecentoventi metri di quota sarà dedicata alla costruzione ad uso residenziale. Il giovane guarderà il segnale olografico in mezzo alla cabina: Sky Tower.

Devo scendere.

Il giovane scenderà gli otto metri di scale sotto le cupole in plexiglass, dirigendosi agli ascensori per scendere al proprio appartamento.

Il Commissario Capo Cervetti sarà in piedi di fronte al Primo Dirigente, all'ufficio di Roma della Direzione Centrale Polizia Prevenzione, presso la sede dei NOCS.

"Ho letto il suo rapporto, Commissario. È sicuro che sia indispensabile?" – chiederà quest'ultimo. Il Commissario guarderà l'uomo seduto, coi capelli ricci brizzolati, assorto nella lettura del documento.

"Ho preso alla lettera le parole del dottor Bordini: questa indagine ha la priorità, Cervetti, chieda quello che le serve, in termini di risorse umane e tecnologiche. Il Ministro stesso preme perché venga fatta chiarezza, e si prevenga un possibile nuovo attentato. Ho chiesto di avere a tempo pieno l'Ispettore Capo Santilli – a proposito grazie - ed abbiamo parlato a fondo della cosa."

"E questa richiesta viene da Santilli?"

"Se vogliamo trovare un ago nel pagliaio, dobbiamo avere prima il pagliaio".

L'uomo seduto stringerà le forti mascelle, prima di parlare, scuro in volto.

"E questo cosa vorrebbe dire?"

"Non sappiamo cosa cercare. Ma sappiamo dove. Oggi è inutile sguinzagliare informatori ad agenti in giro per il mondo, lo sappiamo. Santilli e la sua squadra possono cercare nel mondo virtuale. Se esiste un piano criminale per attentare alla vita del Santo Padre, esiste certamente un'organizzazione criminale."

Whiley correrà ai fogli olografici, scrivendo con la tastiera virtuale, aprendo una prima pagina e denominandola, "Rick":

Correlazione tra invecchiamento della popolazione e dimensione media dei campi ad uso agricolo.

Quindi, aprirà un altro foglio, denominandolo "Richard" e collegherà il primo con il secondo:

Energie rinnovabili, censura, rifiuti, paesi ricchi e poveri, autonomia nel cibo, controllo

Poi aprirà freneticamente un terzo foglio, denominandolo "Susan" e collegando altre parole chiave ai primi due:

materiale musicale, canzoni a sfondo politico, Paesi dell'America latina

Quindi, rileggendo, scuoterà la testa e lo metterà nel cestino.

No, questo non ha alcuna correlazione con gli altri due.

Aprirà un altro foglio ancora, insicuro, ritenendo troppo audace la correlazione, e rimarrà pensieroso a lungo, osservando l'uccello nero con la macchia gialla saltellare vicino alla siepe, guardingo, avvicinarsi sospettoso al proprio obiettivo a piccoli balzelli, fino a trovare il coraggio di beccare la bacca rossa. Aprirà un altro foglio, denominandolo "IO":

Saggio sulla cura del cancro, libro in biblioteca

Coi nervi tesi, rimarrà a chiedersi se manchi qualcosa al disegno, e se tutte quelle parole che galleggiano nello spazio, immobili, trasparenti sui vetri della cucina, incastonate tra i tasselli bianchi di legno, in controluce sul verde del prato, abbiano un legame. L'uccello nel giardino saltellerà nel cortile, vicino all'altalena, nel quadro del vetro con la parola "IO".

Sue.

Ma certo. Aprirà un altro foglio, quasi le dita inciamperanno nella tastiera virtuale, quando farà apparire, sotto l'uccello nero, proiettate in corrispondenza del tappeto di foglie gialle, le parole:

Romanzo, uccisione del Papa

Rileggerà tutte le parole sul vetro, fermandosi alle ultime e scuotendo la testa, per convincersi che un romanzo non può aver alcuna connessione con testi scientifici e saggi accademici, e con un gesto rotatorio della mano farà scomparire l'ultima frase dal tappeto di foglie.

"E se tale organizzazione esiste, dovunque sia, starà preparando il piano."

"Se già il piano non esiste."

"Appunto" – continuerà il Commissario – "Ma se esiste, ne dovranno parlare. E se ne parlano, possiamo ascoltare."

"Con questo?"

"Con quello."

I due uomini osserveranno l'apparecchiatura da laboratorio disposta in una sala bianca, con sei poltrone posate su un tappeto verde di circa dieci metri di lato, con fili collegati alle poltrone e caschi olografici posati sui braccioli.

"Una squadra di sei persone, collegate in turni di due ore, per ventiquattro ore al giorno, in continuo, a scandagliare tutti i nodi olografici mondiali. Gli operatori devono fare al massimo due turni al giorno, e mai consecutivi." - spiegherà Cervetti al superiore "Santilli dice che potrebbe funzionare. Per trovare una pista. Una stazione di controllo multisala, di ultima generazione. In grado di lanciare, su richiesta dell'operatore, programmi di ricerca attiva su parole chiave selettive, su ventiquattro lingue, e correlati programmi di intrusione olografica nascosta."

Il Primo Dirigente leggerà le caratteristiche tecniche della sala di controllo.

"Perché turni di sole due ore e non più di due turni al giorno per operatore?"

"Santilli sostiene che secondo recenti studi della Normale di Pisa, è da tre a quattro volte più stressante che gestire il terminal di un grande avioporto. Un operatore deve avere il cervello che viaggia alla massima velocità, per leggere ed interpretare le parole chiave, i suggerimenti del computer. Servirà inoltre un test psico-attitudinale, un esame medico, ed una valutazione motivazionale delle squadre."

"Ma questo vuol dire una squadra di…"

"Sei squadre, secondo Santilli, denominate da ascolto A fino ad ascolto F. Ogni squadra quattro ore di lavoro al giorno, in turni da due non consecutivi, per consentire il monitoraggio dello stress. Tenga conto che il termine ascolto è riduttivo, gli operatori devono interagire, dialogare, e non farsi scoprire o mettere in allarme il sistema. Devono essere professionisti."

No, un'opera di fantasia non può avere connessioni con la realtà, un romanzo di fantascienza non può aver contatti con l'attualità. Le cose future non cambiano perché leggiamo parole immaginarie. Le cose future. Non cambiano.

Ne sei proprio sicuro?

Molto più lentamente, la mano farà un gesto rotatorio in senso opposto, dal cestino virtuale collocato vicino al ginocchio destro, prendendo le parole sulla punta delle dita, e riportandole sopra, nell'aria, in corrispondenza al riquadro sul vetro.

È tutto così assurdo.

Sentirà che le parole imprimono la materia, avvertirà che la realtà è ciò che noi pensiamo e coglierà che le parole mutano il corso degli eventi. Solo allora, si convincerà che quelle parole devono stare nel mosaico di foglie gialle, vicino alle altre, alle cose future.

Non mi crederà nessuno.

In quel momento, guardando nel prato, qualcosa romperà la staticità del quadro, e l'uccello nero si alzerà improvvisamente in volo, sparendo sopra la siepe. La piccola macchina elettrica si fermerà nel vialetto a fianco della vecchia cancellata di legno, si aprirà la portiera e scenderà la nera.

"…per un totale di…"

"Trentasei specialisti."- confermerà Cervetti – "Per garantire un ascolto ottimale dello spazio olografico mondiale."

Il Primo Dirigente alzerà lo sguardo dal foglio olografico, spalancando gli occhi.

"Ed anche ammesso che il Questore mi passi la richiesta, Commissario, dove diavolo le troviamo tutte queste persone?"

L'uomo alto si piegherà per aprire un secondo foglio del rapporto, muovendo le mani nello spazio sulla scrivania del suo superiore.

"Mi sono permesso, con l'aiuto di Santilli, di preparare una prima lista, per le selezioni." – risponderà con naturalezza.

Il locale nel centro di Onna Son, nell'isola di Okinawa, sarà affollato. Il giapponese magro, sulla quarantina, capelli unti, il volto grigiastro e butterato, un sorriso come una tagliola, dal quale si vedranno i denti gialli tipici di uno degli ultimi, incalliti, fumatori, farà un profondo inchino.

"Mia cara Saki, è un onore poterti servire." – esordirà, con tono mellifluo. La donna, elegante in un kimono tradizionale, siederà nella saletta riservata di fronte a lui, nel proprio sushi bar, alla sua sinistra la ragazzona in abiti sportivi.

"Veniamo agli affari, allora" – taglierà corto la donna, mentre l'uomo le guarderà la scollatura in modo lascivo – "hai preparato il lavoro che ti ho chiesto?"

"Mia cara, qui ho soltanto i cataloghi, come vedi" – risponderà il lascivo, mostrando il display olografico – "ma i prodotti di cui tu hai bisogno sono fuori standard. Credo che dovresti venire nel mio negozio, per vedere i prodotti che ho selezionato. Sai, dovrò lavorarci parecchio però. Tu richiedi un lavoro di fino, una cosa artigianale, non quella robetta per colpi della mala locale. Il tuo cliente necessita qualcosa di veramente speciale…a proposito, cosa gli serve?"

La donna lo guarderà senza parlare. Farà segno al cameriere di servire il sashimi all'uomo seduto di fronte a sé, che inizierà ad abbuffarsi.

"Ti consiglio, per il tuo bene, di non venirlo a sapere. Parlami del prodotto, invece."

Giovedì, ore 09.02

Non tutti potranno permettersi un'aviomobile, bene ancora riservato alle classi relativamente benestanti, anche se le società finanziarie promuoveranno forme di finanziamento dedicate al bene considerato ormai irrinunciabile per molte famiglie. La giovane donna nera scenderà dalla sua vecchia auto elettrica scassata, spegnendo il quadro antigravitazionale e aprendo la portiera laterale. I suoi passi sul vialetto di ghiaia faranno volare via l'uccello che starà bevendo in una pozzanghera, nel solco nel terreno, sotto l'altalena.

"Buon giorno" – dirà la donna entrando in casa –"hai fatto colazione?" La donna, levandosi il giaccone, appenderà la borsa a tracolla all'appendi abiti, e si leverà la sciarpa arancione. Osserverà il tavolo della cucina, le fette di torta ed i biscotti nel piatto.

"Non hai mangiato, e hai una faccia da funerale. Tutto bene?"

"Ho bevuto un caffè."

La donna si siederà di fronte a lui, in cucina.

"Beh, sì, lo vedo" – commenterà mentre lui chiuderà lo spazio olografico – "ma non sembra che tu abbia iniziato bene la giornata."

"Ho scoperto che un mio amico è morto."

La donna si appoggerà sullo schienale.

"Oh. Mi dispiace. Era giovane?"

"Sì. Lasciamo stare."

I due resteranno in silenzio per un po'. Per un po' può essere tanto, quando due persone non si conoscono.

"Allora, sei una specie di studioso, o cosa?" – chiederà la donna, per rompere il vuoto, scandito dalla pendola.

"Un ricercatore. L'ultima volta che ho fatto qualcosa di quasi serio mi occupavo di teoria dei giochi."

"Ah, quindi sei uno che ha studiato all'Università. Sai, mi sono sempre chiesto com'è. Mai conosciuto uno del genere. Sai, nel giro che frequentavo io non era proprio il tipo più frequente." – dirà la nera, sorridendo e raccogliendo le fette di torta – "E allora sei uno di quelli che scrive articoli e li pubblica su quelle riviste che non legge nessuno, dico bene?"

"Direi di sì."

"Beh, per cominciare, ci sono stramaledetti problemi di ottica, a quella distanza." – noterà il magro, continuando a masticare.

"Questo lo sapevo già prima. Altrimenti non ti avrei chiamato."

"E poi, c'è il problema della visione in condizioni di luce scarsa, di cui mi hai chiesto. Questi sono solo i due problemi principali, e già sono due belle grane, sai?" – dirà grattandosi la nuca, ingoiando poi un sorso di birra giapponese.

"E sono risolvibili?"

"Mia cara, tutti i problemi che tratto io sono risolvibili" – replicherà il magro, mostrando una fila di denti gialli – "al giusto prezzo."

"Oh, anch'io mi occupo di giochi, con Niki, sai…" – commenterà nervosa – " ma non credo sia la stessa cosa, vero?"

"No, in effetti."

"Di dove sei, di queste parti? Abiti a Chicago o sei di fuori?"

"Ho un appartamento in centro."

L'uomo guarderà la donna, una gran massa di riccioli neri sul volto serio, che raramente lascia scoprire i denti bianchissimi.

"E tu invece?" - chiederà, con il tono di chi vuol tirare una conversazione.

"Beh, lo hai visto. Il greco non ha molto tatto con le signore. Non come te, almeno mi pare. Oddio, di signora non avrei poi molto, io. E tu di dove sei?"

"Perché non ti trovi qualcos'altro? Ci sono tanti locali."

"Oh, beh, grazie tante, sai, non ci avevo proprio pensato."

"No, scusa, è che…"

"Lascia stare" – dirà lei, sparecchiando il tavolo – "quel lavoro era abbastanza sicuro, e devo tirare avanti come posso. Farei di tutto, per Niki. E anche io, sai, non ho proprio un passato – come dire – pienamente presentabile. Insomma, tutti abbiamo dei problemi, dico bene?"

"Non lo so. Sì, immagino di sì."

"Beh, bello, io non so che problemi abbia tu, ma spero che non sia problemi con la legge. Io proprio non voglio grane, sai, con Niki, il tribunale potrebbe…Sicuro che quei soldi che mi hai dato siano puliti?" – chiederà lei, ponendo le tazze nel lavello.

"Sì, certo. Quei soldi sono i miei. No, guarda, io non ho fatto nulla di male, credimi."

"E allora perché uno paga ottocentocinquanta dollari per dormire una notte fuori casa, se hai un appartamento in centro?" – chiederà, aprendo l'acqua – "E non credo che il tuo appartamento possa essere molto peggio di questo."

L'uomo tacerà, guardando un cestino di frutta sul tavolo.

"Senti, mi spiace dovertelo dire, ma…" – dirà la donna asciugandosi le mani.

"No, ascolta tu, invece" – interromperà lui, allargando le mani sul tavolo – "ieri mi è successa una cosa imprevedibile, incredibile anche per me."

203 giorni prima

Il Commissario Cervetti siederà nel suo ufficio di Roma, alla Direzione Federale Antiterrorismo. Il piccolo locale polveroso, dal gusto decisamente retrò, sarà pieno di vecchie scartoffie e libri, carte e quaderni di appunti. Una antica lavagna a muro, con tanto di gessetti, sarà appesa ad un lato della scrivania di legno massiccio. Davanti a lui, l'ometto calvo sorriderà sotto i folti baffi, parlando calorosamente. Sulla porta a vetri, chiusa alle loro spalle, sarà appesa la targhetta.

Procuratore Federale

"...cosa vuole, Commissario, sono rimasto un uomo del secolo scorso. Del resto, a differenza di Lei, io ci sono nato, in quel secolo." – dirà versando del the in una tazza – "ne vuole ancora?"

"No, grazie dottore."

"Dobbiamo collaborare con gli organi investigativi di altri Paesi, questa è diventata una indagine federale." – l'uomo assaggerà la seconda tazza – "Ma la prenda come una cosa positiva. Avremo il diretto supporto di tutte le Procure della Federazione Euramericana. L'indagine, ovviamente, è coperta dal segreto federale, e io le aprirò le porte chiuse, se ve ne saranno. Sono stato nominato d'urgenza a questo ufficio a Roma, su proposta e per iniziativa diretta del Ministro dell'Interno, due giorni fa. Un incarico temporaneo – dicono – del resto, mi mancano solo due anni alla pensione."

"Il problema, dottore, è che dal quadro che le ho fatto, non abbiamo molto. Un cadavere, un furgone distrutto, l'esplosivo. Fino ad ora, la scientifica non ha trovato da questi fattori elementi utili al proseguimento delle indagini."

"Perché ci stiamo concentrando sul passato, e non sul futuro."

"Sarebbe a dire?"

"Entrambi sappiamo che chi ha fallito un atto tanto criminoso non si ritirerà in buon ordine, ma aspetterà il momento migliore per colpire nuovamente. Pertanto, il suo ruolo è quello di anticiparlo. Giocare in anticipo."

"Sì, ma come? Non abbiamo nulla in mano. Nemmeno il nome."

L'ometto si alzerà, avvicinandosi alla lavagna.

La nera ascolterà con sospetto l'uomo seduto al tavolo della sua cucina.

"Sono in difficoltà, è vero, ma non ho ucciso nessuno, svaligiato una banca, o altro, ok? Ho solo bisogno si sparire per un po', diciamo per un paio di giorni, il tempo di trovare una soluzione della cosa."

Caccialo via, non sono problemi tuoi.

"Senti, mi spiace ma..."

"Posso pagarti. Ho ancora più di un migliaio di eurodollari, e se mi accompagni in centro, vado a ritirare dei soldi. Soldi miei."

"Senti, capisco che hai dei problemi. Ma non hai un amico, qualcuno?"

"No. Non più." - l'uomo si appoggerà allo schienale, la sua voce è bassa e stanca – "Ti è mai capitato di essere veramente disperata e di non avere nessuno che ti aiuta?"

La donna si guarderà le mani, asciugandosele.

Ogni giorno.

"Non vorrei proprio sembrare una stronza, ma non ti conosco, e questo non è una sorta di centro sociale, abbiamo già i nostri problemi..."

"Lo capisco. Infatti voglio pagare" – interromperà – "posso pagare. Sono soldi miei. Soldi guadagnati con il mio lavoro."

"Non lo so... ma cosa vuoi fare?"

Lui si alzerà, e appoggiando le mani alla spalliera della sedia.

"Ho una idea, devo recuperare una cosa molto importante, ma non voglio farmi vedere. Non posso andare io personalmente, e non so a chi chiedere."

La donna lo fisserà, con fare inquisitorio, tornando a sedersi al tavolo della cucina, senza guardarlo in faccia.

"Pensi che io sia una specie di assistente sociale? E se è così importante, per te, perché ti fidi di me, di una sconosciuta?"

L'uomo allargherà le braccia, girerà intorno al tavolo avvicinandosi a lei, aprirà la bocca, poi la richiuderà, come cercando inutilmente una spiegazione, le parole giuste.

Ma perché faccio così la stronza?

"Non lo so. C'era un film comico della seconda metà del secolo scorso, mi piaceva molto. Non credo sia facile trovarlo oggi."

"Vede, Commissario, un tempo molto lontano, quando studiavo io – Lei è troppo giovane per ricordarlo – prima che qualche politico scellerato decidesse che non era più di moda, si studiava ancora nelle scuole il latino, e perfino il greco, per non dire della madre di tutte le scienze, la più importante di tutte: la filosofia. Ora, non che io sia contrario a tutti gli studi sulle nuove tecnologie, ci mancherebbe. Tuttavia, temo che si sia persa l'occasione di insegnare ai ragazzi di oggi che prima di usare la tecnologia, si dovrebbe usare la logica."

L'ometto prenderà un gessetto, e pulirà con il cancellino la lavagna.

"Quando da ragazzo usavo questa piccola, antica lavagna, per studiare i poeti, o le declinazioni, talvolta scrivevo gli elementi essenziali di ogni problema umano. Sono sempre quelli degli antichi greci, sa? Poi gli anglosassoni, nel secolo scorso, ci hanno scritto testi di project management, e hanno fatto la grande scoperta dell'acqua calda."

Scriverà delle parole sulla lavagna.

"Ma in sintesi sono poche parole, sempre le stesse: chi, come, dove, quando, e perché. Ora, noi non sappiamo chi voglia la morte di Sua Santità, né perché, e non immaginiamo se voglia colpire ancora a Roma, e quando."

Il gessetto disegnerà un ovale attorno ad una delle cinque parole.

"Tuttavia, se questa organizzazione terroristica sta progettando un nuovo attentato, starà pianificando certamente il modo di ucciderlo. Userà ancora un bomba? Farà saltare il Vaticano, o tenterà di far saltare la sua aviomobile, come l'ultima volta? O magari progettano qualcosa di più esotico, come l'avvelenamento, fatto successo ad altri Papi nella storia? Forse pensano di farla passare come morte naturale, chi lo sa."

L'uomo si volterà a guardare il suo interlocutore seduto in poltrona, picchiando due volte il gessetto sulla lavagna, attorno alla parola racchiusa nell'ovale. Poi, si sbatterà le mani, per togliere la polvere di gesso, prima di sedersi e riprendere la tazza di thè.

"Fossi in Lei, Commissario, io mi concentrerei sul come. Lei mi trovi il come, e io le firmo tutte le autorizzazioni che le servono per cercare le parole mancanti."

Il biondo appoggerà le mani sul tavolo, delicatamente, come per paura di romperlo.

"Un vecchissimo film, ambientato a New York, molto bello e malinconico, non credo esista nemmeno una versione olografica. Sai, finiva con una battuta di una ragazza che più o meno diceva: bisogna avere un po' di fiducia, nella gente." – l'uomo si sforzerà di sorridere – "E poi tu non sei una sconosciuta: mi hai fatto dormire in un casa tua."

Whiley allungherà una mano, in evidente imbarazzo, cercando inutilmente di sembrare disinvolto, impalato di fronte alla donna seduta al tavolo.

"A proposito, il mio nome è John."

La nera lo guarderà per alcuni secondi.

Ma che cazzo sto facendo?

Sospirerà e gli porgerà la mano, scuotendo la testa.

La piazzetta davanti alla vecchia biblioteca sarà circondata di alberi quasi spogli, e il vento solleverà cumuli di foglie gialle sul marciapiede.

"Allora hai capito bene?" – ripeterà l'uomo, apprensivo – "io intanto ritiro dei soldi e faccio un paio di chiamate olografiche da quel bar, ci vediamo tra mezzora su quella panchina."

"Non sono scema." – replicherà la nera, stringendosi la sciarpa arancione, per proteggersi dal vento – "non avrò fatto le scuole alte, ma penso di essere in grado di richiedere un libro. Non dico di capirlo, ma per ritirarlo penso di potercela fare."

"Non intendevo quello."

"E allora, cosa intendevi?"

"Beh, ecco…"

"Appunto."

La donna si girerà.

"Mi raccomando, salvalo sul dischetto, non sul tuo display, non lo spedire e…"

La nera si volterà a guardarlo con i suoi profondi occhi scuri.

"Ok, scusa." – sorriderà lui.

Lei si volterà, avviandosi all'entrata di vetro.

"Beatrix."

L'uomo alto con i capelli ricci e scuri camminerà a passo deciso nei piani inferiori del grande palazzo, nella zona dell'EUR, un tempo fasto dell'antico regime fascista, oggi Sede sperimentale dei NOCS. A fianco a lui, l'uomo di mezza età, con il camice bianco, parlerà al sintetizzatore vocale.

"Ispettore Capo Santilli."

La porta a vetri antiproiettile si aprirà con un fischio.

"Molto meglio dei vecchi sistemi di sicurezza ad impronte digitali" – dirà Santilli all'uomo al suo fianco – "e molto più pratici della scansione della retina. Specie se uno, come me, è un po' più alto della media e ha mal di schiena."

L'altro annuirà seguendolo per le scale nei sotterranei.

"Le squadre sono quasi pronte, Commissario. Sono stati sufficienti sei giorni di colloqui, test e colloqui psico-attitudinali." – dirà l'uomo in camice, scendendo per una seconda porta, davanti alla quale un agente armato si metterà sull'attenti – "La cosa più difficile è stata la valutazione psicologica dei soggetti. È un lavoro estremamente stressante, sa?"

I due entreranno dalla porta, scendendo per una seconda rampa di scale fino ad una porta a vetri.

"Ha delle idee sulle indagini Commissario?"

"Non abbiamo nulla, per ora. Ma vorrei che i suoi uomini monitorassero tutto ciò che riguarda le ipotesi di un attentato. Automezzi, armi da fuoco, esplosivi. Ogni conversazione che riguardi l'ipotesi di usare armi atte a fare un attentato, cose del genere."

Entreranno in una sala sotterranea illuminata da luci soffuse. I monitor alle pareti controlleranno tutte le scale e gli ingressi che i due avranno appena percorso.

"Ho già predisposto un elenco di parole chiave, Commissario. Chiunque nel mondo usi la parola Papa o Pontefice o Santità si troverà i nostri operativi ad ascoltarlo in camera da pranzo." – dirà Santilli scendendo le scale – "Specialmente se ha l'imprudenza di abbinarle a parole tipo bomba".

Dal ponticello sopra la sala, Cervetti si fermerà a osservare la stanza sotto di loro.

La donna si girerà nuovamente, con le mani nelle tasche.

"Che c'è, ancora?" – sbufferà.

Lui si terrà sotto gli alberi, ad alcuni metri dall'ingresso, dove staranno entrando alcuni studenti.

"Grazie."

Whiley chiamerà da una cabina del bar a un centinaio di metri dalla piazzetta della biblioteca, in una strada laterale. Chiuderà lo sportello, aprendo la comunicazione olografica. La cabina darà sulla strada, separata dalla piazzetta della biblioteca da una fila di alberi quasi spogli.

"John?" – il volto del grasso e pelato operatore di borsa, apparirà sorpreso sul monitor olografico nella cabina -"Pensavo fossi morto! Ho letto la notizia stamattina, lo dicevo io che si trattava di un errore. Perché era un equivoco, vero?"

"Dal momento che mi parli...tu che dici? Sì, era uno scherzo di cattivo gusto."

"Ah, lo dicevo io. Ma come stai? Tutto bene?"

L'uomo starà camminando in una sala affollata.

"Male, Paul. Non sto bene per niente. Ho provato due volte, pochi minuti fa, a prelevare dal mio conto, ma mi dice conto disabilitato. Ho provato su due distributori diversi. Tu ne sai qualcosa? È una procedura della banca, o cosa?"

L'uomo corpulento continuerà a camminare, con voce affannata.

Ha una voce strana, non è solo il fiatone.

"Mah, non saprei, John. Ci sarà stato un problema tecnico stamattina. Forse se riprovi più tardi, possiamo..."

"Va bene, va bene, ascolta. Ho bisogno che mi disinvesti un po' di risparmi. Hai presente quella quota dei miei risparmi liquidi, lo sai no? I venticinquemila. Come si chiamano?"

"Certo, basta che passi oggi pomeriggio per una firmetta in banca."

"Non posso. Me li devi girare subito su un conto di una carta prepagata che ti dirò."

L'uomo rallenterà la camminata.

"Non so se si può fare."

Non so se si può fare.

Da una parte, sopra una specie di palcoscenico, su una pedana ricoperta di un tappeto verde sintetico, quattro donne e due uomini seduti in poltrone con caschi olografici integrati, avvolte in fasci olografici luminosi, staranno gesticolando spostando immagini nell'aria. Dall'altra parte della sala, due uomini in camice bianco manovreranno schermi olografici e terminali, apparentemente schedando le stesse proiezioni.

"Cosa diavolo stanno facendo?" – chiederà l'uomo alto.

"Siamo già operativi, Commissario." – risponderà l'uomo in camice – "Quella che vede lì è la squadra B al completo. Come noterà, abbiamo la maggioranza di donne, sono circa in media il sessantacinque per cento del totale; sembra che le donne siano più dotate, per questo genere di lavoro."

"Lavorano insieme nello spazio olografico?"

"Non esattamente. Lavorano in parallelo."

L'uomo in camice indicherà la zona del palcoscenico.

"Vede quello? Noi lo chiamiamo semplicemente il green. Simile a quelli di casa, ma molto più potente. La squadra si passa informazioni e dati in tempo reale, viaggiando di continuo su diversi nodi olografici."

"A che scopo?"

"Indagini. Infiltrazioni, per lo più. In questo momento, probabilmente, ogni membro della squadra sta avendo una conversazione in qualche zona virtuale, e ogni informazione utile viene passata in tempo reale agli altri membri della squadra."

"Insomma, un lavoro di equipe."

"Esattamente. In questo modo, ogni membro della squadra si sta costruendo la sua rete di informatori, ma il bello è che non sono reti chiuse, ma aperte."

"Aperte a chi?"

"Beh, solo agli altri membri della squadra. Ogni altro membro divide le informazioni con i colleghi. Tuttavia, se nel corso del turno emerge qualche informazione giudicata rilevante, l'informatore o il contatto viene passato ad altre squadre, ed il gioco si moltiplica."

"E chi decide se sono informazioni importanti?"

"L'analizzatore di informazioni, ed il capo squadra."

"Che cazzo vuol dire, non so se si può fare?"

Qualcosa non quadra.

Whiley guarderà il grasso proiettato sul vetro della cabina, non lo starà guardando in faccia.

"Sai, dobbiamo verificare la procedura. Per quando ti servono?"

"Ma mi ascolti? Subito, oggi pomeriggio. Al massimo, domattina."

L'uomo si fermerà, il fiatone sembrerà aumentato.

"Non è possibile, non così in fretta. Ci vorrà un'autorizzazione. Se passi oggi pomeriggio o domattina, possiamo risolvere. Sai, sono le procedure."

Procedure.

"Ma che procedure? Sono soldi miei. Non mi avevi mai parlato di procedure. Dicevi che quei soldi sono liberi, che me li potevi girare in qualsiasi momento senza alcun preavviso!"

"Senti John, davvero, non sarebbe un problema se tu passassi un attimo per una firma, probabilmente risolviamo prima…"

Whiley guarderà gli alberi oltre la cabina, attraverso l'ologramma del grasso che parla sul vetro della cabina.

Vuole che vada di persona.

"…i fondi sono a tua completa disposizione…"

Mi sta facendo parlare.

"…ci mancherebbe, solo dobbiamo verificare i dispositivi di firma…"

Perché lo fa?

"…non c'è nessun problema, ma ho la segretaria in ferie…"

Perché stanno rintracciando la chiamata.

"Ascolta, Paul, volevo dirti una cosa." – lo interromperà Whiley.

"Certo, dimmi."

Guarderà la biblioteca in lontananza, attraverso il grassone proiettato sui vetri della cabina.

"Vaffanculo."

L'uomo con il berretto di lana camminerà a fianco della nera, nella strada del centro, con una borsa in mano.

"Ti hanno fatto storie?" – chiederà apprensivo.

"E che storie dovevano farmi?"

"Niente. Non lo so."

L'uomo in camice si sposterà dall'altro lato del parapetto.

"Vede quei due colleghi? Sono loro. Quello a destra è l'analizzatore di informazioni, l'altro il capo squadra."

"E cosa fanno?"

"Il primo, quello al terminale, esamina i colloqui, incrocia le parole chiave, archivia una mole incredibile di dati. Il secondo, è quello che dirige la squadra. In pratica, ordina ad un agente di cambiare nodo, di spostarsi su un altro settore, o di approfondire l'indagine in un altro. I due sono in continuo contatto tra loro. In pratica, sono il cervello della squadra."

"Non possono farlo direttamente gli operatori?"

"Non in modo altrettanto efficiente. Chi è nella realtà virtuale perde il contatto con la realtà naturale. E poi, la mole di dati da gestire è spaventosa, e le decisioni in tempo reale devono essere rapide, efficaci, e soprattutto discrete. Spesso, abbiamo a che fare con professionisti del crimine informatico, che scappano al primo sospetto di essere intercettati."

"Quindi i nostri uomini parlano con criminali."

"Anche. Non solo, ovviamente. Anzi, prevalentemente no. Si tratta di frequentare i posti nei quali solitamente sappiamo avvengono azioni illegali. E in quei posti infiltriamo i nostri agenti. I quali, da un lato incontrano altri agenti di altri Paesi, dall'altro si creano la propria rete di informatori in ogni parte del mondo, che visitano ogni giorno, in stanze che rappresentano salotti o bar o quel che vuole il loro disegnatore. Immagini dei cubi virtuali, riempiti dall'immaginazione umana. Lì la gente si riunisce e parla, parla. Un po' come quando si va a prendere un caffè al bar."

"E noi, ascoltiamo tutto il mondo" – commenterà il Commissario, osservando i sei caschi e le mani coperte di guanti muoversi come in un balletto silenzioso, – " il tutto senza muoverci da Roma."

"Il tutto senza muoverci da Roma." – conferma l'uomo con il camice – "Ma venga, le faccio vedere."

I due scenderanno la scaletta, scenderanno nella sala immersa in un silenzio quasi religioso, e si avvicineranno al capo squadra. L'uomo starà monitorando sei schermi, sui quali saranno indicati i parametri dei suoi agenti operativi.

La donna gli consegnerà il dischetto, il diametro non sarà più grande di un'unghia.

"Grazie."

I due cammineranno nel mercatino del centro, poco distante dalla piazzetta della vecchia biblioteca.

"Capirai, per così poco. Ora, se non c'è altro..."

"Oh, no. No, certo. Devi andare?"

"Sì, avrei anche le mie cose da fare. Poi devo passare a prendere Niki, oggi esce alle due, non me la tengono. E devo anche sperare di trovare una che ma la tenga stasera, quindi fare un paio di chiamate in giro..."

"A proposito" – interromperà lui aprendo la borsa – "Mentre aspettavo, ho comprato un paio di cose. Questo è per te."

La nera si ferma, tra la gente sul marciapiede, aprendo il pacchetto. Dentro, un cappello di pelliccia. Whiley indosserà un cappello di pelle. Quindi, infilerà una giacca a vento marrone.

"E perché?"

"Oh, beh, mi piaceva. Il venditore russo diceva che è originale. L'ho pagato niente, un vero affare" – dice lui, guardandosi in una vetrina – "sembro uno diverso no?"

"Non intendevo quello. Perché lo hai preso anche a me?"

Beh, è un regalo. Perché, ci vuole un motivo per fare un regalo?"

Nessuno mi fa mai un regalo.

"Beh provalo, dai." – insisterà lui.

La donna si guarderà nello specchio della vetrina.

"Ah, a proposito, ho cambiato i soldi, mi sono rimasti giusto questi, come pattuito. Non ho altro."

La nera guarderà i novecento dollari nella sua mano.

"Tu non sei a posto."

"Beh, sì senti, io ho pensato un po', mentre eri via." – commenterà, lui portandola sotto un androne di un palazzo – "Ora ho una faccenda da sbrigare, penso che starò via per pranzo. Al momento, ho finito i soldi, ma ho una idea, e forse funzionerà. Senti, beh, sì, insomma, mi puoi ospitare un paio di giorni, con questi? Forse potresti comprare qualcosa per stasera. Arrivo nel pomeriggio, comunque prima di sera."

La donna guarderà i soldi nelle sue mani.

Non cascarci, digli di no.

"Marco, senti, possiamo fare parlare il Commissario con uno dei tuoi operativi?" – chiederà a bassa voce l'uomo in camice.

"Buongiorno Commissario. Ora?"

"Se fosse possibile."

"Certamente. Vediamo" – sussurrerà – "Direi di fare prendere una pausa all'agente Marzi. I suoi parametri biologici sono al limite delle raccomandazioni dello staff medico. Che per la verità non rispettiamo quasi mai, comunque."

L'uomo manderà un segnale toccando lo spazio di fronte a sé. Un operatore si alzerà dalla propria poltrona, si leverà il casco, rivelando una massa di capelli lunghi e neri, una ragazza sotto i venticinque anni.

"Agente Speciale Marzi. Comandi, Ispettore."

"Agente, vorrei che lei dicesse in due parole all'Ispettore come sta andando il suo lavoro oggi. Quanti spazi ha visitato, quanti contatti, quanti informatori…" – dirà Santilli, poi rivolgendosi all'agente sulla porta – "Si può avere del caffè?"

"Oggi ho visitato finora sei spazi olografici, per un dialogo di circa 12 minuti, in media. Otto contatti, per lo più direi potenziali acquirenti di materiale illegale. Software, vendita di refurtiva, cose così…"

"Da dove viene, agente?" – chiederà Cervetti.

"Dalle parti di Napoli, Commissario."

"E da quanto tempo ha questa specializzazione?"

"Da circa un anno e mezzo. No, anzi, quindici mesi."

"Vorresti dire al Commissario quanti informatori hai organizzato, in questi mesi, nella tua rete?" – chiederà Santilli.

"Dodici."

"Dodici." – ripeterà Cervetti

"Si, Commissario. Per lo più ex detenuti, o persone con condanne penali."

"Italiani?"

"Tre di loro. Gli altri, di altri Paesi, Nord Africa, Est Europa. anche uno del Brasile."

"In poco più di un anno di lavoro?"

"Ne avrò incontrati decine, sì."

"E sono affidabili? Come mai collaborano con noi?"

"Oh, ecco il caffè, prego Commissario." – dirà Santilli.

"Non è questo il punto. È che sei strano." – la donna conterà i soldi nelle mani – "Non dovrei fidarmi."

"Sì, ma finora non sono peggio di tanti altri, no?"

Oh, cazzo, stai zitta.

Un passante chiederà strada, la borsa di lui occuperà il marciapiede.

"No." – ammetterà lei – "Per ora, no."

L'uomo robusto risponderà immediatamente alla chiamata, nel suo ufficio nel grande palazzo bianco, al terzultimo piano.

"Mi dica."

L'uomo grasso sembrerà molto agitato, quando apparirà. Il robusto farà cenno al biondino, attraverso il corridoio a vetri, di prendere la chiamata sul proprio dispositivo. I due uomini grassi appariranno in due punti diversi dello stesso piano, sui due lati del corridoio.

"Ha chiamato, come avevate detto voi. Ho provato a dirgli di passare, ma non l'ha bevuta."

"Da dove chiamava?" – chiederà il robusto.

"Non lo so, da una cabina credo."

"Come era vestito?"

"Mi pare un giaccone scuro e un berretto, nero… mi pare."

"Guarderemo subito la registrazione olografica. Se la contatta in qualche modo, ci avvisi sempre."

"Non penso proprio che richiami. Ma si può sapere che ha fatto?"

"Se richiama, lo tenga impegnato più a lungo."

Il robusto chiuderà la comunicazione, quindi guarderà la vetrata dall'altra parte del corridoio attraverso la copia del grasso, che scomparirà nell'aria.

"Lo hai preso?" – sillaberà al biondino.

Dall'altra parte del vetro, il collega scuoterà la testa.

I tre prenderanno il caffè che l'agente di servizio avrà ordinato al distributore in fondo alla sala.

"Agiamo con le solite due modalità: il bastone, e la carota. Alcuni, quando non possiamo fare diversamente, li paghiamo. Altri, che hanno conti in sospeso con la giustizia, li convinciamo a collaborare. Naturalmente, facciamo scambi con le altre polizie del mondo, in questo senso."

"Quindi, immagino che molti incontri virtuali siano con i nostri colleghi in altre parti del mondo."

"Basta avere un traduttore attivato, ovviamente." – noterà Santilli.

"Un bel risultato, mi pare."

"Al di là delle aspettative. Molto meglio delle investigazioni singole. Ah, commissario, è per questo che dovrebbe chiedere altro personale, ci serve."

"Altro?"

"Per forza. Mi serve una squadra di riserva. Se vogliamo essere sempre al massimo grado di efficienza, può succedere che qualcuno abbia un raffreddore, no? Ho già selezionato i riservisti, dalla selezione. E poi, un paio di analisti in più non farebbero male."

"Vedrò quel che posso fare." – risponderà Cervetti, prendendo il caffè –"Ma mi dica una cosa, Ispettore."

"Dica."

"Prima mi ha detto che conosciamo benissimo i posti in cui avvengono solitamente le transazioni illegali."

"Esatto."

"E se sono illegali come mai non interveniamo per chiuderli?"

Santilli sorriderà, sorseggiando il caffè e guardando la ragazza mora al suo fianco.

"Commissà" – dirà questa unendo le mani – "con tutto il rispetto, se mi chiudete quei posti, io perdo il novanta per cento dei miei informatori."

Giovedì, ore 11.36

Quella mattina di fine novembre sarà fredda, ma soleggiata. Le persone cammineranno curve per la strada, sotto improvvise raffiche di vento, a tratti fastidioso, che si incuneerà tra i palazzi e gli alti grattacieli del centro città. Whiley camminerà per i corridoi del centro commerciale, e si infilerà in un cinema, uno di quelli aperti anche di giorno. Avrà bisogno di pensare, di stare in un luogo relativamente sicuro, dove ci saranno poche persone, sicuramente sconosciute. Alle casse, sceglierà una proiezione commerciale, una delle tante, a caso. Prima che cominci lo spettacolo, si dirigerà a una delle cabine di comunicazione, inserendo il dischetto dei dati che la nera gli avrà consegnato, all'uscita della biblioteca. Si accomoderà in mezzo alla sala, quasi vuota a quell'ora, attendendo l'accendersi della proiezione olografica. Mentre gli attori si muoveranno, scendendo dal palcoscenico per venire in mezzo alle file, Whiley si assopirà, liberando la mente in un confortevole dormi veglia. Non avrà dormito bene, quella notte, sul divano, e si abbandonerà a pensieri confusi. Saprà di non poter lasciare la città, senza soldi; il suo conto bloccato, i suoi risparmi violati, la sua abitazione, i suoi luoghi abituali, i suoi rari amici, veri o presunti – vero Paul? – tutti certamente messi sotto osservazione dal suo nemico.

Ma chi è, il mio nemico?

Il film olografico racconterà di una storia sulla nascita degli Stati Uniti d'America, e sarà infarcito di insopportabile retorica. Non che a Whiley importi, perché intanto starà pensando ad altro. Un paio di ragazzi nelle ultime file sembrerà sinceramente interessato alla battaglia tridimensionale, mentre una giovane coppia sulla sinistra si dimostrerà più interessata a scoprire i piaceri dei primi approcci sessuali.

Se non so chi è il mio nemico, non so da chi devo difendermi.

Whiley ripenserà alla registrazione del libro senza riuscire a capire quanto la cosa potesse essere importante, per Richard. D'accordo, ci saranno quelle curve statistiche, ipotizzate da ricercatori del secondo decennio del secolo, e in effetti sarà ormai chiaro che le previsioni di crescita della popolazione mondiale fossero state un po' sottostimate.

230

201 giorni prima

Le sere di primavera a Breslavia, in Slesia, saranno le preferite dai giovani intrusori informatici, perché i propri coetanei saranno impegnati in attività più tradizionali, lasciandoli liberi di spaziare nei loro sogni olografici da soli. Il giovane polacco dai capelli rossicci si sentirà diverso da molti suoi coetanei, che non perderanno l'occasione di deriderlo per la sua abitudine di vivere in un mondo tutto suo, ma lui penserà che non sanno, gli stolti, che in quel mondo non solo ci si diverte, ma si fanno anche soldi. Molti, soldi. Moltissimi, se si è davvero bravi. Il giovane si guarderà nello specchio del bagno, ritenendo di esserlo. Entrerà nella unica stanza del proprio appartamento, a parte il bagno, che funge insieme da letto, cucina e soggiorno. Non contemplerà nemmeno la confusione della propria tana, fatta di vecchi libri stampati, programmi di ogni genere, chitarre, una pedana olografica di un paio di metri, una vecchia scrivania ricolma di cianfrusaglie, il letto perennemente disfatto, e una pista da jogging virtuale praticamente mai usata, se non per buttare – appendere sarebbe un termine pretenzioso – vestiti di ogni genere. Sarà una di quelle serate in cui i suoi coetanei se ne andranno con le ragazze in qualche pub, ma lui avrà di meglio da fare. Guarderà fuori, uno spicchio di luna è sorta in cielo, e dal suo appartamento al dodicesimo piano della Sky Tower il cielo sarà limpido, senza nuvole.

Tortuga, arrivo.

Saranno circa le 22, i resti di una pizza saranno ancora nell'involucro di plastica sul pavimento. Aprirà una lattina di birra, abbasserà le tende che danno all'esterno, sedendosi alla propria scrivania, davanti alla pedana verde. Berrà l'ultimo sorso di birra e indosserà casco e guanti olografici, partendo dal proprio cubo, selezionando il nodo di connessione preferito. Non si stupirà nemmeno più quando la sua stanza sporca sarà sostituita dai suoi cubi virtuali, interamente disegnati e montati da sé, rappresentanti una villa del Settecento, con tanto di giardini e fontane, il cubo del cancello ancora in costruzione. Da lì, scenderà la scala di pietra fino al cubo del molo, e salperà in direzione Tortuga. Entrerà in un tunnel di collegamento ad altri cubi, dal quale emergerà dopo pochi istanti nel covo dei pirati.

Una donna in costume del Settecento attraverserà un campo di grano, le cui spighe gialle galleggeranno sulle poltrone intorno a lui. Whiley penserà che i dati medi assumeranno minore importanza, visto che le nuove curve demografiche stimeranno a tendere una popolazione di dodici miliardi di persone. E poi, conteranno le deviazioni standard, poiché ci saranno Paesi che avranno avuto tassi di invecchiamento diversi dagli altri. Quel libro sembrerà quasi ipotizzare che ci siano Paesi anagraficamente più giovani, e Paesi anagraficamente più vecchi.

Ma dove sta la novità?

Il cavallo marrone che porterà un cavaliere splendidamente vestito di rosso attraverserà la sala, nitrendo. Whiley ripenserà alle curve di invecchiamento della popolazione, alle previsioni sottostimate dell'epoca, ai colori delle mediane della popolazione residente nei diversi Paesi, ma, per quanto si sforzerà, non riuscirà a cogliere elementi veramente importanti. Si troverà seduto in mezzo ad una città di case basse, prevalentemente in legno, ed il cavallo al galoppo solleverà zolle di terra scura, mentre cavalcherà per la via maestra verso il cielo al tramonto. A meno che, se Richard aveva ragione, qualcuno avesse condizionato nei decenni passati, l'evoluzione delle curve demografiche.

Cosa aveva ipotizzato Richard?

Il cavallo salterà uno steccato bianco sulle poltrone dell'ultima fila. Probabilmente doveva riconsiderare gli scarti quadratici medi delle varie popolazioni nel tempo.

Che qualcuno potesse fare sì che la produzione di cibo non fosse così performante come la tecnologia avrebbe potuto.

I colori della grande villa bianca, immersa nel verde, rischiarata dalle lanterne, appena l'ultimo raggio di sole olografico sarà passato oltre l'ultima fila, saranno meravigliosi.

Ma chi?

La scena del ballo in costume sarà un tripudio di suoni e colori, orchestrato su musiche dell'epoca, ambientato nel profondo sud.

E perché?

Whiley non riuscirà seguire il film, pensando di non essere ancora giunto a capire la verità, la ragione del massacro di una squadra di studiosi.

232

Il cubo conterrà un suggestivo paesaggio fatto di una piccola isola, all'interno della quale vi saranno diverse locande e taverne, una piazza per fare affari e scambi, cartelli ai quali appendere le inserzioni, e un emporio nel quale comprare dei kit di viaggio.

È sempre una figata, questo posto.

Nella strada ci saranno centinaia di figure olografiche di persone, connesse da tutto il mondo, e attraversando la strada polverosa lui saprà benissimo dove andare. Entrerà nella taverna del Giglio Nero, al terzo nodo esterno, dirigendosi al tavolo numero 9, prenotato e ad accesso riservato. Digiterà il proprio alias, Black Rabbit, muovendo le mani nello spazio della propria camera, in un appartamento della Sky Tower, entrando nella saletta riservata del Giglio Nero, tra pappagalli colorati e quadri marinari appesi ai muri di legno ammuffito, raffiguranti grandi galeoni e brigantini.

"Sei in ritardo." – noterà il giovane barbuto seduto al tavolo.

"Scusa Janus, ho cenato tardi." – risponderà il giovane dai capelli rossi, vestito con un abito corsaro. Il suo volto umanoide sembrerà quello di un personaggio dei fumetti.

L'uomo barbuto gli farà cenno di sedersi.

"Hai studiato il caso, allora? Che mi dici?"

"Ma il tuo cliente doveva proprio cercare una cosa così difficile?" – chiederà il corsaro con il volto fumettoso – "non avevano un modo più semplice per fare secco qualcuno?"

"Non è un giudizio che ti compete." – risponderà Janus – "e in ogni caso, ci hanno già provato in altri modi, credo. Se ha scelto questo, questo abbiamo. E su questo dobbiamo lavorare. Ti interessa, o no?"

"Ehi, fratello, calma. Era solo per dire. Certo che mi interessa, ma è un vero casino coordinare tutte quelle strumentazioni. A che scopo lo costruiscono l'oggetto? Per andare su Marte?"

"Mi dai soluzioni o problemi?"

"Beh, senti. Allora, in prima cosa ho pensato a come monitorare il telemetro, e fin qui non vedo difficoltà. Poi, ho immaginato che l'anemometro sia coordinato da sensori elettronici. Ho fatto un po' di domande in giro, da vari esperti, e ho capito che il problema della misurazione del vento, sui tiri veramente lunghi, è che appena hai effettuato la misurazione pensi di essere a posto. E invece, sei solo alla metà dell'opera."

Si farà strada nella sua mente l'ipotesi che qualcuno, per ragioni ignote, temeva che venisse alla luce una qualche conoscenza, che probabilmente risiedeva nella lettura integrata dei testi. Nel buio del cinema si sentirà quasi protetto, perché nascosto. Restare nascosto non sarà tuttavia la soluzione migliore, o almeno non l'unica, e mentre si guarderà intorno nella sala semideserta un'idea comincerà a prendere forma. Una carrozza lanciata al galoppo nell'erba alta attraverserà da sinistra la sala, tra urla e spari.

Qualcuno teme che qualche verità venga a galla. Ma cosa?

I cavalli degli inseguitori salteranno gli steccati tra le file a sinistra, correndo tra gli alberi secolari.

La verità è nascosta in qualche correlazione tra quegli scritti.

Il guidatore porterà la carrozza sul crinale della collina, a tutta velocità, giungendo sui palchi laterali.

Continuare a scappare non serve, bisogna prendere l'iniziativa.

Una ruota della carrozza scivolerà sul crinale, sopra il burrone, proprio sulla testa di una ragazza che si lascerà scappare un grido, tra risatine divertite dei compagni di scuola.

Bisogna metterli sotto pressione.

Miracolosamente la carrozza riprenderà a correre sul crinale, avviandosi verso un fiume tumultuoso sottostante, in fondo alla sala, scorrendo sopra le rocce e avvicinandosi ad un frastuono minaccioso di schiuma.

Devo scoprire la correlazione.

Whiley si alzerà, e uscirà dalla sala attraversando la cascata.

Fuori del cinema, nel centro commerciale, dopo la grande scalinata discensionale curvilinea, in mezzo alla struttura completamente bianca sotto la cupola di vetri a cielo aperto, l'uomo col cappello di foggia russa e il giubbotto di pelle si fermerà in una sala di comunicazione pubblica. Ordinerà un caffè con latte, si chiuderà in una cabina singola e accenderà la luce soffusa blu, mettendosi a cercare freneticamente in un pannello olografico. Articoli di video olografici, testate, notizie. La parola ricorrente che immetterà per iniziare è ovvia: EFIA. Usciranno decine di blocchi informativi apribili nello spazio, e presto la cabina sarà sommersa di notizia sull'Agenzia di Intelligence Federale Euramericana.

Così non va.

"Perché?"

"Perché l'intensità del vento può cambiare parecchio durante il percorso. Ma ho pensato alla soluzione, e ci sono arrivato."

"Sono tutto orecchi."

È stato un colpo di genio. L'altro giorno ho visto mia madre appendere i vestiti ad asciugare con il robot, hai presente quelli con le braccia, che tu butti la roba e loro a seconda del tipo la appendono al vento ad asciugare?"

"Sì e allora?"

"Ed allora, basta mettere una o più telecamere sul percorso, nella zona, e monitorare cose simili, tipo gli stracci appesi per spaventare i volatili, la biancheria appesa ad asciugare, ma anche le foglie degli alberi, un cartello pubblicitario, che ne so? Tutto quello che oscilla. Poi con il software possiamo studiare da queste osservazioni le maniche di vento. Basta essere sul posto un'ora prima, diciamo."

"E come funzionerebbe?"

"Semplice. Immagina di sparare da una valle ad un'altra, o da un grattacielo ad un altro. Gli esperti mi hanno spiegato che il vento a metà percorso può incanalarsi su un'intensità maggiore di quella percepibile o misurabile nel punto in cui sei tu. Dobbiamo allora stimare il vento tra il tiratore ed il bersaglio, e non solo dove lui si posiziona."

"E il software farebbe questo?"

"Esatto. Esattamente come l'occhio umano, ma in modo molto più preciso. È sufficiente avere dei punti di riferimento naturali o artificiali. Naturali sono per esempio lo stormire delle fronde, oppure come dicevo l'oscillare della biancheria sul palazzo di fronte. Artificiali se non hai punti di riferimento, allora puoi mettere ad esempio delle girandole, o delle bandiere. Mi segui?"

"Interessante, non ci avevo pensato. Bell'idea."

"Grazie. Di conseguenza, regoli il colpo. A questo aggiungi che il software si lega al clinometro, cioè allo strumento di misurazione dell'angolo di tiro, per verificare di quanto il tiratore è più alto o più basso sul bersaglio"

"Chiaro."

"E poi, puoi legare il software ad un barometro. O meglio, un igrometro."

Whiley berrà il caffè, inserendo la parola scandali. Decine di blocchi olografici appariranno nella cabina, come cassetti virtuali apribili con un dito, riguardanti diversi Paesi, la condotta di guerre, azioni di tortura di prigionieri, storie di rapimenti di persone e questioni che riguardano commissioni di controllo governative sulle azioni dell'agenzia.

Troppo vago.

L'uomo inserirà la parola giornalisti, vicino alla precedente. Decine di cassetti virtuali riempiranno nuovamente la cabina, nomi, articoli, immagini olografiche di persone. Chiederà al programma di ordinare i giornalisti in funzione del numero di articoli scritti su argomenti selezionati nella ricerca precedente. La cabina resterà piena di decine di blocchi di ricerca virtuale, catalogate per i diversi Paesi della Federazione Euramericana.

Troppi.

Chiederà al programma di selezionare solo i giornalisti dell'area di Chicago, e alcune decine di cassetti usciranno dalla cabina. Ora chiederà di ordinare in base al numero degli articoli scritti, chiedendo che il numero minimo sia dieci articoli. Altre decine di cassetti usciranno con un guizzo dalla cabina, e rimarranno soltanto quattro giornalisti.

Così va meglio.

La prima è una donna, avrà pubblicato ventinove articoli, negli ultimi sei anni, su argomenti correlati alla ricerca, di cui almeno quattro inchieste speciali. Chiederà una lista degli articoli della donna. Si fermerà su un articolo, il cui titolo campeggerà forse casualmente nello spazio olografico di fronte a sé.

Siamo ancora in una democrazia, se non sbaglio.
            di Margareth Madison

Leggerà l'articolo, quindi ricercherà freneticamente la compagnia di comunicazione cui la donna è associata, trovandola facilmente. Leggerà le note informative in calce alla Compagnia di Comunicazione, e le regole deontologiche di trasparenza per la pubblica opinione. Le Compagnie di Comunicazione – spiegherà una nota - sono società private che pubblicano articoli per venderli agli editori.

Il giovane corsaro, dalle sembianze di un vecchio personaggio dei fumetti, picchierà con l'indice sul tavolo virtuale della locanda.

"Ovviamente, se conosci la percentuale di umidità dell'aria, puoi calcolare la resistenza aerodinamica dell'aria nei confronti del proiettile ad impulso. Ad esempio, in caso di forte umidità dovrai allungare il tiro. Se poi piove, la resistenza è maggiore."

"Giusto. E quindi quale sarebbe la migliore soluzione?"

"Sto lavorando all'idea di un computer balistico, integrato con l'oggetto."

"Per risolvere il problema dei settaggi dei parametri, giusto?"

"Esattamente."

Janus farà segno al suo interlocutore di fermarsi, mentre un cameriere porterà grossi boccali di birra ad un tavolo in fondo alla locanda, tra risate e schiamazzi di giovani bucanieri che si divertono su una mappa a spostare galeoni e brigantini.

"Hai sentito?"

Sarà l'ultima moda, giocare in un gioco di società, su una mappa virtuale, muovendo pedine non direttamente, ma attraverso una specie di scatola cinese, nella quale il giocatore virtuale al tuo fianco, si troverà a migliaia di chilometri di distanza.

"Cosa?" – chiederà il personaggio dei fumetti coi capelli rossi.

"Ho sentito una variazione della linea. Me la segnala un mio programma antintrusione."

"Sei sicuro?"

"Non lo so. Forse è meglio smettere, per oggi."

"D'accordo."

"Quanto ti ci vuole a sperimentare la soluzione?"

"Poco. Ti contatto appena è pronta."

"D'accordo. Ciao"

"Ciao."

I due personaggi olografici lasceranno la taverna virtuale, con un cenno d'intesa. In fondo alla locanda, vicino al grande camino, poco distante dal tavolo da gioco, un forestiero seduto ad un tavolino alzerà gli occhi dalla propria mappa per osservarli.

La nota spiegherà che in ogni istante, senza soluzione di continuità, perverranno da ogni nodo proposte di articoli agli editori. Questi li inseriscono nello spazio olografico, previo controllo dell'Ente Governativo di Controllo delle Comunicazioni, ad ogni ora del giorno. Whiley muoverà un dito nello spazio di fronte a sé. Il numero di contatto della sede di Chicago campeggerà nello spazio olografico della cabina, ora vuoto.

Gli uffici di una delle primarie Compagnie di Comunicazione nel centro della città saranno frenetici di attività, in quell'ora della tarda mattina.

"Margareth, una chiamata per te sullo spazio due" – dirà il giovane coi capelli lunghi

"Non vedi che sono impegnata?" – risponderà la bionda, sotto la quarantina, bianca e piuttosto magra – "Chi è? Cosa vuole?"

"Un uomo, mi ha detto il nome, ma non ho capito. Non lo so. Dice che è urgente."

"Dai, passamelo sullo schermo privato." – la voce della donna suonerà seccata – "Margareth Madison."

L'uomo nella cabina olografica avrà i capelli lunghi, castani, un volto non rasato. Per qualche istante non parlerà.

"Metta la comunicazione in riservato." – dirà poi.

"Senta, ma cosa vuole?"

"Ho delle informazioni per lei. Le interessa l'EFIA? Bene, allora faccia come le dico."

La donna si siederà alla sua scrivania, restringerà con due dita lo spazio olografico alle dimensioni di una spanna, quindi isolerà l'audio inserendo la micro-cuffia nell'orecchio.

"Senta, io ricevo decine di telefonate alla settimana, di persone che desiderano fornire informazioni su questo argomento. Spesso sono inventate di sana pianta." – dirà con tono seccato la bionda – "Comunque, Lei chi è?"

"Mi chiamo John Whiley."

"Scusi, ma ci conosciamo?"

"No."

"E cosa vuole?"

"Darle informazioni. Gliel'ho già detto."

"A proposito di cosa?"

238

La città di Onna Son si accenderà gradualmente di luci artificiali, quando il sole scomparirà all'orizzonte dietro i rilievi dell'isola di Okinawa. Il giapponese magro parlerà nel suo comunicatore, appoggiato su un tavolo polveroso, sul retro di un negozio per la vendita del pesce. Il negozio darà su una strada principale, piena di gente e trafficata. L'insegna luminosa lampeggerà di rosso, nelle prime luci della sera, nella cacofonia di lingue dei turisti. Il tavolo dal quale starà parlando si trova entrando nel garage dietro il negozio, attraversando un cortile pieno di immondizia, scatolame e oggetti buttati via. Dentro il garage, l'uomo guarderà con evidente compiacimento la figura della bella donna giapponese, come sempre perfettamente truccata, dispiacendosi in cuor suo che l'immagine olografica che compare davanti allo scaffale non ne ritragga la figura intera. Gli scaffali su cui si muoverà sinuosamente la donna saranno pieni di oggetti metallici, pezzi di hardware, lenti e strumenti di precisione.

"Saki, tesoro" – dirà con voce melliflua, mostrando i denti gialli, amanti di nicotina, mentre la sigaretta accesa brucerà nel posacenere – hai presente i due problemi di cui abbiamo parlato?"

L'ottica? La visione notturna?" – aggiungerà versando del liquido in un bicchiere. La donna guarderà l'uomo bere una golata della bevanda alcolica versata nel bicchiere sporco.

"Beh, credo di aver risolto."

L'uomo si passerà la lingua sulle labbra e poserà il bicchiere, sospirando.

"Ci dobbiamo vedere." – chioserà.

L'uomo alto con i capelli ricci arriverà con una volante, e scenderà dall'aviomobile quasi di corsa. I raggi del sole luccicheranno sulla portiera laterale quando si aprirà in senso ascensionale. Attraverserà il cortile dell'EUR a Roma, sede sperimentale dei NOCS, salendo rapidamente i gradini all'ingresso.

"Allora, Santilli, che c'è?"

"Non ne sono sicuro, Commissario" – dirà questi dandogli la mano – "ma forse abbiamo trovato qualcosa."

I due uomini scenderanno rapidamente le scale, diretti ai sotterranei.

"Della strage di ieri mattina alla Medoc. Pagina olografica sette del suo editore preferito degli ultimi sei mesi. Guardi il Chicago Sun Times e controlli. Non gli hanno dato grande rilievo, come notizia."

La donna aprirà lo spazio olografico, spostandosi rapidamente sulla pagina.

"Non l'ho scritto io quell'articolo. Se è per lamentarsi, scriva pure a …"

"Lo so. Lei scrive articoli sugli scandali degli enti governativi."

La voce della donna suonerà nervosa.

"Senta, io qui non vedo niente che abbia a che fare con il mio ambito di interesse. Perché dovrei…"

"Perché hanno insabbiato tutto." – la interromperà l'uomo – " Perché quell'articolo è un cumulo di stronzate. Perché quelli descritti come vittime di un pazzo o di un'azione di spionaggio industriale non sono normali ricercatori di uno spin off universitario."

"Ah no?" – chiederà la donna, con una nota di sarcasmo.

"No. Quella società è a libro paga del Governo della Federazione. I fondi arrivano da servizi all'università che in realtà non sono mai stati effettivamente prestati."

"Una copertura governativa."

"Esattamente."

"Senta," – la bionda scuoterà la testa – "io ricevo ogni settimana telefonata di persone come Lei, mitomani, persone che…"

"E Richard Proctor?"

"Chi?"

"Richard. Lo hanno ucciso nella sua macchina a Brookfield." – dirà l'uomo in penombra sulla sua scrivania – "Controlli. Pagina olografica 19. Lui era ancora meno importante. Derubricato come omicidio a scopo di rapina, anche se il suo collega non si perita nemmeno di descrivere cosa gli abbiano rubato."

La donna leggerà velocemente il titolo dell'altro articolo.

"E allora?" – chiederà quasi irridente – "Ora lei dirà che c'è una connessione tra i due fatti di sangue."

L'uomo nella cabina non parlerà, per alcuni secondi.

Ma che vuole da me questo qui?

"Questa mattina, l'analizzatore della squadra di sorveglianza E ha esaminato i dati della sua squadra di ieri sera, nel turno tra le 20 e le 24. Pare che siano emersi una serie di elementi che lo hanno messo in allarme."

Il Commissario seguirà l'uomo col camice per le scale fino all'analizzatore vocale.

"Ispettore Capo Santilli."

La porta si aprirà con un sibilo.

"Quali elementi?"

"Intanto, l'incontro è avvenuto tra due intrusori noti alle autorità. Si tratta di due esperti di intrusione olografica, che hanno già perpetrato diversi crimini informatici. La cosa strana sembra che sia nata una collaborazione tra i due attorno a quello che sembra un nuovo software particolarmente complesso."

"Illegale?"

"Evidentemente sì. Probabilmente, finalizzato ad attività criminosa."

L'uomo con il camice bianco scenderà le scale e aprirà la porta per la sala del palcoscenico, indicando un uomo dall'altra parte del green.

"Venga, Commissario, ho fatto venire il capo squadra della E. Mi segua, prego."

Il Commissario osserverà passando sul corridoio sopraelevato i 6 agenti con caschi e guanti alle postazioni olografiche, che si muoveranno sul green gesticolando apparentemente nel vuoto.

"Commissario, le presento l'Ispettore De Santis." – dirà Santilli – "In capo alla squadra E."

L'uomo corpulento, una corta barba nera, parlerà con uno spiccato accento del sud.

"Buongiorno, Commissario." – dirà – "Non vorrei averla disturbata per una sciocchezza, ma ci hanno dato ordine di non trascurare nessun segnale di dubbia interpretazione. Non ne siamo sicuri, ma forse, stavolta, c'è qualcosa."

"Dica."

"Stamane, il mio capo analista di squadra rilegge i rapporti del turno di ieri sera. L'agente operativo riferisce di una conversazione sospetta di una decina di minuti."

La donna lo osserverà stringere le labbra, come se volesse trattenere le parole, prima di rispondere a quell'affermazione. Quando parlerà la sua voce suonerà piatta, quasi lontana.

"Sì. Richard era mio amico. Il mio migliore amico." – dirà, guardandola negli occhi – "Lo hanno ucciso e non so il perché."

La donna sentirà crescere uno strano nervosismo dentro di sé.

Qualcosa non va; non sembra il solito mitomane.

"E chi lo avrebbe ucciso?"

"Non lo so. Non ancora."

Nel corridoio, i colleghi della donna cammineranno, parlando rumorosamente, senza degnarla di attenzione.

"Controlli. Dottor Proctor, Metodologo della Ricerca Sociale. Se ricerca nei dati ufficiali, troverà che conosceva bene gli altri, e che con un paio di loro aveva anche studiato da ragazzo, e poi scritto pubblicazioni a quattro mani."

La donna muoverà le dita nello spazio di fronte a sé, e la sua stanza si riempirà di altre persone, corrispondenti alle figure del primo articolo.

"Poi, cerchi anche del Professor Borman. Se indaga nel suo curriculum, troverà che si è congedato come Maggiore dell'Aviazione. Una carriera originale, non trova? Era il loro agente di reclutamento della squadra."

La donna imputerà il nome, alzando appena un sopracciglio quando un graduato le si presenterà sorridente, quindi guarderà l'uomo di fronte a sé seduto, nella penombra di una cabina.

"E questo cosa vorrebbe dire?"

"Vorrebbe dire che le cose non sono andate come sono state raccontate. Sono stati omessi tutti questi particolari."

"Senta, io devo verificare le mie fonti, e noi non ci conosciamo. Nessuno ci ha presentati e non so perché lei si rivolga a me, se ha segnalazioni vada alla polizia."

"Non posso andare alla polizia" – obietterà l'uomo di fronte a lei, passandosi una mano nei capelli – "io voglio parlare con Lei. E ciò che ho da dirle, deve rimanere tra noi due, per il momento. Non ne deve parlare con nessuno."

"Senta, immagino che Lei abbia i suoi motivi per non volere andare alla polizia ma..."

"Una conversazione sospetta?"

È avvenuta tra due noti intrusori dello spazio olografico, programmatori di programmi illegali, e violatori di numerosi nodi olografici protetti. Non è nota la loro identità reale, non sono ancora stati scoperti, tuttavia nel giro sono noti come Janus e Black Rabbit. Finora, tuttavia, si trattava di crimini minori."

"Ne ha di fantasia, questa gente. E cosa ha attirato la vostra attenzione?"

"Mah, secondo il mio analista, uno è una specie di celebrità, l'altro è invece meno noto, ma sembra piuttosto bravo. Sembra che uno, Janus, abbia chiesto all'altro una soluzione di un problema piuttosto particolare. Nel corso del colloquio hanno parlato di fare secco qualcuno. Poi, si è fatto riferimento ad un misterioso cliente. Inoltre uno dei due ha chiesto all'altro perché creare quell'oggetto, o meglio perché il cliente lo voleva."

"E allora?"

"E allora, pare che la risposta sia che ci avevano già provato in altri modi. Quindi, qualcuno sta pensando di inventare un oggetto per uccidere qualcuno, avendoci già provato in altro modo."

Il Commissario Cervetti guarderà l'Ispettore Santilli.

"Naturalmente, abbiamo decine di registrazioni del genere al giorno, ma il colloquio riguardava qualcosa che ha a che fare con la risoluzione del vento, alla lunga distanza." – osserverà Santilli – "E hanno parlato di costruire un software per un computer balistico da applicare all'oggetto."

"Il che ci porta a desumere…" – suggerirà il Commissario.

"Che l'oggetto sia un nuovo tipo di fucile di precisione. E che il software debba essere dato a qualcuno che, da qualche parte nel mondo, lo sta producendo." – concluderà l'Ispettore De Santis.

Il Commissario guarderà il monitor vicino all'analista di squadra.

"E si può ascoltare la registrazione?"

"La possiamo anche vedere, Commissario." – risponderà De Santis.

"Dove è avvenuto l'incontro?"

"In un nodo virtuale molto frequentato, un nodo illegale. Tortuga."

"Tortuga."

"Io voglio incontrarla. Oggi." – taglierà corto l'uomo.

"Guardi, io non vorrei essere scortese ma..."

"Ma non mi crede."

"Dovrei?" – chiederà la donna, mettendosi le mani sui fianchi – "Nella mia vita professionale sono molto attenta alla deontologia nella raccolta delle informazioni. Mi dia una prova, una sola prova che ciò che dice ha un fondamento di verità."

L'uomo nella penombra resterà in silenzio per alcuni secondi.

"La prova ce l'ha davanti. L'avete scritta voi. L'articolista della vostra Compagnia di Comunicazione."

La donna guarderà intorno alla propria scrivania nei fogli olografici aperti, scuotendo la testa.

"Senta, se è uno scherzo è durato abbastanza" - dirà muovendo le mani tra i blocchi nello spazio, spostando testi e persone - "Io non vedo niente. Perché dovrei credere ad una sola parola di ciò che dice?"

"Perché io c'ero."

"Sarebbe una specie di testimone oculare, quindi?" – la voce suonerà vagamente sarcastica – "Strano che l'articolo non parli di nulla del genere."

La voce dell'uomo sarà incredibilmente pacata.

"Sì, invece. Guardi meglio. Legga bene."

Sembra sicuro di sé.

La donna girerà i blocchi olografici, e davanti alla scrivania apparirà una strada, un ingresso su un palazzo di arenaria, poi uscirà un capitano di polizia, che farà una dichiarazione.

"Ma io non vedo nulla."

"Ora, prenda dalle mani del capitano il foglio di immagini di repertorio delle vittime. Lo legga."

La bionda bloccherà l'ologramma del capitano in piedi davanti alla scrivania, gli prenderà il foglio olografico dalle mani, lo ingrandirà nello spazio e comincerà a leggere.

"Va bene, lo sto leggendo."

"Chieda un ologramma di ogni nome e li osservi."

"Fatto, li sto guardando." – la stanza si riempirà di persone, i defunti della lista – "E allora?"

La voce sembrerà priva di ogni emozione.

"Io sono la quinta vittima, in basso a sinistra."

"Sì, Commissario, il nodo di Tortuga. Lei conosce certamente i cubi. Ogni giorno si collegano migliaia di utenti da tutto il mondo."

L'uomo alto si passerà le mani sulla corta barba nera.

"E sappiamo da dove si sono connessi? Il loro punto di accesso fisico?"

"Non ancora, ma abbiamo ristretto l'area di indagine. Nel tempo della conversazione abbiamo avviato un programma di ricerca e li abbiamo seguiti" – risponderà Santilli – "Uno si è mosso su un nodo del mediterraneo orientale, l'altro dell'Europa Orientale."

"E se si connettono nuovamente, con queste informazioni, aumentano le nostre possibilità di rintracciarli?"

"Se ci riprovano, e dalla conversazione tutto lo lascia intendere, è probabile." – risponderà De Santis.

"Commissario, dobbiamo dirle onestamente che non siamo sicuri." - l'Ispettore capo Santilli allargherà le mani – "Potrebbe voler dire qualsiasi cosa, e forse si tratta di altro, chi lo sa. Onestamente, non abbiamo prove che siano loro."

Il Commissario guarderà i due uomini in camice bianco.

È vero, ma non abbiamo nemmeno la prova che non lo siano. E non possiamo tralasciare la più remota probabilità. Non vorrei scoprire un giorno che quello da fare fuori non era un mafioso, ma Sua Santità."

"Sarà meglio cambiare l'operatore del nuovo contatto, meglio non insospettirli. Metti un nuovo agente, De Santis." – suggerirà Santilli, lasciando trasparire un cenno di stanchezza sul volto.

"Gli staremo addosso, Commissario." – risponderà questo – "Pensare che qualcuno al mondo possa anche solo pensare di costruire un oggetto per uccidere il Papa; non riesco quasi a crederci. Spero di sbagliarmi, con questa segnalazione."

Cervetti guarderà attentamente i suoi due uomini, percependo che staranno facendo più di quanto gli imponga il dovere.

"Io invece, spero di no. Spero che abbiate trovato la pista." – dirà a bassa voce – "E ora, fatemi vedere questa registrazione."

La bionda alzerà la testa di scatto per guardare l'immagine dell'uomo che ha di fronte in penombra e confrontarla con l'ologramma di un giovane sorridente che parla in primo piano in un'aula luminosa. Quindi, dopo aver affiancato i due uomini biondi, si lascerà cadere sulla sedia, portando una mano sulle labbra.

Oh, cazzo.

"Ora" – aggiungerà Whiley con voce piana – "Se ritiene che parlare con un morto sia compatibile con la sua deontologia professionale, si faccia trovare davanti al ponte di via Kinzie, dal lato opposto al palazzo del Chicago Sun Times."

La donna continuerà a fissare i due biondi davanti alla sua scrivania, tenendosi il palmo della mano sulla bocca.

"Tra due ore. Sola." – dirà quello in penombra, sparendo.

L'altro, sorridente e ben rasato, continuerà a parlare. Margareth Madison rimarrà seduta a guardare lo schermo, con un lieve tremito nella mano.

197 giorni prima

Il giovane dai lunghi capelli rossicci appoggiati sul risvolto del giubbotto di tela uscirà dalla birreria di Breslavia, insieme ad altri due compagni, e guarderà l'orologio prima di salutarli. Dai vetri del locale uscirà una luce gialla attenuata dagli spessi vetri colorati, e nel tempo in cui la porta rimarrà aperta, una musica fortemente ritmata invaderà la via dei palazzi dai tetti colorati. Il giovane guarderà ancora il cielo, avviandosi alla prima fermata degli aviobus. In cielo, saranno già sorte le stelle.

Il giubbotto di tela sarà appoggiato sul bracciolo della sedia, a coprire un caricatore di batterie e dischi olografici. Il giovane sarà seduto poco distante, alla sua postazione olografica, con guanti e casco inseriti. La stanza sarà nel buio, ad eccezione di una piccola lampadina di colore blu ai piedi del letto con le lenzuola disfatte, sul quale è buttata una scatola aperta di noccioline americane.

"Ce ne hai messo, a farti vivo." – dirà l'uomo barbuto, nel vestito da corsaro.

"Non è stato facile come previsto." – risponderà il nobile con la figura da cartone animato.

Saranno seduti al Giglio Nero, in un tavolo in fondo al locale prenotato per due a nome di Black Rabbit. Il coniglio indosserà per l'occasione un vestito verde da nobile del Settecento.

"Ma hai risolto?"

"Credo di sì."

"Finalmente." – dirà Janus – "Voglio sapere."

"Ho trovato parecchio materiale e spunti per la soluzione che ti serve. Ho dovuto cercare parecchio, e chiedere parecchio in giro."

"Sei stato attento?"

"Certo. Ho i miei software antintrusione."

L'uomo barbuto osserverà gli avventori della taverna.

"Il principale problema del tuo cliente è la sperimentazione del binomio arma-cartuccia. Il colpo ad impulsi - mi hanno spiegato - è regolabile all'arma, e non viceversa. Quindi, con lo stesso oggetto si possono oggi usare colpi diversi, di calibro diverso, a differenza di quanto accadeva coi mezzi di un tempo."

Giovedì, ore 14.38

Il ponte di Via Kinzie sarà illuminato dal sole pallido del primo pomeriggio quando un piccolo battello bianco passerà sotto, scorrendo lentamente sul fiume. Sul battello, qualche turista registrerà lo skyline dei grattacieli, sfidando il vento tagliente. Una donna sarà ferma a osservare l'acqua del fiume riflettersi sotto il ponte, mentre i raggi del sole quasi invernale daranno all'acqua un colore unico, che farà brillare i vetri degli edifici in lontananza e le stesse strutture del ponte. L'uomo con il cappello e il giaccone di pelle starà osservando da un quarto d'ora con il binocolo la donna minuta, bionda, con un cappotto verde e la gonna, ferma nel luogo dell'appuntamento. La donna guarderà i palazzi, quindi la facciata del Chicago Sun Times, rimanendo ferma in un punto chiaramente visibile lungo il passaggio pedonale. Stringerà una borsetta a tracolla, e sembrerà sola. Dopo un po' Whiley si muoverà dal parcheggio delle vecchie auto elettriche, per andarle incontro.

"John Whiley" – dirà porgendole la mano.

"Margareth Madison" – la sua mano sarà fredda – "Santo cielo, è una cosa da pazzi."

"Beh, sì." – l'uomo si guarderà intorno – "È sola, vero?"

"Certo."

"Lungo la strada, più in giù, c'è un bar." – annuirà l'uomo – "Facciamo due passi e intanto parliamo."

La donna lo seguirà, guardandolo con curiosità.

"Dovrebbe farsi la barba. Sembra più vecchio che nelle immagini di repertorio."

L'uomo la osserverà, intuendo che sarà una battuta di spirito, probabilmente detta per alleggerire la tensione. Lungo la strada ci saranno poche persone, un paio di barche scivoleranno silenziose lungo il fiume.

"Sono stato un po' occupato, recentemente."

I due cammineranno silenziosi, per qualche minuto.

"Posso chiederle una cosa?" – chiederà a un tratto la donna – "perché proprio io? Cioè, voglio dire, perché ha deciso di raccontare la sua storia a me? È un mio lettore, o cosa?"

"Perché, una volta non si poteva fare?"

"Ovviamente no. Un tempo, ogni arma doveva obbligatoriamente usare uno ed un solo calibro."

"E questo cosa comporta per noi?"

"Qui sta il bello" – dirà il coniglio di cartone – "perché questo ha due lati della medaglia. Vuole dire grandissima flessibilità, ma anche un casino alla lunga distanza. Alla corta, meno problemi. Ma alla lunghissima, come quella richiesta dal cliente, sono cazzi amari. Per via del peso diverso, della lunghezza diversa, capisci?"

"Più o meno. Per via del vento e delle condizioni ambientali?"

"Colpito." – il coniglio simulerà una pistola con la mano – "Vento, pressione atmosferica, umidità, eccetera, sono i parametri che devi calcolare. Ti ho fatto un listato. Questi influenzano la scelta del calibro. Insomma, preferisci un impulso leggero ma molto veloce o uno più pesante ma più lento? Preferisci un impulso corto o lungo? Ti ho preparato una tabella di parametri, leggi qui alla sezione OAL, che sta per over all lenght, acronimo di lunghezza totale della munizione."

"Me li allegherai?"

"Certo, tranquillo. A quel punto, basta inserire i parametri nel computer balistico, che il costruttore deve per forza prevedere di inserire nell'oggetto. Non so dove, ma sono cazzi suoi."

"E a quel punto che succede?"

"Il gioco è fatto."- risponderà il coniglio dal vestito verde elegante – "A quel punto chi usa l'oggetto deve solo fare un periodo di testing del binomio oggetto-cartuccia alle diverse distanze ed in diverse condizioni ambientali. Devi solo predisporre il software perché si crei il settaggio. Questo dipenderà ovviamente da come reagirà l'impulso alle varie distanze, temperature, condizioni climatiche, se piove, se c'è il sole. Ah, e non dimenticare l'altitudine."

"In poche parole un software che annoti caduta e deviazione del tiro in funzione delle diverse condizioni di impiego."

"Esatto. Che poi, sarebbe una banale tabella balistica, con le correzioni dovute dalle condizioni ambientali, sulla base di un sufficiente periodo di testing del prodotto."

"E hai tutti i parametri che mi servono?"

"Non si offenda, ma fino a questa mattina non sapevo neppure il suo nome" – replicherà lui, camminando lungo il marciapiede – "l'ho trovata facendo una ricerca. Ho scoperto che ha scritto parecchio, sulla EFIA."

"Beh, sì. Ma lei non lavora lì dentro?"

"Non esattamente. Sono un dipendente di una società mista pubblico privata. La parte pubblica è del Dipartimento. Ma indirettamente, dipendiamo di fatto dal Governo, anche se non risulta ufficialmente. Come le ho detto, lavoro per il Medoc, sono un ricercatore. Analizzatore di accessi, per la precisione."

"Che diavolo è un analizzatore di accessi?"

"Un sinonimo di esaminatore di accessi. Da alcuni anni la Compagnia ha sviluppato un programma, in connessione con molte università. Negli ultimi decenni il livello di informazioni, di dati, immessi nello spazio olografico, è aumentato spaventosamente. Praticamente raddoppiato, solo negli ultimi cinque anni. Lei capisce cosa significhi?"

"Non esattamente."

"Vuol dire che tutti coloro che immettono informazioni sono controllati. Anche per ragioni di gestione e programmazione dello spazio."

"E come?"

"Beh, ha presente la Commissione che valuta gli articoli che lei pubblica per conto della sua Compagni indipendente?"

"L'ente Governativo di Controllo delle Comunicazioni."

"Quello. Poi la sua compagnia li vende ai diversi editori e qualcuno li pubblica, dico bene?"

"Esattamente."

"Bene, ora pensi a qualcosa del genere. Solo che non è un programma ufficiale."

"Cosa intende dire?"

"Qui non si tratta di articoli ufficialmente depositati da un giornalista tramite un editore, ma di informazioni, pubblicazioni, saggi, qualunque cosa. Chiunque pubblichi informazioni sullo spazio olografico mondiale viene schedato, recensito ed il suo testo viene controllato."

"Ma chi fa tutto questo? E perché?"

"Ho praticamente finito. Ti manderò le tavole parametriche per predisporre il software da inserire in un foglio olografico, con tutti i dati necessari: distanza telemetrata, rilevazione del vento alla partenza, allo zenith, al bersaglio, correzione dell'angolo di sito, umidità relativa, peso e velocità dell'impulso."

"E tutti i parametri, sulla base del software, inserito nel foglio olografico, regolano il computer balistico nell'oggetto."

"Esattamente. E determinano in anticipo il colpo, dicendo all'utilizzatore come regolare elevazione e deriva, praticamente in tempo reale."

"In sostanza" - rifletterà il giovane barbuto – "avremmo inventato il bullet path."

"E risolto i problemi" – noterà il coniglio – "se il produttore dell'oggetto ha previsto di inserire il software nel computer balistico integrato. In teoria, quel colpo si potrebbe anche fare. Tutto dipenderà dalla fase di test."

Il barbuto osserverà attentamente tutte le figure che si muovono nella taverna, senza notare nessuna figura degna di sospetto.

L'analizzatore di intrusione mi segnala valori anomali.

"Sei sicuro di non essere seguito?"

"Tranquillo."

"Comunque è meglio chiudere. Veniamo al dunque, quando mi puoi mandare il materiale?"

"Due giorni. Stessa ora." – dirà il coniglio – "E per il pagamento?"

"A transazione avvenuta. Voglio prima controllare. Ti deve bastare l'anticipo del dieci per cento che ti ho dato. Quanto pensi che durerà la connessione?"

"Crittografare nello spazio olografico un programma del genere non è banale. Dovrò evitare i soliti canali, e andare sul sicuro. Se non trovo intoppi, non più di dieci minuti."

Il barbuto, seduto alla sua postazione, vedrà ancora nell'angolo del casco olografico proiettare sulla retina un segnale rosso. Avrà fiducia nel suo programma, l'avrà fatto lui stesso.

Lampeggia.

"È meglio chiudere. Tra due giorni. Stai attento."

Il barbuto spegnerà di scatto la comunicazione.

"I vari governi, naturalmente. Sul perché, le ragioni sono derivanti in parte dal bisogno di controllare la quantità di informazioni. Il sistema non deve esplodere, per non mandare in tilt il sistema di comunicazione, quindi serve un filtro, come le ho detto prima. Ma soprattutto, e questo è meno noto, perché alcuni governi decidono di occultare informazioni ritenute pericolose per la stabilità sociale."

"Non ha l'aria di una cosa molto democratica."

"Ma succede. Non so qui da noi, almeno, non so a livello di Federazione Euramericana, ma succede, e abbastanza di frequente, in altri sistemi economici. In africa, prevalentemente, in molte aree del sud est asiatico, in alcuni Paesi del Medio Oriente. Un po' a macchia di leopardo, è un fenomeno poco noto ma abbastanza significativo."

La donna osserverà dalla riva del fiume un paio di canoe, con due ragazzi che pagaieranno sulle fredde acque scure, infagottati nelle loro giacche a vento, presi a chiacchierare allegramente.

"E lei cosa c'entra con tutto questo?"

"Noi accediamo al sistema olografico. Esaminiamo non quello che viene pubblicato, ma ciò che non viene pubblicato."

"Forse la domanda le suonerà stupida, ma…perché?"

L'uomo si infilerà le mani in tasca, salendo le scale lungo la riva del fiume, diretto alla strada.

"Non è una domanda stupida. Per controllare. Per sapere cosa fanno gli altri. Se qualcuno non vuole che qualcosa si sappia, avrà i suoi motivi. E il nostro Governo vuole saperlo."

La donna minuta ansimerà leggermente nel seguire l'uomo.

"Un lavoro tranquillo." – noterà lui, osservando il sole che fa capolino tra i grattacieli, proiettando i suoi raggi sulle acque del fiume – "Fino a ieri."

"E ieri, cosa è successo?"

L'uomo indicherà la vetrina di un bar sul marciapiede opposto.

"Prendiamoci qualcosa. E intanto le racconto tutto."

Al penultimo piano del grande palazzo bianco la donna secca starà parlando in modo concitato. L'uomo dai capelli neri e l'uomo elegante sopporteranno la sua sfuriata.

Dopo aver spento, il barbuto si toglierà il casco, e scioglierà la massa di capelli corvini sulle spalle. Il seno oscillerà per il respiro accelerato, e la maglietta di cotone della ragazza sarà umida di sudore. Janus attenderà qualche secondo di riprendere il controllo. Poi si toglierà i guanti, riporrà tutta l'apparecchiatura ordinatamente nella borsa, chiuderà di scatto la cerniera, controllerà con lo sguardo di non aver dimenticato nulla per terra, chiuderà la seggiolina pieghevole e si avvicinerà alla porta. Inspirerà profondamente, facendo scattare silenziosamente la serratura. Aprirà la porta, guarderà nel corridoio del palazzo isolato, uscirà chiudendo la porta senza chiave. Non avrà nemmeno dovuto spegnere la luce. Tutti i suoi incontri saranno sempre al buio.

L'uomo in camice bianco correrà incontro a Cervetti, nell'atrio del grande salone dell'edificio quadrato all'EUR, presso la sede di Roma dei NOCS. Fuori dalla porta vetrata, una decina di scalini sotto la scalinata, l'aviomobile di servizio avrà ancora i lampeggianti blu accesi, che illuminano la facciata ed il piazzale del vecchio edificio nella notte scura.

"Mi spiace averla chiamata a quest'ora Commissario." – dirà Santilli, stringendo la mano al nuovo venuto.

"Ma vuole scherzare? Mi dica, piuttosto."

I due cammineranno velocemente per le scale, dirigendosi ai sotterranei.

È finita pochi minuti fa, Commissario. Mi spiace che non abbia potuto sentire in diretta."

"Gli stessi uomini?"

"Gli stessi. Stessa metodologia, luogo virtuale di incontro. È confermato. Tutto fa supporre sia un'arma da fuoco. Probabilmente, un fucile di precisione."

Santilli precederà il Commissario lungo le scale.

"Perché questa deduzione?" – chiederà l'uomo alto, seguendolo agevolmente a passo accelerato- "Hanno usato quella parola?"

"No, ma parlano di computer balistico."

"E non potrebbe essere un lanciamissili, per esempio? Potrebbero pensare ad un attentato all'aviomobile o ad un aviogetto su lunga tratta. Sua Santità si sposta spesso."

"A me non sembra che sia stata esattamente quella che nei manuali si può definire un'azione brillante, Daft. Ora abbiamo un nostro uomo in fuga, e non sappiamo né perché, né quali siano le sue intenzioni. Gran bel risultato!"

"Stiamo controllando avioporti, treni, metropolitane, tutti gli accessi. Abbiamo bloccato i suoi conti, non ha risorse finanziarie e non ha mobilità. Non credo che sia semplice per lui lasciare la città."

L'uomo elegante si sposterà i capelli grigi dalla fronte e stringerà gli occhietti porcini.

"Sempre che le sue intenzioni siano andarsene" – commenterà – "e se facesse parte di una rete organizzata? E se avessero in mente qualche altro attacco? Non possiamo escludere nulla."

"Andiamo, Goedhart" – replicherà la donna secca –"tutto nel comportamento di quell'uomo ieri non sembra pianificato. Perché avrebbe lasciato il suo personal display sulla sua scrivania?"

"Per non farsi trovare?" – replicherà Goedhart.

"E allora perché lo avrebbe portato la mattina?" – chiederà la donna secca, piegandosi sul tavolo di riunione – "E poi non capisco questa storia del collega, Proctor. In una delle chiamate lui dice che era fuori a cercare un libro per Richard. E abbiamo la verifica oculare e di registrazione delle telecamere che ci è andato, in quella vecchia biblioteca. Perché?"

"Che importanza ha? E comunque, sono andate distrutte le registrazioni sul luogo del delitto. Sappiamo solo che in biblioteca è stato circa mezzora, ma potrebbe aver partecipato all'assassinio prima, per quanto ne sappiamo." – replicherà l'uomo grasso, ben vestito – "E poi se non è stato lui, cosa nasconde?"

"Non lo so, Meredith" – commenterà il Direttore Operativo, a capo del tavolo – "questa storia è strana. Comprendo che quest'uomo non sia un operativo, ma un esterno, uno studioso, ma ha comunque seguito un corso di un anno di addestramento, prima di entrare, dovresti saperlo, è tua la competenza del personale."

"Noi non insegniamo ai nostri agenti non operativi che in caso di emergenza verranno prelevati da uomini armati che fanno irruzione in un locale pubblico." – replicherà lei guardando Daft.

"Non insegniamo loro nemmeno a sprogrammare una pistola privata e a riprogrammarla dalle mani di un morto."

Santilli aprirà la porta parlando all'analizzatore vocale.

"Possibile, ma improbabile. Hanno parlato di vento, pressione atmosferica ed umidità. Se vogliono usare esplosivo, i sistemi di missili guidati hanno già tutto quanto serve a tener conto di questi fattori. Non un fucile. Non per un tiro alla lunga distanza."

Cervetti batterà con la mano sulla ringhiera, saltando l'ultimo scalino.

"Molto più occultabile, più facile da fare passare ai controlli!"

"Stiamo valutando questa possibilità" – annuirà l'uomo in camice, aprendo la porta e incamminandosi sul ponticello sopra il palcoscenico - "e tutto sembra confermare l'ipotesi, dai dialoghi registrati."

"Ho pensato di assegnare il turno sospetto alla stessa squadra. Abbiamo solo cambiato l'operatore, per non destare allarme nei sorvegliati." – dirà scendendo rapidamente le scale – "Ah, ecco l'Ispettore De Santis."

L'uomo corpulento stringerà la mano del Commissario Capo.

"Allora, novità?"

"Niente per quattro giorni, Commissario, poi stasera è scattato l'allarme." – dirà quest'ultimo, avviandosi ai monitor della sala controllo – "Mezzora fa. Stesse persone, stesso luogo virtuale, stesso argomento. Il nostro operatore è stato bravo a seguirli, lanciare il programma di intrusione, e non farsi scoprire."

"Uno dei due ha programmi di difesa molto sofisticati." – aggiungerà Santilli, indicando sul monitor una sequenza di parole e numeri – "Rapidi, efficienti, professionali. Non si perdono in chiacchiere, e riducono il tempo al minimo. Rognosi."

Cervetti guarderà il monitor, senza capire quasi nulla.

"E cosa abbiamo in mano?"

"Sappiamo che uno dei due è stato pagato il dieci per cento in anticipo. Che ha risolto un problema di balistica complesso e che il software è pronto. E inoltre che la consegna avverrà sullo spazio olografico tra due notti, più o meno a quest'ora."

Cervetti annuirà, guardando il monitor.

"E questo ci consente di intercettarli?"

"Abbiamo buone possibilità. Ma tutto si giocherà in un pugno di minuti" – risponderà Santilli –"se abbiamo una squadra pronta sul luogo dell'invio."

L'uomo dai capelli scuri sosterrà lo sguardo della donna secca con aria di sfida. "Se è innocente, perché l'ha presa? – continuerà - Non c'erano abbastanza morti là dentro?"

"Andiamo, Daft. Quella pistola non ha sparato un colpo, lo sappiamo entrambi. La ricostruzione della scena del delitto indica che devono esserci state almeno due persone, di cui almeno una con una mitraglietta ad impulsi." – la donna indicherà le immagini sugli schermi, sopra la testa del biondino – "E che bisogno hai di prendere una pistola, se sei già armato? No, lui era disarmato e aveva paura."

"Dove vuoi arrivare, Meredith?" – chiederà il Direttore Operativo.

"Ci sono molti punti oscuri in questa vicenda. Prendiamo la morte del dottor Proctor. Con la gola tagliata, nella sua auto, nella stessa zona in cui le telecamere di dicono che ha incontrato Whiley. In una precedente registrazione, Whiley dice al nostro operatore che dovevano vedersi oggi, ma che l'altro aveva il raffreddore. Dovevano vedersi allo zoo? Oppure dovevano vedersi da qualche altra parte? Se uno ha il raffreddore se ne sta a casa, o sta al chiuso, non va a vedere uno zoo."

"Dobbiamo credere a tutto ciò che ha detto Whiley?" – chiederà Goedhart.

La donna secca guarderà il Direttore Operativo.

"Potrei rovesciare la domanda"- dirà guardando i due ologrammi degli uomini nel parco, che camminano nella sala riunioni davanti alla rete dei rinoceronti – "perché non dovremmo credere a nulla di ciò che ha detto?"

Il Direttore Operativo guarderà il corno dell'animale grigio in fondo alla sala, quindi si rivolgerà al robusto.

"Io non credo niente. Io voglio solo sapere con chi abbiamo a che fare. E desidero sapere dove si trova ora il signor Whiley, chi incontra, con chi sta parlando. Intensificate le ricerche, mettete tutte le squadre disponibili a cercare tutte le registrazioni, interrogate tutti coloro che lo conoscono, chiedete di usare i satelliti. Muovete il mondo, ma trovatemelo. Voglio sentire dalla sua voce come sono andate le cose."

I partecipanti attorno al tavolo guarderanno in silenzio l'uomo dai capelli scuri.

Cervetti guarderà i due uomini con ansia.

"Perché, sappiamo dove sono?"

"Quasi, Commissario." – dirà il barbuto – "Sono stati rapidi a chiudere, ma abbiamo identificato i nodi di accesso, fino alla zona di trasmissione."

"Dove?"

"Uno si connette dalla zona Breslavia, in Polonia, l'altro da quella di Istanbul."

Due Paesi della Federazione Euramericana: tutto più semplice.

"E ora cosa possiamo fare?"

"La prossima volta saremo direttamente sui due nodi. Sempre che non cambino punto di partenza, ovviamente, ma non l'hanno fatto le prime due volte." – noterà Santilli – "Avremo una decina di minuti, ma possiamo ostacolarli rallentando il trasferimento dei dati quanto basta per aumentare le possibilità di rintracciamento fisico della posizione di chi li spedisce. A quel punto, segnaleremo con esattezza la posizione, con uno scarto di errore di meno di dieci metri. E se avremo una nostra squadra sul posto, lo possiamo arrestare."

"E il ricevente?"

"Quello è quasi impossibile. Ma se abbiamo nelle mani l'altro, lo possiamo interrogare. E poi…"

"…e poi anche il ricevente manderà il programma al cliente, prima o poi." – dirà Cervetti.

"E a quel punto, noi saremo pronti…" – chioserà il barbuto.

Cervetti camminerà davanti al monitor.

"Dovrò farmi dare una autorizzazione per un intervento in Breslavia. Ho bisogno della collaborazione della Polizia Polacca. Organizzare una squadra di pronto intervento. Chiedere un'operazione di sorveglianza. Avere le autorizzazioni per l'irruzione probabilmente in una abitazione privata. In due giorni."

Santilli si metterà le mani in tasca.

"Commissario, se ci sfugge questa occasione, probabilmente non ne avremo un'altra. Non è detto che il compratore poi sia contattato sullo stesso canale."

"Diciamo che se è bravo come sembra" – osserverà De Santis – "è improbabile."

"Una sola cosa vorrei che fosse chiara."- concluderà l'uomo dai capelli scuri – "Io non so quali siano le ragioni del signor Whiley, se paura o interesse, complicità o altro. Tuttavia, io non permetterò a Lui e a nessun altro di rivelare cose compromettenti sull'Agenzia. I panni sporchi si lavano in casa."

Il rinoceronte in fondo alla sala si volterà mostrando una parte non nobile del corpo.

I due si troveranno nel bar dall'altra parte della strada, lungo il fiume, in un salottino in fondo alla sala. La donna guarderà i passanti oltre la vetrina del bar, bevendo una cioccolata calda. L'uomo biondo di fronte a lei starà sorseggiando un caffè nero, appoggiato allo schienale alto del divanetto.

"Tutto questo sembra incredibile" – commenterà lei.

"Lo è. Stento a crederci anch'io."

La donna poserà la cioccolata sul tavolino aprendo il proprio display.

"Ho verificato quel che mi ha detto stamani. Proctor, Borman, tutti. Risulta che Proctor abbia pubblicato effettivamente un paio di articoli in passato con il suo collega, il dottor Porter, il nero. Ma non risultano articoli, o pubblicazioni, o produzioni di saggi da parte della Medoc, su nessuna primaria rivista scientifica."

"Gliel'ho detto. Non le trova, perché non ci sono. Noi non pubblichiamo, noi facciamo analisi di cose non pubblicate."

"Ma tutto questo non ha senso."

"Oh, sì invece. Tanto che qualcuno paga gli stipendi di parecchia gente perché lo faccia."

"Il governo? Sono soldi pubblici?"

"Ovviamente."

"E da dove vengono questi soldi?"

"Ufficialmente sono fondi del Dipartimento. Se fa una semplice ricerca, troverà facilmente su quali bandi il Dipartimento ottiene sempre fondi pubblici. Sono per lo più bandi del Ministero Federale della Difesa, o della Giustizia. Insomma, bandi governativi."

"Mi sta forse suggerendo che questi bandi pubblici sono truccati? Che voi li vincete perché il Governo vi fa vincere su altri concorrenti?"

Santilli si tormenterà le tasche del camice, stringendo nervosamente le mani, prima di parlare.

"E a quel punto il compratore sarà libero di usare il software, o di consegnarlo fisicamente dove serve. E noi lo avremo perso."

Il Commissario guarderà i due uomini, poi la squadra degli operativi sul green, che si muoveranno dimentichi del resto del mondo.

"E chi ci dice che questa transazione sia legata al nostro obiettivo?" – chiederà ad un tratto.

Nella sala gli operativi staranno parlando nel casco, e la loro voce sarà schermata. Il capo analista starà controllando il flusso dei dati, voltando loro le spalle. Il responsabile del progetto e il capo squadra si guarderanno, senza rispondere.

"Non vorrete dirmi che devo decidere sulla base di una supposizione, senza una prova?"

Il barbuto terrà le mani in tasca, abbassando la testa. Cervetti guarderà l'ora: quasi mezzanotte. Osserverà per alcuni istanti le pareti verdi del locale. Alla fine si volterà, compirà alcuni passi fino alla scala; l'agente armato gli aprirà la porta. Nella tromba delle scale, aprirà il proprio comunicatore e comporrà il numero di connessione olografica. Il ricevente non consentirà la trasmissione delle immagini.

"Dottore, sono Cervetti. Mi spiace, disturbarla a quest'ora…"

"Le sto suggerendo proprio questo. Tutti gli anni. Sempre. Comunque, noi non partecipiamo direttamente. Non abbiamo i requisiti. Ma il Dipartimento, che ci partecipa, sì."

"E poi questi fondi sono dati al Medoc…"

"In buona parte." – annuirà, sorseggiando il caffè - "Non tutti, certo."

"E chi li gestisce?"

"Gliel'ho detto. Il Dipartimento. I dati sono pubblici, apparentemente tutto avviene alla luce del sole. Sotto il naso di tutti."

"Pazzesco."

"Sono convinto che se ricerca nel suo stesso giornale, troverà qualche articolo che informa la pubblica opinione sul fatto che anche quest'anno il Dipartimento si è posizionato nei primi dieci posti per attività di ricerca, ad esempio nell'Economia Pubblica. E buona parte di tali attività sono commissionate al Medoc."

"Che in realtà non ha fatto niente di tutto questo?"

"Esatto. Serve per giustificare gli stipendi di persone che fanno altro. Persone che non pubblicano niente. Persone che studiano ciò che altri, in giro per il mondo, non hanno mai pubblicato."

"Altri chi?"

"Autori, scrittori. Opinionisti. Politici, talvolta. Spesso scienziati."

"Insomma, voi analizzate la censura di altri Paesi."

"Più o meno. Noi studiamo ciò che non si pubblica."

La donna scuoterà la testa, soffiando sulla bevanda troppo calda.

"Sembra un paradosso. Studiare ciò che non c'è."

"Non è del tutto esatto. Noi studiamo ciò che in qualche parte del mondo non si vuole che ci sia. Ma che qualcuno ipotizza o pensa."

La donna lo guarderà in silenzio per alcuni secondi.

"E perché il Governo non potrebbe farlo semplicemente, in modo ufficiale?"

"Per non fare sapere agli altri che noi li controlliamo."

La donna rimarrà pensierosa, guardando il bancone del bar. Un paio di persone staranno ordinando da bere.

"Mi faccia capire. Perché mi racconta tutto questo?"

194 giorni prima

Il negozio per la vendita del pesce nel centro di Onna Son, isola di Okinawa, sarà affollato di gente vociante ed urlante, quella mattina di primavera. La giapponese elegante con sandali dal tacco alto si troverà poco a suo agio, e camminerà tra i banchi cercando di evitare la folla. La ragazza alta dietro di lei, in abiti sportivi e basse scarpe bianche, guarderà dall'alto in basso le donnette con le borse della spesa, e controllerà con lo sguardo tutti i presenti, compresi i venditori strepitanti. Uno di questi, vista la donna giapponese, uscirà dal banco, andandole incontro.

"Lui dov'è?" – gli chiederà semplicemente questa.

"Prego, signora Nishizawa" – risponderà il commesso con un profondo inchino – "Da questa parte."

L'uomo accompagnerà le due donne sul retro del locale, aprirà una porta scorrevole, ed entrerà in un cortile.

La donna elegante guarderà con disgusto i cumuli di sporcizia e immondizia, cercando di guardare con attenzione a dove appoggiare le sue costose scarpe italiane. Il commesso aprirà la porta del garage e farà cenno alle due donne di entrare, con un altro profondo inchino, indicando un ampio locale col pavimento in ceramica. In fondo al garage, dietro un bancone, tra bancali di pezzi di elettronica, vetri, ottiche e diversi tipi di utensili, il giapponese magro e con i capelli unti allargherà le braccia.

"Mia cara Saki" – esclamerà mostrando la solita fila di denti ingialliti dal fumo – "quale onore! Grazie di essere venuta, permetti che ti trovi una sedia."

La donna guarderà in giro per il garage, con aria schifata.

"No grazie, preferisco stare in piedi." – risponderà guardando il bancone – "Proprio in questa topaia ci dovevamo parlare?"

L'uomo si muoverà con fare cerimonioso, facendo un cenno di saluto alla ragazza coi capelli corti, che rimarrà in disparte non degnandolo di una risposta.

"Mia cara, qui è sicuro, è il mio regno. La mia attività non ha bisogno di – come dire – pubblicità. Non sarà molto apparente..."

"No, in effetti."- confermerà la donna, guardandosi in giro.

"...ma è funzionale." – concluderà l'uomo.

L'uomo osserverà, attraverso la vetrina, la riva del fiume e i passanti camminare sul marciapiede.

"Perché ieri il mondo mi è crollato addosso. Perché i miei colleghi sono stati tutti uccisi. Perché il mio migliore amico è stato ucciso dopo aver parlato con me. E perché io potrei essere il prossimo, sulla lista di qualcuno."

"E pensa che io la possa proteggere, in qualche modo?"

L'uomo sorseggerà il caffè, osservando il sole che sarà sceso lentamente dietro i grattacieli più alti, all'orizzonte.

"No. Ma penso che qualcuno ha interesse a che tutta questa storia non si sappia." – risponderà, posando la tazzina sul tavolino - "E il suo interesse non coincide più, a questo punto, con il mio."

La donna non dirà nulla, volgendo lo sguardo al fiume, sulla cui superficie si staranno spegnendo gli ultimi raggi di sole.

La donna guarderà incuriosita i pezzi smontati sul banco di lavoro.

"Allora, mi hai invitato qui per farmi conoscere i tuoi discutibili gusti in fatto di arredamento, o per parlare di lavoro?"

L'uomo magro si sposterà al bancone, con un inchino.

"Sì, certo. Hai ragione." – dirà, prendendo in mano un pezzo di vetro – "Hai presente i problemi di ottica di cui abbiamo parlato? Ebbene, ci ho lavorato su. Tutti questi pezzi lavorati su quello scaffale sono esempi di ottiche applicabili al tuo fucile."

La donna guarderà le scatole sugli scaffali, sulle quali sono apposte delle targhette che riportano due numeri separati da un moltiplicatore.

"Il primo numero corrisponde agli ingrandimenti, cioè di quante volte l'immagine che vediamo verrà ingrandita; il secondo, è il diametro, espresso in millimetri, dell'obiettivo. Più grande l'obiettivo, più luce può entrare e potenzialmente migliore sarà la risoluzione dell'immagine."

"Questo lo so."

"Sì, ma il tiro che ha in mente il tuo cliente pone dei problemi particolari. Mi hai detto che dovrà garantire la massima efficacia in qualsiasi condizione di luce, giusto? Ora, la prestazione che fornisce un'ottica in condizioni di bassa visibilità dipende molto dall'uscita pupillare, che puoi considerare pari al più piccolo cerchio di luce visibile in un obiettivo quando allontani lo strumento di tuoi occhi verso la sorgente di luce."

Il magro si verserà del whisky in un bicchiere non troppo pulito, prendendo una bottiglia da uno scaffale dietro la sua schiena.

Alle dieci della mattina.

La donna elegante lo guarderà con evidente disgusto ingoiare un sorso della bevanda alcolica.

A mezzanotte cosa bevi, petrolio?

"Ho preparato un po' di ottiche, e fatto le prove a lunghissime distanze. Ora guarda su quello scaffale alla tua sinistra. Vedi quei numeri?" – dirà il magro, pulendosi le labbra col dorso della mano – " il diametro dell'uscita pupillare si calcola dividendo il diametro dell'obiettivo per il valore degli ingrandimenti."

Giovedì, ore 15.26

Il bar sul lato del fiume comincerà a ricevere i primi riflessi di sole sulla vetrina, mentre la palla arancione scenderà lentamente sugli alti grattacieli all'orizzonte, tra le nuvole chiare spostate dal vento. L'uomo seduto al tavolino osserverà i pochi presenti nel locale, tra la musica melodica d'altri tempi.

"Vogliano andare?" – chiederà alla donna seduta davanti al lui – "Siamo già stati a parlare parecchio qui dentro. Meglio muoverci."

"Va bene. Dove andiamo?"

"Facciamo due passi lungo il fiume."

La donna seguirà l'uomo, pagheranno il conto e usciranno dal locale, attraversando la strada e raggiungendo i camminamenti lungo la riva. Alcune persone saranno ferme ad osservare i ponti in lontananza alzarsi per fare passare un'imbarcazione. La cosa incredibile sarà come, a tanti anni di distanza dalla loro costruzione, quei ponti, in stile così antico, si integreranno perfettamente nel contesto di una città moderna piena di grattacieli, sopra i quali, quasi al limitare delle nuvole, scorreranno le aviomobili nelle corsie colorate, e come questo misto di antico e moderno si rifletterà armonicamente, ancora una volta, nelle acque del fiume.

"Insomma, Lei crede che gli omicidi di ieri abbiano qualcosa a che fare con il Governo?" – chiederà la donna bionda.

"Questo non lo so. Però so che ciò che è andato in onda sullo spazio olografico è spazzatura. E so che il nostro lavoro non era quello che ufficialmente risulta. Poi faccio due più due, e mi chiedo perché qualcuno voglia arrestarmi, come sospetto."

"Forse perché ha rubato quella pistola?"

"Beh, sì, non dovevo farlo, probabilmente. Ma bisogna trovarsi, in certe situazioni, per poterle giudicare."

L'uomo con il berretto di pelle e il giaccone marrone camminerà a fianco della bionda, vestita con il cappotto elegante verde, lungo la riva.

"Ma si è fatto un'idea della ragione? Avevate nemici?"

"Nemici?" – l'uomo si infilerà le mani in tasca, cominciando a sentire il vento freddo – "No, ma che. Gliel'ho detto, eravamo gente che legge, scrive e studia di cose non scritte."

La donna lo guarderà senza fare commenti.

"Il quadrato del valore in millimetri di un obiettivo ci dice quanta luce arriverà al nostro occhio." – aggiungerà lui, pedante.

La ragazza alta, senza tradire un'aria particolarmente annoiata, si infilerà un chewing gum in bocca, masticando senza chiudere le labbra.

"E qui ho trovato la prima soluzione tecnica, sai?" – continuerà il magro, ridacchiando - "A quella distanza, ti serve un'ottica non ad ingrandimenti fissi, ma ad ingrandimenti variabili. Questo naturalmente porta ad un'ulteriore restrizione, che aiuta a mantenere un controllo sul degrado della risoluzione dell'immagine nel caso di riduzione dell'ingrandimento. Sempre che il tuo fucile abbia un computer manovrato da un software in grado di gestire anche questo parametro. Lo avrai?"

Il magro concluderà la frase con un sorriso finto.

"Tranquillo. Lo avrò." – sorriderà lei a sua volta.

Il magro prenderà un piccolo tubo nero, lo inserirà in un apparecchio elettronico, osservando i numeri comparire su un piccolo display.

"Veniamo alle cose importanti; la luce." – proseguirà il magro – " Nel periodo di massima luce della giornata, cioè a mezzogiorno all'incirca, la pupilla dell'uomo si contrae fino a raggiungere il suo valore minimo, statisticamente compreso tra i due ed i quattro millimetri. Ma se il tuo uomo dovesse sparare di notte, la sua pupilla si aprirebbe fino a raggiungere i sette millimetri di larghezza."

"E cosa ne dovremmo dedurre, sul tiro alla lunga distanza?"

L'uomo berrà un altro sorso di whisky, prima di rispondere.

"Che se il fascio di luce che esce dall'oculare è più largo della misura del diametro della pupilla del tiratore, la quantità di luce in eccesso non entra. Per cui, se il tuo uomo tirerà durante le ore diurne, ottiche con uscite pupillari di quattro millimetri trasmetteranno la stessa quantità di luce di quelle con uscita di sette millimetri. A meno che…" – concluderà il magro, con voce mielosa.

"A meno che." – ripeterà la donna, sforzandosi di non mostrare la propria irritazione.

"Sì, ma queste cose non scritte voi le scrivevate a qualcuno, no?" – insisterà la donna – "Al di fuori di quella casa, qualcuno pagava i vostri servizi, per forza."

"Beh, sì. Formalmente, andavano al Dipartimento. In pratica, questo trasmetteva le informazioni al Governo."

"E a chi scrivevate?"

"Io so solo che tutti i documenti passavano da Borman. Quindi, era lui che li valutava e li girava direttamente ad Hatlock. Non che Borman facesse una valutazione, era più un fatto formale che altro, comunque li voleva vistare lui. Più di una volta mi ha ripreso, per questo."

"E chi sarebbe questo Hatlock?"

Whiley si fermerà a guardare il fiume, appoggiandosi alla ringhiera di legno.

"Il professor Norman Hatlock. Il Direttore di Dipartimento. Stranamente rieletto già per due mandati. Ciascuno dura tre anni, e si dice che sarebbe anche stato rinnovato al terzo, l'ultimo consentito per regolamento."

"E poi questo Hatlock cosa faceva?"

"Di fatto era il nostro punto di riferimento. Veramente, per gli aspetti operativi, c'era il professor Turos. Lui si occupava invece di tutti gli aspetti contabili, i pagamenti, le spese, il saldo delle nostre fatture, cose così. Insomma dirigeva di fatto i rapporti commerciali, ma era Hatlock il punto di connessione vero con l'Agenzia, che io sappia."

"Ma lei non ha mai partecipato ad incontri fisici in Agenzia? Non ha conosciuto altre persone?"

L'uomo avvertirà una sfumatura di sospetto nella voce della donna, e si girerà a guardarla.

"Che Lei ci creda o meno è la verità. Avrò incontrato un paio di volte degli agenti governativi, ma più per ispezioni o riunioni di coordinamento, presentazioni di bandi a cui partecipare, cose così. Non ricordo nemmeno i loro nomi. I nostri riferimenti diretti erano Hatlock e Turos. Se avevamo richieste da fare, ci rivolgevamo a loro. Ma per lo più erano loro a contattare noi. E questo è quanto."

L'uomo si avvierà nuovamente lungo il camminamento sulla riva del fiume, camminando pensieroso.

"A meno che non si usino ottiche di qualità superiore, molto più performanti di queste che vedi. Ho provato queste altre lenti, vedi? Queste sono straordinarie, sono più luminose, a pari diametro di uscita pupillare."- dirà l'uomo, sollevando il bicchiere – "Sfortunatamente, sono un po' più costose."

"Quanto, più costose?" – dirà la donna con voce neutra.

L'uomo poserà il bicchiere, allargando le braccia.

"Beh, beh, un bel po' di più. Diciamo che l'intera fornitura ti costerà il cinquanta per cento in più del budget iniziale." – dirà l'omino con voce suadente – "Oh, ma ti garantisco un risultato straordinario. Il tuo cliente ne sarà entusiasta."

"Sta bene."- abbozzerà la donna – "Hai altro da dirmi?"

La giapponese guarderà l'uomo saltellare dietro al banco e girare la bottiglia di una marca sconosciuta di whisky americano.

Il porco beve la porcheria.

"Oh, sì. Questo accorgimento mi ha consentito di risolvere il secondo dei problemi, vale a dire l'ipotesi di tiro con scarsità luce" – dirà il magro versando un altro po' di whisky – "Se il tuo uomo deve tirare di notte o in condizioni di scarsa visibilità, come ad esempio al tramonto, all'alba, al crepuscolo, se piove o c'è nebbia, la musica cambia. Se usiamo ottiche di merda non ci accorgiamo di una grande differenza. Ma se usiamo queste, la vediamo eccome! E io non ti vendo ottiche di merda, mia cara."

Devi solo provarci.

"Queste ottiche, vedi, che ho preparato, consentono uscite pupillari maggiori e quindi maggiori prestazioni. Non solo, ma la loro alta qualità consente una corretta lunghezza focale, e questo è un bel vantaggio per il tuo biondo tiratore. Secondo me…"

"Come sai che è biondo?" – lo interromperà lei.

"Oh, sai, la gente parla."

"Vedi di non parlare tu." – dirà con un sorriso gelido la donna . "E occupati solo del lavoro che ti ho chiesto. Quale vantaggio?"

L'uomo alzerà il bicchiere, puntando la donna con l'indice della mano.

"Maggiore comfort nell'utilizzo dell'ottica, il che vuol dire minore affaticamento dell'occhio, migliore e più rapida capacità di acquisizione del bersaglio." – risponderà il magro – "A quella distanza, indispensabile."

"Insomma, Lei crede che qualcuno abbia ucciso delle persone per qualcosa che queste sapevano. Ma cosa?"

"Non ho detto che noi lo sapevamo. Ho detto che forse avremmo potuto saperlo. Io temo che noi non sapessimo di saperlo."

Lungo l'argine passeranno di corsa due donne in tenuta da jogging, il respiro formerà una condensa.

"Ma tutto questo non ha senso. Sarebbe una sorta di omicidio plurimo preventivo?"

"Sarebbe una spiegazione, il disegno di qualcuno di non farci parlare di quanto previsto in riunione. Ecco perché hanno ucciso anche Richard. Ieri avremmo dovuto parlare di argomenti ben precisi, e io credo che ci sia una connessione tra gli argomenti non pubblicati che noi esaminatori di accessi abbiamo trovato e gli omicidi. Forse qualcuno voleva che non ce ne occupassimo più."

La donna prenderà l'uomo per il braccio, fermandolo.

"E lei ricorda questi argomenti? Li conosce?" – chiederà in modo concitato – "Voglio dire, sa di cosa trattano?"

"Ovviamente. E credo che se si indaga su questi saggi non pubblicati, si trova la ragione di tutta questa follia. Sono convinto che Richard avesse sospettato qualcosa, ecco perché voleva quel libro, ed ecco perché mi ha parlato della sua teoria. Ci deve essere una connessione tra quel vecchio libro di statistica e i saggi e gli articoli di oggi non pubblicati."

"Mi dica i nomi. Possiamo scavare, andare a fondo." – dirà la donna, risoluta – "Mi dica tutto. Non mi ha dato molto finora."

Whiley guarderà il fiume, osservando un paio di canoe, con due giovani rematori con pesanti cappelli di lana e giacche colorate. Sopra il fiume alcuni uccelli levatisi in volo, si poseranno sugli alberi dall'altra parte, in un'ansa del fiume.

"Non le ho dato molto?" – Whiley alzerà la voce – "Senta, lei ha per le mani la storia più importante della sua carriera. Ha le prove che una società è una copertura per attività del Governo non note al cittadino. Ha incontrato l'unico superstite di un fatto di sangue, malamente coperto da una storia che non regge. Ha nomi, luoghi e circostanza precise. Cos'altro vuole?"

"I nomi dei libri. Una pista da seguire per le mie ricerche. Per pubblicare, devo scoprire la verità."

268

L'uomo prenderà in mano un tubo nero, guardandoci attraverso.

"A quella distanza, la risoluzione è importante." – continuerà – "Ho dovuto considerare la capacità di vedere il dettaglio dell'immagine, che è ovviamente proporzionale alla dimensione dell'obiettivo. Più grande la lente che posso mettere nell'obiettivo, meglio potrò vedere il dettaglio piccolo. Ed anche questo, a quella distanza, era un problema."

"Era?"

"Sì. Come ti ho detto, la scelta di quelle lenti di altissima qualità mi ha consentito di ottenere una migliore capacità di trasmettere la luce, ovviando alle limitazioni fisiche dell'ottica, come ingrandimento massimo o diametro dell'obiettivo."

"Quindi, hai risolto?"

"Sì, a condizione che il tuo disegnatore sappia quello che fa. È bravo?" – chiederà il magro con voce lamentosa.

"Lo è, fidati." – la donna faticherà a non perdere la calma –"Vieni al punto."

"Allora digli che ci servono altri due parametri software. Deve inserire un controllo dei fattori RB e TF."

La bolla del chewing gum della ragazzona dai capelli corti le esploderà sulla faccia, attaccandosi al volto.

"Allora mi vuoi davvero, fare incazzare." – osserverà la donna.

I denti marci del magro rideranno di gusto.

"Ma no, ora ti spiego. Il Relative Brightness misura ovviamente la luminosità relativa, vedi? Si calcola moltiplicando il quadrato del diametro di uscita pupillare. È possibile che ottiche con ingrandimenti ed obiettivi differenti possano avere la stessa luminosità, a parità di uscita pupillare, e quindi stesse prestazioni in condizioni di scarsa visibilità. Quindi il parametro RB può essere considerato un metro di paragone, se vuoi paragonare la prestazione di ottiche con caratteristiche analoghe in condizioni di bassa visibilità, e quando la dimensione della pupilla dell'occhio del tiratore è simile all'uscita pupillare dell'ottica."

La ragazza si staccherà il chewing gum dal viso con una mano.

"Il Twilight Factor misura invece ovviamente il valore crepuscolare, guarda qui. Questo ci dice il tipo di prestazione che fornirà l'ottica che abbiamo montato sul tuo fucile, in condizioni di luce non favorevoli."

Whiley guarderà un ponte che si aprirà all'orizzonte, per lasciare passare una grande imbarcazione in lenta navigazione sul fiume.

"E io cosa ho in cambio? Se io parlo, rischio. Probabilmente, la vita."

"Che cosa vuole?"

"Soldi. Voglio quanto mi serve per poter lasciare il Paese e fuggire dove non possano più trovarmi. Mi hanno bloccato i miei soldi. Pagatemi, e io le rilascio una intervista in esclusiva."

La donna appoggerà la borsetta per terra, vicino alla ringhiera di legno. Si passerà le mani nei capelli, scompigliati dal vento. Si starà alzando un'aria più fredda.

"Ma io non so se questo sia possibile. Non credo di potere…"

"Andiamo, non mi racconti cazzate. Tutti gli articoli che avete scritto, in passato, erano farina del vostro sacco? Non aveva qualcuno che le passava le informazioni? Non ci credo. Sappiamo benissimo tutti e due come funzionano queste cose. Nessuno lo fa per niente, e io non sono esoso, voglio solo salvarmi la vita. Quelle informazioni, sono la mia polizza di assicurazione. Se la perdo, chi mi proteggerà, lei forse?"

Whiley guarderà la donna negli occhi.

"Io non sarò qui, quando lei scriverà la verità, se la troveremo. Ma alle mie condizioni. O non se ne fa niente."

La donna tacerà per un minuto, guardando le barche in lontananza. I raggi del sole bassi all'orizzonte giocheranno dolcemente sulle acque del fiume, increspate in superfice dal vento.

"Quanto vuole?"

"Duecentomila. In banconote di piccolo taglio."

"Quanto?"

"Andiamo, non faccia la commedia con me. Se non fossi disperato, le chiederei almeno mezzo milione. Questa storia vale almeno il doppio di quella cifra, e lei lo sa. Non ho tempo per i giochetti, ci sta o devo rivolgermi a qualcun altro? Questa discussione mi sta stancando. Decida in fretta: o io non le dirò altro."

La donna lo guarderà, poi osserverà ancora il fiume, stringendosi il colletto del cappotto.

"Mi lasci fare un paio di chiamate."

La ragazza infilerà i pezzi di chewing gum staccati dal viso nuovamente in bocca, dopo averli appallottolati.

"L'indicatore varia al variare di due parametri; in base al diametro dell'obiettivo, cioè a seconda di quanta luce entra nell'ottica, ed in base all'uscita pupillare, cioè a seconda di quanta luce giunge all'occhio del tiratore."

La ragazza si passerà le dita della mano, sporche di chewing gum, sui pantaloni.

"Maggiore il TF" – continuerà il magro beandosi delle proprie parole – "migliore sarà la prestazione della tua ottica, se il tuo uomo deve tirare in condizione di luce scarsa."

La donna prenderà in mano il tubo nero osservando le lenti sparse sul tavolo, su pezzi di giornale.

"Quindi, posso garantire al cliente la precisione del tiro, anche se ci sarà poca luce?"

"Se monti i dovuti amplificatori di luce, sì." – risponderà l'uomo sedendosi su una sedia polverosa – "Hai avuto fortuna a scegliere il migliore sul mercato, Saki. Pochi altri ti saprebbero servire come faccio io, questo mestiere è pieno di incompetenti, oggigiorno. Vedi, parametri come l'uscita pupillare, il Relative Brightness, sono importanti e ti possono fornire una stima su come saranno le prestazioni della tua ottica, ma se vuoi andare sul sicuro, allora… Beh. È sul TF che non devi risparmiare."

La ragazzona gonfierà un altro pallone di chewing gum.

"Maggiore Twilight Factor, migliore prestazione in condizioni di luce scarsa." – concluderà il magro, prendendo ancora il bicchiere in mano – "Ricordalo, al tuo disegnatore."

"Riporterò." – dirà la donna, nascondendo a fatica la propria impazienza.

"In ogni caso, ti ho preparato un dischetto coi disegni riferiti a questi due parametri, per quello che serve in termini di connessione." – dirà l'uomo ponendo il dischetto nel palmo della mano della giapponese – "Fallo avere al tuo disegnatore, sarà tutto chiaro ciò che serve come connessione software."

La donna aprirà la borsa, e metterà la piccola scheda, della dimensione di un'unghia, in uno scomparto nascosto del proprio porta cipria.

La donna si allontanerà di alcuni passi, aprirà la borsetta, ed estrarrà il proprio comunicatore olografico.

L'uomo barbuto sarà seduto dietro una imponente scrivania, e dietro la sua immagine si vedranno, attraverso la finestra alle sue spalle, i grattacieli della città.

"Andiamo Mark, è una grande occasione. Quando ce ne capita un'altra simile? Questo può andare alla concorrenza tra cinque minuti."

"Margareth, ma tu che sai di questa tua fonte?" – dirà l'altro, siglando dei documenti in un foglio olografico alla sua sinistra – "potrebbe averti raccontato un mucchio di balle. È attendibile?"

"Fidati, lo è. Non ti posso spiegare, ma è assolutamente una storia vera. Ho verificato, quello che dice corrisponde. Ti dico che dietro i fatti di sangue di ieri, passati come un fatto di cronaca nera, forse c'è una delle storie di giornalismo più interessanti degli ultimi anni. E non è solo un fatto locale, mi sta spiegando il funzionamento di un sistema diffuso."

"Diffuso a che livello?" – chiederà l'uomo, spostando altri documenti in un foglio olografico parallelo.

"Non l'ho ancora scoperto." – la voce della donna sarà ferma – "Senti Mark, ascoltami. Questa è roba grossa. Lo sento. Potrebbe essere una delle indagini giornalistiche più importanti che mi siano mai capitate. Anzi, guarda, credo che sia forse la più grande."

"Roba militare?"

"No, non credo. Ma una cosa in grado di far vincere o perdere le elezioni di un partito politico che fosse riconducibile a questi giochetti alle spalle dei contribuenti."

L'uomo alzerà lo sguardo dal foglio prestandole attenzione.

"Duecentomila hai detto?"

"Non trattabili." - annuirà la donna – "E mi servono subito."

"Non garantisco nulla." – dirà l'uomo appoggiandosi allo schienale – "Vedrò cosa posso fare."

"Sei uno dei principali azionisti, Mark. Hai voce in capitolo per queste cose nella Compagnia."

"Non è che io abbia molto in mano, a parte la tua opinione."

"Non ti devi preoccupare per la Compagnia. Questa storia sta in piedi. Lo sento."

"Questo potrebbe rallentare le operazioni di costruzione del fucile." – la voce seccata – "Non avevamo previsto la connessione di questi due parametri. Spero che il disegnatore non ritardi la consegna."

"Mia cara, è meglio fare le cose con calma, ma farle bene." – la voce lamentosa – "E io sono fatto così. Se faccio una cosa, deve essere fatta a regola d'arte, costi quel che costi."

Tanto, pago io.

"E comunque, sia chiaro che puoi girare dove vuoi, ma le mie ottiche, eh, le mie sono le migliori." – dirà l'uomo pavoneggiandosi – "puoi trovare anche altri che dichiarano la mia stessa TF, ma non hanno le mie prestazioni, e sai perché?"

La donna inspirerà, prima di parlare.

"No. Illuminami."

L'uomo si chinerà verso di lei, al di là del bancone. La donna si ritrarrà istintivamente dall'alito cattivo.

"Perché è la qualità delle lenti, che fa la differenza."- dirà lui, come rivelando il segreto di Fatima – "E le mie sono le migliori."

"E le più costose."

"Per forza" – noterà l'uomo, fingendo di essere offeso – "mi costano un occhio della testa. Vuoi vedere i grafici che confrontano le prestazioni delle diverse ottiche così te lo dimostro?"

Il pallone di chewing gum scoppierà sul viso della ragazza.

"No, grazie" – risponderà la donna, avviandosi verso l'uscita – " dimmi solo quando mi consegni la merce."

L'uomo accompagnerà la donna, aprendole la porta scorrevole del garage, e seguendola nel cortile.

"Ma certo, mia cara." – dirà, con un profondo inchino sulla soglia dell'ingresso per il negozio del pesce – "Oggi la monto. Domani sera sarà pronta. Ti chiamo io."

L'uomo si inchinerà di fronte alla ragazzona con un sorriso simile ad una tagliola. Lei lo guarderà dall'alto in basso, poi gli sputerà il chewing gum tra le scarpe. La donna elegante nasconderà un sorriso, salendo sullo scalino ed entrando nel negozio del pesce.

Non che gli abbia rovinato il cortile.

L'uomo la osserverà, chiudendo il foglio al lato della scrivania.

"Io non sono preoccupato per la Compagnia, ma per te. Se ti butti in qualcosa che ha a che fare con la politica, e se poi quel tale ti lascia con il sederino scoperto, e magari sparisce in qualche paesino del Sud America, sarà il tuo culetto, che rimarrà appeso al vento. Allora la Compagnia ti scaricherà, e si rivolgerà ad un altro opinionista ritenuto più attendibile. Lo sai come vanno le cose nel nostro mestiere. Se corri, non posso proteggerti, Margareth."

La donna inspirerà profondamente.

"Se non corro, lo perdo. Ti ho mai deluso, finora?"

L'uomo sospirerà e stringerà la mascella, scuotendo leggermente la testa.

"Dammi un paio d'ore. Il tempo di fare qualche chiamata."

193 giorni prima

Il sole illuminerà il tetto rosso della casa di Onna Son, oltre il cortile dei ciliegi in fiore, scaldando la coppia di uccelli che saltelleranno vicini. La ragazza con la felpa siederà mollemente adagiata su morbidi cuscini appoggiati sul divano basso, con le gambe allungate e le scarpe posate sul tavolino, e si chiederà se i due uccelli, che si confonderanno con il colore del tetto, saranno innamorati. La donna giapponese, coricata sul letto, aprirà il proprio personal display, inserendo in una fessura la piccola scheda che estrarrà dal porta cipria. Osserverà gli schemi apparire nel foglio olografico, che aprirà nello spazio alla sua sinistra, mentre alla destra aprirà un altro foglio, nel quale apparirà la persona che starà chiamando, dopo aver inserito la funzione di traduttore automatico.

"Ti avevo detto di non chiamarmi, se non in caso di necessità" – dirà il biondo coi baffetti – "che succede?"

La donna guarderà l'uomo camminare per una strada affollata.

"Ho qui un paio di schemi che il mio fornitore dice servano a rendere gli occhi più performanti." – risponderà lei, guardandolo camminare sul bonsai – "Hai presente gli occhiali olografici? Sembra che ci vogliano un paio di viti in più."

L'uomo rimarrà silente.

"Ci sei?" – chiederà la donna.

"Puoi mandarmi gli schemi?"

"Anche subito, se vuoi."

"Quanto tempo per la consegna degli occhiali?"

"Da quando avrò tutto, non meno di 3 settimane."

L'uomo non lascerà trasparire alcuna emozione.

"Mandameli."

La giapponese guarderà l'occidentale scomparire nello schermo destro. Infilerà la mano nello schermo sinistro, prenderà il file, e lo sposterà sul canale aperto dal comunicatore integrato. La ragazza in fondo alla camera starà guardando dei cartoni olografici saltellare in un tripudio di colori sul divano.

L'ometto stempiato sarà seduto nel proprio ufficio di Roma, alla Direzione Federale Antiterrorismo, alla scrivania di legno.

Giovedì, ore 15.47

Sarà un pomeriggio soleggiato e freddo, battuto da una brezza persistente e tagliente. Lungo gli argini del fiume, un uomo e una donna cammineranno con passo veloce, superando le persone che si godranno lo skyline di Chicago sul fiume. Alcuni anziani siederanno tranquillamente sulle panchine soleggiate del viale, rilassandosi ad osservare lo specchio d'acqua, sulla cui superficie, lievemente increspata, scivoleranno leggere piccole imbarcazioni. Il vento sposterà rapidamente le poche nuvole bianche nel cielo terso. L'uomo e la donna saliranno le scale lungo gli argini, raggiungendo la strada.

"Se ho una risposta positiva, come faccio a contattarla?" – chiederà la bionda con il cappotto verde e la borsetta a tracolla.

"Mi farò vivo io." – risponderà Whiley, camminando lungo il marciapiede – "Venga, mi accompagni fino in fondo alla strada, c'è una fermata degli aviobus."

"Ma dove sta andando? Dove passerà la notte?"

"È meglio che Lei non lo sappia."

L'uomo continuerà a camminare, infilandosi in una strada più affollata.

"Allora, quale sono i termini dell'accordo?" – chiederà la donna con il cappotto verde.

"Lei veda di avere quella risposta. Sono quasi le quattro. La contatto sul numero personale che mi ha dato tra un paio d'ore."

"E se la risposta sarà positiva?"

"Se Lei mi farà avere i soldi, le rilascerò una intervista esclusiva. Le dirò tutto ciò che so. Nomi, date, circostanze. Le spiegherò le teorie del mio amico, Richard, che ieri è stato assassinato probabilmente per quello su cui stava studiando."

"Il dottor Proctor?"

"Sì. Deve esserci una connessione tra i libri, gli articoli ed i saggi scritti e non scritti. Tra quanto pubblicato molti anni fa, e ciò che oggi qualcuno non vuole fare conoscere. E noi abbiamo avuto il torto di incappare in qualcosa che deve rimanere ignoto."

"E poi?"

"E poi, indagheremo."

Parlerà curvo sul piano di legno massiccio, con la poltrona girata verso il muro, guardando la lavagna sulla quale avrà scarabocchiato alcuni appunti. L'uomo sulla sessantina, proiettato nel foglio olografico davanti a sé, sembrerà ascoltarlo con vivo interesse.

"... per tali ragioni, collega, abbiamo bisogno della vostra collaborazione. Riteniamo che questo individuo possa avere qualcosa a che fare con la costruzione di un'arma destinata ad essere usata contro il Santo Padre."

"Avete delle prove?"

"Abbiamo delle intercettazioni. La vendita sarà domani sera, da parte di questa persona, ad un compratore posizionato in Turchia. Ho già chiesto ed ottenuto dal collega turco piena collaborazione."

Il procuratore penserà che una piccola bugia sia necessaria, in alcune circostanze. L'ologramma sembrerà titubante.

"Dopo la sua chiamata di questa mattina presto, mi sono fatto dare la scheda di questo intrusore. Ce l'ho davanti, collega... Nulla che faccia pensare ad un individuo così pericoloso. Traffici illeciti, incursioni nei nodi olografici di principali compagnie, spionaggio industriale... qualche intrusione in siti governativi." – l'uomo starà evidentemente leggendo un foglio olografico - "Non mi pare così importante. Anche noi lo stiamo cercando, da alcuni mesi, sembra interessi alla nostra polizia di sorveglianza della comunicazione. Un pesce piccolo. Ma perché vi interessa?"

Il piccolo italiano si passerà una mano sulla fronte stempiata, decidendo, ancora una volta, di essere diretto.

"Collega, quante volte in sede Federale abbiamo parlato di collaborazione?" – saprà di giocare una carta che interessa al suo interlocutore – "Ricordo benissimo io stesso il vostro intervento in seno al Consiglio. Parlavate di parità di trattamento. Del fatto che gli americani e gli inglesi la fanno da padroni, come i tedeschi del resto, e che la Federazione investigativa è ancora sulla carta. Ed ora perché tutte queste resistenze, ora che potete aiutare un Paese piccolo come il vostro? E poi ricordate qual è la posta in gioco? Stiamo parlando del Santo Padre."

L'interlocutore sembrerà accusare il colpo, perché distoglierà lo sguardo dallo schermo della scheda segnaletica per guardare il magistrato italiano.

La donna affretterà il passo per stare dietro al biondo.

"O meglio, Lei si muoverà su quella pista. Io non posso comparire, il mio nome è certamente segnalato. Io la metterò sulla strada giusta, le dirò cosa cercare, ma poi non potrò venire con Lei." – l'uomo si volterà a studiarla - "Se la sente?"

"Certo."

Si fermeranno davanti a una scala che porta a una fermata degli aviobus. La gente intorno a loro camminerà frettolosamente, lungo la strada affollata.

"Vorrei che fosse chiara una cosa." – dirà lui.

"Cosa?"

Whiley infilerà le mani nelle tasche del giaccone, guardandosi intorno, poi la guarderà negli occhi.

"Non le faccio un regalo. Dietro questa storia qualcuno è disposto ad uccidere per ragioni che nemmeno conosco. Non conosciamo chi è, né perché lo fa. E se lei accetta di aiutarmi, potrebbe mettersi in pericolo."

La donna incrocerà le braccia sul petto. Il vento le scompiglierà ancora i capelli. Per la prima volta, sul viso stanco e magro comparirà l'ombra di un sorriso.

"Ci tiene proprio a fargliela pagare, vero?"

La gente camminerà a fianco a loro, dirigendosi alla scala mobile, in fondo al marciapiede.

"Senta, io non le prometto nulla" – dirà la donna guardando le persone che passano – " ma non sono una che molla facilmente. E questa storia credo che la gente la debba proprio sapere."

Whiley si guarderà intorno, la gente continuerà a passare sul marciapiede, il tabellone luminoso in cima alla scala mobile annuncerà l'arrivo del prossimo aviobus.

"Beh, allora…" – dirà, facendo per voltarsi.

"Signor Whiley."

L'uomo si fermerà a guardare la giovane, magra e pallida in volto.

"Io le credo. E andremo fin dove serve. Scopriremo la verità. E la pubblicheremo."

L'uomo abbasserà la testa, prendendo la donna per un braccio e spostandola di un paio di passi in disparte.

"E la Polonia è un Paese cattolico, se non vado errato" – aggiungerà l'ometto – "e non vorrei mai che questa pista si perda per un vostro… come dire… eccesso di prudenza."

"Voi mi state chiedendo di partecipare all'arresto di un cittadino probabilmente polacco, nel nostro Paese, senza una precisa imputazione, se non la vendita di software illegale, in una zona ovviamente al di fuori della vostra giurisdizione investigativa, sulla base di un paio di intercettazioni olografiche, e di concedervi per questo di portarlo in Italia per essere interrogato." – replicherà il magistrato polacco di pari grado – "Se poi venisse fuori che era semplicemente un venditore di software pirata per pesca di frodo?"

Il magistrato italiano si piegherà in avanti, verso il monitor.

"Comprendo bene i vostri dubbi… tuttavia devo insistere. La verità, caro collega, è che al momento abbiamo solo questa pista, e non possiamo permetterci di escludere nessuna possibilità. Lei capisce che il nostro Governo sta facendo pressione su di noi perché si trovi al più presto chi sta progettando di attentare alla vita del Santo Padre, e mi risulta che il vostro abbia aderito al progetto di costituzione di una unità speciale interforze, giusto la scorsa settimana."

L'italiano si alzerà, per mascherare il nervosismo.

"Non vorrei essere costretto a chiedere al nostro Ministro dell'Interno di procedere nel senso di una formale richiesta di collaborazione, ai sensi del Trattato 29. Ho ritenuto di procedere in via più informale, collega, e di evitare eccessi di burocrazia, almeno tra di noi. Poi, ho naturalmente pronta la mia richiesta scritta."

L'ologramma, proiettato sulla lavagna, sembrerà riflettere sulle parole del collega italiano.

"Collega, non ci sono gli estremi perché l'arrestato sia condotto in Italia, per ora, almeno."- dirà infine – "Tuttavia…"

"Ma…"

"Tuttavia" – continuerà il polacco – "in considerazione del fatto che stiamo cercando da mesi questo individuo, e che la vostra indagine potrebbe consentirci di fermare un traffico illegale nel nostro Paese, ed in ragione dei buoni rapporti, possiamo acconsentire a svolgere l'operazione di arresto a quattro mani. Ma…"

"Signora, sarà meglio chiarire subito una cosa. Apprezzo molto il suo coraggio, davvero. Ma vorrei che fosse chiaro che a questo gioco si gioca con le mie regole."

"Che sarebbero?"

"Due condizioni. Prima, che lei pubblicherà l'articolo solo in un paio di casi. Nel migliore dei casi, dovrà avere il mio espresso consenso, altrimenti non se ne fa nulla, d'accordo?"

La donna lo guarderà e muoverà la testa, spostando con una mano i capelli biondi spazzati dal vento.

"D'accordo. E la seconda condizione?"

L'uomo la guarderà negli occhi.

"Il mio nome non dovrà mai uscire."

La donna alzerà il mento, sostenendo il suo sguardo.

"Signor Whiley" – dirà – " io non ho mai bruciato nessuna delle mie fonti."

Whiley guarderà la magrolina di fronte a lui, infagottata nel cappotto verde, con il mento alzato quasi con tono di sfida.

"Sta bene, le credo." – si volterà, guardando il tabellone di arrivo del prossimo aviobus sulla sua linea – "Allora, tra due ore si decide. La chiamo io."

La donna gli prenderà il gomito.

"Signor Whiley, prima ha detto che l'articolo dovrà essere pubblicato solo in due casi, il primo è che dovrò avere il suo espresso consenso." – noterà la donna – "E il secondo?"

L'uomo si calerà il berretto di pelle sugli occhi.

"Che io sia morto."

La donna nera sarà in casa, a guardare dalla finestra la bambina giocare nel cortile con una bambola. Avrà in mano il proprio comunicatore, e guarderà in trasparenza il volto dell'uomo, proiettato sulle tende lise della finestra, di colore rosa pallido. L'immagine assumerà un colore mescolato a quello reale, un uomo in un bar, seduto vicino a macchine da gioco olografico.

"Sei in ritardo, come al solito." – noterà la donna con tono accusatorio.

Avrà l'auricolare all'orecchio, e la conversazione sarà schermata.

"Grazie, collega. Apprezzo molto." – interromperà con enfasi il piccolo italiano.

"Ma sia chiaro che la responsabilità e la direzione delle operazioni sono nostre, perché condotte su nostro territorio. I vostri uomini potranno essere presenti alla cattura, e collaboreremo con una squadra congiunta di sorveglianza."

"Mi sembra giusto, siamo d'accordo."

"Ma niente interrogatorio in Italia. Ci pensiamo noi."

"Chiedo che almeno sia presente, con facoltà di interrogarlo, un nostro investigatore della direzione antiterrorismo. Solo questo. Se poi è davvero un pesce piccolo, e non c'entra con la nostra indagine, noi ci ritiriamo in bellezza, ed il merito rimane tutto vostro. Ok?"

L'uomo sulla lavagna allargherà le braccia.

"E va bene." – sospirerà – "E adesso volete dirmi in quale nodo avete rintracciato il soggetto?"

"Breslavia." – dirà allegro l'italiano – "Vi mando subito i dati della mia squadra, con le credenziali e tutti i documenti per la richiesta di azione di intercettazione congiunta"

"Dottore Bordini," – dirà l'uomo sulla lavagna.

"Dica."

"Lei è in debito con me. Se lo ricordi, in Federazione."

Il procuratore sorriderà, sotto i folti baffi scuri.

"Certamente, collega. Conti su di me in futuro. E grazie, grazie ancora."

"Ci sentiamo presto. Attendo i dati per mettere in contatto le nostre squadre di sorveglianza, nomi, qualifiche, e tutto il resto. Mettiamo i nostri uomini in contatto, abbiamo poco tempo per organizzare l'operazione. Io mi occuperò delle autorizzazioni all'azione congiunta."

"Ci conti, li faccio mandare tra poco. Il nostro direttore delle operazioni investigative partirà oggi stesso. Grazie. A presto."

"Buongiorno."

"Buongiorno."

L'ometto spegnerà la comunicazione, inspirerà e si siederà sulla poltrona, girandola verso la porta. Guarderà l'uomo alto, seduto dietro la scrivania in legno massiccio.

"Grazie, dottore." – dirà questi.

Guarderà la bambina camminare sulla veranda, a pochi passi da lei, sotto il porticato di legno, sedersi sui gradini, parlando alla bambola che terrà in mano.

"Non mi interessano le tue scuse. È tutta la vita che mi inventi scuse, e non pensare di uscirtene con le tue solite balle."

La bambina muoverà la bambola sul corrimano del parapetto lungo la veranda sotto il porticato.

"Ma che cazzo dici? Ma quando mai mi sono comprata un vestito nuovo o un paio di scarpe? E non vado a ballare da anni, se ci tieni a saperlo! L'ultima volta è stata quando ti ho seguito in quel locale di merda…"

La nera, una felpa color panna, su un paio di pantaloni aderenti e scarpe sportive, infilerà una mano nella tasca posteriore, abbassando la voce.

"Sì che lo sai…quel posto dove andavi a trovare le tue puttanelle, non ti ricordi di quella bionda con le tette rifatte…e ora mi dirai che non ricordi nemmeno come è finita quella serata…"

La bambina si volterà e sorriderà alla madre, facendole un cenno di saluto con la bambola in mano. La donna, ricambiando il saluto, si allontanerà dalla finestra.

"Non è questo il punto. Il punto è che sei in ritardo di sei mesi, e io non posso andare avanti così. Sto facendo i salti mortali, questo mese ho anche dovuto pagare la rata per il dopo scuola di Niki, e la sera devo pagare qualcuno che me la tenga, sempre che lo trovi. Per non parlare di quel bastardo del tuo amico, digli almeno di stare calmo con l'affitto di questa topaia… Almeno questo sei in grado di farlo?"

La donna guarderà l'orologio nella cucina, saranno passate da poco le quattro e mezza.

"Non mi sembra che mi stai a sentire… Devi smetterla di prendermi per il culo. Sono sei mesi che mi dici il prossimo mese, il prossimo mese… E cosa sarebbe questo affare strepitoso che ti sta entrando?"

La donna sposterà un piccolo vaso di fiori e lo riempirà d'acqua, prima di rimetterlo al suo posto sulla mensola in cucina.

"Oh, allora sei a posto. Senti, visto che sei a posto, vedi di mantenere la tua parola una volta tanto. Non è per me che te lo chiedo, ma per Niki."

Il magistrato inspirerà nuovamente, prima di parlare.

"Cervetti."

"Dica, dottore."

"Ora gli stia addosso."

L'uomo con il vestito grigio e i capelli bianchi starà bevendo un tè nel giardino interno dell'Hotel Plaza Athenee, in Avenue Montaigne, Parigi. Seduto ad un tavolino sotto un glicine, osserverà con interesse l'uomo elegante, in un completo sportivo chiaro, seduto di fronte a sé. Sarà pomeriggio inoltrato, e il luogo risulterà gradevolmente fresco, e silenzioso.

"Non pensavo che fossi ancora a Parigi, Robert." – dirà sorseggiando la bevanda – "Quando ho visto che mi hai contattato chiedendo di avere chiarimenti sul mio Corso ho pensato che dovevi essere veramente interessato alla materia."

"Cosa vuoi, non si finisce mai di studiare, nella vita."

"Cosa c'è?" – chiederà l'uomo anziano, cambiando tono.

"Ho bisogno che contatti per me il giovane barbuto." – spiegherà Holden – "Sai, non mi piace aver troppi contatti nello spazio olografico coi miei fornitori. Tu sei certamente meno sensibile a certe – come dire? – attenzioni."

"Capito." – dirà l'altro sorseggiando – "E a che proposito devo contattare il nostro amico?"

Holden poserà sulla tovaglia un dischetto della dimensione di un'unghia, che l'uomo anziano farà sparire nella tasca della giacca.

"Fagli avere questo, in modo discreto." – dirà Holden – "Lui capirà".

"Ho una lezione giusto tra poco più di mezzora. Gli dirò subito che sarebbe meglio che lui seguisse l'argomento di oggi."

Una coppia di anziani turisti entrerà nel giardino, andandosi a sedere a un tavolino.

"Ottimo questo tè, non trovi?" – dirà l'uomo anziano con un sorriso, prendendo un pasticcino nel vasetto d'argento – "Specialmente con questi. Ne vuoi uno?"

La donna abbasserà la voce.

"Mi vergogno a mandarla in giro con i vestiti smessi della figlia della mia collega. Vedi di trovare un po' di dignità da qualche parte, e tirala fuori. E soprattutto, tira fuori i soldi, che stai certamente buttando a puttane e in qualche tua solita stronzata…"

Entrerà nuovamente in soggiorno, guardando dai vetri la bambina sulla veranda.

"E allora cosa ci stai a fare lì? Mi avevi detto che avevi smesso…"

Alzerà la testa al soffitto voltandosi, per parlare all'immagine riflessa ora sul mobile scuro del soggiorno.

"E non dirmi di calmarmi…mi calmerò quando vedrò i soldi che mi devi…"

Continuerà a guardare il soffitto, notando una screpolatura sul muro, a fianco al mobile scuro.

"Sì, certo, la prossima settimana…come no…a lunedì, e vedi di rispondere!"

Chiuderà la comunicazione, rimanendo a guardare il soffitto, portandosi la mano sinistra a coprire la bocca. Poi si volterà, poserà il comunicatore sul tavolino del soggiorno e ritornerà alla finestra, spostando la tendina rosa. In quel momento, vedrà l'uomo col berretto di pelle salire lungo il vialetto del giardino e fermarsi a salutare la bambina, accovacciandosi.

"Lei è Betty" – dirà Niki, seduta sui gradini della veranda, mostrando la bambola,– "E tu come ti chiami?"

190 giorni prima

L'aviomobile di servizio di colore blu scuro si alzerà rapidamente dalla fermata esterna del Silos dell'avioporto della città di Breslavia, in Slesia, Polonia. Girati gli aviogetti in posizione orizzontale, prenderà la prima connessione ascensionale per il primo livello di traffico, dirigendosi in città. Il pomeriggio sarà nuvoloso, con alcuni sprazzi di pioggia, e il guidatore si sposterà rapidamente in corsia di sorpasso, seguendo le linee laser proiettate nel cielo, con il lampeggiante inserito. L'uomo alto e magro, con un volto coperto di una corta barba nera che lo farà sembrare più vecchio della sua età, nel sedile posteriore destro, guarderà dal finestrino il terminal dell'avioporto scomparire in lontananza.

"...mi hanno detto di darvi la massima collaborazione, Commissario." – dirà l'uomo bruno alla sua sinistra, in abito scuro – "E naturalmente sono ben lieto di collaborare. I dati che lei mi ha fornito sono stati molto utili, abbiamo identificato il nodo di accesso dell'intrusore olografico, e i miei uomini sono pronti. Ho un'intera squadra delle forze speciali pronta, e i nostri della polizia di sorveglianza sono in contatto con la vostra sede di Roma. Agiremo stasera."

"Grazie, Capitano." - risponderà Cervetti - "Posso chiederle quale è la procedura?"

"La solita. Il nostro operatore olografico riceverà le informazioni dal vostro informatore inserito nel nodo virtuale di Tortuga. Appena questo darà il via all'operazione, la nostra squadra verrà guidata dalla nostra sede operativa."

"Squadra mobile?"

"Naturalmente. Un avio-furgone con sei dei miei delle forze speciali. Noi due saremo a bordo."

"Il collegamento?"

"Avremo a bordo, oltre all'autista, un operatore di sorveglianza mobile."

"Intercettatore di posizione del segnale?"

"Sì. Dalla sede, ci daranno le coordinate, ricevendo le indicazioni del vostro sorvegliante di Roma. A quel punto, definita la zona, cercheremo il segnale."

"Con un intercettore mobile?"

Giovedì, ore 16.32

La piccola casa indipendente alla periferia di Chicago sembrerà immersa tra gli alberi in un angolo fuori dal tempo, circondata dalle altre abitazioni basse del quartiere popolare. L'uomo e la donna saranno in soggiorno, mentre sulla veranda la bambina giocherà nella luce del sole calante, riparata dal vento.

"È una bella bambina." – osserverà lui guardando dalla finestra la piccola schiena, con sopra una massa di capelli riccioli e neri – "Quanti anni ha?"

La madre starà in piedi, appoggiata allo stipite della cucina.

"Sei anni." – dirà guardando a sua volta la finestra – "Sembra che tu le sia simpatico. Di solito, è più scontrosa con gli estranei."

"Non mi è sembrata affatto scontrosa. Anzi, sembra dolce."

"Oh, perché non la conosci."

Whiley osserverà la piccola parlare con la bambola, seduta sulla veranda con le gambe incrociate. La nera entrerà nella cucina. Rumore di piatti.

"E il padre?"

La donna ritornerà in soggiorno.

"Diciamo che non esiste" – risponderà la donna posando un vassoio con due tazze fumanti sul tavolino - "ok?"

L'uomo chiuderà la tenda lisa, allargando le mani.

"Comunque, volevo ancora ringraziarti, per ieri notte."

"Mi hai pagato." – risponderà lei sedendosi – "E bene, direi. Molto bene."

"Sì, ma non credo che qualunque donna lo avrebbe fatto. Portarsi uno sconosciuto in casa." – dirà sedendosi a sua volta – "Per lo meno, nessuna delle donne che conosco io, amiche o conoscenti. Cioè, no, voglio dire…"

"Beh allora non hai delle amiche molto ospitali. O forse, disperatamente bisognose di soldi, come me." – dirà lei ammiccando, per trarlo fuori dall'imbarazzo.

"Sì, beh, cioè… probabilmente. Comunque, mi spiace averti spaventato, è che veramente non sapevo cosa fare, ci ho provato. E sinceramente, se tu non mi avessi aiutato, lo avrei capito. Si sentono un mucchio di storie brutte, di questi tempi, in questa città, specie in questa zona, mi pare."

"Sì, con un'apparecchiatura a bordo del furgone, che verrà guidata dalla nostra sede. Avremo anche due volanti in appoggio, per eventuali necessità."

Cervetti guarderà dal finestrino i tetti colorati della città scorrere centinaia di metri sotto di sé.

"Quale è la capacità di individuazione del segnale?"

"Su un'area così ristretta, molto buona. Se il vostro operativo da Roma lancia un programma di rallentamento della velocità di trasferimento dei dati, la capacità di individuazione del quartiere è questione di pochi minuti. A quel punto passeremo alla individuazione locale."

"Con l'operatore a bordo del furgone?"

"Sì. Gireremo per la zona fino a trovare con esattezza l'edificio, e poi correremo dentro fino ad arrivare alla porta del bersaglio. Se siamo bravi, faremo irruzione prima che riesca a vendere la sua mercanzia, e lo arrestiamo."

Cervetti si volterà.

"No, capitano."

"Prego?"

"I miei ordini sono chiari. Questa è una operazione congiunta. Non mi serve bloccare la vendita. Mi serve che il bersaglio completi la transazione. Faremo irruzione un minuto dopo, non uno prima."

"Ma… e perché?"

"Perché a me non interessa il vostro uomo. Ma quello per cui lavora."

"Non so, io non ho avuto queste direttive."

"In tal caso, Capitano" – dirà Cervetti, osservando il paesaggio scorrere sotto di loro – "la prego di informarsi e di darmi conferma."

La ragazza guarderà dalla veranda sulla banchina del molo di Yeşilköy, nel Distretto di Bakırköy in Istanbul, Turchia. Osserverà le barche in lontananza nella baia, guardando ancora l'orologio.

Muoviti, è ora.

Aprirà la porta scorrevole sulla veranda, entrerà nella stanza, accederà alla pedana verde.

"Sì, e io ci sono nata, qui."

"Non volevo dire…"

"Oh, sì. Volevi dire. E la penso come te: è un quartiere di merda. Ma ci devo vivere, e mi arrangio come posso. Ma sai una cosa? Io ci ho vissuto, con la gente pericolosa. E conosco come parlano, come vestono, che faccia hanno. Li riconosco a un miglio. Chi ha vissuto in questo quartiere tutta una vita non incontra spesso quelli che maneggiano i libri, sai? Magari quelli che spacciano, o che hanno un coltello in tasca, e lo sanno usare, quelli sì che li ho incontrati, e so come ragionano. E tu, lasciamelo dire, con quella faccia e quel tuo modo di fare non hai proprio l'aria di uno pericoloso."

La donna verserà il caffè.

"Di uno disperato forse, questo sì." – continuerà la nera – "Ma hai più l'aria di averle viste in un programma video, le storie brutte, tu. Io, invece, le ho vissute, credimi. Altrimenti, probabilmente non sarei qui. E quindi, avendo vissuto con le persone pericolose, so quando posso aprire la porta in cui abita mia figlia."

"Non intendevo offenderti."

"Non lo hai fatto." – replicherà lei, semplicemente.

"Dove sei stato oggi?" – chiederà la donna, porgendogli la tazza del caffè – "Non è un granché, ma è caldo, almeno. Hai risolto i tuoi problemi?"

L'uomo siederà al tavolino in soggiorno, vicino al divano.

"Grazie." – dirà prendendo la tazza fumante – "diciamo che è stata una giornata interessante. Forse domani me ne vado."

La nera annuirà, sedendosi e sorseggiando il caffè a sua volta.

"Ah sì? Sono contenta."

L'uomo muoverà impercettibilmente la testa, ammiccando.

"Voglio dire, sono contenta per te. Che tu abbia risolto i tuoi problemi."

Lui si appoggerà allo schienale del divano.

"Diciamo semplicemente che domani probabilmente me ne vado, ok?"

"Ok. Programmi per la serata?" – chiederà la donna, cambiando discorso.

Whiley guarderà l'ora.

Salita sulla pedana, si siederà infilando casco e guanti, e aprirà il programma di connessione, destinazione il nodo di Parigi su percorso didattico pre-programmato.

Due ore dopo, il giovane barbuto chiuderà il foglio olografico degli appunti e saluterà con un cenno lo studente alla sua sinistra. Lascerà che altri studenti delle prime file si spostino, attendendo che molti altri chiudano la connessione. Poi, lentamente, scenderà i gradini dell'aula, prendendo la corsia laterale, scendendo verso l'emiciclo. Il docente starà chiudendo la propria documentazione e spegnendo gli schermi olografici, salutando gli studenti delle prime file. Il giovane barbuto noterà che l'anziano docente avrà già ricambiato il suo sguardo, ma attenderà pazientemente che la ressa degli studenti se ne vada dalla zona limitrofa alla cattedra, prima di muoversi.

"Professor Kane." – dirà infine – "Posso chiederle un chiarimento?"

L'anziano professore lo saluterà con giovialità.

"Salve, mi dica, giovanotto."

Il giovane si avvicinerà alla cattedra.

"Ho ricevuto la sua nota urgente, oggi pomeriggio." – spiegherà – "Ed eccomi qui."

"Oh, sì. Sì, vede è sempre meglio frequentare, sa? Specialmente quando si hanno delle dimenticanze. C'è una parte del programma su cui lei non mi risulta adeguatamente preparato."

Il giovane mostrerà stupore. Il programma olografico evoluto gestirà bene anche gli stati emotivi.

"Sarebbe?"

Il professore prenderà un file caricato nello schermo olografico a destra, e posizionato in un angolo.

"Ho ritenuto opportuno, giovanotto, visto le lacune del suo ultimo compito, prepararle alcune note. Le studi, e capirà. Ha da copiare?"

Il giovane aprirà un proprio foglio libero per la copiatura del file, e il professore lo prenderà con le dita nello spazio, spostandolo nella cartella di destinazione.

"Di che si tratta?"

"Tra meno di un'ora e mezza devo chiamare qualcuno. Mi presti il tuo comunicatore, per favore?"

La donna sorseggerà il caffè, posando la tazza sul tavolino.

"Certo."

"Oh, e forse potrei aver bisogno di un altro favore." – dirà lui – "Se puoi, naturalmente."

"Beh, sentiamo. Devo andare a ritirare un altro libro polveroso in qualche vecchia libreria del centro o cosa?"

Lui accennerà ad un sorriso stanco.

"No. Mi devi solo dare uno strappo con la macchina fino alla fermata degli aviobus. È un po' distante da qui, e oggi ho camminato tutto il giorno."

"Per così poco...Va bene, ma senti... ecco, non so come dirtelo."

L'uomo la guarderà, incrociando le mani tra le ginocchia.

"Tu dillo, e basta."

"Ho pensato... Stasera viene un'amica della ragazza che mi tiene Niki. Non vorrei che ti vedesse qui. Sai, ho già tanti problemi per l'affidamento, e non vorrei che poi magari quella parla, e..." – dirà con imbarazzo - "Comunque, puoi dormire nel capanno, dietro la casa in giardino. È pulito, ho messo una brandina, e ho acceso il convertitore elettrico, dovrebbe essere caldo, ora. Mi rendo conto che non è il massimo, ma..."

"Il capanno andrà benissimo. Basta che sia tiepido."

"Oh, no. Se è per questo fa caldo, ti assicuro. E ho pensato di lasciarti una torcia, se vuoi leggere, che so..."

"Hai pensato proprio a tutto." – osserverà lui con voce neutra.

"Sì, ecco, mi spiace."

"Non importa. Va bene così."

"Sì, lo so che per uno che ha pagato quasi millenovecento eurodollari non sia proprio il massimo..."

"Ho detto che va bene." – la interromperà lui – "Davvero."

Rimarranno alcuni secondi a guardare le tazzine vuote.

"A che ora viene la ragazza?" – chiederà lui.

"Oh, per le sette e un quarto. Devo essere al pub alle otto meno un quarto, altrimenti il Greco si incazza, e a quell'ora c'è ancora un po' di traffico."

Il professore lo guarderà con aria bonaria.

"Di un paio di argomenti, che mancano al suo elaborato. Un paio di paragrafi che è necessario approfondire."

Il giovane guarderà i colleghi che staranno lasciando l'aula.

"Questo potrebbe allungare i tempi di consegna del mio compito, però."

È probabile. Ma la commissione dice che sono parte del programma d'esame."

Il giovane chiuderà il foglio, guardando il docente con perplessità.

"Mi spiace, giovanotto; temo proprio che dovrà studiare un pochino di più."

La donna giapponese sarà seduta in una sala riservata del suo ristorante di Onna Son, all'ora di pranzo. Una cameriera poserà due piatti di sashimi e le birre sul tavolo, versandone parte del contenuto ai due robusti uomini seduti davanti alla padrona di casa. Quindi, versando il tè nella tazza della signora, si allontanerà con un profondo inchino.

Sarà in quel momento che la donna riceverà la chiamata, e vedrà l'icona con l'immagine del ricevente sul visore. Deciderà di non aprire subito la comunicazione.

"Signori" – dirà, rivolgendosi ai due uomini corpulenti seduti di fronte a Lei – "Vi chiedo scusa, ma ho una chiamata cui purtroppo devo rispondere. Potete scusarmi un attimo? Vi prego di iniziare, nel frattempo. Arrivo subito."

La donna si allontanerà, passando fra i tavoli pieni di ospiti, ed entrerà nelle cucine, avviandosi al retro del locale, oltre una porta a vetri scorrevole, facendola scorrere e aprendo la comunicazione. I denti gialli saranno la prima cosa che staccherà sul muro bianco del retro del locale, nell'area di caricamento della merce.

"Mia Cara" – dirà, strascicando le lettere il magro – "ti fai proprio desiderare…"

La donna fingerà di non comprendere la battuta.

"Che vuoi?" – dirà cercando di nascondere l'irritazione – "Ti ho detto più volte di non chiamare nell'ora di pranzo."

"Ok, allora dovrò andare a dormire con le galline." – commenterà l'uomo, grattandosi dietro la nuca – "Poco male, sono stati due giorni pesanti, e sono stanco. A proposito, e per aprire il capanno? Ha un comando vocale?"

"Oh, no, non proprio." – la nera si alzerà, aprirà un cassetto del mobile scuro e tornerà a sedersi, posando la chiave sul tavolo – "Nulla di tecnologico. Ma funziona, credimi."

L'uomo guarderà la vecchia chiave, la prenderà in mano ed accennerà a un sorriso, infilandola in tasca.

"Mi raccomando, chiuditi a chiave dall'interno." – suggerirà lei, finendo il caffè.

"Senza accendere la luce."

"Ecco, sì. Usa la torcia. E comunque, non ci sono finestre. Era un rifugio per gli attrezzi. Ah, a proposito" – dirà alzandosi, a un tratto, prendendo un pacco posato sul mobile – "ho pensato che ne avresti avuto bisogno."

L'uomo guarderà il pacco.

"Cos'è?"

"Beh, aprilo." – risponderà la nera, strappando lei stessa l'involucro.

Poserà sul tavolino due paia di mutande e di magliette.

"Ho pensato che ne avresti avuto bisogno. Non sapendo, ho preso la taglia grande, meglio un po' larga che stretta, ho pensato."

L'uomo la guarderà stupito.

"Beh, fa parte del servizio dell'hotel." – spiegherà lei – "tutto compreso nei millenovecento eurodollari."

Whiley prenderà in mano il pacchetto.

"Non dovevi."

"Beh, diciamo anche che fa patta con il cappello che mi hai regalato. Siamo pari. Mi sembrava proprio il minimo."

"Ok, grazie."

La donna guarderà la finestra, la bambina starà giocando sulla veranda. Il sole sarà già basso all'orizzonte, e i raggi passeranno attraverso le tendine rosa consumate dal tempo.

"Allora, domani te ne vai?" – chiederà lei ad un tratto.

Lui la guarderà, cercando di cogliere i suoi pensieri.

"Se tra un'ora la chiamata andrà bene, sì."

"Oh, sì, lo so, lo so. Hai le tue regole, sei così severa, Saki. Ma vedi, è sorto un piccolo cambiamento di programma, di cui ti dovevo informare."

La donna chiude la porta e farà alcuni passi nel locale, vuoto. I passi risuoneranno tra gli scaffali. Il portone all'estremità del locale sarà chiuso, e la luce entrerà dalle finestre laterali, disegnando zone di luce ed ombra.

"Di quale cambiamento parli?"

"Oh, un nonnulla. Non ti devi preoccupare. Tutto procede come previsto."

"E allora? Hai pronta la merce?"

"Sì, sì. Certamente. Ho fatto un lavoro straordinario, vedrai. Il tuo cliente sarà impressionato, quando lo vedrà montato sul tuo oggetto. Una vera opera d'arte. A proposito…"

La donna guarderà l'ologramma negli occhi, e li troverà più sfuggevoli del solito.

"…ho sentito dire in giro che il tuo biondo, sai, il bianco, vestito bene, sempre elegante. Sai di chi parlo no?"

"Sì, che lo so. E tu piuttosto, come lo sai?"

"Oh, Saki, Saki. Sei una donna molto bella, e la gente ti guarda. E quando incontri qualcuno un po' – come dire? – diverso dal solito, la gente tende a notarlo. E già che ci siamo, tende anche a notare che quel bel tipo ha speso un mucchio di soldi sai, qui sull'isola. Un mio amico giura che gli ha visto spendere un mare di denaro per cose così futili, il classico turista scemo che non bada ai prezzi. Insomma, secondo questo mio amico, si direbbe che il tipo fosse pieno di grana, albergo lussuoso, vino di classe, sai com'è."

"Sei un esattore delle tasse, per caso?"

L'uomo farà una grassa risata, come se trovasse la battuta veramente esilarante, e finirà la risata tossendo più volte.

"Oh, no. No, ci mancherebbe, quel tipo può far dei suoi soldi ciò che vuole. Solo mi sono detto. Un tipo che viene da lontano, da dove? Sembra che si sia registrato con un passaporto Euramericano, dice un mio amico del Condo Hotel."

"Sei pieno di amici."

"Oh, sì. Beh, sai, per essere preciso, un mucchio di persone mi deve dei favori. Sai, chiedo di più degli interessi bancari, io."

Lei annuirà, guardando attraverso le tende consumate la veranda, sulla quale la bambina giocherà con la bambola. Il sole, una palla arancione sopra gli alberi in fondo al vialetto.

"Me ne vado domani." – aggiungerà lui - "Promesso."

Niki, sulla veranda, starà sorridendo.

Il magro tossirà di nuovo.

"Ma tornando a noi, ho pensato che il nostro amico non deve aver badato a spese se ha fatto tutta quella strada per avere un oggetto di produzione artigianale, commissionato ad arte alla famosa scuola Nishizawa. Tuo padre, prima di te, ha reso i tuoi oggetti noti in molti ambienti, no?"

"Lascia stare mio padre. E vieni al punto."

"Il punto è, mia cara" – il magro strascicherà ancora le parole – "che il prezzo mi sembra poco onesto, per un lavoro sul quale hai di certo un grande margine di profitto, tutto qui."

"Ti ho già promesso il cinquanta per cento in più del budget iniziale. Ora sono trecento."

"Oh sì. Oh sì, hai ragione." – l'ologramma sul muro alzerà le palme delle mani – "ma quello è per le spese impreviste, sai? Le ottiche."

"Insomma, quanto vuoi?"

L'uomo si verserà un bicchiere di una bevanda gialla, ingoiandone una sorsata, prima di rispondere.

"Ci ho pensato parecchio sai? Tutta la notte. E poi ho deciso che cinquecento sia una cifra più corretta, data la qualità del lavoro."

La donna si fermerà di fronte al muro, non rispondendo e rimanendo a pensare.

"Cinquecento."

"Ma devi considerare le spese" – preciserà il magro – "e poi c'è la manodopera, e…"

"Sta bene." - lo interromperà la donna – "Quando?"

"Saki, Saki." – il magro alzerà il bicchiere, come per brindare – "l'ho sempre detto che sei una donna di classe, io. Facciamo domani sera? Verso le undici, direi."

"Perfetto. Nella reggia dell'altra volta?"

"Oh, no. No, meglio di no. Troppo in centro, sai. Un mucchio di gente, la sera, per strada. Non ho voglia di spiegare perché ricevo una bella signora la sera tardi nel mio locale…potrebbero pensare che sei interessata ad altro tipo di pesce, sai?"

La donna guarderà freddamente l'uomo che si lascerà andare a una risata, di nuovo strozzata dalla tosse.

"E dove, allora?"

Giovedì, ore 16.48

Visto dall'alto, il quartiere residenziale alla periferia di Chicago, costruito negli ultimi trent'anni, con le sue case basse, sembrerà una piatta tavola di legno poggiata in un'ansa del fiume, come un brutto orpello in mezzo all'argenteria, nascosto dalla vista degli ospiti. La piccola casa tra gli alberi, con la stradina ghiaiata che immetterà sulla desolata strada di periferia, tra gli edifici fatiscenti, avrà un giardino circondato da una bassa recinzione di legno, con la vernice scrostata in alcuni punti, e un capanno sotto gli alberi. La nera e il bianco saranno sulla porta del capanno. Il bianco inserirà la chiave nella porta e aprirà, soffermandosi a guardare un piccolo locale senza finestre, con alcuni scaffali in ferro su cui saranno riposte, in modo disordinato, scatole, attrezzi da giardino e vecchi vasi in terra.

"Non è un granché" – ammetterà la donna – "ma è relativamente pulito. Lì c'è il riscaldatore ad aria, va a corrente, l'ho già acceso, come vedi, tra un'ora dovrebbe fare abbastanza caldo. Sì, insomma, non è il massimo."

"Andrà bene." – commenterà l'uomo, guardando le scope e una vecchia carriola di legno in un angolo.

La donna entrerà nella stanza.

"Lì ti ho messo la brandina, è pulita, ti ho messo lenzuola ed un paio di coperte pesanti, non dovresti avere freddo. La torcia per leggere è sulla branda." – indicherà la donna – "Non accendere la luce sul soffitto."

"Capito."

"Chiuditi dentro e non far rumore. Qui non ti verrà a cercare nessuno, fino a domattina. Io tornerò non prima delle due e mezzo, stanotte, sì, insomma, all'incirca."

L'uomo guarderà il locale, e poserà le mani sulla brandina.

"Beh, dovrebbe esserci tutto, mi pare." - chioserà la donna.

L'uomo si guarderà intorno.

"E se devo andare in bagno?"

La donna lo guarderà.

"Sì, beh. Non c'è." – ammetterà – " dovrai accontentarti del giardino, se non puoi aspettare finché torno."

L'uomo uscirà dal capanno seguito dalla nera e chiuderà la porta a chiave, rimettendola nella tasca del giubbotto.

"Hai presente la vecchia casa sulla collina dietro la pagoda sul molo? Quella in fondo alla strada di ghiaia bianca, vicino al boschetto, quella tutta di legno a tre piani, con il tetto rosso, hai presente quale dico?"

"Sì, ho presente."

"Ecco, brava. Allora ci vediamo lì. Faccio lì le mie consegne ai clienti di riguardo. Non ci disturberà nessuno, lì."

"Alle undici, domani sera. Porta la merce. E questa volta, vedi di non farti venire in mente altri cambi di programma."

I denti gialli si allargheranno ancora sul muro.

"Saki, lo sai che io ne avrei uno di tipo diverso, tesoro?"

"Lo immagino." – dirà la donna, sorridendo gelida – "Ma noi due siamo soci in affari, no?"

L'uomo solleverà ancora il bicchiere, ridendo.

"Ah, che classe, che hai. Davvero, mi fai impazzire. Allora ci vediamo domani sera, socia. Porta i soldi."

La donna chiuderà, prima di sentire la tosse.

I due si incammineranno nel giardino verso la veranda, illuminata dai raggi del sole che starà calando all'orizzonte, dietro gli alberi lungo il viale.

"Andiamo in casa. A che ora devi fare la tua chiamata?"

L'uomo guarderà il suo orologio, poi la bambina che starà giocando sulla veranda.

"Tra un'ora, circa." – si infilerà le mani in tasca inspirando l'aria, una leggera brezza umida – "Ti spiace se tengo compagnia a Niki, per un po'?"

La donna lo guarderà, sorpresa.

"Beh…se vuoi. Sì, certo."

"Sì, ho bisogno di stare un po' da solo a riflettere. E ho voglia di prendere un po' d'aria e rilassare la mente, per un po'." – dirà l'uomo, guardando il cortile – "Devo rilassarmi un attimo. Se per te non è un problema."

La donna lo osserverà, quindi guarderà la piccola sotto il porticato.

"Come vuoi." – commenterà, infine - "Nessun problema."

La nera sarà in piedi, davanti alla finestra, ad osservare il cortile da dietro le tendine rosa, lise dal tempo.

La bambina sorriderà, mentre allungherà le gambe verso il cielo, stringendo forti le maniglie della vecchia altalena. L'uomo, dietro di lei, la spingerà ritmicamente. I due staranno parlando di qualcosa che la bambina, evidentemente, trova interessante.

Chi paga quasi duemila dollari per dormire un paio di notti su un divano dalle molle rotte?

La donna ripenserà alla propria vita, alle esperienze di gioventù, e alle volte in cui lei stessa si è trovata a dormire al di fuori del proprio letto, in condizioni di ospitalità per così dire precaria. Ricorderà bene le notti, e gli uomini, tutti uguali, le storie che raccontava da ragazza con le amiche, quando pensava di uscire da quel quartiere, e di viaggiare. Di viaggi ne aveva fatti, sì, ma solo con l'aiuto di qualche pastiglia con dentro qualche porcheria portata dai suoi amici, quando ancora era di moda farsi. E poi, ricorderà il passare degli anni, e gli errori di gioventù, per la quale non proverà nessun tipo di nostalgia.

È un tipo strano: cosa nasconde?

189 giorni prima

La luce del sole sulla baia luccicherà sulle onde, in quella giornata ventosa a Yeşilköy, nel Distretto di Bakırköyin, a Istanbul. La ragazza dai lunghi capelli neri sulla veranda poserà il suo personal display sul tavolino sotto la pergola, e aprirà il gioco olografico, facendo comparire sul fondo marrone la pianta tridimensionale del passo di Kasserine, quindi muoverà le pedine tridimensionali sullo spazio olografico, che ambienterà la situazione del teatro di gioco nel giorno 14 febbraio 1943. Le mani della ragazza muoveranno rapidamente le pedine dei Kampfgruppe Reimann e Gerhardt, facendoli convergere a tenaglia insieme a quelli dei Kampfgruppe Schutte e Stenkhoff, nella località segnata sulla mappa come nota come Sidi Bou Zid, nella piana interna dell'Atlante. La ragazza osserverà la simulazione della mossa tattica, e guarderà senza particolare interesse lo svolgersi della battaglia. Sul tavolino scoppieranno le esplosioni, uomini in divisa correranno nel terreno brullo, si sentiranno spari e grida, cannonate. Osserverà la sequenza degli ordini commissionati alle unità, gli effetti sulla quasi completa distruzione di due battaglioni corazzati americani, e l'accerchiamento di unità di fanteria americana. Al termine della mossa, prima della fase di settaggio delle artiglierie e della ricognizione aerea, la ragazza infilerà una mano nello schermo, farà scorrere la tendina dell'ordine di battaglia, e troverà la compagnia di suo interesse. Con l'altra mano, prenderà il file criptato, e lo inserirà negli ordini del carro comando. Quindi, assemblerà la mossa, inserendo una sola parola di commento.

Hudel

Poi, espirando, invierà la mossa olografica, osservando i carri armati sparire in trasparenza sul mare.

Alle sette e mezzo di sera di quel giorno feriale di maggio, saranno pochi gli uffici aperti a Roma. Il Magistrato siederà nell'ufficio polveroso alla Direzione Federale Antiterrorismo, e guarderà la lavagna. Attraverso il vetro della porta chiusa in fondo alla stanza vedrà nella luce del corridoio l'ombra di qualche persona che passa, e chiuderà il sonoro del programma di comunicazione, inserendo l'auricolare.

Ricorderà anche che aveva fatto fatica a nasconderli i propri errori, e che soffriva quando qualcuno, in seguito, casualmente, o di proposito, cercava di saperne di più. Difficoltà a trovare un lavoro regolare, a rifarsi una vita. Aveva scoperto che i pregiudizi erano ancora molto forti, in quella città, e che una come lei, molto difficilmente, per non dire probabilmente mai, avrebbe potuto andare a vivere nei posti che sono raccontati nelle cartoline olografiche, con tanto di immagini in movimento e fotomontaggi del destinatario in luoghi nei quali lui, in realtà, non è ancora andato.

Non mente sul suo lavoro.

Aveva imparato a conoscere gli uomini, più per necessità che per scelta. Almeno, dopo l'adolescenza, turbata da fatti che vorrebbe, e non può, dimenticare.

Le sue mani, il suo volto corrispondono a ciò che racconta.

E non aveva avuto bisogno di libri ed insegnanti per capire quali siano dei bastardi, e quali invece delle persone su cui contare.

Ma allora, da cosa fugge?

Solo, della seconda categoria, ne aveva incontrati pochi, nella sua vita, fatta di tanta strada, e poche mete raggiunte.

Forse ha commesso un qualche crimine federale.

No, non è vero. Una meta l'aveva raggiunta. Niki. Lei era tutta la sua vita. Ed ora era lì, spinta su un'altalena da uno sconosciuto che la madre aveva portato in casa sua in cambio di denaro. Era una madre irresponsabile? Ma di quei soldi aveva dannatamente bisogno, soprattutto in questo periodo. Quel tipo era decisamente strano, e aveva commesso qualcosa di grave.

Comunque, chi sono io per giudicare?

L'importante era che quel tipo si levasse dai piedi in fretta. Non è certo normale che uno si nasconda dal mondo. E se uno si nasconde, qualcuno lo starà cercando. E non si può sapere chi sia, se la polizia, o peggio.

Mi spiace per lui, ma prima se ne va, meglio è.

Avrà conosciuto storie di regolamento di conti, non le aveva vissute direttamente, certo, ma le sarà bastato per sapere che non le avrebbe mai volute vedere. E, di certo, non le avrebbe fatte vedere a Niki.

"…mi rendo conto perfettamente, signor Ministro. Peraltro, la ringrazio della sua proposta per il mio nome in seno alla Commissione…"

Il piccolo uomo stempiato osserverà la figura del suo interlocutore, un uomo sulla settantina e i radi capelli scuri pettinati da una parte.

"…sì, sì, la ringrazio, per ora non ho bisogno di altro. Anzi, la ringrazio anche per la completa collaborazione di tutte le forze dell'ordine, stiamo facendo veramente un lavoro di squadra…"

Il magistrato giocherà con la pallina di gomma, facendola rotolare sul piano della scrivania.

"…no, non posso dire che ne siamo sicuri, è solo una possibilità. Tuttavia, il nostro Commissario Capo segue direttamente l'operazione in collaborazione coi polacchi…sì…dovrebbe essere per stasera…"

L'accento napoletano dell'uomo nell'auricolare sarà veramente marcato. Il piccolo uomo alla scrivania lo lascerà parlare, lisciandosi i folti baffi scuri, prima di intervenire.

"…purtroppo, è la sola pista concreta che abbiamo, dato che i nostri investigatori ci dicono che quei fondi sono finiti in un buco nero informatico, e non riusciamo a ripescarne la traccia…ma questa seconda pista…"

La pallina ruoterà verso il bordo della scrivania.

"…per la sola e semplice ragione che dalle intercettazioni ci risulta che qualcuno stia progettando un'arma atta ad assassinare una persona, e che quest'arma abbia delle caratteristiche assolutamente innovative. Ho ritenuto che, per quanto poco, sia una pista da controllare…"

La mano dell'uomo avrà un attimo d'incertezza, e la pallina cadrà oltre il bordo della scrivania.

"…sì, signor Ministro…naturalmente, la terrà informato…no, questa conversazione non è mai avvenuta… sì…buonasera."

Il piccolo uomo osserverà apatico la pallina di gomma rimbalzare curiosamente sul pavimento, colpire un angolo della scrivania e saltellare più volte, compiendo una serie di traiettorie imprevedibili e casuali, fino a fermarsi sotto il vecchio mobile, coperto di antichi manuali di carta.

In quel momento suonerà la chiamata olografica, la nera guarderà il volto della persona chiamante, in trasparenza sull'altalena che oscillerà verso il cielo.

Oh, cavolo, e ora che c'è?

"Jenny, ciao. Che si dice?" – chiederà la nera, infilando una mano nella tasca posteriore dei pantaloni.

"Ciao, Beatrix." – la biondina proiettata nel soggiorno sembrerà impacciata – "Sì, ecco, c'è un problema, purtroppo."

"Per stasera?" – chiederà la nera, con voce allarmata.

"Sì, ecco, sai quella mia amica? Mi ha dato buca."

"Ma come ti ha dato buca? Mi avevi detto che era tutto a posto!"

"Sì, hai ragione, ma non è colpa mia. Mi aveva detto che non c'era problema, ora mi ha richiamato dicendomi che le è sopraggiunto un impegno, che non lo sapeva e non può venire." - la biondina sembrerà in difficoltà, allargherà le braccia – "Senti, Beatrix, per domani sera per me non c'è problema, te l'ho detto…"

"E io ora che faccio? Sono quasi le sei… A quest'ora chi trovo, ora, io? Mi avevi detto di stare tranquilla, ed io sono stata tranquilla. Ed ora che faccio?"

"Mi spiace, non è colpa mia."

"Sì, certo. Maledizione, Jenny, ti ho chiamato apposta questa mattina! Ti avevo detto che per me era un casino stasera, e tu mi hai detto di stare tranquilla, che questa tua amica era libera. Se me lo dicevi subito che non poteva, sta stronza, io mi cercavo un'altra soluzione…"

La ragazza bionda tacerà, in imbarazzo.

"Mi spiace." – ripeterà alla fine.

La nera si metterà una mano nei capelli, scrollando la testa.

"Va bene, non importa. Vedrò di regolarmi diversamente."

"Ci vediamo domani sera, allora. Mi spiace per l'inconveniente. Abbi pazienza, ciao."

"Ciao." – dirà la nera, spegnendo la comunicazione – "Stronza!"

Aggiungerà ad alta voce, gettando il comunicatore sul divano. Si lascerà cadere sui cuscini, guardando la finestra, con la mano appoggiata sulla bocca.

E ora, non mi resta che chiamare il greco, e dire che stasera non posso andare.

Il palazzo nuova sede dell'Opera Software, la società norvegese, occuperà un moderno grattacielo a Breslavia, nella Slesia, in Polonia. Il ragazzo coi capelli lunghi riceverà il messaggio mentre si troverà ancora al lavoro, alla sua scrivania, in un *open space* tra file di impiegati, separati da barriere di circa un metro con sopra dei vetri componibili.

Janus. Maledizione. Che c'è ora?

Il giovane saprà che la mossa olografica sarà solo un mezzo per passarsi messaggi in relativa sicurezza. Alla polizia di solito non verrà in mente di scandagliare le migliaia di mosse che ad ogni minuto, in ogni parte del mondo, ragazzi ed adulti di ogni estrazione sociale e di ogni Paese, si scambieranno nei videogiochi. Il metodo, inventato dagli intrusori dello spazio olografico, consentirà di inviare in modo ingegnoso messaggi. Il ragazzo saprà che il motivo per cui il messaggio difficilmente verrà intercettato sarà duplice. In primo luogo, perché il gioco avverrà su nodi olografici pubblici, ad accesso non controllato, in cui solitamente ci si registrerà con nomi ed indirizzi di fantasia, e nei quali di tutto si parlerà abitualmente, fuorché di commettere reati di qualche tipo. In secondo luogo, perché il messaggio non comparirà nel nome del file, ma sarà criptato all'interno di uno dei parametri del gioco stesso, secondo regole convenute tra i giocatori, che useranno quindi il gioco e le mosse virtuali solo come strumento di comunicazione di emergenza; nessuna parola chiave o termine sospetto ricorrerà quindi nel nome del file, anche se fosse intercettato.

Maledizione, proprio in orario d'ufficio mi devi contattare?

Il ragazzo guarderà sopra il proprio banco, sarà quasi ora di chiudere, ma trattandosi di un'urgenza, per intesa reciproca, saprà di dovere aprire la mossa, senza indugi. Si alzerà, farà alcuni passi accedendo al box di un altro impiegato, un ragazzo grassottello, curvo sul proprio dispositivo di programmazione.

"Senti, mi avvisi se arriva il vecchio? Devo fare un attimo una mossa con un amico. Cinque minuti, ok?"

Il vecchio sarà il capo ufficio, un ex programmatore di circa quarant'anni. Nel settore, l'obsolescenza, non solo tecnica, sarà molto repentina, anche per le persone.

Il sole starà scomparendo dietro gli alberi, e l'altalena salirà nell'ombra.

La porta della veranda si aprirà, e Niki entrerà con la bambola in mano, seguita dall'uomo che si toglierà il cappello di pelle ed il giaccone.

"Mamma, io vado a preparare Betty per la cena!" – dirà allegra la bambina, e salirà le scale correndo, gettando la giacca a vento colorata sulla poltrona.

"Togliti le scarpe prima di salire!" – le urlerà dietro la madre – "Quante volte te lo devo dire…"

La bambina non sembrerà prestarle molta attenzione. L'uomo osserverà la donna seduta sul divano, ferma a guardare il soffitto soffiando l'aria fuori dai polmoni, con un lungo respiro, prima di inspirare nuovamente.

"C'è qualche problema?" – chiederà lui, appendendo il giaccone e posandovi sopra il cappello.

"Non è niente."

"Non mi pare."

La donna sembrerà titubante.

"È solo che quella stronza mi ha tirato il bidone."

"Quale stronza?"

"La biondina, quella che hai visto ieri sera, la ragazza che mi tiene Niki. Mi aveva detto che veniva la sua amica, mi aveva detto stai tranquilla, stai tranquilla, aveva detto, non ti preoccupare! La mia amica è fidata." – la donna imiterà la voce della ragazza – "Ed ora sono nella merda, ecco come sono."

"E qual è il problema?"

La donna allargherà le braccia.

"Il problema si chiama il greco. Lo hai conosciuto, ieri notte. Quello mi ficca un calcio in culo da qui al fiume, se stasera, alle otto precise, anzi meglio un quarto d'ora prima, non sono lì puntuale, all'apertura!" – esclamerà lei, poi continuerà abbassando la voce – "E ora sto cercando di pensare a quali parole usare per chiamarlo, inventarmi una scusa da fine del mondo, scusarmi ripetutamente, umiliarmi, spergiurare che non succederà più, sentire le sue urla ed infine supplicarlo di tenermi quel lavoro di merda."

"Ma dai, ora?" – chiederà il grassottello guardando l'orologio sulla parete – "Ma scusa, non puoi fartela tranquillamente tra un'ora quando sei a casa tranquillo?"

"Ti devo un favore, amico." – dirà il ragazzo dai capelli lunghi tornando al suo posto.

"No, scusa... non ho detto..." – protesterà il grassottello – "...ma vaffanculo."

Il ragazzo coi capelli lunghi aprirà il personal display e caricherà il gioco, sceglierà la partita di Kasserine e aprirà l'ultima mossa, leggendo il messaggio in allegato. Conoscerà benissimo il significato della parola. Scorrerà l'ordine di battaglia dell'esercito del suo avversario, comandato da Rommel, aprirà la decima panzer division, scorrendo centinaia di pezzi, cercherà tra i reparti corazzati la compagnia comando del capitano Helmut Hudel, ed aprirà i comandi, usando la parola d'ordine. Il programma aprirà il messaggio crittografato, e leggerà le istruzioni inerenti alla necessità di aggiungere esplicitamente due parametri nel data base: TF e RB.

Twilight Factor, maledizione. Relative Brightness, doppia maledizione.

Il giovane guarderà furtivamente sopra il proprio box, osservando il volto imbronciato del grassottello. Il vecchio non sarà in vista. Le mani del ragazzo muoveranno rapidamente i pezzi nello schermo olografico, rimpicciolito e senza sonoro, spostando freneticamente la prima divisione corazzata americana di Ward e il secondo corpo d'armata di Fredendal, guardando ogni tanto rapidamente al di sopra della propria testa. Il giovane osserverà gli effetti della mossa: molte decine di carri armati M4 Sherman solleveranno la polvere nello spazio olografico, con bellissimi effetti di animazione, ma saranno presto fatti oggetti del fuoco incrociato dei carri tedeschi collocati sui fianchi dei battaglioni americani.

Sbrigati, maledizione, sbrigati.

Al termine dell'azione, il ragazzo alzerà gli occhi sopra il box, quindi inserirà la mano ad aprire un foglio, con l'altra mano comporrà un messaggio e lo inserirà in un pezzo olografico, quindi salverà la mossa e la spedirà all'indirizzo di Janus, inserendo una sola parola di commento:

Stack

La donna abbasserà le braccia, posando i gomiti sulle cosce, e incrocerà le mani, restando in silenzio. L'uomo si siederà in modo composto sul divano, di fronte a lei, riflettendo.

"Scusa, ma che problema c'è?" – dirà semplicemente – "E non potrei tenere io Niki per qualche ora?"

La donna lo guarderà come se fosse un marziano.

"Beh, sì" – proseguirà lui – "Capisco che io non sia qualificato come baby sitter, ma se mi dici cosa devo fare, magari ci riesco."

La nera si alzerà in piedi, si metterà le mani nelle tasche sul sedere, farà alcuni passi per la stanza, quindi si girerà nuovamente a guardarlo, senza parlare. Immobile, pensierosa.

"Avrei una sola richiesta." – aggiungerà lui.

La donna scuoterà la testa, pensando a quali soluzioni siano ancora disponibili, prima della telefonata al greco, poi guarderà dalla finestra. Quasi buio. Solo alla fine si deciderà ad aprire bocca.

"Quale?"

L'uomo la guarderà, serio, prima di chiedere:

"Potremmo non stare nel capanno?"

"Senti io devo andare." – dirà con voce seccata il grassottello, entrando nel box. Il giovane coi capelli lunghi spegnerà di scatto il proiettore. Quindi, si abbandonerà sul seggiolino della scrivania respirando profondamente due volte.

"Se mi aspetti due minuti agli ascensori, chiudo tutto ed arrivo anch'io."

La donna camminerà nella cantina del proprio locale di Onna Son ad Okinawa, seguita dalla ragazza. Ormai sarà notte fonda, e si sarà fatta aprire da un proprio dipendente, dopo la chiusura del locale.

"Quel porco merita un trattamento speciale. Mi ha rinviato nuovamente la consegna del lavoro." – spiegherà girandosi e unendo alle parole dei gesti, per farsi capire dalla ragazza dietro di lei. La donna girerà dietro una colonna e si infilerà in un passaggio, entrando in un altro corridoio, ricoperto di bottiglie, sotto una volta curva di mattoni a vista.

"Dobbiamo fargli un regalo allo stronzo, non sei d'accordo? Non andiamo a mani vuote, sarebbe scortese, non trovi?" – chiederà facendo intendere a gesti il messaggio alla ragazza, più alta di lei almeno di una spanna, nonostante porti i tacchi alti. La donna osserverà le centinaia di bottiglie sulle pareti, ordinatamente disposte in zone separate, con targhette in ottone recanti una descrizione, soffermandosi sulla zona denominata *blended*.

"Quella porcheria piace un sacco al nostro amico. Chiyeko, amore, ti spiace prendere sei bottiglie là in alto a destra?"

La ragazza prenderà la scaletta di acciaio, salendovi sopra.

"Ora, prendi quel cofanetto di legno e mettile dentro, per favore." – dirà la donna – "Poi prendila, seguimi ed andiamo a letto. È molto tardi, ed abbiamo altro da fare noi due. Di più divertente."

La ragazza la guarderà, mostrando di avere capito bene.

"Poi, domattina, con calma, quando ci svegliamo, ti spiego cosa devi fare."

La ragazza coi capelli lunghi camminerà nervosamente sulla veranda della casa a Yeşilköy, nel Distretto di Bakırköy, a Istanbul, osservando il mare.

Giovedì, ore 18.02

Sarà buio, sulla piccola casa, e la luce sulla veranda illuminerà debolmente il giardino verde, facendo apparire l'altalena mossa dal vento un'ombra scura nel prato. L'uomo aprirà la porta e la richiuderà dietro di sé, allontanandosi di qualche passo dalla casa, camminando sul sentiero di ghiaia. Avrà in mano il comunicatore personale di Beatrix, annullerà l'identificazione del numero chiamante, ma non il dispositivo di proiezione dell'immagine, prima di comporre il numero. Si girerà a guardare, dal sentiero nel giardino, avvolto dalla penombra, la finestra della casa, bassa e arcuata, coprire un'ampia porzione della parete. Attraverso le tende rosa, dalle quali la luce filtrerà nel prato, vedrà le figure della nera e della bambina.

"Whiley." – dirà la donna bionda, pallida in viso – "È lei? Ma da dove chiama?"

Si sarà legata i capelli dietro la nuca con una coda. Parlerà da un ufficio illuminato a giorno, da dietro una scrivania.

"Non ha importanza. Mi dica se ci sono novità, piuttosto."

"Sì. Tutto bene, ci sono riuscita. Ho quanto mi ha richiesto."

L'uomo sospirerà, sentendosi sollevato. Guarderà ancora la finestra, spostandosi in mezzo al prato, nel buio, camminando sulle foglie gialle cadute dagli alberi.

"Whiley, è ancora lì?" – chiederà la bionda – "Non la vedo bene. Cos'è, al buio?"

"Sono qui. Bene." – risponde lui – "Quanto le ho chiesto, ce lo ha lei?"

"Sì, è qui con me."

L'uomo guarderà il cielo serale, coperto di nuvole. In lontananza, si scorgeranno le luci dei grattacieli della città.

"Dobbiamo vederci." – dirà poi.

"Quando?"

"Subito. Mi dia mezzora, per prendere un aviobus."

"Ma dove ci vediamo?"

"Al fagiolo. Ce la fa?"

La donna penserà un attimo.

"Se parto subito, sì."

"Bene. Al fagiolo. Mezzora."

Il sole sarà ormai basso all'orizzonte e le bianche vele immerse nel blu sembreranno quasi immobili in lontananza. Il gioco sarà aperto sul tavolino sotto la pergola, e da alcuni minuti continuerà a guardare fugacemente lo schermo, con impazienza. Il bip sonoro improvviso attirerà la sua attenzione, e si precipiterà alla sedia. Caricherà il programma, leggerà il commento di *black rabbit*, e aprirà la mossa. Le sue mani scorreranno rapidamente nello schermo, selezionerà le proprie truppe e le sposterà nello schermo tridimensionale, ruotandolo per meglio vedere gli spostamenti. Osserverà i pezzi della decima e della ventunesima panzer division muoversi, sollevando la polvere tridimensionale, scorrendo a circa sedici chilometri dalla località di Faid, in un posto ben noto ai giocatori, di nome Sidi Bou Zid. Fremerà di impazienza, mentre sul tavolino decine di mezzi cingolati si muoveranno sollevando nuvole di polvere, tra violenti colpi di artiglieria, raffiche di fucileria e colpi esplosivi. Resterà a guardare senza interesse il duello tra i carri e i cannoni anticarro, finche il gioco la lascerà nuovamente procedere con le mosse di artiglieria e di osservazione aerea. La ragazza muoverà rapidamente le mani nello spazio indicando alle unità le azioni necessarie, e finalmente aprirà con la parola d'ordine lo schieramento avversario. Ricercherà negli ordini di battaglia della prima divisione corazzata americana e del secondo corpo d'armata, fino a trovare, tra le centinaia di unità disponibili nello spazio olografico, all'interno della prima divisione corazzata, la compagnia comando del reggimento corazzato del Combat Command C, al comando del Colonnello Stack. Aprirà infine il pannello degli ordini inseriti nel quartier generale di quest'ultimo, lancerà il programma di decrittazione, e leggerà il messaggio:

Cazzo Yanus, mancano meno di 5 ore all'appuntamento e chiedi due correzioni di mossa. Appuntamento confermato, ma rinviato inizio battaglia di almeno 2 ore. Aspettami.

La ragazza chiuderà il programma e spegnerà il personal display, inspirando e guardando il mare per un attimo. Poi si muoverà, entrerà in camera, andrà all'armadio ed estrarrà un vestito nero, giacca e pantaloni di pelle.

Chiuderà la comunicazione, rimanendo qualche istante al buio, in mezzo al cortile a respirare l'aria umida della sera. Poi si dirigerà verso la luce che filtrerà dai vetri, e rientrerà in casa. La bambina starà giocando sul divano con un vecchio display, voltandogli le spalle e parlando da sola. La madre uscirà dalla cucina con una pentola in mano.

"Allora" – chiederà – "è andata bene, la tua chiamata?"

La donna guiderà veloce, nel traffico. La vecchia utilitaria elettrica scorrerà silenziosa per le strade di periferia. L'uomo siederà taciturno al suo fianco, sul sedile posteriore la bambina farà scorrere l'indice sul vetro, persa nei suoi pensieri.

"Ma sei sicuro di farcela?" – chiede la donna.

"Stai tranquilla, ci sarò."

"Senti, per me è molto importante che tu sia indietro tra un'ora, alle sette e un quarto. Te l'ho detto, il greco mi sbrana se arrivo in ritardo. E io a questo lavoro ci tengo" – sorpasserà un'auto – "O meglio, di questo lavoro ne ho bisogno."

L'uomo guarderà la strada trafficata.

"Ho capito." – dirà con tono accondiscendente – "Lasciami alla fermata, prendo l'aviobus, vado in centro, prendo il pacco e torno al volo."

"Ma è così importante per te, questo pacco? Non potevi andarci domattina?"

"Sì, è importante. E se risolvo stasera, come spero, domani me ne vado."

La donna girerà a destra, prendendo una scorciatoia per una stradina di periferia. Al termine della stradina, si immetterà in una corsia laterale, ingolfata da una colonna di auto elettriche, che procederà lentamente.

"Lo sapevo, a quest'ora c'è traffico." – dirà battendo la mano sul volante – "Speriamo di farcela, per fortuna la fermata è a meno di un chilometro. Ma sei sicuro che non sia meglio che ti porto io?"

"Con tutto il rispetto, con questo coso, a quest'ora nel traffico di superficie ci mettiamo una vita. Meglio la via aerea con l'aviobus. Faccio prima."

La donna rifletterà, osservando la coda.

Prenderà un paio di stivali neri, disponendoli vicino al letto. Aprirà quindi un grande zaino, inserendovi un seggiolino in alluminio pieghevole, un tappetino arrotolabile verde, il proprio personal display, un proiettore di ultima generazione, e riempiendone le tasche con una serie di penne di memoria e dischetti con vari programmi. Andrà alla scrivania, aprirà un monitor portatile, e leggerà una check list, controllando di aver inserito nello zaino tutto l'occorrente, e di averlo posizionato correttamente ed esattamente nello scomparto prefissato. Alla fine, dopo aver controllato più volte, si siederà sul letto, inspirando profondamente. Comporrà un numero olografico. Apparirà di fronte al letto una giovane donna bionda, coi capelli tagliati corti.

"Confermato: è per stanotte." – dirà la ragazza coi capelli mori – "Rinviato di due ore. Passami a prendere alle undici."

Spegnerà di scatto la comunicazione, inspirando ancora profondamente; quindi si alzerà e aprirà la finestra, tornando sulla veranda. Siederà sulla sedia sotto la pergola, guardando il mare.

Sulla baia starà scendendo la sera.

"Sì, hai ragione." – guarderà nello specchio retrovisore - "Niki, tesoro, ascolta bene ora. Questa sera non viene la signorina bionda che ti tiene compagnia di solito. E la mamma deve uscire…"

La bambina la guarderà inespressiva. Beatrix sentirà un nodo alla gola.

"…quindi tu devi stare con questo signore. Va bene?"

"Si chiama John". – preciserà la bambina.

La donna guarderà l'uomo al suo fianco, cui sfuggirà un sorriso.

"Sì, beh, ecco" – continuerà la madre – "allora tu devi stare con il signor John. Va bene Niki?"

"Ma tu quando torni?"

Il nodo alla gola salirà più forte.

"Torno presto piccola. Alla solita ora."

Guarderà l'uomo alla sua destra.

La stai lasciando nelle mani di uno sconosciuto.

"Allora siamo d'accordo? La cena è nel forno. Nel frigo trovi ovviamente le bevande, ah, il robot è guasto, quindi devi preparare la tavola da solo, sempre che tu lo voglia fare, altrimenti usate della carta. Non preoccuparti di sparecchiare, faccio poi io, i piatti e le posate invece sono nella credenza in cucina, comunque è tutto molto semplice da trovare, la cucina è piccola. Ah, e anche il robot che prepara il pane fresco è guasto, quindi prendi quello impacchettato, lo trovi nel secondo scomparto, in alto."

"Posso mangiare le patatine fritte?" – chiederà la bambina.

"Ne abbiamo già parlato, Niki, no." – dirà la donna, sorpassando un'altra vettura – "Niente salse e fritti. Non ti fanno bene, e stasera ci sono verdure e pollo già pronto. Non fare arrabbiare la mamma."

"Ma uffa!" – protesterà lei, picchiando una mano sul sedile.

"Niki! Cosa ti ho detto?"

La donna si volgerà verso l'uomo.

"Niki deve essere a dormire assolutamente entro le undici. Mi raccomando, tende a non volere andare a dormire, la devi mettere a letto, anche se protesta, ok?"

"Ok. Non ti preoccupare."

"Possiamo vedere i cartoni olografici?" – chiederà la bambina.

"Sì, ma alle dieci e mezza si spegne e ci si prepara per la notte, chiaro?"

189 giorni prima

Le lampade della Marina illumineranno l'auto nera, parcheggiata sulla strada solitaria, vicino al molo di Yeşilköy, nel Distretto di Bakırköy in Istanbul. Le luci delle barche dei pescatori oscilleranno debolmente nel buio della notte, in quel cielo senza luna, coperto dalle nuvole, quando la ragazza vestita di nero, con uno zaino a tracolla, scivolerà sul sedile posteriore dell'auto. La giovane bionda coi capelli tagliati a spazzola si volterà a salutarla mentre lei chiuderà la portiera. L'uomo con la coda al volante accenderà l'auto elettrica, che si solleverà con la propulsione magnetica di mezzo metro dal manto stradale e si inserirà in corsia, lentamente.

"Tutto bene?" – chiederà premurosa la bionda.

"Sono pronta." – risponderà semplicemente la ragazza, posando lo zaino sul sedile. L'auto accelererà, prendendo velocità nella corsia centrale. In auto, il silenzio aumenterà la tensione. Ci sarà sempre, nelle uscite notturne, ma quella sera il nervosismo sarà più alto. Non si tratterà più di una piccola intrusione in qualche server della didattica, per alterare risultati di esami o concorsi, o di rubare qualche informazione da qualche archivio aziendale. Sapranno bene che si tratta di una operazione illegale, di acquisto e vendita di software per il controllo di un'arma, destinata certamente ad un'azione criminale.

"Hai la mappa?"

"L'hai già guardata venti volte." – risponderà la bionda aprendo un file nel vano tra sedili anteriori e proiettando una cartina olografica – "Eccolo qui, il palazzo abbandonato. Periferia ovest."

"Sicura che è abbandonato?"

"Ci siamo stati sei giorni a sorvegliarlo. È fatiscente. E vicino ci sono fabbriche, senza turni notturni, ed abitazioni popolari."

La ragazza mora studierà ancora la cartina.

"Quanto per arrivare?" – chiederà.

"A quest'ora non c'è traffico, venti minuti." – risponderà nervosa la bionda – "Senti, ma siamo in anticipo. Perché vuoi arrivare più di quaranta minuti prima? La conosci a memoria, quella mappa."

La nera supererà un'auto sulla destra – "Quando lo dice questo signore tu vai a dormire, hai capito bene?"

"Uffa!"

"Sicuro di farcela?" - chiederà la donna guardando di sfuggita l'uomo e controllando le macchine dietro di lei nello specchietto. "Per sei ore, sopravviveremo."

La donna fermerà la macchina alla fermata dell'aviobus. Decine di persone cammineranno sul marciapiede, e saliranno gli scalini diretti alla rampa di accesso. Lui aprirà la portiera, scenderà e farà per richiuderla.

"John."

Nel cielo sopra di loro sarà appena decollato un aviobus, tra nuvole di gas di scarico, che assumeranno un colore giallo dovuto alle luci di posizione intermittenti, mentre si sentirà il tipico rumore degli aviogetti in posizione verticale. L'uomo si girerà, con la portiera in mano. La voce della donna sarà quasi un sussurro.

"Mi posso fidare, vero?"

L'uomo si infilerà il cappello.

"Scalderò la cena nel forno."

"Non intendevo quello."

Lui si allaccerà il giubbotto di pelle.

"Lo so." – dirà, con la portiera in mano – "Stai tranquilla."

Poi chiuderà la porta.

"E torna alle sette e un quarto!" – urlerà la donna.

Ma lui sarà già salito di corsa sugli scalini della fermata, diretto alla pensilina di attesa degli aviobus, mescolandosi con le altre persone in coda.

"Mamma, ma dove va John?"

La donna si passerà il palmo della mano sulla fronte.

La ragazza non distoglierà gli occhi dalla cartina.

"La mappa, la mappa. La mappa non è il territorio."

L'auto volterà a destra, dirigendosi alla periferia ovest della città.

"Quando arriviamo in zona, fai qualche giro intorno al palazzo, voglio memorizzare bene i punti di estrazione." – dirà la ragazza all'uomo con la coda.

"Ne abbiamo individuati tre, stamane, sono segnati qui." – noterà la bionda.

"Sì, ma voglio vederli di notte. Di notte è tutto diverso."

L'auto nera scorrerà sorpassando alcune altre auto, con un brusio nella notte.

"La discesa?" – chiederà la ragazza ad un tratto.

"Nel bagagliaio."

La ragazza continuerà a sfogliare la mappa.

"Trappola per topi?"

"Nel bagagliaio."

"Campanelli?"

La bionda con i capelli a spazzola sposterà i capelli dall'orecchio della ragazza, con una carezza. L'uomo con la coda la guarderà nello specchietto retrovisore.

"C'è tutto." – sussurrerà la bionda – "Senti, se non ti senti, non è che devi andare per forza. Possiamo ancora mandare un messaggio e rinunciare all'appuntamento."

La ragazza mora alzerà lo sguardo ad osservare le luci della città perdersi in lontananza nella notte.

"Sono pronta." – dirà semplicemente.

Il palazzo che ospita la sede sperimentale dei NOCS, al quartiere EUR di Roma, sarà avvolto dall'oscurità, ma i proiettori illumineranno il giardino circostante, circondato dal muro. Nei sotterranei, l'uomo con il camice parlerà con l'ologramma del barbuto, seduto al suo fianco in un mezzo militare.

"No, Commissario, finora niente."

"Avete usato la stessa squadra?"

"Sì, Commissario, guardi, è qui con me l'Ispettore De Santis." – risponderà Santilli.

Giovedì, ore 18.34

Sarà sera, quando, all'interno del Millennium Park, la luce di mille finestre splenderà, ancora una volta, sul fagiolo di metallo luccicante, riflettendo grattacieli, nuvole, le prime stelle, e le persone. Inserito nel bellissimo contesto verde, a ridosso del centro, sarà ancora la meta preferita dei turisti in visita alla città, compresi quelli che, nel parco, andranno ancora a noleggiare un'antica bicicletta per un giro al sapore di nostalgia. The Cloud Gate, all'AT&T Plaza del Millenium Park a Chicago, Illinois, comunemente chiamato The Bean, un enorme fagiolo argentato costato alla fine 23 milioni di dollari, rispetto ai preventivati 6. Tuttavia, in oltre mezzo secolo di visitatori, quella cosa - per i non amanti dell'arte risulterà difficile chiamarla scultura - costruita nel lontano 2004 dal visionario artista britannico Anish Kapoor, risulterà aver ripagato ampiamente l'investimento.

Un uomo, con un piccolo binocolo in mano, osserverà in disparte la scultura, che per la sua caratteristica forma sarà nota agli abitanti semplicemente come il fagiolo. L'uomo col binocolo e il cappello di pelle osserverà da lontano la superficie saldata in acciaio inossidabile riflettente, più di 9 metri di altezza, 20 di lunghezza e 13 di larghezza. Vista da lontano, somiglierà ad una goccia di plasma gigante in movimento, a un bizzarro giocattolo di cartone, piazzato da un mago stravagante su una vasta superficie lastricata, che apparirà abbracciata, per l'effetto ottico delle curvature a specchio, dalle luci dei grattacieli, che si perderanno nella sera. Alla fine, l'uomo la troverà. La donna bionda, con il suo cappotto verde stretto in vita da una cintura che le chiuderà i fianchi forse troppo stretti, gli volgerà le spalle, guardando dall'altra parte. Sembrerà sola, una piccola borsa in mano, e la borsetta a tracolla. L'uomo si avvicinerà senza perderla di vista tra la folla che girerà intorno alla scultura, divertita a riprendere strane ambientazioni e viste suggestive della città.

È sola?" – chiederà l'uomo, di spalle.

Margareth Madison si girerà di scatto.

"Whiley!" – esclamerà, sospirando – "Che spavento…"

"Lì dentro c'è quello che le ho chiesto?"

317

"Buona sera Commissario" – dirà l'uomo con accento napoletano – "ho sostituito solo l'operatore, per non destare sospetti."

L'uomo con la barba esprimerà tutta la tensione nella voce.

"Avvisatemi, non appena succede qualcosa."

"Certamente. A dopo, Commissario." – risponderà Santilli, spegnendo la comunicazione.

I due uomini in camice bianco si guarderanno, senza sapere cosa dire.

L'auto nera si fermerà nella strada alla periferia occidentale di Istanbul, illuminata scarsamente da alcuni lampioni gialli. A quell'ora della notte passeranno poche auto, e nemmeno in cielo si scorgeranno molte aviomobili. La ragazza bionda scenderà insieme alla mora, e l'uomo con la coda aprirà il bagagliaio, inserendo nello zaino della ragazza prima due piccole scatole e una terza più grande, quindi un rotolo di filo metallico.

"Allora, io sarò qui sulla strada, e controllerò il traffico, nascosta in quell'androne del portone all'angolo, da lì vedo entrambe le strade. Abbiamo già scassinato il portone e il portoncino dietro. L'appartamento al terzo piano è aperto, lo puoi chiudere col chiavistello. L'auto si andrà a collocare nel punto mediano tra le tre uscite." – dirà la bionda – "E tu ci dici quando chiudere, ed a quale delle tre venirti a prendere. E se qualcosa va male, dai l'ordine di abbandonare."

La ragazza si metterà lo zaino in spalla.

"Solo io decido se abbandonare, chiaro?"

I due guarderanno la ragazza attraversare la strada, diretta al vecchio palazzo fatiscente. La ragazza aprirà il portone, ed entrerà nel corridoio buio, chiudendo il portone dietro di sé. Accenderà la torcia, controllando il portoncino sul cortile. Sarà aperto, e il cortile sarà buio. Un cane abbaierà in lontananza. Arrivata alle scale, prenderà la scala a destra, fermandosi vicino alla ringhiera al pianoterra, estrarrà una piccola scatola dallo zaino e la piazzerà per terra, posizionandola a circa trenta centimetri sulla ringhiera, cui aderirà grazie al magnete. Poi salirà le scale al buio, supererà il primo piano, verificando che le porte dei due alloggi siano chiuse.

La donna guarderà la borsa che terrà in mano e compirà il gesto di aprirla.

"Non ora. Tra poco, quando glielo dirò io."

La bionda sembrerà ancora più magra, intirizzita dal freddo.

"Perché ha voluto vedermi qui?"- chiederà – "Ci sono camere di sorveglianza, e anche il servizio d'ordine."

"È sera, e qui c'è molta gente. E loro cercano un uomo solo, vestito diversamente da me." – spiegherà lui, prendendola per il gomito – "Ecco, si lasci prendere sottobraccio, ora guardiamo la struttura come una normale coppia di turisti. Faccia conto che siamo marito e moglie…"

La donna si avvicinerà, e con un po' di titubanza prenderà il braccio dell'uomo, spostando la borsa nell'altra mano.

"Venga, guardiamola da più vicino." – dirà lui.

I due, tenendosi abbracciati, osserveranno la serie di lastre di acciaio inossidabile lucidato che rifletteranno lo skyline dei grattacieli, distorcendolo, e creando, nella luce della sera, riflessi affascinanti.

"Ho verificato tutto quello che mi ha detto, oggi pomeriggio. Quel che ho letto, finora, è incredibile. È evidente che quella società, la Medoc, è solo una copertura. E ho controllato i bandi di cui mi ha parlato, le assegnazioni del Dipartimento, sono rimasta senza parole."

"E non le ho ancora detto nulla. Non le ho ancora parlato dei libri e dei saggi che avremmo dovuto discutere ieri. Ieri. Sembra un secolo."

"E cosa aspetta a farmeli vedere?"

"Non abbia fretta, devo riflettere. Prima voglio controllare che ci siano i soldi, fare un piano per sparire, e domani mattina iniziamo la ricerca. Se è come penso, non sarà una cosa lunga."

La folla intorno a loro, anche in quella stagione caratterizzata da un clima non certo favorevole, si divertirà un mondo a girarci intorno, a specchiarsi dentro, a riprendersi. I grattacieli, il parco, le prime stelle nel cielo sembreranno ancora più belli, riflessi nel fagiolo. La coppia passerà sotto la grande struttura, e la sensazione sarà quasi inquietante. L'uomo, tuttavia, si sentirà al sicuro, protetto dal gioco di luci, e dalla folla.

La figura nera salirà silenziosamente al secondo piano e piazzerà, sempre sulla ringhiera, la seconda scatola. Salirà al terzo piano, verificando che la porta sarà solo accostata. Entrerà nell'appartamento buio, passerà due stanze, entrando nella terza e posando per terra una terza scatola più grande. Uscirà sul pianerottolo dell'appartamento, chiudendo la porta dietro di sé. Ridiscenderà tutta la scala, e giunta al piano terra risalirà prendendo la scala a sinistra. Giunta al terzo piano, verificherà che la porta sia solo accostata ed entrerà, chiudendola dietro di sé col chiavistello. L'appartamento sarà buio e vuoto. Passerà attraverso due stanze, e poserà lo zaino nella terza, dal quale estrarrà la seggiolina pieghevole in alluminio e il proiettore olografico, che poserà in terra, sul tappetino verde, srotolandolo sul pavimento. Quindi spegnerà la torcia e si dirigerà in un'altra stanza, andando alla finestra e aprendola. Salirà sul lungo balcone, lo percorrerà tutto e poserà il rotolo metallico per terra in un angolo. Quindi guarderà il cortile nel buio, tre piani più in basso. Non sembrerà difficile. Muri perimetrali di un paio metri, un gioco da ragazzi. Oltre il giardino, altri cortili, focalizzerà le direzioni di uscita, aprirà il personal display riducendo al minimo la luminosità, nel buio della notte studierà sulla mappa tridimensionale le tre zone di estrazione, memorizzando mentalmente la connessione tra la mappa virtuale e la realtà. Osserverà il cielo, una notte senza luna, nuvolosa, perfetta. Rientrerà nella stanza, chiuderà la finestra sul balcone, si dirigerà nella stanza vuota adiacente, sedendosi sulla seggiolina posata sul tappetino, e accenderà il proiettore. Inspirando, nel buio, chiuderà gli occhi, per abituarli meglio all'oscurità, e svuoterà la mente per un po', andando in meditazione. Infine, riaprirà gli occhi e controllerà l'ora.

Dodici minuti all'appuntamento. Sono pronta.

Il furgone sarà fermo, in posizione stazionaria, sulla rampa di accesso di un tetto di un edifico di una dozzina di piani, nel centro di Breslavia, nella regione della Slesia. Nel vano posteriore, sei uomini vestiti di nero in tenuta da combattimento saranno seduti, con le armi tra le gambe, in silenzio. Nel vano centrale, il Capitano polacco e il Commissario italiano staranno guardando i monitor olografici, la cui luminescenza brillerà nel buio.

"Oh, ma che sbadato" – dirà, prendendole la borsa – "Lei ha già la borsetta, permetta che l'aiuti".

"I soldi ci sono tutti. Mi dica quando iniziamo, e cosa si fa."

"Gliel'ho detto. Domattina."

"E chi mi dice che lei ora non sparisce e che io non la vedrò mai più?"

"Nessuno, ma Lei sa che non è così. Lavoreremo insieme, sarà un lavoro a quattro mani. E se quel che scopriremo vale quel che credo, le chiederò altrettanti soldi, per andare avanti. La mia vita qui sarà finita, chiusa; e dovrò ripartire da qualche altra parte. L'accordo che le propongo è questo: io le passo le informazioni, e lei indagherà per entrambi, sulla base di ciò che le rivelerò."

"E cosa mi rivelerà?"

"Ci sono dei saggi, scritti da diversi autori. Un romanzo di fantascienza, una specie di thriller sull'uccisione del Papa, scritto al futuro."

"Addirittura." – dirà lei, e l'uomo coglierà la punta di ironia nella sua voce.

"Sì. Poi un saggio sull'evoluzione delle energie rinnovabili negli ultimi trent'anni. E forse c'entra anche un articolo di un medico cinese in tema di oncologia. Questi tre sono quelli che ho selezionato, sono recenti e digitali, poi abbiamo anche un vecchio capitolo di un libro scritto ai primi del secolo, contenente statistiche di crescita della popolazione del pianeta."

La gente intorno a loro sarà attratta dalla scultura, adulti e bambini riprenderanno con i personal display e luci artificiali la struttura, moltiplicando gli effetti di luce, alla ricerca dell'effetto più strano e divertente. La forma sopra e intorno a loro si deformerà nella luce, riflettendo, convergendo, ed esplodendo.

La donna esploderà in una battuta.

"Sicuro che non mi prende in giro?" – sbotterà ad alta voce - "E queste cose dovrebbero avere una qualche correlazione? Andiamo, davvero pensa che qualcuno ucciderebbe per questi argomenti? Comincio a pensare di non aver questo grande fiuto giornalistico."

L'uomo si fermerà, prendendola per entrambe le braccia. Le loro figure specchiate si confonderanno con quelle dei passanti sotto la grande struttura argentata.

Nel vano di guida, a fianco al pilota, l'operatore olografico sarà collegato, con il casco in testa, e manovrerà fogli nello spazio.

"Ormai non vengono più, Commissario, è inutile." – dirà il polacco, con l'aria stanca – "sono in ritardo. Siamo qui da quasi cinque ore in ascolto."

L'italiano controllerà l'ora, verificando il ritardo, sull'ora locale sarà l'una e quaranta.

Tre ore e quaranta di ritardo, qualcosa non va.

"Verranno." – dirà il Commissario.

Il polacco sarà troppo stanco per contraddire l'uomo coi riccioli scuri, e si limiterà a guardare ancora una volta l'orologio.

Quando la luce sul display si accenderà, nel buio della notte. Cervetti guarderà d'istinto l'ora: le due e trentasei.

"Santilli, mi dica." – chiederà con ansia, nel tono di voce.

"Commissario, ci siamo!" – li abbiamo agganciati da venti secondi – "Stesso nodo. Dica al pilota di andare a nord della vostra posizione, il segnale è a pochi chilometri. Trasmettono dalla città, sicuramente."

Cervetti inserirà l'intercomunicante, e la voce di Santilli verrà tradotta nelle cuffie in polacco.

"Quanto tempo?"

"Con questo segnale, sapendo già il nodo di partenza, massimo dieci minuti. Vi guidiamo noi."

"Dica a De Santis di far lanciare dal suo operativo un programma per rallentare la comunicazione. Guidateci in luogo, poi rintracceremo noi il punto esatto con il casco portatile."

Cervetti guarderà il Capitan polacco di fronte a lui.

"Portata del casco?"

"Cinquecento metri." – risponderà il Polacco, allacciando la cintura – "Margine di errore da dieci a venti metri. Andiamo!"

Il pilota metterà a tutta potenza gli aviogetti in posizione verticale e il grosso mezzo schizzerà nel cielo, sollevando una nuvola di gas di scarico e condensa colorata dalle luci lampeggianti, allontanandosi nel buio della notte.

"Sei in ritardo." – dirà il barbuto.

"Mi ascolti."- dirà, parlando a bassa voce – "Io non so se qualcuno dovrebbe uccidere per questi argomenti. Personalmente, se vuol sapere la mia opinione, non si dovrebbe uccidere per nessun argomento."

La donna lo guarderà negli occhi.

"Ma è successo." – proseguirà lui, in mezzo alla folla, con tono baritonale – "Ieri mattina, nel mio ufficio, ho trovato i miei colleghi in un bagno di sangue. Sembrava un macello, lo sa? E dopo, dopo aver parlato con il mio migliore amico, vengo a leggere la notizia della sua morte da uno spazio olografico, come se fosse una cosa di secondaria importanza. Beh, per me non lo è. E voglio capire."

La donna abbasserà lo sguardo.

"Mi scusi" – mormorerà – "È che tutto questo giocare alle spie mi rende un po' nervosa, tutto qui."

Lui le lascerà le braccia.

"E anche io voglio sapere." – aggiungerà lei.

I turisti intorno cammineranno nel parco, e taluni riprenderanno le immagini della scultura, stando seduti dalle panchine più in disparte.

"Chi crede che sia stato?" – chiederà lei, ad un tratto.

"Non lo so. Ma hanno commesso il loro primo errore, ieri."

"Quando?"

"Dandomi per morto."

Sotto la struttura, la città cambierà aspetto, i volti saranno deformati, e le persone che passeranno sotto la struttura a fianco a loro creeranno un movimento fluido, che si specchierà nei giochi di luce della sera.

"Posso chiederle una cosa?" – chiederà lui.

"Certo."

"Penso che ormai lei abbia capito che questo non è uno scherzo. Scriveremo un dossier, a quattro mani, io le passerò delle informazioni, ma sarà lei a firmarlo. Le staranno addosso. Non lasceranno facilmente che la verità venga a galla, e probabilmente cercheranno di screditare il suo lavoro, e quindi la sua persona, la sua onorabilità. Questo se va bene, perché non so fino a dove possano arrivare. Io ci sono già dentro, in questo gioco. Ma lei no. Lei ci sta entrando di sua iniziativa, è una volontaria."

Sarà appoggiato sulla panca di legno grezzo, nella grande sala della taverna del Giglio Nero, a Tortuga, affollata di gente ed invasa dal fumo delle pipe e del camino.

"E tu, sei uno stronzo." – commenterà il damerino del Settecento.

Si alzerà i bordi del vestito amaranto con merletti bianchi, prima di sedersi – "Mi sono dovuto sparare tre ore e mezza di programmazione non previste, dopo una giornata di merda, invece di mangiarmi una pizza e guardare la partita."

Il damerino, con la faccia da coniglio di un cartone olografico, muoverà le mani e sposterà oggetti sulla tavola di legno, il programma di caricamento di Yanus lo conferma.

Qualcosa non va.

"Comunque, ho finito il tuo cazzo di lavoro." – dirà il coniglio – "È venuto una figata. Te lo sto mandando a pezzi."

Il barbuto guarderà i segnali dei propri programmi, controllando i led luminosi nel buio dell'appartamento abbandonato.

Quell'uomo al tavolo in fondo alla taverna, vicino al fuoco, è lì fermo da ore.

"Come mai ci sta mettendo così tanto, stasera?" – chiederà il barbuto, appoggiandosi al tavolo di legno della taverna.

"Problemi di linea. Sembra ci sia più traffico del solito. È normale."

Non è normale per un cazzo.

"Sarà meglio che ti sbrighi."

Sembra che l'uomo vicino al camino ogni tanto guardi da questa parte.

"Sto facendo del mio meglio, e se non era per il tuo fottuto cambio di programma, a quest'ora sarei già con la pancia piena di birra nel mio letto, cazzo." – dirà il coniglio spostando i pezzi sul tavolo della taverna – "E non mi rompere le palle, non sono io che sono lento, è questa linea del cazzo che non va!"

Il barbuto osserverà i led luminosi nel buio dell'appartamento, osservando di sfuggita l'uomo in fondo alla sala fumosa, vicino al fuoco.

"Sì, ma tu sbrigati."

I due usciranno da sotto la struttura, camminando tra la gente ferma a osservare il capolavoro di ottica. I riflessi, le viste dei palazzi circostanti, la perfezione della superfice lucidata, perfettamente pulita, senza flessi né cuspidi, renderà il semplice camminare delle persone un'opera fluida ed irresistibile.

"Perché lo fa?" – chiederà Whiley – "Ma non ha paura?"

La biondina lascerà il suo braccio, e scrollerà la testa, alzando ancora il mento, per guardarlo meglio.

"Vede, signor Whiley, io faccio solo la giornalista, un lavoro singolare, dato che i giornali, nel senso tecnico, non ci sono più. Tuttavia, dei grandi maestri del passato, ho letto molto, e mi sono fatta l'opinione che esistano giornalisti che pensano di dire la verità, ed altri che sanno di non farlo."

I due cammineranno lentamente. Nella luce della sera, gli edifici illuminati rifletteranno sulla superficie del fagiolo le luci delle finestre accese.

"Tra quelli che pensano di dire la verità, alcuni hanno ragione, altri no." – proseguirà la donna – "Io non so se ho ragione, tuttavia non mi interessa molto la distinzione tra quelli che hanno ragione e quelli che hanno torto, ma tra quelli che dicono e scrivono quello che pensano, e quelli che invece, indipendentemente dalle ragioni, non lo fanno."

All'interno vedibile, percorribile e transitabile, la cavità produrrà infinite e molteplici immagini che, distorte dei giochi di luce della sera, genererà bizzarre e vorticose forme in movimento che, unitamente alla loro, li deformerà, inserendoli in un paesaggio fiabesco.

"È come in questi specchi, signor Whiley" – spiegherà lei – "Anche se la deformiamo, la realtà è sempre quella. Coloro che raccontano semplicemente la realtà fanno informazione, coloro che la deformano, invece, no. Io voglio stare tra i primi, signor Whiley, dalla parte di quelli che hanno il coraggio di esprimere le proprie idee, di dire quello che vedono semplicemente come lo vedono, senza lenti deformanti. Sarà poi il lettore a guardare, a leggere, a formarsi una sua opinione, e a scegliere se ciò che avremo detto noi corrisponde a quello che lui vuole sapere."

L'uomo osserverà nella luce della sera le immagini delle loro persone riflesse e deformate.

"Commissario, è vicinissimo ora, pochi isolati a nord ovest!" – la voce di Santilli gracchierà nell'interfono – "Sto mandando i dati al vostro operatore sul furgone."

"Allora, quando siamo in zona, passiamo alla ricerca puntuale con il casco, ed individuiamo il bersaglio!" – urlerà il Capitano ai suoi uomini, per superare le vibrazioni dell'aviogetto – "Irruzione solo al mio via, e che nessuno spari, se non per difesa. In tal caso, dovete solo ferire l'obiettivo, ci serve vivo! Tutto chiaro?"

"Capitano, le ricordo che i suoi uomini dovranno fare irruzione solo al termine della transazione."

"Sta bene, lei mi stia dietro, tra poco arriviamo in zona bersaglio. Tenetevi pronti a passare alla ricerca manuale!"

L'operatore al posto di guida si girerà di scatto, il casco in testa, il volto coperto dal visore luminoso.

"Capitano, ho incrociato i dati, l'abbiamo agganciato!" – urlerà, mostrando un segnale sulla mappa olografica con la mano guantata – "Chiama dalla Sky Tower!"

Il pilota effettuerà una virata violenta, scendendo rapidamente di quota. Cervetti abbraccerà il bracciolo del sedile, cercando di soffocare l'improvviso conato di nausea.

"Quanto, per arrivare?" – chiederà, a voce bassa.

Il Capitano guarderà con aria interrogativa il pilota.

"Tre minuti, Signore!"

Il furgone atterrerà su una delle rampe di accesso della Sky Tower, le luci di posizione lampeggianti nella notte.

"Fuori, fuori, fuori!" – urlerà il caposquadra, e i cinque uomini armati lo precederanno, correndo agli ascensori. L'ultimo porterà un pesante maglio a energia magnetica per sfondare le porte.

"Allora, da dove chiama?" – urlerà il Capitano uscendo di corsa sul piazzale, tra le nuvole di vapore e condensa degli aviogetti. L'operatore con il casco olografico manovrerà lo schermo portatile davanti a sé e compirà alcuni rapidi gesti con le mani coperte dai guanti, lasciando scie luminose nello spazio.

"Scala est!" – urlerà a un tratto – "Dodicesimo piano!"

Gli uomini scatteranno agli ascensori, e Cervetti seguirà di corsa il Capitano dietro ai suoi uomini.

"Perché questo mi pone nella situazione di essere in pace con me stessa, di essere giudicata da altri, ma non da me." – concluderà la donna – "Perché il mio compito non è quello di dire la verità - cos'è la verità? - ma di non deformare ciò che vedono i miei occhi, e di non nasconderlo. Mai."

L'uomo guarderà le loro figure, deformate nella scultura, pensando che alle volte il destino gioca strani scherzi, nel bene, e nel male.

La nera starà alla finestra dalle tendine consunte di colore rosa pallido, le braccia conserte, osservando l'uomo risalire il sentiero nel giardino. La porta si aprirà, e l'uomo entrerà con una piccola borsa sottobraccio.

"È questa l'ora di arrivare? Venti minuti di ritardo! Il greco questa volta mi ammazza, parola mia."

La donna afferrerà il cappotto e se lo infilerà rapidamente, prenderà la borsetta e abbraccerà la bambina.

"Niki, allora, la mamma deve scappare. Cosa ti ho detto? Stai con questo signore, non fare i capricci, mangia quello che ti ha preparato la mamma. Se vuoi puoi guardare i programmi, ma alle undici a letto, siamo intesi?"

"Sì, mamma." – una cantilena poco convinta.

"Meno male, brava." – la donna si avvicinerà alla porta, guardando l'uomo che si starà levando il giaccone – "Stavo per chiamare il greco e dire che non sarei andata, ti avevo detto esplicitamente le sette e un quarto."

"Mi spiace, ho perso un aviobus ed il secondo aveva qualche minuto di ritardo."

"Sì, beh, io torno alle due e mezza. E vedi, almeno per stasera, di rispettare le regole di questa casa. Non è un albergo ad ore, e pagare tutti quei soldi non ti dà il diritto di fare ciò che vuoi."

La donna aprirà la porta con decisione, uscirà e la chiuderà con forza dietro di sé. L'uomo si volterà a guardare la bambina.

"Non ti preoccupare, non è cattiva." – sorriderà la piccola – "Alle volte fa così anche con me."

Prenderanno due ascensori, liberi in quell'ora della notte, guardando freneticamente il display dell'operatore e l'orologio. Cervetti sarà nell'ascensore che scenderà verso il basso, a fianco del Capitano e di un paio di uomini vestiti di nero, con i cappucci in testa e le armi automatiche in mano.

"Non la sento bene, Santilli…Allora, questa transazione…Luce verde?"

Gli uomini saranno scesi al piano, entrambi gli ascensori si apriranno e gli uomini in nero scivoleranno nel corridoio, camminando velocemente con le torce sui caschi, illuminando le pareti.

"È qui!" – sibilerà l'operatore con il casco – "Qui dietro, dietro questa parete!"

Il Capitano guarderà l'uomo alto coi capelli ricci e scuri, che parlerà nel corridoio all'ologramma dell'uomo in camice, tra le ombre proiettate sul muro dalle torce.

"Commissario, luce verde!" – dirà l'uomo col camice.

"Possiamo andare." – confermerà sottovoce il Commissario, con il viso illuminato da una torcia posata sul casco del capo squadra, vestito di nero e con una pistola in mano. Il Capitano polacco batterà sulla spalla di quest'ultimo, che farà segni ai suoi uomini. Due secondi dopo, la porta, schiantata da due colpi di maglio magnetico, scoppierà in un lampo azzurro ed un frastuono assordante. Cervetti, dal corridoio, sentirà solo le urla degli uomini in nero entrati nell'appartamento, vedrà luci che proietteranno saette sui muri e nelle stanze, e udirà poi un rumore di colluttazione, mobili rovesciati ed altre urla. Quando entrerà nella stanza, venti secondi dopo, verrà quasi abbagliato dalla luce diffusa dalla granata accecante lanciata poco prima. Quattro uomini staranno tenendo sotto tiro delle armi una persona a terra, bloccato per le braccia da due uomini con i cappucci sul volto. Un giovane di circa vent'anni, con una barbetta rada e capelli rossicci lunghi fin sulle spalle.

Il giovane starà tremando di paura.

La ragazza vestita di nero scenderà furtiva le scale del palazzo della periferia occidentale di Istanbul, nel buio, con la torcia in mano e lo zaino sulle spalle.

Giovedì, ore 20.04

La sera sarà fredda e ventosa. Non ci saranno molte luci, nel quartiere popolare, e le basse case, disperse su una strada troppo lunga, lasceranno intravedere tante piccole luci dalle finestre solitarie, come lumini di una processione. Da una di queste, una luce filtrerà da una finestra ampia su un piccolo giardino con un'altalena, mossa dal vento. Vicino all'altalena, l'uomo col cappello di pelle, tenendo per mano la bambina, aprirà con la chiave la porta del capanno degli attrezzi. L'uomo entrerà, e poserà sulla brandina la piccola borsa. Aprirà il vecchio baule in fondo al capanno, inserirà la borsa all'interno, lo richiuderà con il pesante lucchetto di ferro e controllerà più volte che sia chiuso. Quindi, metterà la chiave del lucchetto nella tasca del giaccone, spegnerà il riscaldamento ad aria, e chiuderà la porta del capanno, illuminandola con la torcia.

"Ed ora, ti va una buona cenetta?" – dirà alla piccola, che lo guarderà in piedi sulla soglia, in penombra.

All'interno della piccola casa, l'uomo e la bambina si staranno preparando per la cena.

"A me non piace la verdura." – dirà la bambina – "E nemmeno il polpettone."

L'uomo guarderà la bambina, poi il pacchetto pronto, contenente due scatole separate, da inserire nei due piani del forno, per procedere a due separati tempi di riscaldamento.

"Beh, sì"- ammetterà l'uomo – "Non ha un aspetto tanto appetitoso. Ma che possiamo fare?"

La bambina guarderà l'uomo dal basso verso l'alto con la testa leggermente piegata.

"A me piacciono le patatine fritte. Tu le sai fare?"

L'uomo guarderà ancora i pacchetti e li posa sul tavolo della cucina.

"Beh, credo di sì. Ma tua madre non sarà contenta dell'idea."

La bambina lo guarderà senza commentare.

"E dove sarebbe la macchina per la frittura?" – dirà sospirando – "Vediamo…"

Parlerà sottovoce alla donna bionda seduta nell'auto, il cui ologramma la seguirà lungo i muri delle scale, mentre scenderà velocemente e silenziosamente fino al piano terra.

"Hai visto qualcosa?"

"Via libera." – risponderà la bionda sul muro in ombra– "Zona di estrazione?"

"Zona C" – dirà la ragazza, scivolando al portoncino sul retro del palazzo. Spegnerà il comunicatore e la torcia, aprirà il portoncino, chiudendo e riaprendo gli occhi un istante, per abituarli al buio della notte. Camminerà rapidamente fino al muretto, si arrampicherà sull'albero, issandosi sul muro di cinta lasciandosi cadere dall'altra parte. Osserverà le luci alle finestre dei vecchi palazzi del quartiere di periferia. Nulla. Tutte le finestre sembreranno chiuse, nessuno in vista. La ragazza attraverserà un secondo cortile, e arrampicatasi su una catasta di legno si isserà sul muro di cinta in mattoni, guarderà in strada, per poi lasciarsi cadere sul marciapiede, di circa due metri sottostante. Si avvierà camminando normalmente cercando di evitare i lampioni della strada, girerà a sinistra in una via laterale, fino ad arrivare a vedere la saracinesca chiusa del negozio all'angolo, sul quale si leggerà a fatica la scritta Gelateria.

La zona di estrazione C.

Improvvisamente, dal buio, la macchina elettrica nera parcheggiata dieci metri prima del negozio accenderà i fari, uscirà dal parcheggio accelerando, per fermarsi con un ronzio davanti alla ragazza. Questa entrerà in auto, e chiuderà lo sportello, gettando lo zaino sul sedile, mentre la macchina ripartirà immediatamente.

"Allora, è andata?" – chiederà apprensiva la bionda coi capelli corti, voltandosi ed appoggiando le mani sul sedile.

È andata." – risponderà la ragazza, buttando la testa sullo schienale, sbottonandosi il giubbotto di pelle e sollevandosi i capelli sul poggiatesta. L'uomo con la coda la guarderà per un istante nello specchietto, per poi accelerare, immettendosi in una strada più scorrevole. L'orologio sul cruscotto indicherà le tre e due minuti.

"Hai visto qualcosa?" – chiederà la ragazza.

"No, te l'ho detto." – risponderà la bionda – "Sembri preoccupata. È andata, no? Ora puoi rilassarti, che c'è che non va?"

Aprirà alcune ante, fino a trovare la friggitrice. Aprirà il freezer e troverà un grosso pacco di patatine. Leggerà le istruzioni, prenderà l'olio per la frittura, ed imposterà la macchina.

"Per caso ti piacciono anche gli hamburger?"

La bambina annuirà, sorridendo.

"Magari con le salse."

"Mamma le tiene in frigo, lì dentro."

L'uomo guarderà i pacchetti, poi la bambina.

"Facciamo un patto, però. Prima proviamo a vedere se quel che la mamma ha preparato ti piace. Io lo scaldo in forno, e intanto faccio anche le patatine." – dirà, tenendo aperta la porta del frigo – "Se tu mangi un po' di verdure con il polpettone, poi facciamo un assaggio di patatine con un hamburger."

La bambina lo guarda dal basso in alto, una massa di riccioli neri su un volto imbronciato.

"D'accordo?"

Senza attendere la risposta, metterà in forno i due pacchetti, accendendo al contempo la friggitrice.

La bambina giocherà sul tappeto del salotto con alcuni buffi ologrammi animati. Whiley, in cucina, intento a cucinare e preparare i piatti per la cena, penserà che qualcuno aveva fatto uccidere delle persone, perché queste stavano studiando qualcosa.

Ma cosa?

La risposta deve essere per forza correlata ai libri, alla riunione, alle teorie. Regolerà la temperatura del forno. Una vecchia ricerca dei primi del secolo, riguardante le curve demografiche previste per il futuro.

L'ho letta, avevano sottostimato il problema, per la metà del secolo.

Prenderà i bicchieri. Cosa c'entrava con lo studio di Ricky? Richard voleva quel libro, per controllare. Cosa diceva Richard? Che poteva esserci una correlazione con il tema delle energie rinnovabili. A suo dire, anzi, non solo c'era una correlazione, ma poteva esserci una precisa intenzione. L'uomo cercherà di ricordare le parole che aveva pronunciato il suo amico allo Zoo. Era stato Rick a metterlo sulla buona strada, aveva detto.

La ragazza respirerà profondamente più volte, per scaricare la tensione.

"Non lo so, ho come la sensazione che qualcosa sia andato storto."

"Sei stanca, è solo una tua impressione."

La macchina nera rallenterà, mantenendo l'andatura nei limiti consentiti, immettendosi in una superstrada diritta.

"Non lo so, è durata troppo tempo, non è normale. E poi, i miei programmi antintrusione sono stati un continuo segnalare contatti sulla linea."

"Ma la transazione è andata a buon fine, no?" – chiederà la bionda.

La ragazza inspirerà di nuovo profondamente, quindi espirerà, voltando il viso per guardare il paesaggio nella notte attraverso il finestrino. Le luci dei lampioni a bordo della strada illumineranno ad intermittenza il suo viso nel vetro, come in uno specchio dai contorni sfumati nell'oscurità.

E poi, la sua logica di sociologo aveva fatto il resto. Qualcuno aveva in qualche modo ritardato o impedito, secondo l'ipotesi di Richard, lo sviluppo delle tecnologie che avrebbero in qualche modo accelerato lo sviluppo della produzione agricola. Metterà le patatine nella friggitrice.

Ma che c'entrano quelle statistiche con l'agricoltura?

Richard aveva avanzato una ipotesi. Secondo lui questo avrebbe costruito un mondo in cui grandi agglomerati di persone vivono nelle metropoli, invece di consentire la creazione di tante piccole sfere autonome, nelle campagne, con una urbanizzazione più diffusa e capillare. E Richard aveva immaginato che tutto ciò avesse a che fare con esigenze di controllo. Possibile che ci fossero governi interessati a questo? Poserà le salse sul tavolo, insieme ai piatti ed alle posate. Ma questo, cosa diavolo avrà a che fare con gli altri testi. Lui stesso aveva letto di una ricerca, non pubblicata, di un medico cinese, in un lontano laboratorio di cui non conosceva nemmeno l'esistenza. Rifletterà su quale potrà essere la connessione di uno studio sul cancro con le energie rinnovabili, la produzione di cibo o l'eliminazione dei rifiuti. Butterà nel cestino i contenitori vuoti degli alimenti surgelati.

E un romanzo sull'uccisione del Papa?

No, questo non avrà alcuna correlazione con gli altri argomenti. Un romanzo non può avere correlazione con studi scientifici. Forse gli argomenti non sono correlati, e allora uno solo probabilmente è il testo incriminato, solo una pubblicazione non pubblicata è la causa di tutto quanto è successo. Entrerà nel salotto, posando i piatti e le posate sul tavolino davanti allo schermo olografico. Allora, non c'è alcuna connessione tra i diversi testi.

No, hanno ucciso tutti.

Se fosse solo una la pubblicazione della quale non si voleva che si sapesse, avrebbero potuto eliminare uno solo, il ricercatore che aveva avuto la sfortuna di imbattersi in quell'argomento. Ma no, e poi nessuno di loro aveva ancora trovato nulla di particolare, singolarmente anzi nessuno aveva trovato particolarmente interessanti quelle singole teorie, semmai aveva trovato strano il fatto che fossero state occultate. Un cartone olografico sbatterà più volte la testa sui piatti sul tavolo, tirandosi le orecchie.

Noi non sapevamo.

333

188 giorni prima

La notte sarà piovosa e fredda, nella tetra stazione di polizia di Breslavia. La notte sarà quasi finita, quando inizierà a piovigginare, e le gocce di pioggia scenderanno disarmoniche e casuali sul vetro della finestra all'ultimo piano, nella stanza degli interrogatori.

Il giovane ammanettato, rimasto solo per una ventina di minuti, da quando gli avranno tolto il cappuccio, sarà sorvegliato da un agente armato. Nella stanza farà quasi freddo, nonostante la stagione. La porta si aprirà, e il Capitano della polizia entrerà accompagnato da un uomo alto, ricci neri, la barba corta. Quest'ultimo userà un traduttore, quando saluterà la guardia armata.

"Ha detto qualcosa?" – chiederà.

"No, signore."

Merda, uomini armati, e questo non è polacco. Ma che cazzo succede?

Il Capitano, un uomo coi capelli biondi e baffetti chiari, piuttosto corpulento, in borghese, accenderà un proiettore olografico, e con le mani aprirà nello spazio un fascicolo tridimensionale, sulla cui copertina si legge Black Rabbit.

"Sono il Capitano Jankowski, Divisione Antiterrorismo. Cominciamo dal tuo nome." – dirà il Capitano, sedendosi – "Vediamo…Piotr Kaczmarek…."

L'uomo alto si siederà al suo fianco, dall'altro lato del tavolo.

"…22 anni, diplomato in informatica, precedenti occupazioni saltuarie, da un anno occupato come programmatore in applicazioni in rete olografica presso la società norvegese Opera Software. Nessun precedente penale, ma una serie impressionante di piccoli furti informatici. Alterazione dei risultati di un concorso per tecnico radiologo, un anno e tre mesi fa, furto di identità informatica di un direttore del servizio di comunicazioni undici mesi fa, alterazione dei risultati di esami universitari di una studentessa di legge dieci mesi fa; però, chi era, la tua ragazza?"

"No. Non era la mia ragazza." - sussurrerà il giovane. "Intrusione nel sistema remoto di una società di archiviazione dati otto mesi fa" – continuerà il biondo in borghese – "deviazione del traffico in entrata delle prenotazioni turistiche di una nota località balneare in Turchia."

La bambina riderà. Non sapevano di avere per le mani qualcosa di dirompente, non avevano idea di essersi imbattuti in qualcosa che a qualcuno non piaceva, no, meglio, di cui qualcuno aveva paura che si sapesse. Al punto da fare uccidere delle persone. Colleghi? Un cane tarchiato con le gambe curve, con un elmetto medievale in testa, morderà la coda del coniglio che si tirerà la testa. Che siano stati poco chiari i modi di comportarsi di chi aveva cercato di farlo rientrare in agenzia era un fatto dimostrato dall'irruzione nel locale con le armi spianate. Certo, lui poteva aver destato sospetti, aveva preso l'arma di Borman, era l'unico sopravvissuto, ma non sarà stato solo questo. Le patatine sono quasi pronte, dirà la voce della friggitrice. Whiley controllerà i prodotti riscaldati in forno e li porrà sul tavolino da pranzo, in salotto. Quindi, tutto questo, condurrà logicamente a qualche prima conclusione. La prima, che i singoli non sapevano, ma se la riunione avesse avuto luogo, allora avrebbero potuto sapere, e capire. Il coniglio volerà sul soffitto, tenendosi la coda, per poi correre vorticosamente sui quattro muri della stanza. La seconda, che qualcuno lo aveva voluto impedire, e questo qualcuno doveva essere uno informato della riunione. La bambina afferrerà la coda del cane con l'elmo da guerriero medievale.

Ma chi? Chi sapeva?

L'uomo scolerà le patatine dall'olio, e chiederà alla macchina di versarle nell'apposita vasca, aggiungendo una media quantità di sale. Borman diceva che tutti i rapporti venivano mandati al prof. Hatlock. Il cane si allungherà per cercare di mordere ancora la coda del coniglio, che sarà appeso sulla credenza, battendo i denti.

Borman mi parlava spesso di lei.

Era la frase che gli aveva detto l'uomo con cui aveva parlato in connessione olografica, a partire dalla terza chiamata, dopo la donna ed il biondino. La bambina riderà. Il nome, il nome. Come si chiamava?

Daft. James Daft.

Coordinatore operativo, aveva detto, divisione controllo informativo di Chicago, un tipo importante. Il coniglio, in cima alla credenza, estrarrà dalle tasche una manciata di carote. Forse aveva detto quella frase solo per tenerlo al telefono.

L'uomo coi baffetti biondi continuerà, sfogliando con fare annoiato il fascicolo tridimensionale nello spazio in mezzo a loro.

"sei mesi fa… tutti reati minori. Sei un pesce piccolo, Kaczmarek, e come vedi sappiamo tutto di te. O meglio, del tuo alias, Black Rabbit; bel nome. Coniglio. Non potevi trovarne uno più adatto a te."

Il giovane continuerà leggermente a tremare, non solo di freddo.

"Voglio vedere il mio avvocato. Non dirò niente. E conosco i miei diritti."

Il capitano annuirà, chiudendo nel foglio olografico sul tavolo lo spesso fascicolo con la denominazione Black Rabbit.

"Bene, ragazzo." – dirà con tono ossequioso – "È un tuo diritto, effettuare questa scelta ed io non te lo impedirò; in nessun modo. Ma lascia che ti spieghi una cosa, e ti dia un consiglio, dopo. Primo, ti spiego perché sei qui. Sei qui perché, probabilmente a tua insaputa, sei stato arruolato da uno dei più noti incursori sulla rete mondiale, uno che si fa chiamare Janus, con il quale sei stato scoperto in diverse conversazioni. Questo Janus sta progettando di costruire un'arma a scopo di attentato ad un'importante personalità, tanto che il mio collega qui a fianco è il capo di una operazione di investigazione che opera in rete con la collaborazione dell'Interpol, alla quale hanno aderito diversi governi."

Il giovane si muoverà sulla sedia, evidentemente a disagio.

"Tuo malgrado, giovanotto, sei caduto in qualcosa più grande di te. Sei capitato in una operazione che interessa la federazione internazionale antiterrorismo, e che sta muovendo decine di investigatori in tutto il mondo. Conseguentemente, puoi bene immaginare quali e quanti capi di accusa si troverà a dover gestire il tuo avvocato, considerando le prove che abbiamo raccolto con la perquisizione in casa tua, peraltro ancora in corso. Questo significa che, se le cose vanno come penso io - e per la mia esperienza non mi sbaglio mai - rischi capi di imputazione che vanno da un minimo di cinque fino a dieci anni di prigione."

Il giovane guarderà fuori dalla finestra, come sentendosi in un incubo. Il capitano si piegherà in avanti sul tavolo, abbassando il tono di voce.

"Ed ora, permettimi un consiglio."

O magari aveva detto quella frase per tranquillizzarlo o fraternizzare, e non aveva invece mai sentito di lui. Oppure. Oppure Daft aveva davvero sentito parlare di Whiley, ma non da Borman. Il maggiore non aveva mai detto a Whiley nulla di questo Daft, ma aveva invece spesso parlato con Hatlock. Le carote cadranno sull'elmo medievale del cane tarchiato, con un forte rumore metallico, rimbalzando per tutto il salotto. E molte volte Whiley aveva partecipato a delle riunioni in cui erano presenti sia Hatlock che il suo braccio destro, il prof. Turos. Whiley porterà in tavola il vassoio delle patatine fumanti e lo dispone accanto ai contenitori con verdure e polpettone, tra le carote olografiche che voleranno sul vassoio. Taglierà il polpettone e metterà un cucchiaio di verdure in ogni piatto.

È pronto!" – dirà Whiley – "Vieni a tavola?"

La bambina si alzerà dal pavimento, lasciando andare la coda del cane. L'uomo ricorderà ancora molto bene le discussioni, spesso molto accese, tra il Professor Borman ed i suoi due colleghi del Dipartimento, secondo i quali le spese erano eccessive, e i risultati delle loro ricerche di dubbia utilità per il committente. Il cane con l'elmetto inseguirà il coniglio, che salterà dalla credenza nascondendosi dietro la bambina, abbracciandola e battendo i denti. Borman aveva sempre difeso il lavoro dei collaboratori, dicendo che la ricerca doveva essere lasciata libera di operare. Il cane con l'elmetto ringhierà sbavando abbondantemente, con le carote infilate nelle fessure della ghiera sul muso. La bambina metterà in pausa il programma, e nel salotto i due ologrammi rimarranno bloccati, li cane pronto a saltare e il coniglio con le carote che usciranno dalle tasche. La bambina siederà al tavolino, assaggerà con evidente disgusto il polpettone, lasciando le verdure nel piatto. Whiley inghiottirà due bocconi delle porzioni, pensando che tutto sommato la piccola non abbia completamente torto. Che fosse stata questa posizione di Borman a condannarli inconsapevolmente? Borman aveva detto a muso duro a Turos che potevano decidere ciò che volevano degli stanziamenti, e anche ridurre contributi alle spese, ma non avevano alcun potere sulle sue scelte in materia di ricerca, e più volte aveva chiuso loro la bocca. Ma evidentemente, i due studiosi dovevano riferire a qualcuno.

A Daft, forse?

L'uomo dai baffetti biondi punterà l'indice verso il giovane.

"Il mio consiglio è quello di non fare quella telefonata, e di collaborare con il mio collega, qui a fianco, rispondendo ad alcune semplici domande. Tu non ci interessi, Kaczmarek, per noi sei solo un povero coglione che non ha capito in che genere di mare di merda si è messo prima di accendere il ventilatore. Ci importa invece del tuo contatto, di Janus. Fai uscire da quella bocca tutto quello che sai di lui, e ti prometto che sarai tenuto fuori dall'indagine in corso e resterai pulito come il culo di un bambino. Sarai solo identificato come l'alter ego dell'intrusore informatico Black Rabbit, passeremo quattro stronzate nel tuo fascicolo ai nostri colleghi del servizio controllo informazioni che lo ricercano da parecchi mesi, senza fare cenno a ciò che è successo questa notte, quelli se la berranno e tu sarai accusato solo dell'alterazione dei risultati degli esami della studentessa di legge ficarotta e delle altre cazzate, riceverai un anno, che sconterai a casa agli arresti domiciliari, visto che non hai precedenti, e magari la biondina che non si intende di legge ti farà anche un bel pompino per riconoscenza."

Il giovane guarderà il tavolo davanti a sé, lo sguardo perso nel vuoto.

"Allora, giovanotto, noi non avremmo tutto questo tempo, e la questione è molto semplice. Quale delle due opzioni desideri esercitare?" – chiederà con un sorriso cattivo il Capitano – "Preferisci discutere con il tuo avvocato di come evitare i dieci anni oppure chiacchierare con il mio collega qui a fianco, beccarti un anno e poi telefonare a ficarotta?"

Il ragazzo alzerà il viso, le labbra tremeranno quando aprirà bocca.

"E chi mi dice che manterrete la parola?"

Il Capitano batterà il palmo della mano sul tavolo, sorridendo amabilmente prima al giovane, poi al Commissario italiano al suo fianco.

"Hai fatto la scelta giusta, ragazzo." – dirà indicandolo con l'indice –"Non sei il coglione che credevo, bravo, ti sei appena salvato il culo."

Si volterà verso la guardia armata in piedi in un angolo.

"Niki, se mangi un po' di verdura, come vuole la mamma, dopo mangiamo le patatine. Le ho fatte, come volevi tu, vedi?"

Questo avrebbe spiegato alcune cose. Per esempio, il fatto che chi aveva fatto irruzione nella casa di arenaria sapeva cosa trovare. Non le cose, ma le teste delle persone che quelle cose avrebbero potuto interpretare. Solo se avessero messo insieme informazioni separate, sarebbero state un pericolo. Il che porterà nuovamente all'inizio, alla ricerca della connessione tra le varie cose, tra le pubblicazioni mai pubblicate.

"Non mi piace questa roba." – dirà Niki, lamentosa.

Con una differenza, anzi due.

Che chi aveva fatto irruzione doveva aver avuto l'informazione dell'oggetto della riunione direttamente da Hatlock, perché solo a lui Borman riferiva. Secondariamente, che poiché Hatlock riferiva probabilmente a qualcuno dell'agenzia, questo qualcuno allora era informato di tutto, e forse aveva dato l'ordine di uccidere, per impedire di conoscere.

E Richard?

Non potevano sapere di Richard, quella era una iniziativa di Rick. Ma certo! Rick aveva invitato il suo amico, e forse Borman non ne era a conoscenza, o non era ancora stato informato, o semplicemente non aveva passato l'informazione ad Hatlock. E di certo, se anche lo sapevano, non potevano prevedere che avesse un forte raffreddore, quella mattina. Quindi era stato il caso a decidere, come era stato il caso che lui fosse uscito. Strano che l'intera Agenzia fosse al corrente della cosa, e non avesse nulla da dire al riguardo. O forse, qualcuno nell'Agenzia era al soldo di chi non voleva che la riunione avesse luogo?

Ma chi?

Whiley osserverà il volto sconsolato della piccola, sforzandosi di mangiare verdure e polpettone, per dare il buon esempio. Due cose saranno comunque sicure, per Whiley. La prima sarà che solo qualcuno all'interno dell'Agenzia, informato da Hatlock, avrà potuto orchestrare la cosa, per ragioni per al momento ignote. La seconda, che se Whiley vorrà giocare d'anticipo, e capire la verità, dovrà ricercare nell'Agenzia.

"Possiamo avere un buon caffè caldo per il nostro amico, qui?"

Il giovane manterrà lo sguardo rivolto alla finestra.

"Bene, bene, ed ora ti presento il Commissario Cervetti, dei Nocs italiani. Infilati questo nell'orecchio, sai certamente cos'è." – dirà il Capitano, passando al giovane un piccolo auricolare sul tavolo – "Caro collega, il nostro amico è tutto tuo."

Cervetti guarderà il giovane con la barbetta rada, i capelli sciolti sulle spalle, gli occhi pesti e il labbro inferiore leggermente tremolante. Saprà per esperienza che sarà facile, a questo punto, farlo parlare.

"Allora, giovanotto" – esordirà Cervetti – "Senti bene la mia voce? Il traduttore simultaneo funziona bene?"

Il giovane annuirà.

"Bene, qui dentro risparmiano in riscaldamento, e siamo tutti stanchi. Quindi vediamo di non perdere tempo e ce ne andremo tutti a riposare un po', d'accordo?"

Il giovane muoverà la testa in senso verticale, stringendo le labbra.

"Prima, collega, ho sentito dire che tra i vari reati informatici di questo signore, vi era anche qualcosa che aveva a che fare con una nota località turistica. Sbaglio?"

Il Capitano Jankowski allargherà gli occhi, riaprendo il fascicolo tridimensionale.

"No. esatto…perché?" – chiederà consultando la scheda.

"Ah, grazie, ecco." – dirà l'italiano ringraziando la guardia che avrà portato i caffè.

"Ecco, proprio lì, Turchia, sei mesi fa." – continuerà – "Non è una coincidenza, vero? È lì la prima volta che hai conosciuto Janus, immagino. Hai lavorato con lui, ed evidentemente lo hai soddisfatto. Poi, recentemente, ti ha di nuovo contattato. Quando è stato? E perché?"

Il giovane guarderà sorpreso l'italiano, e sembrerà quasi sul punto di piangere.

Avrà un vantaggio rispetto a loro, un nome: James Daft, e saprà dove cercarlo. Domani, penserà Whiley, dovrò trovare il modo di trovare lui, mentre loro stanno cercando me. Per la prima volta, si sentirà in vantaggio.

Loro non sanno dove sono io, mentre io so dove è lui.

Whiley poserà le posate sul tavolo. Domani dovrà cercare il modo di trovare Daft, parlargli magari, o trovare le prove delle sue ipotesi. Non sarà cosa semplice, certamente un operativo dell'Agenzia non sarà facile da raggiungere. E non potrà nemmeno cercare semplicemente nelle pubblicazioni sospette; se quella è la ragione degli omicidi, chi li ha ordinati controllerà se un certo Whiley indagherà su tali elementi. No, lui dovrà essere un fantasma. La piccola poserà la forchetta sul polpettone. Si guarderanno, senza parlare. Quella casa sarà perfetta, piccola, anonima, in un quartiere praticamente senza sorveglianza, completamente diverso dai luoghi nei quali lui abitualmente sarà uso muoversi. Gente diversa, mentalità diversa, usi e costumi diversi. Avrà avuto fortuna, nella mala sorte. La bambina girerà la forchetta nel piatto, producendo uno strano rumore. Anche la biondina, la giornalista, un fisico minuto ma tanta grinta e coraggio. Forse, ci si potrà fidare. E poi, quali altre carte avrà in mano? Intanto dei soldi, coi quali sparire. Ma prima, prima gli servirà un'arma. Non la pistola. L'arma della conoscenza. E la giornalista potrà indagare al suo posto, cercare cose e parlare con persone. Non un gran piano, ammetterà, guardando le patatine, ma gli sembrerà il migliore di quelli possibili.

"Senti, ti andrebbe un buon hamburger insieme alle patatine?" – chiederà a un tratto.

Il sorriso della piccola sarà la risposta.

Sarà notte fonda quando la nera attraverserà la strada ghiaiata, aprirà il cancelletto basso con la vernice scrostata e lo richiuderà col chiavistello, incamminandosi sul sentiero nel giardinetto di casa. Noterà subito la luce soffusa che filtrare dalle tende rosa; non la luce centrale, sicuramente quella del proiettore olografico. La donna aprirà la porta con apprensione, entrando in casa. La luce del proiettore sarà accesa, dietro il divano.

187 giorni prima

Il villaggio di Onna Son sembrerà un tesoro luccicante nella baia, piena delle luci sfavillanti dei locali e dei negozi accese nella notte di Okinawa.

L'auto elettrica viaggerà leggera e veloce sulla sospensione magnetica a cinquanta centimetri dal suolo, sulla strada asfaltata che si snoderà sul fianco della collina a strapiombo sul mare. Nell'auto, la donna giapponese in un elegante vestito nero, perfettamente truccata, pigerà con il sandalo sull'acceleratore, e la decapottabile con la tettoia abbassata, sorpasserà un solitario mezzo di trasporto, evitando di poco il parapetto di pietra, lungo la curva per la collina. Al suo fianco, la ragazza coi capelli corti, vestita sportiva, si divertirà a sentire l'aria scorrere sui capelli. Quando l'auto effettuerà l'arrischiato sorpasso, si girerà a guardare scorrere il mezzo di trasporto e a sorridere ironicamente all'autista che inveirà contro di loro. In cima alla collina, dietro l'ultima curva, l'auto finalmente rallenterà, girando a destra per una deviazione proprio sul punto più alto del passo, dal quale si godrà una vista splendida della baia, a quell'ora della sera piena delle luci delle barche e della marina sul molo. La giapponese condurrà la macchina sulla strada sterrata tra gli alti alberi sempreverdi, e dopo quasi un chilometro l'arresterà in un piazzale. La donna e la ragazza scenderanno dalla decapottabile, prendendo una cassetta dal bagagliaio ed avviandosi nel piazzale ricoperto di ghiaia. Ai lati oltre la ringhiera di legno, la scarpata cadrà a strapiombo sul mare. Tra il folto degli alberi che circonderanno la radura, in fondo al piazzale, scorgeranno la costruzione di legno a forma di torre a tre piani oltre alla torretta, sormontata da una cupola di colore rosso, che si staccherà chiaramente nella luce delle lanterne appese ai lati della torre.

Il terzo piano della costruzione sarà illuminato, e una tenue luce rossa penetrerà al di fuori attraverso le finestre, coperte da tende di tela colorata. L'insieme della costruzione esprimerà un misto di tradizione ed abbandono, e sarebbe certamente uno dei posti più spettacolari del luogo, se non fosse stato praticamente trascurato e non restaurato. Evidentemente, al proprietario non interesserà il fine turistico.

Il volume molto basso, una musichetta allegra. La donna poserà la giacca e la borsetta, accendendo la luce in cucina. Metà delle posate nel lavello, odore di fritto e sul tavolo i resti di un paio di patatine. Alzerà il cassetto del vecchio robot raccogli rifiuti, e vedrà i resti del polpettone e delle verdure. Nei piatti vi saranno tracce di salse, e nelle padelle sarà stato fritto evidentemente qualcosa.

Figuriamoci. Lo sapevo.

Uscirà dalla cucina, e prima di dirigersi alle scale per salire da Niki, penserà di domandare al suo ospite com'è andata la serata, e magari chiedergli conto di quel casino in cucina. Sempre che sia ancora sveglio, e non si sia addormentato con il proiettore acceso. Si avvicinerà al divano, attraversata da un coniglio che scaglierà martelli di gomma sull'elmetto del cane al suo inseguimento, che produrranno un suono di campana e scintille di mille colori. Il volume sarà quasi spento. Solo quando girerà intorno al divano noterà la bambina e l'uomo addormentati insieme sul divano, Niki sul suo petto, le braccia al collo.

Per qualche istante la donna non riuscirà più a pensare.

"Il maiale è già arrivato." – dirà la donna, indicando una vecchia auto scassata, parcheggiata vicino alla torre – "Andiamo."

La ragazza, con la cassetta sottobraccio, seguirà la donna sulla piazzola ricoperta di ghiaia. I loro passi produrranno rumore, nel silenzio assoluto del luogo solitario. La costruzione, interamente in legno massiccio, probabilmente risalente al sedicesimo secolo, sembrerà nel complesso un edificio fatiscente. La donna, giunta al piano terra, interamente aperto ai lati e con vista sull'intera baia, spingerà il cancelletto di ferro arrugginito, che si aprirà con un cigolio. La donna si guarderà in giro nel buio. A destra, in fondo a un corridoio, un vecchio ascensore in legno.

"Saki, tesoro, da questa parte." – gracchierà da qualche parte un altoparlante.

Che voce odiosa.

La donna si guarderà intorno, cercando di abituare gli occhi all'oscurità, senza riuscire a scorgere nulla. La ragazzona a fianco a lei ruoterà la testa più volte, scuotendola infine ad indicare la propria perplessità.

"Saaakiii…" – ripeterà la voce lamentosa e cantilenante – "Da questa parte, verso il corridoio, vicino alla colonna di legno…"

La donna avanzerà nel buio, verso la colonna.

"Fuochino..." – gracchierà l'altoparlante.

La donna girerà dietro la colonna, e vedrà, incastonato al suo interno, il suo fornitore, capelli unti calati sull'occhio, barba lunga e la solita tagliola al posto del sorriso.

"Benvenuta." – dirà l'ologramma – "Ma vedo che sei con la tua amica."

"Chiyeko viene sempre con me. Qualche problema?"

"Oh no. No, ci mancherebbe, sono un gentiluomo io. Solo, vi prego di entrare nel corridoio e di fermarvi davanti alla porta di metallo. Una piccola formalità. Una cosetta di mia invenzione per ammodernare questo rudere."

La donna e la ragazza si guarderanno, quindi percorreranno alcuni passi fino alla porta di metallo, attraversando un tunnel di legno fatto di tavole di legno intrecciate. Improvvisamente, una luce verde scorrerà lungo il corridoio, accompagnata da un rumore sibilante di un motore che sposta un pannello.

Venerdì, ore 02.37

La piccola casa nel quartiere popolare sarà avvolta dalla notte, la luce soffusa uscirà dalla finestra centrale sul cortile, attraverso le tendine colorate di rosa. In lontananza, le luci della città, con i suoi grattacieli, disegneranno uno skyline nettamente in contrasto le forme basse e grevi del quartiere in periferia. La donna osserverà la bambina che dormirà sul petto dell'uomo, quindi si deciderà a prenderla in braccio, ancora addormentata. L'uomo si sveglierà.

"Che ora sono?" – chiederà con voce assonnata – "devo essermi addormentato."

"Circa le due e mezza." – dirà la donna, sollevando la bambina – "Andiamo, Niki."

La piccola abbraccerà la madre, nel dormiveglia.

"Aspetta, ti aiuto." – dirà lui, sollevandosi sui gomiti.

"Non è necessario."

La donna attraverserà il soggiorno, portando la bambina su per le scale. L'uomo si strofinerà le palpebre, si alzerà dal divano e spegnerà il programma olografico, facendo scomparire il coniglio inseguito dal cane con l'elmetto.

La donna sarà scesa dalle scale e tornata in soggiorno.

"Niki è stata brava?"

"Sì, molto." – risponderà l'uomo, in piedi davanti a lei – "Sta dormendo?"

"Come un sasso. Vedo che avete visto i cartoni olografici. Avevo detto di metterla a letto alle undici."

"Sì, beh, senti, mi dispiace."

"E avete mangiato patatine e hamburger."

Il tono della voce sarà vagamente canzonatorio, non proprio irritato.

"Sì, ecco, quel polpettone non era un granché, onestamente. Non ne voleva sapere."

La donna si siederà stancamente, sulla sedia in soggiorno, di fronte al tavolino rotondo.

"Mi spiace. Ero molto stanco, e mi sono addormentato."

Con mia figlia in braccio.

345

Un fascio di luce, simile a uno scanner, illuminerà in un paio di passaggi il tunnel di legno.

"Saki, Saki, birbantella." – dirà con voce mielosa l'ologramma del magro sulla colonna – "Sei pregata di posare la pistola che tieni nell'interno della coscia destra nella cassettiera davanti alla porta. Non ti serve, stasera."

Davanti alla porta si accenderà un piccolo faro, che illuminerà la donna e la ragazza dall'alto.

"E sei pregata di chiedere alla tua amica piena di vitamine di posare anche lei il pugnale che porta nella manica." – aggiungerà la colonna.

"Non potevi accenderla prima, la luce? A momenti ci facevi rompere l'osso del collo."

"Saki, mia cara, così sarà più interessante, per me. Prego, ora, fai come ti ho detto."

Maiale.

La donna si sbottonerà la gonna allacciata sul davanti, scoprendo la gamba destra, ed estrarrà la piccola pistola ad impulsi legata con un fodero all'interno coscia, posandola nella cassettiera. La ragazza sfilerà il suo stiletto dall'avanbraccio sinistro, posandolo nella cassettiera, quindi riprenderà in mano la cassetta.

"Secondo piano!" – urlerà con allegria la voce sulla colonna.

La donna e la ragazza entreranno nell'ascensore di ferro, la donna chiuderà la porta e schiaccerà il pulsante, facendo muovere il vecchio ascensore, che salirà lentamente, sferragliando nella notte. All'apertura, percorreranno un corridoio fino ad una vecchia porta scorrevole, che la donna aprirà lentamente.

"Saki, amore." – dirà il magro, mollemente adagiato su una poltrona dietro una scrivania antica – "Accomodati, grazie di essere venuta in modo così sollecito e premuroso. Ma cosa porta la tua amica?"

La stanza, un quadrato di una decina di metri di lato, con rastrelliere alle pareti contenenti vari oggetti di diverse dimensioni, avrà un pavimento in legno, in mezzo al quale, sopra un tappeto, sarà poggiato un tavolo antico, con anfore e monili sparsi. In fondo, dietro la scrivania in legno massiccio con importanti maniglie e un'imbottitura in cuoio rossa, sarà appollaiato il magro, con una gamba a cavallo di un bracciolo.

346

"Non importa. Per una sera non morirà. Si è divertita, almeno?"

"Penso di sì. È una bambina carina. Ma il padre non viene mai?"

La donna allargherà le braccia.

"Ne abbiam già parlato, mi pare. Il padre non esiste. E tu, invece? Hai qualcuno?"

"Chi, una donna, dici?"

"Non so" – sorriderà lei – "se non è un uomo..."

"No. In effetti, no. Non al momento."

L'uomo si siederà al tavolo, e appoggerà la mano su un orecchio, spostandosi i capelli spettinati.

"Andata bene al lavoro?"

La donna alzerà una mano.

"Il greco ha urlato venti minuti, mi ha umiliata di fronte all'altra collega, ma poi ha probabilmente deciso che per quella miseria che mi paga non era per lui conveniente far la fatica di sbattersi per sostituirmi." – risponderà appoggiando la testa sullo schienale – "Così, credo che mi terrò il lavoro. Per un po', almeno."

I due resteranno in silenzio, per un po'.

"E tu?" – chiederà la donna – "È andata bene allora la visita ieri sera?"

"La visita? Ah, sì. Sì, certo. Tutto bene."

"E quel pacchetto che avevi in mano?"

"È nel capanno. Al chiuso."

La donna annuirà. Resterà qualche istante in silenzio, poi appoggerà le mani al mento.

"Senti, ma chi sei tu? Forse potresti dirmelo, visto che domani allora te ne vai. Giusto per sapere chi ho ospitato."

"Non credo sia una buona idea. E poi, non mi crederesti."

"Beh, tu provaci."

L'uomo guarderà dalla finestra, nel buio.

"No, meglio di no."

"Ok, non insisto. Ma osservo, sai? Tu non sembri il tipo che racconta cazzate, e penso davvero che tu potresti essere una specie di studioso, una cosa del genere. Non per i tuoi abiti, ma per il tuo modo di fare. Le tue mani non sono quelle di chi fa lavori pesanti, e la tua faccia non sarebbe a suo agio nei locali che ho frequentato io per molti anni."

La donna noterà immediatamente la pistola ad impulsi sul piano della scrivania.

"È tuo, questo posto?" – chiede la donna avvicinandosi.

"Un piccolo affare. L'ho comprato anni fa, corrompendo qualche funzionario del luogo. Veramente unico, non trovi? Ed ideale per le mie consegne notturne. Niente traffico, ampio parcheggio, vicini assenti…"

La donna farà un cenno alla scatola di legno nelle mani della ragazza.

"Un piccolo omaggio per te, un presente. Non mi sembrava carino venire a mani vuote."

Osserverà la stanza, con le pareti di legno originali e non ristrutturate, tipiche di una costruzione pensata in origine come torre di osservazione e probabilmente mai modificata. L'insieme disarmonico di arte di diversa, e dubbia, provenienza, conferirà l'idea di confusione e mancanza di gusto.

"Oh, Saki, sei un tesoro. Che donna di classe squisita." – commenterà il magro, levando la gamba dalla sedia e mettendosi a sedere diritto – "Te l'ho mai detto?"

"Forse una volta, mi pare. Non me lo sono segnato, a dire il vero."

"Oh, ma fammi vedere, te ne prego. Vuoi appoggiare sulla scrivania, mia cara?" – sorriderà il magro alla ragazza.

Questa, leggendogli le labbra, guarderà la donna al suo fianco, che acconsentirà con un cenno del capo. La ragazza poserà senza troppe cerimonie la scatola di legno sul tavolo.

"Ed ora, ti dispiace aprirlo?" – chiederà con sussiego il magro.

"Non è una bomba. Puoi aprirla da te."

"Suvvia." – insisterà il magro, indicando la scatola con la testa – "Fai come ti dico."

La donna, sospirando, aprirà la scatola ed estrarrà una bottiglia di Whisky, lasciando aperto il coperchio.

"Te l'ho detto. Solo un regalo."

Il magro osserverà la bottiglia, meravigliato, quindi si alzerà, prenderà la pistola con la sinistra, avvicinando con la destra la confezione. Poi, estrarrà le cinque bottiglie rimaste.

"Sono impressionato."

"Sai, non vorrei stupirti, ma anch'io ho preso qualche birra in locali malfamati."

"Già." - sorriderà lei – "Immaginavo che questa fosse la tua idea di posto pericoloso."

L'uomo non ricambierà il sorriso.

"Allora, senti. Io non so che idea di posti pericolosi hai tu. Io non ho idee. Anzi, sai che ti dico? Non credo che esistano posti veramente sicuri. Fino a quarantotto ore fa, io pensavo di essere nel posto più sicuro del mondo, e di fare il mestiere più tranquillo, e forse noioso e ripetitivo che esista. Stessi orari, stesse facce, stessa gente, stessi luoghi. Scrivevo, leggevo, parlavo, il più delle volte. Mai fatto pugni in vita mia, io. E poi, una mattina, mi trovo che il mondo mi è crollato addosso. E tutte le sicurezze che avevo, mi sono scivolate sotto le dita. Soldi, amici, la casa. Non so se hai mai provato cosa voglia dire sentirsi perduti."

Più di una volta.

"Beh, io mi sono sentito così. E poi, ho trovato te, per caso. E questo è quanto. Se non ti spiace, non vorrei aggiungere altro. Tanto più che, come hai detto, domani mattina ci saluteremo, no?"

La donna lo osserverà in silenzio, per un po'.

"Sai già dove andare?"

"Non ancora. Ma ho qualche idea. Penso di sparire. Ma prima, devo capire. E voglio mettere un po' di pepe al culo di qualcuno, se riesco."

"Qualcuno pericoloso?"

"Penso proprio di sì."

La donna abbasserà lo sguardo.

"E non hai paura?"

In lontananza, si sentirà il rumore di una sirena, in aria da qualche parte, probabilmente un'avio ambulanza.

"Sì, che ce l'ho."

La donna scuoterà la testa.

"Ed allora, perché lo fai?"

Lui si stringerà nelle spalle.

"Forse perché il mio migliore amico è morto. O forse perché voglio sapere perché qualcuno ritiene di poter distruggere la mia vita, così, come se niente fosse." – graffierà con l'indice il tavolo – "Penso sia un mio diritto, saperlo."

349

Il magro osserverà le etichette sulle bottiglie.

"Ma come fai a sapere i miei gusti?"

Due gusti, hai. Le troie e il whisky.

"Ho tirato ad indovinare."

"E hai portato anche il denaro?"

La donna aprirà la borsetta, estraendo un pacchetto che butterà sul tavolo.

"Seicentomila. In eurodollari. Puoi contarli, se vuoi."

Il magro aprirà il pacchetto con la destra, e sfoglierà i sei pacchetti di banconote, contando mentalmente.

"Possiamo sederci?" – chiederà la donna.

L'uomo rimarrà assorto a contare, sfogliando con la destra.

"Come? Oh. Ma certo, che scortese." – risponderà con un cenno della sinistra, che impugnerà la pistola – "Accomodatevi, prego."

La donna si siederà su una sedia di fronte alla scrivania, facendo cenno alla ragazza di fare altrettanto con la sedia a fianco. L'uomo continuerà a contare i pacchetti di banconote.

"Ed ora, se le formalità sono finite, possiamo vedere la merce?" – chiederà la donna. L'uomo guarderà le due donne, sfoderando la sua solita tagliola tra le labbra.

"Certamente. Certamente. Ma prima bisogna brindare."

Riporrà con noncuranza la pistola nella fondina ascellare sotto la spalla sinistra, in una giacca rossa troppo larga per la sua taglia, aprirà un mobiletto a fianco della scrivania ed estrarrà sei bicchieri, che poserà sul tavolo. Le donne osserveranno incuriosite l'uomo aprire tutte le sei bottiglie e versare il liquore entro i bicchieri fino a riempirne all'incirca la metà.

"Dobbiamo brindare." – ripeterà il magro.

"Non vedo altri invitati. Siamo solo noi."

Il magro mescolerà velocemente i bicchieri sul tavolo, facendoli girare con grande abilità, come un manovratore di dadi o bussolotti in un gioco d'azzardo, posizionando i sei bicchieri davanti alle due donne.

"Lo so. Lo so. Prego, servitevi. Prendetene uno."

"Non è avvelenato." – dirà la donna ammiccando – "Se è questo che pensi."

"Oh, ma io non penso nulla. Solo che nel mio mestiere la prudenza è un obbligo."

La donna rimarrà in silenzio, per un po'. Guarderà l'orologio distrattamente, quasi le tre di notte. Starà iniziando a piovere.

"Ma perché è morto? L'ha ucciso qualcuno? E tu perché scappi da queste persone?"

L'uomo resterà in silenzio.

"Senti, già che ci siamo, credo di avere anch'io dei diritti." – sbotterà la nera – "No, perché se qualcuno domani bussasse alla mia porta, e mi chiedesse se ho ospitato che so io, un ricercato dalla polizia, io cosa dovrei dire? O peggio, se bussasse qualche criminale e mi chiedesse che fine hai fatto? Sei scappato ieri sera, ti sei visto non so chi, e sei tornato con un pacchetto di non so cosa. Non sarà mica droga, per caso?"

L'uomo ricambierà il suo sguardo, stancamente.

"Tutto quello che ti posso dire è che io non ho commesso nessun crimine, va bene? Non sono un criminale, non ho ucciso nessuno, non ho svaligiato una banca, non mi drogo. La cosa più forte che ho preso in vita mia è stato qualche spinello da ragazzo, quando studiavo al college, per far colpo su qualche ragazza." – si alzerà e guarderà dalla finestra – "Non che sia servito, peraltro."

"Ma allora, perché succede tutto questo?" – chiederà lei allargando le braccia – "Cosa ci fai tu qui, in casa mia?"

L'uomo continuerà a guardare dalla finestra, scuotendo la testa.

"Così, se non vuoi dirmi niente…" – dirà lei, alzandosi a sua volta – "allora è meglio che io vada a letto. Domani devo portare Niki a scuola. Cioè, tra quattro ore, circa. Mi aspetti per colazione, o parti prima?"

"No, ti aspetto. Comunque, non ti dico nulla perché non voglio coinvolgerti in qualcosa di brutto. Tutto qui."

Lei annuirà, avviandosi alle scale. L'uomo sentirà alcuni di passi sui gradini, poi la donna tornare indietro.

"Senti, volevo ringraziarti per questa sera." – dirà affacciandosi alla porta del soggiorno – "Per Niki, intendo. Mi ha fatto piacere."

L'uomo avrà il viso stanco e la barba lunga.

Non dirà nulla.

La donna si girerà, e risalirà le scale.

351

La donna prenderà malvolentieri un bicchiere.

"Chiyeko non beve. Mai bevuto, le fa schifo l'alcool."

L'uomo allargherà una mano ed il sorriso.

"Vorrà dire che prima o poi dovrà incominciare, no?"

La donna farà dei gesti alla ragazza. Lei prenderà la bevanda, ne inghiottirà un sorso e farà una smorfia disgustata, tossendo e poi sputando per terra. L'uomo non riuscirà a trattenere la risata, battendosi la mano destra sulla coscia.

"Troppo divertente. Davvero, dovevi vedere che faccia hai fatto." – dirà alla fine alla ragazza.

"Allora" – dirà la donna posando rudemente il bicchiere sul tavolo – "La merce. Vogliamo vederla?"

L'uomo trangugerà a sua volta il bicchiere.

"Ottimo, veramente ottimo." – commenterà pulendosi le labbra col bordo della manica –"Oh, sì, sì. Naturalmente... ecco qui."

Si alzerà, raggiungerà la rastrelliera, prenderà un tubolare nero dal terzo ripiano, e tornerà alla sedia fischiettando. Poserà l'oggetto sulla scrivania, davanti alla donna.

"Un'ottica insuperabile. La migliore che ho mai costruito, probabilmente."

La donna osserverà con attenzione l'oggetto, che si comporrà di due visori integrati in un'unica struttura.

"Ottiche bilaterali, visione notturna integrata, lenti modulari componibili, di massima qualità." – commenterà il magro – "Quello che ti avevo promesso."

La donna fisserà attentamente l'oggetto. Lo prenderà e si alzerà in piedi, indicando la finestra.

"Posso?"

"Certamente, accomodati."

La donna andrà alla finestra, farà scorrere il pannello di legno, guarderà fuori, porterà agli occhi l'ottica e osserverà la baia in lontananza, facendo ruotare lentamente i perni e le cerniere laterali. Per alcuni istanti rimarrà a guardare nel buio.

"Perfetta." – commenterà, ritornando al suo posto – "Hai fatto un buon lavoro."

"Un lavoro straordinario." – la correggerà il magro.

La donna rimarrà in piedi, infilando l'oggetto nella borsetta.

Whiley non riuscirà a dormire. Non sarà per il fresco della notte, anche se dormirà in maglietta e mutande. Non sarà per le due coperte di lana troppo corte, e nemmeno per la relativa scomodità del divano. Sarà per l'incertezza del domani. Guarderà il personal display sul braccio sinistro, osservando le cifre in verde fosforescente. Le quattro passate da un pezzo. Il cervello continuerà a pensare a cosa dovrà fare tra poche ore. La sua idea sarà semplice, e la starà elaborando da un po', nel buio. Da un lato, chiedere alla Madison di aiutarlo nelle indagini sulle pubblicazioni. Lei è una giornalista, abituata a fare inchieste, e quindi, sapendo cosa cercare, non dovrebbe essere un problema. Lui le dirà tutto quello che serve, quello che sa, e la indirizzerà sulla pista. Poi, starà a lei scoprire cosa si può trovare, se esistono davvero delle connessioni, e se l'ipotesi attorno alla quale lui sta ragionando si regge in piedi. Dall'altro, lui dovrà pensare a come fuggire da Chicago, dove andare, e come restarci senza essere scoperto. Dopo che l'articolo della Madison sarà stato pubblicato, sempre che riescano a scoprire qualcosa, dovrà fuggire, e sparire per sempre. Certo, non potrà pensare di stare nascosto in quella casetta di periferia, loro lo troverebbero, prima o poi. Ma chi sono, questi loro? Penserà che domani dovrà cercare James Daft, Coordinatore Operativo.

In quel momento lo sentirà. Rumori al bagno di sopra. Poi, i passi sulle scale, leggeri. Whiley guarderà attraverso il salotto, cercando di vedere nel buio. La leggera porta scorrevole si aprirà molto lentamente, richiudendosi altrettanto lentamente. Il soggiorno sarà in penombra, e la tenue luce lunare faticherà a filtrare dal giardino attraverso le tende rosa. Ma non sarà difficile capire che la donna si starà avvicinando, silenziosamente, scalza; avrà una vestaglia bianca. La nera solleverà le coperte di lana e si sdraierà vicino a lui sul divano, o per meglio dire quasi sopra, dato lo spazio limitato, la sua gamba destra appoggiata sulle sue. Il suo volto sarà serio, raccolto nella gran massa di capelli ricci.

Lo bacerà fugacemente sulla bocca.

Saprà di dentifricio.

"Anche tu non riesci a dormire?" – chiederà sottovoce.

"Bene" – dirà la giapponese, voltandosi – "se non c'è altro da discutere…"

Il magro osserverà la donna in piedi, poi la ragazza seduta.

"Oh, beh. Se non volete restare..."

"Magari un'altra volta. Grazie." – risponderà la donna, facendo cenno alla ragazza di alzarsi.

"Oh, mi spiace, comunque, è stato un piacere fare affari con te, Saki." – commenterà il magro, indicando la porta in fondo alla stanza – "Prego, vi accompagno."

"Grazie, alla prossima." – chioserà la donna avviandosi davanti a lui, seguita dalla ragazza.

"Quando vuoi, Saki, fammi un fischio, io sono sempre disponibile…" – aggiungerà lui allegramente, seguendo la donna, osservandole il culo.

Whiley non saprà se la domanda sia sciocca, data la situazione, o se sia la situazione a meritare una domanda sciocca.

"Ti prego, dì qualcosa." – aggiungerà lei.

Whiley penserà che ha i denti bianchissimi.

"Hai i denti bianchissimi."

La risata di lei suonerà soffocata, nella sua spalla.

"Intendevo qualcosa di un po' più intelligente."

Lui osserverà il contorno del suo viso, nella penombra.

"Non sono molto intelligente."

La donna sorriderà, bisbigliando.

"Io invece penso di sì."

"Ed è per questo, che sei qui?"

Non suonerà come una frase molto carina, ma lei capirà che il nervosismo a volte gioca brutti scherzi.

"Non lo so nemmeno io perché sono qui. Forse non ci crederai, ma non vado a letto con il primo che capita. Sono anni che non sto con un uomo."

Whiley sentirà il corpo della donna vicino a lui, osserverà fugacemente i contorni del seno che si intravvederà attraverso la vestaglia aperta sul davanti.

"Perché non dovrei crederlo?"

La bocca della donna si chiuderà sulla sua, mentre la sua mano si sposterà sull'inguine dell'uomo.

"Pensi che io sia una donna poco per bene?"

Lui guarderà ancora il suo viso, l'ovale quasi perfetto, pensando che i denti saranno veramente bianchi.

"Posso dire veramente quel che penso?"

"Devi."

"Penso che con quei pantaloni oggi avevi un culo da favola."

Lei soffocherà nuovamente una risata.

"E ora sei rimasto deluso." – provocherà lei, posando il palmo della mano destra sul suo pene. Lui appoggerà la sinistra, dolcemente, sul suo gluteo, sentendolo sodo come il marmo.

"Non lo so. Mi dovrei informare meglio."

"Sei bello." – sussurrerà lei, semplicemente, prima di aprire le gambe e salirgli a cavallo.

Poi, inizierà a baciarlo nuovamente, ricambiata.

187 giorni prima

La costruzione in legno svetterà solitaria tra le piante sempreverdi in cima al promontorio sulla baia di Onna Son, che risplenderà nelle mille luci della sera. L'uomo seguirà le due donne nella stanza in legno del terzo piano, sotto la torre a picco sul mare, accompagnandole all'uscita. La giapponese aprirà la porta scorrevole, uscendo nel corridoio, infilandosi la borsetta e spostandosi i capelli dietro l'orecchio.

La ragazza si muoverà con una velocità sorprendente, per la sua altezza. La giravolta sul piede sinistro sarà rapidissima, e colpirà di collo pieno la coscia sinistra del magro, sulla gamba d'appoggio, appena sopra il ginocchio. L'uomo urlerà debolmente, colto di sorpresa, e il suo braccio destro correrà alla fondina della pistola sotto la spalla opposta. La ragazza, dopo aver appoggiato per un istante il piede a terra, lo fa nuovamente scattare colpendo questa volta con un altro low kick l'interno dell'altra coscia, la destra. Il magro avrà estratto la pistola, ma si troverà completamente privo di equilibrio, venendogli a mancare il piede d'appoggio, incespicherà. La ragazza, che lo sovrasterà in statura di tutta la testa, afferrandogli il polso e torcendolo con una presa articolare, lo farà ruotare in modo innaturale, slogandogli la spalla destra. Il magro urlerà, lasciando cadere a terra la pistola, che la ragazza spazzerà con un calcio in un angolo. Il magro bestemmierà, scivolando sul piede d'appoggio, le gambe doloranti, picchiando con le ginocchia sul pavimento di legno e producendo un rumore sordo. In quel momento la ragazza lo afferrerà per la nuca e solleverà con violenza il ginocchio, che impatterà sul volto del magro, fratturandogli il setto nasale, e spedendolo indietro di un metro a sbattere prima la schiena e poi la testa per terra. L'intera colluttazione non sarà durata più di un paio di secondi.

La donna elegante rientrerà nella stanza, e chiuderà la porta.

"Ora ti spiego perché tutto questo sta succedendo." – dirà la donna con estrema calma – "Tutto questo non succede perché sei un esoso bastardo che si fa strapagare per il suo lavoro, oh, no."

Avrà caricato di enfasi la parola bastardo.

La pioggia della notte coprirà i loro sospiri soffocati.

Whiley resterà a guardare la schiena nuda della donna girata verso la parete, illuminata dalle prime luci dell'alba filtrate attraverso le tende della finestra sul cortile. Avrà smesso di piovere. Il suo braccio sinistro abbraccerà il suo fianco, mentre i suoi occhi si soffermeranno sui capelli scuri di lei, posati sul cuscino. Anche se vorrà, non oserà muovere il braccio, e resterà fermo, cercando di avvertire il suo respiro.

Non riuscirà a dormire, ma saprà che anche lei avrà gli occhi aperti, e che starà fissando il muro.

Il magro si starà rotolando sul pavimento, lamentandosi e cercando di rimettersi in qualche modo in posizione eretta, portandosi la mano sinistra al volto e poi guardandosela, ricoperta di sangue.

"Puttana!"- la sua voce suonerà stridula – "Maledetta piccola puttana!"

Si trascinerà sul pavimento, non riuscendo a rimettersi in piedi. Allungherà il braccio sinistro e appoggerà la mano sinistra sul tavolino basso, facendo leva per cercare di alzarsi.

"E quello che ti farà ora Chiyeko, se la conosco bene – ah, che per inciso non mi pare tanto piccola – non ha nulla a che fare con la tua ultima frase, che peraltro ti potevi evitare. Sai, è sorda, non so se lo sai, ma legge le labbra…"

Quando la ragazza si farà reggere con tutto il suo peso sul braccio appoggiato sul tavolino basso, posando la scarpa da ginnastica sul gomito, questo si schianterà, con il rumore di un ramo spezzato, producendo all'uomo un dolore lancinante. L'urlo del magro sarà disperato, altissimo e prolungato. La donna si avvicinerà alla ragazza che osserverà sorridendo l'uomo per terra, mettendosi le mani alle orecchie e poi indicando il magro, che si starà contorcendo sul pavimento.

"Chiyeko, cazzo, tappa la bocca a questo stronzo!" – dirà a grandi gesti, guardando negli occhi la ragazza – "Mi sta facendo impazzire!"

La ragazza guarderà la donna che si starà tenendo le mani sulle orecchie, quindi si guarderà intorno, afferrerà una tendina di seta, la strapperà facendone due strisce, quindi ne appallottolerà una e la infilerà a forza nella bocca dell'uomo. Con la seconda striscia gli fascerà più volte la bocca, stringendogli infine un nodo intorno alla nuca. La donna si toglierà le mani dalle orecchie, sentendo le urla soffocate nel bavaglio. La ragazza si siederà a cavalcioni sulla schiena del magro, sfilerà la propria cintura di cuoio dai pantaloni, infila una estremità nella fibbia e infilerà il cappio attorno alla testa dell'uomo, tirandogliela indietro ed incurvandogli la schiena verso l'alto.

"Così va un po' meglio." – commenterà la donna giapponese camminando fino alla sedia davanti alla scrivania.

Venerdì, ore 08.39

La vecchia auto elettrica scorrerà veloce, quella mattina di fine novembre, nella via di periferia poco trafficata, tra le vecchie case, le fabbriche dismesse, le birrerie chiuse, le serrande abbassate. Quando si fermerà lungo il vialetto, sotto le piante ormai spoglie, un tiepido sole farà capolino attraverso le nuvole, spostate dal solito vento, al quale la donna sarà ormai abituata.

La nera scenderà dall'auto, stringendosi nella giacca, con il sorriso sulle labbra. Da tanto tempo non si sentirà così bene, e non riuscirà a spiegarsi il perché. O meglio, tutto sarà successo in modo così improvviso, così sorprendente, così strano. Chiuderà l'auto, incamminandosi lungo il vialetto, pensando che la mattina, quando si è alzata, verso le sei, per tornare in camera sua, lui era ancora sveglio. Ricorderà di averlo pregato di aspettarla per colazione, e lui ha promesso. Poi, lei sarà tornata a fantasticare nel suo letto, fino all'ora di fare alzare Niki, poco dopo le sette. A colazione, la bambina non avrà fatto domande sull'uomo addormentato sul divano, ma poi, in macchina, mentre la madre la porta a scuola, la bambina avrà parlato, e come. Avrà detto di come avevano cucinato insieme, la sera, mangiato tante cose buone, e di come John sapesse fare bene gli hamburger, e anche che lui se ne stava in disparte dopo cena a studiare strane linee curve. Però, Niki lo aveva convinto a vedere con lui i cartoni olografici, sul divano. E poi si era addormentata, non ricordava quando.

Ma che ti succede?

La donna attraverserà il giardino, camminando sul sentiero. Forse, penserà, dovrebbe dire a John che, se vuole, può restare ancora un po'.

Non essere sciocca.

Quell'uomo non avrà nulla a che spartire col suo passato. Non sarà solo, ovviamente, il colore della pelle. Non c'entra proprio nulla con questo luogo, continuerà a ripetersi. Lei non avrà potuto studiare, e lui sembrerà una specie di professore, al suo confronto, uno che parla in modo diverso dalla maggior parte degli uomini che lei ha conosciuto, uno educato. Sembrerà insicuro, ma al contempo determinato.

I gemiti dell'uomo saranno strozzati nel rudimentale bavaglio.

"Ti stavo spiegando" – continuerà sedendosi – "che te la sei proprio cercata, povero coglione. Chiyeko ti avrebbe comunque ucciso, su questo puoi stare certo. Ma non ti avrebbe ridotto allo straccio dolorante che sei, guardati, fai proprio schifo."

La donna si siederà, osservando con interesse il magro, le gambe tremolanti, la spalla destra slogata ed il gomito sinistro piegato in modo innaturale, costretto a guardarla negli occhi con la testa tirata all'indietro dalla ragazza seduta sulla sua schiena, che tirerà per la gola con la cinghia.

"Sai qual è stato il tuo errore peggiore? Non dovevi proprio costringerla a bere il tuo schifoso Whisky. È una cosa che non sopporta, lo sai?" – si piegherà in avanti, parlando piano come per rivelare un segreto – "Lei odia l'alcool, e dire che te lo avevo anche detto. E odia che le si diano degli ordini. In particolare che sia un uomo a farlo. Quindi, tutto considerato, diciamo che l'hai fatta proprio incazzare, e io non me la sento onestamente di darle torto. Inoltre, sai, la stronza gode proprio nell'essere violenta, ed in questo io e te siamo un po' – come dire? – in conflitto di interesse. Dopo, lei diventa incredibilmente affamata di sesso."

Il volto dell'uomo ora sarà una maschera di dolore, la benda gialla si starà riempiendo del sangue che gli colerà dal naso rotto.

"È un po' scicroccata la ragazza, sai?" – dirà movendo una mano per aria, come ad indicare un difetto di minore importanza.

"Ma visto che stai per fare una fine di merda" – continuerà la donna parlando piano, prendendo il porta cipria e mettendosi comoda in poltrona – "mi pare corretto nei tuoi confronti che tu ne conosca esattamente la ragione. E io ci tengo ad essere corretta, è un fatto di stile. Ci tengo, che tu capisca l'importanza della correttezza e dello stile, è giusto che tu sappia perché devi crepare. La correttezza e lo stile sono valori importanti, sai?"

La donna inizierà a ritoccarsi il viso, guardandosi nello specchietto, mentre dal magro arriveranno solo gemiti soffocati.

"Questo, vedi, non ha niente a che fare con la tua richiesta esorbitante. Oh, no, questo mi poteva stare anche bene. Se tu mi avessi detto subito il tuo fottuto prezzo, che so, avrei anche potuto accettare, guarda."

Tuttavia, avrà una particolare sensibilità con Niki, che la bambina ha avvertito. Non esperienza, e nemmeno voglia di impressionarla. Le verrà in mente una sola parola: semplicità. Quell'uomo così teso e nervoso, la notte che lo ha conosciuto, perfino spaventato, aveva passato la giornata a fare cose strane, senza dirle molto in verità, anzi, praticamente nulla.

Ma che cazzo hai nella testa?

E poi, probabilmente, aveva cercato nella compagnia di Niki, casualmente, un momento di serenità. Forse, aveva cercato di non pensare ai suoi problemi.

Ma cosa nasconde?

La donna entrerà in casa e si toglierà il giaccone, posandolo su una sedia. Un uomo del genere, giovane, di buona cultura, probabilmente con un buon lavoro, ma quale tipo di problemi dovrebbe avere, tali da impedirgli di dormire nel proprio letto? In un certo senso, per sua fortuna.

Cretina.

Qualcosa di veramente grave dovrà per forza essergli successo, a meno che non sia stata tutta una montatura. E se lui avesse inscenato tutta quella commedia solo per portarla a letto?

No, sono io che l'ho abbordato, lui non ci avrebbe provato.

A meno che naturalmente lui non abbia inscenato tutto sperando che fosse lei a fare la prima mossa. Certo che se avesse avuto una simile fantasia, in un certo senso si sarebbe meritato di essere andato a buon fine.

Cazzo, sei una madre single, non una bambina di tredici anni.

E poi, sarebbe quantomeno improbabile che uno così insceni una storia tanto complessa solo per andare a letto con una come lei. Pagando quasi duemila eurodollari? Per quanto la nera sappia in cuor suo di essere ancora una bella donna, saprà benissimo che ci sono ragazze di dieci anni più giovani di lei, che per quella cifra sarebbero ben più semplici da rimorchiare, senza tante complicazioni. E senza dover passare due notti su un divano, mezzo scassato. No, ci dovrà essere una spiegazione diversa, penserà, avvicinandosi al divano. L'uomo starà ancora dormendo. Quando la mattina era uscita, con Niki, lui era ancora sveglio, probabilmente si sarà addormentato dopo, senza mettere la sveglia.

La donna accavallerà le gambe e inizierà a muovere la destra, facendo ciondolare il sandalo argentato.

"No, non ha nulla a che vedere col prezzo. E arrivo perfino a dirti che mi andava bene perfino il primo aumento, lurido bastardo." – sottolineerà ancora l'ultima parola, continuando a guardarsi nello specchietto.

La donna si piegherà in avanti per guardarlo negli occhi, aprendo le palme delle mani verso l'alto.

"Ma quello che proprio non dovevi fare è stato non solo ricattarmi, ma sputtanarmi con il tuo amico, che è andato a ficcanasare nella mia vita!" – gli urlerà in faccia con tutto il suo fiato – "Non dovevi farlo, perché quel coglione è andato a indagare sul mio cliente, su cosa ha fatto, su dove ha dormito, su quanti cazzo di soldi ha speso! Non dovevi farlo perché se ora io ti lascio continuare la tua miserabile vita quello stronzo di certo parlerà in giro, e tutti i miei nemici negli altri clan direbbero in consiglio che sono una debole, se mi lascio fottere da un ridicolo sgorbio come te! E io non devo farlo, perché se lo facessi non solo non sarei più la regina di Okinawa, ma sarei presto in una fottuta tomba!"

La ragazza tirerà maggiormente la cinghia, l'uomo emetterà soltanto lamenti soffocati.

"Invece" – riprenderà la donna, recuperando il controllo e abbassando nuovamente la voce – "ti dico io cosa succederà. Succederà che ora tu farai la fine di merda che meriti, che quel povero coglione del tuo amico invece lo lascerò vivere, affinché possa raccontare a tutti cosa succede a mettere il naso nei miei affari, e che questa notte io e la mia amica, qui, andremo a festeggiare degnamente, ridendo della tua fine."

La donna osserverà il magro a terra, l'occhio destro arrossato, il sinistro coperto dal ciuffo scivolato su un lato del viso, il corpo scosso da tremiti.

"Ma ho un'ultima domanda per te, importante; e vorrei che tu riflettessi accuratamente prima di rispondere, potrei anche cambiare idea al tuo riguardo. Pensaci bene, la tua misera vita dipende dalla risposta." – continuerà, prendendosi tempo mentre il magro la guarderà con il solo occhio aperto – "Allora, vorrei sapere: pensi ancora di aver fatto bene a cercare di fottermi?"

La nera vedrà la giacca dell'uomo, i pantaloni, il giaccone appeso alla parete.

Devo sapere.

In fondo, penserà, non c'è nulla di male, e non si accorgerà di nulla. La nera prenderà la giacca appoggiata sulla poltrona, infilando la mano nella tasca interna, ed estrarrà il portafoglio. Si allontanerà di alcuni passi, andrà in cucina, e lo aprirà. Alcune decine di eurodollari, come lui ha detto, spesi quasi tutti. Tessere, varie carte. Prenderà la carta bancaria. Aprirà il proprio personal display, inserendo la carta personale. Appariranno quattro banche. Quattro banche, penserà lei, io faccio fatica a tenerne una. Tutte e quattro negheranno l'accesso. Estrarrà la scheda di identità personale, infilandola nel proprio Display. Scoprirà che Whiley avrà qualche anno in più di lei, come immaginava, singolo, nato nei quartieri alti, il signorino, apparirà il curriculum. Lungo.

E chi è questo, una specie di scienziato?

La donna avrà fretta, lui potrebbe svegliarsi e lei dovrebbe rispondere a imbarazzanti domande. Troverà un'altra scheda, e la inserirà nel Display. La scheda riporterà la sua attuale occupazione, qualcosa che avrà a che fare con l'analisi degli accessi alla rete olografica mondiale, sembrerà un posto da impiegato, qualcosa del genere, in un'azienda che si chiama Medoc. Tutto normale, quasi normale. A parte i conti correnti chiusi. La donna riporrà le carte nel portafoglio, rapidamente, e un po' imbarazzata ritornerà in soggiorno, cercando di non produrre rumore coi tacchi degli stivali. Prenderà la giacca e l'appoggerà sul divano, osservando l'uomo dormire. Si sentirà in colpa, per aver dubitato di lui, prenderà il suo giaccone posato sulla sedia e si avvicinerà all'attacca panni alla parete, per appenderlo. Il giaccone di Whiley sarà appoggiato male, e la donna lo solleverà per appendere il proprio. Sembrerà pesante. La donna, incuriosita, metterà una mano nella tasca, e sentirà un oggetto metallico.

Quando estrarrà la mano, contemplerà inorridita la pistola.

La luce del mattino starà filtrando dalle tendine rosa della grande finestra centrale che darà sul cortile. La nera, il battito cardiaco accelerato, guarderà la propria borsetta.

L'uomo tenterà di dire qualcosa, ma dal bavaglio usciranno solo una lunga serie di suoni inarticolati. La donna poserà il porta cipria ed estrarrà il lucida labbra.

"Ma tu hai capito cosa sta dicendo?" – chiederà ridendo alla ragazza, muovendo la mano vicino all'orecchio – "Io no. Ma a te importa poi qualcosa di quel che ci vuol dire questo stronzo?"

Per tutta risposta, la ragazza stringerà la cinghia, arcuando ancor di più la schiena del magro, del quale ormai non giungeranno più che confusi rantoli, il corpo tremolante e un solo occhio sbarrato, l'altro coperto dai capelli scomposti sul viso.

"Sono sostanzialmente d'accordo." – concluderà la donna, lucidandosi le labbra – "Ora crepa pure, dopo Chiyeko ed io ci divertiremo di più, pensando alla tua fine di merda."

Il magro tenterà disperatamente di muovere il braccio sano e dire qualcosa, ma la sua visione diventerà opaca.

"Bravo, crepa, fallo per me. Dopo, lei sarà molto più brava, a letto." – dirà lei allontanando il lucidalabbra e guardandolo nell'occhio. L'ultima cosa che vedrà il magro sarà la gamba della donna ciondolare davanti alla sedia.

Alla fine, la ragazza si alzerà in piedi, guardandola. Questa si alzerà, infilerà il lucidalabbra nella borsetta a tracolla, e si dirigerà verso la porta. Il magro sul pavimento, tra le gambe della ragazza, sembrerà una bambola spezzata. La ragazza si muoverà verso la donna e l'abbraccerà, cercando di baciarla.

"Non qui." – dirà questa, guardandola negli occhi – "Prima, dobbiamo pulire, siamo professioniste. Ti spiace, tesoro, far quello che ti ho detto prima? Poi, andiamo a casa."

La ragazza annuirà, andrà alla scrivania, verserà il resto del bicchiere della donna sul tavolo, quindi prenderà la bottiglia di whisky, versandola sulla scrivania e sulle sedie. Guarderà nei cassetti della scrivania, prenderà alcuni fogli di carta, poi raccoglierà il pacchetto con le banconote e lo infilerà sotto la felpa. Prenderà altre tre bottiglie dalla cassa, ne verserà una interamente sul cadavere, le altre due sulle tende, sugli scaffali in legno, sulla porta scorrevole, sul tappeto e sul pavimento in legno. Accenderà con l'accendino una vecchia pergamena che staccherà dalla parete.

Controllerà che nella borsetta vi siano le chiavi della macchina, poi guarderà il comunicatore in cucina, e si chiederà se fuggire e chiamare la polizia. Infine, osserverà l'uomo che starà dormendo sul divano.

Niki ha dormito con uno che nasconde una pistola.

La donna metterà una mano sulla bocca, reprimendo a forza il bisogno di urlare. Non saprà se sia rabbia, paura, delusione, o tutte queste sensazioni insieme. Qualcosa dentro di lei le impedirà di scappare, di chiamare la polizia. Qualcosa che avrà a che fare con il dubbio, con il bisogno di sapere. Di capire. Di essere sicura.

Il pacchetto.

Ieri sera, penserà, è corso ad un appuntamento, e quando è tornato aveva un pacchetto in mano. Dove le aveva detto che lo aveva messo? La nera sarà confusa, cercherà di ricordare, guardando i secondi che scorreranno sull'orologio a muro. Sarà sicura che lui lo avesse detto.

Nel capanno.

Al chiuso – aveva precisato lui, le verrà in mente. L'adrenalina le correrà nelle vene ragionerà in fretta. I pantaloni, le chiavi si tengono nei pantaloni. La donna poserà, quasi con disgusto, la pistola sul tavolo in soggiorno, avvicinandosi silenziosamente al divano. Infilerà le mani nei pantaloni, nella prima tasca non troverà nulla, ma nella seconda sentirà le chiavi.

Non fare rumore.

Due chiavi. La prima sarà quella del capanno. La seconda , più grande, sembrerà più vecchia. Le prenderà entrambe. Si allontanerà senza mettersi il giaccone, aprirà silenziosamente la porta e uscirà in giardino, attraversando rapidamente il sentiero. Aprirà con la prima chiave la porta del capanno, entrerà, accenderà la luce chiudendosi la porta alle spalle, con il cuore in gola. Si guarderà intorno, senza vedere nulla di strano. La brandina, gli scaffali, il sifone dell'aria calda, spento e ormai freddo. Nessun pacchetto. Si chiederà dove lo avrà messo.

Il baule.

Lo vedrà, in fondo al capanno, verde con le borchie in ottone. Sarà chiuso con un lucchetto, e lei avrà una chiave in tasca. Si avvicinerà, e proverà la seconda chiave.

Getterà la pergamena accesa sul tappeto e attenderà di vedere le fiamme diffondersi rapidamente. Quindi, prendendo le altre due bottiglie una per mano, seguirà la donna in ascensore, versandone il contenuto della prima lungo il corridoio, buttando la bottiglia in un angolo. Entreranno nell'ascensore, la donna premerà il bottone, e la vecchia cabina scenderà sferragliando fino a terra. Raccoglierà la piccola pistola, e la infilerà nella guaina nella coscia, spostando la gonna, quindi passerà lo stiletto alla ragazza. Questa lo infilerà nel fodero nella manica sinistra e verserà il contenuto dell'ultima bottiglia nella cabina in legno dell'ascensore. Quindi prenderà i fogli di carta, arrotolandoli insieme, li accenderà e li butterà nell'ascensore, guardando la fiammata nella cabina. Le due cammineranno lentamente fino all'auto, e saliranno.

"Ti è piaciuto?" – chiederà la donna mettendosi alla guida e mettendo in moto.

La ragazza si passerà la lingua sulle labbra.

"Sei stata molto brava, tesoro." – sussurrerà la donna, baciando la ragazza, che ricambierà avidamente il suo bacio.

La decapottabile nera sarà quasi invisibile, all'ombra delle alte conifere, nella notte nuvolosa.

"Ora, andiamo a casa." – aggiungerà la donna, accendendo il motore e facendo girare l'auto sulla ghiaia - "La notte è ancora lunga."

Quando guarderà nello specchietto retrovisore, all'ultimo piano dell'antica costruzione di legno a picco sul mare si vedranno già, attraverso una finestra, i bagliori delle fiamme.

Il lucchetto si aprirà e la donna alzerà, lentamente, il coperchio. Vedrà subito il pacchetto. Prendendo un respiro, lo aprirà. E a quel punto si metterà una mano sulla fronte, sentendosi male.

La nera si alzerà dalla branda, dove negli ultimi cinque minuti avrà pensato a cosa fare, con la mente sconvolta, incapace di accettare quanto avrà visto. In fondo, rifletterà, in qualche remoto angolo del cervello, sarà probabilmente delusione, quella che starà provando. Delusione per aver pensato di aver incontrato un uomo diverso dai tanti che aveva incontrato in passato, un uomo che le aveva detto quasi vergognandosi che aveva i denti bianchi e un bel culo. Lo stesso uomo che avrà nascosto una pistola e la refurtiva in casa sua. Lo stesso che avrà passato la serata a mangiare patatine e vedere i cartoni con Niki. Non si renderà quasi conto che gli occhi si starando riempiendo di lacrime. In quei cinque minuti, sola sulla brandina, nel vecchio capanno, al freddo, la nera dovrà prendere una decisione difficile. Ansimante per la paura e l'affanno, guarderà il comunicatore, e farà scorrere il numero del pronto intervento.

Alla fine, deciderà.

Whiley si veglierà, e per un attimo non ricorderà dove si trova. Si metterà a sedere, sposterà le due coperte di lana, guarderà sorpreso la luce che filtrerà dalla finestra, controllando l'orologio appeso al muro.

Maledizione, la Madison.

Si dirigerà rapidamente in bagno. Quando uscirà, andrà in soggiorno e si infilerà la maglia nei pantaloni e si infilerà le scarpe, pensando di essere un dannato idiota per non aver messo la sveglia. Attraverserà il soggiorno, aprirà la porta ed entrerà in cucina. La donna, seduta al tavolo, avrà gli occhi lucidi, e una pistola in mano.

"Beatrix."

La nera alzerà il mento, tirando su dal naso, e gli indicherà la sedia con la pistola.

"Tu ora ti siedi" – dirà, con voce rotta dall'emozione – "e mi racconti tutto."

185 giorni prima

La città di Roma sarà già piena di turisti, in quel fine maggio, più bello del solito, con una serie ininterrotta di giornate magnifiche, dopo un aprile insolitamente freddo e piovoso. La zona del centro brulicherà di auto elettriche che scivoleranno con un brusio sul manto stradale a pochi decimetri da terra, con forti limitazioni alla velocità, nonostante il notevole miglioramento dei sistemi automatici di sicurezza che di fatto praticamente impediranno l'investimento dei pedoni, agendo direttamente sui freni. Nel cielo, il traffico veicolare delle aviomobili sarà prevalentemente spostato sulle vie delle circonvallazioni, per consentire l'ingresso nell'Urbe soltanto attraverso i mezzi pubblici, connessi alle rampe di appoggio dei Silos di parcheggio esterno.

Nell'ufficio del centro, alla Direzione Federale Antiterrorismo, la porta del Magistrato, in fondo al corridoio, sarà chiusa. Dentro, tre uomini staranno vedendo una registrazione olografica, seduti attorno al tavolo di riunione.

"Ho bisogno di un altro mandato di perquisizione ed arresto, dottore. Per questo soggetto, Janus, di cui purtroppo non conosciamo l'identità." – dirà l'uomo alto coi ricci neri – "Prego, Santilli, faccia vedere."

L'ispettore capo sarà seduto, in abiti borghesi, manovrando il proiettore olografico. L'ologramma del barbuto apparirà nella stanza, mentre in uno schermo verranno proiettate tutta una serie di informazioni di crimini commessi in campo informatico, nel quale il soggetto avrà violato praticamente tutti i protocolli legali di accesso ai nodi olografici.

"Questo sarebbe l'uomo che dobbiamo trovare?" – chiederà il magistrato – "Il softwarista?"

"Esatto, dottore." – risponderà Santilli – "Lo sta cercando la polizia di sorveglianza degli accessi alla rete olografica. Da anni, ormai, senza risultato. Forse, per la prima volta, lo possiamo catturare."

"E perché è così importante?"

"Questo, se permette, lasciamolo spiegare dai risultati dell'interrogatorio. Vorrei farle vedere un estratto."

Venerdì, ore 08.56

La vecchia casa di periferia sarà immersa in un piccolo globo di luce, quella mattina di novembre, quando i primi tiepidi raggi di sole passeranno sopra gli alberi lungo il viale. La donna e l'uomo, seduti in cucina, siederanno da opposte parti del tavolo. I rumori della città giungeranno ovattati, attutiti dalle barriere delle case e degli alberi circostanti.

La donna avrà in mano la pistola.

"E io dovrei credere a questo cumulo di stronzate?"

"Cos'è" – chiederà l'uomo, posando le mani sul tavolo – "Una specie di interrogatorio?"

Lei si piega in avanti.

"No. Dammi un motivo per crederti."

Ti prego, dimmi che è vero.

"Non sei obbligata a credermi."

"Mi hai mentito!" – urlerà lei alzandosi, sempre tenendolo sotto tiro – "Non mi hai detto che eri armato."

"Non è vero, non ti ho mentito su questo. E non me lo hai chiesto."

"Ma vaffanculo!"

"Senti, te lo avevo detto che non volevo parlarti di quel che mi è successo. Lo sapevo di non doverlo fare, perché non mi avresti capito." – l'uomo poserà le mani sul tavolo, facendo il gesto di alzarsi – "No, anzi, non ci avresti creduto."

"Stai seduto!" – urlerà lei – "O sparo."

Lui la guarderà, scettico.

"Sicura di sapere usare una pistola?"

"Vaffanculo. Nel posto di merda in cui sono cresciuta io, era pieno di gente con una pistola. E non è difficile prendere un uomo da tre passi. Quindi, per favore, stai fermo."

Per favore. Ma che cazzo dici.

"Senti, Beatrix, io me ne vado, non saprai mai più niente di me. Mi dispiace, non volevo coinvolgerti in tutto questo."

"No, tu te ne stai seduto lì e non ti muovi. Chi mi dice che non torni, o che quella roba nel capanno non sia la refurtiva di una rapina."

Il magistrato guarderà l'ologramma.

"È un estratto dell'interrogatorio da Lei fatto ieri mattina a Breslavia?"

"Sì. Piotr Kaczmarek, alias Black Rabbit. Identificato soltanto ieri, dopo mesi di indagini. Santilli, facciamo vedere la scheda?"

Il magistrato osserverà l'ologramma del giovane coi capelli lunghi, e una scheda con allegati un elenco di crimini informatici, meno gravi di quelli della scheda precedente. I due ologrammi resteranno immobili, affiancati.

"E i due cos'hanno in comune, e perché sospettate che siano correlati alla nostra indagine?"

"Lasciamo parlare le immagini. Santilli, andiamo avanti veloce, saltiamo tutti i preliminari, e andiamo al sodo."

"La parte centrale?"

"Sì, quella in cui spiega la connessione con Janus e la ragione del suo coinvolgimento, non la parte tecnica informatica, che al dottore non interessa. Quella ve la vedete poi voi."

"D'accordo. Possiamo fare un po' meno luce, per favore?"

Il magistrato si alzerà. "Faccio io" – dirà, avvicinandosi al muro.

"Tende. Penombra." – sussurrerà al sensore posto vicino alla finestra, prima di tornare a sedersi. Le tende da sole si piegheranno e i vetri oscurati si gireranno, fino a creare la condizione di luce richiesta, già programmata nella memoria del computer della stanza. I tre uomini, nella penombra, guarderanno la registrazione. Santilli, muovendosi per la stanza, tirerà una linea nello spazio, e una stanza da interrogatorio si materializzerà davanti a loro, quasi a grandezza naturale. Nella stanza, spoglia, il Commissario Cervetti sarà seduto ad un tavolo, al fianco di un uomo coi capelli biondi ed i baffetti chiari, piuttosto corpulento, in borghese. In fondo alla stanza, un poliziotto in divisa, in piedi, vicino alla porta.

"Chi è il biondo vicino a lei?" – chiederà il magistrato, guardando il sosia di Cervetti.

"Capitano Jankowski, è il collega della Divisione Antiterrorismo polacca. È lui che ha diretto le operazioni del blitz, l'altra notte."

Il Magistrato annuirà, e farà cenno di proseguire. Santilli toccherà lo schermo invisibile, e la stanza nella stanza prenderà vita.

La nera si passerà la mano sinistra nei folti capelli.

"O…o peggio che domani bussi alla mia porta qualche genere di gangster chiedendo se…se io mi sono per caso scopata l'uomo che gli ha fottuto i soldi…Cazzo, in che grana mi sono cacciata!"

Whiley si guarderà intorno. Quasi le nove. Alle otto e trenta, avrebbe dovuto chiamare Margareth Madison.

"No, tu ora te ne stai lì, buono buono, e vediamo cosa ne pensa la polizia di tutta questa tua bella storia." - continuerà lei, camminando dietro al tavolo, la mano sinistra a tormentarsi i capelli – "Se è vero quello che dici, ti proteggeranno loro, e se non è vero… beh allora staremo a vedere."

Lui farà cenno di alzarsi.

"Senti Beatrix…"

"Stai fermo!" – urlerà lei puntandogli la pistola, con ambo le mani – "E metti le mani sotto il sedere!"

L'uomo eseguirà lentamente, scrollando la testa.

"Ma in che programma hai visto questa stronzata?"

"Silenzio!" – urlerà lei, tenendolo sotto tiro, ed avvicinandosi al comunicatore della cucina. Lo solleverà, e lo poserà sul tavolo. Tenendolo sotto tiro con la destra, con la sinistra inizierà a comporre un numero.

"Non farlo, Beatrix." – dirà lui, a tono basso – "Non farlo, almeno per Niki!"

"Che cazzo c'entra ora Niki! Lasciala in pace hai capito?" – gli urlerà in faccia la donna – "Non farmi ricordare che hai tenuto in braccio mia figlia, con una pistola nella giacca!"

L'uomo scuoterà la testa, mentre lei riprenderà a comporre il numero.

"Io la lascerò in pace, ma loro no."

La donna avrà il dito sul tasto di invio.

"Loro chi?" – chiederà, indecisa – "Di chi parli?"

"Non lo so chi siano, Beatrix, svegliati!" – sbotterà lui, ad alta voce – "Quelli, quelli che vogliono farmi fuori. Te l'ho raccontato, quelli che hanno ucciso i miei colleghi, il mio amico, quelli…"

"Sì, sì, va bene, ho capito." – dirà lei, alzando la mano con la pistola ed allargando le dita – "Tra cinque minuti la polizia sarà qui."

Nella penombra gli ologrammi si muoveranno.

"Allora Kaczmarek, quando hai conosciuto l'intrusore della rete conosciuto come Janus?" – chiederà Cervetti.

"Non ricordo bene."

"Provaci."

"Sei mesi fa, forse sette."

"Come vi siete conosciuti?"

"In Tortuga."

"Il nodo informatico che avete usato anche stanotte." – commenterà Jankowski.

Il giovane farà cenno di sì con la testa.

"Ti ha contattato lui, vero?"

Il giovane annuirà, nuovamente.

"Ad alta voce, giovanotto." – sottolineerà Jankowski – "Stiamo registrando."

"Sì. Mi ha contattato lui."

"Perché?" – chiederà Cervetti.

"Per una operazione sulle località turistiche in Turchia."

"In che senso? Cosa dovevi fare?"

Il giovane si muoverà sulla sedia, a disagio.

"Le preferenze e le graduatorie di tutte le stazioni termali, gli alberghi, ristoranti, hotels ed ostelli della gioventù, cose così. Sulla rete olografica, le persone caricano migliaia di post riguardanti le loro vacanze, dove sono stati, come sono stati, i loro commenti, e così via. E sulla base di quelle recensioni, sui siti olografici, si formano le classifiche che determinano dove la gente sceglie di andare in vacanza, quanto è disposta a spendere, eccetera. Alcuni clienti avevano contattato Janus, per modificare le cose."

"Modificare vuol dire alterare a pagamento?" – chiederà Cervetti – "Come avete fatto?"

"Creando registrazioni finte. Migliaia di registrazioni che parlavano benissimo di quel certo ristorante o di quella spiaggia, o quell'hotel. Tutto finto."

"Come, tutto finto?"

"Tutto. Persone, audio, immagini di repertorio. Tutto finto. Montato al computer, e inserito nella rete olografica come dati pubblicati da migliaia di nodi di accesso inesistenti in realtà. Tutto fatto da un punto solo."

La nera soffierà le parole dalla bocca.

"E tu lo racconterai a loro. Se è tutto vero, sarai salvo."

"No, Beatrix." – dirà lui, guardandola negli occhi – "Se tu schiacci quel pulsante, ti dico io cosa succederà."

Non contarmi balle, ti prego.

"Tra cinque minuti arriverà la polizia. Io sarò portato via per accertamenti per la tua denuncia. Tu darai la tua deposizione. Poi, entro ventiquattrore, io sparirò, semplicemente, perché quelli stanno sicuramente ascoltando questo genere di notizie sulle comunicazioni della Polizia, e qualcuno arriverà con un bell'ordine di cambiamento di custodia del prigioniero, per spostarlo in altra sede, per altro interrogatorio, magari saranno dei federali. Solo che a quell'interrogatorio io non ci arriverò. Non vivo, almeno."

Il labbro inferiore della donna tremerà leggermente.

"E poi, quei signori dovranno per forza venire qui, da te, e cancellare ogni prova. Il che significa uccidere te." – l'uomo parlerà con tono della voce pacato, quasi rassegnato – "E se sono il genere di persone che credo io, non si faranno molti scrupoli nemmeno ad uccidere Niki. E poi si inventeranno qualche storia sulla malavita locale. Non hai un passato turbolento, Beatrix?"

La donna ora faticherà a tenere ferma la pesante pistola. La voce uscirà quasi strozzata, a stento tratterrà le lacrime.

"Ma allora, che cosa devo fare io ?" – urlerà, puntandogli la pistola.

L'uomo la guarderà con calma, inspirando prima di parlare.

"Devi essere forte. Per te. Per Niki. E fare la cosa giusta."

La donna scuoterà la testa, presa da una risata isterica.

"E quale sarebbe la cosa giusta da fare?" – sospirerà – "Secondo te."

L'uomo guarderà l'orologio, sarà in ritardo all'appuntamento. Guarderà la donna, il cui dito sarà sempre vicino alla chiamata per la polizia. Whiley penserà freneticamente al modo per uscire da quella situazione.

"Credermi."

"Crederti!" – ripeterà lei, sospirando, ed allargando le braccia – "Tutto qui. Crederti sarebbe la soluzione."

L'uomo la guarderà, e alzerà il mento, muovendosi.

"Sì."

Jankowski si liscerà i baffetti biondi sul viso rotondo.

"Da dove?"

"Casa mia."

"E di questo troviamo traccia nei tuoi archivi, vero?"

Il giovane annuirà di nuovo.

"Ad alta voce." – dirà il Capitano.

"Sì. A casa mia."

"Di tutto questo a noi importa poco." – interverrà Cervetti – "Veniamo al contatto più recente. Dopo aver lavorato bene su quel progetto, Janus ti ha tenuto in considerazione per una operazione diversa, quella che a noi interessa. Quando ti ha contattato?"

"Qualche giorno fa. Non ricordo. È stato un lavoro febbrile, da fare di corsa."

"E tu perché hai accettato? Per i soldi? Quanto ti ha pagato?"

"Venticinquemila." – poi si correggerà – "Cioè, cinquemila subito, il resto alla consegna."

"Quindi aspetti gli altri soldi."

"Sì."

"E quando ti dovrebbe pagare?"

"Entro un paio di giorni, massimo. Il tempo di controllare che tutto funzioni. Poi mi deve pagare."

"E se non lo facesse?"

Il ragazzo sorriderà amaro.

"Nessun operatore serio lo farebbe." – spiegherà – "Gli rovinerei la reputazione in rete olografica in una sera. E Janus è un operatore molto serio."

"Fammi capire. Quindi, lui ti deve contattare, ancora?"

"Sì. Un messaggio che la merce è andata a buon fine."

Cervetti prenderà appunti su un foglio olografico a parte.

"Torniamo a noi. E questi soldi, come ti arrivano?"

"Un anonimo conto di una banca Irlandese. Versamenti in forma di donazione ad una associazione informatica, che nella realtà non esiste." – spiegherà il giovane – "È il mio conto."

"Quindi, se noi volessimo scoprire da dove arrivano i soldi…"

"Trovereste decine di versamenti fittizi, fatti comparire da anonimi sottoscrittori di un fondo che in realtà non esiste, e depositati su una Banca irlandese. All'oscuro di tutto."

"E stai fermo!" – gli urlerà lei – "Cazzo, non riesci a star cinque minuti fermo? Devo pensare."

Dammi una prova. Ti prego, ho bisogno di una prova.

"Dimmi perché cazzo dovrei crederti." – dirà lei, ad un tratto, con una voce stanca – "Dammi una prova, che non siano solo le tue parole. E fai in fretta, perché questa cosa pesa, e io non vedo l'ora che sia finita, in un modo o nell'altro. Quindi, se non mi dai qualcosa in cui credere, entro due minuti, io schiaccio questo bottone e la facciamo finita."

Lui annuirà, guardando il pavimento per alcuni secondi. Ormai, dovrà rischiare, non gli verrà in mente un'altra soluzione.

"Va bene. Se non credi a me, e lo posso anche capire, allora crederai a questa storia se te la conferma un'altra persona?"

"Chi?"

"Margareth Madison; la giornalista. Te l'ho detto, te l'ho raccontato, prima. Di dove sono andato ieri sera. Di quello che ho fatto. Ti ho raccontato che è lei che mi ha dato i soldi. Chiamala, e senti dalla sua voce se è vero."

La donna muoverà la testa, impercettibilmente.

"Potrebbe essere un trucco, un'altra donna. Una tua complice, magari."

"Sì, potrebbe, ma non lo è. E poi, scusa, apri il connettore olografico. Fai una ricerca, ci vuole un minuto. Margareth Madison. Scrive per una compagnia privata a contratto sul *Chicago Sun Times*. Controlla."

La donna rimarrà ferma un paio di secondi, poi si muoverà verso il connettore olografico.

"Tu non muoverti."

"Non muoverti." – le farà eco lui, con tono seccato – "E chi si muove? Sto una favola, qui."

La donna poserà il comunicatore del personal display e il connettore olografico sul tavolo, collegandolo. Inserirà una ricerca. La sua mano sinistra si muoverà nervosa ed impacciata nello spazio, osservando l'uomo seduto attraverso il foglio trasparente, e tenendolo sotto mira con l'altra mano.

"Come hai detto che si chiama?"

"Madison, Margareth. Scrive sul *Chicago Sun Times*."

Il Capitano si alzerà, scuotendo la testa. "Si può avere ancora del caffè, qui?" – chiederà alla guardia.

"Veniamo al nodo della questione. Perché Janus darebbe a te tutti quei soldi?"

"Per avere una compilazione di data base. Aveva molta fretta, doveva consegnare il lavoro al cliente, e non avrebbe fatto in tempo, da solo. Aveva bisogno di qualcuno che facesse un lavoro di ricerca in rete e di sviluppo di database di informazioni."

"Una specie di subappalto." – commenterà Cervetti.

Il giovane annuirà.

"Sì. Subappalto. Una parte del lavoro, ma complessa."

"Cosa c'è di complesso? Cosa dovevi fare?"

"Costruire i parametri perché Janus potesse sviluppare il software." – dirà il giovane, quasi controvoglia.

"Dobbiamo tirarti fuori le parole ad una ad una, o vuoi spiegare una volta per tutte di cosa si tratta?" – interverrà il Capitano – "Rispondi al Commissario! È chiaro il traduttore automatico?"

Il giovane si toccherà l'auricolare nella testa, annuendo.

"Sì, è chiaro. Doveva sviluppare un software per un fucile. Il software serve a gestire tutta una serie di parti hardware in modo automatico, lasciando il tiratore libero di concentrarsi soltanto sul tiro, o meglio sulla decisione di effettuare il tiro. Deve gestire tutti i problemi legati alla luce, alla visibilità, e soprattutto al vento ed alle condizioni atmosferiche. Il mio compito era costruire tutti i parametri legati a questa ultima parte, e darli pronti per la compilazione a Janus."

Nella sala riunione, ventisette ore dopo, il magistrato sobbalzerà sulla sedia.

"Ferma immagine!" – commenterà il magistrato, entrando nella stanza e toccando l'ologramma del giovane con l'indice - "Allora abbiamo la conferma. Si tratta di un fucile."

Cervetti annuirà, indicando sé stesso davanti a loro, e facendo ripartire la scena.

"Per che tipo di fucile stavi lavorando? Vogliamo sapere il modello, calibro, tutte le caratteristiche tecniche."

Il ragazzo si agiterà sulla sedia.

La donna comporrà le frasi, quindi guarderà la proiezione, dietro il tavolo della cucina apparirà una bionda che starà parlando al microfono.

"Bene, ora hai visto come è fatta e che faccia ha."

"Sì. E allora?"

"Ed ora vai sulla pagina… Non mi ricordo… tra la dieci e la venti, metti la ricerca, sull'edizione di ieri di quel giornale. Inserisci la società che ti ho detto, Medoc. E leggi della strage. E poi, guarda tra le vittime. Ti ho detto che mi hanno dato per morto. Beh, guarda e controlla."

La donna muoverà le dita, sempre controllando l'uomo attraverso il foglio tridimensionale. Leggerà, muovendo ancora le dita, controllando più volte. Infine, guarderà stranita attraverso il foglio il volto dell'uomo dichiarato morto, lì davanti a lei.

"Ok, adesso, chiama la Madison. Se mi lasci muovere una mano ti scrivo il numero io. Il suo numero privato personale. Non lo trovi pubblicato, quello."

"Con la sinistra!" – dirà la donna, puntando l'arma, che attraverserà il corpo della giornalista che starà parlando al microfono. Lui muoverà lentamente la mano e comporrà la sequenza di cifre, riponendola poi nuovamente sotto la natica.

"Adesso, se non ti spiace, chiamala. E se ti sembra lei, allora le dici che sei una mia amica, e se puoi passarmi al foglio. Se lei accetta, tu lo giri. D'accordo?"

La donna rimarrà a fissarlo, come inebetita.

"Ragiona, Beatrix, è ciò che cerchi. Speriamo solo che risponda al tuo numero. Se accetta di parlarmi, vuol dire che mi conosce. E tu ascolti la conversazione, ed avrai tutte le prove che desideri. Cosa rischi?"

Lei lo guarderà, pensosa.

"Riduci la dimensione del foglio, non è carino che lei ti veda con una pistola in mano. Le persone normali, di solito, la prendono male."

La donna non muoverà un muscolo, continuando a pensare.

"Dammi almeno questa possibilità."

La nera rimarrà in piedi a studiarlo.

"Non ti muovere"

"Non è chiara, la domanda del Commissario?" – chiederà il Capitano.

"Sì, la domanda è chiara." – risponderà il giovane, alzando le mani, ancora con le manette – "Ma non esiste, quel fucile. Grazie."

La guardia avrà posato le tre tazze di caffè sul tavolo, una davanti al giovane.

"Come, non esiste?" – chiederà il Capitano – "Non possiamo togliere le manette al ragazzo? Ci siamo noi, agente."

La guardia eseguirà.

"Come, non esiste?" – chiederà il Magistrato, guardando il Cervetti al suo fianco.

Il Commissario indicherà ancora l'ologramma davanti al tavolo, facendo cenno con la testa di ascoltare.

"Perché questo fucile, quello di cui mi ha parlato Janus, non è in produzione. Non è nemmeno in commercio. Lo stanno progettando."

"Chi?" – incalzerà Cervetti – "Chi lo sta progettando?"

"Non lo so."- dirà il giovane, prendendo in mano la tazza del caffè – "Non me lo ha detto. So solo che servono tre componenti per realizzarlo."

"E quali sono?"

"Beh, la prima è il software."

"E questa è la parte di Janus, che ha subappaltato a te una parte."

"Esatto." – dirà il ragazzo, sorseggiando il caffè – "Poi le ottiche. E poi, ovviamente, il fucile vero e proprio."

"E queste tre parti vanno poi montate insieme. E chi ha il progetto complessivo?"

"Non lo so. Io dovevo fare solo la mia parte. Di quella avete i disegni. Le altre due non saprei…Immagino che neanche Janus lo sapesse. Forse, il cliente."

Cervetti si alzerà, senza bere il proprio caffè.

"Ma non sarebbe più semplice modificare un'arma già esistente?"

Il giovane scuoterà la testa.

"Nessuna arma esistente sarebbe in grado di fare quel che chiede il cliente. È tutto da riprogettare. Un salto epocale, tecnologicamente parlando."

La donna, spostando con la mano sinistra la sequenza scritta dall'uomo nello spazio centrale, premerà l'invio. In trasparenza, mentre scorreranno i numeri indicanti il numero di chiamata a vuoto, la donna osserverà l'uomo seduto di fronte a lei.

Rispondi.

Il volto dell'uomo sembrerà imperturbabile, mentre i numeri scivoleranno in trasparenza più volte.

Rispondi.

"Pronto." – l'ologramma della donna bionda, seduta a una scrivania, entrerà nella cucina.

"Sì…pronto?" – la nera quasi balbetterà – "La signora Madison?"

"Sono io."

"Madison del Sun Times di Chicago?"

"Ma lei chi è, scusi?"

La nera abbasserà impercettibilmente la pistola, sotto lo schermo.

"Io... io sono una amica di John Whiley."

La donna la guarderà con un viso pieno di ansia.

"Posso…posso passarglielo?" – dirà la nera con voce insicura – "È qui con me."

La donna sembrerà sorpresa, ma non abbastanza da non rispondere.

"Sì, certo."

La nera si siederà di colpo sulla sedia della cucina, posando la pistola sul tavolo. Whiley si muoverà, girando il foglio verso di sé.

"Whiley!" – dirà la bionda seduta alla scrivania – "Ma che succede? È da tre quarti d'ora che aspetto la sua chiamata."

"Ho avuto un contrattempo, dopo le spiego."

"Ma chi è quella donna?" – chiederà la bionda, con ansia – "Mi aveva detto che non doveva sapere nulla nessuno."

Whiley guarderà la nera, seduta con le mani conserte ad ascoltare la conversazione, come in un'altra dimensione.

"Dobbiamo vederci al più presto, per parlare della ricerca."

"Naturalmente. Ma dove?"

"Diciamo tra tre quarti d'ora. Facciamo davanti al ponte di Michigan Avenue?"

"Fammi capire. Stiamo parlando di un fucile prototipale? Un'arma con caratteristiche innovative, immagino. E quale è la caratteristica essenziale di un'arma del genere?"

Il ragazzo sorseggerà il caffè, quindi poserà la tazza sul tavolo bianco della sala interrogatori.

"Deve uccidere a grande distanza."

"Quanto grande?" – chiederà Cervetti, con un velo di ansia nella voce.

Il ragazzo guarderà i suoi interlocutori, all'altro lato del tavolo.

"Deve colpire ad una distanza mai provata prima."

"Un fucile da cecchino." – commenterà Jankowski

"Sì."

"Quanto grande, la distanza?" – incalzerà Cervetti.

Il ragazzo osserverà l'interno bianco della tazza, sporco fino a metà dei residui del caffè.

"Il prototipo del fucile è progettato per una portata teorica massima di circa seimilanovecento metri."

Il Capitano girerà la testa verso il Commissario, di scatto. Cervetti smetterà di passeggiare per la stanza, si girerà verso il giovane, posando le mani sul tavolo dell'interrogatorio.

"Sai anche a quale distanza effettiva pensano di usarlo?" – chiederà, abbassando la voce.

Il giovane girerà la tazzina, producendo un fastidioso rumore sul tavolo, per alcuni secondi.

"Io... io sono stato incaricato di fare dei test fino a tremila metri."

Il commissario si risiederà sulla sedia, e si avvicinerà al giovane, abbassando ulteriormente la voce.

"Test su che cosa?"

"Gliel'ho detto. Pressione, umidità dell'aria, vento, soprattutto. In differenti condizioni climatiche. Tutto quel che serve per gestire un tiro del genere."

"E per quello che è stato il tuo lavoro di test sui parametri, tu credi che un tiro del genere sia possibile?"

"Non lo so... dipende dalle ottiche, dal fucile. Ma se le tre parti funzionano insieme, in teoria..."

Il giovane si porterà una mano sulle labbra.

"Per me va bene. Ma cosa è successo?"

"Va tutto bene. Le spiego dopo." - la tranquillizzerà lui – "Tre quarti d'ora."

Spegnerà la comunicazione, e il foglio trasparente tra lui e la donna sparirà. La piccola cucina sarà invasa dalla luce del sole che filtrerà dalla finestra sul tavolo. Lui guarderà la nera, seduta con le mani in grembo, che sembrerà sul punto di piangere.

"Ti va di accompagnarmi con la tua macchina?" – chiederà lui.

"Cosa?"

"Alla fermata dell'aviobus. Se ti va, naturalmente. Devo andare all'appuntamento."

Lei tirerà su dal naso, annuirà, scomponendosi la massa di capelli ricci sulla testa, inspirerà profondamente guardando il tavolo, come cercando di riordinare nel cervello tutte le informazioni acquisite nell'ultima mezzora.

"Beatrix? Io vado a riporre il pacco dei soldi nel baule del capanno."

L'uomo si alzerà, prenderà il pacco, le chiavi, e uscirà in giardino. Poco minuti dopo, tornerà in soggiorno e prenderà il suo giaccone e quello della donna, insieme ai due cappelli comprati il giorno prima, quindi ritornerà in cucina. La donna sarà ancora ferma ad osservare il tavolo.

"Beatrix."

La nera alzerà lentamente il capo.

"Cosa?"

"Dovremmo andare." – dirà lui, passandole il giaccone.

Lei si alzerà, e lui l'aiuterà a infilare il giaccone. Quindi, si infilerà il suo e le passerà il cappello, mettendosi il proprio. Prenderà la pistola e la guarderà.

"Comunque, non saresti riuscita a sparare, sai?"

Lei lo guarderà con aria interrogativa.

"È un'arma militare. Programmabile. Ho inserito le mie impronte digitali, e l'impugnatura non consente ad altri l'uso del grilletto. Anche volendo, non potevi ferirmi."

L'uomo infilerà la pistola nella tasca del giaccone, avviandosi alla porta. La donna lo seguirà, mentre lui la aprirà e si fermerà sotto il portico, in veranda.

"In teoria?"

"Sì, ecco, se i miei dati sperimentali sono montati da Janus in un programma che regola automaticamente i parametri di tiro, ipotizzando che il tiratore sia uno veramente fuori dal comune, e se…"

"Insomma, ragazzo!" – lo interromperà Cervetti, alzando improvvisamente la voce – "Vedrò di essere più chiaro. Ora guarda, ti chiedo se questa sedia può andare a sbattere su quel muro, guarda con attenzione!"

Il Commissario prenderà la propria sedia di metallo con una mano, la farà roteare sulla testa, scagliandola poi con violenza contro la parete. La sedia rimbalzerà più volte con un forte rumore metallico in mezzo alla stanza. Il ragazzo sobbalzerà, e il Capitano si volterà di scatto, guardando sorpreso il Commissario italiano.

"Ora ti chiedo una cosa semplice: tu credi che una sedia può sbattere sul muro, se lanciata?"

"Cosa?"

L'uomo coi capelli ricci scuri si avvicinerà a un paio di spanne dal viso del giovane.

"Tu credi" – gli urlerà in faccia – "che una sedia può sbattere sul muro, se lanciata?"

Il ragazzo guarderà con timore quell'uomo alto, la cui strana parlata giungerà alle sue orecchie spiegata dal traduttore.

"Credo di sì… sì."

"Bene!" – urlerà il Commissario – "E ora ti ripeto la domanda di prima. Secondo te, per l'idea che ti sei fatta lavorando a quei parametri, siamo di fronte ad un fucile che può potenzialmente sparare fino a tre chilometri e colpire un uomo? Non pigliarmi per il culo con spiegazioni tecniche. Rispondi semplicemente: con un sì, o con un no!"

Il ragazzo studierà l'uomo che lo guarderà con occhi spiritati, quindi la sedia per terra, poi nuovamente l'uomo.

"Credo di sì." – balbetterà – "Voglio dire, sì."

"Ferma la registrazione." – ordinerà il Magistrato, portandosi una mano sulla fronte stempiata. L'uomo, seduto al tavolo, guarderà la sala dell'interrogatorio nella stanza in penombra.

Una aurora fredda e luminosa li investirà dolcemente. Lei chiuderà la porta a chiave, si metterà le chiavi in tasca e lo seguirà mentre lui sarà già sul sentiero di ghiaia nel giardino, stringendosi il giaccone.

"John." – dirà, pensierosa, scendendo i tre scalini in legno.

"Cosa?" – chiederà lui, voltandosi, le mani in tasca.

Lei si fermerà al suo fianco, nel giardino.

"Prima, io stavo per premere il numero della polizia." – dirà lei, guardandolo, ancora confusa – "Se la pistola era inutile, perché non mi hai fermato?"

Lui guarderà l'erba nel prato, poi si stringerà nelle spalle.

"Sono due giorni che persone che non mi conoscono non credono a ciò che dico. Speravo che tu lo facessi."

Nel vialetto, i raggi del sole saranno spezzati dai rami contorti degli alberi ormai spogli, e le foglie gialle formeranno un tappeto di colore che contrasterà morbidamente col verde del giardino. La donna rimarrà ad osservare l'uomo che, voltandosi, si infilerà le mani in tasca, riprendendo a camminare nel vialetto di ghiaia.

Lei non troverà le parole per aggiungere qualcosa.

Si alzerà, lentamente, andrà al sensore alla finestra, e ordinerà al comunicatore di aprire le tende. Gradualmente, con un impercettibile ronzio, i raggi del sole attraverseranno dal basso verso l'alto la proiezione olografica della sala interrogatori. Quando la luce di Roma sarà tornata nella stanza, rimarrà fermo ad osservare il Commissario italiano seduto al tavolo e il suo sosia bloccato nella stanza, vicino ad una sedia metallica per terra.

Venerdì, ore 09.27

Le vecchie auto elettriche scivoleranno nel traffico cittadino, a velocità programmata, mantenendo automaticamente le distanze tra loro e rallentando fino ad arrestarsi in caso di ostacoli, come oggetti imprevisti sulla strada o pedoni. Togliere le funzioni automatiche dall'auto nel traffico cittadino sarà proibito dalle forze dell'ordine, che con apposite centraline verificheranno il controllo del traffico ed i parametri di ogni singola vettura.

"Non puoi andare un po' più forte?" – chiederà l'uomo.

"Sono già ai limiti." – risponderà la nera – "Comunque, siamo quasi arrivati."

La donna si sposterà nella corsia centrale.

"Cosa pensi di fare, ora?"

"Vedrò quella giornalista. Cercheremo di scoprire qualcosa."

"Sì, ma poi?"

"Poi me ne andrò. Se è quello che intendi."

"Non volevo dire questo. Era solo per sapere. Anzi, volevo dirti... Non è necessario che tu vada via. Voglio dire, se non sai dove andare. Insomma. Se vuoi, puoi restare a dormire, stanotte."

L'uomo guarderà dal finestrino.

"Siamo quasi arrivati." – dirà.

La donna accosterà la vettura.

"Ti faccio sapere." – dirà lui, aprendo la portiera.

"Sì, ma io come faccio a trovarti?" – chiederà lei, prendendolo per un braccio.

"Hai il numero della Madison. Magari io ne prendo uno, non lo so ancora. Se hai bisogno, chiama lei, probabilmente saremo insieme."

La donna lascerà il suo braccio.

"E i soldi?" – gli chiederà.

"Tienili al chiuso, nel baule. Saranno più al sicuro lì."

L'uomo terrà la portiera aperta.

"Senti, John, per prima..."

"Non importa. Ti faccio sapere."

Chiuderà la portiera, incamminandosi in mezzo alla folla.

"...mi dispiace." – mormorerà lei, guardandolo andare.

185 giorni prima

Roma sarà stupenda, quella mattina di fine maggio. Per quanto la modernità stravolgerà a tratti l'austerità delle antiche pietre, il profumo di una civiltà millenaria continuerà ad affascinare le migliaia di turisti che continueranno ad affluire affamati di sapere nella città eterna. Dalla finestra di un antico palazzo, reso moderno dalle tecnologie, un uomo li guarderà dalla finestra coi vetri lievemente oscurati camminare nella strada sottostante. Il magistrato si liscerà i baffi scuri, mentre guarderà in strada dalla finestra coi vetri oscurati. I due uomini cui volterà le spalle saranno seduti al tavolo, leggermente in penombra.

"Lei mi sta dicendo Commissario" – dirà l'uomo, come assorto ad osservare il traffico nella via sottostante – "che in giro abbiamo un'arma in grado di attentare alla vita di una persona dalla incredibile distanza di tremila metri?"

Sarà l'Ispettore Capo Santilli a rispondere.

"Non ne siamo ancor sicuri, dottore. È solo una ipotesi, per ora allo studio. Anche a noi pare una cosa francamente inverosimile. Tuttavia, la stiamo prendendo in seria considerazione. Abbiamo già chiesto il parere di nostri esperti balistici, per mettere allo studio tutti i dati, i diagrammi e gli schemi che abbiamo rinvenuto nell'abitazione del fermato."

Il magistrato muoverà più volte, lentamente, la testa.

"E la sua opinione, Cervetti?" – chiederà, senza voltarsi – "Potrebbe esserci una connessione con la nostra indagine? Sarebbe importante capire se quest'arma servirà ad un esercito straniero per le proprie forze speciali, a dei killer per uccidere un boss della criminalità organizzata, o forse un generale di qualche lontano paese africano. Oppure, e questo è ciò che ci interessa davvero, per attentare alla vita del Santo Padre."

Il Commissario si muoverà sulla sedia, una antica sedia di legno con imbottitura di cuoio, cercando una posizione più comoda, sentendosi una gamba intorpidita.

"Perché in quest'ultima ipotesi, credo si profili per noi un incubo, in termini di servizio di sicurezza" – aggiungerà il magistrato – "O sbaglio?"

Dei 38 ponti che attraverseranno sul fiume Chicago l'omonima città, quello di Michigan Avenue, che ha segnato la nascita della favolosa Magnificient Mile, sarà certamente uno dei più famosi. Whiley saprà che in quella zona della città il flusso dei passanti sarà sempre elevato, e che i turisti andranno a vedere uno dei famosi ponti inclinabili, fermandosi a osservare un capolavoro della tecnica di un tempo. In primavera si aprirà per lasciare posto ai velieri che passeranno l'inverno nei laghi dell'interno, e in autunno per permettere loro di fare il tragitto inverso. La bionda sarà sul marciapiede, cappotto verde, capelli raccolti e un paio di stivali marroni. Sarà ferma in un punto facilmente identificabile, e terrà il collo abbassato nelle spalle, per proteggersi dal vento, quella mattina più fastidioso del solito.

"Ce ne ha messo, ad arrivare. Ma cosa è successo? Chi era quella donna?"

Whiley batterà le mani, per riattivare la circolazione.

"Freschino, stamane. Una mia amica. Poi le dirò. Allora, dove si va?"

"Pensavo me lo dicesse lei."

"Abbiamo bisogno semplicemente di un posto sicuro. Di un accesso alla rete olografica. E di un po' di tempo per fare qualche ricerca. Potremmo andare in uno dei bar qui intorno. Sono pieni di gente."

La donna si volterà a guardare in giro i passanti che cammineranno rapidamente, diretti alle vie limitrofe, nella zona dello shopping.

"Ho una idea migliore."

"Cioè?"

"Casa mia. Sono dieci minuti. Ho la macchina qui dietro."

Whiley osserverà la donna, riflettendo.

"Visto che mi invita a casa sua, e che dovremo lavorare insieme, proporrei di darci del tu."

"Perché vuoi partire da questo?" - chiederà la bionda, offrendo una tazza di caffè al suo ospite. L'appartamento in un palazzo del centro, al quindicesimo piano, sarà piccolo ma gradevole.

Il Commissario allargherà le braccia, guardando l'ispettore alla sua destra.

"Purtroppo, sono portato a ritenere, dottore, che ci siano degli elementi di connessione. E che non si tratti di un'arma progettata per uccidere molti nemici, né per diventare un progetto di serie."

"E cosa glielo fa pensare?" – chiederà il magistrato, sempre guardando alla finestra.

"Forse, se possiamo ascoltare qualche altro passo dell'interrogatorio, se ne convincerà lei stesso."

Il magistrato si volterà, attraverserà la stanza e tornerà a sedersi.

"Santilli, per cortesia, saltiamo la parte tecnica, e vediamo la parte centrale dell'interrogatorio." – dirà il Commissario.

"La parte in cui risponde alle domande sulle esigenze del committente?" – chiederà Santilli.

"Proprio così. Ci faccia vedere la scena."

Il Commissario Cervetti sarà seduto al tavolo degli interrogatori, in una stanza illuminata da una forte luce elettrica, mentre dalla finestra sembrerà albeggiare.

"Allora, Janus ti disse che dovevate progettare un software secondo gli schemi dell'arma che abbiamo trovato a casa tua, giusto?"

"Esatto."

"E chi aveva dato quegli schemi a Janus?"

"Mi disse che era stato direttamente il suo cliente."

"Il suo cliente." – ripeterà Cervetti.

"Sì."

"Ma tu hai mai incontrato fisicamente Janus?"

"Mai. Ci siamo sempre incontrati nel mondo virtuale."

"E in quelle occasioni Janus ti spiegava come dovevi operare, sulla base delle istruzioni direttamente avute dal proprio cliente. È esatto?"

"Sì. È così."

Il Commissario si alzerà dal tavolo e passeggerà nella stanza spoglia, fermandosi vicino alla finestra.

"Quindi, è ragionevole ipotizzare, stando a ciò che dici, che il cliente di Janus dovesse essere una persona esperta."

L'uomo e la donna saranno in un salotto, ordinato e funzionale seduti davanti a un tavolino ovale di vetro. Sopra il comunicatore, il personal display della donna, e un connettore olografico.

"Da qualche parte bisogna pur cominciare." – noterà lui, prendendo la tazza.

La donna gli si siederà di fronte.

"Allora, cosa devo fare?"

Lui sorseggerà il caffè è bollente.

"Sii te stessa. La contatti. Chiedi informazioni. Cerchi di capire se vi siano connessioni tra questo libro e gli altri articoli e pubblicazioni. Prova a blandirla un po', queste scrittrici sono sempre un po' vanitose, magari ti dice qualche cosa utile alla nostra ricerca." – l'uomo poserà la tazza sul tavolino – "Insomma, non ti devo certo io insegnare il tuo lavoro."

La donna lo guarderà, un po' titubante.

"Ma io non conosco quel romanzo. Non l'ho letto. E non dovrei sapere di cosa parla."

"Inventa."

Lei ci penserà un attimo.

"Ok" – dirà componendo il numero – "Partiamo"

Una donna in carne, coi capelli rossicci, apparirà nel salotto.

"La signora Jane Rosbow?"

"Sì, è lei chi è ?" – chiederà in tono inquisitore la rossa.

"Margareth Madison. Scrivo per il Chicago Sun Times."

La donna si metterà a sedere su quel che sembra il divano di casa, apparendo immediatamente più cordiale.

"Bongiorno, mi dica."

"Buongiorno. Senta, abbiamo saputo, non so se corrisponde a verità, che lei ha scritto un romanzo molto interessante. Ma che per qualche ragione non sia stato pubblicato sulla rete olografica. È vero, o è una notizia infondata?"

Non perde tempo, la ragazza.

"Cavoli, se è vero!" – dirà la rossa, battendosi le mani sulle ginocchia – "E la cosa mi ha fatto veramente arrabbiare. Solo, non si capisce con chi protestare. Sparito. Il mio editore lo mette in rete, niente. Dopo pochi minuti, non so quanto, mi dicono che ci sono problemi tecnici."

"Per forza." – risponderà il giovane, osservando la tazza di caffè vuota davanti a sé – "Doveva essere in grado di conoscere perfettamente la materia. Si parlava di argomenti molto tecnici. Io stesso ho dovuto fare ricerche approfondite per trovare le specifiche richieste dal cliente. Ma quello sapeva esattamente cosa chiedere."

"Quindi, parliamo di un uomo esperto del settore. Perché era un uomo, il cliente, vero?"

Il giovane guarderà i due uomini che lo staranno fissando.

"Beh, non lo so. Non con certezza. Però, ho avuto questa impressione."

"Perché questa impressione? Forse quando Janus parlava usava delle espressioni che te lo facevano intendere? Il traduttore cosa ti diceva, frasi tipo *lui* vuole oppure frasi tipo *lei* vuole?"

Il giovane scrollerà i capelli lunghi dalle spalle, toccandosi la rada barba sul mento.

"Ora che mi ci fa pensare…Mi pare... sì, mi pare che dicesse lui vuole. Nel senso di un uomo."

"Mi pare, o ne sei sicuro? Pensaci bene."

Il giovane guarderà i due interlocutori con apprensione.

"Mi sembra proprio che in un paio di occasioni abbia detto che lui non aveva fretta, ma voleva un lavoro al massimo livello. Lui, ha detto. Non potrei giurarlo, però mi sembra di ricordare così. Ne sono quasi certo."

Cervetti annuirà.

"Cambiamo argomento. Tu stesso hai detto che hai riscontrato difficoltà, nella tua ricerca. Questo perché non c'erano dati simili già disponibili?"

"Non per quelle distanze."

"E a quali distanze massime hai trovato solitamente informazioni, per la specifica questione del tiro?"

"Duemila, duemila duecento metri. Comunque, niente ai tremila metri."

"E qual è la media della distanza massima teorica ipotizzata oggi per i tiri alla lunga distanza?"

"Non sopra i duemila."

La voce del giovane suonerà lievemente metallica nella stanza spoglia degli interrogatori.

Le braccia grassocce della rossa avranno un lieve tremore quando l'ologramma le allargherà, per un problema di connessione sulla linea internazionale.

"Sono sei giorni che ci sarebbero problemi tecnici. Io mi incazzo, chiedo spiegazioni. L'editore muove mari e monti, e poi salta fuori che non è un problema tecnico."

"Ah, no?"

"No. Risulta che c'è stata una protesta, a livello diplomatico."

"Dove, scusi?"

"Io sono scozzese sa, vivo in una cittadina del nord della Scozia, non mi intendo di queste cose." – la rossa si sdraierà, decisamente abbondante, nella poltrona – "immagino a Londra."

"E da parte di chi?"

"Della Santa Sede. Così mi dicono. Pare che quei bigotti abbiano fatto fuoco e fiamme contro il mio libro, tanto che il governo sarebbe stato costretto a ritirarlo immediatamente. Dicono che lede l'immagine della Chiesa cattolica. Una vera barbarie, manco fossimo nel medio evo, glielo dico io!"

"Ma scusi, e voi non avete protestato? Scritto a qualcuno?"

"Gliel'ho detto. Un muro di gomma. Niente. Mi hanno detto che stanno valutando, stanno sentendo i legali, hanno perfino minacciato il mio editore, si figuri, di azioni legali. Non si capisce nulla."

"Senta, ma il suo è un romanzo che racconta dell'uccisione di un Papa tramite il veleno, se non mi hanno detto male. Per una congiura di palazzo, no?"

"Certo. Una lotta per il potere all'interno della chiesa. Scoperta perché quando aprono la bara, il vecchio ha la lingua nera. Indagano, e scoprono che è stato avvelenato. Poi, non le racconto la storia, magari la leggerà."

" E questo li scandalizza?"

"Il libro racconta, prendendo spunti da fatti storici realmente accaduti, di tutti gli assassini di Papi nella storia, dimostrati e solo sospettati."

"E poi ipotizza un fatto contemporaneo."

"È solo un'opera di fantasia. Mica ho scritto che sono tutti un branco di corrotti complottisti, là dentro."

"Quindi, stiamo dicendo che il nostro uomo – se di un uomo si tratta – sta progettando si sparare con un fucile ad una distanza superiore di oltre il trenta per cento rispetto a quella massima consigliata nella prassi?"

Il giovane rifletterà un secondo.

"Sì, non ho trovato nessuna sperimentazione di tiri alla distanza con un fucile attorno ai tremila metri. In nessun archivio, e in nessun sito specializzato. Almeno, io non ne ho trovati."

"E tu hai cercato bene."

Il giovane si lascerà sfuggire un sorriso malinconico.

"Beh, sono riuscito ad entrare negli archivi militari di mezzo mondo."

Subito dopo guarderà i due uomini, e chiederà con voce allarmata.

"Ma questo non dovevo dirlo, vero? Compromette la mia posizione."

Il capitano Jankowski sorriderà sotto i baffi.

"Giovanotto, hai la mia parola che se tu continui, come stai facendo, a collaborare con noi, la tua posizione sarà molto più leggera. Fidati."

Il Commissario italiano girerà intorno al tavolo dell'interrogatorio.

"E tu hai una idea del perché il cliente di Janus avrebbe bisogno di un'arma decisamente superiore alla media degli standard delle migliori forze armate mondiali?"

"Beh, Janus ha fatto cenno ad una cosa. Ma non so se è rilevante."

"Beh, tu rispondi al Commissario e lascia giudicare a noi." – dirà Jankowski.

Il giovane si stropiccerà nervosamente le mani.

"In una delle nostre riunioni ha detto qualcosa che aveva a che vedere col fatto che era necessario provare in questo modo perché in un altro avevano già fallito."

Il Magistrato, ventisette ore dopo, prenderà appunti sulla frase del giovane, e alzerà di scatto la testa a guardare Cervetti. In mezzo alla stanza oscurata, davanti a loro l'ologramma di Cervetti incalzerà il giovane.

L'ologramma della rossa alzerà la voce – "Cioè, magari lo penso, ma non l'ho scritto. Il romanzo racconta di una organizzazione segreta, detta degli Illuminati, che manovra l'elezione e talvolta l'uccisione del Papa, quando quello che dice o fa non è confacente agli scopi occulti dell'organizzazione. Insomma, non è un articolo di cronaca, è un romanzo: non pretende di essere attendibile o per forza veritiero, le pare?"

La bionda guarderà Whiley, che le indicherà, in un foglio olografico fuori dal campo visivo, i titoli delle altre pubblicazioni.

"Senta, signora." – continuerà Madison – "Lei dice che nel romanzo il Papa è assassinato con del veleno. Nel suo libro, questa storia ha qualche connessione con qualche ricerca attuale in campo medico. Di cura sul cancro, magari?"

La rossa sembrerà riflettere sulla domanda.

"No. Che connessione dovrebbe avere?"

"Ha mai sentito parlare del dottor…aspetti…" – dirà la bionda, osservando il nome che Whiley le starà indicando indica nello schermo a fianco – "Wang Xiaoming."

"Chi? Come si scrive?"

"Lasci stare. Ed il suo libro cita per caso le curve di Koonz?"

La rossa si metterà a ridere.

"Cosa?" – chiederà stranita – "E che cosa sarebbero?"

"Curve di invecchiamento della popolazione. Non ha importanza." – taglierà corto la Madison.

Whiley farà dei gesti con le mani, come per dire di passare ad altro.

"Senta, approfitto della sua disponibilità per farle ancora una domanda, Signora Rosbow. Nel suo libro per caso, si ipotizza una qualche connessione con il testo di un russo… aspetti" – Madison leggerà un altro foglio olografico aperto nello spazio sul tavolino di vetro da Whiley – "Cheslav Golubev."

"Chi?" – chiederà la rossa strabuzzando gli occhi.

"Cheslav Ivanovic Golubev. Teorie sulle connessioni tra fonti energetiche, sistemi agricoli e produzione di cibo."

"Ma vuole scherzare!" – riderà la Rosbow – "Senta, ma cosa sono tutte queste domande… E cosa c'entrano con il mio libro?"

Whiley scuoterà la testa, e si lascerà sprofondare sul divano, guardando il soffitto.

"Il senso della frase, secondo te, era che avevano già fatto un attentato allo stesso bersaglio ma che avevano fallito, in un altro modo? Cioè usando un altro metodo di attentare alla vita della stessa persona?"

Il giovane annuirà.

"Ad alta voce." – ricorderà Jankowski.

"Sì. Il senso era quello."

Il magistrato continuerà a scrivere degli appunti, guardando con la coda dell'occhio gli ologrammi sul tavolo, le espressioni del giovane interrogato davanti a loro.

"E quando l'arma sarà pronta, grazie al software che tu hai contribuito a creare, quell'uomo sarà in grado di sparare semplicemente al bersaglio, oppure saranno necessarie altre cose? Intendo dire, è tutto automatico e gestito dal software, oppure serve altro." – chiederà l'ologramma di Cervetti.

"Oh, no. Non è così semplice. Se il software funziona, e se Janus riesce a fare un programma che contiene tutti i miei algoritmi, anche mettendolo a gestire le parti meccaniche che qualcuno avrà prodotto, non potrà sparare semplicemente, come se niente fosse."

"E perché?"

"Va settato. Bisogna fare dei test, alle diverse distanze, e in diverse condizioni climatiche, di altitudine, di posizionamento, di altezza, e così via. Il software deve memorizzare lo scostamento tra i parametri teorici che ho dato io e la prova sperimentale dell'arma reale. Nella realtà, non è come nella teoria."

"E quanto ci vuole, per questa fase di testing?"

"Secondo la teoria, almeno quindici giorni."

"Due settimane."

"Come minimo. Da un paio di settimane a un mese. Di lavoro intenso, tutti i giorni, di prove ripetute più volte al giorno, in diverse condizioni climatiche e di luce. Più probabilmente un mese, però. Un mese è quello che si consiglia."

"E a quel punto l'arma è in grado di colpire un bersaglio a quella distanza?"

"Teoricamente. Ma solo in teoria, ovviamente. L'uomo è sempre fondamentale. E per quel che ho letto, ci vuole un tiratore eccezionale."

"Lasci stare, signora. Mi dispiace di averla disturbata. E grazie per l'intervista."

L'ologramma della rossa si avvicinerà alla giornalista, mostrando un volto rotondo, supportato da un collo incorniciato da evidente doppio mento.

"Sì, ma cosa farete, per il mio libro?" – la sua voce suonerà acuta – "Qualcuno lo pubblicherà vero? Lo dica, ai suoi lettori, lo faccia sapere, che lo vogliono censurare. Questa è una cosa incredibile, non può succedere ai nostri giorni. Ma dove pensano di essere? Nel medioevo? Questi sono metodi da Santa Inquisizione, ed io non permetterò…"

"Grazie Signora Rosbow." – interromperà la Madison – "Stia tranquilla, vedrà che tutto si risolverà. Grazie ancora per la sua cortese disponibilità. Buongiorno."

La piccola donna bionda spegnerà il comunicatore, e l'immagine della rossa svanirà dal salotto, lasciando solo l'eco della sua voce stridula a inveire contro qualcosa. Si lascerà andare sul divano, sospirando. I due si guarderanno, con aria sconsolata. La prima a parlare sarà la donna.

"Non siamo partiti molto bene, vero?"

Lui la guarderà, senza rispondere. Lei si stringerà nelle spalle, poi prenderà la sua tazza di caffè.

"Beh, non importa." – dirà, tenendo la tazza con due mani – "Siamo solo agli inizi, e in questo mestiere bisogna avere pazienza. Io non mi scoraggio facilmente. Finisci il tuo caffè, riordiniamo le idee, facciamo un piano, e ripartiamo."

L'uomo guarderà la piccola donna bionda, che sorseggerà il caffè ricambiando il suo sguardo. Poi annuirà e riprenderà la propria tazza, guardandoci dentro, come per trovare qualcosa.

Cervetti, camminando attraverso un tavolino, si volterà a guardare il giovane.

"E tu hai avuto anche l'impressione che il cliente ed il tiratore potessero essere la stessa persona?"

Il giovane si morderà le unghie, seduto a disagio sulla sedia metallica.

"Non saprei... mi pare di sì. Non lo so."

"Ma da come parlava Janus, da quello che diceva, voglio sapere che impressione hai avuto. Poteva esserlo? Era uno competente quello che chiedeva i dettagli. Ti ha dato l'impressione che fosse il tiratore stesso?"

Il giovane penserà, guardando la finestra, ed esclamerà:

"Anzi, sì. Sì, per forza."

Cervetti si piegherà sul tavolo, come un cacciatore proteso verso la preda.

"Perché, per forza?"

"Per via dei parametri fisici."

"Parametri fisici."

"Ma sì, certo." – spiegherà il giovane – "Quando ho chiesto quali tipi di parametri tipo dovessi ricercare – peso, statura, lunghezza degli arti, altezza, posizione degli occhi, e così via – Janus mi ha detto di non preoccuparmi, che ce li aveva lui. E li aveva lui perché aveva registrato le immagini registrate del suo cliente."

"Il che ci dice..." – commenterà Cervetti.

Cervetti bloccherà la propria immagine nell'ologramma, e si rivolgerà al magistrato.

"Il che ci dice, dottore, due cose. Primo, che il tiratore e l'acquirente sono la stessa persona."

"E secondo?"

"Che Janus ed il suo cliente si sono fisicamente incontrati e conosciuti. Se non vogliamo pensare all'ipotesi inverosimile che un uomo che è così accorto da sembrare un fantasma abbia mandato i propri dati fisici ed immagini in giro per la rete olografica."

"Quindi, se noi catturiamo questo Janus..." – dirà il magistrato.

"Avremo una identificazione delle fattezze fisiche del cliente." – concluderà Santilli.

Venerdì, ore 11.24

La mattinata di fine novembre sarà fredda e ventosa. Nell'appartamento nel grattacielo in centro città un uomo e una donna discuteranno animatamente, sapendo di trovarsi di fronte a qualcosa di inedito, incomprensibile, e pericoloso. L'uomo si volterà a guardare le aviomobili che scorreranno, alcune centinaia di metri sopra di lui, nella seconda cintura della circonvallazione, producendo soltanto lontani rumori ovattati, all'interno del salotto.

"Così, il piano è questo." – dirà la piccola bionda, con tono risoluto – "Questo cinese non si trova, al momento. Ma sei sicuro che sia una buona idea? Ho fatto una veloce ricerca sulla rete, poca roba, qualche conferenza, per lo più di moltissimi anni fa. E poi, solo critiche. I suoi colleghi di mezzo mondo criticano i suoi metodi, le sue ipotesi di lavoro. Sulle più prestigiose riviste scientifiche viene descritto quasi come un ciarlatano. Guarda qua."

Whiley osserverà distrattamente un foglio olografico, immagini di repertorio, persone in un congresso, testi paragrafati ai lati delle immagini, estratti di articoli scientifici.

"E da quando in qua ce ne stiamo al giudizio con il quale viene dipinto sulla rete olografica?" – chiederà l'uomo, sedendosi – "Non dimenticare che è la stessa fonte che non consente la pubblicazione del romanzo della Rosbow. Magari il mondo non si sta perdendo questo gran capolavoro, ma a me girano un po' quando si mette il bavaglio a qualcosa, qualsiasi cosa, non credi?"

La piccola bionda aprirà un altro foglio.

"Allora intanto proviamo con il russo, Cheslav qualcosa, come si chiama, e poi nel primo pomeriggio andiamo a trovare questo sociologo, come si chiama? Dottor Galloway. Che sarebbe poi all'incirca il maestro del tuo amico, quello che hanno ucciso, giusto?"

"Sì, ma non ci andiamo insieme, andrai tu al Dipartimento. Prendi appuntamento e vai sola. Io è meglio se non mi faccio vedere, mi conosce. Non si sa mai."

"D'accordo, e poi nel pomeriggio riproviamo con la Cina."

"Sì, e speriamo di tirar fuori qualcosa." – dirà Whiley, voltandosi – "Questa volta."

397

Il magistrato batterà una mano sul tavolo.

"Finalmente! Fatemi vedere il resto."

Nella prigione, al tavolo degli interrogatori, Cervetti incalzerà il giovane.

"Quindi, se il cliente ed il tiratore sono la stessa persona, dobbiamo immaginare che il tiratore si dovrà allenare con il fucile parecchio, per renderlo in grado di tentare un colpo così incredibile. E comunque, dobbiamo ritenere che il cliente sia un tiratore formidabile. È corretto?"

"Sì. Per forza."

"E tu hai una idea del perché il tiratore vorrebbe arrischiare un tiro così alla lunga distanza? Ma non sarebbe più comodo sparare – che so io – a cinquecento metri, mille metri."

Il giovane si muoverà nervosamente sulla sedia.

"L'ho chiesto anche io, a Janus, una volta."

"E cosa ti ha risposto."

"Per via della sicurezza. Mi ha detto che il cliente gli aveva spiegato che il bersaglio era una delle persone più protette del mondo. E che era necessario andare oltre il perimetro del cordone di sicurezza usualmente utilizzato."

Cervetti batterà una mano sul tavolo.

"Che ovviamente non supera di certo i tremila metri." – noterà, guardando Jankowski, e poi il giovane.

Questi alzerà le spalle, come per dire che non ne ha proprio idea.

"E quando avverrà la vendita, secondo te? Quanto tempo ci metterà Janus per chiudere la programmazione?"

"Sei giorni. Non di più. Massimo, una settimana, considerando da ieri sera. Così, mi ha detto."

"E quindi tra una settimana, all'incirca, Janus manderà il programma completato al suo cliente."

"Sì. Dovrebbe essere così, se non cambiano idea. Almeno, non che io sappia."

Cervetti si muoverà come un leone in gabbia, nella stanza degli interrogatori.

"Prima hai parlato di quest'arma come di un prototipo. Ne parli sempre di un'arma unica."

398

La donna aprirà un file olografico e un uomo sulla quarantina, biondo, magro, vestito in modo dimesso, entrerà nell'appartamento, parlando con dei colleghi, in zone all'apparenza desertiche.

"Ecco cosa ho trovato. Dottor Cheslav Ivanovic Golubev, ricercatore russo, Università di Mosca, sembra sia un biologo, specializzato in energie rinnovabili applicate all'agricoltura. Sembra abbia pubblicato parecchio, fino a due anni fa. Vedi?" – la donna mostra immagini olografiche di testi – "Pare anche abbia girato molto in Africa, Nigeria, Angola, Etiopia. Poi, da un paio d'anni a questa parte, più nulla. Sembra che la sua biografia sparisca. Non è strano?"

"Sì, che è strano."

"Beh, senti, sentiamo dalla sua viva voce qualcosa, allora." – commenterà la donna, caricando il programma di traduzione istantanea dal russo.

"Ottimo. Vai."

Il programma di connessione ci impiegherò un po' a prendere la linea, e la donna dovrà specificare più volte il Dipartimento, l'ufficio e il nome del ricercatore, come risultante dalla ultima scheda disponibile. Alla fine, apparirà nel salotto un uomo, più vecchio di quello delle immagini di repertorio, la barba non curata. Ma sarà lui.

"Il dottor Golubev?" – chiederà la donna, seduta al divano.

"Sono io."

L'ologramma si muoverà in una stanzetta di un paio di metri per due, ricoperta di vecchi computer, scaffali e libri accatastati in maniera confusa.

"Margareth Madison. Del Chicago Sun Times." – dirà la donna, sentendo la voce un po' distante – "Posso farle qualche domanda?"

"Senta, io voglio essere lasciato in pace." – risponderà l'uomo – "Non ho offeso nessuno, e non intendo farlo. Se il vostro governo ha qualcosa contro di me, scriva al mio avvocato. E comunque, non mi occupo più di quello per cui mi accusate."

"Ma guardi che c'è un equivoco. Noi non accusiamo nessuno. Sono solo una giornalista, e sono interessata a sapere del suo lavoro."

L'uomo riderà, sarcastico.

L'italiano si fermerà in mezzo alla stanza degli interrogatori, prima di voltarsi e riprendere a parlare.

"Non capisco una cosa. Per quale ragione non dovrebbero farla in serie? Cioè, chi ti dice che non sia costruita per diventare uno standard delle forze armate di un qualunque Paese?"

Il giovane scuoterà la testa.

"Non credo."

"E perché?"

"Perché verrà usata una sola volta. Una sola volta soltanto, poi il cliente non la userà più."

"Questa è bella." – commenterà Jankowski – "E chi ti dice che non sia una balla, che non la usi in altri cento omicidi? Sei un po' ingenuo, ragazzo, ti hanno preso in giro."

"No, non credo."

"Perché sei sicuro che verrà usata una volta sola?" – chiederà Cervetti, sedendosi sul bordo del tavolo dell'interrogatorio.

"Perché il cliente ha voluto una specifica software particolare."

"Sarebbe?"

"Un timer, da collegarsi ad una bomba. Una volta premuto il grilletto, il timer farà esplodere il fucile entro dieci minuti."

Cervetti guarderà il Capitano polacco.

"E perché mai?" – chiederà quest'ultimo.

Il ragazzo si stringerà nuovamente nelle spalle.

"E che ne so, io? Janus mi ha spiegato che il cliente gli aveva detto che intanto non sarebbe stato più necessario usare un fucile del genere."

"Perché?" – insisterà Cervetti – "Cosa ti ha detto, esattamente?"

"Ha detto che al mondo c'era una sola persona così."

Nella stanza di Roma il Magistrato si alzerà, si avvicinerà alla finestra, ordinerà l'apertura delle tende e dei vetri oscurati, inondando di luce la stanza. Si girerà guardare i due colleghi, quindi le figure in mezzo alla stanza. L'ologramma del Commissario, bloccato nel fermo immagine, starà ancora guardando il volto del giovane, con la bocca aperta sull'ultima frase.

"Del mio lavoro? E chi mai si è interessato del mio lavoro? Lo vede dove mi hanno messo? La mia carriera è qui, in questo buco. Tre piani sottoterra, se vuole saperlo." – dirà, allargando le braccia – "Comunque, cosa vorrebbe sapere?"

"Del suo ultimo articolo. Quello non pubblicato la scorsa settimana. Sulla connessione tra energia e cibo. Noi, forse, potremmo riuscire a pubblicarlo. Se ne sapessimo qualcosa. Non garantisco nulla, ovviamente, ma vorrei sapere. Se lei fosse così cortese da spiegarmi, in parole povere, di cosa si tratta."

Whiley chiuderà il pugno, aprendo il pollice.

Brava, ragazza.

L'uomo rimarrà in silenzio per qualche secondo, prima di parlare, con voce stanca.

"L'articolo tratta di un tema ben noto, nella comunità scientifica, della competizione tra l'uso della terra ad uso produzione di cibo e quello ad uso produzione di energia. Come certamente saprà, negli ultimi decenni, si sono diffuse particolarmente in agricoltura alcune metodologie alternative all'uso dei combustibili fossili, per esempio gli impianti a biogas e il fotovoltaico a terra. In entrambi i casi, hanno comportato un consumo di superficie del suolo per usi non alimentari, ma energetici. Ad esempio, gli impianti a biogas usano deiezioni animali e colture dedicate, quali mais, sorgo, triticale, e altri prodotti ad alta resa in termini di digestione anaerobica, cioè in assenza di aria, solitamente in un raggio relativamente vicino agli impianti. Mi segue?"

"Perfettamente." – risponderà con entusiasmo la Madison.

"Semplicemente, avendo girato alcuni Paesi poveri come per esempio in Africa, e in alcune aree dell'est asiatico, ho riportato il fatto che esistono due scenari differenti." – riprenderà l'uomo- "In alcuni modelli sono presenti coltivazioni locali, con relativamente modesto consumo di suolo, in altri i digestori importano invece il prodotto dall'estero e in altri ancora si usano invece scarti di lavorazioni industriali, o rifiuti urbani."

"E dove sta il problema?" – interromperà la donna.

"Noi usiamo due termini ad indicare con il primo il land use change, e con il secondo l'indirect land use change, cioè ovviamente la sostituzione del suolo per produrre, invece che cibo, energia."

185 giorni prima

Gli uffici saranno luminosi, nel sole del meriggio, nel vecchio palazzo del centro di Roma, alla Direzione Federale Antiterrorismo. Nell'ufficio polveroso, in un misto di antico e modernità, tre uomini saranno seduti al tavolo di riunione, mangiando panini e bevendo una bevanda distribuita sul tavolo da un robot elettronico, che verserà la bibita preferita a richiesta. Gli uomini saranno chiusi nella stanza da quattro ore, quando il magistrato si alzerà ed andrà alla finestra.

"Apertura finestra." – dirà l'ometto stempiato alla centralina sul lato della parete. I pannelli scorreranno verso l'alto, e una brezza piacevole soffierà nella stanza, contribuendo a migliorare il livello di ossigeno.

"Un po' di aria fresca ci farà bene." – commenterà il Magistrato, battendo le mani.

"Non vedo il motivo di essere così ottimista, dottore." – dirà Cervetti – "Non abbiamo in mano granché, per ora, solo una pista."

L'ometto camminerà, guardando i due uomini seduti al tavolo. Santilli starà divorando un panino con grande appetito.

"Al contrario, caro Cervetti." – dirà, lisciandosi i baffi – "Al contrario. Questa operazione apre una strada di indagine importante: me ne compiaccio. Tutt'altro, mi creda, sappiamo più di quanto sperassi."

L'uomo si avvicinerà alla lavagna.

"Noi non avevamo nulla, non sapevamo chi era il nostro nemico, dove e quando avrebbe colpito, e come lo avrebbe fatto." – commenterà, leggendo le parole, scritte col gesso – "E invece ora sappiamo, con un'accettabile ragionevolezza, che il nostro nemico è un uomo, che opera da solo, che coordina diversi team di persone che non si conoscono, che questi team stanno preparando per lui l'arma che, molto probabilmente, è pensata per uccidere quell'unica persona al mondo, così protetta dai servizi di sicurezza."

Il magistrato disegnerà un circoletto col gesso intorno alla parola "chi".

"Sappiamo inoltre che abbiamo una falla in tali servizi, e conoscere i propri punti deboli è bene."

"Ora il land use change è relativamente semplice da misurare, ma l'indirect land use change? Il secondo modello fa sì che i mangimi animali debbano essere reperiti altrove, anche all'estero."

"Quindi, i grandi impianti, che importano grandi colture ad uso energetico, riducono importanti aree di produzione di cibo?"

L'uomo picchierà una penna sul tavolo.

"Esattamente. Ma la questione è ancora controversa. La mia è stata solo una analisi di tipo what if. Gli impianti di piccola dimensione, che operano a ciclo chiuso, alimentati in prevalenza a deiezione animale, non hanno grande impatto sull'uso della terra. Ma gli altri che si sono realizzati in giro per il mondo, quale effetto indiretto hanno procurato, in particolare nei paesi poveri?"

La donna lo interromperà nuovamente.

"Scusi, ma le sue osservazioni sembra non trovino molti riscontri nella restante parte della comunità scientifica."

"Quando c'è una controversa questione scientifica" – spiegherà pacatamente l'uomo – "dove finisce l'imparzialità del ricercatore, e dove inizia l'interesse di parte? Lei lo sa che ormai quasi il novanta per cento dei fondi destinati alla ricerca, nel mio Paese almeno, provengono da fonti di finanziamento privato?"

"E lei ipotizza che le sue osservazioni non siano gradite." – suggerirà la Madison.

"Io ho solo riportato dati. Sarebbe meglio avere tanti piccoli impianti, di taglia inferiore, che utilizzino sottoprodotti del sistema, e non culture dedicate, cioè che creino integrazione, e non competizione, tra i sistemi alimentari. Perché non alimentarli solo a ciclo chiuso, in filiera, con sottoprodotti di lavorazione industriale e con rifiuti urbani? Questo, inoltre, su scala locale, permetterebbe il riutilizzo del digestato, cioè del prodotto di risulta, nei campi agricoli, aumentando la resa della produzione alimentare per ettaro?"

La Madison guarderà Whiley, che scriverà, non visto dall'interlocutore, parole che legheranno i vari testi sul loro foglio olografico.

"E questo sarebbe un aiuto ai Paesi poveri, per combattere la fame nel mondo?"

"Esattamente. Ma non è tutto."

L'ometto calvo picchierà con il gesso sulla lavagna nera.

"I nostri servizi sono insufficienti, perché sono pensati per mettere un perimetro di sicurezza intorno al potenziale bersaglio di quanto? Di un chilometro, due? Ed invece, abbiamo scoperto che il nostro amico intende superare la barriera, tentando un colpo fino a ieri ritenuto impossibile, sparando al bersaglio da circa tre chilometri."

L'uomo si fermerà davanti alla lavagna, scrivendo una nota intorno alla parola "come".

"E sappiamo un'altra cosa fondamentale." – continuerà, voltandosi verso i suoi due interlocutori –"Che abbiamo tempo, da un minimo di quindici giorni ad un mese, da quando il nostro riceverà il software. Inoltre sappiamo con esattezza quando avverrà la consegna, entro pochi giorni."

L'uomo segnerà un circoletto col gesso intorno alla parola "quando".

"E sappiamo ancora tre cose; che il killer ed il compratore sono la stessa persona, che questa persona avrà bisogno di almeno due settimane, ma probabilmente quattro, per testare l'arma, e infine che questa persona deve avere delle conoscenze balistiche ed una capacità operativa come cecchino non comuni." – dirà l'ometto, tornando a sedersi al tavolo - "Il che, ci lascia il tempo per agire."

Cervetti berrà un sorso della sua bibita.

"Sì, dottore, ma per far cosa?"

"Per cominciare, per arrestare questo Janus, ovvio. E per farci dire chi sia, e dove sia, il compratore. E mentre lui sarà intento a provare il suo ultimo acquisto, noi lo troveremo."

Santilli inghiottirà un boccone del suo panino, pulendosi col tovagliolo prima di intervenire:

"La prima cosa, però, è non farci scappare Janus. Se no, tutta la nostra bella teoria crolla."

Santilli getterà il tovagliolo al robot pulitore.

"Il che significa; primo, che deve ritenere che la merce sia conforme e confacente, e comunicarlo al suo venditore. E secondo, non sospettare che a questi sia capitato qualcosa. Solo a queste due condizioni Janus trasmetterà il prodotto software finito al suo cliente, e noi saremo lì ad afferrarlo."

L'uomo unirà le punte delle dita delle mani, e continuerà con enfasi.

"Pensi a questo: il metano prodotto da questi impianti è ancora usato in tutte le stazioni di pompaggio sulle reti stradali a terra, quelli che usano ancora le vecchie automobili non elettriche."

"Ma è una tecnologia obsoleta."

"Per chi? Nei Paesi poveri, queste macchine sono ancora la maggioranza del parco automezzi." – l'uomo si alzerà in piedi, alzando la voce - "Io mi sono solo chiesto quale realtà si sarebbe creata se si fossero diffuse queste tecnologie."

"Una realtà autonoma energicamente?"

"Esattamente. Autonoma ed indipendente."

"Da chi?"

"Dal controllo delle grandi multinazionali per la produzione del metano! Pensi alle grandi commesse, alle grandi opere, alle connessioni, ai milioni di mezzi che girano nei Paesi poveri."

Whiley insisterà a sottolineare due parole, e a legarle alle frasi che aveva riportato il suo amico, allo Zoo.

"Quindi, non avremmo avuto, probabilmente" – chioserà la donna, leggendo i suggerimenti - "forti distinzioni tra Paesi poveri e ricchi?"

"Non in questa sproporzione."

Whiley si alzerà, per sottolineare ancora una parola chiave, scritta nel foglio che i due avranno denominato prima con il nome di piano di battaglia.

"Senta, dottor Golubev, ancora una domanda, la prego." – dirà la Madison, unendo le mani – "Lei prima ha detto che nel modello usato in questi decenni, se ho ben capito, si è creato un meccanismo competitivo, tra produzione di cibo e di energia. Se posso banalizzare, la fame di energia dei Paesi ricchi avrebbe ridotto la produzione di cibo per quelli più poveri. Ho semplificato troppo?"

L'uomo camminerà lentamente nel suo piccolo ufficio, con le mani dietro la schiena.

"Sostanzialmente, direi di no. Anzi, è una sintesi efficace."

"La ringrazio. Ma mi faccia capire una cosa: se la popolazione mondiale cresce, e cresce di parecchio, cosa succede?"

L'uomo si volterà, tornando a guardare il programma olografico.

Cervetti annuirà, guardando il Magistrato.

"Mi servono due cose. La prima da Lei."

"Dica." – dirà il magistrato, prendendo un tramezzino.

"Un mandato di perquisizione e di arresto, per prendere Janus, a Istanbul, e la piena collaborazione delle forze di polizia turche."

"Questo, lo consideri già fatto." – risponderà l'altro, addentando il tramezzino.

"Bene. E la seconda cosa da lei Santilli." – dirà Cervetti – "Facciamo vedere al Commissario la parte dell'interrogatorio riguardante il ritardo all'appuntamento di Black Rabbit."

"Subito, Commissario." – dirà l'uomo alla sua destra, accendendo di nuovo il programma olografico.

"Facciamo più buio?" – chiederà il Magistrato.

"Faccio io, stia comodo, dottore." – dirà Cervetti, andando alla finestra.

Nella stanza bianca la luce artificiale si proietterà sul tavolo di metallo. I volti sembreranno stanchi, e il più provato risulterà certamente quello del giovane con i capelli lunghi e la barbetta incolta.

"Questa notte, vi abbiamo aspettato parecchio." – noterà Cervetti, muovendosi attorno al tavolo da riunione – "Sei arrivato molto in ritardo. Come mai?"

"Janus mi aveva chiesto due modifiche. All'ultimo minuto, ieri sera, nel tardo pomeriggio. Ho dovuto lavorare tutta la sera. Per questo ho fatto tardi."

Cervetti si gratterà la barba, camminando per la stanza, quindi si volterà.

"Noi controllavamo i nodi olografici. Su quello di Tortuga, come lo chiamate voi, non vi siete incontrati. Dove lo avete fatto?"

Il giovane sembrerà a disagio, nuovamente, e ancora più stanco.

"Allora?" – interverrà Jankowski – "Prima ci dici tutto, ragazzo, prima ce ne andiamo tutti a fare un riposino."

Il giovane si muoverà sulla sedia, come per trovare una posizione più comoda.

"Non ci incontravamo mai in rete per queste comunicazioni, per semplici messaggi."

"Perché?" – chiederà Cervetti.

Il russo si aprirà in un sorriso amaro.

"Succede che il gioco non regge." – risponderà –"Nel modello che è stato scelto, e non sta a me dire perché, non tutti vincono. Anzi, è un modello in cui a vincere sono sempre i soliti, i più forti, ai danni dei più deboli."

La donna guarderà Whiley sul divano, seduto coi gomiti sulle ginocchia e le mani sul mento.

"Sì, ho capito, ma tornando alla domanda" – insisterà la donna – "se il gioco non regge, cosa vuol dire, in pratica?"

Il russo aprirà le braccia.

"Vuol dire che qualcuno ha sbagliato i conti." – risponderà semplicemente – "Ha sbagliato il rapporto tra energia ricavata e cibo sottratto. Vuol dire che la fame in una parte del mondo cresce fino ad un punto oltre il quale non può andare. E allora il sistema globale scoppia."

Il russo guarderà intorno nella sua stanza.

"Un po' come questa stanza, vede?" – continuerà – "Cosa manca? Lo vede, cosa manca?"

La donna guarderà l'ologramma nella piccola stanza con aria interrogativa.

"Lo spazio, signora, lo spazio vitale. C'è la luce, c'è energia, ma manca lo spazio vitale, e la gente non può più vivere. Cosa succeda a quel punto, però, io non lo so. Io sono solo un biologo, signora, e mi occupo di energie rinnovabili in agricoltura. Forse, dovrebbe chiedere a qualcun altro."

La donna magra guarderà Whiley, dall'altro lato del divano.

Nella sala riunioni del palazzo bianco, la discussione sarà piuttosto accesa. La guardia armata in piedi, al di fuori della doppia porta a vetri, noterà le persone gesticolare animatamente, anche se le voci non supereranno la barriera.

"Non è possibile che sia scomparso nel nulla!" – esclamerà il Direttore al capo del tavolo, toccandosi la tempia.

"Abbiamo cercato nelle stazioni di servizio delle aviostrade, nulla. Idem agli avioporti, controllato le rotte dei traghetti sul fiume, treni." – risponderà l'uomo coi capelli scuri – "Non è uscito dalla città. Assurdo, ma è così."

Il giovane scuoterà la testa.

"Troppo rischioso. In rete, se è per combinare qualcosa di non pienamente legale, meno ci si vede, e meno si resta, meglio è. Sappiamo che voi cercate dovunque, alla ricerca sempre di qualche frase sospetta. Così, avevamo un metodo nostro. Ci parlavamo attraverso la registrazione di partite olografiche di battaglie di guerra, simulazioni, wargames. Mettiamo un messaggio in una pedina, che di solito è il nome di un personaggio della partita, che si trova nell'ordine di battaglia dell'avversario."

"Che roba è l'ordine di battaglia?" – chiederà Cervetti.

"In pratica, come è composto l'esercito avversario in quella particolare battaglia storica, quale divisione, brigate, reggimenti, battaglioni, cose così. A quel punto, sapendo il nome del personaggio che comanda la pedina da cercare, il giocatore apre l'elenco di tutti i pezzi del nemico, fino a che non trova il gruppo comando, cioè il quartier generale di quella compagnia, o di quel battaglione, trova la pedina giusta, lancia un programma di sprotezione, ed entra a leggere, negli ordini del pezzo, il messaggio. Il tutto con un normale scambio di mosse, su rete pubblica, tra milioni di anonimi giocatori. E nessuno ci pensa, a guardare lì dentro. E poi, se non sa cosa cercare..."

"Questi son matti." – commenterà Jankowski.

"Va bene, e poi?" – insisterà Cervetti.

"Poi niente. Ci si continua a mandare messaggi, finché è necessario parlarsi, continuando a giocare la mossa successiva nella battaglia virtuale."

Cervetti si fermerà a riflettere, voltandosi poi di scatto.

"Dunque, in questo momento, se tu volessi incassare il saldo pattuito, dovresti contattare Janus?"

"Sì. Dovrei chiedere conferma che la merce fosse conforme alle sue aspettative, e chiedere il saldo." – confermerà il ragazzo, guardando l'orologio – "Janus starà già aspettando, a quest'ora."

Il Capitano Jankowski si alzerà in piedi.

"E perché diavolo non ce l'hai detto prima?" – ringhierà.

"Non me lo avete chiesto."

Jankowski scatterà verso il giovane, con il dito puntato

"Senti, ragazzo, un altro scherzo del genere e ti giuro che pentirai di aver fatto il coglione..."

Il Direttore allargherà le braccia.

"Avete cercato negli alberghi, hotel, case alloggio per studenti – che so io – dovunque?"

Il biondino prenderà la parola, in tono quasi dimesso.

"Direttore, abbiamo controllato non solo i nomi nei registri, ma anche tutte le immagini olografiche di repertorio delle ultime due notti." – dirà aprendo un foglio olografico – "Non risulta aver dormito in un pubblico esercizio, quanto meno non a Chicago."

"Ma da qualche parte deve aver dormito!" – esclamerà il Direttore – "Qualcuno lo aiuta? Ha un complice? Fa freddo, in questa stagione. Se necessario, comunque, cercate tra i barboni ai treni, dovunque."

"Il punto non è" – interverrà l'uomo elegante, stringendo gli occhietti grigi – "dove abbia dormito, quanto perché si è fermato in città. Chi lo aiuta e quali intenzioni ha? Questo dobbiamo scoprire."

"Per una volta" – dirà la donna secca – "sono d'accordo con Goedhart, Direttore. Il punto qui, che sembra Daft stia dimenticando, non è solo trovare quest'uomo, ma capire perché lo stiamo cercando."

"Andiamo, Meredith, fattene una ragione." – esclamerà Goedhart – "A questo punto è chiaro, manca da quasi quarantotto ore. Lo cerchiamo perché sa qualcosa, e se spiffera quel qualcosa, potrebbe danneggiare questa agenzia."

"Sì, ma cosa?" – replicherà la donna secca – "E chi ci dice che il suo fine sia quello di danneggiare noi? Da quando questa storia è iniziata, non abbiamo fatto altro che dargli la caccia, spaventarlo. Cristo Santo, ci mancava che entraste con le sirene spiegate e i gli scudi antisommossa, in quel locale! E invece, nessuno si preoccupa di indagare su cosa sia successo realmente due giorni fa, in quella casa."

"È successo che qualcuno è entrato e ha fatto una strage di nostri collaboratori, ricercatori a contratto." – sbotterà Daft – "Ecco cosa è successo, Meredith."

"Bella scoperta, ma perché?" – ribatterà la donna – "Questo è il punto. E poi, com'è che non abbiamo fatto indagini approfondite sulla casa, sul motivo per cui erano lì? In una registrazione Whiley dice che dovevano vedersi, quel giorno, con Richard Proctor."

"Va bene, va bene." – interverrà Cervetti, mettendo una mano sulla spalla del collega – "E quindi, questo Janus, cosa si aspetta di ricevere?"

"La mia mossa, un biglietto con la richiesta di conferma che la spedizione è andata a buon fine, il che vuol dire che lui ha scaricato, che i dati sono leggibili e corretti, e che quindi mi pagherà il saldo."

Cervetti si piegherà verso il ragazzo.

"Adesso io chiamo i miei colleghi in Italia, e tu ci fai vedere esattamente come si fa a scambiarsi messaggi, giocando una partita."

"Apri le tende." – dirà il Magistrato al sistema di regolazione della luminosità sulla parete.

Quando la luce del sole pomeridiano inonderà la stanza, l'uomo guarderà i due colleghi, seduti al tavolo, con i resti del pranzo ancora posato in disordine sul piano di legno.

"Veramente ingegnoso." – dirà il Magistrato, indicando gli ologrammi, bloccati nel fermo immagine in mezzo alla stanza – "Ecco perché non li trovavano, perché cercavano nel posto sbagliato. E poi, che avete fatto?"

Cervetti guarderà Santilli.

"Glielo spieghi lei."

L'uomo coi capelli bianchi si alzerà, attraversando gli ologrammi e andando alla lavagna.

"Posso?" – chiederà.

"Certamente."

Santilli prenderà un gessetto, disegnerà tre quadrati, poi li connetterà con delle linee rette.

"Questo è Janus, questi siamo noi, e questo è Black Rabbit, al secolo Piotr Kaczmarek. Dopo che questi ci ha spiegato il funzionamento della partita e del meccanismo di comunicazione inserito nei blocchi istruzione delle pedine, diciamo, abbiamo creato qui a Roma un duplicato virtuale del suo connettore, a Breslavia. In questo modo, mentre il ragazzo se ne sta in prigione, i nostri operatori qui ne hanno preso il posto, simulando la sua presenza."

Il Magistrato alzerà la mano, come uno scolaretto.

"Dica." – dirà Santilli.

La donna secca picchierà il palmo della mano sul tavolo.

"Whiley sostiene che Proctor voleva un libro. Quale libro? Cristo Santo! Abbiamo almeno rilevato le informazioni?"

La donna guarderà il robusto, che metterà la mano nel pannello olografico, spostando un paio di files nel suo schermo, alla sua postazione personale. Nessuno al tavolo risponderà.

"Bene, e sappiamo almeno di cosa diavolo dovevano parlare?" – insisterà la donna, alzando il tono di voce – "Abbiamo almeno una supposizione, una vaga idea del movente dell'attacco? Non mi pare. E se non scopriamo perché Whiley ha deciso di restare in città, non scopriremo nemmeno dove sia."

Gli uomini al tavolo attenderanno che la donna abbia concluso. Poi sarà Daft a parlare, nel silenzio.

"No, non lo sappiamo." – dirà, con basso tono di voce – " Non sappiamo se dovessero vedersi per discutere del pranzo o di cosa. E francamente, Meretidh, non mi sembra questo il motivo di questa riunione."

"Ah, sì? E qual è il motivo di questa riunione?"

"Scoprire dove si nasconde Whiley, scomparso da due giorni in circostanze sospette." – risponderà l'uomo piegandosi sul tavolo, scandendo le ultime parole.

La donna secca si piegherà a sua volta verso di lui.

"Io credevo che invece fosse" – replicherà, scandendo le parole a denti stretti – "scoprire la verità."

"E se Janus chiedesse di incontrarsi in rete olografica, magari a Tortuga?"

"Ma non è più necessario. E in ogni caso, era un rischio che dovevamo correre. Alla peggio, avremmo chiesto al giovane di recitare la parte di sé stesso. Ma non è stato necessario, ripeto."

"Ah, no?"

"No." – confermerà Santilli – "Abbiamo preso il posto di Kaczmarek nella partita, la simulazione di una famosa battaglia della seconda guerra mondiale, abbiamo fatto esattamente come lui ci ha spiegato, e abbiamo inviato un messaggio a Janus. Abbiamo studiato il loro modo di comunicare nei messaggi precedenti, e usato lo stesso tipo di linguaggio."

"Con dentro cosa?"

"Glielo faccio leggere." – risponderà, aprendo un foglio olografico.

Andata a buon fine la consegna? Se la merce non è guasta, dammi conferma e procedi con il pagamento. Se hai bisogno in futuro, fammi un fischio.

Il magistrato annuirà, grattandosi il mento, pensieroso.

"Ed ha risposto?"

"Sì, dottore, ora le faccio vedere" – risponderà Santilli, aprendo un altro foglio.

Merce ricevuta e in buon ordine. Riceverai il versamento entro 24 ore. Se ho bisogno in futuro ti contatto io.

Il Magistrato si alzerà, guarderà la lavagna, quindi i due messaggi proiettati ancora a mezz'aria, sopra il tavolo da riunione. Infine, si rivolgerà a Cervetti.

"Ha abboccato?"

Il Commissario sorriderà.

"Ha abboccato."

Venerdì, ore 14.32

La donna sulla cinquantina, magra, capelli biondi, viso stretto e quasi severo, scenderà dalla macchina nella piazzetta adiacente alla zona universitaria, dopo averla parcheggiata inserendo il dispositivo elettronico di riconoscimento dell'auto, che la autorizzerà al parcheggio in qualità di pubblico ufficiale nell'esercizio delle sue funzioni. Attraverserà il vecchio viale alberato, e camminerà nella zona pedonale, tra le aiuole ricoperte del giallo delle foglie cadute e ancora umide di rugiada, nonostante quel pomeriggio dalle nuvole filtri un sole pallido. Si farà strada nel gruppo degli studenti diretti alla zona riservata alla didattica, un vecchio edificio completamente ristrutturato e dipinto di un giallo ocra. La donna, invece, girerà a sinistra, lungo la stradina con le mattonelle di porfido, verso un austero edificio grigio. La donna secca saluterà il guardiano all'ingresso, in divisa blu, salirà i cinque scalini di pietra ed entrerà nell'atrio, sormontato da due leoni di pietra posti su basse colonne ai lati dalla grande scalinata. Non sarà convinta della strategia di indagine interna scelta dai colleghi della sezione, e penserà che non sia affatto indifferente capire di cosa dovessero discutere i ricercatori a contratto della Medoc, e quali fossero gli argomenti di studio della sezione ricerca. Quanto meno, sarà determinata a fare almeno il tentativo. Entrerà nella saletta, e chiederà a una delle ben quattro segretarie dell'ufficio di Presidenza, al secondo piano.

"Il professor Hatlock la stava aspettando, signora. Prego, mi segua." – dirà questa, facendola attraversare una seconda stanza, fino a entrare in quella in fondo al corridoio, sopra la quale sarà apposta la targhetta della stanza del Direttore di Dipartimento.

"Meredith." – dirà questi con tono untuoso, alzandosi dalla sedia per stringerle la mano – "A cosa devo questa visita?"

L'uomo, un piccoletto dai capelli brizzolati e dal volto rotondo, circondato da una barba fuori moda, l'accoglierà con un sorriso di circostanza.

"Grazie di avermi ricevuta con così poco preavviso." – dirà in tono sbrigativo la donna secca, sedendosi e togliendo il cappotto – "Come puoi immaginare, sono qui per un paio di domande su quanto è successo l'altro ieri."

413

186 giorni prima

La musica entrerà dolcemente nella stanza da letto tramite i diffusori, nella casa isolata di Yeşilköy, nel Distretto di Bakırköy in Istanbul. Contemporaneamente, la temperatura verrà alzata di un paio di gradi dal sistema di ventilazione. La porta del bagno, comunicante con quello della camera da letto, si aprirà automaticamente, e l'acqua calda comincerà a fluire nella vasca. La ragazza si girerà dall'altra parte e si metterà il cuscino sulla testa, continuando a dormire. Cinque minuti dopo, l'immagine della stessa ragazza comparirà sospesa sul letto, dicendo a sé stessa, nel dormiveglia: "Ciao, mi spiace, ma se non mi hai ancora fermato, sono costretta a farlo." Il letto comincerà ad alzarsi, piegandosi nella parte superiore. Le coperte verranno lentamente tirate e riavvolte verso la parte inferiore del letto. In bagno, l'idromassaggio inizierà a gorgogliare.

"Arrivo, arrivo!" – protesterà la ragazza, tenendo le coperte con una mano e l'altra premuta sul cuscino.

La ragazza camminerà, ancora intontita dal sonno, in bagno, camminando nell'acqua tiepida della piccola piscina, fino a raggiungere la poltrona sommersa. Toccherà lo spazio di fronte a sé con la mano e, stando seduta, immersa nella vasca idromassaggio, guarderà il foglio olografico proiettato sopra di lei, contenente le registrazioni dei messaggi. Strano, Black Rabbit non si sarà fatto ancora vivo, e saranno quasi le otto. Quattro ore di ritardo, almeno. L'operazione si sarà conclusa alle tre di notte, circa. Di solito, il suo contatto le lascerà un'ora di tempo per controllare la roba, poi manderà un messaggio. Quella notte, la ragazza sarà rientrata più stanca del solito, avrà atteso ancora una ventina di minuti, e poi sarà andata a dormire. Al suo risveglio, avrà immaginato di trovare il messaggio. E poi, il suo contatto sarà così affamato di soldi, e quella sarà la prima operazione veramente importante per lui. Un sacco, di soldi. Non sarà stato nemmeno così paziente durante le operazioni con le località turistiche in Turchia, quando aveva semplicemente creato un po' di recensioni false, un lavoro da ragazzi, al confronto di quello. Dopo venti minuti, la ragazza si alzerà e andrà a fare colazione.

"Terribile." – dirà il professore, con espressione contrita – "Terribile. Ne siamo ancora tutti molto scossi."

"Sì, certo. Anche noi, ed è per questo che ho bisogno di avere maggiori informazioni su quella sezione."

"Se vuoi chiamo Turos." – dirà l'ometto allargando le braccia e ponendo il dito su un comunicatore – "È lui che ha tutti i registri contabili, pagamenti e tutto il resto. Forse…"

"Non sarà necessario." – interromperà la donna secca – "Non mi serve quel genere di informazioni, per ora. No, vorrei sapere una cosa molto più semplice. Una cosa che forse tu sai."

L'ometto si muoverà a disagio sulla poltrona.

"Se posso… volentieri. Cosa vuoi sapere?"

"Mi risulta che il prof. Borman seguisse da vicino le attività del suo gruppo di lavoro, e che ogni mercoledì pomeriggio fosse indetta una riunione di coordinamento del gruppo. È corretto?"

"Per quanto ne so io, sì. Salvo casi particolari."

"E Borman ovviamente teneva un registro delle ricerche, e sapeva dell'ordine dei lavori."

"Beh, sì. Ne era il responsabile, e doveva riferire a noi."

La donna secca si tirerà una manica della maglia sul polso, nervosamente.

"Appunto. Aveva inviato la scheda con l'oggetto della riunione al tuo ufficio, come da prassi? Ho controllato le procedure, prima di venire."

L'ometto si lascerà andare a un sorriso malevolo.

"Beh, se hai già controllato, potevi fare a meno di chiedermi se doveva mandare la scheda. Ovviamente doveva farlo, per prassi."

"Infatti io non ti ho chiesto se doveva farlo. Ma se questa volta lo ha fatto."

L'ometto alzerà il comunicatore, stringendosi nelle spalle.

"Per quanto ne so, credo di sì. Non è che io controllo minuziosamente tutti i rapporti, Meredith. Ho parecchie attività da coordinare sai? Non so se tu hai idea di cosa voglia dire dirigere un Dipartimento grande come questo." – dice componendo una breve serie di numeri nello spazio di fronte a sé – "Io leggo quei rapporti una volta ogni due o tre mesi, per la relazione trimestrale che dobbiamo mandarvi, mica ogni settimana. Comunque, Turos lo sa di sicuro. Per le ragioni contabili."

Mezzora dopo, la ragazza starà facendo ancora colazione sulla veranda, quando riceverà il messaggio, contenente come convenuto una sola parola, da parte di Black Rabbit. Come sempre, la parola si riferirà al nome di un comandante di un reparto del suo ordine di battaglia nel wargame olografico. La ragazza poserà la scodella con il latte e i cereali, si alzerà e accenderà il proiettore, che trasmetterà le immagini caricate della mossa di Black Rabbit. Le immagini scorreranno in trasparenza, sul blu del mare, quella mattina insolitamente calmo. La ragazza siederà, inghiottirà un cucchiaio di cereali, componendo la propria mossa. Attenderà pazientemente, quindi cercherà nell'elenco dell'ordine di battaglia fino a trovare il nome del comandante del reparto indicato nel messaggio. Cercherà la pedina dell'unità, aprirà gli ordini della pedina comando, e lancerà il programma di decrittazione, leggendo il messaggio.

Tutto bene.

La ragazza berrà un sorso di latte, osservando le due parole. Qualcosa le sembrerà sbagliato, nella mossa di Black Rabbit. Non saprebbe dire cosa, sarà una sensazione strana, non spiegabile. Al lato destro dello schermo olografico, un tasto verde consentirà di rivedere la mossa dell'avversario. L'indice della ragazza scorrerà nello schermo, fino a toccare il pulsante. Nella cucina, i carri avanzeranno nella polvere, i semicingolati seguiranno veloci, i fanti si lanceranno a terra quando le esplosioni solleveranno crateri sul caffè e latte. Tutto sembrerà normale. Fino alla fine della mossa. Non avrà piazzato i segnalini degli avvistatori di artiglieria. E nemmeno i ricognitori aerei. Per quanto sia del tutto inutile, al fine dello scopo per cui la partita verrà giocata, la ragazza non ricorderà che Black Rabbit abbia mai saltato quella fase, in precedenza. Sembrerà quasi che non sia lo stesso modo di giocare. Non che conti, tuttavia sarà strano. La ragazza penserà se mandare un messaggio con qualche domanda, tanto per verificare. Rifletterà a lungo. Una granata di un mortaio da 81 esploderà sollevando una nuvola di polvere davanti alla trincea sul cestino del pane. Il lavoro sarà completo, e lei si sentirà una professionista. Il suo istinto le suggerirà, alla fine, che sia meglio dare la solita conferma.

Apparirà l'ologramma di un uomo sulla cinquantina, capelli neri pettinati all'indietro e un folto pizzo con striature di peli bianchi.

"Puoi venire un attimo con la scheda della riunione della sezione di Borman di questa settimana, per favore?" – chiederà Hatlock – "Sì, subito, grazie."

"E poi la scheda, dopo che viene ricevuta da te, che fine fa?"

"Se hai letto la procedura, dovresti saperlo." – osserverà ironico l'ometto – "Il mio è solo un controllo formale, più che altro. Borman insisteva molto sulla autonomia di ricerca della sua sezione, e qualche volta ne abbiamo anche discusso animatamente. E poi, io siglo il documento e lo trasmetto a voi per conoscenza, e in copia a Turos per la raccolta dalla documentazione contabile.

A voi.

Ore lavorate, attività del gruppo, e così via. Per la rendicontazione ed i pagamenti a fine mese."

"Non avevo letto nella procedura che ne inviate una copia anche all'agenzia prima delle riunioni." – osserverà la donna secca – "Sapevo solo della reportistica nel mese seguente."

"Perché non è nella procedura, infatti. È una prassi informale. Serve a risparmiare tempo, giocando in anticipo, sul lavoro di rendicontazione a fine mese. Una cosa chiesta da Turos, tempo fa, per velocizzare poi le operazioni di rendicontazione."

L'uomo alto, col pizzo, entrerà nella stanza, con una tessera in mano.

"Meredith.. ciao." – dirà – "Ho appreso dalla tragedia in rete. Orribile. Non ci sono parole."

"Ciao. Sì, tremendo. Stiamo indagando, per l'appunto. Vorrei vedere la scheda."

"Sì, certo, eccola." – dirà l'uomo, stando in piedi e inserendo la tessera nello spazio olografico. Nello spazio appariranno due soli fogli bianchi appaiati, con un sintetico rapporto. La donna osserverà la lettera, una pagina e mezza, scritta da Borman ad Hatlock, contenente un resoconto molto sintetico delle giornate di lavoro, un'indicazione di decine di libri, articoli, saggi e relazioni non pubblicati o la cui pubblicazione aveva creato controversie giuridiche o politiche in giro per il mondo ed esaminati dalla sezione.

Ma l'istinto le dirà anche di stare attenta. Rimarrà a osservare il viso stanco e spaventato dell'ologramma del soldato tedesco nella trincea a fianco a lei. I detriti dell'esplosione della granata da '81 pioveranno in una nuvola di polvere e terriccio sul suo elmetto. Più attenta del solito.

Cinque ore più tardi, la ragazza si troverà proiettata nello spazio olografico nella quint'ultima fila dell'aula universitaria. Non sarà molto interessata alla lezione, anzi sarà piuttosto distratta, osserverà le panche in legno con gli altri studenti, le grandi vetrate bianche, la luce che filtra dalle finestrelle alle pareti di quella che, nella mente dei programmatori, dovrebbe essere la proiezione dell'aula didattica di Parigi. Solo a fine lezione, il giovane barbuto si avvicinerà al vecchio professore, come sempre disponibile a riceverlo.

"Oggi l' ho notata subito." – osserverà il professore - "Non l'ho vista, alle ultime due lezioni, mi pare."

Il giovane barbuto guarderà gli altri studenti che si allontanano, salutando.

"Ho avuto un po' da fare" – dirà il ragazzo – "posso dirle due parole?"

Il vecchio docente riporrà il proprio materiale nella borsa, come sempre, chiudendo ordinatamente i pannelli e salutando gli allievi.

"Certamente. Tutto bene, ieri notte, con il suo studio? A guardarla, si direbbe che abbia fatto le ore piccole."

"Abbastanza. Sì."

"E ha risolto i suoi esercizi?"

Il giovane osserverà un paio di ragazze che passeranno a fianco della cattedra, salutando e poi svanendo.

"Ho risolto. E ho la soluzione."

"Splendido." – commenterà allegramente il professore – "Splendido. E quando vorrebbe dare la prova finale?"

Il giovane si guarderà in giro, alcuni studenti avranno già lasciato l'aula, altri si attarderanno in convenevoli con i colleghi, per lo più per scambiarsi impressioni e saluti.

"Tra cinque giorni."

"Bene. Sempre prova serale?"

"Sì. Alle ventitré. È quando è più affollato, ed è meglio che sia così."

In fondo, quelli ritenuti di interesse, a giudizio di Borman, un numero molto piccolo. Un romanzo di una scozzese, un articolo sulle fonti energetiche di un ricercatore russo, un saggio di un medico cinese. Ma che importanza avrà, questa roba? La donna secca guarderà in fondo alla pagina una annotazione a mano, sotto una firma. In penna, leggerà l'appunto: trasmettere a Daft e Turos per quanto di competenza.

"Questa è la tua firma?" – chiederà all'ometto seduto.

"Ovviamente sì."

"E quindi il documento è stato inviato alla direzione amministrativa interna, ed alla nostro coordinamento operativo dell'agenzia in Chicago, giusto?"

"Come sempre, per prassi." – confermerà nervosamente il piccoletto. La donna secca non farà trasparire alcuna emozione.

"Il documento è di lunedì. Se la riunione era mercoledì, quando lo hai siglato?"

"Le nostre procedure sono molto rigide Meredith" – dirà con sussiego l'uomo alto con il pizzo – "il Direttore ha siglato il giorno stesso e mi ha trasmesso la copia in giornata."

"E tu quando l'hai girata al coordinamento operativo dell'Agenzia?"

"Non ricordo, con esattezza, controllo subito." – dirà l'uomo in piedi, aprendo un piccolo foglio olografico dal proprio personal display – "Ecco, guarda. L'ho girata a voi per conoscenza il giorno dopo. Martedì, alle 12.02, per la precisione."

La donna secca annuirà, osservando il foglio.

"Posso averne una copia?"

La donna secca camminerà lungo la stradina con le mattonelle di porfido, infilandosi nel viale alberato, diretta alla macchina. Dunque, Daft sapeva. Sapeva dell'oggetto della riunione, per prassi informale non registrata, sin da martedì. Eppure, ancora nella riunione di poche ore prima, avrà detto che non era così importante conoscere il motivo della riunione. Al contrario, a questo punto il motivo della riunione sarà più che mai importante. Da quel preciso momento, la donna avrebbe agito da sola, senza più informare il collega delle proprie mosse.

"Molto bene, dirò alla Commissione di prepararsi." – dirà allegramente il docente, salutando con la mano un altro allievo.

Il giovane osserverà il compagno allontanarsi, e sparire a sua volta dalla stanza virtuale.

"Avrei una raccomandazione, per la Commissione, Professore." – dirà, in tono grave – "Credo di avere un problema di preparazione."

"Mi dica." – il sorriso sul volto del docente si smorzerà leggermente.

"Vorrei che raccomandasse che la prova sia molto rapida."

"Ma c'è qualche problema?" – chiederà il docente, a bassa voce.

"Non lo so. Solo è meglio che la prova sia veloce. Anche se questo dipende prevalentemente da me, lo so, devo studiare. Tuttavia, raccomandi alla Commissione di non fare troppe domande, se possibile."

Il vecchio professore si guarderà intorno.

"Va bene. Terrò conto della sua richiesta, giovanotto. C'è altro?"

"Sì, una cosa importante."

"Cosa?"

"Dica alla Commissione che la prova successiva deve avvenire di persona. Non usino la rete olografica. Facciano l'esame finale direttamente, di persona."

Il professore sembrerà stupito, e si volterà nervosamente a salutare una studentessa della seconda fila, che starà uscendo.

"Ma c'è qualche problema particolare?"

"Non ne sono sicuro. Ma se io fossi nella Commissione, farei così. Glielo dica."

Il giovane si volterà, e con un cenno di saluto scomparirà dall'aula.

Nel tardo pomeriggio, il piccolo uomo stempiato sarà in piedi alla lavagna, e osserverà il Commissario Capo, seduto nel suo ufficio a Roma, alla Direzione Federale Antiterrorismo. La luce filtrerà ancora dalla finestra, illuminando la lavagna.

"Io invece sono piuttosto ottimista, Commissario. Fino a pochi giorni fa non avevamo niente in mano, e ora invece sì."

La sua qualifica le consentirà di avviare delle indagini, e deciderà di farlo. A cominciare dagli ultimi due luoghi in cui era stato visto Whiley: la casa di arenaria, e la biblioteca.

La piccola donna bionda con il cappotto verde salirà la scalinata di legno, al quinto piano del vecchio edifico, e girerà in uno stretto corridoio a destra. Lo percorrerà fino in fondo, leggendo tutte le targhette alle porte, fino ad arrivare all'ultima sulla destra, sulla quale trova il nome che le aveva indicato Whiley: Sam Galloway. La donna busserà, ed entrerà quando sentirà la voce baritonale.

"Professor Galloway?" – chiederà entrando – "Sono Margareth Madison, del Chicago Sun Times."

L'uomo si alzerà con fare gentile, un anziano signore ormai sulla settantina, piuttosto alto e massiccio, lunghi capelli bianchi e un pizzo importante.

"Prego signorina, si accomodi. Purtroppo, lo spazio qui dentro è quello che è, ma le ho trovato perfino una sedia solida. Per quanto lei non dovrebbe aver problemi, a giudicare dal suo peso. Prego…"

"Grazie." – dirà la donna guardandosi intorno. La stanzetta mansardata all'ultimo piano sarà ripiena di libri, quadri alle pareti, edizioni rilegate di tesi di studenti, e solo un piccolo abbaino consentirà alla luce del pomeriggio di entrare, filtrata da una tendina bianca, su una scrivania disordinata.

"Grazie di avermi ricevuta così di corsa" – proseguirà sedendosi – "Volevo chiederle informazioni su questo vecchio libro. Pare che il suo allievo, il dottor Richard Proctor, lo tenesse in grande considerazione."

L'uomo si siederà con espressione addolorata.

"Richard. Richard, un caro ragazzone." – sospirerà, sedendosi stancamente sulla sedia troppo piccola per la sua stazza – "Siamo ancora tutti sconvolti, qui in Università. Un grande metodologo della ricerca sociale, un bravo studioso, e un caro ragazzo. Che tristezza, quando succedono cose del genere. Ma il mondo è impazzito, non è vero?"

La donna annuirà, mostrandogli dal proprio personal display la versione olografica del libro copiato da Whiley alla biblioteca, che questi le avrà dato poco prima.

L'ometto alzerà una mano.

"Oh, a proposito, dimenticavo, per la Turchia tutto a posto; ho chiamato oggi: è già risolto. Non si deve preoccupare di carte e burocrazia, gestiremo tutto dall'Italia, riceverà il riferimento del suo collega turco. Sarà una operazione coordinata, e anche in questo caso, lei sarà sul posto. Dicevo?"

L'uomo barbuto seduto davanti a lui appoggerà le braccia sui braccioli, mettendosi comodo.

"Stava dicendo che è ottimista."

"Ah, sì. Giusto, giusto." – dirà il magistrato, voltandosi – "Dicevamo, fino a pochi giorni fa non sapevamo nulla, ricorda? Non sapevamo dove avrebbe colpito, chi lo avrebbe fatto, quando. Ma ora, grazie alla sua indagine – brillante devo dire – ed all'interrogatorio di Kaczmarek, sappiamo una delle parole chiave."

Il barbuto lo osserverà con attenzione.

"Il come." – spiegherà il magistrato – "Lo sento. Gli indizi ci dicono che stanno preparando un'arma straordinaria. E io le suggerisco, se mi permette naturalmente, di concentrarsi sul come."

"Sul come." – ripeterà il barbuto.

"Esatto Cervetti, sul fucile. Siamo sicuri che quel tiro si possa fare? Chieda agli esperti. Verifichiamo se questa tecnologia sembra davvero possibile, o se per caso stiamo parlando di un progetto folle. Perché, se come tutto sembra far credere, il progetto è realistico, allora almeno sappiamo da cosa dobbiamo difendere il Santo Padre."

L'uomo si muoverà vicino alla lavagna, con il gessetto in mano. "Perché io credo che se lei riesce a catturare Janus, e se saremo certi che il modo in cui vogliono colpire è con questa arma, avremo per la prima volta un vantaggio su di loro."

Sottolineerà con il gessetto la parola *come*.

"Troveremo il tiratore." – osserverà Cervetti.

Il piccolo uomo si liscerà i baffi, disegnando un cerchio con il gesso attorno al *chi* sulla lavagna.

"Esatto." – dirà picchiando il gessetto sulla lavagna - "Se prendiamo Janus, avremo il volto del nostro nemico. E forse, riusciremo a capire altre due cose."

L'ometto scriverà altre due parole in corsivo col gesso.

"Terribile." – converrà la donna – "Ma senta, Richard, quando è stato ucciso, stava studiando questo vecchio libro. Lei lo conosce, questo Koonz?"

L'uomo darà un'occhiata, rispondendo senza nemmeno sfogliare le pagine nello spazio davanti a sé.

"È un libro che dovrebbe conoscere qualsiasi studente del terzo anno. Le curve di Koonz furono teorizzate nella seconda decade di questo secolo, dall'omonimo allora giovanissimo e sconosciuto ricercatore."

La donna deciderà di giocare la carta suggeritagli da Whiley, in realtà l'unica informazione a sua conoscenza per sostenere quella conversazione, in un campo a lei totalmente sconosciuto.

"Mi risulta che lei abbia ripreso le curve illustrate in questo libro in un suo saggio dal titolo… aspetti…" – la donna sfoglierà il proprio personal display, maledetta memoria! – "Ecco. Determinanti di correlazione non lineare nelle analisi di popolazione urbana."

Il vecchio professore si batterà una mano sulla gamba, ridendo.

"Addirittura siete andati a ricercare quella roba." – esclamerà – "L'avrò pubblicata quindici, ma no, forse anche venti anni fa. Commentavo le curve di Koonz, sì."

"E potrebbe in sintesi espormi la sua teoria?"

"Se ha molto tempo e pazienza…" – dirà scherzando.

"Ho tutto il tempo che vuole." – sorriderà lei – "Ma parli in modo semplice, la prego. Un vecchio giornalista insegnava che il bravo giornalista si fa capire anche dal lattaio. Per farmi capire, devo capire a mia volta. E possibilmente, niente acronimi."

"Ma sono cose semplici, e ben note, signorina. Vede queste curve? Disegnano l'invecchiamento della popolazione mondiale. Se osserva, dagli anni 60 del secolo scorso, si assiste complessivamente a una minore fertilità, e a una maggiore longevità. Come conseguenza, qui nota una redistribuzione della crescita demografica tra i continenti, e un generale invecchiamento."

"Ma questa curva di lungo periodo è esponenziale."

"Certo. Ma occorre fare altre considerazioni."

"*Quando* vuole colpire. E *dove*."

L'ometto sottolineerà le due parole, e butterà il gessetto nel cassetto sotto la lavagna, tornando a sedersi alla scrivania. Il barbuto si alzerà dalla sedia, porgendo la mano al suo interlocutore, seduto alla scrivania.

"Sarà meglio che io vada, dottore." – dirà porgendogli la mano – "Domani pomeriggio parto per Istanbul. Devo coordinare le operazioni sul posto."

L'ometto si sarà alzato, ricambiando la stretta con un caldo sorriso. Il Commissario accennerà a dire qualcosa, poi si volterà, avviandosi alla porta.

"Cervetti."

"Dica, dottore." – dirà il Commissario, fermo sulla porta.

L'ometto sarà in piedi, i palmi appoggiati alla scrivania.

"Lo prenda." – dirà - "Prenda questo Janus."

L'anziano professore sorriderà con fare paziente.

"Lei consideri che attorno all'anno mille, al mondo c'erano forse duecentocinquanta milioni di persone, diventati cinquecento milioni attorno al 1650, e circa un miliardo ai primi dell'ottocento."

"E ai tempi in cui fu scritto il libro?"

"Poco più di sette miliardi. All'epoca, Koonz prevedeva ancora la popolazione verso la metà del secolo, nel 2045 per l'esattezza, in poco più di nove miliardi di persone. Tenga conto che venivano da dati statistici di un mezzo secolo di sviluppo. La massima crescita era stata attorno agli anni Sessanta del secolo scorso."

"Perché, proprio in quel periodo?" – chiederà la donna, guardando le curve.

"Perché il mondo aveva un suo equilibrio, strano, ma chiaro. Da una parte il mondo occidentale, industrializzato, che pesava circa un miliardo di anime, ricco, longevo e poco prolifico. Dall'altra parte, due miliardi di poveri, poco longevi e molto prolifici. Da quel momento, inizia la teoria del livellamento, o della convergenza. In soli quarant'anni, dal 1960 al 1999 la popolazione mondiale raddoppia dai circa tre ai circa 6 miliardi, ma con profondi cambiamenti sociali, per esempio forti disparità nei tassi di fertilità tra Europa ed Africa."

"E cosa si pensava che sarebbe successo, quando scrisse Koonz?"

"Se osserva qui, nota che si immaginava al 2050 una popolazione di poco superiore ai nove miliardi, ma con deviazioni importanti, dell'ordine del più otto virgola quattro per cento in Africa rispetto all'anno 2000, e del meno quattro virgola tre per cento in Europa, rispetto allo stesso anno. I Paesi più popolosi sarebbero diventati, secondo gli studi del tempo, India, Cina e tre Paesi africani, Nigeria, Repubblica del Congo ed Etiopia, ma dal novero dei Paesi più popolosi sarebbero scomparsi ad esempio Russia, Giappone, Germania, Regno Unito, Italia. Guarda caso, i Paesi industrializzati del secolo precedente."

Il professore si alzerà, ordinando al sistema vocale alla parete di accendere la luce, prima di proseguire.

"Nel 1950, quindi circa cent'anni fa, c'erano al mondo 250 milioni di persone con più di sessant'anni, un numero pari a circa l'otto virgola uno per cento del totale."

184 giorni prima

La mattina sarà luminosa a Roma, in quella bella giornata di fine primavera. Tuttavia, la luce solare non giungerà nei sotterranei della nuova sede all'EUR, assegnata ai NOCS come area sperimentale nel decennio precedente. Circa venti metri sottoterra, in un'ampia area ad accesso riservato, illuminata artificialmente, si troverà l'area di controllo e intercettazione della rete olografica. Nell'ultima camera, alla quale si accederà attraverso porte a vetri blindati dotate sistemi di identificazione personale, uomini in camice discuteranno animatamente.

"Quello che vi chiedo, signori" – dirà Cervetti ad alta voce – "interrompendo la discussione, non è un trattato di balistica, ma solo di capire se secondo voi dobbiamo prendere o meno questa minaccia seriamente."

L'ispettore capo Santilli, coordinatore del gruppo di ricerca, prenderà la parola.

"Ebbene signori, abbiamo estratto dai computer di Piotr Kaczmarek, dagli archivi del suo personal display e dal suo connettore olografico tutti i dati che l'uomo che si fa chiamare Janus gli ha passato."

Sui monitor del lungo tavolo rettangolare, al quale siedono una decina di persone, compresi lo stesso Santilli e il Commissario Capo Cervetti, appariranno schemi, disegni, e una serie di dati di quello che sembra essere un fucile di precisione.

"Quello che voglio sapere da voi" – continuerà – "è molto semplice: questa cosa può funzionare? E se sì, può colpire un bersaglio umano a una distanza superiore ai tre chilometri?"

Un uomo di mezza età, un volto simpatico sotto una folta chioma spettinata di capelli riccioluti e bianchi, prenderà la parola con voce pacata.

"In teoria è possibile, ma molto, molto difficile, per non dire altamente improbabile. Esiste in teoria la possibilità, ma non in pratica, non che io sappia."

"Ma prendi ad esempio il modello L135A6, quello ti spara oltre i tre chilometri." – interverrà un ingegnere sulla cinquantina, capelli corti castani e mascella volitiva.

"Che roba è?" – chiederà Cervetti.

L'anziano professore indicherà le immagini di uomini e donne di differenti razze ed etnie che cammineranno a fianco a loro.

"A quel tempo, solo tre Paesi al mondo avevano più di dieci milioni di anziani, ed erano la Cina, l'India e gli Stati Uniti. Ma se osserviamo le curve di Koonz, partendo dalla fine del decennio di questo secolo…"

La donna si piegherà verso il proiettore olografico, sulla scrivania del professore.

"…già oltre dodici Paesi avevano superato la soglia, e la popolazione era cresciuta di circa tre volte e mezza. All'epoca, si stimava per la metà di questo secolo due miliardi di persone con più di sessant' anni, pari a circa il ventidue per cento della popolazione mondiale. Se lei nota, il dato impressionante, non è solo la crescita, ma la curva di invecchiamento della popolazione, fatto che interessa tutti i continenti. Vede? Questa curva rossa, l'invecchiamento, è più ripida della curva blu, la popolazione."

"E questo, quali conseguenze sociali comporta?"

"Da sociologo, le posso rispondere…" – risponderà il vecchio docente, toccandosi il pizzo, e aprendo un altro foglio – "…drammatiche. Vede questi indicatori? Questo è l'indice che misura il rapporto di supporto potenziale."

"Parli chiaro, professore. Si ricordi dei miei lettori."

È semplice. All'epoca, considerando l'allora mondo del lavoro, si metteva al numeratore il numero dei lavoratori attivi potenziali, cioè le persone tra i quindici ed i sessantaquattro anni, ed al denominatore i non lavorativi, cioè oltre i sessantaquattro anni. Per inciso, io sarei stato un non lavoratore. Comunque, la domanda era ed è sempre la stessa: quanti adulti possono prendersi carico di un anziano?"

"Quanti?"

"Beh, si stimava allora che il rapporto sarebbe crollato da dieci a cinque, vale a dire si sarebbe dimezzato, e si pensava che entro il 2050 sarebbe passato, nei paesi ricchi, da cinque a tre."

"Ma questo rapporto, il rapporto Koonz, è veritiero?" – chiederà la donna tornando a sedersi diritta sullo schienale – "voglio dire, poi le cose sono andate realmente così?"

Il vecchio professore si lascerà scappare una risata.

"Un fucile modificato per le forze armate." – risponderà l'ingegnere – "Faccia conto un bestione lungo un metro e mezzo in grado di sparare proiettili ad impulso ad una distanza di circa due chilometri e mezzo ad una velocità di circa 4500 chilometri orari."

"Se è per questo" – interverrà un terzo ingegnere, un uomo alto e corpulento, coi capelli corti e bianchi – "il Mauser M99 svedese in 8,5 per 75 con la canna a trenta gradi, come potrebbe elevarla un alzo a ritto sulle massime distanze, con una ottica particolare, ti spara fino a 4950 metri, con un angolo di caduta, se non ricordo male, di 40 gradi. Quanto basta per trapassare un essere umano. Ma tutto questo in teoria."

"Sì, ma possibile." – replicherà il primo, coi capelli ricci.

"Andiamo, però siamo seri" – continuerà il terzo, con voce strascicata – "stiamo parlando di tiri ipotetici. Di capacità teorica massima, non di tiri in condizioni ambientali. Non della realtà."

"Allora che ne pensi del 15.7 per 99 o 60BMG?" – chiederà quello coi capelli castani – "Quello ha una portata massima di 7900 metri, guarda i test condotti nel poligono tedesco di Erfurt, dove è risultato un calibro maggiore al vecchio 20 millimetri, per le doti balistiche. E a quella distanza sai che energia mantiene? Ben 140 kgm, altro che trapassare un uomo!"

"Ma siamo fuori tema" - riprenderà il corpulento, con voce monotona – "ciò che vuol sapere Santilli non è se teoricamente si può, ma se è possibile in pratica. Anche se i moderni fucili ad impulso arrivano ben oltre a quella distanza, un conto è sparare, un conto colpire per caso, un altro ancora colpire per scelta!"

I colleghi resteranno ad ascoltare, in silenzio.

"Rosachioso" – dirà il corpulento al primo coi capelli ricci – "ma mi dici come lo vede il bersaglio? Già con una Schmidt & Bender, variabile 18-60 per 72, già a 2500 metri manco riesci ad identificare con certezza a cosa stai sparando. No, signori, se non ce la vogliamo raccontare, la domanda è un'altra: non quale è la distanza teorica massima, ma quale è la massima distanza a cui poter colpire con ragionevole certezza un bersaglio. Attenzione, non un bersaglio fermo, ma forse in movimento. Con un servizio d'ordine intorno. Ma non esiste! Un conto è parlare di distanza teorica, un altro di distanza effettiva sul campo."

"Ma neanche per sogno! Come sappiamo, quelle previsioni si sono rivelate del tutto sballate. O meglio, no, povero Koonz, diciamo sballate a metà."

"Perché, dice a metà?"

"Perché ci avevano preso solo nel controllo delle nascite, nel tasso di fertilità."

"E invece..." – suggerirà la donna, allungando il mento.

"E invece" – spiegherà bonariamente il vecchio – "avevano completamente sottostimato la curva di invecchiamento. Oggi, come noto, siamo oltre dodici miliardi di persone. Mediamente, molto più vecchi di quanto pensava Koonz."

"Ma... e dal suo punto di vista, quale è stata la causa di questo errore di valutazione?" – la donna allargherà le mani sulla scrivania –"Cosa è successo di così grave?"

"Di grave, nulla. Semplicemente, non avevano previsto correttamente il progresso in campo medico, che è stato di molto superiore alle aspettative. Le aspettative di vita sono cresciute di più del previsto."

La donna guarderà le curve, pensierosa.

"Ma cosa succederebbe, in ipotesi, se il tasso di sviluppo della medicina crescesse ancora, molto più rapidamente, diciamo nei prossimi dieci o venti anni?"

Il vecchio aggrotterà le sopracciglia, sollevando il mento.

"In tal caso, signorina, allora delle due l'una. O si trova, e rapidamente, la capacità di raddoppiare la produzione di cibo, ed energia anche, in tutto il mondo, oppure finiremo come i topi nel barile: finiremo per mangiarci a vicenda."

La donna visualizzerà l'immagine raccapricciante usata dall'uomo, collegandola immediatamente alle parole usate dal ricercatore russo, allo spazio vitale.

"Senta, professore, avrei un'ultima domanda." – dirà la donna, piegandosi in avanti – "Mi faccia capire. Lei mi pare che prefiguri una questione di spazio vitale."

"Esattamente."

"E cosa accadrebbe se in campo medico ci fosse un salto epocale nella ricerca, che so, poniamo" – dirà la donna, facendo una pausa – "la cura definitiva del cancro?"

"E qual è secondo lei la distanza massima possibile per un tiro da cecchino, con la migliore tecnologia del momento?" – chiederà Cervetti.

"Guardi, Commissario" – dice il corpulento con voce strascicata – "ad esagerare, ma sto esagerando, se uno non spara in un poligono, ma ad un bersaglio vero, voglio dire in ambiente vero, con vento, condizioni climatiche impreviste, per non parlare di un bersaglio in movimento, basta guardare la letteratura."

"Non ci faccia penare, ingegnere" – interverrà Santilli – "di che raggio parliamo?"

"Ma sempre il solito, ispettore." – risponderà il corpulento – "se vogliamo stare coi piedi per terra, un tiratore scelto sa che un tiro a rischio, alla lunga distanza può andare dai duemila ai duemila duecento metri. Ma ad esagerare, sto proprio esagerando. A quella distanza, la tua ottica ti consente di vedere a cosa stai tirando, oltre non so proprio. E questa è una cosa basilare per il tiratore, vedere."

"Quindi sei d'accordo che la gittata massima dipende dalla capacità di vedere all'orizzonte, che magari è diciamo fino a quattro o cinque chilometri, cioè è limitata dal raggio di vista." – osserverà il castano dalla mascella quadrata – "Dipende se hai vista, se ci sono ostacoli. Allora la domanda teorica non è quale sia la gittata massima del fucile, perché su quella distanza i moderni fucili ad impulsi ci arrivano, e come. La domanda è cosa vedo, a quella distanza, e cosa prendo, a quella distanza."

"Cosa prendo in che senso, ingegner Ruta?" – chiederà Santilli.

"Ispettore, il vento." – dirà il castano – "E poi, piove? Magari piove di traverso. E poi la pressione atmosferica, l'altitudine, l'alzo del fucile. In teoria forse, ma in pratica è un casino. E poi la visibilità è molto limitata."

"Esatto." – commenterà il corpulento.

"Dipende." – osserverà il primo, coi capelli perennemente spettinati – "Per la visibilità, dipende anche da dove il nostro tiratore si piazza."

"Sarebbe a dire?" – chiederà Cervetti.

"Beh, fossi in lei Commissario, o in chi deve proteggere il Pontefice, non so, la sua scorta, io starei attento ai tetti, più che al fondo strada, ovviamente."

Il vecchio la guarderà facendosi serio, incrocerà le mani, si accomoderà sulla vecchia sedia traballante sotto il suo peso, e rifletterà a lungo, prima di parlare.

"Se si verificasse una tale ipotesi, signorina" – risponderà con voce profonda – "sarebbe il caso che le altre scienze umane si inventino un tasso di sviluppo più rapido di quello in campo medico. Altrimenti…"

La donna lo guarderà, mentre il vecchio sembrerà parlare tra sé.

"Altrimenti?"

"Altrimenti, temo proprio che l'unica via sia quella di incentivare la ricerca nella colonizzazione dello spazio, ma ben oltre le due ridicole colonizzazioni che abbiamo fatto della Luna e di Marte. Badi bene, signorina, non sto parlando di migliaia di esseri umani, e nemmeno di decine di migliaia."

La donna attenderà che il vecchio finisca la frase.

"Oh, no, sarebbe proprio il caso di spostare qualche miliardo di persone."

Lo spettinato continuerà, come per giustificare la sua ultima affermazione.

"Se lei si mette in cima ad una montagna alta un chilometro, il suo orizzonte sarà lontano circa 112 chilometri."

"Se non consideri la rifrazione atmosferica." – osserverà Ruta.

"D'accordo." – continuerà lo spettinato – "Se poi ti metti sulla cima di Mauna Kea, nelle Hawaii…"

"Che roba è?" – chiederà Cervetti.

"Un vulcano spento, alto circa quattro chilometri, che è anche il sito di importanti osservatori astronomici." – risponderà lo spettinato – "In tal caso, il tuo orizzonte sarà lontano il doppio, circa 226 chilometri. Certo, se tu stai coi piedi sulla spiaggia, allora i tuoi occhi sono diciamo a due metri di altezza, per ipotesi, semplifico molto, sul livello del mare. Beh, in tal caso il tuo orizzonte sarebbe lontano solo cinque chilometri."

"Dipende, quindi, vedi che non ci sono certezze." – osserverà il corpulento.

"Beh, ma è al di sotto della distanza che dice Santilli." – replicherà lo spettinato – "E comunque, dipende molto dal tipo di ottica."

"Quindi, se fosse un'ottica diciamo eccezionale, secondo lei il tiro sarebbe possibile?" – chiederà Cervetti – "Ma mi dia una risposta netta, o sì, o no."

"Commissario" – risponderà lo spettinato – "se l'ottica è eccellente, secondo me è teoricamente possibile. Certo, poi ci sono altri fattori, come hanno ricordato i miei colleghi. Ma il problema di identificare correttamente il bersaglio, oggi, lo vedo risolvibile."

"E che mi dite dei disegni del fucile che abbiamo trovato?" – chiederà Santilli.

Il corpulento prenderà con le mani immagini nello spazio olografico davanti a sé, girandole e ampliandole.

"Un'arma di concezione molto moderna, indubbiamente" – dirà, indicando gli schemi ed i disegni – "sembrerebbe pensata per un lavoro artigianale. Il caricatore ad impulsi, vede, è fisso, con pila a ricarica che consente cinque colpi. Anche se dubito, onestamente, che il tiratore li debba sparare tutti."

Venerdì, ore 15.32

Ai piani alti del palazzo bianco, la donna secca guarderà nello schermo olografico proiettato a lato della propria scrivania. Il suo ufficio sarà separato dal corridoio da una parete di vetro insonorizzato, e la porta a vetri sarà chiusa. Accanto a lei il robusto sarà in piedi, e muoverà le mani nello schermo, per spostare immagini e files archiviati.

"Non so se sia una buona idea Meredith" – dirà il robusto – "se Daft viene a saperlo, non la prenderà certo bene."

"E da quando in qua me ne importa di Daft?"

"Non lo so, Meredith" – replicherà il robusto, scuotendo la testa – "Metti che ne parli al Direttore. Sei sicura di essere autorizzata a farlo?"

"Ma di che parli?" – chiederà la donna, guardandolo – "Sono una dirigente di questa sezione. Due giorni fa un'intera squadra di ricerca è stata distrutta, un altro ricercatore è stato ucciso poche ore dopo, e io non dovrei indagare? Semmai, trovo strano che non stia indagando Daft. Sei sicuro che abbiamo controllato tutte le registrazioni dei colloqui con Whiley?"

Il robusto muoverà ancora le mani nello schermo. Appariranno le quattro registrazioni fatte nel bar al primo giorno, in tre schermi diversi nello spazio, davanti alla scrivania della donna.

"Ecco, questa è la prima chiamata, con la nostra operatrice. " – osserverà il robusto – "e questa è la seconda con Jimmy, mentre questa è la prima con Daft, e quest'ultima quella effettuata al momento dell'irruzione nel bar. Io non vedo niente."

La donna secca guarda i quattro schermi virtuali ai lati della scrivania, due sopra e due sotto.

"Nemmeno io, purtroppo. Era una cabina chiusa." – osserverà la donna secca – "Non abbiamo una risoluzione migliore?"

"È la migliore. Puoi girarle come vuoi, sempre la cabina chiusa vediamo."

La donna si appoggerà alla scrivania, continuando a osservare i quattro schermi.

"E non abbiamo altre registrazioni, sei sicuro? Ma non avevamo isolato i suoi conti correnti? Mi pare che si sia detto in riunione che lui ha chiamato il suo agente in banca."

"In un tiro del genere se va bene ne spara un paio." – commenterà il castano – "Cioè, bene, dipende dai punti di vista, voglio dire."

"E quella cosa a forma di tubo là davanti a cosa serve?" – chiederà Cervetti.

"Quello è il freno di bocca" – risponderà il corpulento, sempre stirando le parole in modo quasi fastidioso – "serve a ridurre il rinculo ed il bagliore."

"Inoltre riduce il rumore dello sparo." – aggiungerà il castano.

"Esatto" – riprenderà il corpulento – "quindi difficile individuarlo, oltre i tre chilometri poi…"

"E dell'ottica che mi dite?" – incalzerà Santilli.

"Normalmente" – dirà il corpulento – "bestioni così grossi sono pensati con ingrandimenti fissi, per esempio il Military MK IV. Qui, invece, sembra sia stato pensata una ottica variabile, dalla forma direi una Carl Zeiss."

"E se guardi bene i disegni" – noterà lo spettinato – "sembra monti ottiche bilaterali, visione notturna integrata, lenti modulari componibili, di massima qualità."

"Quindi secondo lei nessun problema di visuale, ingegner Rosachioso?" – chiederà Cervetti.

"Secondo me, da quel che vedo almeno, no."

"E tutti quegli schemi laterali?" – chiederà Santilli.

"Il fucile è stato progettato per essere smontato in una custodia in polimeri, leggerissima e resistente" – risponderà il corpulento – "insieme ai suoi accessori, qui vediamo il cavalletto, l'obiettivo, eccetera. Se osservate, l'intero gruppo di sparo è un blocco a sé stante, il gruppo di scatto è stato ricavato lavorando la resina e poi fissato a due scocche di polimeri, in modo che il tutto sia un blocco indeformabile in qualsiasi condizione climatica. Il disegno del calcio sembra essere sinistrorso…"

"Aspetti un attimo!" - esclamerà Cervetti – "Mi vuol forse dire che il nostro tiratore è mancino?"

"Per forza." – risponderà il corpulento.

"Commissario, abbiamo eliminato qualche miliardo di persone, la veda così." – commenterà ironicamente Santilli.

L'immagine del calcio del fucile ruoterà nell'aria.

Il robusto la guarderà, poi cercherà negli archivi.

"Ma certo." – esclamerà – "Abbiamo la registrazione con quel ciccione del suo agente. Cazzo, era così grasso che non ci stava quasi nello schermo olografico, guarda!"

Il robusto aprirà una registrazione. Davanti a loro, un omone parlerà con Whiley, scusandosi per non potergli dare il suo denaro nei tempi stretti da questo richiesti, ma l'audio sarà volutamente stato abbassato.

"E non puoi farmi vedere Whiley, anche?"

"Subito." – risponderà il robusto, aprendo un sesto schermo. I due uomini ora saranno davanti a loro, affiancati. La donna secca osserverà attentamente i due ologrammi. Il robusto si verserà un bicchiere d'acqua, stringendosi nelle spalle.

"Senti, ma non vedi che qui la cabina è luminosa?" – domanderà a un tratto la donna secca – "Guarda sul pannello della cabina. È bianca, e riflette delle immagini."

È vero. Non è luce artificiale, è una luce naturale. Parlava in pieno giorno, e aveva la luce di lato, ed alle spalle, sembra."

La donna secca si avvicinerà, socchiudendo gli occhi per mettere a fuoco.

"Ma non puoi ingrandire l'immagine? Fammi vedere meglio quei riflessi."

Il robusto con le mani sposterà gli ologrammi e ingrandirà quello di Whiley, isolando la parte richiesta dalla donna.

"Si direbbe una strada. Degli alberi." – osserverà il robusto.

"Ora ruotali. Ma non puoi ingrandire ancora?"

"Non ho spazio, ci sono gli altri fogli, si accavallano."

"E chiudi tutti gli altri! Voglio solo quel dettaglio, ruotalo, ed ingrandisci."

Il robusto metterà le mani nello spazio, fissando con le dita quattro punti virtuali e ne tirerà gli angoli, facendo apparire chiaramente una strada, dei pedoni che passano sul marciapiede, degli alberi e dietro una piazzetta.

"Cos'è quella?" – chiederà il robusto – "Si direbbe un parcheggio, o una piazza."

"Non è un parcheggio. Non ci sono auto. Solo pochi pedoni. Ingrandisci vicino a quelle panchine in fondo alla piazza, dai."

"…e la dotazione del bipiede anteriore e di un monopiede posteriore sembra sia stata studiata per un lungo appostamento." – concluderà il corpulento.

Gli uomini intorno alla sala, compresi gli assistenti che non avranno aperto bocca, guarderanno con interesse i disegni che continueranno a scorrere nello spazio.

"Insomma signori" – chioserà Cervetti – "io ho bisogno di un parere, e l'ho bisogno adesso. Non mi interessa la certezza, ma la ragionevole probabilità. La domanda è semplice: voi ritenete che quest'arma, se realizzata, con quel tipo di ottica, e con il software che tenga conto dei parametri che abbiamo trafugato dalla perquisizione in casa del Kaczmarek, possa colpire, con ragionevole precisione, un bersaglio umano, anche in movimento, a una distanza pari o superiore a tre chilometri?"

Il silenzio scenderà nella sala. Il corpulento scuoterà la testa.

"Beh, ci sono stati diversi casi conclamati di centri accreditati negli ultimi due decenni, ufficialmente confermati dai militari, a duemila seicento, a duemilasettecento" – dirà il castano – "e perfino ai duemila ottocento metri."

"Andiamo, Ruta!" – esclamerà il corpulento – "Su quanti tiri? In condizioni climatiche perfette, ottima visibilità, bersagli immobili, assenza di vento. Se tu progettassi un attentato, in cui sai benissimo di avere un solo colpo, forse due da tirare, rischieresti tanto?"

"Beh, no, naturalmente no. Io parlavo di prove di tiro, lo sai."

Il Commissario scruterà i presenti, mentre nuovamente il silenzio scenderà nella sala.

Alla fine, sarà lo spettinato a parlare, con la sua voce piana e pacata.

"Il punto non è questo, comunque, mettiamola così" – osserverà, guardando il corpulento – "rovesciamo la domanda. Tu stesso, Genocchio, ammetti che tiri militari abbastanza vicini sono stati possibili in condizioni di prova sul campo, con armi tradizionali. Ora, ipotizziamo pure che le condizioni ambientali non siano quelle ottimali che hai descritto, questo te lo consento. Ma del resto, dobbiamo ipotizzare che questa cosa che vediamo qui in progetto sia un giorno una realtà, e che arrivi nelle mani di qualcuno in grado di usarla."

Il robusto con l'indice della mano ritaglierà un angolo del quadrato nell'aria, ingrandendone poi solo la parte richiesta dalla donna. L'ingrandimento mostrerà, oltre gli alberi al bordo della piazzetta, dietro le panchine, un edificio, con una porta vetrata all'ingresso.

"Che roba è?" – chiederà la donna secca – "Si riesce ad ingrandire? Sopra quella porta."

Il robusto sposterà l'immagine con il palmo, ne ritaglierà con l'indice un rettangolo, quindi ne tirerà gli angoli nello spazio.

"Non si vede niente di particolare. Sembra un palazzo d'epoca. Non riesco…"

"Ingrandisci, e fammi una panoramica di tutta la facciata, sopra l'ingresso."

Il robusto allargherà gli estremi del foglio, creando un largo rettangolo, e poi muoverà le mani per fare scorrere lentamente immagini, al massimo livello di dettaglio possibile.

"Di più non posso, Meredith, non riesco…"

"Taci, e fammi vedere. Ancora, panoramica a destra."

Il robusto muoverà diversi fermi immagine, di diversi momenti della registrazione, sempre nel punto richiesto, finché ad un punto apparirà una scritta, di cui, tra i rami degli alberi, si leggeranno distintamente le prime ed ultime lettere.

"È una biblioteca!" – esclamerà il robusto.

La donna secca guarderà l'immagine, scuotendo la testa.

"Non è una biblioteca." – dirà – "È la biblioteca di Whiley. Non ha detto in una registrazione che era uscito a prendere un libro per il suo amico, quel Proctor?"

"Cazzo!"

"Esatto. Quindi sappiamo da dove ha chiamato, da un bar vicino a quella piazzetta."

"Sicuramente ora lo troviamo."

"Non è questo il punto."

"E qual è il punto?"

La donna secca si alzerà, e camminerà pensierosa per la stanza, quindi si volterà.

"Il punto è: perché ha cambiato bar? O meglio, perché ha chiamato proprio da quel bar?"

Lo spettinato farà una pausa, indicando l'ologramma del fucile che ruoterà nell'aria, scomposto in tutte le sue parti, consentendo una visione tridimensionale di tutti i dettagli dell'arma.

"Supponiamo che quest'arma finisca dunque nelle mani di uno specialista. Ebbene, tu, anche in condizioni ambientali non ottimali, sei disposto a dichiarare che escludi categoricamente che sia possibile un tiro del genere?"

Tutti gli occhi della sala si gireranno verso l'ingegnere dalla voce strascicata. Questi osserverà attentamente il fucile che ruoterà a grandezza naturale nell'aria, e i dati che scorreranno nello spazio. Quindi alzerà lo sguardo, incrociando quello dello spettinato.

Il suo silenzio, questa volta, sarà più che eloquente.

"Boh, forse uno vale l'altro, per lui. Magari era in zona, o forse conosceva quel bar."

"Sì, sì, è possibile. Ma io non credo al caso. E se Whiley ha scelto quel bar perché era lì, come dici tu, cosa ci stava a fare?"

Il robusto la guarderà sollevando le spalle.

"Perché è tornato alla biblioteca." – rifletterà la donna – "Forse voleva salvarsi una copia del libro che aveva mandato il giorno prima al suo amico…ma certo!… non aveva più il suo personal display, forse non ne aveva copia!"

È vero! È possibile, anzi, probabile. Ma questo cosa ci dice?"

La donna secca continuerà a camminare per la stanza, facendo rumore coi tacchi alti sul pavimento in legno.

"Ci dice che il nostro Whiley sta indagando, esattamente come noi. Ci dice che anche lui sta cercando qualcosa. E ci dice che è tornato lì per trovare delle risposte."

"E come fai a dirlo?"

"Perché altrimenti se ne sarebbe fatto subito una copia, ci avrebbe pensato il giorno prima, se avesse avuto un piano preciso."

Il robusto guarderà la donna, senza commentare.

"Cerca quella piazzetta vicino alla sede della Medoc, e trova la biblioteca. Confronta l'elenco dei libri, articoli e saggi che abbiamo in copia da Hatlock. Poi, chiama, e chiedi se per caso Whiley ha preso uno di quei documenti, se ne avevano copia in biblioteca."

Il robusto cercherà nei data base, rintracciando velocemente sia la piazzetta, sia la biblioteca.

"Eccola, è questa, è l'unica, nel raggio di un chilometro, sono meno di quattrocento metri dalla sede della Medoc. È la stessa di cui abbiamo verificato la correttezza delle dichiarazioni di Whiley. E sappiamo già che ha parlato con una biondina, da qualche parte ho il file…"

"Perfetto. Ora chiama, e chiedi se qualcuno ha prelevato uno dei documenti dalla scheda di Hatlock."

Il robusto userà il connettore olografico, definirà la connessione, e davanti alla scrivania apparirà l'ologramma di una donna di mezza età, alla quale il robusto rivolgerà la parola.

"Signora, buon giorno. Sono venuto l'altro giorno. Posso parlare nuovamente con la sua collega, per cortesia?"

179 giorni prima

Sulla rada di Yeşilkö, nel distretto di Bakırköy in Istanbul, starà diventando notte. La ragazza sarà coricata sul letto, osservando l'ora, guardando il soffitto. Il suo lavoro sarà finito, almeno per la prima parte, penserà, quella di scrittura del programma. Guarderà dalla finestra, e osserverà il buio, pensando che mancheranno solo venti minuti alla parte più difficile, quella della consegna. In meno di venti minuti, si giocherà il lavoro di alcune settimane. Ma quei minuti, questa volta, la spaventeranno. La ragazza si alzerà, aprirà l'armadio, prenderà i pantaloni la giacca di pelle neri, si vestirà. Indosserà gli stivali con la suola di gomma, parimenti neri, quindi estrarrà dal cassetto un paio di guanti leggerissimi, dello stesso colore. Si avvicinerà al letto, e riempirà lo zaino, meticolosamente, con le penne di memoria, il tappetino verde arrotolato, e il seggiolino in alluminio pieghevole. Aprirà il personal display, e controllerà più volte la check list, aprendo altri cassetti ed inserendo tutto ciò che serve. Si avvicinerà alla porta, controllando ancora una volta mentalmente di aver preso tutto, e spegnerà la luce. Resterà un istante al buio, cercando di comprendere per quale ragione si sentirà, stranamente, così.

L'auto nera correrà nella superstrada, nella notte. La ragazza bionda coi capelli tagliati corti si girerà verso il sedile posteriore.

"Ma che ti succede stasera?" – chiederà con voce preoccupata – "Non hai ancor detto una parola."

La ragazza guarderà le luci dei lampioni che scorreranno veloci alla sua destra, lampi nel finestrino.

"Non lo so, mi sento strana." – dirà a bassa voce – "Ho una brutta sensazione. Tutto qua."

"È solo una tua impressione, non sarà diverso da tutte le altre volte, vedrai." – commenterà la bionda, toccandole affettuosamente con la mano un ginocchio – "Vedrai che andrà tutto bene. Comunque, lo sai, se non ti senti…"

"Hai controllato questo palazzo?"

"Controllato. Due volte, è perfetto. Isolato, quattro piani, il tuo appartamento è all'ultimo piano. Abbandonato, al massimo ci trovi un po' di gatti randagi."

"Annabel!" – dirà ad alta voce la donna sgarbatamente, senza nemmeno salutare – "Ti cercano, sono di nuovo loro."

Apparirà sul video una ragazza piuttosto bruttina, con le lentiggini.

"Buon giorno. Desidera?"

"Buongiorno, signorina." – dirà il robusto – "potrebbe controllarmi questa lista, che vede sul mio schermo di sinistra?"

"Sì, certo che la vedo." – risponderà la bruttina – "Che vuole che faccia?"

La donna secca osserverà il robusto da un angolo della stanza.

"Vorrei sapere se negli ultimi tre giorni qualcuno ha ritirato questi documenti."

La ragazza leggerà, aprirà un proprio terminale, digiterà i nomi che vedrà a video e controllerà ripetutamente.

"No, signore, mi spiace, non risulta proprio. Nessuno." – dirà, osservando i propri schermi – "E in ogni caso non avrebbe potuto."

"E perché?"

"Perché non li abbiamo in deposito."

Il robusto guarderà la donna secca, poi tornerà a parlare con la ragazza.

"Nessuno? Ne è proprio sicura?"

La ragazza controllerà ancora una volta.

"Nessuno. Mai avuti quei testi. Nessuno di quelli, mi spiace."

Il robusto guarda la donna secca, che si appoggerà alla parete e guarderà dalla finestra il cielo azzurro.

"Non importa, va bene lo stesso. Scusi il disturbo, grazie." – dirà il robusto, chiudendo la comunicazione.

La donna secca si volterà, e si appoggerà alla scrivania. Il robusto osserverà la scrivania, come assorto.

"Eppure Whiley c'è andato, e qualcosa ha preso, no?" – chiederà a un tratto – "Ma che stupida! Fammi risentire la registrazione, la seconda mi pare, quella con Jimmy."

Il robusto rimetterà il proiettore in funzione, e riavvierà la registrazione della chiamata di Whiley con il biondino.

"Ecco, fermati lì!" – esclamerà la donna secca.

Il robusto tratterrà il respiro, concentrandosi nell'ascolto.

La bionda coi capelli a spazzola riderà nervosamente, osservando la durezza dei lineamenti della mora.

"Comunque, io starò in strada, come sempre, e se vedo o sento qualcosa di sospetto, ti avviso."

La ragazza la guarderà, seria in viso.

"Ricorda, sono io che deciso se abbandonare."

"D'accordo. Abbiamo individuate tre uscite, come al solito."

"Fammele vedere sulla mappa e quando arriviamo, fammi fare un giro dell'isolato, per controllarle tutte e studiare il percorso."

L'uomo con la coda al volante annuirà, guardandola nello specchio.

Cervetti sarà seduto nel furgone, a fianco del Capitano della polizia, un turco piuttosto in carne, capelli neri tirati indietro e laccati, due baffi spioventi.

"Sono tre giorni, che aspettiamo" – dirà questi, guardando i suoi uomini nel retro del furgone – "Sicuro che verrà?"

Cervetti guarderà fuori dai finestrini il tetto dell'edificio grigio, ancora umido di pioggia. In serata l'acquazzone sarà stato violento, lasciando un paio di pozzanghere sul tetto. Il furgone sarà fermo all'ultimo piano di un edificio del centro, su una rampa di decollo e atterraggio.

"Verrà."

L'auto nera si fermerà in una strada alla periferia ovest di Istanbul, vicino a una piazzetta, sotto gli alberi, in un punto scarsamente illuminato. Le due donne e l'uomo scenderanno, e l'uomo aprirà il bagagliaio. La ragazza controllerà ancora di aver inserito tutto nello zaino.

"Trappola per topi, discesa, campanelli... c'è tutto."

L'uomo la guarderà, chiudendo il bagagliaio.

"Io mi colloco nel punto mediano tra le tre uscite." – dirà, appoggiandosi al bagagliaio, per controllare la chiusura.

"Quanto, per arrivare?" – chiederà la ragazza.

"Io, meno di un minuto, qualunque sia..." – risponderà l'uomo – "tu piuttosto..."

"Andrà bene." – dirà la bionda coi capelli a spazzola.

La sua voce tremerà impercettibilmente.

Si sentirà chiaramente la frase di Whiley.

Ero fuori a cercare un libro per Richard,
un libro sulle curve di Koonz.

"Diavolo, che idioti!" – esclamerà il robusto, ricomponendo il numero. Al foglio olografico questa volta apparirà il volto lentigginoso della ragazza.

"Scusi signorina, ancora una cosa" – dirà il robusto – "L'altro ieri, quando sono venuto, lei mi ha confermato che aveva visto quest'uomo, che vede nel mio schermo a sinistra, John Whiley, ricorda?"

La ragazza sorriderà amaramente.

"E come potrei dimenticarlo? Mi avete fatto perdere la pausa pranzo."

"E può controllare se quel Whiley ha preso una copia di un certo Koonz, un libro di statistica?"

"Non devo controllare, lo so. Mi ha fatto fare una copia, mi ricordo perché ci ho messo un po' a farla, credo una ventina di minuti."

"E quell'uomo è tornato in seguito?"

"Oh, no Signore. Per fortuna, non l'ho più visto. Ne ho già abbastanza, e vi ho detto che vi avrei chiamato, se lo avesse fatto."

"È proprio sicura che non sia tornato a prendere una copia digitale del libro sulle curve di Koonz?"

"Gliel'ho detto. Non l'ho più visto."

Il robusto guarderà la donna secca, che scuoterà la testa, guardando dalla finestra.

"Va bene, la ringrazio, non importa…"

"Aspetta!" – esclamerà la donna secca, voltandosi – "Passamela un momento."

La ragazza con le lentiggini vedrà il volto della donna secca nel monitor.

"Scusi signorina" – dirà quest'ultima – "mi può controllare se qualcuno, qualcun altro intendo, ha preso una copia di quel libro nelle ultime quarantotto ore?"

La ragazza sfoglierà con le dita lo spazio.

"Aspetti un attimo, controllo…"

Sarà una splendida notte di inizio giugno, a Roma. Il palazzo all'EUR, sede sperimentale dei NOCS, sarà illuminato dai raggi della luna, in un cielo stellato e quasi sereno. Nei sotterranei, le luci artificiali illumineranno a giorno i locali. Santilli correrà al comunicatore, mentre l'immagine di Cervetti comparirà sullo schermo, dentro un furgone, con un turco baffuto e piuttosto robusto al suo fianco.

"Commissario!" – urlerà Santilli – "Ci siamo! Li abbiamo agganciati cinquanta secondi fa, sono loro sicuramente."

Santilli guarderà il gruppo degli operatori, ed in particolare l'uomo col casco virtuale all'estrema destra, quello in quel momento starà conducendo la danza. Alla sua destra De Santis starà parlando freneticamente con il capo analista, facendo scorrere le immagini sugli schermi, con una trascrizione delle frasi in calce.

"Dove sono?" – chiederà Cervetti.

"Andate a nord ovest, rispetto alla vostra posizione!" – urlerà Santilli – "Il segnale viene da lì. Stiamo mandandovi le coordinate, il vostro navigatore le sta ricevendo in questo momento. Seguite il segnale, diventerà più luminoso man mano che il segnale viene intercettato, per ora è ancora debole, ma è chiaro."

Santilli osserverà gli uomini nel furgone allacciare le cinture, mentre il mezzo, evidentemente, starà decollando.

"Da che parte stanno chiamando?" – urlerà Cervetti, per farsi sentire mentre le vibrazioni del mezzo in decollo verticale aumenteranno – "Voglio dire, sono al nodo di Tortuga?"

"Negativo, Commissario. Questa volta sembra siano collegati al nodo virtuale di un Dipartimento dell'università di Parigi, per essere più precisi, al bar dell'Università."

L'ologramma di Cervetti sembrerà perplesso.

"Commissario, abbiamo in collegamento anche il dottor Bordini" – aggiungerà Santilli – "ha voluto essere a tutti i costi avvisato di quando scattava l'operazione."

"Buona sera, Commissario." – dice l'ultimo apparso nella conference call olografica.

"Buonasera, dottore" – dirà Cervetti – "Santilli, ma perché hanno cambiato nodo, questa volta?"

Il robusto guarderà la donna secca con aria interrogativa.

"…sì, signora, ecco. Una sola persona, mi risulta."

"Lei sa chi?"

"Beh, un attimo, non ricordo a memoria" – dirà la ragazza – "vengono centinaia di persone al giorno, qui."

La ragazza si muoverà nello spazio, le sue mani controlleranno il proprio archivio.

"Sì, eccola." – dice dopo una trentina di secondi – "Beatrix Swan, di Chicago. Ho la scheda, se vuole."

La donna secca sentirà il cuore accelerare.

"Ancora una cosa, signorina. Mi può dire anche quando è venuta a fare una copia del libro?"

"Un attimo, prego."

La donna secca si avvicinerà al foglio sulla scrivania con la registrazione della chiamata di Whiley al suo agente di banca, e controllerà l'ora della chiamata: giovedì, alle 9,51.

"Giovedì mattina. Ha firmato il registro di consegna del file alle 10.02"

Quando Whiley stava chiamando dall'altro lato della piazza.

"Signorina, ci mandi subito la scheda della signora Swan, per favore. Subito, grazie. È urgente."

Il robusto guarderà la donna, mentre chiuderà la comunicazione con la biblioteca.

"Tu ci credi, alle coincidenze?" – chiederà la donna secca.

"Beatrix Swan." – dirà il robusto, sfogliando il foglio olografico – "abita a Chicago, nera, 33 anni, risulta divorziata, una figlia di 6 anni, abita nella periferia a nord est, in un quartiere popolare, dove lavora in una birreria come cameriera…ecco qua, tutto quello che ho trovato…ah, guarda."

La donna secca osserverà un dossier nello schermo olografico, girato dalle mani del robusto con rapidità.

"Alcuni precedenti penali, roba piccola" – continuerà questo - "quando era ancora minorenne, pare che se la facesse con dei teppistelli locali, una banda, specializzata in furto con scasso e rapina."

"Non lo so, Commissario, lo fanno spesso, sarebbe stato strano il contrario. In ogni caso, sappiamo che sta parlando con una donna, almeno l'identità olografica è anonima, una figura di una bionda, che si fa chiamare Anna."

"Anna?" – chiederà Cervetti – "È lei il compratore?"

"Sì, Commissario."

"E cosa si stanno dicendo?"

"Hanno detto poche parole Commissario. Sembra siano molto prudenti, questa sera. Anna ha detto a Janus di essere stata avvertita da un certo King, non si sa bene di che cosa. E pochi istanti fa Janus ha detto a questa Anna che le avrebbe inviato la merce, che era pronta, e poi di fare sapere a King se la consegna era arrivata, e se era tutto in ordine."

"E poi?"

"Stanno zitti da alcuni secondi, Commissario."

L'ologramma di Cervetti sembrerà a disagio, mentre guarderà la mappa tridimensionale.

"Quanto manca alla zona del bersaglio?"

"Il segnale ora è forte e chiaro; arriverete in dieci minuti, li stiamo cercando di rallentare con programmi di intasamento della linea, ma non possiamo farlo in modo troppo evidente."

"C'è un problema" – dirà il turco seduto a fianco di Cervetti.

"Che problema?"

"Guardi la mappa. Quella zona è un quartiere popolare, di periferia. In realtà, molte zone sono ormai disabitate da anni. Se si sono infilati lì dentro, non sarà facile, se decidono di interrompere la consegna rischiano di scapparci."

"E perché?"

"Perché non ci sono rampe di atterraggio. Sono in prevalenza edifici bassi, massimo cinque o sei piani, e non hanno le rampe per le aviomobili. Dovremo atterrare in qualche posto a fianco e correre, salendo dalle scale."

"Santilli!" – urlerà Cervetti – "Ha sentito? Lanci quello che vuole, ma intasi la linea, ci deve dare il tempo di arrivare!"

La ragazza nel buio guarderà lo schermo fosforescente, nella stanza chiusa, vicino al corridoio.

Abbiamo quasi finito.

Il robusto continuerà a sfogliare lo spazio con le dita.

"Lei ha partecipato a un paio di piccoli colpi, si è fatta sei mesi in una casa di sorveglianza per minori e altri sei in libertà vigilata. Poi, sembra, ha messo la testa a posto, o almeno non risulta altro, ufficialmente. Guarda qui, c'è il suo fascicolo."

La donna secca leggerà velocemente tutto il fascicolo.

"E che ci fa una che non ha preso nemmeno il diploma delle superiori con un testo di statistica scritto da un ricercatore più di trentacinque anni fa?"

Il robusto la guarderà stringendosi nelle spalle.

"Forse è sua complice. Magari una sua amica. Anche se non risulta nei nostri archivi. Magari aveva organizzato tutto prima."

"Magari." – ripeterà la donna secca, pensierosa – "Controllami una cosa."

"Cosa?"

La donna secca osserverà la foto di una donna nera, capelli ricci, ovale attraente.

"La bambina vive con la madre?"

Non potrà fare a meno di notare il lampeggiare rosso dei due pallini in basso a destra nello schermo.

La linea è lenta, troppo lenta.

La voce della bionda coi capelli corti arriverà violenta, nell'auricolare.

"Janus, abbandonare!" – urlerà - "Li vedo. Una squadra intera di polizia, armati, sono saltati giù da un furgone atterrato ora nella piazza a sud. Stanno correndo per la strada, diretti verso di te!"

La ragazza osserverà la connessione e il contatore di trasferimento, mancherà davvero pochissimo.

"Ce la posso fare!" – urlerà, lanciando due programmi software – "Ormai scarico veloce, manca meno di un minuto."

"Cazzo, abbandonare!" – insisterà la bionda, questa volta sottovoce – "Mi sono passati davanti ora, stanno entrando nel portone, vai via di lì!"

La ragazza guarderà il primo lampeggio rosso abbagliante. Osserverà la piazza, vicina al punto A; questo sarà precluso.

"Ce la faccio." – dirà con calma, sottovoce – "Punto di prelievo B, centrale, è il più vicino, tra quelli liberi. Due minuti."

"Non ce la fai!" – dirà disperata la bionda – "Vai via di lì!"

La ragazza guarderà il secondo lampeggio rosso accecante, ed in quel momento il caricamento sarà completato.

Santilli guarderà il monitor, sul quale vi saranno diversi fogli aperti. Il più grande conterrà le immagini prese dal casco dell'operatore a bordo del furgone, che accompagnerà la squadra che correrà davanti a sé, indirizzandola.

"Quarto piano!" – dirà sottovoce – "Scala destra!"

Santilli guarderà il Magistrato al suo fianco, e l'Ispettore De Santis alla sua sinistra, che osserveranno senza parlare la scena sul grande monitor olografico, che riempirà metà della sala. Gli uomini correranno silenziosamente per le scale, le luci dei caschi fenderanno la notte. Nella sala di Roma prenderà vita un edificio vuoto e fatiscente. Saliranno rapidamente per i piani, arrivando al quarto. Uno degli uomini userà un grande attrezzo, producendo una scarica elettrica bluastra, e con un boato la porta dell'appartamento sarà sfondata.

Venerdì, ore 16.05

La donna bionda con il cappotto verde attraverserà il cortile lastricato dell'Università, in mezzo a decine di studenti, osserverà le austere statue bianche di pietra, delle quali a quell'ora il sole proietterà una lunga ombra in mezzo alla piazza, e passerà dal portone centrale. Uscirà nella zona pedonale, attraverserà la strada, controllando da ambo le parti il traffico veicolare fortemente rallentato dei mezzi pubblici, e supererà le fermate dei vecchi tram, oltrepassando le rotaie, memorie di un antico passato. Girerà a destra, fino a vedere la propria macchina elettrica, parcheggiata a un lato del viale, subito all'uscita dell'area pedonale. L'uomo seduto al posto del passeggero la osserverà, da lontano, e la seguirà con lo sguardo fino a che non entrerà in auto.

"Mi sembra incredibile" – dirà Madison, sbottonandosi il cappotto verde.

"Cosa è incredibile?" – chiederà Whiley

"Ma tutto. Tutto quello che ti ho raccontato. Quello che mi ha spiegato il professore di sociologia, il vecchio maestro del tuo amico. Quello che ci ha detto il ricercatore russo. A questo punto, mi chiedo perfino se quella pazza scozzese non ne abbia azzeccata qualcuna, nella sua storia romanzata, chissà."

L'uomo guarderà intorno alla macchina i passanti che passeranno, lungo il viale.

"Quella, direi che fosse proprio matta come un cavallo. Non ci vedo proprio nessuna connessione."

La donna lo guarderà senza commentare, poi osserverà attraverso il finestrino il traffico dei mezzi pubblici che sferraglieranno sulle vecchie rotaie, ai margini della zona pedonale.

"Sembra che pian piano i pezzi stiano componendo un mosaico, direi" – continuerà l'uomo – "confuso magari, ma sembra che si stia creando da solo."

"Ora, dobbiamo per forza trovare il terzo pezzo del mosaico, però" – dirà lei – "dopo il ricercatore russo, e le cose che abbiamo capito dal vecchio sociologo, ora dobbiamo per forza cercare di capire cosa ha scritto il medico cinese."

"Hai trovato qualcosa su di lui?"

449

Nella sala dei sotterranei all'EUR tutti guarderanno lo schermo olografico mobile, la squadra fare irruzione nell'appartamento, percorrere il corridoio, gli uomini entrare a coppie nelle stanze, praticamente all'unisono. Confusione, grida, una questione di secondi, ancora grida, una coppia di uomini spalancherà una porta in fondo alla destra del corridoio, si sentiranno urlare.

"Lo hanno preso!" – urlerà a sua volta Santilli, volgendosi alla sua destra e toccando istintivamente il braccio del magistrato – "Hanno preso Janus, dottore!"

Bordini osserverà i fogli olografici in mezzo alla sala. Lampi di luce fenderanno il buio, incrociandosi. Le immagini tridimensionali sullo schermo mostreranno le torce dei caschi e delle mitragliette dei poliziotti che inquadreranno una figura nera, di schiena, che alzerà, lentamente, le mani.

La donna aprirà il proprio personal display, accendendo un foglio olografico in mezzo alla vettura.

"Vedi, poca roba. Per lo più, sembra che sia stato fortemente criticato dalla comunità scientifica internazionale. Fino a qualche tempo fa, era un autorevole ricercatore, e un medico di chiara fama. Poi, deve essere successo qualcosa. Di fatto, sembra sia stato espulso dall'Università, credo abbia perso il proprio incarico. Le uniche cose che ho trovato sono riferite ad un centro studi privato, vicino a Shanghai, in periferia della città."

"Il suo studio privato?"

"A quanto pare, sì. Ma le sue uniche pubblicazioni risalgono a molti anni fa, nulla di recente. A quanto sembra, il suo profilo scientifico è praticamente inesistente." – risponderà, mostrando pagine con vari articoli – "Anzi, guarda, sembra che mezza comunità scientifica internazionale faccia a gara per screditarlo. Vedi? Commenti negativi, articoli in cui si legge del suo nome solo in termini oserei dire quasi diffamatori."

"E nessuna replica?"

"Non una parola di smentita, e non un commento del diretto interessato."

"In una parola, scomparso."

La donna annuirà.

"Esattamente. Ma abbiamo trovato il suo studio privato. Non possono impedirci di contattarlo." – dirà la donna, indicando un foglio olografico proiettato sul cruscotto – "Guarda qui, ci sono tutti i riferimenti."

Whiley guarderà l'immagine, un cinese sulla quarantina, o forse dall'età non bene definibile, magrolino, denti sporgenti e capelli tagliati a spazzola, un camice bianco su pantaloni marroni piuttosto scialbi. Le immagini mostreranno uno studio di piccole dimensioni, un posto piuttosto modesto, poche attrezzature in giro.

"Sembra uno studio medico veramente modesto" – noterà Whiley - "Guarda, perfino i muri scrostati."

La donna osserverà le immagini scorrere, davanti al posto di guida.

"Hai detto anche tu che non dobbiamo farci ingannare dalle apparenze"

179 giorni prima

Nei sotterranei del grande palazzo nel quartiere romano dell'EUR, le grida euforiche dell'Ispettore capo Santilli e dell'Ispettore De Santis si leveranno al momento della cattura della figura nera. Le voci dei due poliziotti rischieranno di passare attraverso la porta a vetri del palcoscenico, interamente isolato dal resto del sotterraneo da pannelli di plexiglass trasparenti. I due uomini si daranno pacche sulla spalla, ridendo e congratulandosi con il Magistrato. L'ometto calvo continuerà a guardare sullo schermo gli ologrammi traballanti, le luci delle torce fendere il sotterraneo romano, per girare in modo irregolare per la stanza fino ad incrociarsi sulla figura in nero, di spalle, ferma con le mani alzate. L'ologramma della figura in nero sembrerà immobile.

"Qualcosa non va." – commenterà Bordini – "Perché continuano ad urlare, la dentro?"

Santilli si avvicinerà, guardando lo schermo. Vedrà Cervetti, inquadrato dalla telecamera del casco di un uomo armato, gesticolare e dare ordini."

"Non si può ingrandire su Cervetti?" – chiederà il Magistrato.

De Santis trasmetterà l'ordine all'analista, che ingrandirà l'ologramma dell'italiano su uno schermo laterale del monitor, grande come la parete. Si vedranno uomini correre in direzione dell'uscita, mentre la figura in nero rimanere ferma verso il muro, le mani alzate. L'analista metterà in evidenza le voci degli uomini nella stanza buia, illuminata dalle torce in movimento. La confusione sembrerà totale.

"Quanto è il raggio di azione di quell'affare?" – urlerà il capitano turco al suo uomo con il cercatore di segnale portatile.

Questo si sarà tolto il casco, ed esaminerà un pannello che terrà con la sinistra.

"Non può aver funzionato oltre i duecento metri" – risponderà – "ma probabilmente la metà!"

"Cercate nell'edificio, non può essere lontano!" – urlerà il capitano turco ai suoi uomini.

"L'altra scala!" – griderà Cervetti – "Controllate l'altra scala!"

Urla, grida, scalpiccio di suole di gomma sulle scale.

La donna osserverà nello schermo olografico, all'interno della vettura, la postura dimessa, il volto quasi malinconico del cinese, il luogo modesto nel quale si troverà a lavorare.

"E ormai ho più di un dubbio su tutto quello che vedo nella rete olografica. Vorrei controllare, prima di giudicare. Perché non lo chiamiamo subito?"

Whiley osserverà il proprio orologio, quindi aprirà un calcolatore di fuso orario sul foglio olografico della Madison.

"È ancora notte, a Shanghai sono avanti di circa undici ore" – osserverà – "quindi direi di aspettare che apra lo studio, e sperare di aver fortuna. Lo chiamiamo stasera, verso le otto."

La donna lo guarderà, poi osserverà i passanti sul marciapiede.

"E nel frattempo, che si fa?"

Whiley indicherà il quadro di accensione dell'auto elettrica.

"Per intanto, leviamoci di qui, ho già sfidato abbastanza la sorte, stando in questa zona. Non vorrei incontrare qualcuno che conosco, magari uno studente, o un collega."

"Allora, torniamo a casa mia" – dirà la donna, accendendo il motore – "lì non ci vedrà nessuno. E poi vediamo."

La donna nera si starà preparando per andare a prendere la bambina, quando vedrà dalla finestra una bionda salire lungo il viale alberato. Un lungo cappotto grigio, il passo deciso. Per un attimo, la nera spererà che la donna giri lungo il vialetto, invece quella si fermerà proprio davanti al suo cancelletto bianco. Quando il citofono suonerà, sobbalzerà.

Accidenti! E questa chi è?

Per un attimo penserà di non rispondere, ma il campanello suonerà di nuovo, e poi ancora. Alzerà il connettore.

"Chi è?" – chiederà all'ologramma di una donna bionda sulla cinquantina.

"Mi chiamo Meredith Lankers." – risponderà l'ologramma, in piedi nel vialetto – "Sono un ufficiale del Governo. Avrei un paio di domande per lei, signora Swan."

Maledizione! Il Governo?

"Lei è del tribunale?" – chiederà la nera, con voce ansiosa – "Per l'affidamento di Niki?"

"Pattuglia uno!" – urlerà il capitano turco – "Controllate la porta di ingresso e tutte le uscite, cercate in tutti i piani!"

Gli uomini nel sotterraneo romano guarderanno gli ologrammi degli uomini in nero correre a fianco a loro, fuori dalla stanza, mentre Cervetti si avvicinerà camminando alla figura in nero con le mani alzate, insieme al militare con il casco in mano.

"Cervetti, mi sente?" – chiederà il Magistrato – "Ma cosa diavolo è successo?"

Cervetti guarderà nel proiettore olografico. Il suo volto, scarsamente illuminato dalla torcia del militare, sembrerà vagamente di un pallore spettrale.

"Succede che non è qui." – risponderà, con voce piatta, il fantasma – "Era solo un ologramma. Un fottuto ologramma."

Nel palazzo abbandonato alla periferia occidentale di Istanbul, la ragazza guarderà il secondo allarme in rosso, controllerà di aver scaricato tutto, e chiuderà in fretta la comunicazione, riponendo rapidamente nello zaino il comunicatore olografico. La stanza scenderà nel buio totale, illuminato solo dalla tenue luce della propria torcia di emergenza, che accenderà rapidamente, bloccata alla propria spalla della giacca. Guarderà il seggiolino di alluminio pieghevole e il tappetino verde, pensando per un istante di metterli nello zaino.

Non c'è più tempo.

Si obbligherà mentalmente ad abbandonare parte dell'attrezzatura, e a correre fuori dalla stanza, attraversare il corridoio buio, ed entrare nella stanza che dà sul cortile, dalla quale filtrerà tenuamente la luce lunare, parzialmente coperta dalle nuvole. La ragazza si infilerà lo zaino, e aprirà rapidamente la finestra, camminando rapidamente sul balcone, fino ad arrivare all'estremità. Prenderà la scatola vicino alla ringhiera, e butterà il rotolo verso il cortile. Scavalcherà la ringhiera, e aggancerà il moschettone, già ancorato alla cintura, facendolo passare nella corda, e chiudendolo con uno scatto. Poi guarderà verso il cortile, avvolto nell'oscurità.

Quattro piani.

Si lancerà, spingendosi coi piedi verso l'esterno, nel vuoto.

L'ologramma sorriderà lievemente.

"No, signora, stia tranquilla. Ma non potremmo parlarne di persona?"

"Sto uscendo." – replicherà la nera, nervosamente – "Devo andare a prendere mia figlia a scuola. Sono già in ritardo."

"Le rubo solo due minuti. Davvero. L'aspetto qui fuori, se preferisce."

Merda.

La nera aprirà il cancelletto, si infilerà il giaccone, prenderà le chiavi e uscirà sull'uscio di casa. La bionda attraverserà il cortile, camminando sul sentiero.

"Gliel'ho detto" – dirà la nera, infilando le chiavi nella toppa – "stavo uscendo."

"Beh allora meno male che sono arrivata in tempo."

"In tempo per cosa?" – chiederà la nera, osservandola con la coda dell'occhio mentre chiude a chiave la porta.

La bionda si fermerà in fondo ai tre scalini della veranda, infilando una mano nella tasca del lungo cappotto grigio.

"Fa freddino, oggi non è vero? – chiederà aprendo il proprio personal display – Per fare due chiacchiere con lei, signora Swan. E chiederle se ha mai visto quest'uomo."

La nera si volterà. L'immagine di Whiley, più giovane e coi capelli più corti.

"Mai visto."

"Ne è sicura? Si chiama John Whiley."

"Gliel'ho detto. Non lo conosco."

"Questo è strano."

La nera scenderà lentamente un gradino sulla veranda, verso il giardino.

"E perché sarebbe strano?"

"Perché sua figlia non dice così."

"Cosa? – chiederà ad alta voce la nera – Cosa c'entra mia figlia? Lasci stare mia figlia fuori da questa faccenda! Come fa a dire così?"

"Perché le ho parlato, signora Swan." – replicherà con voce pacata la donna secca – "Meno di mezzora fa, a scuola."

La nera scenderà un secondo scalino.

"Dice che cucina bene le patatine fritte."

Dopo un largo volo nel buio, la figura in nero tornerà a colpire con le suole gommate il muro un paio di metri sotto, ripetendo più volte l'operazione, facendo scorrere con un sibilo la corda e poi bloccandola nel moschettone al momento dell'impatto. In pochi balzi, raggiungerà silenziosamente il giardino. Sgancerà in tutta fretta il moschettone, si guarderà intorno e osserverà le finestre della casa. Sul lato opposto le luci delle torce staranno saettando nel buio, attraverso i vetri della scala. La ragazza correrà al muretto, si arrampicherà sulla pianta da frutta, e lo scavalcherà agevolmente, saltando poi nell'altro cortile, da circa due metri di altezza, e rotolando per terra, rialzandosi immediatamente. Correrà velocemente nel secondo cortile, salirà sul vecchio cassonetto dei rifiuti, e scavalcherà il secondo muretto, lasciandosi cadere nella via parallela. Si guarderà fugacemente intorno, quindi si metterà a camminare rapidamente lungo la via, cercando di mantenersi rasente al muro di cinta.

"Dove siete?"- chiederà, sottovoce.

"Tuo lato destro, davanti al garage" – risponderà la bionda dai capelli a spazzola – "eccola, guarda! Ti ho visto! Vai! Vai ! Vai!"

L'auto nera accenderà le luci e scivolerà a levitazione magnetica, controllando l'accelerazione nella notte, fermandosi ad un metro dal marciapiede. La ragazza aprirà lo sportello, entrerà rapidamente e si coricherà letteralmente sul sedile.

"Andiamo via." – dice la bionda dai capelli a spazzola all'uomo con la coda – "Senza correre."

L'auto nera volterà dietro l'angolo, scivolerà nella notte, girerà per un paio di strade di periferia, quindi accelererà lentamente, fino ad entrare nella superstrada. In direzione opposta staranno passando delle auto con i lampeggianti e le sirene accese. In lontananza, si vedranno i fari di un furgone della polizia scandagliare nel buio i tetti del quartiere.

"Mi hai fatto morire di paura" – dirà la bionda coi capelli a spazzola, girandosi sul sedile – "questa volta mi hai fatto veramente spaventare. Cazzo, ci è mancato poco, veramente poco!"

La ragazza resterà coricata sul sedile, con il fiato grosso. Cercherà di rallentare il respiro, rimanendo a fissare lo schienale del sedile anteriore.

La nera rimarrà impietrita sull'ultimo scalino, non riuscirà a fare un ultimo passo e a scendere in giardino.

"Lei chi è?" – chiederà, gelida.

"Lavoro per l'Agenzia di cui forse il signor Whiley le ha parlato."

"Come? Che cosa vuole?"

La donna secca dovrà alzare la testa per parlare alla nera. La sua voce suonerà calma e cordiale.

"Parlargli. Ma non si preoccupi. Non sono qui per fargli del male. Sono qui a titolo personale. Né per farlo a Lei, ovviamente, e tanto meno a sua figlia. Se avessi voluto arrestarlo, a quest'ora la sua casa sarebbe circondata, e Lei non mi avrebbe vista. Invece, come vede, c'è solo quel mio collega laggiù, vicino alla macchina. Vorrei che lei desse un messaggio per il suo amico."

"Non so se lo vedrò ancora." – replicherà la nera, sostenendo lo sguardo dell'altra – "Mi ha detto che sarebbe partito."

La donna secca annuirà, guarderà le foglie per terra, come per pensare a cosa dire.

"Senta, signora Swan, io non so che rapporti abbia Lei con John Whiley, e francamente non me ne importa nulla." – dirà, guardandola negli occhi – "Ma se lo vede, o se sa dove si trovi, vorrei che gli dia un messaggio da parte mia."

La donna secca estrarrà un dischetto grande come un'unghia e lo darà in mano alla nera.

"Il mio biglietto da visita, ci sono tutti i miei dati, la qualifica, il curriculum, e come contattarmi. Gli dica che io non credo che lui abbia alcuna responsabilità con quello che è successo. Gli dica anche che lo posso aiutare a rientrare, ma che per farlo ho bisogno del suo aiuto. E che se vuole aiutarmi, può chiamarmi a quel numero, in qualunque ora del giorno o della notte."

La donna secca si girerà sui suoi tacchi, avviandosi lungo il sentierino. Dopo pochi passi, si girerà ancora verso la veranda.

"Una cosa. Potrebbe fargli una domanda da parte mia?"

La nera la guarderà con sospetto.

"Che domanda?"

La bionda solleverà ancora impercettibilmente il labbro accennando ad una sorta di sorriso.

Trentaquattro secondi dopo, l'analista starà aprendo e richiudendo freneticamente fogli olografici sul monitor del sotterraneo nel quartiere romano dell'EUR, facendo alla fine apparire la figura di Cervetti, illuminata dalle torce tremolanti dei poliziotti turchi, vestiti di nero e con maschere sul volto, dalle quali si potranno vedere solo occhi e bocca.

"Come è potuto succedere?" – chiederà con voce calma il Magistrato.

La voce del Commissario Capo sembra provenire dall'oltretomba, mentre risuonerà in quella che è evidentemente la tromba delle scale di un edificio.

"Aveva piazzato qui, sulla ringhiera, un sensore a infrarossi, sulla scala in cui ci ha direzionati il segnale." – spiegherà Cervetti, indicando un minuscolo oggetto metallico nella mano di un agente mascherato.

"Due piani sopra, ne abbiamo trovato un altro." – continuerà Cervetti – "Quel bastardo, ha saputo con esattezza quando abbiamo fatto irruzione nel Palazzo."

"Sì, ma coma ha fatto a sparire?" – chiederà il Magistrato.

Cervetti salirà la scala opposta, fino all'altro lato dell'edificio.

"Con un trucco. Deve aver capito che lo stavamo rintracciando, o forse semplicemente lo faceva per prudenza. Sta di fatto che ha avviato un programma che sposta il segnale di emissione del comunicatore. Di fatto ha un raggio molto limitato, probabilmente non superiore ad un centinaio di metri, forse anche meno. Ma il bastardo aveva studiato l'edificio, e sapeva che poteva bastare: ci ha fatto correre fino all'ultimo piano della scala di fronte."

Cervetti ansimerà leggermente mentre parla, salendo le scale illuminate dalle torce dei caschi di un paio di militari.

"Invece dovevamo venire in questo appartamento, sulla scala opposta" – continuerà, entrando in un corridoio e percorrendolo fino in fondo – "e lì, abbiamo trovato la sua attrezzatura. Vedete? Era qui."

Apparirà un tappetino verde, una scatola e un seggiolino metallico, in una stanza buia e vuota, dai muri scrostati, con tutte le finestre chiuse.

"Gli dica che voglio sapere cosa sono le curve di Koonz."

La nera la guarderà senza parlare, sostenendo con fierezza lo sguardo dell'altra, di quell'intrusa in casa sua, della donna che sarà entrata, non richiesta, nella sua vita privata, nella sua famiglia. La donna secca si volterà, osservando le foglie sul vialetto, l'altalena cigolare mossa dal vento, i raggi del sole filtrare debolmente attraverso i rami degli alberi al confine della piccola proprietà.

"Mi spiace sinceramente aver dovuto parlare con sua figlia signora Swan" – aggiungerà, abbassando la testa – "ma è stato necessario, come vede."

La nera rimarrà in silenzio, lo sguardo duro.

"È una bella bambina. Le assomiglia molto."

La nera guarderà la donna secca allontanarsi, camminando sul viale di ghiaia, seguendola con lo sguardo fino a che questa non salirà in aviomobile, insieme all' uomo robusto. Rimarrà impettita in piedi, a osservare la vettura nera alzarsi in cielo. Solo dopo che questa sarà sparita dietro l'angolo, scenderà l'ultimo gradino e si accascerà sullo stesso. Si porterà una mano sulla bocca, sentendo di dover lottare per ricacciare la voglia di piangere.

Per un minuto, le sembrerà che il suo cuore faccia fatica a rallentare.

"Ma come diavolo ha fatto a fuggire?" – chiederà Santilli.

Cervetti attraverserà una stanza, aprirà una finestra, e indicherà la fune agganciata alla ringhiera.

"Di qui. Ora la polizia sta cercando nei vicoli, ma temo che se aveva già pronta la via di fuga non sarà facile trovare le sue tracce."

"Maledizione!" – commenterà Santilli – "E naturalmente, per non metterlo in allarme, non ci siamo messi a volteggiare sull'edificio fino a che non è stato troppo tardi, immagino."

"Mi tolga una curiosità, Cervetti" – interverrà il Magistrato – "ma la figura in nero?"

Il Commissario rientrerà nell'appartamento fatiscente, e camminerà ritornando nella stanza.

"Se proprio ci tiene, gliela faccio vedere, dottore."

Girerà intorno alla figura ferma con le braccia alzate, gradualmente l'immagine ruoterà, mostrando il volto sorridente di un giovane barbuto. Sul petto della figura virtuale, spiccheranno in bianco due immagini.

"E quelli che cazzo sono?" – chiederà De Santis – "Ingrandisci."

L'analista capo inquadrerà nel foglio olografico l'immagine, la isolerà e amplierà l'ingrandimento, aprendo un secondo foglio vicino al primo.

"Sembrano una chiave, ed un bastone." – risponderà il capo analista.

"Una chiave ed un bastone?" – chiederà Santilli – "E questo che cazzo significa?"

Solo in quel momento Bordini noterà sull'altro foglio olografico, alla luce delle torce, che la figura nera, ferma con le mani alzate, non sarà completamente immobile. Mentre i pollici saranno fermi, le altre quattro dita si apriranno e si chiuderanno.

"Significa" – commenterà il Magistrato, a bassa voce – "che ci prende pure per il culo."

Venerdì, ore 16.35

La donna bionda siederà nel salotto di casa sua, guardando il proiettore olografico collegato alla rete, commentando le ricerche con l'uomo seduto al suo fianco. Dalle finestre del palazzo si vedranno le aviomobili scorrere in lontananza, oltre i grattacieli, sulla prima circonvallazione, appena sotto le nuvole.

"Eccolo qui, James Daft, coordinatore operativo" – commenterà la bionda – "Purtroppo, non ci sono i riferimenti della sua abitazione."

"Ma io ho il suo comunicatore personale, probabilmente." – dirà Whiley.

"Te lo ha dato lui?"

"No, ma quando mi parlava, dal furgone, aveva un comunicatore in mano. L'ho visto, dal palazzo. E lui era in un furgone. Quindi…"

"Gli hanno girato la tua chiamata!"

"Esatto. Troviamo la mia compagnia di comunicazione, quella sulla quale ho ricevuto le chiamate. Ti spiace chiamare tu? Meglio non rischiare che sia io a farlo."

"Ok, e cosa chiedo?"

"Semplice, dici che sei la mia segretaria, e che hai bisogno di sapere la chiamata di mercoledì, erano circa le tredici, mi ricordo bene. Dici che hai chiamato un fisso, ma che poi ti hanno passato su un comunicatore portatile, e che io ho bisogno di quel numero, che tu hai perso. Vediamo se ti danno il numero."

"Potrebbe funzionare."

La donna comporrà il numero della compagnia di comunicazione.

"Buongiorno, sono Jenny, mi dica".

Una voce annoiata accompagnerà l'entrata dell'istogramma della ragazza nel salotto della donna.

"Buongiorno, sono la segretaria del signor Jonn Whiley, che ha un contratto con voi, al numero che vede sul mio schermo. Mercoledì, poco prima delle tredici, ha chiamato questo numero, che ora è in sovrimpressione. Dal numero fisso gli hanno passato il comunicatore personale del Direttore Commerciale. Purtroppo io stupidamente mi sono dimenticato di annotarlo, mi può dire il numero?"

175 giorni prima

Il Commissario Capo Cervetti siederà nel sontuoso ufficio di Roma del Ministro dell'Interno, sulla poltrona di velluto rosso, vicino al Questore ed al Primo Dirigente dei Nocs. La pendola dell'antico e pregiato orologio a muro batterà tre colpi, indicando che saranno le dieci e quarantacinque di un mattino di giugno. Il sole entrerà radioso dalle finestre, battendo su uno specchio dorato alla parete e riflettendosi sulla grande scrivania, dietro la quale siederà il Ministro. Cervetti non potrà fare a meno di chiedersi quanto costi il candelabro in oro massiccio, mentre il Questore starà esponendo, compito, la sua relazione.

"Come dicevo, abbiamo motivo di ritenere, Signor Ministro, che una persona che gira sulla rete olografica con lo pseudonimo di Anna voglia effettuare l'attentato a Sua Santità." – dirà l'uomo con il viso scavato – "Una serie di intercettazioni ci hanno permesso di comprendere, dal tenore dei discorsi, che il bersaglio dell'attentato è una persona altamente protetta dai servizi di sorveglianza."

"Che genere di intercettazioni?"

"Olografiche. I nostri agenti si sono infiltrati nei "cubi", in forma di ologrammi con identità anonime."

"Cubi." – ripeterà l'uomo con accento napoletano.

"Esattamente, signor Ministro. Si tratta di un mondo parallelo virtuale, costruito dagli stessi utenti, mediante collegamenti di nodi di fantasia, con grafiche costruite al computer. Sappiamo che una persona definita "unica" nelle intercettazioni potrebbe essere oggetto di un assassinio. Insomma, una serie di supposizioni ci fanno ritenere che vi siano possibilità che l'attentato..."

"Supposizioni?" – lo interromperà l'uomo coi capelli scuri stirati sulle tempie, con accento napoletano – "Mi parla di supposizioni? E non avete niente di meglio di questo?"

"Sì, Signor Ministro" – risponderà il Questore – "ma su questo lascio la parola al Primo Dirigente dei Nocs."

L'uomo dai capelli brizzolati prenderà la parola, senza sembrare minimamente intimorito dalla precedente osservazione.

"Abbiamo intercettato due intrusori della rete olografica."

Il Ministro dell'Interno alzerà impercettibilmente il mento.

"Attenda in linea…"

La donna guarderà, attraverso l'ologramma della ragazza, l'uomo seduto in silenzio dall'altra parte del divano.

"John Whiley, ha fatto una chiamata alle 12.53 di mercoledì al numero da lei indicato. Le giro il numero, buongiorno."

La bionda guarderà l'uomo, sorridendo.

"Facile, no?" – chiederà allegramente.

"Ed ora che abbiamo il suo numero, accediamo al data base dei dipendenti dell'Agenzia. Solo che questa volta chiediamo una ricerca con il dato di residenza."

"Ma saranno dati riservati."

"Certo." – sorriderà lui, a sua volta – "Ma non per la rete interna. Dimentichi che io sono ancora un loro collaboratore."

La donna muoverà le mani nello spazio olografico sul tavolino che separerà i due lati del divano.

"Bene, ed ora dobbiamo essere rapidi" – commenterà l'uomo – "accedi al servizio di ricerca personale interno."

"Ma c'è una password. Come faccio ad entrare?"

"Con la mia, ovviamente." – dirà lui, scrivendo con l'indice una serie nel foglio olografico a sinistra - "Ora copialo dentro."

Sul foglio a destra della donna apparirà un elenco di numeri di comunicazione.

"Bene, allora adesso inputiamo il numero di comunicazione che conosciamo…" – dirà lei – " …e chiediamo a chi corrisponde, che già sappiamo essere questo Daft."

Sul foglio olografico apparirà una scheda.

"Ed eccolo qui, col suo bravo indirizzo di residenza." – commenterà la donna, guardando l'orologio – "Abita in periferia. Tutte case isolate, in quella zona, guarda la foto satellitare, è in questa via. Ci arriviamo in quaranta minuti."

"Aspetta un attimo. Qui c'è anche il numero di casa. Chiamiamo prima per vedere se c'è qualcuno in casa. Ma non da qui, andiamo in strada."

"E poi cosa facciamo?"

"Se non c'è nessuno, provo ad entrare in casa sua, e vado al suo computer."

La donna lo guarderà con apprensione, attraverso il verde di un giardino ben curato di una casa di periferia.

"Il primo, un polacco" – riprenderà l'uomo dai capelli brizzolati – "è stato catturato dal Commissario Cervetti, nel corso di una brillante operazione effettuata in collaborazione con l'Interpol e su mandato di cattura richiesto dal Dottor Bordini. L'operazione è stata un successo, e abbiamo appreso che l'oggetto dello scambio, tra i due intrusori, è un software. Tale software è destinato ad essere usato su un fucile di nuova concezione, del quale abbiamo trovato tutte le specifiche tecniche, grazie alla cattura del primo dei due. Abbiamo fatto studiare sia i dati del software, sia le specifiche del fucile richieste dal compratore finale, dai nostri laboratori."

"E allora?" – chiederà l'uomo con accento napoletano.

"Vi sono alte probabilità, Signor Ministro, che l'arma pensata per l'attentato sia in grado di sparare un proiettile ad altissima precisione a distanze mai provate in precedenza. Stimiamo almeno tremila metri."

Il Ministro non farà alcun commento.

"Questo vuol dire – commenterà il Questore - che dovremo informare la guardia Vaticana e il servizio di sicurezza che occorre cambiare radicalmente le regole di costruzione del perimetro a difesa di Sua Santità."

"Non solo" – aggiungerà il Primo Dirigente – "Mi permetto di suggerire che sia raccomandato a Sua Santità di disdire tutti gli appuntamenti in pubblico, a partire dal prossimo mese."

"Follia. Non possiamo chiedere di stravolgere l'agenda del Papa per delle ipotesi, non confermate." – commenterà il Ministro – "E poi perché dal prossimo mese?"

"Perché sappiamo – risponderà il Primo Dirigente - che in questo momento il compratore sta ricevendo l'arma, e una volta che questa sarà completa del software e dell'ottica, ci vorrà un mese di testing, prima che sia pronta."

Il Ministro guarderà i suoi interlocutori con severità.

"E perché non avete arrestato il compratore?"

Il questore sembrerà a disagio.

"Purtroppo, il secondo contatto ci è sfuggito, in una operazione in Turchia. Sappiamo solo che il compratore, che coincide molto probabilmente con il tiratore, era in Francia, a Parigi, al momento della consegna del software."

"E se c'è invece qualcuno?"

"Troviamo una scusa per farci aprire la porta. Tu lo distrai, e io provo ad entrare in casa. Mi basteranno cinque minuti, per copiare i suoi files."

"Devo inventarmi una qualche scusa…" – dirà lei, alzandosi pensierosa – "…potrei dire che devo consegnare un pacco. Anzi, no, un mazzo di fiori. Fanno sempre effetto."

"A un uomo?"

"Ok, allora gli regaliamo un libro. Un bel librone voluminoso." – replicherà lei allegramente – "Però aspetta, mi metto qualcosa di più sportivo, se devo fare la fattorina."

La piccola bionda andrà nella sua camera da letto, e pochi minuti dopo uscirà con una vecchia giacca a vento e un cappello di lana bianco.

"Che te ne pare?" – dirà girandosi – "Non lo metto da una decina d'anni, forse più."

"Beh, sembri proprio una ragazza tutto fare."

La donna sorriderà nervosamente, battendosi le mani sulle cosce.

"Lo sai che questo gioco alle spie mi ha fatto venire fame?"

"Allora, andiamo." – dirà Whiley prendendo il giaccone ed il cappello – "Ci facciamo un panino per strada."

La donna secca sarà seduta al monitor olografico del proprio ufficio, a fianco del robusto. La porta a vetri sarà chiusa, e il robusto starà manovrando lo spazio olografico, aprendo diversi fogli di ricerca.

"La biblioteca l'abbiamo esaminata" – dirà lei – "Ora non ci resta che esaminare la casa, la sede della Medoc. Hai ricevuto le registrazioni?"

"Si, certo." – risponderà il robusto, caricando un file – "Me le sono fatte mandare dai nostri uffici, che le hanno chieste alla polizia locale. Le hanno già guardate."

La donna secca alzerà appena un sopracciglio.

"Beh, fammele vedere lo stesso."

La donna guarderà attentamente tutte le registrazioni degli interni della Medoc.

"E ora dov'è?"

"Purtroppo, non lo sappiamo" – ammetterà il Questore – "tuttavia, stiamo chiedendo, con le autorizzazioni del dottor Bordini, aiuto a tutte le principali procure del mondo. In particolare, ci stiamo concentrando sulla ricerca di informazioni riguardanti notizie su parti del fucile, o sulle ottiche. Ci stanno pervenendo molte informazioni, e stiamo selezionando tutte le notizie di reati connessi a questi tipi di oggetti, quali furti, omicidi, qualsiasi cosa. Riteniamo che sia, al momento, l'unica strada percorribile, purtroppo."

Il Ministro guarderà i suoi interlocutori, riflettendo per un momento. Quindi si alzerà con una certa fatica dalla poltrona.

"Non vi trattengo oltre, Signori." – dirà, porgendo la mano al Questore – "immagino che siate molto occupati da questa indagine. Non sto a dirvi quanto per ragioni diplomatiche sia una questione da trattare con la massima urgenza e discrezione. E ci tengo a essere informato di ogni sviluppo nelle indagini."

"Non dubiti, signor Ministro" – dirà il Questore, alzandosi a sua volta, imitato dagli altri due collaboratori.

Cervetti si chiederà cosa lo portino a fare, in queste riunioni.

Sarà una bella mattina di fine giugno, quando l'uomo in abiti sportivi entrerà nella stanza al piano superiore della grande casa di legno ad Onna Son, nell'isola di Okinawa, seguendo la bella donna giapponese, che si muoverà sinuosa sugli immancabili tacchi alti.

"Quando sei arrivato?" – chiederà lei.

"Giusto un paio d'ore fa."

"Hai fatto in fretta, a venire."

"E tu sei stata di parola, nel dire che avresti consegnato entro un mese."

La donna aprirà la porta di legno scorrevole, entrando nella stanza luminosa. La ragazza sarà seduta sul divano, e farà appena un cenno di saluto, muovendo impercettibilmente il capo, mentre guarderà un programma olografico di intrattenimento.

"Mia cara" – dirà la donna, accompagnandosi coi gesti – "vorresti essere tanto gentile da prendere la consegna per il nostro ospite?"

Osserverà per una dozzina di volte le immagini delle persone morte, il corridoio, il bagno, la camera di Borman, gli uffici, la sala riunione.

"Non ci trovo nulla di strano, Meredith" – dirà il robusto.

"Fammi vedere le scale."

Il robusto infilerà le mani nelle registrazioni, e farà scorrere le immagini sino a far vedere le scale, percorrendole in ogni piano, fino ad entrare nella portineria, di nuovo facendo vedere l'immagine cruda della donna assassinata.

"Non lo so, manca qualcosa." – dirà la donna secca – "Abbiamo fatto riprese del cortile?"

"Un attimo, ecco."

Le mani del robusto faranno girare nello spazio il cortile da tutti i lati, senza trovare nulla di interessante.

"Te l'ho detto, Meredith" – noterà laconico il robusto, scuotendo la testa – "già viste più volte."

"Ok. E abbiamo le immagini della strada?"

"Ci siamo fatti dare le registrazioni. Ma le telecamere di sorveglianza sono state disattivate e le registrazioni cancellate. Lo sai."

"Va bene, ma le registrazioni delle telecamere della via? Negozi, garage. Ci sarà qualcosa."

"Abbiamo quello che ci ha dato la polizia. Ci sono tre telecamere in un raggio di circa cento metri dal portone."

"Bene, passale." – dirà lei – "E falle andare veloce. Apri tre schermi."

La donna secca guarderà per una ventina di minuti le immagini scorrere sugli spazi paralleli, passando con la testa su tre schermi in contemporanea.

"Ferma!" – esclamerà, a un tratto – "cos'è quella?"

"Dove?"

"Lì, spazio laterale sinistro. Vicino all'aviosilos. Chi sono quei due? Ingrandisci."

Il robusto ingrandirà l'immagine sullo schermo a sinistra.

"Hai ragione!" – esclamerà voltandosi – "Sono la cinese e il nero. I due ricercatori uccisi."

La donna secca appoggerà le mani al tavolo, annuendo.

La ragazza si alzerà con fare annoiato, uscendo dalla stanza, sempre ombrosa in volto.

"Signor Palmer" – dirà la giapponese, girandosi con un grande sorriso – "non ho parole per esprimerti la mia gratitudine."

La donna mostrerà la mano, nella quale sfavillerà un magnifico gioiello.

"Mi è stato consegnato ieri." – dirà con un inchino – "Inutile dire che non sono molti i clienti con questo stile, nel condurre gli affari. Sono particolarmente colpita, e piacevolmente sorpresa. Ma ti prego, accomodati. Ti sono debitrice."

Il biondo sorriderà a sua volta, lisciandosi i baffetti.

"È stato un piacere, Saki" – dirà sedendosi – "comunque, penso che in effetti avrei un favore da chiederti."

"Qualunque cosa" – dirà la donna sedendosi a sua volta, sorridendo – "se posso."

La ragazza tornerà con una valigia di colore grigio scuro, in materiale di plastica dura, rettangolare, lunga circa un metro, e poserà la valigia sul tavolino in mezzo ai due, con delicatezza.

"Prego, signor Palmer" – commenterà la donna – "a Lei l'onore."

L'uomo aprirà la valigia, facendo scattare i due ganci con chiusura di sicurezza. Osserverà con un rispetto quasi religioso i pezzi scomposti nella valigia, poi li prenderà disponendoli con delicatezza sul tavolo, uno accanto all'altro. Quindi, con fare sapiente, comincerà ad assemblarli, ricordando perfettamente i disegni studiati in tutte quelle settimane. I pezzi si incastreranno perfettamente, e senza alcuna difficoltà, sotto gli occhi allegri della donna e quelli imperturbabili della ragazza. L'uomo sorriderà, nel montare l'arma, che si comporrà, lentamente, sotto i suoi occhi, e alla fine, un paio di minuti dopo, la osserverà, soppesandola, e rimirandola da ogni angolazione. Infine, si rivolgerà alla donna.

"Magnifica." – dirà con enfasi – "Una Nishizawa originale. Nelle mie mani."

La guarderà ancora, appoggiando l'occhio all'ottica.

"Perfetta." – commenterà sorridendo.

"Ora guarda l'ora di registrazione di quella telecamera e sposta le altre due qualche decina di secondi dopo, e vediamo se li troviamo."

Il robusto muoverà veloce le mani, la sinistra nello spazio centrale, la destra in quello laterale.

"Eccoli." – commenterà a un tratto, guardando lo schermo centrale – "loro due, nella stradina laterale, si vedono per un paio di secondi."

"Entrano certamente nella via della loro sede. Ora passa sulla terza camera."

Il robusto muoverà ambo le mani nello spazio della terza camera, che inquadra la via.

"Eccoli." – dirà, indicandolo – "Stanno attraversando la strada. Ora sono davanti alla sede della Medoc."

"E quella chi diavolo è?" – chiederà la donna secca, alzandosi in piedi – "Ingrandisci ed avvicina l'immagine."

Il robusto guarderà la scena. Una ragazza dai lineamenti orientali, stivali, pantaloni attillati ed una giacca alla moda. La scena durerà diversi secondi, la ragazza che si avvicina, sorride e fa vedere al nero qualcosa - forse un olospazio portatile - il nero che le parla e la donna cinese che si allontana.

"Non possiamo vedere cosa succede vicino al portone?"

"No, purtroppo." – risponderà il robusto – "Te l'ho detto, hanno disattivato la telecamera."

I due continueranno a guardare la scena, la donna vietnamita e il nero che continuano a parlare, poi scompaiono insieme.

"Sembra una che gli ha chiesto informazioni." – suggerirà il robusto – "Sembrerebbe una studentessa. Probabilmente una sua allieva. Ingrandisco. "

La donna secca osserverà il fermo immagine dell'ologramma della donna dai lineamenti orientali, immobile a pochi centimetri da loro, a grandezza naturale.

"Non è così giovane. Controlliamo." – dirà, guardandola in volto – "Chiedi l'accesso al data base degli studenti dell'Università, metti l'immagine di questa ragazza, e vediamo cosa viene fuori."

Dalla cabina del bar la donna bionda comporrà il numero. Nella cabina apparirà la figura di una donna di mezza età.

"Ne sono lieta, signor Palmer" – dirà la donna, scavallando le gambe – "in effetti, ti posso dire che è forse la mia opera migliore. In assoluto."

La donna si avvicinerà all'arma, indicando la canna.

"Ho modificato la canna, perché fosse resistente a tutte le sollecitazioni, alla dilatazione longitudinale dovuta alla pressione del gas correlato all'impulso, alla dilatazione radiale al momento della deflagrazione, e alla torsione correlata alla rotazione dell'impulso stesso. Ora è molto elastica."

L'uomo di gira verso di lei.

"Quindi, se dovessi sparare più colpi?"

"Nessun problema, avresti stabilità, e un'ottima rosa di tiro."

"E per rodarla?"

"Quando farai i test…a proposito, grazie per avermi fatto avere il software. Ma dove sei stato nascosto, nel frattempo?"

"Ho fatto qualche immersione. Non era il caso di farci vedere troppo insieme. E comunque, ne ho fatto diverse copie, per sicurezza, caso mai il fattorino fosse sbadato o inciampasse in uno scippatore. E senza le specifiche che avevi tu, se ne farebbe poco."

La donna sorriderà – "Sei un uomo previdente."

"Fa bene alla salute, esserlo."

"Comunque, come ti dicevo, quando farai i test ricordati: per i primi dieci colpi, a ogni impulso va pulita con solvente e sramatore, ecco, lo trovi qui in questa tasca. Per i successivi venti colpi va pulita ogni due, per i successivi venti ogni cinque. Dopo i cinquanta impulsi, la canna è rodata."

La giapponese toccherà un'altra parte dell'arma nelle mani dell'uomo.

"L'otturatore è stato costruito pensando a ridurre al minimo il lock time. Ho utilizzato percussori leggerissimi al titanio."

"Quindi, se sono un po' teso, l'arma non ne risente?"

"Non particolarmente."

"Caricatore?"

"A serbatoio interno, inamovibile. Minore autonomia di fuoco, ma i cinque colpi saranno più che sufficienti, credo. In compenso, maggiore rigidità, quindi maggiore precisione."

L'uomo sfiorerà il grilletto.

"Buongiorno, mi chiamo Paula Jones" – dirà lei – "vorrei parlare con il signor James Daft."

"Il signor Daft non è in casa."

"Oh, che peccato. E sa per caso quando rientra? Non c'è la moglie?"

"Il signor Daft non è sposato."

"Ah, capisco. Scusi, lei è una parente?"

"Sono la donna di servizio." – risponderà quasi seccata l'ologramma della donna – "Ma lei chi è scusi?"

"Libreria Pinker. Ho una consegna per il Signor Daft." – dirà con tono professionale – "Un regalo. Sa per caso a che ora torna?"

"Mi spiace, ma non credo che torni prima di cena."

"Oh, beh, allora glielo faremo avere in ufficio, grazie. Scusi per il disturbo. Buonasera."

La donna guarderà Whiley, chiudendo la comunicazione.

"Allora, come sono andata?"

Whiley accennerà a un sorriso.

"Beh, non ci resta che andare alla Pinker, e fare questo regalo."

"È quello che pensavo anch'io."

"Libreria Pinker. Hai detto il primo nome che ti è venuto in mente, vero?"

La donna alzerà le spalle, uscendo dalla cabina e infilando il giaccone.

"No. Ho detto il nome di quella più vicina." – dirà avviandosi all'uscita del bar – "È proprio dietro l'isolato."

"Cosa mi dici dello scatto?"

"Puoi regolarlo come credi, anche a 150 grammi, fino ad un chilo e mezzo. Io ti consiglio la regolazione massima, per evitare che ti parta un colpo per lo stress o la stanchezza, comunque sta a te decidere. Può essere leggero come una piuma."

L'uomo osserverà a lungo l'arma.

"Fantastica." – esclamerà con tono sincero – "Ti sei superata, ho speso bene i miei soldi."

La donna passerà l'indice della mano sul polso dell'uomo.

"Ecco, signor Palmer" – dirà con voce mielosa – "a proposito di soldi. Se l'arma è di tuo gusto, ci sarebbe la questione del saldo."

L'uomo continuerà a guardare ammirato il fucile.

"Naturalmente vorrei fare un paio di tiri di prova oggi pomeriggio, montando l'ottica."

"Naturalmente." – converrà la donna, spostando l'indice sul palmo della mano dell'uomo, graffiando leggermente con l'unghia.

"Ero sicuro che avresti fatto un buon lavoro, Saki." – dirà lui osservando l'interno della canna – "Ma ti sei superata. Quanto ai tuoi soldi…se vuoi controllare chiedendo alla tua banca, dovresti averli ricevuti mezzora fa, quando mi hai detto che era pronta la consegna."

La donna toglierà l'indice dalla mano dell'uomo, sorpresa.

"Signor Palmer" – dirà con un sorriso radioso – "ma sono senza parole. Sei decisamente diventato il migliore dei miei clienti. Dobbiamo festeggiare, allora. A proposito, prima mi hai detto che avevi bisogno di un favore. Posso sapere?"

L'uomo annuisce, piegandosi verso l'orecchio della donna.

"Vorrei chiederti una cosa a proposito di Chiyeko."

La donna si ritrarrà divertita.

"Guarda che è sorda."

"Non vorrei leggesse le mie labbra" – spiega lui, piegandosi nuovamente.

Ma è imbarazzato?

La donna esploderà in una risata sincera, lasciandosi andare sul divano e riprendendosi solo dopo una ventina di secondi.

"Palmer, lasciatelo dire, non posso chiedere una cosa del genere a Chiyeko!" – dirà ridendo – "davvero, qualsiasi cosa, ma questo no."

Venerdì, ore 17.10

La donna bionda guiderà normalmente per quanto consentito dal limitatore automatico di velocità, durante il tragitto verso la periferia, in mezzo al traffico delle auto elettriche. Giunta alla prima diramazione prenderà verso la campagna, lungo una strada serpeggiante tra gli alberi. Poco dopo, il paesaggio circostante cambierà trasformandosi in una serie quasi ininterrotta di villini separati da cancelletti bianchi. Giunta nella valle, lascerà scattare l'auto ad alta velocità, diretta verso l'indirizzo di James Daft. Lungo il rettilineo, riceverà la chiamata e guarderà l'immagine. La nera. Un viso preoccupato, teso. Risponderà, un poco sorpresa.

"Sì. È qui con me, glielo passo."

La donna sposterà con la mano destra il foglio olografico ridotto, ruotando il viso della nera verso destra, davanti al passeggero.

"È per te." – dirà – "Ho tolto l'audio, così puoi parlare liberamente, se vuoi. Metti l'auricolare."

Whiley prenderà la comunicazione, non senza una certa sorpresa, e ascolterà attentamente le frasi concitate della donna.

"Le hai detto per caso della borsa?" – chiederà – "Sei sicura che siano andati via?"

L'uomo ascolterà con attenzione le frasi della donna.

"Va bene, ora ascolta quel che devi fare…" – dirà infine – "ci vediamo tra un'ora."

La donna bionda ascolterà le sue parole, continuando a guidare velocemente. L'auto scivolerà in una via residenziale della periferia, tra belle case e giardini curati.

"Perché le hai dato il mio indirizzo?" – chiederà, quando l'uomo chiuderà la comunicazione.

Whiley continuerà a guardare davanti a sé.

"Forse ci sono dei cambiamenti." – risponderà, pensieroso – "Fermati al primo bar che trovi sulla strada. Ora ti spiego. Il tuo personal display ha anche la funzione registrazione, ovviamente."

All'ultimo piano del palazzo bianco, suoneranno gli avvisi di allarme negli uffici, separati dalle vetrate.

"Meredith!" – griderà il robusto spalancando la porta a vetri – "In sala riunioni, è Whiley!"

La giapponese sorriderà, scuotendo la testa.

"E poi, te lo sconsiglio, vivamente. Già è un po' offesa per il regalo che mi hai fatto, e come vedi non lo nasconde nemmeno più di tanto."

L'uomo osserverà la ragazza che se ne starà in disparte, guardandoli quasi con sospetto, imbronciata come sempre.

"Se le chiedessi una cosa simile, sarebbe capace di rovinarmi il mio migliore cliente!" – riderà ancora.

"Scommettiamo quella spada?"

La donna cercherà di contenere le risa.

"Quale spada?"

"Quella da samurai. Quella sulla rastrelliera, sicuramente fatta dai tuoi antenati artigiani, mi piace quella rossa con il manico nero."

La donna lo guarderà sorridendo.

"Palmer, davvero, lascia stare..."

"Allora, ci stai o no? Ma subito dopo averglielo detto, le dici anche di guardare dalla finestra. D'accordo?"

La donna lo guarderà con uno sguardo interrogativo.

"Se proprio insisti... ma poi non dire che non ti avevo avvertito."

La donna, cercando di stare seria, si rivolgerà alla ragazza, facendo ampi gesti. Alla fine, lei si alzerà con fare rabbioso andando alla finestra. Pochi secondi dopo, si volterà con una espressione stranita sul volto, e correrà come una indemoniata fuori dalla stanza, precipitandosi giù dalle scale, con grande rumore sugli scalini in legno.

"Ma che diavolo le è preso?" – chiederà la donna, voltandosi sorpresa.

L'uomo seduto al suo fianco sul divano accavallerà le gambe.

"Oh, lascia stare." – risponderà, in tono misterioso – "Capirai. Intanto, fammi vedere le istruzioni delle ottiche."

La donna scuoterà la testa.

"Beh, non è stato facile averle, in effetti ho avuto qualche piccola complicazione, tuttavia..."

"Che tipo di complicazione?"

"Ti dirò, un tipo voleva fare un po' il furbo sul prezzo. Ma ha fatto un buon lavoro. Guarda qui..."

La donna secca seguirà di corsa il robusto fino in fondo al corridoio, nella sala riunioni. Il biondino starà parlando all'ologramma di Whiley al centro della sala, che apparirà seduto in una anonima cabina chiusa. Daft sarà appena apparso sulla soglia, al centro della stanza il Direttore sarà in piedi a fianco a Goedhart. Il Direttore farà cenno ai due ultimi arrivati di non fare rumore, portandosi un dito sulle labbra.

"Sì, lo stiamo rintracciando" – dirà il biondino – "un attimo, glielo passo."

Spegnerà momentaneamente l'immagine, indicando a Daft di prendere il comunicatore numero due, vicino al secondo posto al tavolo di riunione. L'uomo coi capelli castani si siederà al tavolo, sollevando il ricevitore.

"James Daft" – dirà – "Coordinatore Operativo."

Il volto di Whiley apparirà stanco, con la barba più lunga, ma il tono della voce sembrerà più sicuro.

"Sembra che foste ansiosi di vedermi, quando siete venuti a prendermi con tutta l'artiglieria spianata."

Il Direttore, con il suo fisico imponente e i capelli bianchi tagliati a spazzola, camminerà in fondo alla stanza come un leone in gabbia. L'uomo corpulento starà in disparte, stringendo gli occhi per vedere meglio lo schermo. Si sposterà i capelli grigi dalla fronte, quindi si avvicinerà a sussurrare al biondino qualcosa. Questi farà lievi segni con le mani, mentre sul monitor laterale appariranno segnali lampeggianti di diversa intensità.

"Normale precauzione, lo sai." – dirà Daft.

"No, io non lo so. Io sono pagato per fare delle ricerche. Pagato da voi."

"Che cosa vuoi? Dicci da dove chiami, e ti veniamo a prendere. Senza armi, promesso. Ma ora devi rientrare, e spiegarci cosa è successo. Il Direttore vuole…"

"No!" – interromperà Whiley – "Quel che lui vuole ora non conta più. Ora ti dico io cosa devi dire al Direttore. Digli che se qualcuno è interessato alle curve di Koonz, possiamo fare una simpatica chiacchierata."

"Che cosa? Ok, sta bene, glielo dirò. Ora dimmi dove vuoi che ci vediamo, e ne parliamo, di qualsiasi cosa si tratti."

La donna mostrerà l'ottica all'uomo al suo fianco, decantandone le caratteristiche, e illustrando come dovrà essere montata sul fucile. I due parleranno dell'ottica per alcuni minuti, completamente assorbiti nella discussione tecnica, e l'uomo sembrerà molto impressionato del lavoro svolto. Quando la ragazza ritornerà, rimarrà ferma, immobile, guardando i due adulti, come incapace di gestire una situazione per lei anomala.

Dopo un imbarazzato momento di silenzio, l'uomo si rivolgerà alla giapponese al suo fianco sul divano.

"Ora, mia cara" – dirà l'uomo, posando l'ottica con delicatezza sul tavolino – "vorrei che tu dicessi alla nostra giovane amica qui che il regalo è già suo, e che in ogni caso io non lo posso riavere indietro. Pertanto, dille solo che sarei onorato se lei volesse, di sua sponte, e senza costrizione alcuna, gentilmente ottemperare alla mia inusuale richiesta. Dille infine che questo è il mio desiderio sin dal nostro primo incontro, ma che non deve sentirsi in alcun modo obbligata."

La donna giapponese si alzerà in piedi, stranita.

"Ma che cazzo dici?" – chiederà guardando i due – "Vuoi davvero che le dica questo cumulo di puttanate? Lei non è abituata a queste…"

"Tu fallo" – interromperà lui – "per favore."

La donna sospirerà, si volterà e tradurrà pedissequamente le frasi dell'uomo, cercando di ricordare le parole. Quando vedrà la ragazzona aprirsi in un inusuale sorriso, correre dall'uomo, slacciargli la patta dei pantaloni e iniziare la fellatio, rimarrà, letteralmente, a bocca aperta.

"Ma che cazzo…" – dirà indietreggiando, sorpresa. Si volterà, e camminerà rapidamente fino alla finestra. Nel cortile, splenderà nel sole del mattino una macchina sportiva, carrozzeria dorata e interni bianchi, dal look molto aggressivo. La sua ottima vista le consentirà di leggere la scritta Pagani sul retro dell'auto a sospensione magnetica.

"Che bastardo." – sorriderà, scuotendo la testa - "Che fottuto bastardo."

Si avvicinerà nuovamente al divano, e si chinerà sensuale, fino a parlare all'orecchio del biondo.

Whiley guarderà l'orologio, quindi risponderà con calma.

"Non ti preoccupare." – sorriderà – "Vi trovo io."

Scomparirà dallo schermo. Il biondino muoverà freneticamente le mani nello spazio, mentre il corpulento lascerà cadere un pugno sul tavolo, graffiandolo con un prezioso gemello della camicia.

"Che cazzo voleva dire?" – urlerà il Direttore al biondino – "Lo hai rintracciato?"

"Ha spento troppo in fretta." – risponderà questi, allargando le braccia – "So solo che chiamava dalla periferia ovest, nella zona residenziale alta."

"Che cavolo ci è andato a fare, lì?" – chiederà il corpulento – "Ci ha chiamato, ha guardato l'orologio e quindi sapeva di non dover essere intercettato, ha parlato pochissimo, e poi non ci ha detto praticamente nulla. Cosa diavolo sono quelle curve? E perché ci ha chiamati? Qualcosa non quadra."

Gli uomini discuteranno animatamente, chiedendo al biondino indicazioni sulla stima della posizione del bersaglio. La donna secca farà cenno al robusto di seguirla nel corridoio, al distributore di bevande. Si avvicinerà al suo orecchio, prendendo un bicchiere d'acqua tonica.

"Ha voluto mandarci un messaggio" – sussurrerà – "Ha qualcosa in mano, ed è pronto a trattare."

"Sì, ma perché non ti ha chiamato sul tuo numero" – osserverà il robusto – "visto che lo hai dato alla sua amica?"

La donna secca rimarrà pensierosa, bevendo un sorso d'acqua.

"Non lo so. Forse, voleva metterci alla prova. Ora è meglio rientrare, non destiamo sospetti."

L'uomo corpulento starà parlando ad alta voce, spazzolandosi invisibili granelli di polvere dall'abito elegante.

"Ma che cavolo ci andava a fare in quella zona?"

"Ragioniamo." – dirà il Direttore, rivolto al biondino – "Cosa abbiamo in quella zona? Cercami obiettivi sensibili, siti militari, centri ricerche, qualsiasi cosa."

"Già fatto, signore" – risponderà il biondino – "ma lì non abbiamo proprio niente. Niente di importante, voglio dire. È un normalissimo quartiere residenziale."

"Signore" – dirà Daft, scuro in volto – "mi viene in mente una possibilità."

L'uomo sarà assorto a contemplare la grande bocca della ragazza.

"Senti, a proposito della tua nuova spada giapponese" – sussurrerà la donna in tono cantilenato – "scommettiamo che torna mia se non resisti più di altri...diciamo...cinque minuti? Se invece ce la fai...ti regalo anche la sua gemella, quella blu a fianco."

L'uomo volterà lo sguardo dalle labbra della ragazza, sorridendo con un sospiro alla donna.

"Ho una certa esperienza, in queste cose" – dirà con tono sarcastico, ansimando – "e me la vorrei godere un bel po' di più. Hai già perso, Saki."

La donna sorriderà, toccherà la ragazzona sulla spalla, e farà dei rapidi gesti con le mani.

"Cosa le hai detto, ancora?" – ansimerà il biondo coi baffetti, quando la testa della ragazza si piegherà nuovamente.

La donna si curverà su di lui, fino a sfioragli il viso, già deformato in espressioni di piacere.

"Che non avevi il coraggio di chiederle di venire in meno di quattro minuti da ora" – sussurrerà posando le proprie labbra su quelle dell'uomo e graffiandogli petto.

Tre minuti e cinquanta secondi più tardi, la donna giapponese sorriderà, senza smettere di muovere la lingua.

Gli altri in sala riunione si volteranno verso di lui, mentre camminerà verso lo schermo, osservando la mappa della zona.

"In quel quartiere ci abito io."

Lo stupore rimarrà dipinto sul volto degli astanti solo per pochi istanti.

"Cristo!" – esclamerà il Direttore – "Mandiamo subito un paio di unità aviomobili all'indirizzo di Daft, presto. Quanto tempo per arrivare?"

"Con il traffico di quest'ora sulla circonvallazione aerea? Non meno di venti minuti."

Il corpulento si metterà le mani nei capelli grigi.

"Presto, andiamo!" – urlerà Daft, seguito dal biondino.

La donna secca prenderà da parte il robusto, e gli parlerà all'orecchio.

"Ora ho capito perché ce l'ha detto." – sussurrerà – "Chiamiamo subito quella donna, e avvisiamolo."

L'auto della Madison sarà ferma nella stradina laterale, davanti alla grande casa bianca. Whiley sarà in comunicazione con la nera, e starà chiudendo la chiamata.

"Non preoccuparti" – dirà – "ci vediamo dove ti ho detto. E fammi un favore. Porta la borsa del ripostiglio…esatto…a dopo."

La donna bionda lo guarderà con espressione interrogativa.

"Allora andiamo?"

Lui aprirà la portiera.

"Ho bisogno solo di cinque minuti."

Whiley scavalcherà la bassa recinzione, restando in piedi sul lato della casa bianca, in giardino, nascosto dietro un albero. Sentirà distintamente il colloquio tra la donna bionda, vestita con la giacca a vento e il berretto di lana, e la domestica di mezza età, ferma al cancelletto di ferro.

"Mi scusi, sì sono io che ho chiamato prima…sa, ero in zona, e tra mezzora finisco il turno, così mi sono detta, magari faccio un salto." – dirà sorridente la bionda.

"Ma le ho detto che il signore non è in casa."

"Sì, ma è un pacco regalo. Può firmare lei, ci vorrà soltanto un minuto."

166 giorni prima

La Pagani Honda C24R, l'ultimo modello del prestigioso marchio italiano in partnership con il colosso giapponese, correrà rombando sulle strade tortuose dell'isola di Okinawa, quel pomeriggio del mese di giugno. La ragazza giapponese alla guida sembrerà sicura del mezzo, mentre la donna si volterà a guardare l'uomo seduto al sedile posteriore, sorridendo del suo imbarazzo.

"Tra poco siamo arrivati" – annuncerà la donna, con i capelli al vento – "come va lì dietro?"

L'uomo coi baffetti biondi osserverà il muretto sulla scarpata del promontorio sul mare, a meno di un metro dalle ruote ribassate, scorrere in un'indistinta forma bianca.

"D'incanto." – risponderà, cercando di sorridere.

Il rombo del motore coprirà la sua risposta.

La collina sul mare, lontana da ogni posto civilizzato, sembrerà il posto ideale per i primi tiri di prova. Il pomeriggio sarà magnifico; una lieve brezza tra le foglie degli alberi, il cielo terso, poche nuvole in cielo mosse dal vento in lontananza sull'oceano. L'uomo terrà in mano il fucile montato, osservando l'ottica che la donna gli avrà passato. La donna continuerà a parlare, mentre la ragazza si coricherà a prendere il sole, non lontano dall'auto sportiva, parcheggiata nel prato.

"Allora, qui vedi l'ammortizzatore dell'oculare" – spiegherà la giapponese, che si sarà nuovamente raccolta i capelli in un crocchio – "e come vedi, poggia in una sezione del tubo che è ammortizzata."

L'uomo appoggerà attentamente il proprio occhio.

"È morbido," – commenterà - "Quindi, l'ammortizzatore serve per evitare il classico contraccolpo, per non dire la ferita da rinculo."

"Esattamente. E ora passiamo agli ingrandimenti."

La donna toccherà lo schermo a fianco del fucile, nel quale sarà stato installato il software di Janus. La donna terrà nella destra un binocolo, con il quale osserverà la collina di fronte a loro. Manovrerà con la sinistra lo schermo.

"È solo una formalità per ricevuta." – insisterà la donna, dietro le sbarre del cancello – "Oh, mi spiace, ho rotto la penna ottica. Non è che ne ha una in casa, per cortesia? Io aspetto qui, guardi."

Whiley sarà già scivolato in casa. L'ingresso sarà ricoperto di una moquette a pelo lungo bianco. L'uomo cercherà di orientarsi. Una vecchia poltrona con lo schienale alto rivestita di un giallo vivace e uno specchio d'epoca con una doratura sontuosa, vicino ad un camino d'epoca. Whiley girerà rapidamente per la casa, entrando in salotto. Divani e poltrone, rivestiti di tessuto verde. Entrerà in cucina, osservando con una unica occhiata elettrodomestici automatici e un tavolo di quercia anticata.

Il piano superiore.

Salirà a passo felpato le scale, al lato di sinistra grandi bagni, e in fondo quella che pare essere la camera da letto. Prenderà a destra, aprirà una porta, entrando in uno studio. Pesanti tende di velluto verde, chiuse con grossi fermagli di ottone. Al centro della stanza una scrivania, di legno massiccio, una sedia girevole, un computer con proiettore olografico, una lampada da lettura. Sulla parete, grandi quadri pregiati, occupanti l'intero muro, sormontato da un soffitto con travi a vista e lucernari. Whiley si siederà alla scrivania, e accenderà il computer.

Presto, presto.

Quando il computer, di ultima generazione e quindi velocissimo, chiederà l'identificazione personale, Whiley pronuncerà nome e cognome del presunto proprietario.

"Codice non autorizzato." – risponderà la voce femminile – "Ripetere, prego. Identificazione?"

Va bene, vediamo se funziona così.

Whiley estrarrà il personal display della Madison, facendo partire la registrazione dell'ultima chiamata, nel punto da lui preparato, bloccandola dopo le prime due parole.

"James Daft" – dirà la voce registrata, bloccata subito da Whiley.

"Benvenuto, signor Daft" – risponderà la voce femminile.

Whiley, con il cuore in gola, inserirà la chiavetta del personal display della Madison, iniziando a copiare l'intero disco di memoria. Guarderà il timer: tempo stimato di copiatura di circa due minuti e trenta secondi.

"Il primo numero che vedi qui in sovrimpressione, ovviamente, indica il nome del modello dell'ottica scelta, e ti dice di quanto è ingrandita. Quindi, se punti a quel masso vicino, alla base della collina, vedi che è a trecento metri? Bene, se setti il minimo, cioè 6x, è come se fosse a cinquanta metri, ma se metti il 24x lo vedi come se fosse a dodici metri e mezzo."

"Chiaro, ovvio." – dirà il biondo – "E la nostra escursione qual è?"

"Abbiamo montato un'ottica variabile, come hai già capito, ed è una 6-144 x, che permette lenti scorrevoli per variare la distanza focale. Guarda, manovra lo schermo tu stesso."

"Fantastico. E per l'alzo del tiro?"

"Viene effettuato grazie alla rotazione delle torrette, che spostano l'immagine del bersaglio sul tuo piano focale, vedi? Variando la posizione del corpo cilindrico che contiene le lenti, inserito nella zona centrale del tubo, lo regoli sempre con il display, e lo spostamento della torretta consente la regolazione, che leggi nel display espressa in minuto d'angolo."

L'uomo annuirà, guardando la collina nell'ottica.

"Molto bene. Hai messo anche il paraluce."

"Ovviamente. È necessario, se vogliamo evitare che il riflesso della lente sia visto dal nemico, rivelando così la tua posizione. La lunghezza è superiore al diametro della tua lente d'entrata e questo evita che il riflesso della luce rimbalzi sulle pareti interne del paraluce."

"Quindi, l'unico problema, sotto questo aspetto, lo avrei solo se mi trovassi con il sole frontale, osservando il bersaglio proprio in quella direzione. Solo così sarei rilevabile."

"Beh, anche in quel caso hai comunque una opzione. Nella tasca interna, trovi una griglia a rete. Colore scuro, non riflettente, la metti davanti all'oculare, come se fosse un coprilente di protezione. Non garantisce al cento per cento, ma è sempre meglio di niente."

"Beh, vedrò di evitare anche quel minimo rischio."

La donna si inginocchierà, piegando con grazia la gonna, sdraiandosi nell'erba.

"Allora" – dirà, coricandosi – "siamo venuti per fare un paio di tiri di prova, no?"

Il biondino aprirà le pesanti tende di velluto verde, slacciando i due grossi fermagli di ottone, e guarderà dalla finestra. Quattro uomini armati staranno camminando nel giardino, esaminando il perimetro.

"A che ora è andata via, quella donna?" – chiederà l'uomo corpulento, ben vestito.

"Ma non lo so, signore, saranno dieci minuti, un quarto d'ora." – risponderà la domestica, imbarazzata – "Io come potevo immaginare? Mi ha detto che doveva solo fare una consegna, guardi, il libro è lì sul tavolo, ancora impacchettato…"

"Com'era?" – interromperà corpulento – "ce la descriva."

"Biondina, magra, sui trenta, forse trentacinque." – risponderà la domestica, osservando quasi con timore quell'uomo elegante dai piccoli occhietti grigi – "Aveva una giacca a vento, e un cappello di lana, bianco."

Il biondino prenderà nota delle indicazioni. Daft sarà al suo computer, e manovrerà nello spazio olografico.

"Maledizione!" – dirà voltandosi, terreo in volto – "Qualcuno ha fatto una copia della memoria. Quattordici minuti fa."

L'uomo corpulento smetterà di interrogare la domestica, avvicinandosi allo schermo, per controllare. Il biondino strapperà la carta intorno al pacco sul tavolo, mostrando agli altri il contenuto.

"Guardi, signor Goedhart." – dirà, sollevando un volume.

Il tomo voluminoso, dalla copertina nera, si rivelerà essere un libro sull'uso della luce nella pittura del Caravaggio. L'uomo corpulento guarderà Daft e si metterà le mani nei capelli grigi, lasciandosi sfuggire un sospiro profondo. Quindi, uscirà dalla stanza senza dire una parola.

La donna nera guarderà ancora il salotto pulito e ordinato della donna single, la piccola bionda davanti a lei. Niki starà giocando coi cartoni nell'altra stanza, con un proiettore che la donna le avrà gentilmente prestato. Attraverso i vetri della finestra del grattacielo guarderà il panorama. Ormai, sarà quasi buio.

"E questo è tutto, signora." – dirà la bionda alla nera – "Se lei non ci avesse avvisati, non so se ce l'avremmo fatta."

L'uomo si sdraierà nell'erba accanto alla donna, posizionando il fucile sul treppiedi.

"Osserva anche la precisione della slitta: vedi le basette? Non abbiamo risparmiato nulla sulla slitta. Inutile altrimenti spendere un patrimonio per la migliore ottica sul mercato ed avere poi dei supporti scandenti."

"Perfettamente d'accordo."

"Ho inserito le basette in un unico pezzo. Le slitte sono inclinate per consentirti di guadagnare in alzo, visto che dovrai tirare alle lunghe distanze. Questo ti consentirà di far lavorare l'ottica su tutta la sua escursione d'alzo."

L'uomo sembrerà visibilmente soddisfatto.

"Allora, proviamo?"

"Quando vuoi." – risponderà la donna, guardando nel binocolo – "Quel masso mi sembra davvero ridicolmente vicino. Facciamo subito qualcosa di un po' più serio... vediamo...lo vedi quel pietrone bianco sotto la rientranza, a mezza costa, sotto i due alberi in alto a destra?"

"Sì...eccoli" – dirà l'uomo, muovendo la mano destra sul piccolo foglio olografico – "sono circa 998 metri. Ora calcolo la dimensione...vediamo...circa un paio di metri in altezza, ed uno e mezzo in larghezza."

"Più grande di un uomo. Mi sembra che comunque un migliaio di metri, per partire, vada bene. Ora controlla vento, pressione, altitudine. E quando sei pronto, vai."

L'uomo osserverà attentamente il bersaglio, manovrando i dati, seguendo le indicazioni del computer. Alla fine, posizionerà la mano sinistra sull'impugnatura, sfiorando lentamente il grilletto. Dopo circa trenta secondi, lascerà partire uno sparo. La donna coricata nell'erba osserverà lo sbuffo di terra, a circa cinquanta centimetri sulla destra del bersaglio.

"Amico mio" – dirà abbassando il binocolo – "mi sembra che tu ci debba lavorare ancora un po' su."

L'uomo allontanerà l'occhio dall'ottica, guardando a sua volta la donna coricata al suo fianco. Gli uccelli saranno volati in cielo, e la ragazza si sarà levata a sedere.

Dall'altra stanza giungeranno le risate di Niki. Un grosso cane grigio con le bave starà rincorrendo sul muro un gatto nero, con uno scolapasta sulla testa.

"Quando ci siamo allontanati dalla casa, abbiamo visto in cielo arrivare lungo la circonvallazione inferiore due aviomobili con sirene e lampeggianti."

"Quella donna bionda mi ha detto di dirvelo immediatamente, ed io l'ho fatto. Tutto qui." – si schernirà la nera –"Ma volete spiegarmi che sta succedendo, santo cielo?"

"Credo che io mi prenderò qualcosa di forte." – commenterà la donna, aprendo un armadietto e prendendo una bottiglia – "Lei ne vuole?"

La nera farà cenno di no con la testa.

"Ho bisogno di riprendermi un momento." – dirà la bionda, versandosi da bere – "Penso che andrò a rilassarmi un attimo di là, con la bambina. Le mie precedenti indagini non sono state, come dire, così movimentate."

La bionda si assenterà, andando nell'altra stanza.

"Senti, Beatrix" – dirà Whiley, in tono grave – "volevo dirti una cosa. In effetti non so come dirtela, ma non c'è tutto questo tempo."

La nera lo guarderà, dall'altra parte del divano, con le braccia conserte.

"È difficile da spiegare, e un po' lungo. Diciamo che io e quella donna, la giornalista, riteniamo di avere sufficienti informazioni sul fatto che i delitti di cui sai sono stati ordinati per coprire qualcosa di sporco, anche se non abbiamo ancora una idea precisa del quadro complessivo."

L'uomo si verserà un mezzo bicchierino di liquore, lasciato sul tavolo dalla donna bionda, prima di continuare.

"Se verrà pubblicato l'articolo di denuncia, io sarò in pericolo."

"E allora perché lo fai pubblicare? Perché non te ne stai buono e zitto da qualche parte, sparendo semplicemente? Puoi stare a casa mia, per un po', se ti va."

L'uomo berrà un sorso di liquore, prima di rispondere.

"Io non credo che questa città sia salutare, per me. A dire il vero, penso che sia meglio che me ne vada da questo Paese. Ma ho bisogno di un'arma, per contrattare."

Sei giorni dopo, la donna sarà coricata sulla spiaggia, mentre la ragazza starà in piedi sugli scogli. L'uomo sarà seduto guardando il mare, in quell'ansa solitaria, protetta da sguardi indiscreti. Ci saranno arrivati con una barca privata della giapponese, che avrà guidato la ragazza, e avranno fatto il bagno.

"Così, erano sulle tue tracce?" – chiederà la donna sorridendo.

"Io non ci scherzerei sopra" – dirà l'uomo, buttando un sassolino sulla battigia – "sapevano quel che facevano. Credo che siano ancora sulle mie tracce."

"Ma non possono sapere molto, no?"

L'uomo volterà lo sguardo, e incrocerà i suoi occhi.

"Saki" – dirà, con tono grave – "questo colpo sarà l'ultimo che potrò fare. Se me la cavo, e questo non è certo, dovrò sparire. Per sempre."

La donna lo osserverà, incuriosita dal suo tono. Solitamente, l'uomo coi baffetti biondi le sembrerà piuttosto leggero e divertente, mai serio. E di certo, non greve.

"Non è il primo colpo rischioso che fai."

La ragazza camminerà in lontananza tra le rocce, nel sole, aspettando che la risacca scenda lasciando la spuma tra le pietre.

"Ma questa volta, è diverso" – aggiungerà – "e permettimi un consiglio. Sei stata ben remunerata, per questo servizio. Hai una bella attività, avviata, qui sull'isola. Ma se vedi qualcosa di strano, se noti una faccia sospetta, se credi che qualcuno sia vestito diversamente, o sembri semplicemente fuori posto, beh allora…"

L'uomo si tacerà, lanciando un altro sassolino nell'acqua.

"Allora?" – chiederà la donna, posando la testa sulla mano, con il gomito sulla terra.

"Molla tutto" – risponderà lui – "vattene, e non voltarti indietro. Non lo dico solo per me. Non molleranno la preda, fidati. E se fossi al tuo posto, cambierei aria, almeno per un po'. Non hai una sede secondaria in cui andare?"

La donna sorriderà, guardando l'oceano.

"Sumatra." – dirà allegramente – "Mi è sempre piaciuta Sumatra. Ho molti amici lì, e un paio di persone che mi devono dei favori."

Whiley picchierà con il dito sul tavolo.

"Un'arma per fargli paura. Farò pubblicare un primo pezzo della storia, per fargli capire che so, e non sono disarmato. E poi, prenderò il primo volo per il sud America, che so io, e dirò loro che mi lascino in pace, che non ci provino nemmeno ad intercettarmi all'avioporto, o la seconda parte sarà pubblicata. Ci ho pensato molto, e credo sia la mia unica possibilità."

La donna lo guarderà senza rispondere.

"Ho pensato che potrei sparire. Hai visto quanti soldi ci sono in quella borsa." – dirà indicando con la testa la piccola borsa posata in un angolo del salotto – "Abbastanza per ricominciare, da qualche parte. La Madison mi ha promesso che se il primo pezzo verrà pubblicato, me ne darà altri."

L'uomo sorseggerà un altro po' di liquore, guardando le luci delle finestre dei grattacieli di fronte, attraverso il buio della finestra.

"Comunque, mi chiedevo... mi chiedevo se tu volessi sparire...con me."

La donna nera lo osserverà in silenzio.

"Pensi che anche io sia in pericolo, qui?"

"Non lo so." – risponderà lui, allargando le mani – "Non penso, credo di no. Ma..."

"Dimmi cosa vuoi che faccia."

L'uomo respirerà più volte, quindi poserà il bicchierino, senza finire di bere.

"Vorrei che tu trovassi qualche posto in cui andare. Non hai un amico, un parente, una persona fidata? Qualcuno che ci possa nascondere, per un paio di giorni. E poi, raccogli tutto quello che hai, prendiamo il primo volo e andiamo via di qui."

La donna si alzerà, andrà alla finestra, e guarderà nel buio per un po'.

"Avrei mio cugino" – dirà voltandosi – "È una brava persona. È un prete cattolico. Ha una piccola parrocchia, dall'altra parte della città."

I due resteranno in silenzio per qualche secondo.

"Ti fidi di lui?"

"Beh, è mio cugino. È anche un prete, no?"

L'uomo la guarderà seriamente.

"Liquida tutti i tuoi beni. Falli girare su conti sicuri, e preparati il terreno a Sumatra. Fatti una seconda identità, e tieni le valigie pronte. Non si sa mai."

La donna smetterà di sorridere.

"Siamo a questo punto?" – chiederà, sfiorandogli la mano – "È un colpo tanto pericoloso?"

L'uomo non risponderà, e tornerà a guardare il mare. La ragazza starà raccogliendo qualcosa. A un tratto si volterà alzando una grande conchiglia bianca, salutando con la mano, sorridendo da lontano.

"Chiyeko è felice." – indicherà la donna con un cenno del capo –"Non ricordo di averla vista così."

Le onde della risacca alzeranno grandi spruzzi che bagneranno i pantaloni della ragazza, arrotolati alle caviglie.

"Allora, domani parti?" – chiederà lei dopo un po'.

"Sì, devo prepararmi, nei prossimi mesi."

"Capisco" – dirà lei, allungandosi al sole – "e dove andrai?"

"Ho contattato il miglior esperto sulla piazza, un cinese. Si dice nel giro che abbia aperto una scuola, o per meglio dire, un campo di addestramento, dove riceve solo studenti che lui ritiene meritevoli. Ha una certa età, e si permette il lusso di non vivere nel lusso."

La donna si leverà a sedere.

"Shou Huang" – dirà, coprendosi con la mano la fronte, per ripararsi dai raggi diretti del sole.

Una affermazione, non una domanda.

"Sì. Lo conosci?"

"Solo di fama. Ma è ancora in attività? Credevo avesse smesso."

"Te l'ho detto. Ha aperto una piccola scuola."

"E dove?"

"Da qualche parte in Cina" – risponderà il biondo, tirando un altro sasso nel mare – "meglio che tu non sappia di più."

La ragazza sugli scogli mostrerà alla donna altre due grandi conchiglie bianche, da lontano. La donna farà un cenno di saluto con la mano.

"Mi spiace che tu debba andare." – dirà lei, ad un tratto, abbozzando un sorriso – "Ci siamo divertiti, no?"

La nera osserverà Niki nell'altra stanza saltare dietro al cane grigio che correrà sul muro. Il gatto nero soffierà in una trombetta colorata, tra le risate della bambina.

"Da quel che ricordo, ha anche fatto il missionario in qualche parte, in sud America. Potrei chiedergli aiuto. Lo ha già fatto, in passato, tanti anni fa. Se non fosse stato per lui, non sarei uscita da una brutta situazione."

Whiley la guarderà, pensieroso. Nell'altra stanza, la donna bionda starà abbracciando la bambina, e si sentirà la voce della piccola ridere, quando il gatto nero farà la pipì dentro lo scolapasta sulla testa del cane.

"Chiamalo subito, e vallo a trovare, appena può riceverti" – suggerirà Whiley – "abbiamo un disperato bisogno di aiuto, in questo momento."

Lei guarderà attraverso i vetri, nel buio.

L'uomo osserverà la sua espressione maliziosa, sorridendole.

"Sì. Ci siamo divertiti."

La donna guarderà l'orizzonte, osservando le onde bianche dell'oceano nel pomeriggio soleggiato. Per un po', i due rimarranno in silenzio.

"Se va male" – chiederà a un tratto la donna, girandosi verso di lui – "ci verrai a trovare a Sumatra?"

L'uomo butterà l'ultimo sasso, si volterà, si spazzolerà i pantaloni di lino bianchi e alzerà gli occhi al cielo.

"Se va bene, vorrai dire."

La donna tornerà a guardare l'orizzonte.

La ragazza starà sorridendo nel sole.

Venerdì, ore 18.50

L'uomo corpulento di mezza età si toglierà la giacca di pregevole fattura e la butterà sul divano, nel suo prestigioso alloggio riservato all'ultimo piano dell'Allerton Hotel. Andrà in bagno, si laverà la faccia con l'acqua fredda, passandosi più volte le mani sul volto, le tempie, la base del collo e i polsi. Si asciugherà sommariamente, quindi tornerà a sedersi sul bordo del letto, sapendo che quella chiamata non sarà affatto gradevole. Aprirà il canale di comunicazione e l'ologramma del vecchio entrerà nella stanza d'albergo. Il viso come scolpito nella pietra.

"Quello che ci riferito non è piaciuto per nulla al Consiglio." – dirà il vecchio.

"Lo immagino, ma non potevo non dirlo."

"No, certo" – ammetterà il vecchio – "hai fatto bene, per questo. Hai idea di che ore sono qui?"

"Mi spiace."

"Non è questo il punto. Ho dovuto chiamare gli altri. L'intero consiglio, ventiquattro persone, in giro per tutti i continenti. Ho dovuto ammettere che avete avuto delle difficoltà non previste."

Il vecchio nell'ologramma sarà alto e magro, e si verserà da bere del whisky.

"Non l'hanno presa bene, ti ripeto. Sai, qualcuno comincia a pensare che tutta questa faccenda di Chicago sia una spina nel fianco della nostra Organizzazione. Qualcuno mi ha chiesto se secondo me questo tizio cui state dando la caccia sa qualcosa."

L'uomo corpulento si siederà sul bordo del letto, con un sospiro.

"Non può saperlo. Al massimo, può avere dei sospetti."

"Noi non siamo abituati a correre rischi inutili. Per essere più precisi, ogni rischio è inutile." – sibilerà il vecchio, sorseggiando il whisky – "Per essere ancora più precisi, chi provoca all'organizzazione dei rischi, diventa inutile."

"Non può andare da nessuna parte. Gli stiamo addosso, treni, aviogetti, tutto. Non può uscire. Non può scappare."

"Forse non mi sono spiegato bene, Goedhart" – sibilerà il vecchio.

146 giorni prima

Quando l'occidentale registrato come Kevin Palmer, di Bristol, uscirà dall'avioporto internazionale di Canton Baiyun, nella Provincia di Guangdon, in Cina, portando due bagagli a mano, si chiederà se tutto sarà andato a buon fine. Il suo piano sarà stato realizzato in settimane di meticolosa preparazione, penserà, dirigendosi agli aviotaxi, dall'altro lato del piazzale, cercando di farsi spazio nella folla. L'uomo nell'aviotaxi guarderà l'immensa metropoli sottostante, divenuta la più importante città costiera del sud della Cina, mentre l'autista lo porterà all'indirizzo da lui richiesto, un piccolo villaggio, ai piedi della Montagna della Nuvola Bianca, non molto lontano. L'uomo osserverà lo scorrere del paesaggio sottostante, mentre il fianco della montagna si avvicinerà. Tutti i pezzi del fucile, ottica, otturatore, calcio, treppiede, saranno stati meticolosamente smontati e inviati separatamente via nave da Okinawa in Cina. Da qui, se tutto sarà andato secondo i suoi piani, i dodici imballi, in grosse scatole contenenti vasi, regali e mercanzia di scarso valore, saranno stati spediti al signor Shou Huang, di professione maestro di antiche arti marziali cinesi, un personaggio piuttosto pittoresco. La pubblicità del suo spazio olografico prometterà duro allenamento fisico e mentale, agli allievi che vogliano considerare le tre settimane minime di addestramento non un divertimento, ma una sorta di ritiro filosofico, in un mondo privo di comodità. Palmer si chiederà guardando dal finestrino, se esistano altri pazzi disposti a pagare il non modesto onorario preteso dal non più giovane cinese, per passare un periodo così lungo mangiando riso scondito e dormendo su tavole di legno. Del resto, egli saprà bene che sin dal secolo scorso molti, anche occidentali, avevano trascorso vacanze all'insegna dell'originalità e dell'avventura, pagando non trascurabili importi, per essere avvicinati alle arti orientali. La sola cosa che saprà Palmer, a differenza degli improbabili visitatori dello spazio pubblicitario, sarà che quello che insegnerà il cinese, in realtà, sarà ben altro. L'aviotaxi sorvolerà la metropoli, diretto alle campagne.

L'uomo corpulento ascolterà allentandosi la cravatta.

"Ai membri del Consiglio non interessa assolutamente nulla di questo signore, non sappiamo chi sia, e non ci interessa saperlo. Quello che ci interessa, invece, è che l'operazione di cui ipotizzavamo potessero immaginare l'esistenza venga scoperta. Ma quello che al punto in cui siamo terrorizza letteralmente qualcuno, e sto parlando di persone molto in alto, è altro."

L'uomo sul letto si sbottonerà la giacca, passandosi la mano nei capelli grigi ancora bagnati.

"Cosa?" – chiederà, mascherando l' affanno.

"Che si venga a sapere dell'esistenza dell'Organizzazione." – dirà il vecchio, sedendosi faticosamente su una poltrona – "Al Consiglio non importa se il quel signore riesce a sfuggire o dove voglia andare. Può anche non andare da nessuna parte, il problema è: e se parla con qualcuno? E se questo qualcuno ha il potere di fare conoscere la cosa, al punto che non si riesca più a controllare l'informazione?"

"Ci siete sempre riusciti, finora."

"Perché non abbiamo mai corso rischi di questo genere. E come ti dicevo prima, chi procura per trascuratezza o incompetenza rischi inopportuni per l'Organizzazione, diventa un problema egli stesso."

Goedhart non sembrerà sorpreso del discorso.

"Se riesce a far girare le informazioni che ha trovato, e se quelle informazioni conducono al tuo uomo, qualcuno vorrà sapere, o sbaglio?"

Goedhart saprà benissimo dove il vecchio vorrà arrivare, prima che lo dica chiaramente.

"Quindi, ti consiglio, per il tuo bene, di evitare che questa sgradevole circostanza si verifichi." – suggerirà il vecchio, a bassa voce – "Non sei d'accordo?"

L'uomo corpulento saprà di non dovere dare una risposta al suo interlocutore. Il monitor si spegnerà.

Goedhart rimarrà a guardare per un po' lo spazio vuoto davanti a sé, prima di comporre un altro numero, stringendo i suoi piccoli occhietti grigi.

Nell'appartamento di Margareth Madison, Whiley userà il comunicatore di Beatrix.

Quando l'occidentale arriverà in cima alla lunga scalinata di legno, dopo aver percorso un tratto della strada dal villaggio ai piedi della montagna in aviobus locale, e l'ultimo a piedi, portandosi dietro le due valigie di indumenti, sarà spossato. Ansimando, affronterà gli ultimi scalini, reggendosi al corrimano di legno, portando una valigia a tracolla e l'altra nella mano sinistra. La casa tradizionale in legno a tutto somiglierà, tranne che ad un'antica e prestigiosa abitazione. Non noterà gli immaginati simboli delle arti marziali cinesi, e decisamente l'uomo seduto sulla soglia di casa non sarà vestito come un antico monaco.

"Sapevo che saresti arrivato, ma sei in ritardo." – dirà, stando comodamente seduto sulla sedia con i cuscini rossi.

Palmer lo guarderà, lasciando crollare terra le due valigie, osservando quello che sembra un robusto, per quanto esile, contadino del luogo. L'immagine dell'uomo, per quanto invecchiato, sarà quella del mercenario, di cui aveva sentito parlare molti anni prima, quando era stato in Africa.

"Non sapevo che sarebbe stata così dura." – risponderà l'europeo, ansimando.

Il cinese, dall'età indefinita, capelli neri tagliati corti, un fisico esile ma che trasmetterà un senso forza, sorriderà.

"Siete tutti uguali. Volete ritirarvi dal mondo in un luogo di allenamento e riflessione, e poi pretendete le comodità."

"Tutti chi? – chiederà Palmer, ansimando – "Ci sono altri?".

Il cinese si alzerà dalla sedia, e squadra l'occidentale.

"Non ho voluto altri ospiti. Il tuo onorario mi compensa ampiamente le spese. E poi, non mi piace la confusione."

Confusione. E chi viene qui?

"Ma vieni dentro, ti mostro la tua stanza e ti preparo un tè." – dirà precedendolo in casa - "Sei affamato?"

L'europeo trascinerà le due borse, che il cinese si sarà ben guardato dal proporre di prendere, e le poserà all'ingresso di una ampia sala, con alcune porte ai lati.

"La tua stanza è la prima, qui sulla destra."

Palmer osserverà una piccola camera, con una finestrella sul lato della montagna, un rudimentale letto con doghe di legno coperto con un esile materasso, un comodino, una lampada a olio. Niente luce elettrica.

Inserirà nel proiettore il biglietto da visita della donna che la nera gli avrà consegnato. L'ologramma di una bionda di mezza età apparirà nel foglio olografico, alla guida di un'auto.

"Sembra che alla fine noi ci si debba conoscere." – dirà la donna.

Whiley osserverà la donna secca.

"Può parlare?" – chiederà con voce ansiosa – "Cerchiamo di essere brevi."

"Va bene. Stia tranquillo, sono in auto con il mio collega, e nessuno sta rintracciando questa chiamata. Chiama dal numero della sua amica?"

"Cosa vuole? Perché mi aiuta?"

"Perché penso che lei sia una vittima di un gioco nel quale è caduto per sbaglio. Come i suoi colleghi, del resto. E voglio delle informazioni."

"Perché? Cosa ci guadagno io?"

"Lei sinceramente non lo so" – ammetterà la donna secca – "ma credo che a qualcuno non piaccia che questa storia si conosca. E penso che lei abbia qualcosa che può interessarmi."

"Come ha fatto a trovare la mia amica?"

"Scoprendo da dove ha chiamato, quando ha sentito il suo agente di banca."

Whiley rimarrà in silenzio per un attimo.

"Quindi lei sa da dove ho chiamato, in quella circostanza?"

"Certo."

"E chi altri lo sa?"

"Nessuno, che io sappia."

Whiley guarderà la donna bionda che ascolterà, registrando tutto, dietro lo schermo.

"Ci vediamo lì. Tra due ore."

"Va bene."

"E questa volta" – aggiungerà Whiley – "vediamo di non fare arrivare la cavalleria."

Spegnerà prima di sentire la risposta.

Il nero magro, di media statura, completamente calvo, ansimerà. Avrà rasato i capelli, anche sulla nuca, e sarà molto sudato.

"È arrivata la mia roba?" – chiederà Palmer.

Il cinese starà mettendo il tè nella teiera e posando il bollitore su fuoco.

"Oh, sì, l'ho montato, due giorni fa, chissà quanto ti è costato, anche solo far arrivare qui i pezzi, chissà quanta gente hai dovuto pagare, e quanti funzionari hanno dovuto chiudere un occhio, per non aprire i pacchi. Comunque c'è tutto; una Nishizawa, non è vero?"

L'occidentale non risponderà, ma piegherà la testa in segno di assenso.

"Si capisce al primo sguardo. Ottima arma. Una delle migliori che ho mai visto." – dirà accendendo il fuoco – "Chi l'ha fatta, Saki? Il padre era forse ancora più bravo, sai…"

Palmer siederà su una sedia in cucina.

"Mi chiedevo quando sarebbe iniziato l'allenamento." – dirà, slacciandosi la giacca.

Il cinese si volterà, lo guarderà e sorriderà appena.

"Non sei ancora pronto, guardati" – indicherà il tronco del biondo coi baffetti – "prima di correre, bisogna imparare a camminare. Dovrai perdere almeno una decina di chili."

"Non sono venuto a fare una dieta."

"No, sei venuto ad imparare a tirare in condizioni estreme, oltre i tremila metri, mi hai chiesto. Appeso ad un muro, a centinaia di metri di altezza, dopo aver arrampicato di notte, dopo essere stato fermo esposto al vento e alle intemperie per ore. Portandoti là sopra tutta l'attrezzatura, e preparandoti il nido. Se vuoi il mio parere professionale, non sei pronto."

"E quando, sarò pronto?"

"Tra tre settimane, per iniziare dai millecinquecento metri." – risponderà il cinese, guardando il fuoco – "Per tre settimane, sveglia alle cinque, meditazione, sette ore di allenamento fisico al giorno, corsa ogni giorno fino al villaggio e ritorno. E al ritorno, addominali, piegamenti, trazioni alla sbarra. A quel punto, cominceremo a scalare una parete su un lato della montagna, portandoti l'attrezzatura a spalla, e una volta giunti dove ci interessa allenarsi, proveremo tiri alla lunga distanza con il fucile per altre quattro settimane."

La canottiera blu, madida di sudore, sborderà sui pantaloncini bianchi. Quando colpirà la palla di luce con la racchetta elettrica, questa produrrà un suono vibrante, come il ronzio di una grossa ape. La palla di luce rimbalzerà con violenza sulla parete laterale, quindi sul muro in fondo, al di sopra della linea rossa, per poi picchiare rapidamente in campo, cogliendo il suo avversario in ritardo sul rovescio, e finendo infine sul muro alle loro spalle.

"Gioco." – dirà il suo avversario – "Hai vinto, maledizione."

"Un po' di fortuna." – si schernirà il nero.

Il suo avversario, un bianco ben messo, capelli ricci, anch'egli visibilmente sudato, spegnerà la racchetta, e poserà le mani sui fianchi, cercando di riprendere fiato.

"Fortuna un corno." – commenterà – "È la quarta partita di fila, che perdo, direi che la sfortuna conta poco."

I due giocatori raccoglieranno le sacche, riponendo le racchette elettroniche, siederanno sulle panchine a bordo campo, immerso nel verde, proprio sotto le piante, dove i raggi di sole saranno filtrati dai rami. Ordineranno al robot un paio di bibite fresche.

"Sei ricco, hai il potere assoluto di vita e di morte sulle informazioni di questa città" – dirà sorridendo il bianco – "giochi da dio e hai un fisico invidiabile. Ti invidio."

"Hai ben poco da invidiare." – commenterà il nero.

"Col cavolo, ti invidio proprio, invece. Guarda, io sto mettendo su pancia, e tu non un filo di grasso."

Un paio di uccelli salteranno su un ramo dell'albero sopra le panchine, cinguettando nel sole.

"Sul serio. Vivo nella finzione. La mia vita stessa è una finzione, e sai qual è il dramma? Saperlo. Come so che questo campo non è nel verde, e che quegli alberi e i raggi del sole che filtrano sono solo una proiezione olografica. Tutto bello, ma finto."

Il bianco metterà una mano sulla spalla dell'amico.

"Andiamo, Ramirez" – dirà sorridendo – "non tornerai ancora sul quel discorso? È già un po' che insisti con questa storia."

"E allora non chiedermi di tornarci su."

"Ma dai, sembri depresso da mesi, fai discorsi strani, non parli nemmeno più di figa! Ma si può sapere che ti prende? Hai tutto, veramente tutto quel che vuoi."

"Dimmi qualcosa."

Palmer guarderà il tè, facendo un rapido calcolo.

"Ma sono sette settimane!"

"Otto" – lo correggerà il cinese – "l'ultima la passeremo a migliorare le tue tecniche di concentrazione sul bersaglio con la meditazione, perfezionando il controllo del respiro. E in quella settimana, forse, arriverai a sparare ai tremila metri."

Palmer osserverà l'acqua che inizia a bollire sul fuoco.

"Immagino" – commenterà, guardando il rustico tavolo di legno – "che tu non abbia latte e zucchero."

La ragazza sulla moto elettrica sarà ferma all'angolo della via nel centro di Onna Son, in Okinawa, seduta sul sellino, e guarderà nello specchietto il negozio del pescatore. Sarà un bel pomeriggio di luglio, e il centro del villaggio turistico sarà pieno di gente. La via sarà trafficata, e centinaia di persone attraverseranno disordinatamente la strada, vociando e parlando, in una babele di lingue di locali e di turisti. La ragazzona coi capelli tagliati corti e il giubbotto chiaro di pelle saprà cosa controllare; la soffiata dell'informatore avrà detto chiaramente l'ora e il luogo dell'arresto. Rimarrà per alcuni minuti a guardare nello specchietto, dall'altro lato della strada, dove sarà ferma l'auto elettrica della polizia, ancora coi lampeggianti accesi. Quando, alla fine, vedrà due robusti poliziotti in divisa trascinare fuori l'uomo grasso, con le manette, seguiti da un uomo con la barba ben curata, vestito in borghese, non riuscirà a trattenere mentalmente una bestemmia. Sempre osservando nello specchietto, quando gli uomini sbatteranno nel retro dell'auto l'uomo grasso in manette, accenderà il motore della moto, e scivolerà via velocemente, facendo urlare la sospensione magnetica.

La porta dell'ufficio del Commissario Capo Cervetti, nel palazzo della Direzione Centrale Polizia Prevenzione – Sede dei NOCS – a Roma, rimbomberà di due colpi, picchiati con le nocche della mano.

"Avanti!" – dirà Cervetti, ad alta voce.

"Commissario, forse ci siamo!" – dirà un agente, salutando militarmente.

"Ma come? Potere, per esempio" – dirà il bianco, allargando le braccia – "potere di decidere cosa devono sapere le altre persone. Ti pare poco?"

Il nero si alzerà, asciugandosi il collo con l'asciugamano, posando la bibita sul vassoio del robot e avviandosi verso il fondo del campo, tra i raggi di sole schermati dagli alberi secolari.

"E io sai quale potere vorrei avere? Quello di trovare, questa sera, una donna normale a casa mia."

L'amico si alzerà a sua volta, e lo seguirà fino all'uscita del campo. Toccherà un pannello su un albero, e con un ronzio si spegneranno gli schermi olografici. Gli alberi, i prati, i raggi del sole si spegneranno in un attimo, rivelando le pareti bianche e spoglie della palestra. I due entreranno nel tunnel riscaldato, uscendo dal campo di gioco.

"Ehi, amico, ma questo è uno scherzo, per me" – dirà il bianco – "perché non esci con me e Sarah domani sera? Faccio venire una nostra amica."

Il nero si girerà, in mezzo al tunnel.

"Ho detto una donna normale."

Il bianco sorriderà, seguendo l'amico all'uscita del tunnel.

"Ok, d'accordo" - ammetterà, aprendo la porta – "ma il fatto che l'ultima che ti ho presentato non fosse particolarmente intelligente non significa che tu debba essere così prevenuto…"

Il nero uscirà dal tunnel.

"…e comunque, credimi, stare il sabato sera a monitorare le notizie non ti farà bene alla salute, alla lunga. Dovresti tornare ad uscire, ogni tanto, prenderti una pausa, vedere gente, parlare…"

Il nero si stringerà nelle spalle.

"Quali argomenti avrei dovuto affrontare con l'ultima che mi hai presentato?"

Il bianco alzerà le braccia.

"Si, ok." – dirà ridendo – "Ma devi ammettere che aveva delle gran tette."

L'uomo coi capelli castani scenderà dall' aviomobile, atterrando sulla rampa del Silos, uno dei quattro in comune del suo quartiere residenziale.

L'agente abbasserà la mano dalla visiera.

"Sulla linea due, abbiamo un Ispettore Giapponese che vuole parlarle. Sembra che sia per la faccenda del fucile. Dice di aver delle informazioni sull'ottica. Non siamo riusciti a passarle la linea."

Cervetti si precipiterà fuori dalla stanza, correndo per il corridoio, fino a prendere la chiamata dal centralino in fondo al piano. Nello spazio olografico apparirà un orientale, sui quarantacinque, capelli tagliati corti ed una barba curata, senza baffi. Il Commissario Capo Italiano infilerà precipitosamente l'auricolare, selezionando il traduttore sul giapponese.

"Commissario Cervetti!" – risponderà – "Mi dica, Ispettore."

La voce del traduttore sarà selezionata su quella di un uomo dalla parlata educata e chiara.

"Buon giorno Commissario, qui è l'Ispettore Capo Kobayashi dalla sede centrale di polizia dell'isola di Okinawa, che parla. Abbiamo controllato i dati che sono stati inviati tramite l'Interpol, sul fucile di nuova concezione, e verificato meccaniche, software ed ottiche."

Cervetti farà rabbiosamente segno agli agenti nel corridoio di non fare rumore.

"Abbiamo arrestato questa mattina un uomo, che tenevamo sotto controllo da tempo. L'uomo, un locale che agiva con la copertura dell'attività di una pescheria, era in realtà un ricettatore. Lo abbiamo interrogato, collegandolo a un delitto della malavita locale, per un suo collega ucciso tempo fa. Ma abbiamo scoperto, dall'interrogatorio, che la vittima aveva consegnato un'ottica di fucile assolutamente identica a quella della vostra descrizione."

Il giapponese guarderà l'italiano dall'altra parte del mondo.

"Non so se possa interessarla, in ogni caso l'uomo è agli arresti, e lo stiamo interrogando. Sembra abbia delle informazioni riferita alla vendita dell'ottica."

Cervetti sentirà un tremore nella propria voce, quando farà la domanda.

"Ispettore, a che giorno risale l'omicidio su cui state indagando?"

"A oltre un mese fa, Commissario"

L'uomo scenderà, diretto alla scala, infilando le mani nella tasca dell'impermeabile di colore bianco sporco, percorrendola tutta a piedi, senza prendere l'ascensore. Avrà bisogno di sgranchirsi le gambe, la giornata sarà stata una delle peggiori della sua vita. Il Direttore avrà sbraitato per quasi un'ora, essendosi reso conto che tutti i loro sforzi di trovare quel dannato ricercatore saranno stati vani. Non solo quel tipo, un povero topo da biblioteca, si sarà rivelato meno stupido del previsto, ma anche decisamente più intraprendente. Avrà fatto quello che non poteva immaginare, quello che non era previsto. Sentirà di essersi trasformato da cacciatore in preda.

È venuto in casa mia.

L'uomo scenderà in strada, e si avvierà verso la casa bianca all'angolo, passeggiando rasente ai cancelletti bianchi delle abitazioni dei vicini.

Ora avrà in mano nomi, files, archivi, tutto.

La strada sarà avvolta di una lieve foschia.

Ma come può sapere cosa cercare?

L'uomo affretterà il passo, nella serata umida, camminando alla luce dei lampioni, nella strada quasi deserta, all'ora di cena.

E se avesse passato le informazioni a qualcuno in grado di comprenderle?

L'uomo si stringerà la cinghia del soprabito, alzandosi il bavero sul collo.

Improbabile.

Poche vecchie auto elettriche saranno parcheggiate lungo la via solitaria, quando svolterà per l'ultimo pezzo di strada che condurrà alla propria abitazione, la casa in fondo alla strada.

Ma possibile.

L'unico rumore sarà prodotto dai tacchi di una donna solitaria in fondo alla via.

Qualcuno lo aiuta?

Un cane solitario inizierà ad abbaiare, da qualche parte, nel buio, in un cortile. L'uomo camminerà con la testa bassa, guardando il marciapiede, pensando a cosa rispondere a Meredith.

Quella ha fiutato qualcosa, mi tiene col guinzaglio corto.

Solo all'ultimo momento noterà gli stivali neri della donna, che starà venendogli incontro, e solleverà lo sguardo.

Cervetti si passerà la mano sulla fronte.

"Ispettore, credo che a noi interessi molto il vostro uomo." – dirà cercando di non fare trasparire la tensione – "Vorrei parlargli, al più presto, se non ha nulla in contrario. Se mi manda le coordinate della vostra sede, organizzo di partire immediatamente."

Dopo aver ringraziato il collega giapponese, Cervetti si rivolgerà all'agente fermo vicino al bancone.

"Chiamami Bordini e passamelo nel mio ufficio" – urlerà, correndo nel corridoio – "digli che è urgente!"

"Oh" – esclamerà – "hai scoperto delle novità?"

I due colpi silenziati lo raggiungeranno sul lato sinistro del petto in rapida successione. Quando crollerà di schiena sul marciapiede rantolerà, spalancando la bocca e cercando di mettere a fuoco il cielo nuvoloso. La donna si avvicinerà e senza fermarsi, da meno di un metro, sparerà il terzo colpo in fronte, prima di allontanarsi, riponendo l'arma nel giaccone alla moda e continuando a camminare senza fretta. Quando la vietnamita girerà l'angolo della via, il cane in lontananza continuerà ad abbaiare con insistenza.

125 giorni prima

Quando a fine luglio, di notte, l'occidentale seguirà il cinese con lo zaino, che camminerà davanti a lui, si sentirà fisicamente un uomo diverso. Si arrampicheranno per i duecento metri di murata scoscesa, inerpicandosi, aggrappandosi alle radici e ai rami degli arbusti, appesantiti dai fardelli degli zaini, fino a raggiungere la zona scelta dal cinese per il loro obiettivo. L'uomo che si farà chiamare Palmer non discuterà il piano di allenamento del cinese, poiché saprà, in cuor suo, che avrà ragione. Tutta la tecnologia del mondo non varrà un tiratore bene addestrato. E un tiratore bene addestrato non varrà nulla se, in condizioni ambientali difficili, non si troverà fisicamente in condizioni fisiche pressoché perfette. L'occidentale coi baffetti ricorderà con malinconia le squisite cene consumate nei migliori ristoranti del mondo, fino a poche settimane prima, e gli ozi di una vita confortevole. Le corse di allenamento praticate sistematicamente tre volte la settimana, sembreranno un gioco per bambini, al confronto del duro allenamento militare cui lo avrà sottoposto il cinese. L'uomo, del resto, si sarà fatto una reputazione nell'ambiente dei mercenari, e nel giro sarà noto il suo passato come incursore delle forze speciali dell'esercito regolare. La dieta a base di verdure, frutta, legumi e riso, avrà fatto il resto. In tre settimane, l'occidentale sarà dimagrito già di quasi sette chili, quasi tutti di massa grassa, e avrà in compenso acquisito una migliore tonicità muscolare, più fiato e resistenza. Doti fisiche che, penserà, gli torneranno utili nella sua missione, l'ultima della sua vita, quantomeno per quella remunerativa, molto remunerativa, professione.

Quando arriverà sul piccolo promontorio, nella piccola grotta a mezza costa sul lato scosceso della montagna, l'europeo sarà sfinito, e si lascerà andare sulla schiena, coricandosi e guardando il cielo, respirando l'aria tersa a pieni polmoni. Il cinese al suo fianco, anch'egli con il fiato grosso, si toglierà lo zaino, mettendosi a sedere.

"Non avrai la possibilità di farlo" – dirà aprendo lo zaino – "stare a prendere il sole in azione, intendo. Quindi, vedi di girarti, e muoverti."

Venerdì, ore 20.05

L'uomo siederà sul divano nell'appartamento della giornalista. La donna lo guarderà con un uno sguardo misto di ansia e stanchezza, mentre controllerà lo scorrere dei minuti. Fuori dalle finestre del salotto, nel buio della sera, si vedranno con chiarezza le strisce luminose lasciate dai fanali posteriori delle aviomobili, all'altezza del primo anello della circonvallazione aerea.

"Risponderà?" – chiederà la donna bionda all'uomo seduto sul divano di fronte a lei, dall'altra parte dello spazio olografico.

L'uomo si stringerà nelle spalle. Quando nello spazio olografico apparirà un uomo in camice, nello studio spoglio e male arredato, la donna quasi balzerà sulla propria poltrona.

"Buongiorno." – dirà il traduttore, con la voce maschile impostata.

"Buongiorno" – risponderà di slancio la donna – "parlo con il dottor Wang Xiaoming?"

Il cinese sarà magrolino, i denti sporgenti come nelle immagini di repertorio.

"Che cosa desidera, signora?" – chiederà il cinese, passandosi nervosamente una mano sul lato della tempia, coperta da una folta chioma di capelli tagliati corti – "Vedo che chiama dall'America. Devo informarla che io non opero più in quel Paese…"

"Oh, no, dottore, non importa questo."

"Lei dunque intende prenotare una visita qui da me? Dica pure a me, se vuole, purtroppo sono senza segretaria, al momento."

"No, dottore, credo che ci sia un equivoco. Io sono una giornalista. Scrivo per il Chicago Sun Times. Vorrei solo farle un paio di domande."

Il cinese aggrotterà le sopracciglia, quindi si siederà su una vecchia poltrona in pelle, slacciandosi il camice per stare più comodo.

"E cosa desidera sapere? Sono mesi che nessuno più mi cerca, dopo la graziosa pubblicità che mi hanno fatto sulle riviste di mezzo mondo."

"Ecco, appunto, ho letto quelle cose. Ma chi le vuole così male?"

"Dammi solo un minuto." – replicherà l'occidentale.

"Non è me che devi combattere, ma te stesso."

L'europeo guarderà il piccolo robusto ex incursore, obbligandosi a imitarlo. Con uno sforzo notevole, si slaccerà lo zaino. Estrarrà le parti del fucile e inizierà a montarle, come ormai saprà fare praticamente a occhi chiusi, avendo ripetuto l'operazione ogni giorno, diverse volte al giorno.

"Ti assicuro che la salita che abbiamo compiuto oggi non è meno difficile di quella di cui mi hai parlato." – dirà il cinese, tirando fuori il telo e la rete – "Dovrai salire per circa venti metri, ma in verticale."

Palmer guarderà la parete scoscesa che hanno appena scalato.

"Ma questa saranno quasi duecento." – osserverà, ansimando.

"Di parete naturale di piante e rovi. Con una inclinazione naturale di alcuni gradi, mentre là non avrai inclinazione, solo braccia e gambe."

"E la tecnologia? Avrò il sistema di ausilio all'arrampicata elettronica."

"Ho cercato di ricreare le condizioni, per quanto possibile. Compreso il fatto che dovrai salire al buio. E compreso il fatto che l'altezza da cui tirerai sarà effettivamente di circa duecento metri."

Palmer cercherà di non guardare nel dirupo sotto di lui.

"E ora che facciamo?"

"Ora" – dirà semplicemente il cinese – "monti l'imbragatura, ti agganci alla roccia esattamente come abbiamo studiato, indossi il sacco, ti copri con la coperta, e aspetti che faccia chiaro."

L'uomo compirà le operazioni consigliate dal cinese, e per ultimo estrarrà dallo zaino la coperta. Si tratterà in realtà di un telo, marchiato con la dicitura:

Milliken & Company
Spartamburg. South Carolina

"Di che materiale è fatto?" – chiederà, per ingannare il tempo.

Si troverà appeso a un moschettone di sicurezza, in uno spazio non più grande di quello che sarebbe un piccolo balcone, sotto un'ansa nel fianco della montagna, e sarà ricoperto dal telo, che avrà fissato con altri moschettoni al sacco che lo ricoprirà, fino a formare una sorta di poncho.

Il cinese allargherà la mano in aria, stringendosi nelle spalle.

"Miei colleghi, suoi colleghi giornalisti, un po' tutti. Tutti comprati. Per non fare sapere la verità."

"Quale verità?"

"Che il mio metodo funziona."

"Sì, beh, questo è quello che afferma lei, ma gli altri…"

"Non è che lo affermo. È già una realtà. In molte parti del mondo, la mia cura è utilizzata da almeno un paio d'anni. Solo che non si vuole che si sappia."

"Scusi, ma cosa intende per utilizzata? Intende dire sperimentata nelle Università di Medicina?"

"No. Intendo dire sperimentata su pazienti in ospedale. Pazienti volontari. Quello che i miei detrattori si sono dimenticati di scrivere è che le mie ricerche sono andate a tal punto a buon fine che alla fine qualcuno ha pensato di utilizzarle per uno scopo diverso da quello iniziale, quello che mi aveva mosso, cioè la cura del cancro."

"Di quale scopo parla?"

Il cinese sorriderà, sporgendo ancor di più i denti.

"Non so che senso abbia dirle queste cose, forse dovrei chiudere la comunicazione. Per che giornale ha detto che scrive?"

"Per il Chicago Sun Times. Quanto al chiudere la comunicazione, liberissimo di farlo. Le è capitato recentemente di avere spazio su molti altri giornali, immagino."

Il cinese si passerà una mano sui capelli a spazzola.

"Lo sa bene che nessuno mi pubblica." – dirà con amarezza – "Ma sì, tanto vale che glielo dica, tanto che male può farmi? Oramai…Ne hanno scoperto un'applicazione ben diversa: la cura dell'invecchiamento."

Whiley guarderà la donna da dietro il foglio olografico, mettendosi a sedere in posizione eretta.

"Come, la cura dell'invecchiamento?"

"È stata una scoperta paradossale, lo so, almeno può apparire tale ai profani" – dirà il medico allargando le mani – "scoprire che uno dei mali più temuti dall'umanità sarebbe un giorno diventato il miglior alleato dell'uomo contro uno delle sue più ataviche paure; l'invecchiamento, e la morte stessa."

"Il cancro?" – chiederà incredula la donna.

"Il bello è che sappiamo anche a chi, è stata consegnata. Sì, perché il nostro uomo, qui, era pagato dal suo socio in affari perché spiasse la Nishizawa. Nell'interrogatorio salta fuori che la ragione del diverbio del suo socio con la produttrice del fucile era dovuto ad un ricatto che questi avrebbe fatto dopo essere stato informato del fatto che l'acquirente finale era un europeo molto facoltoso."

"Non mi dica che abbiamo anche un nome." – dirà, in tono quasi scaramantico il Magistrato.

"Di più!" – esclamerà Cervetti – "Un nome, un volto, tutto. Si chiama Kevin Palmer, nato a Bristol, 39 anni fa. Stiamo controllando, naturalmente. Ma abbiamo i dati del passaporto, e la descrizione fisica, che le sto mandando sul foglio olografico, corrisponde esattamente alla descrizione dettagliata raccolta nell'interrogatorio. Il nostro uomo ha cantato, e ci ha dato anche il nome dell'hotel, dei negozi in cui il britannico è stato, della gente che ha incontrato. Abbiamo un mare di indizi. Vedremo se la sua versione sarà confermata anche dai camerieri, dal portiere, dal titolare dell'albergo in cui ha soggiornato per molti giorni, in più occasioni, sull'isola, e da altre persone che interrogheremo."

"Fantastico!" – commenterà il Magistrato – "Appena sicuro, fate diramare l'ordine di cattura in tutte le sedi di Polizia del mondo. E quando è stato visto, per l'ultima volta, dal vostro uomo ad Okinawa?"

Cervetti consulterà un piccolo schermo portatile, sul quale avrà trascritto gli appunti dell'interrogatorio appena concluso.

"Meno di quattro settimane, dottore" – risponderà – "stiamo controllando all'avioporto per sapere se un passeggero con quel nome e aspetto ha lasciato l'isola circa un mese fa, e dove era diretto. Ormai gli siamo addosso, dottore."

Il Magistrato guarderà la propria lavagna sul muro, osservando la parola "chi" scritta di suo pugno col gesso.

Quel maledetto ora sarà in qualche posto a provare il fucile.

"Dottore, a che sta pensando?"

L'uomo coi baffetti biondi osserverà nel visore lo sbuffo di terra fatto dal proiettile a mille settecento metri, sul lato opposto della parete scoscesa, circa duecento metri più in basso.

Il medico cinese sorriderà.

"Le cellule tumorali, se controllate, possono rigenerarsi continuamente, producendo un ricambio che favorisce il rallentamento, naturale per così dire, del processo di invecchiamento. E questa conseguenza, che non era lo scopo per il quale erano partiti i miei studi, ha finito per divenirne l'oggetto delle sperimentazioni più spinte di molti centri di ricerca. Il tutto nascondendone l'efficacia, e distruggendo la reputazione del suo primo scopritore, s'intende."

"Ma... ma non capisco. E per quale insana ragione? Ma non mi ha detto poco fa che viene sperimentata sulle persone?"

"A pagamento. Solo per prestazioni privatistiche. Molto costoso, per non dire a prezzi non praticabili per la spesa pubblica in moltissimi paesi. E soprattutto, la cosa è praticamente segreta, e di accesso solo per pochissime persone, le quali, non si sa bene come, ne vengono a conoscenza. Quelle persone, fanno uso della mia terapia. Molte di loro, suppongo, non sono affatto malate in origine, ma si sottopongono alle cure, che sono piuttosto invasive e necessitano di trattamenti mediante sedativi della durata di parecchie ore, per l'altro scopo."

La donna sembrerà confusa dalle parole del medico, pronunciate dall'altra parte dell'oceano.

"Quale altro scopo?"

"Gliel'ho detto: ringiovanire. Nei prossimi anni ci si aspetta che la vita media arrivi vicino alla soglia dei cent'anni, ma la qualità della vita è quella che conosciamo. Con l'applicazione estesa dei miei studi, quella soglia può essere superata, potenzialmente senza un vero limite conosciuto, si potrebbe arrivare a centodieci, centoventi, chissà... centocinquanta."

"Ma lei... lei mi sta dicendo che è una sorta di elisir della giovinezza? Questa scoperta prolungherebbe la vita all'infinito?"

"Non è esatto. Non all'infinito, diciamo piuttosto per un periodo ad oggi indefinito. Non ci sono sperimentazioni su larga scala, e l'esperimento è partito da poco, non si conoscono ancora i risultati. I casi sono limitati. Più correttamente, diciamo che non si potrebbero più disegnare delle stime probabilistiche di durata della vita media."

"Sei fuori di 70 centimetri sulla destra." – commenterà il cinese, sdraiato al suo fianco con il grosso binocolo – "Alza un po' a destra e correggi."

"È tutta colpa di questo maledetto vento."

Il cinese osserverà il clima intorno a sé; la giornata, iniziata con il sereno, si sarà guastata verso metà mattinata. Le condizioni, in precedenza quasi perfette, quanto a luminosità, nitidezza dell'aria e correnti ventose, saranno venute a mancare. Saranno comparse le nuvole spinte dal vento, la luce sarà cambiata e si saranno alzate correnti ascensionali dai canaloni, insieme a brezze create in diverse angolazioni, creando un intreccio casuale di venti nella valle sottostante.

"È il momento di provare il software." – commenterà il cinese.

L'uomo coi baffetti biondi lancerà il programma, manovrando nel palmare alla sua sinistra, e osserverà i dati proiettati nel visore, effettuando le correzioni suggerite alla deviazione della traiettoria, regolando la taratura dell'arma. Il software analizzerà i dati raccolti nello sparo precedente, valutando la reale variazione balistica prodotta dagli agenti esterni. Vento e relativa direzione, quantità di luce al bersaglio, temperatura effettiva nel tratto compreso tra punto di sparo e bersaglio, umidità dell'aria, saranno calcolati per dare al tiratore l'indicazione delle correzioni necessarie.

"Ora, controlla la postura, rilassati, sgombra la mente." – suggerirà il cinese – "Meditazione. Poi riproviamo."

Dopo circa tre minuti, esploderà il colpo attutito dal sistema di insonorizzazione. Il proiettile a impulsi attraverserà la piccola valle, fino a colpire idealmente il bordo interno del masso prescelto, sollevando una nuvola di polvere bianca.

L'europeo staccherà l'occhio dal visore, respirerà a fondo e guarderà il baratro sotto la sua imbragatura, agganciata alla roccia sul fianco della montagna.

"Ora" – commenterà il cinese con calma – "scegliamo qualcosa a cento metri più lontano."

Il cinese osserverà la reazione di stupore della donna, il suo silenzio, prima di continuare pazientemente a parlare.

"Niente previsioni previdenziali, niente stime di premi di assicurazione, difficoltà di prevedere i posti nelle case di accoglienza per anziani. Il concetto stesso di anziano dovrebbe essere rivisto."

"Insomma… lei mi dice che il mondo che oggi conosciamo ne verrebbe stravolto?"

"Se si ipotizzasse che tutti avessero libero accesso alle cure, probabilmente sì. Coloro che ne fanno uso ora, in segreto, lo fanno prevalentemente per non invecchiare, o per invecchiare meno. Tra decenni, avremo delle serie statistiche significative, di questo sono sicuro."

La donna scuoterà la testa, lasciandosi andare a un sorriso amaro.

"Dottore, con tutto il rispetto non vorrei sembrarle scortese ma io devo verificare quello che sento, prima di poterlo affermare, per mia deontologia professionale. E di tutta questa, mi permetta di dirlo, veramente incredibile storia, non solo non c'è un pezzo di documento in rete, non solo non è convalidata da nessuno dei suoi colleghi della comunità scientifica, ma nemmeno Lei, al di là delle sue parole, è in grado di fornirmi una qualche prova tangibile."

Il cinese si dondolerà sulla sedia, prima di rispondere.

"Cosa intende per prova tangibile?"

"Uno studio pubblicato, una prova di laboratorio, non so, l'esperto è lei, dottore."

Il cinese unirà le dita delle mani, sorridendo.

"Veramente signora, posso fare di più. La mia cura è usata in via sperimentale in alcune delle migliori strutture, in molti Paesi. Vedo che però, a giudicare dalla sua espressione, non crede ad una parola di ciò che le ho raccontato."

"Mi dica qualcosa che mi convinca. Dove trovo sulla rete olografica mondiale l'attendibilità della sua fonte?"

Il medico guarderà l'ologramma della piccola donna testarda di fronte a sé.

"La rete non è la verità."

"E dov'è la verità?"

"Nella vita reale."

111 giorni prima

I due uomini saranno ancorati sotto l'arcata nella piccola grotta, in quella mattina d'agosto, su un crinale scosceso della montagna della nuvola bianca, nella Provincia di Guangdong, in Cina. L'europeo osserverà ancora stupefatto la calma serafica con la quale il suo compagno sopporterà il caldo, sotto il poncho foderato con il telo di cotone trattato, e ricoperto di foglie, stando immobile per ore, ad aspettare il nulla.

"Quando sarà il momento, sarà più semplice" – spiegherà il cinese.

"Perché?"

"Perché ti verrà naturale aspettare."

"Aspettare non è una cosa naturale."

"Non è quello che fa l'uomo tutta la vita su questa terra? Aspetta che venga il suo momento di lasciarla, solo che stupidamente cerca di non pensarci." – dirà il cinese, masticando un filo d'erba – "E comunque, non hai altra scelta, a meno di pensare di arrampicarti di giorno. Sarebbe una sciocchezza, lo sai."

L'occidentale tornerà a osservare il baratro sotto di loro. La mattina passerà lenta.

"Ma perché non posso sparare ora? Vi è luce."

"La cosa più difficile è aspettare. Devi allenarti ad aspettare."

Attenderà paziente, osserverà il cambiare del colore del cielo, lo stormire delle fronde, il levarsi di un alito di vento. Passeranno l'alba e l'aurora. Ogni tanto porrà delle domande, ricevendo dal cinese secchi consigli, fino a che giungerà, anche quella mattina, il momento di provare il tiro. Questa volta a duemila cinquecento metri.

"Cominciamo, coraggio." – dirà il cinese.

L'uomo coi baffetti biondi inizierà il suo allenamento quotidiano, aprendo il foglio olografico collegato al fucile, e scrivendo nell'aria con le dita i dati, sempre seguito dal compagno con il binocolo, ancorato al suo fianco. L'occidentale studierà i dati sovrimpressi nello spazio, attraverso i quali vedrà il baratro sul fianco della montagna perdersi centinaia di metri sotto di sé. Il vuoto e il silenzio regneranno sovrani, soltanto vinti dal rumore tenue e discontinuo di un vento sottile.

"Ma allora…dove devo andare?"

"Non deve andare da nessuna parte." – risponderà con semplicità il cinese - "Lei è di Chicago, mi ha detto."

"E allora?"

L'ologramma del cinese si piegherà sul tavolino del soggiorno della giornalista.

"E allora, se ci riesce, si procuri in qualche modo un permesso speciale, e vada al reparto oncologia sperimentale della sua città. Quel che le ho detto è già realtà. In una delle vostre più moderne strutture, sotto gli occhi di tutti: al Cook County Hospital. Ci vada. E si prepari a vedere qualcosa che invece, sulla sua amata rete olografica mondiale, non c'è."

La donna secca guarderà Whiley, dall'altro lato del tavolino del bar sulla piazzetta prospicente alla vecchia biblioteca. A quell'ora della sera il locale sarà già pieno di avventori. I due siederanno in disparte al tavolino all'angolo, in fondo al locale, per parlare senza essere troppo disturbati.

"Senta Whiley, questa storia che mi ha raccontato è veramente incredibile."

"Ma è tutto vero, signora" – dirà Whiley, bevendo il suo caffè – "le curve di Koonz, la spiegazione del sociologo, tutto. La cosa, così, assume un senso."

"Un senso mostruoso, mi pare."

"L'ha detto lei."

"Purtroppo io non posso basarmi sul sentito dire, o su quanto affermato in libri o articoli che sono pubblicati solo nella testa dei loro autori"- replicherà la donna, sorseggiando la propria bevanda – "ho bisogno di qualcosa di più, mi servono prove."

Whiley farà scorrere la mano sul tavolino di legno, e poserà un piccolo disco, della dimensione di un'unghia, che la donna farà sparire sotto il tovagliolo.

"Lì dentro trova la copia della memoria del computer di Daft" – spiegherà Whiley – "io ci ho guardato, ma la maggior parte dei dati sono crittografati, e non ho l'attrezzatura per aprirli. Lei credo di sì. E poi, io non saprei cosa cercare, onestamente."

La donna annuirà.

L'occidentale segnerà nel foglio l'ora, le undici del mattino, il luogo, la montagna della nuvola bianca, vicino alla località di Canton, Provincia di Guangdong, e il giorno, il sedicesimo, di allenamento. Il cinese leggerà i dati immessi nel binocolo, sulla cui ottica verranno proiettati in sovrimpressione i dati imputati dal suo compagno.

"Ora, ricordati, la parte dell'arma." – suggerirà.

L'uomo coi baffetti biondi inputerà i dati dell'ottica, la dimensione dell'impulso che intenderà utilizzare, e la distanza dal bersaglio, duemilacinquecento metri.

"Bene" – commenterà il cinese guardando nel binocolo – "ora indica i parametri atmosferici."

Il suo compagno scriverà la temperatura indicata dal termometro, osserverà la pressione atmosferica, il tasso di umidità relativa, e dichiarerà di non registrare effetti di miraggi o simili.

"Ricordati anche dei fattori di correzione."

L'occidentale segnerà con una freccia nel cerchio la provenienza della luce e l'intensità relativa, specificando che quel giorno il cielo risulterà parzialmente coperto. Annoterà con una freccia nel cerchio la provenienza del vento e la sua velocità. Infine indicherà le dimensioni del bersaglio, un piccolo masso bianco, non più grande di una grossa anguria.

"Bene, ed ora i dati tecnici" – raccomanderà il cinese.

L'europeo indicherà l'alzo con il quale intende sparare il colpo, la numerazione dell'impulso, l'alzo e il brandeggio previsto per i tiri successivi, se necessari.

"Libero, quando vuoi." – sussurrerà il cinese, guardando nel cannocchiale.

Palmer osserverà con calma il bersaglio, regolando tutti i parametri secondo le indicazioni del software lanciato poco prima, attendendo paziente che tutto collimi con il risultato atteso. Infine, premerà delicatamente il grilletto. Quando nel mezzo del piccolo masso il cinese osserverà lo sbuffo di polvere, sorriderà. Palmer segnerà nel foglio il punto di impatto del proiettile, annotando che non sarà necessario rettificare elevazione e brandeggio per un tiro successivo.

"Ha creato un bel casino, con quella mossa, lo sa?"

L'uomo si guarderà intorno. La musica del locale quasi coprirà la sua risposta.

"Lo spero."

La donna secca sarà al lavoro, la sera tardi, alla sua scrivania, insieme al robusto. L'uomo avrà lanciato un programma di decrittazione sui files copiati dal disco di Whiley. Quando, dopo mezzora, apparirà una immagine sul foglio olografico, il robusto chiamerà la sua collega.

"Ecco perché non risultava come studentessa da nessuna parte, Meredith."

La donna, con il viso stanco per il troppo lavoro, guarderà attentamente l'immagine di repertorio della vietnamita, archiviata in un file denominato "Agenti a contratto". Alla fine batterà una mano sulla spalla del robusto.

"Sei stato grande." – dirà, sospirando – "Ora sappiamo che è questa signora che il nero ha fatto entrare, mercoledì mattina. Non ci resta che scoprire chi sia."

"Non dirmi che hai in mente di andare alla carica come tuo solito, Meredith."

La donna guarderà il collega, anch'egli col viso stravolto dalla stanchezza.

"Hai idea di che ore sono?"

Lei annuirà.

"Chiamalo."

Il robusto comporrà diversi numeri, prima di rivolgersi nuovamente alla donna.

"Niente da fare Meredith. Daft non risponde sul numero personale, e nemmeno a casa."

"Non importa. Dammi il Direttore, chiamalo a casa. Poi, vammi a prendere per favore una pastiglia per il mal di testa. Ho la borsa sul tuo tavolo."

Quando il robusto le passerà la chiamata, la donna chiederà al Direttore di poter parlare con Daft, chiedendogli se sia a conoscenza di dove sia finito. Quando ascolterà la risposta, si dovrà sedere sulla sedia.

Quando Palmer riceverà la nota, indirizzata ad Anna, da parte di una certa Marta, quella sera, proverà un certo fastidio ad accendere il proprio personal display, utilizzando le batterie basate su nanotubi. Gli anodi fatti di nanotubi in silicio, circondati da un guscio di ossido di silicio permeabile, consentiranno di mantenere la carica per moltissimo tempo. L'uomo osserverà il rigido guscio esterno che impedirà l'espansione eccessiva dei nanotubi causata dal movimento degli ioni litio, controllando la dicitura della confezione, che prometterà oltre dodicimila cicli di caricamento, mantenendo oltre il 90% della capacità iniziale. Quindi, alla luce della lanterna, siederà sul piccolo letto con le doghe di legno, nemmeno più stupendosi del connubio di antichità e moderna tecnologia della vecchia casa.

Guarderà l'ologramma della rossa.

Rispetto a Santorini sei ingrassata.

"Si era detto che questa linea dovesse essere usata solo in casi di emergenza."

La rossa che si farà chiamare Marta non si perderà in convenevoli.

"Sanno chi sei."

L'ologramma attenderà un commento dell'uomo coi baffetti biondi, che non arriverà.

"Hanno trovato il tuo nome." – continuerà l'ologramma – "Conoscono a grandi linee il tuo piano, e hanno le esatte caratteristiche dell'arma che utilizzerai."

L'uomo non farà commenti, continuando a guardare l'ologramma tremolante nella piccola stanza, debolmente illuminata.

"Sanno che un britannico di nome Kevin Palmer ha viaggiato da Okinawa alla Cina: sanno quando sei partito e con che volo sei arrivato all'avioporto internazionale di Canton-Baiyun. Fortunatamente, lì hanno perso le tue tracce, ma stanno controllando porti, treni, metropolitane, tutto. Devi restare nascosto. Ora è troppo pericoloso."

I capelli rossi sembreranno incendiarsi nel giallo tremolante della lanterna.

"Hanno la tua faccia."

"Allora?" – chiederà il robusto, tornando con la pastiglia ed un bicchiere d'acqua in mano.

"Non credo sia più possibile parlargli" – risponderà la donna, terrea in viso – "il Direttore dice che ha appena ricevuto la notizia. Hanno trovato Daft morto davanti a casa sua. Gli hanno sparato."

L'auto della donna bionda sarà ferma in un parcheggio sul retro dell'ospedale, quando mancheranno pochi minuti alla mezzanotte. La grande insegna luminosa con la lettera H illuminerà il piazzale. La donna guarderà ancora una volta l'ora, nervosamente, seduta nella penombra al posto di guida.

"Sei sicura di volerlo fare?" – chiederà l'uomo al suo fianco.

"Ormai, dobbiamo provare." – risponderà lei, cercando di convincere sé stessa – "ma pensi che ci lasceranno passare?"

"Ho il mio tesserino dell'agenzia. O ci arrestano, perché hanno pensato anche a questo, oppure non ci hanno pensato."

"E allora proviamo."

Whiley annuirà, nel buio dell'auto.

"È comunque un bel rischio."

"Sai una cosa?" – chiederà lei, guardando il piazzale – "Pensavo che se quel che troviamo stanotte è ciò che afferma quel medico cinese, allora tutto il mondo nel quale ho sempre creduto svanisce per sempre. Scompare."

"Di quale mondo parli?"

"Della verità, dell'informazione. Vorrebbe dire che tutto è una colossale disinformazione, e che ci fanno vedere solo quello che gli piace. E che molte persone, come me, lavorano in un mondo che credono diverso da come è realmente."

Whiley non commenterà, guardando fisso di fronte a sé.

"Sarebbe mostruoso." – aggiungerà lei.

Whiley si volterà a guardare il suo viso magro, debolmente illuminato dalla luce di un lampione del parcheggio.

"Allora, sei proprio sicura di volermi accompagnare?"

Per tutta risposta, la donna guarderà attraverso il finestrino dell'auto il parcheggio deserto, controllerà ancora una volta l'ora, e si stringerà la cintura della giacca a vento. Poi aprirà il cassetto, e si infilerà il berretto di lana.

L'uomo rimarrà silenzioso a osservare la fiammella tremolante nel buio.

"Vuoi rimandare?" – chiederà l'ologramma.

L'uomo osserverà la rossa attraverso la lanterna, la cui fiammella oscillerà nella sera.

"No, ormai sono quasi pronto." – mormorerà, prima di staccare la comunicazione – "Procedo."

Una settimana dopo, la sera, Palmer sarà seduto nella casa di legno al tavolo con Shou Huang, alla debole luce di una lanterna, mangiando la sua ciotola di riso. Sul tavolo ci saranno anche due piatti con verdure, una ciotola di legumi cotti in pentola, e un piccolo cesto pieno di frutta di stagione.

"Allora, è deciso, partirai tra quattro giorni." – dirà il cinese.

"Sei sicuro che funzionerà?"

Il cinese verserà il tè nei due boccali in ceramica decorata, prestando attenzione a che le foglioline non cadano nelle tazze.

"Funzionerà" – dirà al termine della meticolosa operazione – "ai miei tempi, quando ero alla Master & Liu, e addestravo i mercenari, ho fatto molte conoscenze utili sai? Molta gente veniva da un passato turbolento, ed era per lo più lì per rifarsi una vita: meglio combattere e farsi dei bei soldi, piuttosto che marcire in una galera. Tuttavia, molti di quei signori continuavano a essere ricercati, così si doveva trovare una qualche soluzione."

"Il tuo amico di Hong Kong." – commenterà Palmer.

"Oddio, il termine amico forse è un po' eccessivo" – noterà il cinese guardando nella teiera – "diciamo che è una mia buona conoscenza, e che la tua disponibilità al pagamento in anticipo lo ha convinto a organizzare la cosa."

"E come funzionerà?"

"Molto semplice. Opera in una clinica privata. È una specie di dottore, sai?" – dirà il cinese, assaggiando il tè – "O meglio, era un chirurgo estetico, o plastico, non ricordo mai la differenza. Comunque, pare sia stato radiato, o qualcosa del genere. In ogni caso, in queste cose è bravo. Opera su chiamata in quella clinica, saltuariamente, sotto falso nome. Tu chiedi semplicemente del saggio."

Sabato, ore 00.05

L'uomo e la donna cammineranno nella notte, attraversando il piazzale fino all'ingresso dell'ospedale, salendo i sei gradini di marmo, ed entreranno attraverso le porte scorrevoli. I due usceri staranno parlando tra loro, e non degneranno la coppia della minima considerazione. I due prenderanno il corridoio centrale, e lo percorreranno fino in fondo, fermandosi alla parete olografica, con le indicazioni tridimensionali dell'edificio.

"Io non vedo il reparto speciale indicato da nessuna parte" – dirà la donna.

L'uomo osserverà attentamente i pannelli.

"Se non vogliono che sia visibile, deve essere da qualche parte, sottoterra."

La donna bionda consulterà la mappa. Il corridoio, perfettamente illuminato, sarà deserto, ad eccezione di un'infermiera che entrerà in una stanza laterale.

"Che ne dici del reparto oncologia in fondo all'ala E?" – indicherà la donna – "Potrebbe essere da qualche parte lì vicino. Non credi?"

I due controlleranno la mappa, studiando il percorso.

"Sarebbe logico" – converrà l'uomo.

La donna si guarderà intorno. Un anziano starà prendendo una bibita da un distributore automatico. I corridoi saranno deserti.

"Allora andiamo."

"Aspetta un attimo." – dirà Whiley, osservando l'infermiera uscire dalla stanzetta, senza più il camice.

La donna li oltrepasserà, girerà l'angolo del corridoio, percorrendolo in direzione dell'uscita centrale.

"Vieni, guardiamo lì dentro."

I due si avvicineranno alla stanzetta. Buio. Da una stanza vicina, un paio di infermiere staranno chiacchierando e vedendo un programma olografico, osservando distrattamente apparecchiature collegate a dei monitor. Whiley non accenderà la luce, ma lascerà abituare gli occhi alla penombra, interrotta dalla luminosità che riuscirà a filtrare dal corridoio nella stanzetta, piena di scatole, attrezzature mediche e materiale di consumo.

"Il saggio."

Il cinese riderà, masticando il riso, perdendo alcuni chicchi dalla bocca, che finiranno sul tavolo di legno del modesto locale.

"Solo il cielo sa perché si faccia appellare così" – esclamerà ridendo – "secondo me non è saggio per un cazzo! Matto, magari quello sì. Ma è bravo."

Palmer guarderà il verde scuro nella sua tazza.

"Sarà doloroso?"

"Non lo so." – risponderà il cinese, sorseggiando la bevanda – "Hai un'idea migliore?"

Palmer rimarrà in silenzio. "E come faccio ad arrivarci?" – chiederà, infine – "Stanno controllando tutte le strade, treni, mezzi pubblici…"

Il cinese masticherà lentamente un boccone di verdure, cui farà seguire un altro sorso di tè, dopo averlo versato di nuovo, lentamente, quasi fino all'orlo.

"Hanno organizzato tutto loro" – spiegherà – "verranno loro a prenderti. Sono bravi, in queste cose. E i soldi facilitano molto, nel risolvere tanti problemi. Verranno loro su fin qui."

Palmer solleverà un sopracciglio.

"E come ci arrivano?"

Il cinese continuerà a masticare per un po', prima di rispondere.

"In avioambulanza" – dirà, inghiottendo – "un'operazione d'urgenza. Non ti vedrà nessuno, avrai il volto fasciato. Finirai direttamente in sala operatoria. Sei contento?"

Poco dopo, non avrà difficoltà a notare, appesi a un attaccapanni, alcuni camici bianchi. Ne prenderà un paio, cercando di calcolare a occhio le misure, e passerà alla donna quello più piccolo.

"Credo che daremo meno nell'occhio se lasciamo qui i giacconi."

La donna annuirà, e i due si leveranno gli indumenti, infilando i cappelli nelle tasche, richiudendo il tutto in uno scatolone in un angolo. La donna staccherà le due targhette con i nomi di due sconosciuti, e li butterà in un cestino.

"Sei pronta alla recita?" – chiederà l'uomo.

La donna sembrerà pallida perfino nella penombra.

In fondo all'ala E, due medici entreranno con fare quasi disinvolto nel reparto oncologia. All'inizio della corsia, vedranno subito una stanza illuminata, con dentro un paio di infermiere, una nera ed una bianca.

"Scusate" – chiederà Whiley, affacciandosi alla porta – "sono il dottor Whiley, sto cercando il reparto di oncologia sperimentale. Sono arrivato ora d'urgenza da Washington, io e la collega dobbiamo vedere lo stato di salute di una persona che ci ha chiesto di fare l'esperimento."

La bianca si volterà, stranita.

"Ma... a noi non è stato detto nulla..."

"Cosa ti dicevo? Vedrai che quei coglioni non hanno avvisato." – dirà Whiley con tono arrogante, rivolgendosi alla Madison al suo fianco – "Signorina, non mi sono fatto un volo di sera d'urgenza per sentirmi dire questo. Mi indica il reparto, per favore?"

"In fondo, dietro quella porta. Ma l'accesso è riservato. Deve fare vedere la sua autorizzazione al militare di guardia, almeno questo gli l'hanno detto, spero."

"Naturalmente. Grazie." – dirà Whiley, andando in direzione della porta.

"Quale autorizzazione abbiamo noi?" – sussurrerà la donna bionda al suo fianco.

L'uomo camminerà risoluto, e aprirà la porta.

89 giorni prima

Quando il biondo coi baffetti sarà seduto, ai primi di settembre, nello studio di Hong Kong, guardando il medico, un grasso cinese con la faccia da maiale, si sentirà a disagio. Palmer osserverà il grasso dall'aria ridanciana, che siederà alla poltrona indossando un vecchio camice su pantaloni rossi sportivi e zoccoli di legno ai piedi.

"Allora, come è andato il viaggio?"

Palmer si aggiusterà l'auricolare per sentire il traduttore automatico.

"Bene, grazie. Dove mi trovo?"

"In una clinica privata. Il mio amico Shou Huang mi dice che lei ha bisogno di una ripassata, per cambiare aspetto, dico bene?"

"Più o meno" – risponderà Palmer, muovendosi nervosamente sulla sedia – "cosa pensa di farmi?"

"Oh, la procedura standard. Molti pensano che per cambiare aspetto sia sufficiente qualche piccolo cambiamento. Un tempo, magari, cambiavi pettinatura o colore dei capelli, mettevi un paio di occhiali, e la gente non ti riconosceva. Oggi non più."

Il medico mostrerà sul pannello olografico una serie di immagini di interventi riusciti, con volti di uomini e donne ritratti prima e dopo l'intervento.

"Scanner, software di comparazione delle immagini. Gli avioporti oggi ne sono pieni, e così anche le principali stazioni dei treni." – continuerà il medico – "Se si vuole veramente cambiare aspetto, bisogna ingannare il software."

"E come?" – chiederà con sussiego il biondo coi baffetti.

"Tutti i sistemi sono tarati per confrontare i passaporti, verificare le immagini e passarle al computer. Poniamo che lei cambi il passaporto, ma il suo viso sia quello naturale, magari mascherato alla meno peggio, un taglio di capelli, una tinta." – spiegherà il medico – "Niente da fare, il software rielabora l'informazione, e la riconosce. Questo perché le immagini al confronto olografico sono tarate per verificare ogni somiglianza rispetto al dato in archivio."

Il cinese con la faccia da maiale toccherà un punto nello spazio, lo prenderà tra il pollice e l'indice di entrambe le mani ed espanderà l'ologramma tirandolo in diagonale.

Riconoscerà i gradi di un caporale, seduto al tavolino di ingresso, nella tromba delle scale conducente a un sotterraneo. La sua breve esperienza come volontario nell'esercito, anni prima, sembrerà tornargli utile.

"Buona sera, Caporale." – dirà con tono sicuro avvicinandosi al tavolo.

Il graduato si alzerà in piedi. Una grossa pistola nella fondina, un berretto con su scritto polizia militare.

"Buona sera, signore. Desidera?" – chiederà con tono inquisitorio il graduato.

"Dottor Whiley e dottoressa Madison. Siamo arrivati ora da Washington con il volo speciale. Il maggiore Borman ha detto di fare più presto che potevamo. Mi vuole consegnare il pass, per favore?"

"Nessuno mi ha avvertito. Maggiore Borman?"

"Esatto." – dirà Whiley, con sufficienza, mostrando il proprio tesserino – "Questo è il mio tesserino, sono dell'Agenzia Federale. Ricercatore medico di primo livello."

"Maggiore Borman? Di che reparto? Io non ho nessuna richiesta."

"Aereonautica. Controlli, caporale, per cortesia."

Il graduato guarderà il tesserino di un certo dottor Whiley, chiaramente indicante un impiegato di primo livello, ricercatore, dirà la scritta. Non penserà di controllare quella dicitura, ma quella dell'uomo che avrebbe richiesto l'autorizzazione.

"Borman...Michael Borman?"

"Certo, caporale." – sospirerà Whiley

"Maggiore Michael Borman...ma qui dice che è stato congedato nel..."

"Senta, caporale, è ovvio che lei non sia stato informato. Non siamo usi, noi dell'agenzia, dare troppe spiegazioni, ed è ovvio che Borman è oggi un maggiore dei servizi, non le pare?"

"Sì, io comprendo dottore, ma rimane il fatto che senza il passi io ho ordine di non fare accedere nessuno, ordini diretti del Colonnello Wilcox."

"Esatto, caporale. È stato il Colonnello Wilcox a chiedere un favore al maggiore Borman."

"Vede? – continuerà il cinese – " Ogni immagine che si discosti al di sotto del cinque per cento rispetto all'originale del volto, sia di fronte, sia di profilo, fa scattare un segnale cazzuto nel sedere della nostra guardia alla dogana . Il software in un attimo cambia taglio dei capelli, lunghezza e colore, e il suo goffo tentativo è scoperto prima che lei possa chiudere i bagagli."

Il grasso chiuderà con un rapido gesto della mano nello spazio in senso diagonalmente opposto l'ologramma precedentemente aperto.

"Tecnicamente, il segnale cazzuto si chiamerebbe indice di non conformità" – riderà il maiale.

Toccherà rapidamente in sequenza tre piccoli punti dello spazio, pinzandoli con le dita e tirando gli ologrammi fino a farli espandere a grandezza d'uomo, facendo apparire immagini di repertorio di persone operate.

"Ma supponiamo che facciamo un bell'intervento di maxillo facciale, magari una operazione al setto nasale, alla mascella o un ritocco alle orecchie, come questi tre signori qui davanti a noi..." – continuerà il grasso – "A quel punto, se superiamo, e lo superiamo certamente, il cinque per cento di difformità rispetto al suo aspetto precedente, non ci sarà più problema. Per il software di riconoscimento, lei sarà a tutti gli effetti un'altra persona."

Il grasso si batterà allegramente le mani sulle gambe rotonde.

"Ecco perché mi chiamano tutti il saggio!" – esclamerà ridendo sguaiatamente.

"E quanto dovrò stare in clinica?" – chiederà Palmer, poco convinto "Voglio dire, quando potrò andare in giro senza problemi?"

"Beh, considerando diagnosi, imaging, scelta della terapia chirurgica che faremo insieme discutendo dei pro e dei contro, intervento, successivo follow up, nonché verifica nel tempo del trattamento...un paio di settimane...poi bisogna attendere che passi il rossore, gli effetti collaterali... almeno altrettanto..."

"Un mese, quindi?"

"Per prudenza, direi non meno di tre settimane, comunque." – risponderà allegro il cinese – "A meno che lei non voglia spiegare ad un solerte funzionario della dogana perché ha quel gonfiore sul volto."

"Abbiamo ricevuto ordine dal suo colonnello di inviargli personale medico con urgenza per controllare lo stato di un paziente che teniamo in osservazione, per ragioni che ovviamente non le posso dire." – spiegherà Whiley con sussiego – "Ora, siamo corsi d'urgenza fino a qui, e sembra che le condizioni del paziente siano critiche, stando ai nostri controlli a distanza. Anche la dottoressa al mio fianco è stata catapultata qui d'urgenza. Se il paziente ci muore, nel frattempo, saremo costretti a dire a Borman la ragione."

"Io ho ordini scritti con una direttiva del Colonnello Wilcox." – risponderà testardo il militare.

"E allora si sbrighi!" - sbotterà Whiley – "Lo chiami, e verifichi subito ciò che le ho detto, caporale."

"A quest'ora?"

"Ora mi vuole dire che non è nemmeno in grado di verificare una disposizione?" – domanderà Whiley, alzando la voce – "Ma si sbrighi, dannazione, o dovrà spiegare al suo Colonnello perché, di sua iniziativa, ha impedito una visita urgente da lui stesso ordinata."

Il militare rimarrà immobile, per alcuni istanti.

"Va bene…" – dirà, consultando il monitor – "allora magari voi andate avanti…di sotto…seconda porta a destra. io intanto controllo…"

"Ecco, bravo." - taglierà corto Whiley, imboccando la scala.

Le luci della scala si illumineranno automaticamente al passaggio. Quando arriveranno nel corridoio sotterraneo, la donna prenderà Whiley per un braccio. Il viso sarà del colore della parete del sotterraneo.

"Credevo di morire di paura."

"Da quanto in qua la polizia militare sorveglia un reparto d'ospedale?" – noterà Whiley, spalancando la porta.

Entreranno, chiudendosi la porta alle spalle. Rimanendo senza parole. L'intero reparto, una ventina di posti, due file di batterie di contenitori, di forma ovoidale, posizionati ad una inclinazione di circa quarantacinque gradi. Al loro interno, persone nude, addormentate. Le persone, uomini e donne, prevalentemente persone di mezza età ed anziani. Non si vedranno bambini o ragazzi. Gli ovuli saranno chiusi da un vetro trasparente coprente la parte superiore, all'altezza del ventre delle persone. Un sistema di cavi collegherà gli ovuli ai monitor.

"E dopo, lei mi assicura che non sarò riconoscibile?"

Il grasso si avvicinerà attraverso il piano della scrivania.

"Non posso escludere che sua moglie la riconosca dall'uccello, però."

La sua risata sarà tale da far ritenere all'europeo che il cinese consideri la propria battuta veramente esilarante.

La fiera cinese dell'esportazione dei beni, più comunemente nota come fiera di Canton sarà in quell'anno, nell'edizione autunnale di ottobre, veramente imponente. Migliaia di espositori proporranno i propri prodotti, in quella che è riconosciuta come la più importante fiera cinese. Centinaia di punti di incontro, bar, sale d'attesa, luoghi attrezzati per trattative occuperanno migliaia di metri quadrati, in aggiunta alle migliaia di postazioni degli stand degli operatori specializzati. Un cinese in eleganti abiti europei, scarpe di coccodrillo, capelli impomatati e parlata sciolta starà intrattenendo i clienti, decantando le qualità della propria mercanzia, costituita per lo più da vasi tradizionali di terracotta, finemente lavorati, di ogni forma, colore e decorazione. Un occidentale di media altezza, magro, dai capelli scuri, sarà in piedi ad osservare lo stand a fianco, fingendosi interessato, mentre in realtà starà osservando il venditore. Quando i potenziali clienti se ne saranno andati, dopo avere acquisito informazioni e aver segnato prezzi e impressioni sui propri palmari olografici, si avvicinerà osservando la mercanzia.

"Buongiorno, signore" – dirà allegramente il cinese, osservando il suo interlocutore, un uomo di bell'aspetto e ben vestito – "posso aiutarla?"

"Veramente" – spiegherà l'uomo dai lineamenti molto fini, incorniciati da lunghe basette scure – "sarei interessato a una dozzina di vasi di dimensione significativa, disposti ad essere riempiti all'interno."

Il cinese con le scarpe di coccodrillo cambierà espressione, si avvicinerà e chiederà a bassa voce:

"Il signor Palmer?"

"Kevin Palmer, esatto." – risponderà l'occidentale – "Mi manda Shou Huang."

Da una apparecchiatura posizionata nel mezzo di ogni coppia di ovuli scenderanno dei fili che si immetteranno nelle flebo appese ai lati dei pazienti addormentati. Ad ogni ovulo sarà collegato un monitor con una serie di dati che scorreranno insieme a grafici luminosi. L'intera sala risuonerà del bip sonoro di tutte le macchine, producente uno strano concerto inquietante, ritmato, asincrono. Dopo una ventina di secondi, la luce delle scale filtrante attraverso la porta a vetri si spegnerà, lasciando i due nella penombra, alla sola luce incerta del lampeggiare delle macchine collegate alle persone dormienti.

"Cazzo..." – sarà l'unica parola che riuscirà a trovare la donna, camminando tra gli ovuli, osservando il respiro delle persone e il dilatarsi ritmico del loro torace, unico segno di vita. L'uomo e la donna cammineranno lentamente, fino in fondo alla sala, osservando sgomenti nella penombra la scena surreale.

"Guarda qui...sembra un grottesco albero di natale illuminato dai lumini colorati." – commenterà l'uomo, osservando i pallini luminosi sui monitor.

"Solo che, al posto delle palle, ci sono degli esseri umani."

"La luce delle scale!" – sussurrerà Whiley.

In fondo alla sala, dalla parte da cui saranno entrati, la luce filtrerà improvvisa dalla porta a vetri.

"Non l'hanno bevuta per molto" – dirà la donna, parlando a mezza voce – "fammi fare una ripresa di questa sala degli orrori."

"Non c'è tempo!" – esclamerà Whiley, prendendola per un braccio, aprendo la porta in fondo alla sala. Usciranno correndo in un corridoio, e vedranno un ascensore. Whiley proverà a chiamarlo, ma il bottone sarà di quelli con una feritoia.

"Non abbiamo la chiave!"

"Le scale!" – dirà la bionda, correndo sugli scalini.

Saliranno di corsa due rampe di scale, arrivando a un piccolo ingresso. Su un lato, una porta chiusa, di quello che sembrerà un ripostiglio. Dall'altro, una porta chiusa, sbarrata con apertura a spinta. Un cartello indicherà chiaramente che l'uscita è destinata a situazioni di emergenza, e che la porta sarà allarmata. Ogni abuso verrà gravemente sanzionato, preciserà l'avviso.

"E ora?" – chiederà con ansia la donna.

Il cinese farà calorosamente segno di accomodarsi al tavolino.

"L'aspettavo giorni fa. È in ritardo."

"Lo so. Ho avuto qualche piccolo problema di salute. Mi sono dovuto riprendere da una fastidiosa influenza. Sono terribili, in questa stagione, sa?"

"Mi spiace, una cosa passeggera spero."

"È arrivata la mia roba dalla montagna?"

"Certamente. Tutto è pronto. Già diviso, smontato, e imballato in dodici diverse parti, destinato a container differenti, come da Lei richiesto. Trasporto via nave veloce, la prima disponibile, lista d'attesa prioritaria già acquisita."

"Molto bene. Ha già avvisato lo spedizioniere?"

"Devo solo dirgli la destinazione."

Il moro con le basette osserverà i vasi, elegantemente disposti sui bancali sotto la luce di faretti che ne esalteranno forme e colori.

"Brasile" – risponderà, apparentemente distratto – "le dirò i dettagli più tardi."

All'avioporto internazionale di Rio de Janeiro, nel mese di novembre, centinaia di persone staranno attraversando i controlli di sicurezza. Il moro con le basette, educatamente in coda coi bagagli in mano, ricorderà tutti gli anni di pratica, e i perfezionamenti dell'estate con i consigli di Shou Huang.

La cosa più difficile è aspettare.

L'uomo elegante si troverà dietro una coppia di attempati cinesi in vacanza, quando arriverà al posto di controllo. La donna e l'uomo si divideranno per rispondere alle domande di due diversi funzionari seduti in due cabine parallele. Lui seguirà l'uomo, fermandosi dietro la barriera trasparente.

Devi allenarti ad aspettare.

Dopo alcuni minuti, la barriera si aprirà per farlo passare. Dietro il vetro il funzionario lo guarderà con severità. Il passeggero si infilerà con calma l'auricolare, e avvierà il programma di traduzione automatico.

"Nome?" – abbaierà il funzionario.

Meditazione.

Il traduttore automatico avrà una voce impostata.

"Non abbiamo scelta." – commenterà Whiley, spingendo il maniglione e spalancandolo. I due correranno per il corridoio, mentre dopo pochi istanti suonerà in lontananza una sirena d'allarme. Percorreranno tutto il corridoio, fino a sbucare, aprendo una seconda porta a spinta, in un corridoio laterale, questa volta perfettamente illuminato. Cercheranno di orientarsi, guardando l'ologramma dell'infermiera sorridente nel pannello olografico, quindi decideranno di procedere a caso, di corsa, senza fermarsi a chiedere indicazioni. Pochi minuti dopo, girando per un paio di corridoi, vedranno finalmente l'androne dell'ingresso, rallenteranno fino a camminare, e usciranno con le mani in tasca, osservati da un annoiato portiere, passando per la porta scorrevole. Scesi gli scalini in pietra, non riusciranno a trattenersi dal correre nel piazzale illuminato dai lampioni, soffiando la condensa nel freddo della notte, fino a giungere all'auto della donna, parcheggiata non distante.

"Ora possiamo toglierci questi cosi," – dirà Whiley, sfilandosi il camice e chiudendo la portiera – "metti in moto e andiamo via di qui, dai."

La donna avrà un tremito, stringendosi con l'altra mano il camice bianco. Guarderà più volte nel monitor posteriore, come stupendosi di non vedere comparire ancora nessuno.

"Margareth?" – chiederà lui con aria interrogativa.

La donna continuerà a guardare il monitor e a tremare.

"Margareth?" – ripeterà l'uomo – "Dobbiamo andare."

La donna annuirà, stringerà le labbra, e accenderà il motore.

Dietro il funzionario, un paio di poliziotti controlleranno la proiezione della realtà nello spazio olografico.

"Robert Holden" – risponderà il moro.

Fissa il naso del tuo interlocutore.

"Scriva, prego. Nome e numero di passaporto."

Svuota la mente.

Holden scriverà il proprio nome per esteso utilizzando le dita della mano sulla tastiera olografica. Al pannello nella cabina del funzionario apparirà il passaporto con il nome dichiarato dal passeggero e il numero del passaporto.

Che cosa intendi per realtà?

L'immagine corrisponderà a quella dell'uomo davanti a sé. In automatico, il programma di confronto delle immagini, che controllerà la somiglianza con persone ricercate dall'Interpol sotto altri nomi, inizierà la scansione, verificando la necessità di eventuali approfondimenti.

Controlla il respiro.

L'ologramma del passeggero comparirà istantaneamente a fianco dell'uomo reale, rivolto verso il funzionario.

"Arriva dalla Cina?" – chiederà il funzionario all'ologramma.

Respira con il diaframma.

L'immagine dell'ologramma inizierà a tremolare, cambiando forma.

"Esatto."

Il viso dell'ologramma cambierà centinaia di volte in pochi secondi, assumendo diverse configurazioni rispetto all'immagine di partenza.

"Americano?"

Non guardare con gli occhi, ma con la mente.

Il funzionario parlerà alle centinaia di persone diverse che compariranno davanti ai suoi occhi, consentendo al programma di acquisire informazioni sul battito cardiaco e sulla dilatazione delle pupille.

"Sì, di Brooklyn."

Il funzionario leggerà in trasparenza nei mille volti i dati del curriculum del passeggero.

"Non sono mai stato a Brooklyn." – dirà il funzionario all'ologramma –"E Lei?"

Sabato, ore 08.15

Nella cucina della donna bionda, quella mattina, saranno presenti quattro persone. La donna minuta penserà che negli ultimi anni la sua casa da single non era mai stata così affollata, a colazione. La nera, la bambina al suo fianco, e l'uomo che l'ha coinvolta in quella folle avventura siederanno al tavolo, mangiando latte e cereali.

"Mi spiace, non avevo altro." – dirà la bionda.

"Va benissimo, grazie" – risponderà la nera – "e grazie soprattutto di averci ospitato questa notte, le abbiamo ridotto l'appartamento ad un accampamento."

"Ci mancherebbe, per così poco" – si schernirà gentilmente la bionda, versando del latte – "era il minimo, visto quello che sta capitando, in questi giorni. E nessuno sa che siete qui."

"Comunque, stasera ce ne andiamo, stia tranquilla. Abbiamo un volo, John, alle venti e dieci. Mio cugino Wells, il prete di cui ti ho parlato, ieri sera mi ha aiutato, è stato gentilissimo, come sempre." – dirà la nera, visibilmente sollevata – "Per ora, andiamo a Boston, in un convento di sua fiducia, ci porta lui con l'aviomobile. Poi da lì partiremo, domani pomeriggio sul tardi, per il Brasile, in una missione, con un volo speciale; nessuna perquisizione, un volo diplomatico. Dice che poi mi aiuteranno ad aprire una piccola attività, magari affittare un bar, non ci vorranno tanti soldi. Sempre che tu sia sempre del parere…"

Whiley annuirà, cercando di sorridere.

"Ne abbiamo già parlato a lungo, lo sai… io qui non ci resto."

La donna bionda si siederà, e accenderà il proiettore, a basso volume.

"Io ho abbastanza per scrivere una storia veramente incredibile, invece" – commenterà – "quasi non riesco a credere a ciò che ho visto."

"Ma non avete fatto delle riprese?" – chiederà la nera, accarezzando la bambina che berrà il suo latte in una grossa tazza.

"Non ne abbiamo avuto il tempo, purtroppo. Ma ho ottenuto dal mio capo il suo impegno a tornare con una troupe, per una inchiesta, oggi stesso."

531

La mente domina la realtà.

"Intende dire dopo che ci sono nato?"

"Risponda alla domanda." – abbaierà il funzionario all'ologramma.

La realtà è nella nostra mente.

"Sì." – dirà il moro pensando ai suoi viaggi olografici – "Ci sono stato parecchie volte."

Dopo venti secondi, l'ologramma si colorerà di verde.

"Cos'è venuto a fare in Brasile?" – chiederà il funzionario, rivolgendosi all'uomo reale – "Per lavoro o in vacanza?"

Holden sorriderà, pensando al reale motivo della sua visita.

"Per lavoro." – risponderà cortesemente.

La piccola donna bionda alzerà lievemente con un gesto della mano il volume del programma olografico, proiettato sul tavolo.

"Sono in attesa della risposta in mattinata, ci sono una serie di questioni burocratiche, e come sappiamo quel posto non è di libero accesso al pubblico. Ma il mio capo muoverà mari e monti; è un toro, quando ci si mette."

La donna nera osserverà un reportage al video olografico; staranno parlando della prossima visita del Papa in Brasile. Il commentatore, in trasparenza sul cesto di frutta, starà dicendo che saranno previsti milioni di visitatori, e che sua Santità avrà una nutrita serie di appuntamenti. Seguiranno una serie di immagini di repertorio, e infine alcune indicazioni sul fatto che saranno previste massime misure di sicurezza, al fine di scongiurare eventuali attentati.

"È ridicolo" – commenterà la nera, bevendo il suo caffè – "chi mai sarebbe così malato di mente da fare un attentato a Francesco II? È la persona più buona della terra. Lo amano tutti…"

Whiley si volterà di scatto.

"Puoi alzare il volume?" – chiederà.

"Ma che ho detto?"

Quando il filmato terminerà, Whiley si alzerà e spegnerà il proiettore, rivolgendosi alla donna bionda.

"Margareth, il libro sulle curve dello statistico, l'opinione del sociologo, quella del biologo, e infine il medico cinese…" – dirà alzandosi, camminando per la cucina – "…erano tutte cose vere. Avevano tutti ragione, in qualche modo."

"Sì, è vero…"

L'uomo porterà una mano alla fronte.

"…e se anche la scozzese…"

"…avesse ragione in qualche modo?" – concluderà la bionda.

"Ma… ma perché?" – chiederà la nera.

"Il perché non importa" – chioserà Whiley – "lo scopriranno altri, ma noi dobbiamo avvertire qualcuno, avvisarli. Scusa Beatrix, ma non hai detto che questo tuo cugino è un prete?"

"E allora?"

Whiley, si massaggerà la fronte.

"Puoi farmici parlare?"

14 giorni prima

Nell'ufficio con la porta a vetri, sormontato dalla targhetta con su scritto Procuratore Federale, la luce sarà ancora accesa, la sera tardi. Fuori, il clima triste di novembre avrà ormai sostituito le belle ottobrate romane, le serate piacevoli nelle quali fare due passi per il centro. In ogni caso al Magistrato, seduto alla sua scrivania di legno massiccio, sommerso di vecchi libri e scartoffie, non importerà molto, dato che dovrà restare al proprio posto di lavoro, quella sera.

"Mi dica, Cervetti."

"Abbiamo ritrovato le sue tracce!" – esclamerà l'ologramma proiettato sulla lavagna, piena di scarabocchi fatti col gesso.

"Finalmente." – sospirerà il magistrato – "E mi dica, dov'è?"

"Abbiamo controllato avioporti, treni, tutto, ma non veniva fuori niente. Finché la polizia cinese ci ha aiutato. Abbiamo mandato loro i disegni dei pezzi del fucile, facendo simulazioni al computer, finché cosa ti salta fuori?"

"Cosa?"

"Che loro cercavano l'uomo o il fucile, in tutti i posti di controllo, esaminando persone, passaporti, tutti i contenuti dei bagagli. Ma non singoli pezzi, camuffati in mezzo ad altri oggetti imballati. Alla fine, esaminando le spedizioni degli ultimi quattro mesi, da quando cioè, sapevamo che Palmer era partito da Okinawa, salta fuori che pezzi simili a quelli che cercavamo erano stati spediti, effettivamente."

"Pezzi?"

"Sì. Il computer ha esaminato la corrispondenza di milioni di oggetti in transito per la Cina, non cercando il fucile, ma i pezzi del fucile. Abbiamo pensato a quante parti potessero essere state smontate, ed alla fine salta fuori la somiglianza con una, poi con un'altra, e poi con un'altra ancora. Abbiamo chiesto ai cinesi di esaminare milioni di pezzi passati agli scanner negli ultimi mesi, imballati in ogni tipo di container, esaminando oggetti di qualsiasi forma e dimensione. Alla fine, dopo un lavoro immane di raccolta dati, ne hanno trovato dodici, che hanno viaggiato separatamente, in diversi momenti."

L'ologramma dell'uomo alto risalterà perfettamente sulla vecchia lavagna nera.

Nella sua stanza d'albergo, all'Allerton, l'uomo corpulento sarà vestito distintamente, nonostante sia sabato mattina. La porta della sua stanza sarà chiusa a chiave, e il pannello esterno avviserà di non disturbare. Nel grande foglio olografico che riempirà buona parte della stanza, campeggerà il tavolo da riunione nella sontuosa Suite del centro di Dubai. Il vecchio starà parlando. Nei posti a sedere attorno al tavolo non siederanno persone, ma ologrammi, e il foglio stesso sarà scomponibile e pieghevole in numerose pagine, che rappresenteranno oltre una ventina di persone.

"Questo Consiglio straordinario è stato convocato d'urgenza, non era previsto" – spiegherà il vecchio – "ma è stato necessario a seguito dei fatti di Chicago. Quello che è successo stanotte è molto grave, oltre che inaspettato."

L'uomo corpulento prenderà la parola, stringendo i piccoli occhietti grigi.

"Abbiamo eseguito." – dirà, nella sua stanza di Chicago – "Ieri sera verso le venti ora locale il problema era risolto."

"Sembrava risolto" – lo correggerà un giapponese, dall'aria stanca – "evidentemente, qualcosa non ha funzionato, se circa otto ore fa quell'uomo è entrato dove non doveva. E non era solo."

"Chi è quella donna?" – chiederà un grasso europeo.

"Non lo sappiamo" – ammetterà Goedhart – "non ancora, almeno. Ci stiamo lavorando."

La voce del vecchio suonerà più gelida del solito.

"Tutto questo è molto imbarazzante, per il Consiglio, poiché anticipa verità che potremmo non essere più in grado di tenere occulte." – sibilerà – "La decisione emersa nel corso della riunione che si è appena conclusa è che voi a Chicago chiudiate questa partita. Al più presto. Fate sparire tutto."

L'uomo corpulento si sposterà meccanicamente i capelli grigi dalle tempie, guardando l'ologramma del vecchio.

"E quando dico tutto" – un altro sibilo – "intendo tutto."

Molte teste annuiranno, al tavolo di riunione. Goedhart osserverà gli ologrammi di tutti coloro che saranno seduti, uomini e donne, al tavolo virtuale. Uomini e donne di mezza età, molti avanti negli anni. Tutti porteranno, alla mano destra, un anello d'oro, con uno strano disegno inciso in una piccola pietra ovale di color porpora.

535

"Via aera?" – chiederà il Magistrato, alzandosi dalla scrivania e passandosi la mano sulla nuca – "diretti dove?"

"Via treno. A coppie, in sei viaggi diversi, su diversi treni e container, mai alla stessa ora. Ma sulla stessa linea e destinazione. Da Canton ad Hong Kong, sono circa 180 chilometri di treno. Non sono riusciti a risalire al mittente, ma sanno dove sono arrivati. Li ha ritirati da un deposito della stazione, in diversi giorni, sempre lo stesso corriere."

"E chi è?"

"Lavora per una piccola ditta cinese. Mi serve con urgenza un mandato d'arresto per il proprietario, dottore." – risponderà il Commissario – "Domani mattina parto per interrogarlo."

Il Magistrato guarderà la lavagna, sulla quale aggiungerà col gesso una annotazione.

"Mi tenga informato, Cervetti."

Il moro con le basette uscirà dall'anonimo appartamento alla periferia di Rio de Janeiro, che avrà affittato in anticipo per sei mesi, pagando subito la metà in contanti. Avrà girato una decina di annunci pubblicati sulla rete olografica, finché avrà trovato un tizio che, in cambio del doppio del prezzo cui normalmente potrebbe affittare quella topaia, avrà convenuto, con un sorriso d'intesa, che non sarebbe stato il caso di effettuare le troppe formalità connesse alla registrazione. Nell'interesse reciproco naturalmente, aveva aggiunto il moro, allungando nelle sue mani non troppo pulite un significativo extra, in contante. L'uomo entrerà nell'emporio, specializzato per caccia sportiva, e comprerà tutto il necessario, previsto dal suo elenco. La proprietaria, una donna scialba sulla sessantina, fasciata in un abito che esalterà le sue forme di un tempo, sarà alla cassa, e controllerà di avere inserito tutto l'occorrente nelle due grandi borse, battendo nel foglio olografico, al contempo, i prezzi.

"Allora, vediamo" – dirà la donna, prendendo gli oggetti e spostandoli nelle borse –"lo zaino, un piccolo materassino gonfiabile, vestiario mimetico antipioggia, un contenitore per snack e bevande… ah sì, ecco poi le salviette umidificate, la crema solare…"

536

La grande costruzione sarà immersa nel verde, circondata da giardini curati e alti muri, che la separeranno dal traffico cittadino.

"Grazie per averci ricevuti con così poco preavviso, Eminenza" – dirà il prete – "di sabato mattina, e per di più poco prima dell'ora di pranzo. Come le ho detto, si tratta tuttavia di una emergenza."

Il prete che accompagnerà Whiley e la Madison, un omone sulla sessantina, alto e ben piantato, con una circonferenza abbondante che l'abito nero non riuscirà a nascondere, alzerà la testa dopo il profondo inchino. Sul volto rubicondo e cordiale, una gran massa di capelli bianchi, tagliati a spazzola.

"E a cosa devo il piacere di questa visita, caro reverendo?" – chiederà con voce affaticata il Cardinale.

L'uomo, avanti negli anni, si muoverà a fatica con l'aiuto di un bastone, sul quale si appoggerà curvo, avvicinandosi agli interlocutori.

"Queste persone hanno notizie molto importanti che riguardano direttamente la vita di Sua Santità." – spiegherà il prete, con le mani conserte – "Ritengono che, per motivi che le diranno, possa correre un serio pericolo."

Whiley osserverà il cardinale. Capelli bianchi tagliati corti, lisci, folte sopracciglia dello stesso colore, un viso scavato su un volto perennemente triste e affaticato.

"Addirittura." – commenterà il vecchio con tono indecifrabile - "Ma... ma perché siete venuti da me, figlioli?"

Il prete risponderà a nome dei due inaspettati visitatori.

"Perché la cosa deve giungere direttamente in Vaticano, Eminenza. Queste persone ritengono di non volersi fidare delle normali vie. Non intendono avvisare la polizia. In verità, non si fidano."

Il vecchio si muoverà a fatica verso un'ala della prestigiosa residenza che darà su un'ampia vetrata, prospicente un giardino molto curato.

"Volete in tal caso aver la bontà di seguirmi?" – chiederà gentilmente con voce stanca –"Sediamoci a quel tavolino vicino alla finestra. Mi piace guardare il mio amato giardino d'inverno, in questa stagione."

Il moro, coi capelli tagliati di fresco e le basette ben curate, la osserverà sorridendo.

"…un cappellino da caccia a tesa larga, ed una borraccia." – concluderà la donna.

Chiuderà le due borse e le appoggerà sul bancone.

"Americano, eh? – si informerà la donna - Pensa di andare a caccia o a pesca?"

"A caccia."

"Da che parti?" – insisterà la donna, passando le borse sul bancone.

"Parto domani per l'Amazzonia."

"Ah, allora pensa di fare della caccia grossa!" – esclamerà la donna.

Il moro con le basette sorriderà, cordiale.

"Molto, grossa."

Nell'ufficio di Roma, alla Direzione Federale Antiterrorismo, quella mattina sarà nuvoloso. Dopo aver ordinato al comando vocale la chiusura della porta a vetri il Procuratore Federale risponderà in fretta alla chiamata dalla Cina, sedendosi alla grande scrivania.

"Buongiorno, Cervetti" – dirà guardando l'ologramma proiettato sulla scrivania – "allora, novità?"

"Assolutamente sì, dottore" – la voce del Commissario arriverà appena un po' lontana – "abbiamo appena finito di interrogare l'imprenditore."

Dietro l'uomo alto con la barba, in una stanzetta con i vetri chiusi, Bordini vedrà un tipo in manette, capelli impomatati, vestito da damerino, scarpe di coccodrillo, e un agente Cinese gli starà urlando in faccia qualcosa.

"Il tipo ha cantato." – continuerà Cervetti – "Ha preso un bel gruzzolo, per ricevere i pezzi e rispedirli, smontati e infilati in una partita di vasi cinesi da esportazione, direttamente dalla Fiera di Canton, che si è tenuta il mese scorso, via nave, ad un certo Robert Holden, di New York, che stiamo rintracciando."

"E Palmer?"

"Questa è la cosa strana, sparito."

Il Magistrato alzerà appena un sopracciglio.

Nel pallido sole del meriggio, il giardino curato sembrerà a Whiley bellissimo; le siepi, le piante e l'erba ben curate luccicheranno ancora di rugiada.

"Non sono più molto in forma" – proseguirà il vecchio, sorretto dal prete - "e forse le brutte notizie si reggono meglio vicino a ciò che si ama. Io amo la natura, e il Signore nella sua immensità e misericordia ci regala ogni giorno qualcosa di bello e di nuovo da contemplare."

I quattro si siederanno a un tavolino bianco in ferro, finemente lavorato, su quattro poltrone comodamente riempite di morbidi cuscini, vicino alla vetrata che occuperà tutta la stanza, forse troppo riscaldata.

"Ma perdonate le divagazioni di un povero vecchio" – dirà sedendosi, lasciando il braccio del prete, facendo leva sul bastone – "e raccontatemi le vostre angosce. Vediamo se in qualche modo posso essere di aiuto."

La giornalista inizierà a parlare, inizialmente non senza un certo imbarazzo, cercando di essere chiara e diretta, catturando immediatamente l'attenzione del vecchio, che l'ascolterà con espressione al contempo assorta e incredula. Whiley osserverà attraverso la vetrata il giardino d'inverno, chiedendosi se sia davvero possibile che al mondo qualcuno sia disposto a distruggere anche le cose più belle.

"Non sappiamo che fine abbia fatto" – continuerà l'uomo alto con la barba – "ma presumiamo che abbia lasciato la Cina settimane fa, dopo aver concluso la spedizione e dopo essersi incontrato con il nostro uomo. Ma la cosa interessante è che il Cinese non confermava affatto la descrizione di Palmer. Nessun biondo coi baffetti, nessun europeo elegante e dai modi raffinati."

Il magistrato si passerà una mano sulla fronte stempiata.

"E allora perché pensa che fosse il nostro uomo?"

L'ologramma dell'uomo alto sorriderà, scuotendo la testa di capelli ricci.

"Ci ha quasi fregati. All'inizio pensavamo che fosse reticente a parlare, ma quando gli abbiamo fatto vedere le immagini di repertorio di Palmer, abbiamo capito. Ho fatto venire una esperta di riconoscimento e abbiamo disegnato l'identikit per come lo descriveva il cinese. Il tipo che lui descriveva è moro, lunghe basette, ma soprattutto, il tipo qui ci ha detto che le labbra sono più carnose, il naso è diverso... perfino i lobi delle orecchie. Ma parecchi altri dettagli coincidevano, come gli occhi."

Il magistrato batterà con il palmo della mano sul tavolo.

"Si è fatto una plastica!"

"Quasi sicuramente. Ma questo inganna probabilmente un controllo superficiale, e forse un programma di riconoscimento, ma ad un attento esame viene fuori."

"Sì, maledizione, ma questo gli dà un vantaggio di alcune settimane." – commenterà Bordini – "E dove sono stati spediti i pezzi?"

"In Brasile, dottore."

Il Magistrato guarda la lavagna, ed osserva la scritta col gesso, lasciata lì da mesi:

dove?

"Santo Cielo!" – esclamerà – "Ma in Brasile non è prevista..."

"...la visita del Papa, dottore, a fine mese" – aggiungerà Cervetti – "lo so, ci ho pensato subito anch'io."

Il Magistrato si passerà nuovamente la mano sulla nuca e continuerà a guardare la lavagna.

"Commissario, dobbiamo avvisare immediatamente la Santa Sede." – dirà, in tono grave.

Sabato, ore 15.32

La giornata sarà nuvolosa, in quel sabato di fine novembre, e la temperatura sembrerà essere scesa di parecchio, anche per l'aumento del vento freddo sceso da nord est. Gli uffici del palazzo bianco saranno praticamente vuoti, a quell'ora del sabato pomeriggio, a parte la guardia armata ferma al proprio tavolo, davanti agli ascensori. La donna secca siederà con l'aria stanca, insieme al robusto, nel proprio ufficio, tenendo la porta a vetri chiusa, nonostante non vi siano altre persone nel piano.

"Sono ore che cerchiamo, Meredith" – dirà il robusto con aria depressa – "è tutto inutile."

"Non è detto, forse stiamo sbagliando qualcosa. Ritorna sul file decrittato degli agenti a contratto."

"Quello che ci ha dato Whiley?"

"Esatto. E ora, controllami se trovi una correlazione tra le loro immagini e le telecamere di sorveglianza in un raggio …sì... .vediamo…di cinquecento metri intorno alla Medoc. Mercoledì mattina, diciamo nell'ora precedente la prima chiamata di Whiley."

Il robusto farà partire una ricerca, su tutti i dati salvati dalle decine di telecamere della zona. Lancerà gli ologrammi degli agenti a contratto in una simulazione olografica della zona descritta. Il programma di analisi confronterà i volti di una dozzina di agenti a contratto trovati nel computer di Daft con le migliaia di volti di persone passati davanti alle telecamere in quell'ora. Per alcuni minuti, milioni di combinazioni possibili verranno esaminate, e i due osserveranno stancamente un serie apparentemente infinita di immagini che si sovrapporranno nello spazio tridimensionale a quella degli ologrammi degli agenti presenti nel data base.

Ad un tratto, nella stanza, tra le centinaia di figure tridimensionali e trasparenti in movimento, si coloreranno di rosso cinque immagini.

"Abbiamo non uno, ma ben cinque contatti, Meredith!" – esclamerà il robusto.

"Fai vedere."

Il robusto farà sparire tutti gli altri ologrammi, selezionando i soli cinque colorati di rosso. Avvierà la registrazione del primo.

"Mi sono già permesso di avvisare il Primo Dirigente e di chiamare il Capitano Hauser, dottore."

"E io chiamerò il Ministro dell'Interno. Si tenga pronto per partire per il Brasile, Commissario. E ovviamente, facciamo diramare le immagini al computer corrispondenti alla nuova descrizione fisica di Palmer all'Interpol, avvisando in particolare la Polizia Brasiliana."

Al termine della chiamata, il Magistrato si alzerà dalla scrivania, stando a guardare dalla finestra il cielo nuvoloso con le braccia conserte. In quella sola chiamata saranno stati risolti due degli interrogativi che lo avranno tormentato da mesi. Dopo il come, ed il dove, cui avrà dato risposta poco fa, il Procuratore Federale sottolinea anche la terza domanda:

quando?

Fine novembre, scriverà con il gessetto sulla lavagna.

Il negozio, un grande emporio su una via trafficata di Rio de Janeiro, sarà immerso nel sole, che filtrerà dalle tendine colorate rosa, illuminando il pulviscolo che galleggerà sul bancone. La donna grassa, con i grandi seni cadenti e i capelli bianchi non lavati raccolti dietro la nuca, si passerà la mano sulla fronte sudata e controllerà il contenuto della terza borsa, facendo l'inventario.

"Allora, vediamo" – dirà tenendola aperta e osservando attentamente – "la rete di nylon, filo da pesca, forbici pesanti, aghi per cucire, un taglierino, la tela grossa, un rotolo di Juta…"

Il moro coi capelli corti e le basette curate osserverà con attenzione che l'inventario sia completo, spuntando col dito quanto indicato nel suo foglio olografico.

"…tre giacche mimetiche di seconda mano, spago di canapa… colorante per tessuto, nastro biadesivo e cartone grosso. c'è tutto?"

"Perfetto." – risponderà il traduttore automatico nell'auricolare della commerciante.

La donna guarderà il giovane uomo dai bei lineamenti che si troverà di fronte, vestito sportivo. sorridente. Controllerà ancora una volta le borse, prenderà i soldi in contanti, restituirà il resto, e ringrazierà quello strano cliente americano, osservando i suoi modi decisi, per quanto garbati.

L'ologramma a grandezza naturale di un uomo biondo sarà immobile nella stanza. La donna secca osserverà l'uomo di grande corporatura, con un impermeabile chiaro, guardare con attenzione dall'ultimo piano di un Silos per aviomobili nella strada sottostante.

"È un agente a contratto tedesco!" – dirà il robusto, maneggiando con le mani nel data base – "Lo abbiamo usato in un paio di occasioni per azioni in estremo oriente. È nei file di Daft, guarda. Ora vediamo gli altri contatti."

Nella seconda registrazione, l'ologramma del biondo sul tetto apparirà ora vicino a un cartellone pubblicitario, mentre in un terzo passaggio uscirà dalla porta di uno degli ascensori del Silos.

"E questo chi è?" – chiederà la donna, indicando un altro ologramma in fondo alla stanza, in un angolo.

Nella quarta registrazione, in una piazza in fondo a un viale alberato, un uomo con un giaccone di pelle, di corporatura robusta e corti capelli neri starà consultando un tabellone del metrò.

"Un altro agente a contratto!" – risponderà il robusto spostando rapidamente le dita nello spazio olografico –"un afgano che abbiamo usato in altre occasioni…vediamo…caspita!"

"Dove?"

"Sempre in Estremo Oriente."

Nella quinta registrazione, i due ologrammi appariranno insieme, al riparo dalla pioggia sotto un balcone di una casa. Decisamente simile al palazzo di arenaria della Medoc.

"Ferma lì! Ruota a destra, settanta gradi."

Il robusto muoverà le mani nello schermo, e il palazzo di arenaria girerà su sé stesso, fino a rivelare, per un istante, una figura di donna.

"Ingrandisci e bloccala."

L'ologramma della donna apparirà per un attimo sullo stipite della porta del palazzo, sotto il balcone.

"La ragazza è vietnamita, o sbaglio?" – chiederà la donna secca.

"È lei che li ha fatti entrare, Meredith" – concluderà il robusto – "abbiamo trovato il commando."

La donna secca si ferma un attimo a pensare.

"Ora, controlliamo nelle schede di tutto il personale dirigente dell'Agenzia a Chicago e verifichiamo chi ha avuto in passato incarichi direttivi in Estremo Oriente."

"Ma che ci deve cacciare, con tuta questa roba…" – chiederà, guardando il contenuto delle tre borse e pensando mentalmente al suo guadagno – "…dei coccodrilli?"

L'uomo si piegherà verso il banco, sorridendo.

"Oh, no, signora" – dirà in tono confidenziale – "sono a caccia di un animale molto più pericoloso."

Gli uffici della Direzione Federale Antiterrorismo a Roma saranno in pieno fermento, quella mattina di novembre. Il Procuratore Federale prenderà al volo la comunicazione, quando vedrà l'ologramma del Commissario sopra la scrivania.

"Buongiorno, dottore" – dirà il barbuto, che parlerà da una sala d'aspetto – "sono in partenza da Fiumicino. Allora, abbiamo trovato la corrispondenza."

"Finalmente. Mi dica, Cervetti."

"Ho chiamato Santilli, e gli ho chiesto un po' di chiarimenti su questa ipotesi della plastica al viso. Salta fuori che i test di riconoscimento passeggeri ai punti di controllo sono tarati su un certo livello di somiglianza tra l'identikit di un ricercato, le immagini su passaporti e volto che la macchina si vede davanti nella realtà."

Il Magistrato avvertirà un senso di angoscia alla base dello stomaco.

"Venga al punto, Cervetti."

"Insomma, Palmer ha passato un posto ci controllo all'aeroporto di Rio de Janeiro, con un passaporto intestato a tale Robert Holden, di Brooklyn. Stiamo cercando negli archivi."

"Merda! E non l'hanno fermato?"

"Non hanno potuto. La macchina non l'ha riconosciuto, perché è tarata per fare scattare la segnalazione su somiglianza superiore al 95%, mentre i due volti, secondo la registrazione, si assomigliano solo all'87%. Secondo la ricostruzione, si è ritoccato le labbra e le orecchie, e si è rifatto il naso. Forse qualcos'altro, ci sta studiando la scientifica."

"Quando è successo?"

"Sei giorni fa. E lo stesso giorno, abbiamo trovato che è stato ritirata la spedizione dei vasi cinesi spediti da Canton. Ritiro a firma di Robert Holden."

Il robusto lancerà la ricerca. Dopo meno di dieci secondi, l'ologramma di un uomo si affiancherà alle figure presenti nella stanza. Un uomo corpulento con i capelli grigi e gli occhietti piccoli.

"Goedhart!" – esclamerà il robusto – "Ha diretto per due anni la filiale di Hanoi, circa quindici anni fa."

"La donna vietnamita doveva essere poco più che una ragazzina, allora."

"Forse l'ha conosciuta allora. E ora che facciamo?"

"Non basta. Dobbiamo trovare una conferma su Goedhart."

La bionda protesterà vibratamente con il medico dell'ospedale, un piccoletto pelato dalla voce nasale.

"E io le dico che noi abbiamo dalla direzione dell'Ospedale l'autorizzazione a effettuare una ripresa degli interni del reparto, compreso il piano inferiore..." – dirà la donna scendendo come una furia le scale – "...non è vero Mark?"

L'uomo barbuto la seguirà annuendo, seguito dal cameraman, con il registratore olografico. Il piccoletto continuerà a lamentarsi, seguendola.

"...e non mi farò certo spaventare dai vostri metodi..." – continuerà la donna, passando davanti alla porta, cercando con gli occhi il militare di guardia.

Non c'è.

"Ma dove vuole andare?" - piagnucolerà il piccoletto.

"Qui dentro" – risponderà la bionda, determinata, aprendo con forza la porta in fondo alle scale – "e ora vedrai, Mark..."

Rimarrà letteralmente a bocca aperta. Un ampio piano sotterraneo, pieno di macchine di lavanderia, che laveranno con un cupo ronzio il loro carico di indumenti.

"Scusi, ma cosa vuole riprendere, di preciso?" – chiederà il piccoletto, con voce stucchevole.

"Era qui!" – griderà la donna – "E là di sopra vi era un tavolino, dove la guardia ci ha fermati..."

Il piccoletto la guarderà con aria di compatimento, mentre la donna si girerà intorno.

Era qui.

Il magistrato attenderà la conclusione del Commissario.

"Non c'è dubbio, Holden e Palmer sono la stessa persona."

Ora, conosciamo chi è.

"Lanciamo un allarme in tutto il Brasile" – dirà il Magistrato – "chiederò collaborazione alla Polizia Basiliana perché batta a tappeto Rio de Janeiro, hotel, pensioni, case vacanze, devono interrogare tassisti, venditori ambulanti, baristi, tutto. Le faccio avere al più presto tutto ciò che le servirà, una volta giunto là, commissario."

Sei giorni di vantaggio.

"E adesso, che cosa starà facendo?"

"Si sta preparando a colpire, dottore. A fine mese."

Il Magistrato guarderà quel giovane alto con la barba.

Prendilo.

"Ottimo lavoro. Mi tenga informato di ogni progresso, per ora grazie, Cervetti."

Al termine della chiamata, il Magistrato si alzerà, si avvicinerà alla lavagna, prenderà un gessetto in mano, e sottolineerà la quarta parola chiave:

chi?

"Vi erano due infermiere, giovani, una nera e una bianca, ieri notte, nella sala di sopra, e poi siamo scesi…" – continuerà la donna, cercando di ricordare - "…eppure sono sicura che il corridoio era quello…"

"Ieri notte era di turno un uomo, signora, se vuole lo vado a chiamare." – osserverà il piccoletto con pignoleria.

La donna si guarderà intorno, osservando la lavanderia. L'uomo barbuto guarderà il cameraman, imbarazzato in mezzo alla stanza, e si metterà una mano nei capelli neri.

"Questa volta, Margareth, l'hai combinata grossa." – dirà alla fine.

"Era qui, ti dico!"

Il barbuto guarderà il cameraman.

"Smonta tutto e andiamo via, stasera abbiamo la serata della premiazione delle forze di sicurezza. Almeno lì siamo sicuri di avere qualcosa da fare."

Nell'ufficio deserto, le luci saranno ormai accese, a metà pomeriggio di quel sabato nuvoloso di fine novembre.

"Dove soggiorna Goedhart?" – chiederà la donna secca.

"Lui non è di Chicago, lo sai" – risponderà il robusto – "e l'agenzia gli paga il soggiorno in albergo; solitamente riparte il sabato, e ritorna di lunedì in tarda mattinata."

"E dove alloggia?"

Il robusto controllerà muovendo le dita nello spazio.

"Da un anno circa è fermo all'Allerton"

"Chiama e fatti dare i dati delle registrazioni dell'Hotel, di tutte le loro telecamere, di questa settimana."

"Ci vorrà un po', temo."

Lo sguardo della donna secca lo incenerirà.

"E tu digli che hanno mezzora di tempo per farlo."

Trentadue minuti dopo, il robusto avvierà il programma di ricerca.

"Ora fammi vedere se in quella mattina, mercoledì, troviamo un aggancio all'immagine di Goedhart in Hotel."

Il robusto lancerà la richiesta, muovendo le mani nello spazio.

547

6 giorni prima

Nell'ufficio della Direzione Federale Antiterrorismo a Roma la porta a vetri sarà chiusa. Al tavolo siederanno, quel pomeriggio freddo di novembre, il Procuratore Federale, il Primo Dirigente dei NOCS e l'Ispettore Capo Santilli. Davanti al tavolo da riunione, il Commissario Capo Cervetti sarà in collegamento dal Brasile, e parlerà proiettato nello spazio olografico.

"Allora dottore, il nostro Ispettore Capo Santilli, qui, ha studiato l'elenco dei materiali che Cervetti ci ha mandato da Rio de Janeiro, e il suo gruppo di ricerca ritiene di aver trovato una soluzione." – dirà l'uomo coi capelli brizzolati e la mascella volitiva.

"Dove e quando avete scoperto la cosa?" – chiederà il Magistrato.

"Ieri, dottore" – risponderà Cervetti – "un investigatore della Polizia brasiliana, in uno dei tanti incontri che stiamo facendo a tappeto, intervistando chiunque abbia un pubblico esercizio, ha mostrato l'immagine ritoccata al computer di Palmer, voglio dire di Holden, ed è stato riconosciuto."

"Da chi?"

"Una donna, proprietaria di un emporio per oggetti di caccia e pesca." – spiegherà Cervetti – "otto giorni fa, Holden ha comprato l'elenco che abbiamo fornito ieri a Santilli, ma non abbiamo idea, esattamente, di cosa voglia farci con tutta quella roba. Va bene, alcune cose, come la borraccia, sono ovvie, ma fino ad un certo punto. Ma è il resto, che non capiamo, tipo il rotolo di Juta."

"Comunque, a che gli serve la borraccia?" – chiederà il Magistrato.

"Lasciamo la parola al nostro Santilli, qui, e tutto diventerà più chiaro, signori." – proporrà il Primo Dirigente.

"Grazie, beh, ci abbiamo lavorato un po' su con i nostri esperti, esaminando l'elenco" – spiegherà l'Ispettore Capo Santilli – "e alla fine, non abbiamo dubbi: si vuole costruire una ghillie suite."

"E che cavolo è una ghillie suite?" – chiederà il Magistrato.

"Una specie di mimetica, usata dai cecchini." – spiegherà Santilli, muovendo le mani nel foglio olografico.

Davanti al tavolo apparirà l'immagine tridimensionale di un abito dalla forma irregolare.

Dopo meno di dieci secondi apparirà nella stanza l'ologramma di una figura. L'uomo corpulento passerà davanti al bar, dirigendosi nella sala per la colazione.

"Adesso, lancia un'altra ricerca, e vediamo se qualcuno dei nostri tre agenti del commando è passato da quelle parti, lo stesso giorno."

Il robusto muoverà le dita nello spazio, e dopo una manciata di secondi una seconda figura entrerà nella stanza. L'ologramma della vietnamita attraverserà la piazzola con i giardini curati ed entrerà nella Hall dell'Albergo, per poi dirigersi alla zona bar.

"È lei!" – esclamerà il robusto – "Erano nello stesso stesso Hotel. Stesso bar. Stesso giorno."

"A che ora è andata lì, la vietnamita?"

Il robusto leggerà il timer.

"Pazzesco! Nemmeno un'ora dopo che l'abbiamo vista in strada davanti al portone della Medoc."

"È lei che ha fatto entrare il commando" – concluderà la donna – "ed è Goedhart che ha passato il commando a Daft."

"E adesso?"

"Adesso…chiama l'Allerton, e chiedi conferma che Goedhart non sia ancora partito. Se è così, andiamo là."

L'uomo alzerà il ricevitore, guardando l'ora.

"Vieni armato." – aggiungerà lei.

"Il termine deriva dai guardiacaccia che vivevano nelle Highlands scozzesi, chiamati "Ghillies", appunto. Proteggevano gli animali dai cacciatori di frodo, e per farlo usavano le loro stesse tecniche di mimetizzazione con l'ambiente circostante."

"Indossando una specie di tuta fatta di rami e foglie." – aggiungerà il Primo Dirigente.

"Esatto. Ne esistono ovviamente di pronte in commercio, ma il nostro uomo intende farsela personalizzata. Dall'elenco di materiali che ha comprato, si deduce che intende probabilmente costruire un poncho, tuta completa di pantaloni, forte limitazione ai movimenti, ma essenziale per stare nascosti per molto tempo."

"Molto pesante, ingombrante, in quel clima probabilmente un sudario." – aggiungerà il Primo Dirigente, grattandosi i capelli brizzolati. – "Di qui la borraccia e il tascapane per gli snack."

"Sì. Immaginate i quattro rischi fondamentali del mimetismo" – spiegherà Santilli, facendo partire un filmato in un foglio olografico – "sagoma, colore, riflesso, e ombra. Ebbene, la ghillie spezza completamente la sagoma umana, perché la forma è irregolare; per la faccia e le mani userà la rete mimetica, ma probabilmente userà delle creme, per via del caldo. Poi limita gli sbalzi di colore, perché è studiata per assumere i colori dell'ambiente in cui si pensa di usarla. Tra parentesi, questo è il motivo per cui Holden non ne ha comprata una fatta, è un professionista, in questo. E terzo, non riflette la luce, quindi mimetizzerà anche fucile ed ottica."

"Ha detto quattro rischi." – osserverà il magistrato – "E l'ombra?"

"È probabile che tirerà da coricato. Il che inoltre ci porta ad immaginare che lo farà da una posizione elevata, facendo attenzione a non essere in zone illuminate ed esposte alla vista."

"Mi pare di capire che lei abbia una teoria, Ispettore." – osserverà il Magistrato – "Avanti, ce la dica."

"Beh, dottore, cercando di metterci nella mente di quell'uomo…quali sono i posti elevati, nei quali usare una mimetica a varie tonalità di verde, con l'aggiunta di tonalità di colori diversi e filamenti che simulano una specifica e precisa tonalità di vegetazione, a Rio?"

"Avanti Santilli" – sbotterà il Magistrato – "questo non è un gioco a quiz, ce lo dica!"

Sabato, ore 17.52

L'aviomobile, guidata dal robusto, atterrerà su una rampa d'accesso dell'Allerton, nel pomeriggio nuvoloso e freddo, quando il sole sarà già tramontato e le luci del traffico cittadino illumineranno le pareti dell'hotel. La donna secca scenderà, allacciandosi il lungo impermeabile, ed attraverserà il tetto, protetto dalla copertura in vetro flessibile, diretta agli ascensori per scendere all'albergo, seguita dal robusto.

"Tu aspettami in aviomobile" – gli dirà la donna – "vorrei che fosse una semplice visita di cortesia a un collega, meglio che dalla reception non gli dicano che siamo in due. Voglio parlargli, e convincerlo a costituirsi. Non abbiamo l'autorizzazione per arrestarlo, lo sai, e forse ci manca il tempo per chiederla, e spiegare tutto al Direttore."

"Non mi sembra una buona idea, andare da sola."

Le luci delle aviomobili in lontananza proietteranno lunghe ombre dei due sul piazzale deserto.

"Quello, stasera parte, e non sappiamo se poi ritorna." – continuerà la donna, premendo il bottone dell'ascensore – "Voglio provare a convincerlo che la partita, per lui, è chiusa."

Il grande ascensore cilindrico arriverà al piano dell'aviosilos con un ronzio seguito da un suono metallico.

"E se non lo convinci?"

La donna secca entrerà nell'ascensore.

"Se si mette male, schiaccio il tasto della chiamata del tuo comunicatore. Quanto ci metti ad arrivare?"

"Al massimo" – dirà il robusto, controllando il caricatore della grossa pistola ad impulsi – "due minuti."

L'uomo corpulento aprirà la porta della camera d'albergo, e la guarderà sorpreso.

"Meredith!" – esclamerà, indicando alla donna di accomodarsi – "Potevi chiamarmi, sarei venuto io. Cosa c'è di così urgente?"

La valigia sarà sul letto, aperta, con i vestiti ripiegati. L'uomo sarà vestito, come per uscire, e il suo soprabito sarà posato sul tavolino basso.

"I grattacieli, dottore." – risponderà semplicemente l'uomo, facendo partire un altro filmato – "Le nuove tecnologie di costruzione, come sappiamo, hanno creato il concetto di città verde, no? Sono almeno trent'anni che costruiamo i nuovi edifici integrandone le facciate e i tetti con la vegetazione, in modo che creino una sorta di habitat urbano, integrato con la natura. Gli architetti di tutto il mondo hanno tenuto migliaia di convegni, e i piani strategici di tutte le grandi città negli ultimi decenni ne hanno fatto ampio uso. Ebbene, come vediamo dalle immagini, Rio è una delle città più avanti, in questo campo. Nell'arco dei decenni, ora la vegetazione è divenuta rigogliosa, e perfettamente integrata con le costruzioni dell'uomo."

"E ci si può arrampicare?" – chiederà il Magistrato.

"Per un pazzo, allenato, sì. Tutte le piante sono state legate agli edifici con reti artificiali, perfettamente mimetizzate nell'ambiente, in grado di reggere il peso di un uomo. Sì, io credo che quel dannato figlio di puttana abbia questo in mente."

"Cervetti, dovete tenere d'occhio i grattacieli, e tutte le case alte ricoperte di verde." – ordinerà il Primo Dirigente.

Il commissario capo guarderà le immagini sullo schermo.

"Il percorso di Sua Santità prevede un tragitto in mezzo alla folla, praticamente a passo d'uomo, per diversi chilometri" – osserverà Cervetti – "e noi dovremmo controllare ogni metro piano di case e grattacieli in un raggio mobile di tre chilometri?"

"Sappiamo che è difficile, Cervetti." – dirà il Primo Dirigente.

"Non è difficile." – noterà il Commissario – "È un incubo."

Nella modesta cameretta dell'appartamento alla periferia di Rio de Janeiro, Holden starà lavorando febbrilmente, la sera tardi. Ai punti che prevederà vengano a contatto con il sostegno a rete, quali gomiti, petto e pancia, aggiungerà le imbottiture. Cucirà i rinforzi della stessa forma delle imbottiture, ma più grandi, in modo che siano ricoperte. Taglierà poi il cartone, con la forma che avranno le imbottiture, quindi usando il cartone come sagoma, ricaverà le forme necessarie e poi le fisserà alla giacca con il nastro biadesivo, per cucirle in seguito. Osserverà compiaciuto la giacca prendere forma.

"Posso offrirti da bere?"

"Quando hai deciso di usare la vietnamita?" – chiederà la donna, sedendosi sulla poltrona a un lato del tavolino – "Hai scelto tu il commando, non è vero?"

"Di cosa parli?"

"Andiamo, non recitare la commedia con me, per favore" – dirà lei, slacciandosi l'impermeabile imbottito – "abbiamo la memoria del computer di Daft."

L'uomo si appoggerà con le spalle alla poltrona, ed unirà le punte delle dita, portando gli indici sulle labbra.

"Me l'ha data Whiley" – aggiungerà lei – "l'ho visto ieri sera. Gli ho parlato, e mi ha spiegato tutto. I libri delle previsioni di un tempo, le connessioni con l'attualità, le teorie del biologo, le nuove cure mediche, tutto quanto."

"Solo teorie." – replicherà l'uomo, squadrando la donna con gli occhietti grigi – "Ipotesi, supposizioni. Nulla di scritto, nulla di pubblicato. Non hai molto, in mano. Indizi."

"Abbiamo i video, conosciamo i tre che sono entrati quella mattina, abbiamo le registrazioni di te con lei, la vietnamita, mercoledì, in questo albergo. Sono prove visive, e possiamo legare al di là di ogni dubbio te al commando. Sono prove documentali, queste." – dirà la donna, reggendo il suo sguardo – "La partita è chiusa, per te. Ormai, è solo una formalità, e lo sai anche tu."

La donna indicherà con il mento la valigia sul letto.

"Probabilmente, se indaghiamo, scopriremo che sono anni che fai uso di quei contrattisti, quando serve." – aggiungerà, accavallando le gambe.

L'uomo abbozzerà un sorriso malinconico.

"Talvolta, serve" – dirà, sedendosi all'altro lato del tavolino – "dovresti saperlo anche tu, Meredith."

"Anche con Daft, non è vero?"

"Era diventato un po' ingombrante. Ho dovuto farlo."

La donna si piegherà sul tavolino.

"Hai dovuto. Ma come fai a essere così tollerante con te stesso? Dimmi solo una cosa: perché?"

"Perché loro, gli illuminati, sanno bene la distinzione tra i mezzi, e i fini necessari per raggiungerli."

Aggiungerà quindi delle imbottiture in materiale isolante, nelle stesse zone che ha rinforzato. Appoggerà la rete alla giacca posata a terra ben distesa, allineerà le maglie della rete con le cuciture sulle spalle, facendo attenzione a che ci siano lo stesso numero di quadrati su una parte e sull'altra. Farà quindi scendere la rete fino ai pettorali, e la taglierà sulle braccia all'altezza dei gomiti. Controllerà che le strisce di materiale mimetico che dovrà poi posizionare siano abbastanza lunghe da arrivare fino alle mani. Quindi prenderà il filo da pesca, e fisserà la rete alla giacca, cucendola.

Il moro con le basette ben curate si alzerà, e studierà attentamente le riprese del lato del palazzo scelto per l'attentato, esaminando nei minimi dettagli la composizione della vegetazione e i colori predominanti e secondari. Quindi, prenderà le strisce di juta e di materiale mimetico e le attaccherà sulla rete cucita sulla giacca, iniziando dal basso e procedendo verso l'alto. L'uomo trascorrerà molto tempo a modificare i colori della yuta con il colorante per tessuti, alternando diverse tonalità di verde al marrone naturale della juta. Porrà particolare attenzione a non sovrapporre troppe strisce dello stesso colore, ed eviterà i colori troppo scuri. Saprà bene che il nero non è un colore rinvenibile sulle pareti verdi del grattacielo. Poi controllerà più volte il risultato, e rifinirà con toni smorti e mescolando i colori.

L'uomo si alzerà, e riprenderà la stessa operazione sui pantaloni, fissando la rete e legando le strisce di juta partendo dal basso, e risalendo fino alla cucitura superiore delle tasche. Poi, prenderà il cappello da pesca a tesa larga, e per non aver troppo caldo taglierà la parte superiore, sostituendola con una retina antizanzare. Sul davanti, attaccherà un pezzo di sciarpa a rete, per nascondere la faccia. Quindi fisserà la rete sul cappello, e si sposterà progressivamente sul retro. Sulla parte posteriore e sui fianchi lascerà la rete più lunga di una trentina di centimetri, in modo che possa sovrapporsi con le spalle, per poi fissarla e applicare le strisce di juta e di materiale mimetico. Prenderà un pezzo di stoffa mimetica, la taglierà abbastanza lunga da coprire il collo, e larga per arrivare da un orecchio all'altro. Fisserà i fili per indossarla come una maschera.

L'uomo prenderà la bottiglia e un bicchiere.

"E se non fosse stato lui, sarei stato io. E quanto al tuo gratuito sarcasmo, me ne fotto, della tua pena. Come me ne fotto di te, e di qualsiasi cosa tu pensi di fare."

"Questi illuminati sono quelli che prendono le decisioni, non è vero? Sono politici, uomini del Governo, immagino. E governano l'Agenzia."

"Oh, no. Cioè, non solo. Non di un solo governo, non di questo Paese. In tutto il mondo." – l'uomo allargherà le braccia – "Svegliati, Meredith, i governi non esistono più da tempo. I diversi Paesi, i governi, è tutta scena."

La donna lo guarderà con espressione interrogativa.

"Quelli i governi li lasciano giocare ad alzare le tasse. Ma le decisioni veramente importanti, quelle che decidono il destino dell'umanità, le prende da tempo una ristretta cerchia di persone."

"Che persone? Politici?"

"Politici, scienziati, imprenditori, uomini di potere" – dirà il corpulento, prendendo una bottiglia di whisky – "di tutto. Sono pochi. E portano gli interessi di diverse parti del mondo. Con il vantaggio, credimi, di non dover passare dal voto del popolo."

"Non è una democrazia."

"No di certo!" – riderà amaro l'uomo – "Il fatto che la maggioranza pensi una cosa non la rende più vera, né più giusta. Nel medioevo, la stragrande maggioranza delle persone pensava che la terra fosse immobile, al centro dell'universo. Ma non era così."

"Non darmi lezioni di storia, non mi interessa."

"La storia spiega il futuro. E ci sono persone che immaginano quale futuro consentirà all'umanità di esistere. Nel modo migliore."

"Che animo nobile. Ad esempio decidendo di fare sviluppare forme di produzione energetica piuttosto che altre, in modo da avere una società accentrata nelle metropoli, e non nelle campagne."

"Hai idea di cosa sarebbe successo in Cina, negli scorsi decenni, altrimenti?" – risponderà alzando la voce il corpulento – "o in Africa?"

Prenderà la giacca e cucirà altre strisce di juta e materiale mimetico sul davanti. Controllerà la sua opera, quindi passerà lo spray impermeabile, nell'ipotesi che piova. Poi prenderà la borraccia, e la posizionerà in una tasca cucita all'interno della giacca, inserendo un tubo per bere, portato fino alla maschera, in modo da non doversi muovere durante l'appostamento. Infine, considerando il caldo, taglierà un rettangolo sulla schiena, e lo sostituirà con un pezzo di rete antizanzare, effettuando poi la stessa operazione sotto le ascelle, e sull'interno delle gambe dei pantaloni, ed all'inguine.

Alla fine, l'uomo si siederà sul bordo del letto, aprirà una bottiglietta d'acqua e osserverà il proprio lavoro con compiacimento, brindando con un morigerato brindisi, ricordando gli insegnamenti di Shou Huang, sulla montagna della Nuvola Bianca.

L'ufficio del Ministro dell'Interno a Roma sarà illuminato solo dalla lampada coperta dal vetro verde, sulla scrivania, al lato del fermacarte d'argento. Il Magistrato si liscerà i baffetti neri, seduto sulla poltrona di velluto rosso, ed osserverà l'uomo coi capelli scuri dall'altro lato della scrivania, seduto in penombra.

"Così, lei ha dei dubbi, Procuratore." – dirà l'uomo, con marcato accento napoletano.

"Molti dubbi, signor Ministro." – confesserà il Magistrato – "Da quando è iniziata questa indagine, il nostro uomo è sempre di due incollature davanti a noi. Lo stiamo inseguendo da questa primavera. Sembra che anticipi le nostre mosse. Sempre. È successo a Istanbul, e poi ad Okinawa. Quando abbiamo trovato la sua prima identità, e avevamo la possibilità di prenderlo in Cina, lui ha pensato bene di farsi una plastica facciale. Abbiamo perso mesi dietro un fantasma. Come fa a indovinare sempre le nostre mosse?"

L'antico orologio a pendolo batterà due colpi, a indicare che saranno le nove e trenta della sera, una umida, buia e triste sera di fine novembre.

"E Lei" – si informerà il Ministro – "che cosa ne deduce?"

"Che qualcuno parla, signor Ministro, e che il nostro uomo è informato in anticipo delle nostre mosse."

556

"E cosa mi dici della cura del cancro?" – replicherà lei, alzando a sua volta la voce – "Anche quella farebbe male allo sviluppo dell'umanità?"

"Se è troppo in anticipo, sì. Certamente."

"In anticipo su cosa?"

"Sulle altre scienze" – risponderà l'uomo, versando due cubetti di ghiaccio sul whisky – "sulla nostra capacità di viaggiare nello spazio, per esempio."

"E in nome di questo si decide che milioni di persone debbano morire prima del tempo?" – urlerà la donna – "Cioè prima che lo abbiano deciso loro?"

"Ma le hai viste quelle curve?" – urlerà lui, di rimando – "Te lo immagini tra vent'anni un mondo di venti miliardi di persone? O di più? Dove pensi di metterle? Quale sistema economico potrebbe reggere un mondo di ultracentenari?"

La donna rimarrà a guardare la valigia sul letto.

"Se quella cosa uscisse, e se fosse di libero accesso per tutti, salterebbe il sistema pensionistico, il sistema sociale." – dirà l'uomo, abbassando la voce – "Nessuno sarebbe in grado di fare scenari economici di lungo termine, Meredith. E non avremmo più il parametro base della previsione. La durata di vita possibile."

L'uomo ansimerà, inghiottirà un sorso di whisky e si passerà una mano nei lunghi riccioli bianchi spettinati sul capo. Alla luce della lampada accesa sulla piantana, che proietterà una luce soffusa sul tavolino, sembrerà più vecchio di quanto la donna ricordasse.

"Non siamo pronti per questa cosa, Meredith" – dirà ansimando, piano – "non ancora, almeno."

La donna lo osserverà, cercando a sua volta di calmarsi.

"Ma ciò non impedisce a loro di lasciare che pochi privilegiati provino le cure, magari anche se sono sani, solo per verificare come e di quanto si rallenta il processo di invecchiamento, vero?" – chiederà poi a bassa voce – "Whiley dice che lo sostiene quel medico cinese."

"Lo abbiamo sempre fatto, Meredith, andiamo" – ironizzerà l'uomo, guardando il soffitto – "anche cent'anni fa sapevano che il petrolio sarebbe finito."

Ingoierà una sorsata di whisky, scuotendo la testa.

L'ometto calvo ascolterà alcuni tocchi della pendola, prima di continuare a parlare.

"Solo così si spiega che sappia sempre la mossa giusta da fare."

Il vecchio si liscerà i capelli scuri, e si abbandonerà sulla poltrona, unendo le mani davanti al volto, come in preghiera.

"Una talpa?"

L'ometto calvo si liscerà ancora i baffi.

"Una talpa."

La pendola a muro scandirà il silenzio.

"E lei sospetta di qualcuno, in particolare?"

"No, ma credo che dobbiamo approfondire le indagini sui nostri servizi. Quei fondi finiti nel buco nero informatico non si sono mai trovati, ma sono partiti da Roma. Voglio controllare i tabulati di tutti i nostri agenti, in particolare di quelli andati all'estero, nel periodo immediatamente successivo al primo attentato, quello fallito a marzo."

"Sembra che lei abbia una teoria." – dirà il Ministro, posando le braccia sui braccioli della poltrona – "Avanti, non sia misterioso."

L'ometto calvo alzerà una mano, quindi la lascerà cadere sul ginocchio.

"Beh, la mia ipotesi è che Robert Holden sia stato contattato in quel periodo, come soluzione successiva al primo fallimento."

"E cosa glielo fa credere?"

Il Magistrato osserverà la grande scrivania, e il candelabro in oro massiccio.

"Recentemente, controllando tutte le comunicazioni dai nodi italiani diretti a Canton, nel periodo in cui supponiamo che Holden abbia soggiornato, nascosto da qualche parte, abbiamo scoperto che è stata fatta una comunicazione olografica da una certa Marta all'indirizzo di una certa Anna. Marta chiamava da Roma. Da un nostro canale protetto, per essere precisi, signor Ministro."

Il Ministro allargherà le braccia.

"E cosa avete ascoltato?"

"Purtroppo non abbiamo la registrazione della conversazione, perché all'epoca non sapevamo cosa intercettare. Ma vorrei fare una ricerca estesa su tutte le chiamate di quel giorno e dei successivi, e controllare tutti i personal display di tutto il personale al nostro servizio."

"Lo sapevamo da tempo" – continuerà l'uomo – "così come sapevamo di avere altre forme energetiche per muovere le automobili e riscaldare gli ospedali, ma non le abbiamo usate, finché non siamo stati pronti. E sai perché? Sarebbe stato il caos, altrimenti."

"Ora mi dici che avevamo la tecnologia e non l'abbiamo usata."

"Certamente. Le hai presenti le curve della produzione petrolifera del nostro Paese? Circa cinquemila migliaia di barili al giorno, nel 1950, quasi diecimila nel '70, e circa di nuovo cinquemila nel 2010. Una perfetta campana, Margareth. Lo sapevamo cinquant'anni prima! Vuoi un'altra prova? Guardati le curve del PIL degli Stati Uniti della Cina nei secoli. Verso il 1750 il rapporto in milioni di dollari internazionali era circa uno a cento."

"Andiamo, non eravamo ancora nati. C'erano uomini con gli archi e le penne, allora."

"D'accordo." – ammetterà lui, battendosi la mano sul ginocchio – "Ma che mi dici del sorpasso? Poco più di centomila milioni di dollari internazionali agli inizi del Novecento, circa un secolo di sorpasso statunitense, che supera l'impero inglese, poi la Cina che recupera poco dopo il duemila, un secolo dopo, a dieci milioni di milioni, ma ormai sono cresciuti in modo esponenziale, e quindi di nuovo il sorpasso cinese."

"E con questo?"

"E con questo, i grandi sviluppi degli imperi che si sono susseguiti e che fanno parte del mondo sono stati sempre regolati da interessi che vanno al di sopra di quelli del singolo impero che lo compone! La conoscenza si è sempre travasata come in un sistema di vasi comunicanti. In modo che nessuno fosse clamorosamente davanti. Quando è successo, si è avuto lo sterminio di interi popoli. Perché la conoscenza è potere, e il potere è pericoloso, se non governato."

"*Ordo ab chao*, allora. Un gruppo di aristocratici pensatori, che decide per il bene del popolo bue, a sua insaputa. Mi stai dicendo questo?"

"Non essere ingenua. Parlo di molto più che un gruppo di signori di mezza età che si diletta di compassi e libri. Questi non fanno filosofia. Loro determinano l'economia."

I due uomini rimarranno fermi, in silenzio, per qualche secondo, e le loro immagini, ferme come statue di sale, saranno proiettate nei grandi specchi dorati alle pareti.

"Mi sembra un'ottima idea, dottore" – dirà alla fine il Ministro – "proceda, ma non ne faccia parola con nessuno. Questa indagine deve essere coperta dal segreto di Stato."

L'ometto coi baffi si alzerà, con la netta sensazione di sentirsi, se possibile, ancora più solo. Saprà di aver fatto importanti passi avanti nelle indagini, e che i suoi investigatori saranno ad un passo dal raggiungere la loro preda. Eppure, prima ancora di catturarla, sentirà il dovere di rispondere all'ultima domanda scritta col gesso tanti mesi prima:

perché?

L'uomo stringerà i piccoli occhi grigi.

"Scelgono quando fare arrivare una crisi, quanto deve durare, quando e come deve finire. Succede da tanto tempo, che ti piaccia o no, e né tu né io ci possiamo fare nulla. Come la vuoi mettere, ora?"

La donna guarderà la valigia sul tavolo, l'uomo illuminato dalla luce soffusa della lampada, il suo impermeabile sul tavolo. Impercettibilmente, avvicinerà il proprio impermeabile sulle gambe, infilerà la mano in tasca, e metterà il pollice sul tasto di chiamata del comunicatore.

"Io la voglio mettere che ora" – dirà lei, sottovoce – "tu ed io, senza grandi scandali, in silenzio, usciamo di qui e andiamo a parlare con il Direttore. Apriamo una inchiesta, e poi decidiamo il da farsi."

L'uomo sorriderà, bevendo, e poi soffiando l'aria dalle narici.

"Non te lo posso permettere, Meredith, tra non molto sarei andato in pensione" – dirà sussurrando – "sono divorziato da tempo, lo sai?"

L'uomo infilerà una mano nella tasca.

"Ma ho due figli, la più piccola va ancora all'Università. Tu faresti aprire l'inchiesta, e io non potrei comunque parlare, loro arrivano dappertutto, lo sai?" – dirà l'uomo, estraendo la pistola – "Non lo faccio per me, o per te, ma per i miei figli."

La donna premerà con un lieve tremito della mano il tasto del comunicatore, nella tasca dell'impermeabile.

"Che cosa hai fatto?" – chiederà ad alta voce l'uomo.

La donna lo guarderà in silenzio, cercando di trovare le parole.

"Metti via quella pistola, e vieni via con me." - dirà, cercando di controllare il tremore della voce.

L'uomo sogghignerà, guardandola negli occhi.

"Quanto tempo ho?"

"Dieci minuti." – risponderà lei, reggendo il suo sguardo.

L'uomo finirà il whisky e poserà il bicchiere sul tavolino, facendo tintinnare i cubetti di ghiaccio.

"Ho sempre pensato che non sei tagliata per questo lavoro, Meredith" – dirà a bassa voce – "Non sei mai stata brava a mentire".

La donna urlerà quando lui alzerà di scatto la pistola, e si sparerà alla testa.

Due giorni prima

Si sentirà bene, come sempre, nella sua casa isolata al margine di un piccolo paese della Provincia di Pavia, nel sonnolento nord italiano, lontano da Roma. Nel cortile della villetta di campagna quella mattina il sole non riuscirà a filtrare attraverso la fitta nebbia calata nella notte nella valle padana. Oltre il cortile, ricoperto di ghiaia, sulla strada laterale, dal lato della cancellata di ferro bianca, tre aviomobili di colore blu saranno parcheggiate coi lampeggianti accesi, ed alcuni uomini saranno fermi ad osservare la stradina.

Al tavolo da pranzo, seduto nell'ampia cucina con il pavimento in cotto e la finestra bassa ed ampia che darà sul cortile, l'uomo coi baffi siederà sovrappensiero, leggendo ancora una volta il piccolo schermo, con l'immagine olografico della lavagna di scuola, che avrà portato nel suo studio di Roma dalla sua vecchia stanza da letto del piano di sopra. Quella sarà la sua casa di famiglia. La donna starà pulendo la casa, programmando il robot elettronico che passerà con un sottile ronzio sui pavimenti in cotto della villetta. La donna sceglierà il programma, ordinando al robot prima di lavare, quindi di asciugare, poi di stendere la cera, e infine di rifinire. L'ometto si passerà la mano sull'ampia fronte stempiata, riflettendo per l'ennesima volta, guardando la rugiada in giardino attraverso la bassa vetrata. Passerà, meccanicamente, la mano sulla testa del vecchio grande cane da caccia, con il pelo corto fulvo. Il cane scodinzolerà, sbadigliando.

Abbiamo il chi.

Il suo nome corrisponderà a quello di un Boemo, ex mercenario delle guerre d'Africa. Rileggerà il suo file, con particolare riferimento alle sue capacità in qualità di tiratore scelto.

Abbiamo il come.

Non si sarà dubbio che l'arma che userà sarà la più avanzata al mondo, un prototipo sperimentale, costruito in mesi di lavoro, certamente testato e sperimentato da tempo.

Abbiamo il dove.

Sarà su una casa, un edificio, un grattacielo del centro a Rio de Janeiro, nascosto nel verde, probabilmente in alto, nel centro storico della città, lungo il percorso cittadino.

Il bar sarà affollato a quell'ora del sabato sera. Whiley sarà seduto insieme alla nera e alla bambina; sotto il tavolo i bagagli.

"Mio cugino arriverà a minuti, e andremo a Boston" – sussurrerà la donna - "sarai salvo. Saremo salvi, John, via da tutto questo, via da questa città."

La donna accarezzerà la bambina, che starà sorseggiando la bevanda con una cannuccia. Whiley osserverà il notiziario delle venti al grande proiettore olografico in fondo alla sala. Il presentatore, un bianco barbuto, starà raccontando del grande party previsto quella sera, alle ventidue, al termine della cena per una iniziativa di beneficienza, in commemorazione della giornata delle forze di sicurezza dello stato dell'Illinois.

"Ci porterà a Boston con la sua aviomobile, pensa." – proseguirà la donna –"Dice che è il modo più sicuro, non dovrebbe fermarci nessuno."

Alla manifestazione, spiegherà il giornalista, alla presenza delle massime cariche civili, militari e religiose, il Governatore dell'Illinois premierà i migliori funzionari e dirigenti dello Stato, delle forze di polizia, dei pompieri, dei servizi di sicurezza.

"Domani, faremo parte della missione che volerà in Brasile." – dirà, accarezzando la piccola –"Non so come abbia fatto ad organizzare tutto così in fretta."

Il programma proseguirà con una carrellata di immagini di repertorio delle massime cariche pubbliche presenti alla premiazione. Le immagini saranno commentate da un nero.

"Beatrix" – dirà Whiley con tono grave, prendendo la nera per un braccio – "io non posso venire, stasera."

"Ma cosa dici?"

Intorno a loro, le persone staranno ridendo, bevendo birra e parlando ad alta voce, per superare il volume della musica.

"Vi raggiungerò a Boston, domani. Ma devo ancora fare una cosa qui, stasera."

La nera lo guarderà con apprensione. Niki alzerà lo sguardo e sbatterà la cannuccia ai bordi del bicchiere.

La Santa Sede si sarà rifiutata di annullare il programma.

Abbiamo il quando.

Sarà in quei giorni, durante il viaggio di Francesco II in Brasile, programmato da tempo, e annunciato su tutti gli organi di stampa. Ormai, saranno questione di ore. Francesco II, la persona più buona che si possa immaginare.

Ma non abbiamo il perché.

L'ometto ripenserà alle notti insonni, osservando il merlo saltellare nel cortile. Saprà che, se anche riusciranno a uccidere o catturare l'attentatore, lui non si fermerà fino a che non avrà trovato la ragione, ed i mandanti. Chiuderà la cartellina, osserverà il giardino dalla sua amata finestra, quella guardando la quale, mangiando pane burro e zucchero, avrà studiato i grandi classici latini e greci, tanto tempo fa che gli risulterà quasi difficile calcolare gli anni passati. Si alzerà lentamente, osservando l'uccello scuro col petto giallo che mangerà le bacche rosse della siepe di cinta, oltre il prato ancora coperto di rugiada. Il cane si appoggerà dolcemente sulla sua gamba, strofinando il muso. Prenderà il proprio impermeabile, accosterà la sedia in legno e si avvierà, accarezzando il proprio compagno, alla porta a vetri in fondo alla cucina.

"Ma devi proprio andare a Roma?" – chiederà la donna, posando uno strofinaccio – "Anche oggi?"

L'ometto coi baffi le sembrerà invecchiato, negli ultimi tempi, i pochi capelli rimasti più bianchi che neri, ormai, e lei non vedrà l'ora che si decida ad andare in pensione, in modo che possano passare qualche anno sereno insieme, loro due soli, ora che i figli saranno grandi. Lui le sorriderà, sollevando come di consueto il suo baffo destro più del sinistro, e strizzando l'occhio. Un veloce bacio sulle labbra.

"Ci sentiamo stasera." – dirà con un sorriso.

Imboccherà la porta a vetri del piccolo atrio d'ingresso, che darà sul cortile, accarezzando il cane. La donna lo osserverà attraverso il vetro parzialmente appannato, e mentre lo osserverà allontanarsi un po' curvo lungo il vialetto, reggendo la vecchia cartella di pelle rovinata, penserà che non lo avrà nemmeno salutato.

Sabato, ore 20.32

La guardia nella sua postazione all'ingresso, nel parcheggio, davanti al sistema di sbarre elettroniche, guarderà incuriosito le luci accese al ventiquattresimo piano, all'ala est del palazzo bianco, pensando che se saranno accese a quell'ora di sabato sera sarà successo qualche casino. Uscirà dalla postazione riscaldata per prendere una boccata d'aria, stringendosi il giaccone con il collo di pelliccia sintetica, e metterà le mani sotto le ascelle, alzando la testa per guardare il cielo bianco. Aria di neve, penserà.

"Perché?"

"Non è certamente a me che deve rivolgere questa domanda, Direttore." – risponderà la donna secca.

L'uomo alto, coi capelli bianchi tagliati a spazzola siederà all'altro lato del tavolo ovale; alla sua destra la donna anziana, ai lati gli altri due membri del Consiglio Direttivo. Il biondino sarà taciturno in piedi in fondo alla sala.

"Non assumere questo tono con me, Meredith!" – esclamerà il Direttore – "E rispondi alla domanda. Questa non è una Commissione di Inchiesta, ma una semplice riunione di emergenza. Allora, vogliamo sapere perché hai agito da sola, senza avvisarmi."

La donna secca guarderà fuori dalla finestra del ventiquattresimo piano il cielo bianco.

"Perché avevo solo prove indiziarie, all'inizio."

"Quali prove? Ci risulta..." – chiederà uno dei due uomini, guardando il biondino – "che lei abbia richiesto oggi pomeriggio tutta una serie di dati da questi uffici a quelli della polizia locale...alle telecamere di sorveglianza...e all'Hotel Allerton. Posso chiedere sulla base di quali indizi?"

La donna secca girerà la testa fino a guardare il biondino in fondo alla sala.

"L'elenco degli agenti a contratto. Era nei files della memoria di Daft."

"La memoria di Daft è stata cancellata" – ribatterà l'uomo – "e sappiamo che è stato Whiley..."

"Meredith, non dirmi che hai avuto quei documenti da Whiley!" – esclamerà il Direttore.

La notte prima degli esami è sempre strana. L'uomo che ora si farà chiamare Holden, seduto sul letto della sua stanzetta alla periferia di Rio de Janeiro, sorriderà tra sé pensando al fatto che c'è stato un tempo, molto tempo prima, in cui a scuola aveva paura dei professori. Si sarà coricato alle sei di sera, prendendo un sonnifero, e avrà inserito due sveglie alle due di notte, per prudenza. Non ce ne sarà stato bisogno, all'una e trenta sarà già stato sveglio e in bagno. L'uomo sarà molto soddisfatto della propria professionalità; sarà l'impegno, il metodo e l'abitudine al sacrificio, che gli consentiranno di vivere la vita che ha sempre voluto.

Una vita che qualcuno definirebbe dissoluta. L'uomo avrà ancora alcune reminiscenze di filosofia, e ricorderà anche che è un errore, secondo alcuni, definire regole e canoni di giudizio validi per tutti. Si alzerà, si recherà nuovamente in bagno, per farsi la barba. Come sempre, lametta e pennello, e la crema migliore. Il rito della barba, per lui, sarà importante, un momento per stare in pace con sé stessi e pensare. Non meditare, quello lo avrà imparato da tempo, e rinnovato con gli insegnamenti di Shou Huang, ma per farlo bisogna annullare i movimenti del corpo. No, proprio pensare, attivamente, e ripassare mentalmente la lezione, come quando andava a scuola, solo che ora, il rischio, sarà molto diverso. Migliaia di uomini, in quello stesso momento, lo staranno cercando, e lo staranno aspettando probabilmente in zona. Quindi, dovrà attenersi scrupolosamente al suo piano, alla propria preparazione, alla propria tecnica, penserà ritoccandosi le basette.

Alla fine uscirà dal bagno, si risiederà sul letto e controllerà sul palmare la propria personale lista di annotazioni. Quando avrà ideato il piano, molti mesi prima, in primavera, avrà scritto quattro paragrafi, e li avrà seguiti puntualmente in tutti quei mesi. Sarà sempre stato un uomo metodico.

Il metodo consente anche a quelli non brillanti di eccellere.

Avrà messo in atto tutto le cose imparate nella sua ormai lunga carriera, penserà notando di avvicinarsi ai quarant'anni. Un'età critica per la sua professione. E lui intenderà ritirarsi in bellezza, prima di diventare l'ombra di sé stesso, come fanno gli atleti che non riescono a convincersi dell'incedere del tempo sul proprio corpo.

La donna secca guarderà le persone davanti a sé con un misto di disprezzo e indifferenza.

"Sì."

"Ma questo è contro il regolamento!" – esclamerà la donna anziana – "Quell'uomo è un ricercato da questa Agenzia, e lei lo incontra senza informare…"

"Fanculo, il regolamento."

L'ultima osservazione farà scendere un lungo momento di silenzio nella sala.

"Meredith, inutile informarti che il tuo comportamento è andato ben al di là di quanto la tua qualifica consenta…" – dirà il Direttore – "…tuttavia, dato che abbiamo già perso due Dirigenti di questa Agenzia nelle ultime 24 ore…"

"E i poveri cristi che questi hanno fatto ammazzare li abbiamo già archiviati?"

"… e che questa Commissione…" – proseguirà il Direttore, fingendo di non aver sentito l'interruzione – "… non ha alcun interesse a che si creino altri momenti di imbarazzo di fronte alle richieste che certamente lunedì ci piomberanno addosso dai politici…ti invito a dirci tutto quello che hai scoperto. Vogliamo sapere tutto: quando hai contattato Whiley, come, cosa ti ha detto. Ci riserviamo di valutare la tua posizione più tardi."

La donna secca guarderà i quattro all'altro lato del tavolo, valutando mentalmente quanto e cosa dire.

"È sabato sera, e tra poco più di un'ora io devo assolutamente essere alla commemorazione della giornata delle forze di sicurezza. Sono io stesso uno dei premiati, e non vorrei fare attendere il Governatore."

La donna guarderà ancora il biondino in fondo alla sala, che evidentemente troverà molto interessante osservare le proprie scarpe.

La nera terrà per le mani la bambina, camminando nel parcheggio, circondato dagli alberi illuminati dagli alti lampioni. In fondo al parcheggio, gli ascensori porteranno alla torre del Silos.

"Dovete andare, Beatrix" – dirà Whiley, giunto in prossimità degli ascensori – "tuo cugino avrà già pronta l'aviomobile."

La nera guarderà l'uomo fermo davanti a sé.

Oh, no, lui penserà di doversi ritirare con il suo più grande successo, con il suo colpo più ardito, all'apice della forma psicofisica. Per questo, avrà redatto la sua nota personale, che conterrà i quattro punti cruciali per effettuare un tiro per altri impossibile. L'uomo lo rileggerà, con compiacimento, facendo apparire le parole nello spazio sul letto, in controluce.

L'occhio.

Per riuscire in quella impresa, avrà bisogno di un'arma formidabile, e ripenserà a tutte le mosse compiute per avere un fucile straordinario, la migliore ottica, un software eccellente.

Il corpo.

Ripenserà agli allenamenti in Grecia, in Turchia, e soprattutto alla preparazione fisica sulla Montagna della Nuvola Bianca, vicino a Canton. Ripenserà ai mesi successivi: avrà dovuto fare un piano di mantenimento, allenamento coi pesi seguito dal trainer elettronico. Avrà recuperato solo quattro dei sedici chili persi dalla primavera, quando aveva incontrato Marta sulla spiaggia di Santorini. Ma chili di muscoli; si sentirà quindi in ottima forma, toccandosi i bicipiti.

La mente.

Le lunghe ore di meditazione passate con Shou Huang. Avrà continuato con perseveranza nei mesi successivi, ben sapendo l'importanza di controllare quello che Shou chiama il bilancio emozionale. Sarà stato utile, ai controlli all'avioporto di Rio. Ma il peggio dovrà ancora arrivare. Saprà che la tensione delle prossime dieci ore sarà totale, e controllerà di aver inserito nello zaino, nello scomparto dei medicinali, le pillole che avrà comprato dal "saggio", il chirurgo di Hong Kong. Lo aiuteranno, parecchio.

Il campo.

La mappa olografica non è il territorio, penserà ricordando gli ultimi giorni. Ripenserà alle giornate passate, da quando sarà arrivato a Rio, a verificare il percorso che conoscerà a memoria da mesi, da quando avrà avuto i dettagli da Marta. Ripenserà alle migliaia di immagini analizzate dei colori della vegetazione sugli edifici, alle ore di studio delle strade, di verifica degli ascensori, di controllo dei balconi e degli ingressi, alla valutazione delle vie di uscita.

Avrà la barba lunga di tre giorni, con una mano in una tasca nel nuovo giaccone blu scuro, comprato quel giorno, e le starà sorridendo stancamente, reggendo la borsa con l'altra.

"Perché?"

"Perché cosa?"

"Non ti obbliga nessuno, a farlo, a stare qui, voglio dire. E poi, cosa devi ancora fare, di tanto importante?"

"Non sono sicuro, voglio parlare con una persona. Devo capire."

La nera guarderà esasperata le macchine a gravitazione magnetica nel parcheggio, poi alzerà la testa verso il cielo nuvoloso e bianco.

"Ma cristo santo! Ma cosa c'è ancora da capire? Capire, capire... ma è così importante capire, per te?" – domanderà agitando la mano libera da Niki – "E poi, che pensi di fare, dopo che avrai capito?"

"Dirlo alla Madison."

La nera soffierà l'aria, sbottando in una mezza risata, che creerà una nuvola di condensa nella notte.

"Oh, certo! Diciamolo alla Madison, così farà un gran bel pezzo, e tutti sapranno la verità! È così?"

L'uomo la guarderà, senza rispondere. Aprirà la borsa, prenderà un pacchetto e lo metterà nella tasca interna del giaccone, prima di consegnare la borsa alla donna.

"Senti Beatrix" – dirà, piano – "tu hai fatto tanto, per me. Mi hai accolto in casa tua, non mi hai denunciato alla polizia, mi hai avvisato della bionda dell'Agenzia, insomma... io non so cosa avrei fatto, senza di te..."

La nera lo guarderà alzando le ciglia.

"...ed è solo colpa mia se sei in questo casino...ho messo la metà nella borsa. C'è n'è abbastanza per rifarti una vita, per ripartire, in ogni caso."

La donna scuoterà la testa.

"Ma... ma cosa dici? Come sarebbe, in ogni caso? Non vuoi più raggiungermi?"

Whiley sorriderà, amaramente.

"Assolutamente." – dirà, prendendole la mano – "Lo farò domani, a Boston. Se pubblicano quel pezzo, se la storia diventa pubblica, dovranno lasciarmi in pace."

Il campo non avrà più segreti, per lui.

Tutto sarà pronto. Tuttavia, penserà l'uomo alzandosi dal letto e controllando per l'ennesima volta lo zaino, in azione tutto può succedere. L'imprevisto sarà dietro l'angolo; potrà essere una piccola cosa, un elemento di disturbo, un dettaglio apparentemente inutile. Uscirà dalla stanza, con il grosso zaino su una spalla, e chiuderà la luce. Scenderà le scale, senza rumore, aprendo la porta sul cortile, e si avvicinerà al piccolo garage. Aprirà la serranda e tirerà fuori lo scooter noleggiato dal proprietario della topaia che avrà preso in affitto. Chiuderà il garage e salirà sulla moto a gravitazione magnetica, accendendo il motore ed allacciando il casco. Guarderà il cielo, osservando che la notte non sarà molto nuvolosa, e la luna non si vedrà nemmeno a metà.

Poco male, penserà ricordando le previsioni del tempo. Domani non pioverà, rifletterà, accendendo le luci.

Se tutto va bene, tra una settimana sarò sparito, al sicuro.

Siederà sul sellino di pelle, avviando il motore. La moto a gravitazione si alzerà di un paio di spanne sulla strada, con un sordo ronzio, galleggiando dolcemente.

Sumatra.

Sorriderà, pensando al sesso per cacciare la paura. La moto si inclinerà lievemente in avanti, quindi scivolerà con un sibilo, sparendo nella notte.

L'uomo alto si tormenterà i capelli ricci. Non riuscirà a dormire, nel suo letto nell'Hotel del Centro di Rio de Janeiro. Ripenserà a quei mesi febbrili, da quando, a marzo, avrà dovuto decidere di dar l'ordine di sparare all'uomo sull'aviomoto. Ripenserà alla sua Roma, e alla donna che ama, che vivrà con lui nella stessa città. Per lui, le due cose più belle del mondo. Ma perché quel dannato Hauser non lo avrà ascoltato? Dicono che Francesco II abbia risposto che sarà fatta la volontà del Signore.

Ma il Signore non gira con un fucile di un metro e mezzo. Cervetti non sarà religioso, e non saprà dire se sia credente. Onestamente penserà di no, ma sarà timorato di Dio, e per un attimo si pentirà del pensiero appena avuto. Vorrebbe davvero credere, davvero vorrebbe essere un angelo.

La donna scuoterà più volte la testa.

"Beatrix, Beatrix, ascolta: altrimenti, non ci sarà un posto sicuro, per noi. Se non mi vedi, domani, parti, senza voltarti indietro."

La donna lo guarderà negli occhi. E solo allora, capirà.

"È questo che vai a fare stasera, vero?"

L'uomo non risponderà. Le metterà la borsa in mano, guardando la piccola ferma a fianco dell'ascensore.

"Niki, domani sera patatine fritte, allora?"

La piccola farà cenno di sì, con la testa.

"Allora..." – dirà l'uomo premendo il tasto dell'ascensore – "...a domani."

Si solleverà il bavero del giaccone sul collo e accennerà ad un sorriso, prima di voltarsi. Lei lo guarderà allontanarsi nel parcheggio, camminando con le mani in tasca, sotto la luce arancione dei lampioni che fenderanno la nebbia.

"Mamma, che cos'hai?" – chiederà Niki, tirandola per la manica.

Sentirà solo il bisogno irrefrenabile di urlare.

"Mamma?"

L'uomo alto coi capelli bianchi tagliati a spazzola scenderà dall'auto a gravitazione magnetica di servizio, salutando con un cenno l'autista e incamminandosi verso l'entrata della villa. Grandi fari gialli posti ai piedi del muro di cinta illumineranno i mattoni a vista, ricoperti da splendide piante rampicanti. Sotto l'arco, all'ingresso, due donne raccoglieranno offerte per un'associazione di volontariato, e il Direttore offrirà un significativo contributo alla causa, prima di seguire la folla sul lungo tappeto rosso, che attraverserà l'intera strada di ghiaia, in mezzo ai giardini, magnificamente tenuti ai lati, illuminati da palle luminose che emetteranno una gradevole e soffusa luce bianca. In fondo, dietro le vetrate, le luci sfavillanti e la musica indicheranno che la festa è già iniziata, e si vedranno distintamente camerieri in divisa che porteranno i piatti con gli aperitivi. Il Direttore si stringerà nel cappotto, pensando a quali saranno le reazioni della Commissione di controllo, qualora quello che avrà raccontato la donna secca trapelasse. In tal caso, la restituzione della medaglia che starà andando a ritirare sarebbe l'ultimo dei suoi problemi.

Un angelo che scendesse con una spada fiammeggiante a punire quel diavolo, nascosto da qualche parte, pronto a uccidere un uomo buono che predica la pace, la bontà e la fratellanza. Vorrebbe davvero che il mondo fosse giusto. Troverà incomprensibile che Dio, se davvero esiste, taccia sempre, in materia di giustizia. Almeno su questa terra.

Perché, ce n'è un'altra?

Si alzerà, recandosi in bagno per lavarsi la faccia. Farà fatica, a credere in Dio. Ne avrà viste tante, di porcate, nella sua vita, ma quella volta sentirà qualcosa che andrà al di là del proprio dovere; sentirà di volere prendere quel bastardo e sbatterlo dietro le sbarre. No, dovrà essere onesto, almeno con sé stesso, almeno davanti allo specchio: lui riterrà di volerlo ammazzare. Si immaginerà sé stesso, in piedi, dopo aver sparato un paio di colpi in mezzo alla faccia di quello stronzo, a pisciargli in testa.

La sua faccia di cazzo, questa volta deformata per sempre, così dovrebbe finire.

Penserà a tutto quello che dovrà fare, fra poco più di tre ore, quando dovrà alzarsi per ispezionare, per l'ennesima volta, il percorso, e coordinarsi con le altre forze di polizia, che staranno dando la caccia a quel fantasma, che, come lui stesso avrà detto ai colleghi, opererà avendo scelto un terreno da incubo.

Quando si guarderà allo specchio, con l'asciugamano in mano, osserverà il suo volto, la propria barba bagnata, e penserà che decisamente, oltre che essere un peccatore, sarà anche privo di ali. Non crederà di credere in Dio. Almeno, si fa fatica, pensando a una madre malata di cancro che dal letto di ospedale ascoltava radio Maria. Era morta giovane, sua madre, pochi mesi dopo, e Maria quella volta aveva altro da fare. Cervetti ricorderà ancora il giorno, quel pomeriggio assolato d'estate, in cui lui e il padre, un piccoletto pingue, camminavano tristi e silenti sulla stradina asfaltata, tra le piante, verso l'uscita per il giardino del sanatorio. Lei li aveva salutati, attraverso i vetri, sorridendo nella sua vestaglia. Loro due avevano risposto al saluto, facendo ciao con la mano. Lui era giovane, allora, e non portava la barba. Suo padre le aveva sorriso, mentre muoveva la mano. Anche lui, come il padre, aveva fatto ciao, sorridendo con la morte nel cuore.

Il bianco ben messo, coi capelli ricci, osserverà l'amico, seduto davanti a sé al ristorante.

"Andiamo, potresti venire con me e Sarah, più tardi, andiamo a vedere un olografico fantastico, una storia sui dinosauri, sai, tutta azione, ti immagini…"

Il nero, un bell'uomo di media statura, completamente calvo, avrà un sorriso di circostanza.

"Non mi sento dell'umore di vedere un film, stasera. E poi, alle dieci devo andare per forza alla premiazione delle forze di pubblica sicurezza, e dopo la mezzanotte torno in ufficio a controllare il pezzo."

"Lavoro, lavoro, sempre lavoro" – commenterà l'amico, buttando il tovagliolo sul tavolo – "dovresti anche pensare ad altro. D'accordo, sei uno degli uomini più potenti di questa città, e nel giro di venti minuti – ma che dico? – probabilmente venti secondi, decidi cosa io e quel cameriere laggiù dobbiamo leggere in rete. Ma questo non ti rende felice, a quanto pare. Quindi, datti una regolata, amico."

Il nero osserverà i tavoli a fianco ai loro, pieni di gente che starà ridendo, divertendosi. Alcune coppie, molte famiglie, quel sabato sera.

"Tu non hai mai avuto la sensazione di aver sbagliato vita?" – chiederà ad un tratto il nero.

"Amico, ogni mattina mentre mi faccio la barba."

"Parlo seriamente."

"Ma anch'io." – dirà l'altro sorridendo.

"Tu hai Sarah."

Il bianco inghiottirà un boccone dal suo piatto.

"Vero…" – commenterà, facendo le spallucce – "…e i film olografici sui dinosauri."

Al nero sfuggirà un sorriso.

"Io avevo una donna che mi piaceva, sai?"

L'amico posa la forchetta nel piatto.

"Davvero?" – chiederà allegramente – "A parte le tue ultime conquiste? Ma questa non ha l'aria di essere la solita cazzata sparata lì, racconta!"

Il nero alzerà le spalle, sorridendo.

Sua madre era morta un mattino nebbioso, pochi mesi dopo. Ma lui, negli anni a venire, ricordava sempre di averla salutata quel pomeriggio di sole. Ora sarà un uomo fatto, saranno passati quasi vent'anni. Ma sarà contento di potersi lavare la faccia, quella notte, solo, in un anonimo albergo, e asciugare, ancora una volta, come tante altre notti, il ricordo.

"Sai, quando pensi a ciò che hai fatto e scelto nella vita, a volte ti capita di scoprire che spesso è stato il caso. O forse, il caso che tu non hai scelto."

Il riccio taglierà un pezzo di filetto e lo inghiottirà con appetito.

"Eh, ma come siamo filosofi stasera."

"Dico davvero, a volte penso a come sarebbe stato, se avessi avuto il coraggio di dirglielo. Me lo chiedo da venticinque anni."

Il bianco ben messo verserà un po' di vino nel bicchiere dell'amico, e poi nel proprio.

"Come sarebbe? Non te la sei fatta?"

Il nero riderà.

"Avevo diciassette anni."

"Appunto!" – riderà di rimando l'amico.

Il nero berrà un sorso di vino, e guarderà l'amico, ricordando un'aula di scuola.

"È rimasta vicino a me, per quattro mesi. Sai, i primi corsi olografici. Io sentivo che parlava con le sue amiche, la spiavo, guardavo il suo sorriso. All'epoca i programmi non avevano gli odori, ricordi? Ma io sentivo il suo profumo. Ne ero cotto. Letteralmente andato."

Il riccio poserà il coltello e la forchetta ai bordi del piatto.

"E allora?"

Il nero sorriderà, amaramente.

"E allora." – risponderà, sovrappensiero – "E allora niente. Dopo quattro mesi, il corso è finito, e non l'ho più rivista."

Il riccio rimarrà con la forchetta in mano, guardando l'amico.

"Non ho trovato il coraggio."

Il bianco osserverà l'uomo di successo che si starà confidando con lui, e non oserà interrompere con battute fuori luogo.

"E in tutti questi anni, mi sono chiesto, tante volte, come sarebbe stato, se solo avessi avuto il coraggio di parlarle. Se sarei stato lo stesso uomo, migliore. Oppure peggiore. O se non sarebbe cambiato un cazzo."

Il nero riderà, nervosamente.

"Magari, in questo momento, un sabato sera, non saresti stato tu a mangiare quella bistecca con me…"

Questa volta sarà il bianco, ad avere un sorriso di circostanza.

1 giorno prima

La vecchia moto a gravitazione scorrerà nelle prime ore della notte, girando per le strade periferiche di Rio de Janeiro, cercando di evitare le vie più trafficate. L'uomo girerà stando attento a non superare i limiti di velocità, evitando con cura tutti i luoghi nei quali ritenga sia possibile la presenza di telecamere. Il berretto sportivo, la parrucca bionda e la barba posticcia dovrebbero ripararlo dal rischio di essere riconosciuto qualora sia inquadrato da una telecamera ad un incrocio. Sarà un rischio remoto, e certamente inferiore al riconoscimento degli scanner di ultima generazione presenti nelle aviovie destinate alle aviomobili sulla circonvallazione aerea. Certo, il banale trucco non funzionerebbe con uno scanner ravvicinato, come quelli in funzione agli avioporti, ma la probabilità di essere fermato, proprio lui, in moto, in una strada periferica, in una città di oltre dieci milioni di persone, sarà un rischio calcolato. Ciò nonostante, l'uomo guiderà con prudenza, osservando con attenzione le regole della strada, cercando di individuare il prima possibile eventuali pattuglie della polizia. Ne individuerà un paio, e anche un paio di posti di blocco, ed eviterà accuratamente di avvicinarsi. Quando riterrà di essere arrivato abbastanza vicino, ad alcuni chilometri dalla zona designata, preferirà scendere e andare a piedi. Fermerà la vecchia moto a gravitazione, chiuderà il lucchetto, aprirà il bagagliaio, prenderà lo zaino e si incamminerà nella notte.

Tre chilometri dopo, giungerà in vista del suo obiettivo, e osserverà per l'ennesima volta il palazzo che avrà scelto come suo punto di posizionamento. Attraverserà la piazza, osservando in lontananza un camion antisommossa della polizia, in tenuta da battaglia, e un nutrito gruppo di giovani che starà festeggiando per l'arrivo del Papa, previsto l'indomani. L'uomo entrerà nel parco davanti alla piazza, e attraverserà i giardini, fino ad arrivare al centro dello stesso. Sceglierà una pianta, al centro del giardino, nella zona più buia e priva di telecamere, una pianta coi rami pendenti fin quasi a terra, e si infilerà sotto la cascata di rami e foglie. Ci resterà solo un minuto, controllando che tutto sia tranquillo intorno.

"E tu ci pensi ancora, dopo tutti questi anni."
Il nero annuirà, aprendosi in un bianco sorriso.
"Dopo tutti questi anni."

Whiley scenderà dal taxi, pagherà in contanti, scenderà e chiuderà la portiera. Farà freddo. Si metterà le mani nelle tasche del nuovo giaccone blu scuro, e si incamminerà vero l'entrata, osservando la grande scritta luminosa che indicherà l'ingresso della serata di commemorazione delle forze della sicurezza. Entrerà insieme alle molte persone vestite in abiti eleganti e formali, rendendosi conto di non avere l'abito adatto. Del resto, penserà passando sul tappeto rosso che attraverserà il cortile di ghiaia, non aveva previsto di passare in quel modo la serata. Osserverà che a fianco del cortile, prima degli alberi al confine della proprietà, ci saranno delle basse costruzioni di legno, distanti un centinaio di passi.

Whiley uscirà dal tappeto, attraverserà il cortile ghiaiato, ed entrerà nella prima casa illuminata. Proverà ad aprire la porta a vetri. Si aprirà. Entrerà nella vecchia abitazione colonica, perfettamente ricostruita e mantenuta nello stato in cui si trovava nel diciannovesimo secolo, evidentemente adibita a una sorta di museo dell'agricoltura. La casa sarà riscaldata, e illuminata da eleganti faretti che evidenzieranno le attrezzature agricole del tempo, perfino una carrozza da passeggio. Si siederà su una panca, a riflettere. Alla fine, riterrà di doverlo fare.

Uscirà dalla porta della casa colonica, attraverserà il cortile di ghiaia e ritornerà sul tappeto rosso, dirigendosi verso la villa illuminata a giorno. Attraverso un ampio ingresso entrerà nello spazioso atrio della villa. Al guardaroba, alcune signore staranno posando eleganti cappotti per rimanere in abiti da sera. Osserverà che dalla destra altre persone staranno uscendo, attraverso porte a vetri scorrevoli, da quella che sembrerà una sala ristorante. Si dirigerà verso una grande sala, dove sarà iniziato un party di benvenuto per gli ospiti. Un pannello olografico a un lato della sala indicherà il programma della serata: una serie di interventi di commemorazione dei caduti in servizio negli ultimi anni, e la premiazione dei migliori funzionari dello stato, effettuata alle presenze delle massime autorità.

Nascosto sotto i rami e le foglie, si accerterà che nessuno sia in vista, prima di agire rapidamente, inserendo la scatola nel cavo del tronco dell'albero secolare, e poi uscire nel giardino. I ragazzi staranno uscendo dai locali del centro, e alcuni capannelli di persone saranno chiassosi e allegri. L'uomo giungerà in prossimità del grattacielo, e osserverà da sotto il percorso per il quale si sarà allenato durante l'estate.

Ecco la montagna.

L'uomo avrà studiato il suo piano a tavolino molti mesi prima. Saprà benissimo che tutti gli edifici di nuova concezione, e anche i rifacimenti delle superfici esterne di quelli più vecchi, saranno stati realizzati, negli ultimi trent'anni almeno, in cemento flessibile. Il vantaggio del concrete cloth sarà stato quello di aver permesso agli ingegneri di montare direttamente le lastre di cemento flessibile dove e come preferiscono, sostituendo così la millenaria tecnica di costruzione basata sul gettare il cemento sul posto. Il materiale, un grande e flessibile foglio, avvolto su un cilindro, sarà stato steso e spruzzato d'acqua, solidificandosi in blocchi rigidi, usati per rinforzare le pareti dei grattacieli. In seguito, a quelle pareti composte di fogli di cemento in polvere, contenuti tra due superfici di tessuto, connesse tra loro da un intreccio di fibre, saranno state applicate le reti di metallo inossidabile, e a queste, attraverso complessi sistemi di intubazione e irrigazione, saranno state aggiunte le vasche di terra, e piantata la vegetazione. L'uomo osserverà le pareti dell'edificio, già studiate tante volte.

Perfetto.

Le fibre e il cemento asciutto avranno assorbito l'acqua attraverso il tessuto, e l'intreccio di fibre avrà aiutato a creare la matrice resistente all'interno del materiale solidificato. Di qui, la vegetazione applicata sopra, debitamente coltivata, curata ed irrigata, negli anni sarà cresciuta rigogliosa, fino a ricoprire interamente le pareti dei grattacieli. L'integrazione tra la tecnologia costruttive dell'uomo e la natura sarà stata perfetta, creando un intreccio indissolubile di modernità e habitat originale del luogo. Naturalmente, le piante scelte saranno state tratte dalle specie che meglio si adatteranno al clima locale, e oggi, osserverà l'uomo alzando la testa, l'intero grattacielo assumerà la forma di una montagna coperta di verde.

Le medaglie saranno conferite direttamente dal signor Governatore dello Stato dell'Illinois, dirà al microfono un ologramma sotto il palco. Whiley rifiuterà un drink offerto da un cameriere e camminerà nella folla, slacciandosi il giaccone. Infilerà la mano in tasca, fino a sentire il calcio della pistola. Capannelli di persone staranno parlando, bevendo e ridendo allegramente. Alla fine, Whiley individuerà la persona che starà cercando. Si avvicinerà, facendosi largo tra la folla. La toccherà sulla spalla, costringendola a girarsi.

"Noi due ci dobbiamo parlare" – dirà, osservando l'espressione stupita sul viso di quest'ultima – "ora."

La persona si guarderà intorno, sorpresa. Centinaia di persone intorno a loro staranno bevendo, ridendo e chiacchierando amabilmente. La musica soffusa starà inondando il salone, scendendo dal piano superiore attraverso l'ampio scalone a due ali, in marmo pregiato bianco.

"Mi segua." – ordinerà Whiley.

L'uomo si apposterà davanti all'ingresso, aspettando il momento opportuno. Un quarto d'ora più tardi, il gruppetto di giovani, di ritorno da una festa, si avvicinerà chiassosamente, e i ragazzi faranno a gara a dimostrarsi aggressivi ed esuberanti di fronte alle femmine. *Il più vecchio non ha vent'anni.*

L'uomo si accoderà a loro, come se la cosa fosse casuale.

"E dai, la smetti di fare il cretino?" – si lamenterà una ragazza.

Il gruppo riderà, evidentemente trovando le battute del giovane molto divertenti.

"Dai, ti accompagno fin sopra." – proporrà il tipo.

"Non è necessario" – ribatterà la ragazza, una biondina di scuola superiore – "grazie. Ce la faccio da sola a prendere un ascensore."

"Scusate" – chiederà l'uomo levandosi lo zaino, infilandosi nella porta aperta.

"Ehi, ma lo sapete che domani mattina alle sei chiudono la strada?" – chiederà un ragazzo.

"Ma dai. Fino a qui?" – domanderà una ragazzina grassottella.

"È per sta cazzo di storia del Papa. L'ho sentito ieri sera."

"Bella rompitura di palle!" – esclamerà ridendo un altro.

"Beh, allora ciao." – dirà la biondina, chiudendo la porta.

L'uomo, camminando per il corridoio, sentirà ancora le voci del gruppetto dei ragazzi che si sarà fermato a parlare in strada.

"Scusi, a che piano va Lei?" – chiederà la ragazza.

L'uomo con lo zaino entrerà in ascensore, sorridendole.

L'uomo anziano con i capelli scuri e impomatati attraverserà Piazza Colonna, a Roma, circondato dalle guardie del corpo che tratterranno la folla e i giornalisti. Salirà le scale, ed entrerà nell'atrio, salutato dai due militari di guardia, che scatteranno sull'attenti, alzando il fucile. Attraverserà la prima sala della Camera dei Deputati, girerà per due corridoi, ed entrerà nel Transatlantico, quindi prenderà deciso per l'ingresso nell'Aula, evitando di avvicinarsi al capannello di persone ferme alla Bouvette. L'Aula sarà già gremita di parlamentari, nonostante l'ora del mattino sia insolita, per l'apertura della Camera, ma il fatto straordinario avrà reso urgente la convocazione.

Sabato, ore 23.28

Usciranno da una porta secondaria, attraversando il giardino e passando per il cortile di ghiaia, nella notte nuvolosa, umida e fredda. Si allontaneranno dalla folla e dal tappeto rosso, e si dirigeranno, guidati dai faretti nel terreno, camminando sull'erba bagnata di rugiada, verso la casa colonica. Whiley farà strada, aprirà la porta scorrevole, e indicherà la panca di legno, prima di richiudere la porta di legno dietro di loro.

Whiley osserverà l'uomo coi capelli bianchi tagliati corti ed il viso scavato.

"Buonasera" – dirà Whiley – "Eminenza."

Il vecchio si muoverà lentamente, e siederà a fatica sulla panca di legno, appoggiandosi al bastone.

"Mi dispiace di non aver trovato qualcosa di più adatto al suo lignaggio." – aggiungerà – "Ma come direbbe Lei, questo passa il convento."

Il vecchio aggrotterà le sopracciglia bianche.

"Ha qualcosa di nuovo da rivelarmi?"

"Non sia patetico; lei non ha avvertito il Vaticano, e non lo farà mai, non è vero?"

Il vecchio poserà il bastone, lo scruterà con occhi scuri incavati nel volto troppo magro, poi sorriderà, guardandolo con serenità.

"E perché dovrei farlo? Molti lo sanno già, in Vaticano."

"Chi, molti?" – chiederà Whiley, alzando la voce – "Chi di voi accetta l'ipotesi che si uccida il Papa?"

"Non è una ipotesi, è una decisione. Una scelta dolorosa e necessaria."

"Necessaria?" – chiederà Whiley, sedendosi su un braccio appoggiato a terra della vecchia carrozza, a gambe divaricate – "Necessaria perché?"

Il vecchio guarderà per terra.

"Perché le vie del cielo passano per le decisioni dell'uomo."

"Stronzate!"

"Il suo turpiloquio non cambia lo stato della cose."

"Oh, no certo, bisogna parlare bene. E razzolare male, non è vero?"

L'uomo si avvicinerà nell'emiciclo, gremito di deputati, quindi consegnerà una cartella al Primo Ministro, un ometto curvo, dal viso stretto terminante in basso in un pizzo sottile come una lama, tra il labbro inferiore ed il mento.

Mezzora più tardi, quando il Presidente della Camera darà la parola al Primo Ministro, l'aula sarà piena, e i loggioni saranno gremiti di giornalisti accreditati per le riprese olografiche.

"Onorevoli Colleghi!" – esordirà il Primo Ministro, in piedi al centro del palco – "Mi rincresce aver dovuto chiedere al vostro Presidente una convocazione così di urgenza, ma purtroppo le gravi notizie che sono divulgate ieri in tarda mattinata richiedevano, per rispetto a questa Assemblea, che il Governo venisse a riferire senza indugio."

Nell'aula, il silenzio sarà tombale, mentre il Premier continuerà il suo intervento.

"Il rispetto a voi dovuto mi impone di comunicarvi, in anticipo rispetto agli organi di stampa, che purtroppo pochi minuti fa il Signor Ministro dell'Interno mi ha confermato che il dottor Angelo Bordini è morto, dopo una notte di agonia. Con lui, sono morti tre uomini della scorta, mentre altri due versano ancora in gravissime condizioni."

L'immagine olografica del Primo Ministro sarà riportata in tutte le principali edizioni della rete, ivi comprese molte testate straniere.

"Da una prima ricostruzione, effettuata nella giornata di ieri, sembrerebbe che a determinare il gravissimo incidente sia stato un ordigno, posizionato poco dopo l'aviostrada sulla bretella all'altezza di Firenze, mediante un drone guidato da terra, e quasi certamente fatto brillare al momento del passaggio dell'avomobile del Procuratore Federale e delle due avomobili di scorta."

Il Primo Ministro proseguirà nella lettura di una serie di ipotesi e prime valutazioni formulate dagli uffici del Ministero dell'Interno, atte a spiegare la dinamica dell'accaduto, quindi passerà a ricordare il ruolo e la figura del Magistrato assassinato.

"Nella storia di questa Repubblica" – continuerà il Primo Ministro con tono solenne – "tornano in questo giorno tristemente alla memoria figure storiche, giganti buoni della Magistratura."

"Cos'è il bene, cos'è il male? Lei è sicuro di saperlo?"

"Io no. Dovrebbe essere Lei, l'esperto del campo. Io mi occupo solo di leggere libri."

"Anche io leggo libri, signor Whiley, libri sacri, in particolare." – dirà il vecchio, tossendo.

"Ed è lì che avete imparato ad uccidere la gente?"

Il vecchio guarderà nel vuoto.

"Ci sono delle cose che vanno preservate. Difese ad ogni costo."

"La vita, va difesa ad ogni costo, Eminenza!" – sbotterà Whiley ad alta voce - "Quello che voleva fare quel medico cinese, che ha dedicato la sua intera vita alla ricerca della cura contro il male! Alla cura del cancro."

"Il male non è sconfiggere la morte. Il male è andare contro la volontà di Dio."

Whiley allargherà le braccia, scuotendo la testa.

"E quanti, la pensano come lei, in Vaticano?"

"Non è il numero che conta, ma la determinazione a perseguire la via del Signore."

"Quindi siete una minoranza, ma vi arrogate il diritto di decidere in nome della maggioranza, è così?"

Il vecchio tossirà ancora.

"La maggioranza la pensa come noi, solo difettano in coraggio. La fede non è troppo forte, in loro."

"E sentiamo, in che modo il Papa andrebbe contro alla volontà di Dio? No, perché io questo proprio non lo capisco. Ho letto quei cazzo di libri che non avete fatto pubblicare – oh, mi scusi tanto se dico cazzo - li ho riletti, compresi i saggi, gli articoli non pubblicati. Posso certamente capire la preoccupazione dei politici, degli economisti, dei sociologi. Posso pensare che i governi non siano preparati a gestire la carenza di risorse per una popolazione in forte crescita. Posso contemplare i rischi di guerre per accaparrarsi le risorse scarse, anche. Posso immaginare i timori dei medici o dei becchini, perfino! Ma non vedo proprio come la crescita della popolazione mondiale sia un fatto che debba interessare alla Chiesa cattolica. Cos'è, avete un numero limitato di anime da curare?"

"Lei è fuori strada, giovanotto." – dirà il vecchio, sorridendo per la seconda volta.

Il primo Ministro alzerà lo sguardo a osservare i banchi dell'aula e i loggioni gremiti di giornalisti e osservatori, prima di riprendere.

"...uomini dello Stato che lottarono con coraggio e determinazione, spinti dal solo desiderio della giustizia, e della difesa delle Istituzioni che essi desideravano ardentemente servire. Il dottor Bordini non era da meno, e tutti ricordiamo oggi, con doloroso rispetto, il lavoro straordinario, l'imperturbabile fiducia nel valore della legalità, il coraggio esemplare, piccolo grande uomo di immensa umiltà, che sempre ha manifestato nella sua lotta contro il crimine organizzato..."

Le segretarie al tavolo davanti al Banco dei Nove faticheranno a trascrivere in tempo reale il discorso, pur aiutate dal dispositivo di traduttore istantaneo delle bozze.

"...un uomo pervicace, testardo, inarrestabile nella sua azione di indagine del crimine, e per questo vilmente assassinato, ma imperituro monito, per tutti noi, affinché mai si abbia ad abbassare la guardia, contro un nemico al contempo subdolo e feroce..."

Più tardi, nelle case degli italiani entrerà l'ologramma di una deputata alla sinistra del premier, in alto nell'emiciclo, che non riuscirà a trattenere le lacrime.

"...ed è per questo, che io vi prometto, in conclusione, una sola cosa:" – affermerà il Primo Ministro, con la voce rotta dall'emozione, mentre le telecamere olografiche lo riprenderanno freneticamente – "che questo governo, che mi onoro di presiedere, non si darà pace fino a che gli autori di questo vile attentato alla democrazia non saranno consegnati alla giustizia. Ed infine, mi sia consentito di chiedervi, a conclusione di questo discorso, che mai avrei voluto dover pronunciare, di rivolgere un accorato applauso alla memoria di questo grande servitore dello Stato."

La cronaca registrerà che l'esplosione fragorosa dell'accorato applauso, con tutti i deputati in piedi, tra cui molti visibilmente commossi, rimbomberà nell'aula per oltre quattro minuti.

Poco più tardi, le riprese olografiche mostreranno decine di deputati attorno al premier, a stringere freneticamente le mani e appoggiarne altre sulla spalla, pronunciando sentiti apprezzamenti e accorati ringraziamenti per il bellissimo discorso. I giornalisti commenteranno in diretta olografica la sentita e solenne orazione del Premier.

"Mi conduca sulla retta via, allora, Padre."

Il vecchio scoprirà un sorriso sottile e freddo.

"Non è il numero, che preoccupa noi. Quello potrà preoccupare gli altri, ma non certo gli uomini di Chiesa."

"Quindi il problema non è il numero degli abitanti di questa terra" – dirà Whiley aprendo le braccia "lo spazio vitale, il cibo per gli abitanti del pianeta."

"Noi non siamo così interessati al cibo per il corpo, quanto al nutrimento dell'anima."

"Mi illumini, allora. Mi illumini della verità."

"La verità!" – urlerà il vecchio, con sorprendente energia – "La verità è la parola di Dio!"

Whiley osserverà la determinazione del vecchio, prima di replicare.

"E la parola di Dio vieta alla popolazione della terra di crescere in numero? Io non sono un esperto in materia, ma da qualche parte non diceva andate e moltiplicatevi?

"Non sia blasfemo!"

"E lei non sia ipocrita!" – urlerà di rimando Whiley – "La ricerca della verità! Dell'onestà! Della rettitudine! Tutte stronzate di cui vi riempite la bocca per coprire i vostri sporchi fini. I miei colleghi, gente normale che non aveva mai fatto del male a nessuno, il mio migliore amico, sono morti. Mi dica il perché, per DIO!"

Il vecchio prenderà il bastone, e si appoggerà con fatica, ponendo ambo le mani sull'impugnatura, restando seduto con la testa piegata in avanti.

"Quindi deduco" – insisterà Whiley – "che una minoranza in Vaticano abbia fatto una sorta di alleanza con coloro che agiscono per la paura delle implicazioni economiche dell'allungamento dell'età della vita. Tutti quei testi segretati, il tema dello spazio vitale, dell'energia, del cibo. Ma un romanzo sulla uccisione del Papa. Non capisco ancora il nesso."

Il vecchio rimarrà bloccato, lo sguardo nel vuoto, l'espressione stanca e vuota.

"Mi dica di cosa avete paura." – aggiungerà, Whiley sospirando a bassa voce – "Mi dica perché non volete che il mondo vada avanti."

Nell'edizione straordinaria, molte immagini olografiche riprenderanno ancora i calorosi abbracci nell'emiciclo. Una inquadratura si soffermerà sulla mano del Primo Ministro, che porterà al dito un piccolo anello d'oro, con sopra uno strano disegno inciso in una piccola pietra ovale di color porpora.

La risata sembrerà venire da lontano, come da un altro luogo, un'altra persona, in quella stanza piena di oggetti di un altro tempo.

"Avanti!" – riderà il vecchio – "Ah, perché secondo lei negli ultimi duemila anni il mondo è andato avanti. Avanti dove? Rispetto a che cosa? I valori non mutano, la fede non muta, l'eterno non muta. Ci sono dei principi naturali, che sono sacri, ed inviolabili. Di fronte ai quali, tutto diventa secondario. Tutto!"

"E quali sono i principi naturali che impediscono di curare una malattia come il cancro? Cosa c'è di male in uno strumento di cura?"

"Lei ci è andato! Lo so, me lo hanno detto, la notte scorsa, li ha visti. Nell'ospedale, dico."

"Sì, e allora?"

"E allora, lei crede che quelli siano malati?"

"Non lo sono?"

"No!" – urlerà il vecchio – "Non solo. Ci sono anche uomini e donne che sperimentano quella cosa per non invecchiare! Solo per vivere di più! Si è scoperto che quella cura, non solo combatte le cellule malate, ma anche rinnova quelle sane. Lei si immagina un mondo in cui gli uomini prendano quella cosa per ringiovanire? Per non invecchiare?"

"E gli altri?" – chiederà Whiley – "Chi vi dà il diritto di privare di una cura i malati? Ma perché, poi?"

"Per rispettare l'ordine delle cose."

"Quale ordine?"

Il vecchio sorriderà amaro.

"Lei ha visto il mio giardino, ieri mattina, ricorda?"

"Sì, che c'entra con tutto questo?"

"Lei avrà visto delle piante." – spiegherà il vecchio – "Io amo le rose. In rosa stat nomine. Ma la rosa nasce, si sviluppa, risplende di vita. Invecchia, e poi muore."

"Quindi se ci fosse, che so io" – dice Whiley scuotendo incredulo la testa – "un diserbante che rallenta il processo di invecchiamento di quella pianta, lei sarebbe contrario? Ma come diavolo ragionate voi?"

"Vedo che lei non afferra il punto giovanotto." – replicherà freddo il vecchio, muovendosi sulla panca.

Il giorno stesso

L'uomo con la parrucca bionda saluterà la ragazzina quando uscirà dall'ascensore, e premerà il bottone per salire al piano prescelto, come avrà pianificato da mesi. Uscirà dall'ascensore, attraverserà il corridoio, entrerà ai bagni pubblici e chiuderà la porta. Arriverà in fondo e aprirà la finestra, sentendo l'aria fresca della notte arrivargli sul viso. Aprirà lo zaino, si spalmerà la crema nera sul volto, si infilerà il berretto di lana nero, e si infilerà i guanti di pari colore. Si toglierà il travestimento posticcio, e lo infilerà nello scomparto predisposto dello zaino, che poi si metterà nuovamente in spalla. Con prudenza, salirà sul cornicione, e inizierà la pericolosa scalata nel buio.

Devi imparare ad aspettare.

L'uomo si troverà a centottanta metri di altezza, e si muoverà nella notte aggrappato ai robusti sostegni delle piante che ricopriranno l'edificio. Si sposterà lateralmente, lungo il sottile cornicione del piano; il momento più difficile sarà quando dovrà svoltare l'angolo. Sarà abituato ad arrampicare, lo avrà fatto sin da ragazzo, e l'altitudine non gli farà impressione, né soffrirà di vertigini.

Al diavolo, pensa ad altro, rilassati.

Saprà che la rete, solidamente ancorata, sarà in grado di reggere ampiamente il peso di un uomo, ma lo spostamento con l'ingombrante zaino sulle spalle non renderà agevole il tragitto. Per sua fortuna, sarà una notte calma e senza vento, né pioggia.

La ragazza camminerà in lontananza tra le rocce, nel sole, aspettando che la risacca scenda lasciando la spuma tra le pietre.

Il maltempo era stato uno delle sue preoccupazioni principali, ma la fortuna lo starà assistendo. Girerà l'angolo, percorrerà quattro metri in movimento laterale, quindi alzerà la testa per vedere l'obiettivo, posizionato a una ventina di metri sopra la sua testa.

Mi spiace che tu debba andare.

Inizierà l'arrampicata, cercando invano di liberare la mente dai suoi pensieri, sapendo di doverla percorrere nel minor tempo possibile, poiché quello sarà il momento peggiore, quello in cui qualcuno potrebbe vederlo, non essendo ancora camuffato.

"E qual è allora il punto?"

"Il punto non è salvare una pianta, un animale, un essere umano, o fargli trascorrere più anni su questa terra. Il punto è rispettare la volontà di Dio. Il punto è rispettare l'ordine che Egli ha creato. Il punto è rispettare il fine della sua volontà."

"E il fine giustifica i mezzi?"

"Sempre!" – urlerà il vecchio – "In materia di fede."

"Compreso ammazzare Francesco secondo?"

"A maggior ragione il Vescovo di Roma è il primo a dover rispettare l'ordine delle cose."

"Cos'è, siete disposti a fare uccidere il Papa perché ha fatto qualcosa di male? O perché ha detto qualcosa di male?"

Le mani del vecchio tremeranno sul bastone.

"Niente di tutto questo." – la voce del vecchio suonerà rauca ora – "Non per qualcosa che ha fatto, signor Whiley, né per qualcosa che ha detto."

"Ma allora, perché?" – urlerà Whiley.

Il vecchio picchierà col bastone per terra.

"Per quello che farà! Per ciò che intende scrivere. Mettere nero su bianco. Parlando a tutta la cristianità."

Whiley penserà a quanto avrà appena affermato il vecchio davanti a lui. In quel momento, sarà come se un treno di luce lo investisse.

"Un' Enciclica!" – affermerà, a mezza voce, rimanendo a bocca aperta.

Molla tutto.

Saprà anche di essere completamente vestito di nero, lo zaino del medesimo colore, e che quell'ora tra le tre e le quattro del mattino, sarà quella in cui la guardia è mediamente più bassa.

Vattene, e non voltarti indietro.

Si arrampicherà con sicurezza, lentamente, calcolando mentalmente ogni metro percorso, cercando bene gli appigli per le mani e per gli scarponcini nella fitta rete metallica, tra la fitta vegetazione.

Sumatra.

Arriverà alla fine al balconcino, l'ultimo sotto la torre con il terrazzo pieno di antenne e ripetitori. Guarderà un attimo lo strapiombo sotto di sé. Saprà che da sopra non sarà possibile vedere direttamente il balconcino, anche sporgendosi, poiché la torre avrà una base più larga di circa un metro e mezzo. Si aggrapperà alla ringhiera ricoperta di piante, la scavalcherà, e salirà nel balconcino.

Ci siamo divertiti, no?

Rimarrà seduto per circa cinque minuti, riprendendo fiato, e pensando che la parte più difficile, ormai, sarà finita. Il balconcino sarà per metà ricoperto dei rampicanti, esattamente come le foto più volte studiate avevano dimostrato, poiché quel piano sarà disabitato, e usato come ricovero. La saracinesca per il balconcino sarà abbassata e la finestra chiusa dall'interno.

Credo che siano ancora sulle mie tracce.

L'uomo si leverà lo zaino, iniziando la vestizione. Ponendosi in un angolo, dal lato dei rampicanti, una volta rivestito con la ghillie suite, anche se osservato dall'alto, sembrerà solo una macchia di vegetazione. Disporrà i pezzi del fucile e del camuffamento sul balconcino, e inizierà la preparazione, coprendosi con il telo e operando con una luce schermata sotto di questo, senza fretta. Quando avrà finito, circa quaranta minuti dopo, infilerà la canna nella vegetazione e osserverà con l'ottica la strada, circa duecento metri più in basso.

Se va male ci verrai a trovare a Sumatra?

La notte comincerà gradualmente a schiarire.

Se va bene, vorrai dire.

Sabato, ore 23.47

Comincerà a nevicare, una neve asciutta e compatta, prima in fiocchi radi e lenti, poi sempre più fitti e frequenti. Cadrà lentamente, quasi senza fretta, in una magica atmosfera che nemmeno il vento sembrerà voler disturbare, e il suono della festa arriverà ovattato, quasi impercettibile, nella vecchia casa colonica.

"Sulla scienza e sulla fede." – dirà il vecchio, con voce stanca – "Le risparmio il latino. Francesco II intende scriverla prossimamente, ma il tema sarà la connessione tra l'una e l'altra, e vorrà dimostrare che si tratta di due rotte parallele, che percorrono la sola strada della via del Signore."

"E lei cosa ci trova di male?" – chiederà Whiley, seduto sulla barra della carrozza.

"Due strade parallele verso la verità. Non capisce?"

"Veramente no, non vedo ancora il nesso. Non credo che sarà stato trattato il punto di arrivo della scienza medica nella cura del cancro."

"Non direttamente!" – ammetterà il vecchio, battendo la mano sul bastone – "Ma di fatto, nel contesto del dibattito politico, questo aprirà nel concreto la strada alla sperimentazione, almeno in tutti i Paesi cattolici, non capisce? Francesco evidentemente ha saputo di questa cura, e intende prendere posizione. Contro gli interessi della Chiesa, di cui Lui dovrebbe essere il custode."

"E questo" – chiederà Whiley, allargando le braccia – "il fatto che si combatta il male grazie alla scienza dell'uomo, come può danneggiare la Chiesa? Che male può fare alla Chiesa il fatto che l'uomo possa guarire, e vivere più a lungo?"

Il vecchio sembrerà percorso da un fremito, mentre alzerà la testa, reggendosi con entrambe le mani al bastone.

"Più a lungo? E quanto di più?" – esclamerà a gran voce – "oggi, nessuno lo sa. Mi guardi, guardi me. Sa quanti anni ho io?"

Whiley osserverà il vecchio, le mani appoggiate tremanti sul bastone, un rivolo appena accennato all'angolo della bocca.

"Sono nato nel 1966, è bravo in matematica? – continuerà il vecchio – "Ottantasette, giovanotto."

All'alba, l'uomo alto e magro, coi capelli folti ricci e la barba neri, uscirà dall'ascensore del suo albergo, attraverserà la hall e si dirigerà verso la sala della colazione. Avrà appetito, nonostante tutto, anzi forse proprio per quello. Guarderà il cielo, visibile attraverso l'ampia vetrata, che comincerà a colorarsi verso oriente, e penserà che sarà una bella giornata di sole.

Nella sala, il suo collega brasiliano, un uomo di mezza età, ben piantato, un tipo simpatico con grandi baffi neri, starà già facendo colazione. Il collega gli augurerà buona giornata e poi aggiungerà qualcosa che lui non capirà. L'italiano si siederà, accenderà il traduttore e inserirà l'auricolare nell'orecchio.

"Come si sente, Commissario?" – chiederà con apprensione il brasiliano – "Non ha una bella faccia."

Cervetti ripenserà alla conversazione avuta poco prima con Santilli, che si era pure scusato per averlo chiamato così presto, in Brasile.

"Un mio collega mi ha detto, poco fa, che questa notte in Italia è morto un magistrato." – spiegherà Cervetti sedendosi al tavolo – "Lavoravo con lui, era dietro a questa indagine. Lo hanno ucciso."

"Mi dispiace." – dirà con tono sincero il brasiliano – "Come è successo?"

Cervetti poserà il piatto con le uova sbattute sul tavolo. Avrà sempre fame quando è teso e nervoso, al contrario di altre persone.

"Una bomba. Mentre viaggiavano in aviomobile." – risponderà versandosi del caffè – "Ieri mattina. Quattro morti, due in fin di vita. Lui e la scorta."

"Ma le aviomobili non erano blindate?"

L'italiano penserà a quanto gli aveva spiegato Santilli, tempo fa. L'acciaio cibernetico sarà stato un grande passo avanti, consentendo la blindatura anche delle aviomobili, che a differenza delle auto a terra dovevano essere fatte di una lega sì fortissima e resistente, ma ovviamente anche il più leggera possibile. Da alcuni decenni si usavano nuovi tipi di acciaio inossidabile senza copertura in cadmio, tossico, per resistere alla corrosione, a differenza delle leghe di titanio ed acciaio. Ma neppure le moderne cellule di sopravvivenza potranno salvare le vita di chi precipita da migliaia di metri.

Il vecchio tossirà, prima di riprendere.

"E sono ancora sotto la media di aspettativa di vita che la sua amata scienza ci ha dato. Ma se quella cura fosse conosciuta, se fosse usata e accessibile a tutti, diventerebbe sa cosa?"

L'uomo guarderà il vecchio, che parlerà fra sé come se stesse disputando di una cosa ripugnante, orrenda.

"Una sorta di vaccino!" – urlerà, a un tratto – "Sissignore. Come un tempo successe per altre malattie, ma qui l'aspettativa di vita si allungherebbe di quanto? Nessuno di quei medici lo sa, e sa perché? Perché non si può sapere! E l'uomo forse vivrebbe centoventi, centocinquanta, centoottanta anni? Chi lo sa! Ma io so cosa succederebbe alla nostra Chiesa, nel frattempo, signor Whiley, una Chiesa in difficoltà, una Chiesa sempre più lontana dai suoi fedeli, innamorati della parte razionale dell'uomo, della fiducia nella ragione, nella scienza, nell'uomo stesso, più che in Dio. Io lo so come uscirebbe da questa nuova crisi: scomparirebbe."

Whiley noterà l'angolo inferiore del labbro del vecchio ricoprirsi di un filo di saliva, mentre proseguirà con tono accorato, come se stesse pronunciando un sermone.

"Quella cosa distrugge le cellule malate e ringiovanisce le cellule sane. Chi non la vorrebbe? Sarebbe la fine. Ho passato tutta la vita a creare la fiducia nel Signore, nella vita dopo la morte, non nella rinuncia alla morte. E la mia Chiesa, qui a Chicago, è oggi più forte che mai. E il mio nome è simbolo di fede e speranza, per migliaia di persone, qui."

"E questa scoperta distruggerebbe la sua amata Chiesa?"

Il vecchio scuoterà la testa, come farebbe un maestro che parla a un bambino non troppo sveglio.

"Mi dica, signor Whiley" – chiederà, con voce bassa – "se la vita dell'uomo diventa tanto lunga da diventare impossibile stabilirne la presunta durata, quale è la differenza tra l'indefinito e l'infinito? E se la vita dell'uomo diventa indefinita, e quindi, potenzialmente infinita, qual è la differenza tra l'uomo e Dio?"

Il vecchio parlerà con enfasi, come uso a fare da un pulpito, sebbene sia seduto su un'umile panca di legno. Whiley non potrà fare a meno di pensare che il suo modo di porsi sia vagamente fanatico e al contempo grottesco.

Io invece sono piuttosto ottimista, Commissario.

"Hanno messo la bomba in un tratto di aviostrada in cui erano già in quota massima di crociera. Qui in Brasile, hanno dato la notizia tra le ultime di cronaca estera, poco prima delle notizie di sport."

Ora, grazie alla sua indagine, sappiamo una delle parole chiave.

Il poliziotto brasiliano annuirà, guardando il volto contrito dell'italiano, che avrà iniziato a mangiare nervosamente.

"Era un suo amico?"

Sappiamo da cosa dobbiamo difendere il Santo Padre.

L'uomo alto inghiottirà il boccone, poi berrà un sorso di caffè, prima di rispondere.

Cervetti.

"No." – dirà, posando la tazzina.

Il brasiliano resterà a osservare il collega rimanere immobile, lo sguardo fisso nel piatto.

Lo prenda.

"Era solo una persona buona."

Il Commissario sarà seduto nell'aviomobile, e starà girando per un ennesimo giro di ricognizione del percorso, quando saranno ormai quasi le nove del mattino.

"Mi raccomando, voglio essere tenuto informato, Hauser."

La voce del Capitano arriverà, in italiano, ma con il solito accento tedesco.

"La sicurezza di Sua Santità è una cosa che riusciamo a fare bene, Commissario."

"Non ne dubito, ma si ricordi quel che le ho detto. Non permetta alla macchina di fermarsi, per nessun motivo."

"Faremo il possibile, ma Lei sa come è fatto sua Santità."

"Beh, vorrà dire che oggi sarà fatto in modo diverso! Abbiamo un maledetto cecchino, da qualche parte, e per ora non siamo riusciti a trovarlo. Non vorrà mica rendergli la vita più semplice?"

"Lei si preoccupi di fare bene il suo, di lavoro, Commissario, che al nostro ci pensiamo noi. A più tardi."

"Lei mi sa dire la differenza fondamentale tra l'uomo e Dio? Tutti la sanno."

Whiley lo osserverà, in silenzio, come quando si ascolta in Chiesa.

"Dio, come l'uomo, può creare. La vostra scienza, ogni giorno, lo dimostra. Dio, come l'uomo, può distruggere. E in questo, la vostra scienza è maestra. Ma rimane un baluardo, un salutare, naturale baluardo della natura."

Whiley rimarrà ad ascoltare il silenzio che farà seguito alle parole del vecchio, che si chiuderà in sé stesso, come timoroso di parlare. Dai vetri della vecchia casa colonica, i fiocchi di neve, larghi e fitti, cadranno abbondanti nella notte scura, alla luce dei lampioni sotto il porticato. Whiley osserverà con attenzione il suo interlocutore, fermo come un masso al centro della stanza. Nello sguardo del vecchio ora non ci sarà più odio, ma disperazione.

"La vera differenza tra Dio e l'uomo, è che Dio non può morire."

La testa del vecchio si piegherà lievemente in avanti e le labbra si curveranno a sussurrare quasi una sommessa preghiera.

"Se si pensa che anche l'uomo possa non morire, quale differenza rimane?"

Whiley resterà a osservare il vecchio, miseramente seduto, con le mani conserte e i polsi a stringere il bastone, che vibrerà per il tremore del corpo.

"Tu sei pazzo." – mormorerà Whiley.

Il vecchio sembrerà svegliarsi da un momento di turbamento, e si ricomporrà, muovendo le mani nodose sul pomo del bastone.

"Può darsi, ma non sono il solo a pensarla così."

"E questo vi dà il diritto di decidere se altre persone debbano vivere, oppure morire?"

"Noi vogliamo solo impedire che l'uomo si sostituisca a Dio."

Whiley scuoterà la testa, guardando dai vetri, come per distogliere lo sguardo da una cosa ripugnante. I due rimarranno in silenzio, nella casa colonica, mentre dalle finestre si vedrà ora scendere più forte la neve.

"Facciamola finita, signor Whiley" – dirà alla fine tremando il vecchio - "Lei è venuto per uccidermi, non è vero?"

Cervetti sbatterà un pugno sul sedile posteriore dell'aviomobile.

"Stronzo!" – urlerà, quando si sarà chiusa la comunicazione – "Quei coglioni del servizio di sicurezza della guardia vaticana non si rendono conto che stavolta è diverso. A che punto siamo coi cecchini?"

"Sono tutti sui tetti da due ore, Commissario."

Non ce la facciamo.

"I furgoni?"

"Stanno girando, in un raggio di cinque chilometri, otto pattuglie. Stanno rilevando il calore umano su tutti i tetti, i terrazzi e i balconi del perimetro. Se gira un gatto, lo sapremo." – risponderà paziente il brasiliano coi baffi neri – "Inoltre stiamo monitorando l'area con telecamere dalle aviomobili, a ciclo continuo; abbiamo sedici volanti in aria, in questo momento."

"Voglio che controlliate ogni cecchino sui tetti. Quel bastardo potrebbe essersi travestito da poliziotto."

Centro colonna. Il Papa.

"Ogni venti minuti abbiamo una chiamata di controllo, e una richiesta di identificazione su codice cambiato ieri notte. Solo i diretti interessati lo conoscono."

Cervetti guarderà nuovamente con il binocolo dall'aviomobile, controllando le case, i palazzi e i grattacieli sotto di lui.

È come cercare un ago in un pagliaio.

Verso le dieci e trenta, il centro storico di Rio esploderà in festa. Milioni di persone si riverseranno nelle strade, e il servizio d'ordine faticherà a trattenere la folla che premerà alle transenne. Il boato all'annuncio che Francesco II starà percorrendo la strada sulla vettura papale gravitazionale aperta sarà dirompente.

Non c'è più tempo.

La gioia esploderà negli applausi, nelle grida, nei palloncini che saliranno in un cielo azzurro.

Dal suo punto di osservazione, l'uomo con le basette ben curate, nascosto sotto la sua maschera, quasi immobile da ore, succhierà dalla sua seconda e ultima borraccia, quella posta sul lato destro del torace, attraverso il tubo infilato in bocca.

Quando sarà il momento, sarà più semplice.

Whiley si alzerà in piedi, infilerà le mani nelle tasche del giaccone, estrarrà i guanti e li infilerà.

"Sì." – dirà estraendo la pistola - "Sono venuto per ucciderti."

Sbloccherà la sicura.

"Ma non lo farò." – dirà, posando l'arma sulla panca, a fianco al vecchio.

"Ho incontrato una donna, recentemente, una nera, una peccatrice. Come il tuo Papa." – dirà, rimanendo in piedi davanti al vecchio – "Lei crede in Dio, e non vorrebbe che io lo facessi. Quanto a me, mi dispiace solo di non aver la tua fede, perché allora potrei credere che tu brucerai all'inferno."

Whiley si allontanerà di un paio di passi.

"A differenza tua, io non ho mai ucciso nessuno, non ho le mani sporche di sangue, e non le avrò mai."

Metterà una mano sulla porta scorrevole, a fianco alla parete d'ingresso.

"Tra poco, io chiamerò una persona, e tutta questa storia verrà alla luce. Racconteremo tutto. Ci vorranno circa due minuti, per me, per attraversare quel cortile, dopo io la chiamerò. Prima, hai detto che ci hai messo tutta la vita a creare la tua opera, e che la tua Chiesa, qui, è più forte che mai. Essa è legata al tuo nome, hai aggiunto. Quindi, se ritieni di aver vissuto abbastanza e di non volere che il tuo nome, e tutta la tua opera, sia collegato a questa sporca faccenda, hai una possibilità, per evitarlo."

Whiley aprirà di un poco la porta scorrevole. Un soffio di aria gelida entrerà nel locale.

"E chi mi dice che Lei manterrà parola?" – sussurrerà il vecchio, guardando il pavimento.

"Io sono un uomo, Eminenza" – replicherà Whiley, spalancando la porta – "Spero di sentire il colpo, nei prossimi due minuti."

Attraverserà la soglia, uscirà e la richiuderà, senza voltarsi indietro. Si stringerà il bavero del giaccone attorno al collo, osservando il cielo bianco, e la neve cadere. Scenderà i due scalini di legno della casa colonica, e attraverserà lentamente il giardino, seguendo la luce soffusa che illuminerà il terreno, proiettato dalle lampade basse, già coperte di un dito di neve. Dalla villa giungeranno i suoni di una musica allegra, e voci di gente che balla e si diverte arriveranno ovattate.

Perché?

Lo vedrà, attraverso l'ottica, a poco più di tre chilometri di distanza, in mezzo alla folla, con la macchina che procede poco più che a passo d'uomo.

Perché ti verrà naturale aspettare.

L'uomo avrà calcolato che da quella distanza non sarà sicuro mirare alla testa, perché un bersaglio più piccolo e mobile.

Aspettare non è una cosa naturale.

Il Pontefice continuerà a salutare la folla, inchinandosi alle due ali. Sarà impossibile stabilire quando si muoverà, troppo rischioso.

Non è quello che fa l'uomo tutta la vita su questa terra?

Mirerà al bersaglio grosso, al corpo, sapendo che il calibro dell'impulso scelto sarà dirompente nel torace dell'uomo.

Aspetta che venga il suo momento di lasciarla, solo che stupidamente cerca di non pensarci."

Saprà che nessun uomo, anche nel fiore degli anni, resisterebbe ad una tale esplosione di organi interni, figuriamoci un vecchio già malato.

La cosa più difficile è aspettare.

Attenderà pazientemente due cose: che il suo software gli dia il via libera, appena al di sotto dei tremila metri, e che la sorte gli consenta da quel punto almeno un istante in cui il bersaglio sia quasi fermo.

Devi allenarti ad aspettare.

Cervetti guarderà la scena sul monitor olografico all'interno dell'aviomobile. La folla spingerà, festante. Il servizio d'ordine fuoriuscito a contenere la ressa intorno alla macchina a gravitazione, che procederà a singhiozzo, praticamente a passo d'uomo. Le guardie si muoveranno continuamente, cercando di individuare possibili pericoli. La donna riuscirà a passare, con il bambino in braccio. Il Papa sorridente farà un cenno all'autista.

La macchina bianca si fermerà.

"Ma che cazzo stanno facendo?" – chiederà a gran voce il Commissario – "Dammi subito la sicurezza vaticana!"

L'ologramma di un palloncino azzurro entrerà nell'aviomobile.

Camminerà lentamente, con le mani in tasca, osservando le proprie scarpe affondare nell'erba già bianca. Raggiungerà il cortile coperto di ghiaia e lo attraverserà, giungendo al tappeto rosso che si starà colorando di bianco. Si fermerà un attimo a osservare l'ora; sarà da poco passata la mezzanotte. Guarderà verso la casa colonica, e rimarrà un momento in ascolto, poi riprenderà a camminare lentamente verso l'uscita. Passerà sotto la grande insegna luminosa, e si ritroverà nella strada. Ascolterà ancora un minuto, senza sentire alcun rumore. La fermata degli aviotaxi non sarà lontana. Whiley deciderà che gli farà bene fare due passi, quella notte. Non gli resterà che fare quella chiamata alla Madison, ma non avrà fretta di decidere. Sarà una scelta importante, ma pericolosa: da essa dipenderà la sua vita futura. Se la storia andrà in diretta olografica, allora lo lasceranno stare, sapranno di avere di fronte una belva ferita, pericolosa. Libero di andar dove vuole, penserà, sorridendo.

Si fermerà vicino a un boschetto di conifere, rimanendo a osservare gli alti rami già completamente imbiancati.

E se non la pubblicheranno?

Avrà sempre amato la neve. L'uomo rimarrà fermo, sotto di essa, sentendosi stranamente bene.

In tal caso, dovrò stare lontano da Beatrix.

In quei giorni, il mondo, almeno il suo mondo, si sarà rovesciato, e nulla potrà tornare come prima.

Allora, non mi lasceranno mai andar via vivo.

Ricorderà solo un paio di momenti sereni. Un tramonto, con una bambina che ride su un'altalena, e una schiena di donna nella penombra, all'alba.

Sei bello.

Quelle due parole, così banali, gli gireranno per la testa, come i fiocchi di neve che scenderanno davanti a lui nella notte. Sorriderà amaramente pensando che il mondo è pieno di uomini mossi da una qualche incrollabile fede, come il vecchio che avrà lasciato nella casa colonica, che passano la vita a giudicare i peccatori e le peccatrici come Beatrix, e persone come lui, che passano la vita ad avere dei dubbi. Sentirà un bisogno irrefrenabile di rivederla, e penserà che tra meno di un'ora saprà se l'articolo sarà stato pubblicato.

Il nero anziano vestito di bianco allungherà la mano sulla testa del bambino che la donna gli starà porgendo vicino alla macchina. Un bambino biondo, spaesato e confuso. La carezza sembrerà infinita.

"Hauser, la faccia muovere subito via di lì!" – urlerà Cervetti – "La faccia spostare immediatamente, per Dio!"

In quel momento, un dito nascosto sotto un telo premerà il grilletto.

La scena sarà poi rivista migliaia di volte, ripresa dalla rete olografica di tutto il mondo, e neppure il controllo delle comunicazioni riuscirà a impedire che le immagini crude entrino nelle case, in ogni parte del globo. Cervetti la ricorderà per sempre. La mano che verrà allontanata di scatto dalla testa del bambino, come colpita da una frustata e la macchia rossa che esploderà sull'abito bianco. Il vecchio uomo nero che si accascerà come un sacco vuoto sul sedile dell'auto e le guardie che correranno a fare da scudo intorno alla vettura, la madre del bambino urlante, le guardie che salteranno sul cofano dell'auto e poi sul sedile.

E poi, il panico della folla, la confusione, le urla, le immagini oscillanti, e ancora grida e disperazione, molta paura tra la gente, l'uomo biondo che urlerà degli ordini, le guardie che cercheranno di riaprire la via, e solo dopo molto tempo, finalmente, l'auto che riparte, per fermarsi poco dopo, raggiunta dall'ambulanza, le sirene. Cervetti rivedrà più volte quel pomeriggio quella scena, ripetuta da tutti i giornali del mondo, e la prima edizione olografica farà apparire in tutte le case, nel fermo immagine, la macchia rossa sul vestito bianco dell'uomo nero, e il commentatore dirà che in quella ferita sarà stato versato il sangue dell'umanità intera. Quell'anno, il 2049 – sosterrà il commentatore - sarà ricordato per sempre come l'anno del primo attentato a un Papa al di fuori della città di Roma.

Di quel pomeriggio il Commissario avrà ricordi confusi, come l'esplosione di un colpo di fucile nel parco, da sotto una pianta, in contemporanea, e tutte le volanti che si saranno dirette al parco, tra la confusione e il correre della gente in mezzo ai giardini. Ricorderà di aver interrogato parecchi testimoni terrorizzati e confusi.

Poi, se avranno pubblicato l'articolo, potrà rischiare e andare da lei, cercare un luogo sperduto e dimenticare tutto lo sporco che avrà visto. Ascolterà un momento, attenderà ancora un ultimo istante, fermo sotto le piante. Nessuno sparo; tutto sarà ovattato, la musica della villa arriverà come un'eco indistinto e confuso. Osserverà soltanto il movimento improvviso di un merlo che si leverà in volo da una conifera innevata nel cielo lattiginoso. Allora si alzerà il bavero sul collo, infilerà le mani in tasca e si incamminerà nella notte, ascoltando il rumore dei propri passi nella neve. La natura sembrerà aver magicamente reso il paesaggio pulito.

Candido.

Innocente.

Puro.

Ricorderà di aver diretto i suoi uomini tra le piante. Nella confusione ci saranno voluti parecchi minuti, prima di scoprire che era solo un diversivo, e che saranno trascorsi altri lunghi minuti ancora prima di sentire e vedere l'esplosione in un balconcino in cima ad un grattacielo. Ricorderà anche che quando la polizia sarà arrivata, pochi minuti dopo, avrà trovato solo i resti dell'esplosione, e un telo da tenda particolare. La scientifica avrà scoperto in seguito che il telo usato sarà stato in cotone trattato con un additivo a base di fosforo, che promuovendo la carbonizzazione, avrà formato un residuo in superfice isolante il tessuto dal calore, in grado di nascondere ai rilevatori il calore umano. Di quelle confuse ore il Commissario ricorderà solo sé stesso, in cima al balconcino, che urlerà dalla ringhiera, nel vento, una promessa: quella di ritrovare chi era stato lì, avesse dovuto inseguirlo per tutta la vita, fino in capo al mondo.

Sarà quasi mezzanotte, e il Commissario Cervetti si sentirà sfinito. La giornata più lunga della sua vita professionale si starà concludendo con la sua più amara sconfitta; quella di non essere riuscito a evitare il disastro. Per tutto il pomeriggio e la sera si saranno rincorse notizie confuse e contraddittorie, circa lo stato di salute del Pontefice. Il vecchio uomo nero, gravemente ferito, subito operato d'urgenza, sarà uscito dalla sala operatoria soltanto da poco più di un paio d'ore. Le ultime informazioni dei giornali olografici riporteranno le sue condizioni come gravissime; starà lottando tra la vita e la morte, e i bollettini medici non daranno ulteriori informazioni.

Milioni di persone, in tutto il mondo, si saranno riunite in preghiera, spontaneamente, e tutte le chiese della città saranno stracolme di fedeli e di gente giunta da ogni dove, con code che arriveranno fuori dei portoni, nelle strade. Cervetti avrà lavorato fino a tardi, nel vano tentativo di trovare un indizio dell'attentatore, che sembrerà sparito. Tutto quello che la polizia avrà trovato sarà stato soltanto uno zaino, con una tuta mimetica dentro, all'interno dei bagni posti pochi piani sotto la zona da cui sarà stato sparato il colpo. Il collega brasiliano sarà seduto in silenzio a fianco a lui, alla guida dell'auto a gravitazione magnetica di servizio.

Domenica 1° dicembre 2053, ore 00.06

La prima neve comincerà a fermarsi sui manti delle strade di Chicago, una neve asciutta e farinosa, come quella dei vecchi cartoni animati sulle fiabe di Natale, penserà curiosamente il nero, scendendo dall'aviotaxi. La fermata sarà vicina al grattacielo nel centro città, la città che egli odierà, nella quale avrà avuto successo, partendo dalla sua isola. Pagherà il tassista, scenderà dalla rampa della fermata agli ascensori, e si dirigerà al piano terra. Il suo palazzo non avrà la fermata, ma il nero sarà contento di percorrere quei quattro minuti circa di strada a piedi, apposta avrà chiesto al tassista di fermarsi. Non saprà perché, ma la neve, che tanti odiano, per lui avrà un effetto riposante, gli ricorderà la pace, il silenzio e il pulito. Almeno, fino a che il traffico di domattina non trasformerà tutto in un qualcosa di sporco e informe, ma ora, mentre starà scendendo, silenziosa e calma, sembrerà fare svanire tutto in un oceano di bianco, nascondendo le cose alla vista.

Nella sua isola, Cuba, non l'aveva mai vista, la neve. Ne era andato via da ragazzo, per frequentare l'Università, e poi era tornato sempre più raramente, per un motivo o per l'altro. Il nero starà tornando dalla premiazione alla festa delle forze di sicurezza, e rifletterà su quanto avrà dovuto, ancora una volta, vedere, per la sua professione, e soprattutto ascoltare: avrà visto cambiare le facce, in venti anni di quel mestiere, ma le frasi saranno sempre le stesse. Troverà grottesco che i politici usino sempre parole vuote per descrivere il nulla, e le usino, inventando sempre nuovi slogan, cercando di persuadere il prossimo che loro sono diversi da coloro che li hanno preceduti. Gli uomini sono tali da sempre, e la politica dai tempi di Cicerone rimane sempre quella, solo che, penserà il nero camminando nella neve, del *vir bonus* sarà rimasto ben poco, e a dire il vero nemmeno molto del *dicendi peritus*. Quella sera ne sarà stata un triste esempio, e lui si sentirà ora veramente nauseato.

Nauseato di quella città, nauseato di quel lavoro, nauseato di tutto. Girerà l'angolo di una strada, e osserverà le aviomobili nel cielo che scivoleranno in lontananza lasciando strisce colorate nella notte chiara, apparentemente senza risentire del cambiamento di clima, a differenza di quanto sembrerà succedere a terra.

"Le spiace se entro lì dentro?" – chiederà il collega brasiliano, indicando la chiesa con un sorriso mesto – "Solo cinque minuti, poi la riporto in albergo."

Una brava persona, quell'uomo coi baffi neri, dal sorriso cordiale. Cervetti guarderà la misera chiesetta di periferia, lontano dai grandi grattacieli del centro, e improvvisamente si renderà conto che l'aviomobile li avrà portati in giro per un bel po', quella sera.

"Per me…" – ribatterà, alzando le spalle.

Seguirà l'uomo, che si leverà il cappello entrando nella chiesetta, facendosi il segno della croce. Cervetti entrerà, ma proprio non riuscirà a segnarsi. La chiesetta sarà piena di persone che pregheranno in silenzio, senza le grandi folle del centro città. Seguirà il collega che si sarà spostato in una navata laterale, dove alcune persone staranno facendo offerte votive, accendendo candele. Una donnina curva, di almeno settant'anni, gli passerà davanti, con una candela in mano, chiedendo permesso.

"Ma a che serve?" – le dirà Cervetti, con tono esasperato – "A che serve, ormai?"

La vecchietta lo guarderà, e poi chiederà al poliziotto brasiliano cosa abbia detto quello straniero alto. Quando questo tradurrà, avendo ancora l'auricolare inserito col traduttore automatico, tecnologia, la donna commenterà qualcosa.

"Che ha detto?" – chiederà in tono scocciato Cervetti.

"Sostiene che se tutte le persone buone del mondo pregheranno, questa notte, allora il Signore farà un miracolo."

"E chi ti dice che esiste, il tuo Dio?" – chiederà Cervetti alla vecchietta – "Come puoi crederci, dopo che hai visto ciò che è successo oggi?"

Il Commissario brasiliano tradurrà le parole della donna, stancamente.

"Chiede se tu pensi che l'uomo che ha sparato oggi sia un diavolo."

Cervetti farà cenno di sì con la testa. La vecchina non avrà bisogno di traduzione.

"Allora, se esiste il diavolo, deve per forza esistere Dio." – tradurrà il brasiliano – "La prega di unirsi con lei in preghiera. Più siamo, più forte sarà la voce che giungerà a Dio."

Gli torneranno in mente le parole del suo amico, e la conversazione della cena. Non avrà rivelato, ovviamente, al suo amico, di pensare sempre più alla morte, negli ultimi mesi. O meglio, al suicidio. Una sola cosa lo tratterrà con forza; la paura, la paura del dolore, essenzialmente. Avrà pensato a diverse ipotesi, quasi per macabro gioco, e avrà dovuto escluderne alcune, per ragioni pratiche. Il fatto di spararsi, per esempio, in quanto non avrà il porto d'armi. E pure quello di buttarsi da un balcone, perché soffrirà di vertigini, e la sola idea lo farà stare male. Si scoprirà a sorridere di queste grottesche riflessioni, mentre attraverserà i giardini pubblici, osservando le conifere ricoperte di un velo di bianco.

E poi, penserà che il suo amico aveva ben ragione a dire che tutti, in un modo o nell'altro, avevamo preso una qualche cotta per una ragazza da adolescenti o giù di lì, e che ogni giovane eterosessuale sulla terra, almeno una volta, si era dichiarato a qualcuna. Era vero, penserà camminando nei giardini pubblici, alla luce dei lampioni. Ma lui, che spesso fantasticava sulle stupidaggini, molto spesso negli anni si era chiesto come sarebbe stata la propria vita se avesse detto a quella ragazza cosa provava per lei. Si era immaginato una vita diversa, una vita piena, una vita di gioia. La gioia, un sentimento che aveva dimenticato esistesse, preso nel vortice del non soffrire troppo. Arriverà al proprio palazzo, entrerà con le chiavi scrollandosi il giaccone, si recherà all'ascensore, e sfiorerà il bottone.

Non si saprà spiegare perché un uomo adulto debba rimanere ancorato ad una fantasia da adolescente, un uomo che avrà raggiunto il successo. Successo, sorriderà tra sé e sé, in ascensore. Essere di notte, la notte di una domenica, al lavoro, per poi tornare a dormire in albergo. Si chiederà se quella notte forse troverà il coraggio di farlo, di ingoiare le pillole che sarà riuscito a procurarsi, grazie ai suoi agganci. Non crederà di riuscire a ingannare sé stesso. Lui il coraggio vero – penserà - non l'ha mai avuto. L'ascensore si aprirà, e il nero entrerà in ufficio, attraverso il corridoio illuminato, proseguendo fino alla porta in fondo al corridoio, sulla quale sarà appesa la targa olografica:

Ricardo Ramirez Mendoza
Direttore

La vecchina inserirà la candela accesa, poi compirà un gesto che l'investigatore italiano, abituato a conoscere le persone, non potrà prevedere. Gli prenderà la mano, la mano di un perfetto sconosciuto, e si inginocchierà sulla predella del bancone di legno. L'uomo, alto un metro e novanta, faticherà a stare ritto, e si sentirà in imbarazzo, ritto in fondo alla chiesetta, guardandosi intorno ed osservando le centinaia di candele accese e le persone che sussurreranno in silenzio.

"Maledizione. Le dica che io non credo in Dio."

Neppure questa volta la vecchia attenderà la traduzione.

"Dice che non ha importanza." – tradurrà il collega.

Cervetti lo guarderà, poi osserverà la piccola donna che tenendolo per mano starà pregando inginocchiata, curva su sé stessa, reggendosi con l'altra al bancone di legno della chiesa, senza lasciarlo andare, come farebbe una madre.

L'uomo, allora, compirà un gesto che non ricorderà di aver fatto da circa vent'anni: si inginocchierà, piegando la testa.

In quel preciso istante, le vecchie campane della chiesa suoneranno per l'inizio della messa, fissata per la mezzanotte. L'uomo inginocchiato penserà che il suo riavvicinamento con Dio sarà avvenuto in quel momento, il primo dicembre dell'anno 2049.

"Buona sera, signor Mendoza." – dirà allegramente l'assistente, una nera sulla cinquantina – "Bella serata alla villa?"

"Ciao Claire." – risponderà lui levandosi il cappotto – "Come al solito."

"Nevica molto, fuori?"

"Sì, abbastanza, se devi andare finisco io." – replicherà lui, appendendo il cappotto al muro.

"Mah, ora vedo se si ferma. I ragazzi, di là, hanno esaminato i pezzi arrivati nelle ultime due ore. Li ho mandati a casa. Tutto tranquillo, direi."

"Meglio così."

"A parte un saggio, arrivato pochi minuti fa." – dirà la nera, con la mano sulla maniglia della porta della stanza – "Uno dei ragazzi dice che, visto il contenuto, è meglio se valuta lei stesso se concedere l'autorizzazione alla divulgazione."

"Per il tema?"

"Non solo. C'è una segnalazione negativa da parte dell' Ordine. Sembra che l'autrice ieri pomeriggio abbia già combinato un po' di casino al Cook County Hospital. È sulla sua scrivania."

Il nero si siederà alla scrivania, allargando con le dita un foglio olografico davanti a sé, iniziando a consultare i dati.

"Grazie Claire" – dirà, osservando nevicare attraverso i vetri – "vai a casa, prima che il traffico vada in tilt."

La nera uscirà dalla stanza osservando, nel chiudersi silenziosamente la porta alle spalle, l'uomo immerso nella lettura.

Quell'uomo è una macchina.

Infilandosi il cappotto per uscire, la donna osserverà il datario olografico: sarà da poco passata la mezzanotte. Siamo nel primo dicembre 2053, penserà, chiudendo la porta.

*L'epilogo di una storia
potrebbe fare verificare ciò che,
in un'altra, è già successo.*

*Un diverso epilogo potrebbe non
farlo accadere.*

Epilogo

Il nero, sprofondato nella poltrona a gravitazione, inizierà a leggere, muovendo leggermente la mano sinistra nello spazio, fino ad ottenere l'intensità di luce voluta dalla lampada schermata dal vetro verde.

Settimo Potere
di Margareth Madison

Una volta avevamo il quarto, così definito per la sua capacità di influenzare le menti e le opinioni della popolazione, ma anche per il presunto controllo che poteva svolgere sul potere politico, informando la popolazione riguardo alle attività da questi svolte...

Oh, Santo Cielo - il nero alzerà la testa dal foglio - *stai a vedere che scrive del mio lavoro, questa qui.*

Muoverà leggermente la sinistra, per regolare meglio la luce sul foglio olografico.

...circa mezzo secolo fa, tutti inneggiavano alla libertà, garantita dalla mancanza di filtri dati da internet, salvo poi accorgersi, forse tardivamente, che si trattava solamente di un cambio di tecnologia, e che si era ormai passati al sesto potere. Il controllo aveva solo cambiato forma, adattandosi al progresso scientifico, ma non la sostanza, pur trattandosi di un potere metaforico, trattandosi di una forma diversa dai poteri dello Stato.

Ok, bella – allungherà una mano a prendere il bicchiere di whisky – *abbiamo capito dove vuoi arrivare.*

...l'ologramma, avendoci dato una illusione grandissima, quella di muoverci senza viaggiare, quella di vedere in tempo reale posti e persone lontani da noi, ci ha fatto credere di essere nuovamente liberi. In realtà, stiamo vivendo l'era del settimo potere; non siamo più liberi di quanto non fossimo all'epoca della stampa su carta.

Poserà il bicchiere, scuotendo la testa.

...con la scusa del controllo delle fonti, dell'attendibilità dei dati, della verifica dell'attendibilità delle testimonianze, loro controllano che venga effettivamente pubblicato in rete olografica solo ciò che ritengono opportuno, apparentemente per il nostro stesso bene.

Epilogo

Il nero, sprofondato nella poltrona a gravitazione, inizierà a leggere, muovendo leggermente la mano sinistra nello spazio, fino ad ottenere l'intensità di luce voluta dalla lampada schermata dal vetro verde.

Settimo Potere
di Margareth Madison

Una volta avevamo il quarto, così definito per la sua capacità di influenzare le menti e le opinioni della popolazione, ma anche per il presunto controllo che poteva svolgere sul potere politico, informando la popolazione ...

Ma che cazzo è sta roba? – penserà il nero, alzando le spalle e continuando a leggere.

...circa un secolo fa, parlavamo di quinto potere, con tale definizione intendendo la televisione, che plasmava le menti e le opinioni di milioni di persone, sedute passivamente davanti ad uno schermo.

Beh, tutto qui? – si verserà due dita di whisky nel bicchiere quadrato *- E perché i ragazzi l'hanno classificata come testo che richiede autorizzazione di livello 2?*

Guarderà fuori dalla finestra, osservando per un istante i fiocchi di neve cadere fittamente, illuminati dalla luce soffusa sul balcone.

...se il quinto potere esaltava la potenza del mezzo televisivo, il sesto era diventato il Web, capace di muovere le opinioni delle masse, e decretare successi o fallimenti di nuove teorie, idee e opinioni. In realtà, come possiamo dimostrare in questa inchiesta, lo Stato non è mai esistito, e il controllore, il manipolatore, il gestore dello sviluppo del pensiero nel mondo è sempre stata, usando diverse tecniche, la stessa forza. Oggi, questa forza usa una nuova tecnologia, la rete olografica mondiale.

Ah, cazzo. – penserà bevendo un sorso di whisky, con un sorriso amaro – *ecco dove vuoi arrivare.*

Il nero muoverà le mani nel foglio olografico, sfogliando rapidamente il testo in avanti. Poi, poserà il bicchiere e tornerà indietro a leggere con calma.

Il nero si alzerà in piedi, dopo aver bevuto un sorso di whisky. Sorriderà amaramente, pensando al proprio lavoro, a quella frase sulla solo apparente libertà di muoversi senza viaggiare, e a quanto in quel momento egli stesso si sentirà privo di libertà.

Oggi, questa forza usa una nuova tecnologia, la rete olografica mondiale. Chi sono loro, non ci è dato saperlo. A parte il fatto, forse, che sono una elite che opera da moltissimo tempo a livello planetario, e che considera la nuova conoscenza un rischio per un popolo non preparato a riceverla, un po' come successe millenni fa, quando si crearono le religioni per consentire al popolo di comprendere gli elementi di basi dei grandi i misteri, riservati agli iniziati.

Quel testo, lo metterà a disagio. Guarderà attraverso la finestra, riflettendo sul testo, prima di tornare in poltrona a leggere.

...come loro facciano, lo dimostra l'indagine che mi appresto a descrivervi, e le ragioni per cui lo facciano vi saranno chiare, se accettate l'ipotesi che qualcuno possa decidere, ogni giorno, senza che voi lo sappiate, quale sia il destino del nostro pianeta.

Continuerà a leggere, non prima di aver sfogliato in avanti velocemente con un dito il foglio, e aver notato che l'inchiesta sarà lunga e dettagliata.

...un collasso del sistema delle comunicazioni, sotto il peso della mole dei dati, cresciuta in modo esponenziale dai primi anni di questo secolo. Sulla base di questo limite tecnologico, ci hanno detto i governi, è necessario un filtro, il controllo della comunicazione appunto, che verifica l'attendibilità dell'informazione stessa, prima che questa diventi di dominio pubblico, un po' come faceva, tanto tempo fa – chi lo ricorda? – wikipedia.

Si renderà conto di dover decidere di pubblicare un articolo denuncia inerente alla stessa logica alla base della sua professione, alla quale avrà dedicato tutta la vita.

...il settimo è ancora più subdolo, perché l'ologramma ci ha dato solo l'illusione di essere liberi, riempiendo lo spazio di forme, ma non di contenuti.

Guarderà l'ora: mezzora dopo la mezzanotte, domenica. Una vita di rinunce, una vita di notti passate al lavoro, da solo.

...è necessario un filtro, il controllo della comunicazione appunto, che verifica l'attendibilità dell'informazione stessa, prima che questa diventi di dominio pubblico...

Il che, penserà l'uomo, avvertendo una sensazione di imbarazzo e disagio, sarà esattamente il suo lavoro.

...anzi, l'esplosione delle comunicazioni, il fatto che ognuno di noi, in ogni istante della giornata, utilizzi tale potere, ha generato quello che molti avevano previsto: un collasso del sistema delle comunicazioni, sotto il peso della mole dei dati, cresciuta in modo esponenziale dai primi anni di questo secolo.

Quel testo sarà un atto di denuncia al suo lavoro.

Qualcuno dei lettori forse ricorderà quale ostilità riscosse, agli inizi di questo secolo, il libro "The wisdom of crowds" scritto da James Surowiecky.

La velocità di lettura dell'uomo gli consentirà di leggere rapidamente, cogliendo dai brani il senso dell'intero scritto, andando avanti e indietro sulle frasi potenzialmente censurabili.

La tesi era che le idee migliori per lo sviluppo dell'umanità non derivino da grandi geni o da personalità eccezionali, ma dalla saggezza dei popoli. L'autore dimostrava come fossero quattro le condizioni per una ricerca condivisa e collettiva: e cioè l'indipendenza, la diversità, la decentralizzazione e l'aggregazione.

Si alzerà, richiudendo con le dita il foglio olografico, e andrà alla finestra. Vi guarderà attraverso, osservando nevicare, e riflettendo sul testo, prima di tornare in poltrona per continuare a leggere.

Ebbene, loro hanno sistematicamente combattuto l'esistenza di questi fattori, per esempio, usando internet esattamente come un sesto potere, ancora più potente del quarto di Orson Welles e del quinto di Sidney Lumet.

Si fermerà ad ascoltare il silenzio. Ovviamente, dopo che sarà andata via anche Claire, non sarà rimasto nessuno nell'agenzia.

...e oggi - mi duole cercare di aprirvi gli occhi - il settimo è ancora più subdolo, perché l'ologramma ci ha dato solo l'illusione di essere liberi, riempiendo lo spazio di forme, ma non di contenuti.

Guarderà l'orologio; quasi mezzora dopo la mezzanotte. Si troverà a sorridere, pensando che sarà già domenica mattina.

La storia che sto per raccontarvi ha dell'incredibile, e per questo ho dovuto cancellare riferimenti a nomi e persone reali, che mi hanno consentito di venirne a conoscenza...

Il nero alzerà per un attimo la testa, indeciso se continuare. Dopo un istante, deciderà di leggere tutto, fino alla fine.

Si alzerà, stancamente, senza sapere cosa pensare, perché sommerso di troppi pensieri. Prenderà tra il pollice e l'indice l'angolo in basso a destra del foglio olografico, e lo trascinerà con sé per la stanza, fino a sedersi mollemente sulla poltrona gravitazionale in pelle bianca, nel salottino del suo ufficio. Chiamerà il robot, che lo seguirà fino al tavolino, e gli chiederà di versargli altro whisky con ghiaccio. Quindi si leverà le scarpe e poserà i piedi sul tavolino, slacciandosi la cerniera del maglione. La poltrona si alzerà leggermente, seguendo i suoi comandi vocali, riscaldando internamente i cuscini fino alla temperatura richiesta. Rimarrà a guardare per un po' nevicare, godendo del tepore che si irradierà dalla poltrona, rimanendo in penombra, data dalla lampada schermata di verde della scrivania. Lancerà il foglio olografico con il testo della denuncia, che rimarrà a fluttuare per qualche istante a un metro dalla poltrona, prima di rinchiudersi a un pallino non più grande di una noce, trasparente. Chiuderà gli occhi, lasciando correre i suoi pensieri. Penserà alla noce fluttuante in trasparenza, alla cura del cancro, a suo padre, e alle sue ultime undici parole.

La chiamata olografica lo sveglierà. Guarderà l'orologio, istintivamente. Saranno passati appena pochi minuti. Guarderà l'immagine.

Oh, no, amico, ora proprio non mi sento.

Lo squillo insisterà, altre due volte.

Ti ho già detto tutto, stasera.

Guarderà l'immagine dell'amico accendersi, più volte, in trasparenza, nel buio.

Lasciami in pace, è un brutto momento.

L'immagine si illuminerà di nuovo.

Non mi sento di parlare, ancora.

La luce dell'immagine illuminerà la poltrona.

Voglio stare solo.

La storia che sto per raccontarvi ha dell'incredibile, e per questo ho dovuto cancellare riferimenti a nomi e persone reali, che mi hanno consentito di venirne a conoscenza...

Il nero alzerà per un attimo la testa, indeciso se continuare. Dopo un istante, deciderà di leggere tutto, fino alla fine.

La noce fluttuante nello spazio lo tormenterà. Di tutta quella complessa storia, ciò che lo farà pensare sarà la parte in cui la giornalista avrà riferito del fatto che già sarà disponibile la cura del cancro. Poserà le braccia sui braccioli della poltrona riscaldata, e lascerà andare la mente ai recenti ricordi della morte del padre. Un paio di mesi prima avrà interrotto il suo prezioso lavoro, per assisterlo, tornando a vivere nella sua vecchia casa, a Cuba, sulla collina da cui si vedrà l'oceano.

Il padre di Ricardo sarà morto come avrebbe voluto. Se questo sarà successo, sarà stato merito della sua amica, che lo aveva consigliato, nel momento della decisione. In quei giorni, altre persone lo avranno invitato, anche con competenti osservazioni e dotti argomenti, a portarlo in una struttura organizzata. Ricardo si sarà opposto, memore delle parole dell'amica. Non saprà perché si sarà rivolto proprio a quella persona, di istinto, più matura di lui, tra le tante persone che avrà conosciuto e che gli avranno dato consigli, ma saprà che le sue parole saranno state, in quel frangente, quelle giuste, le uniche giuste. Non esiste una definizione giuridica di giusto, penserà la sua parte razionale, bevendo un sorso di whisky sulla poltrona riscaldata, ma dentro di noi sappiamo cosa lo sia. Avrà preso tante decisioni sbagliate nella sua vita, ma quella volta, lo saprà, avrà preso quella giusta. Un giorno, la mattina, il padre lo avrà salutato, dopo che aveva dormito nella sua camera da ragazzo nella casa paterna, quella con il vecchio tappeto olografico verde da cui seguiva le lezioni durante la scuola. Aveva avuto un largo sorriso, il padre, e gli aveva porto la mano.

Quel giorno, la dottoressa gli avrà telefonato per dirgli che doveva alla fine decidere se portarlo in struttura o meno. Ricardo le avrà risposto che la decisione non spettava a lui, ma al padre, e che lui mai avrebbe violato la sua volontà. Il pomeriggio, l'infermiera che lui avrà assunto per assistere il padre in casa gli avrà confidato un segreto.

L'immagine apparirà ancora una volta, per poi spegnersi. Rimarrà per alcuni istanti, immerso nel buio, con la strana sensazione di aver perso qualcosa. Alla fine, berrà un sorso di whisky, finendo il contenuto del bicchiere, inghiottendo anche quel che resterà dei cubetti di ghiaccio quasi del tutto sciolti.

Ripenserà a tutto quel che avrà detto all'amico, quella sera a cena, confessandogli i suoi più remoti pensieri, a eccezione di quelli inerenti al suicidio. Chiuderà gli occhi, ritornando a rivivere le loro parole durante la cena.

"E tu ci pensi ancora, dopo tutti questi anni."

Il nero avrà annuito, aprendosi in un bianco sorriso.

"Dopo tutti questi anni."

L'uomo bianco, si sarà grattato il mento, guardandosi intorno nella sala. Decine di tavoli saranno stati gremiti di avventori, e la musica soffusa del locale elegante avrà coperto la cacofonia di voci e risate di una tavolata nell'angolo.

"Fammi capire. Tu non l'hai più vista, dopo averci passato quattro mesi in un corso olografico in cui non le hai mai rivolto la parola, e da allora continui a pensarci?"

Il nero si sarà portato alle labbra il bicchiere.

"Non ho detto questo."

Il bianco coi folti ricci scuri avrà appoggiato le posate e si sarà guardato intorno.

"Beh, e allora?" – avrà chiesto, piegandosi in un sorriso – "Devo farti ubriacare per farti parlare?"

Il nero avrà posato il bicchiere, giocando con il bicchiere.

"Insomma, recentemente l'ho rivista."

Il bianco si sarà piegato, con un sorriso di complicità, spostando il cestino del pane sulla tovaglia.

"Vuoi che ti accoltelli, o vai avanti?"

Il nero avrà sorriso appena.

"È stato l'altro giorno, in rete olografica. Un caso, davvero. L'ho rivista, in un gioco, non è ancora popolare. Si chiama "i cubi"."

"Lo conosco! È quello spazio virtuale in cui ogni iscritto costruisce dei cubi di fantasia, spazi olografici, no?"

Quella mattina, la dottoressa avrà già suggerito al padre di andare in una struttura; lui avrà detto all'infermiera di non dirlo ai suoi figli, ma le chiedeva se le paresse giusto che lui dovesse morire lontano dai suoi figli, dalla sua casa, dal suo cane. Ricardo avrà deciso per la scelta migliore, e suo padre sarà morto serenamente nella vecchia casa, la notte in cui lui dormiva in una stanza vicina. La mattina presto Ricardo e il fratello avranno portato il suo cane a salutarlo, scodinzolando. Il fratello gli avrà riferito che un giorno, sentendo rumore sulle scale, si sarà svegliato, chiedendo se fossero venuti a prenderlo. Quando gli sarà stato risposto che non sarebbe venuto nessuno a prenderlo, e di stare tranquillo, sarà tornato a dormire, sereno. La sera, il padre avrà riferito a Ricardo, in un istante di lucidità, che avrà trascorso un bel pomeriggio, e che sarà stato proprio bene, nel suo letto.

Ricardo guarderà nel fondo del bicchiere, tra i cubetti di ghiaccio che si staranno sciogliendo, come per non perdere quella immagine scolpita nella sua mente.

Sarà stato certamente un caso, ma il giorno che la dottoressa gli avrà telefonato per dirgli di decidere, sarà stato anche quello in cui avrà comunicato al paziente, come il padre stesso in seguito avrà riferito al fratello di Ricardo, che non vi erano più cure possibili. Il fratello gli avrà riferito il gesto con la mano del padre, e il suo triste sorriso, nel momento in cui aveva allargato le braccia, spiegando al figlio che ormai, per lui, non c'era più nulla da fare.

Ricardo poserà il bicchiere sul tavolino.
La cura esiste già, da tempo.
Il racconto di quella giornalista porrà inquietanti dubbi, prima di tutto di tipo morale. Chi ha il diritto di decidere quando accelerare o frenare lo sviluppo delle conoscenze dell'uomo? Tuttavia, quella denuncia gli sembrerà del tutto incredibile, e la sua parte razionale lo metterà in guardia dalle varie tesi complottiste che, in ogni epoca, si saranno sempre fatte avanti, per spiegare i fatti della storia. Le sue dita prenderanno la noce fluttuante, e la riapriranno, tirandone le estremità, fino a fare apparire nuovamente l'articolo in mezzo all'aria, in trasparenza sul tavolino. Leggerà nuovamente la parte dell'indagine al Cook County Hospital.
Mancano le prove.

Il bianco avrà puntato la forchetta sul tavolo, verso l'amico.

"E poi – avrà detto - i vari utenti si possono collegare, fino a creare una sorta di mondo parallelo virtuale, giusto? Immagino quanti soldi ci faranno le agenzie di pubblicità, se questa cosa, come penso, si diffonderà a livello planetario. E tu come cazzo hai fatto a trovarla lì dentro?"

Il nero avrà tormentato lo stelo del bicchiere elegante, facendo ruotare il vino.

"Il cubo degli iscritti ai corsi dell'epoca. Qualcuno, non so chi, ha avuto la bella idea di ridisegnare i corsi virtuali della scuola."

"No, no, aspetta! Questa è da matti. Mi stai dicendo un cubo olografico virtuale per rivivere i corsi olografici di allora? Intendi dire le vecchie aule, i corridoi e quella roba finta?"

"Sì, qualcosa del genere. Non puoi immaginare che successo stia avendo questa applicazione, che è solo una delle migliaia che stanno nascendo nei "cubi". La gente torna indietro nel tempo, ritrova i vecchi compagni, insomma, solo che sono cresciuti, e ora la loro immagine è quella che hanno attualmente. È così che l'ho rivista, perché nel gioco, selezioni l'anno e il corso, e torni a sederti esattamente dove eri allora. E così...era a fianco a me. L'altra sera..."

"Beh, e allora?" – avrà chiesto spezzando un pezzo di pane – "Com'è?"

Il nero avrà pensato ai capelli della donna, e al suo sorriso.

"Bionda." – avrà detto, schernendosi – "E bianca."

Il bianco avrà riso, spalmando una fetta di formaggio sul pane.

"Sì, dalla tua dettagliata descrizione capisco che non è diventata una vacca di centoventi chili, allora. E le hai parlato?"

"Mi ha salutato, ha salutato lei, a dire il vero. Dice che si ricorda di me. Abbiamo parlato, per un po', al cubo del bar virtuale della scuola, era tutto uguale ad allora; chi lo ha disegnato ha fatto un gran lavoro. Rideva del fatto che non le avessi mai parlato, dice che al tempo pensava di essermi antipatica! Mi ha chiesto perché non ci vediamo dal vivo, qualche volta, per prendere un caffè e ricordare i vecchi tempi."

"Vedervi? – avrà posato il coltello sul bordo del piatto – "Scusa, ma dove vive?"

Ricardo lascerà l'articolo aperto, fluttuare nello spazio, e tornerà ai suoi pensieri, posando la testa sul morbido cuscino della poltrona. Penserà al gesto triste della mano del padre, raccontato dal fratello, e la mente tornerà alla consapevolezza del padre della mancanza di una cura. La mente tornerà a quei giorni, e alle sue ultime undici parole.

Quel giorno stesso, il giorno in cui gli sarà stata detta la verità, per la prima volta non si sarà più alzato dal suo letto, e si sarà addormentato. L'ultimo ricordo di Ricardo sarà stato un pomeriggio di alcuni giorni dopo, il padre sarà stato addormentato quando lui sarà tornato alla vecchia casa sulla collina. Al suo arrivo in stanza si sarà svegliato, si sarà aperto in un ampio sorriso, e avrà detto quelle undici, semplici parole, che lui non potrà più dimenticare. "Oh, Ricardo, sono contento di vederti. Sono proprio contento di vederti." Poi si sarà addormentato, e non si sarà più svegliato.

Guarderà istintivamente l'ora; saranno passati pochi minuti, da quando si sarà addormentato.

Oh, no, amico, ora proprio non mi sento.

Lo squillo insisterà, altre due volte.

Ti ho già detto tutto, stasera.

Non comprenderà, neppure stavolta, cosa faccia sì che alle volte si trovi il coraggio di fare le cose, e altre invece no, né perché alle volte si prenda una strada, invece dell'altra.

Sta di fatto che, al quinto squillo, aprirà la comunicazione.

"Dimmi." – dirà con voce stanca.

L'ologramma del bianco robusto, coi capelli ricci corvini, entrerà nel salottino.

"Vedo che stai bevendo, e che sei ancora al lavoro, a quest'ora. Mi chiedevo se potevo farmi l'ultimo bicchiere in tua compagnia."

"Abbiamo parlato tutta la sera" – dirà il nero, con voce assonnata – "cosa vuoi dirmi, ancora?"

"Che sei un coglione."

Il nero farà le spallucce.

"No, dico" – continuerà l'ologramma del bianco, seduto alla poltrona di casa sua – "mi hai detto che forse è sola, e che abita a Chicago. Lei ti chiede perché non vi prendete qualcosa, e tu passi il sabato sera con me?"

"Ho scoperto che vive a una dozzina di isolati dal mio ufficio."

Il bianco avrà gettato il tovagliolo sul tavolo.

"Che cosa? E tu perché non la inviti fuori a cena?"

"Non lo so. Andiamo, potrebbe avere dodici figli e sei mariti, non so nulla di lei."

"Ti ha dato quella impressione?"

"No, ma…"

"Vai a prendere quel fottuto caffè, e scoprilo. Chiamala stasera stessa."

Il nero sarà sbottato in una risata.

"Ma ti ha dato di matto il cervello? E cosa le dico? Sai, sono io, quello che voleva parlarti venticinque anni fa, ma siccome all'epoca ero un ragazzo timido, non ho avuto il coraggio di parlarti, ma ora ti ho ritrovata in ologramma per caso, e quindi eccomi qui, ti va di prendere un caffè? A proposito, ti sei sposata o cosa?"

Il bianco si sarà guardato intorno nel locale affollato, quindi si sarà curvato verso l'amico.

"Qualcosa del genere."

"Non se ne parla, e comunque stasera devo lavorare."

"Lavorare. E cosa c'è di così importante?"

"Te l'ho detto, una premiazione. Poi devo fare un salto in ufficio…"

"Beh, chiamala domani mattina."

"Di domenica?"

"Chiamala lunedì, ma datti una mossa, amico. Non mi hai detto prima che ti sei chiesto come sarebbe stato se…"

"Quel che è stato è stato."

"È qui che ti sbagli. Non puoi sapere come sarebbe stato allora. Ma puoi sapere come sarebbe oggi. Dipende solo da te. Esattamente come scegliere se ordinare o no quella fetta di torta."

"Non mi sembra un paragone azzeccato."

"Lascia perdere i sofismi, hai capito benissimo."

Il nero avrà allungato il bicchiere sul tavolo.

"Non posso farlo."

"Perché no?"

Il nero avrà guardato fisso di fronte a sé.

"Non mi va di coprirmi di ridicolo"

"Insomma" – chiederà il nero all'ologramma in salotto – "che cosa vuoi?"

"Ci conosciamo da tanti anni, ti conosco bene. Non mi piace la tua faccia stasera. Non mi piace che tu sia lì a quest'ora, da solo, con quel cazzo di whisky su quel tavolino, ecco tutto."

Il nero si volterà a guardare l'ologramma negli occhi.

"Il fatto è che non so cosa sia giusto fare. Nel mio lavoro, nella mia vita, in tutto."

L'ologramma annuirà, e penserà un momento, prima di parlare.

"Nessuno di noi sa cosa sia giusto, o ingiusto. E sai una cosa? Forse non è importante. Non esiste la cosa giusta o sbagliata, la scelta giusta o sbagliata. Esistono scelte che ci fanno essere felici, e scelte che ci fanno essere infelici. Se tu pensi che non chiamarla di renda felice, allora è la scelta giusta. Altrimenti, non lo è."

Il nero starà in silenzio a lungo, prima di parlare.

"Te l'ho detto, mi guarderò il programma registrato delle lezioni di allora."

"Dove, nei cubi?"

"Esattamente."

"E non faresti prima a parlarle, adesso? Perché rivedere una scena di quanto? Venti, ventidue anni fa?"

"Venticinque" – risponderà il nero – "ad essere precisi."

L'ologramma allargherà le braccia, sbuffando.

"E non pensi di averci già pensato abbastanza tempo?"

Il nero abbandonerà il capo sul poggiatesta, socchiudendo lievemente gli occhi, prima di riprendere, a bassa voce.

"Senti, ti ho detto che ci penserò su. Voglio rivederla, rivedere come eravamo, e pensare a come sarebbe stato."

"E questo ti aiuterebbe a prendere una decisione?"

"Credo di sì."

L'ologramma guarderà l'amico, immobile sulla poltrona, gli occhi socchiusi.

"Promettimi solo una cosa."

Il nero riaprirà gli occhi, espirando.

"Che cosa?"

"Guarda pure quella dannata registrazione, ma poi non restare lì, solo, a pensare a come sarebbe stato. Chiamala, e scopri come sarebbe, oggi stesso."

L'amico sarà rimasto a guardarlo, inespressivo. Ricardo si sarà versato del vino nel bicchiere.

"Al massimo" –avrà aggiunto, malinconico, prima di bere – "mi rivedrò una registrazione di allora, più tardi, in ufficio."

Ricardo si metterà dritto in poltrona, nel suo ufficio in penombra, e muoverà le dita velocemente nello spazio. L'intelligenza artificiale dell'ufficio starà proiettando le registrazioni del corso, tratte dagli archivi della sua vita, sullo schermo di nebbia invisibile in mezzo alla stanza. Le goccioline saranno così piccole da non fare percepire, al tatto, alcuna umidità, ma le immagini della scuola saranno perfettamente nitide e tridimensionali. Le dita faranno scorrere indietro i giorni del corso, fino a fermarsi a quel fatidico giorno di marzo del 2028.

Ecco.

Ricardo rimarrà ad osservare per alcuni secondi la propria nuca, ancora coperta di sottili e lunghi capelli, provando una sensazione indescrivibile nel contemplare sé stesso. Lei sarà lì, di fianco, seduta al banco in mezzo agli altri ragazzi.

Come eravamo giovani.

Le pareti bianchissime, le feritoie di luce, i banchi dell'aula ad emiciclo, le gradinate e, in fondo, la cattedra con il professore russo, davanti ai grandi schermi olografici. Ricardo si alzerà dalla poltrona, girando in mezzo all'ufficio, tra i banchi, muovendo le inquadrature con un lieve gesto delle dita. Quindi si fermerà, portandosi il palmo della mano sulla bocca, a osservare di fronte sé stesso e la ragazza, girando le spalle al professore.

Ologrammi di ologrammi.

Farà partire la registrazione.

"Quello che dovete fare, ragazzi" – dirà il professore russo – "è rinunciare, una volta per tutte, a credere a una sola realtà. L'universo stesso, che state vedendo in questa immagine, quello che tutti conosciamo, non è l'unico. La realtà consiste di diversi, moltissimi, forse infiniti universi paralleli, che oggi ancora non possiamo percepire, ma di cui, ormai, è certa l'esistenza."

Io la guardavo di nascosto.

"E se lei dicesse di no?"

L'ologramma in salotto allargherà le braccia.

"Beh, in tal caso, vorrà dire che io sono un idiota. Comunque, guarda quel cazzo di registrazione, se proprio ti aiuta a trovare il coraggio, ma promettimi che al termine, tra un quarto d'ora, la chiami."

Ricardo scuoterà la testa, inspirerà, quindi guarderà l'amico con un sorriso.

"Ma ti rendi conto di che cazzo di ora è?"

L'ologramma riderà.

Nell'ufficio in penombra Ricardo sarà in piedi, muovendo rapidamente le dita nello spazio olografico, facendo scorrere le immagini tridimensionali proiettate sulle invisibili goccioline di vapore, impercettibili al tatto. A un tratto si fermerà, osservando con un sorriso sé stesso e la ragazza bionda, l'aula intorno a sé, le pareti bianchissime, i lucernari, le gradinate, e il professore russo in fondo alla sala, davanti a un ologramma dell'universo.

Ricardo farà partire la registrazione, contemplando la scena.

Come eravamo giovani.

"Non esiste un solo universo quindi" – dirà il professore russo - "ma diversi universi paralleli. Come sappiamo, siamo in un multiverso. Non vi è alcun motivo per cui l'universo che conosciamo sia esattamente come esso è; infatti, ve ne sono molti altri."

Eccoti lì, la guardavi di nascosto, e non parlavi.

"Anche se non possiamo dire in questo momento, poiché la nozione del tempo non è applicabile a tutti gli universi nello stesso modo" – continuerà il professore – "possiamo tuttavia ipotizzare che in un altro universo io sia diverso, voi siate diversi, la storia stessa sia stata diversa. In un universo parallelo Napoleone potrebbe aver vinto e non perso la sua battaglia decisiva, o forse non essere mai esistito."

Ricardo si muoverà nell'ufficio in penombra, per osservare più da vicino l'ologramma dell'ologramma di sé stesso, che starà guardando di nascosto il profilo della ragazza bionda.

"C'è un'immensa voragine, nel nostro universo, vedete?" – osserverà il professore "che da decenni sappiamo essere tra i 6 e i 10 miliardi di anni luce dalla terra, un'impronta indelebile di un altro universo che sta oltre il nostro. Sappiamo inoltre che non esiste un solo universo ma un numero molto grande di universi: dieci alla cinquecento."

Ricardo si avvicinerà agli ologrammi dei due giovani, seduti al banco.

"Esiste un numero elevatissimo di realtà parallele, che non possiamo percepire, che convivono con noi, ragazzi, in questa stanza" – continuerà il professore, facendo apparire delle stringhe – "solo che, come dicevo prima, le vibrazioni, la musica diciamo, che viene trasmessa, risulta ad una frequenza sulla quale non possiamo sintonizzarci…"

Perché non le prendi la mano?

"…insomma, la bolla di sapone, l'immagine dell'universo di Einstein, non solo non rallenta, ma accelera e sembra fuori controllo. Nel multiverso ci sono allora tantissime bolle di sapone, e quel buco lassù potrebbe derivare da un universo genitore…"

Ricardo rimarrà fermo a osservare la mano del ragazzo, ferma a pochi centimetri da quella della compagna di banco.

"…pensate a quanto detto nella genesi, ragazzi, alla frase famosa e la luce fu, e poi pensate al nirvana, e ora immaginate la fusione di queste due opposte visioni religiose del mondo, guardate questo oceano di nirvana, senza tempo e senza fine, e osservate questa miriade di bolle di sapone che escono dallo spazio a undici dimensioni…"

Ha ancora le fossette di allora.

"…non c'è da rimanere a bocca aperta? Certo, quando Giordano Bruno parlò di mondi paralleli non fece una bella fine, se ricordate la storia. Ma del resto, da quando abbiamo provato che la gravità si muove tra gli universi, abbiamo gettato le basi per chiederci: ma allora, in questi numerosissimi numeri di eventi possibili, possono esserci stati due altri martiri, due San Cristoforo, o due Gesù?"

Ricardo si volterà ad osservare il professore in fondo all'aula.

"E allora" – starà continuando questi, indicando uno schermo – " la scienza potrebbe indurci a chiederci: anche due Papi?"

Ricardo si muoverà tra gli ologrammi, osservando sé stesso, cercando di interpretare le espressioni del viso nascoste da quella rada barbetta, di ricordare i pensieri di allora.

"…noi siamo qui, e non possiamo essere in un altro universo; per la fisica che conosciamo è virtualmente impossibile per una persona muoversi volontariamente da un universo all'altro. Ma nel nostro, oh, nel nostro, possiamo determinare diverse realtà."

Cosa importa cosa pensavo allora?

"...prima dicevamo dell'attentato riuscito a Kennedy, e di quello fallito a Hitler. Ebbene, provate a pensarci. Se non esiste, come non esiste, un solo universo, nei praticamente infiniti universi paralleli è del tutto realistico ipotizzare che ci possano essere non una sola, ma due storie parallele, a finali diversi. In una, ad esempio nel nostro universo, tutti sappiamo che l'attentato a Kennedy finì con la sua morte, ma in un altro, potrebbe essere andato diversamente, potrebbe non essere ancora avvenuto, o forse potrebbe non avvenire mai…"

Devo provare a parlarle, stanotte.

"…potrebbe esserci un mondo nel quale l'attentato a un Papa non è mai avvenuto, ma nel quale qualcuno potrebbe pensare di farlo, e un altro mondo parallelo nel quale, magari, quell'evento è già successo…"

Ricardo si volterà a guardare il professore russo.

"…di fatto, un terzo osservatore, immaginiamo un lettore esterno, leggerebbe non la stessa storia, ma due storie diverse, due storie parallele, in due mondi paralleli. Una storia potrebbe raccontare un fatto avvenuto, un'altra un fatto non ancora avvenuto. Ma questo è il punto, ragazzi…"

L'uomo guarderà ancora sé stesso da ragazzo, che all'epoca aveva lo sguardo dall'altra parte, e l'attenzione posta sull'angolo della bocca al proprio fianco.

"…i personaggi dei due universi saranno diversi, non si incontreranno mai, e non potranno le azioni degli uni influenzare ciò che avviene in un mondo parallelo. Tuttavia, potranno influenzare ciò che non è ancora avvenuto nel proprio. In un mondo parallelo l'attentato a Kennedy potrebbe non essere ancora avvenuto, e forse potrebbe non avvenire mai, e questo magari per scelte apparentemente casuali…"

Ricardo osserverà l'aula, i ragazzi, i propri compagni di allora, e farà scorrere con un gesto delle dita le immagini tridimensionali, venendo avvolto dai corpi in movimento e dalle voci, fino a trovarsi nuovamente a fianco di sé stesso, così tanto più giovane. La voce del professore giungerà dalla cattedra in fondo alle gradinate.

"...gli universi paralleli non sono percepibili perché l'universo, come sappiamo, non è uno spazio vuoto, come per decenni studiarono i vostri nonni, ma è quasi interamente ricoperto di materia oscura..."

Era così bella.

"...la materia oscura non è fatta di atomi, e con le nostre conoscenze attuali non è percepibile, non è fotografabile. Gli universi paralleli sono invisibili, perché la luce passa sotto di essi, anche se, come sappiamo, esistono perché li percepiamo per via della gravità..."

È ancora, bella.

"...se quello che abbiamo visto prima, quella grande voragine, è un buco nero, e se il nostro è un buco bianco, allora il nostro universo in espansione ha origine da quello, da quel big bang..."

Sì, ma chiamarla ora, stanotte, per dirle che cosa?

"...e tutto questo non ci richiama forse alla mente la teoria della genesi, della nascita della luce? E questo immenso, infinito nirvana senza fine e tempo, nel quale nascono continuamente le bolle di sapone, non potrebbe avere tante luci che nascono? Le conoscenze della fisica di oggi non ci consentono ancora di verificare la luce degli altri mondi..."

Quel che è stato, è stato.

"...ci sono tantissimi mondi invisibili, non percepibili, sopra il nostro, a frequenze diverse. Davvero viviamo su una fetta di pane, come disse qualcuno, e il nostro universo non è fatto solo di atomi, di quark, di particelle, ma è permeato di energia..."

Ricardo guarderà i due giovani affiancati.

Ormai, è troppo tardi.

Stancamente, con un gesto della mano, farà scomparire la proiezione olografica, tornando sulla poltrona dell'ufficio in penombra, illuminato solo dalla noce di luce dell'articolo della giornalista, sospeso a mezz'aria.

Ricardo si muoverà tra i banchi di allora, guardando quel ragazzo che sembrerà non prestare attenzione alle parole del professore in fondo alla sala.

"…ma non dimenticate ragazzi, che ogni nostra scelta, anche quella apparentemente più piccola o insignificante, certamente cambierà questo mondo, quello nel quale la nostra storia si sta evolvendo…"

E se la chiamassi?

"…ciò che forse è già successo in una storia parallela, anche un grande evento, un evento in grado di modificare la storia dell'intera umanità, non è affatto detto che si debba verificare in questa storia, nella nostra, nel nostro mondo…"

Io la chiamo.

"…e ciò che è già stato, in un'altra storia, in questa potrebbe un giorno accadere, oppure non accadere mai, per via di una scelta apparentemente marginale rispetto ai grandi fatti del mondo…"

Ricardo farà scomparire con un gesto la registrazione, e farà apparire il canale di comunicazione olografica.

Quando spegnerà lo schermo, Ricardo si metterà una mano sulla testa. Che cazzo avrà detto?

Gli sembrerà che tutto sia stato così incredibile, così veloce e assurdo. Lei sarà stata stupita, sulle prime. Eppure, non gli sarà parsa così sorpresa della chiamata, a mezzanotte e tre quarti di una domenica notte. No, non sarà stata impegnata. Sì, sarà arrivata a casa da poco. Beh, sì, avrà passato la serata con amici. Certo che non si sarà aspettata la sua chiamata così presto. Certo, sarà stata sempre libera, per un caffè. Certo, le avrebbe fatto piacere, lo aveva invitato lei. Come, intendi ora, avrà chiesto?

A piedi! Ma tu sei matto, con questa neve?

Avrà avuto le stesse fossette di allora. Lui lo avrà detto, e lei avrà riso di gusto, dicendo imbarazzata qualche sciocchezza. Avranno appena detto sulla rete che il traffico è bloccato. Le auto a gravitazione magnetica non possono muoversi fino a che non puliscono, avrà aggiunto. Come sai dove abito, avrà chiesto.

Ma saranno dieci chilometri! Non scherzare.

Lui avrà insistito, scherzando, dammi un'ora e sono lì avrà detto.

Lei avrà riso, scuotendo la testa.

Dopo un po', Ricardo si alzerà dalla poltrona nel salottino del suo ufficio, scuotendo la testa.

Andiamo, torna alla realtà.

Guarderà nuovamente la noce trasparente di fronte al tavolino. Incredibili congiure circa gli intrecci tra produzione di cibo ed energia, crescita della popolazione e cura del cancro, un monito circa il fatto che qualcuno starà progettando di assassinare il Papa.

Assassinare il Papa; siamo nel 2053, ridicolo.

Guarderà fuori dalla finestra, starà nevicando fitto. Avrà lavorato sodo per acquisire quel posto, avrà dovuto leccare culi per tanti anni, avrà sudato tanto per uscire dalla sua isola, Cuba, per salire in alto, al vertice, dove sarà arrivato. Che cosa avrà di concreto, cui aggrapparsi? Solo il lavoro, un lavoro straordinariamente retribuito, un posto sognato da tanti, il segno del potere in terra. Sarà l'unica cosa che ancora lo dividerà dalle pillole che terrà nascoste in bagno, nella sua stanza d'albergo, a due passi dall'ufficio. Guarderà nuovamente la nota di biasimo dell'Ordine professionale della giornalista. Dovrà pur aver fatto qualcosa di veramente grave, ieri pomeriggio, perché sia arrivata sulla sua scrivania in poche ore. Si alzerà, si metterà le mani in tasca e guarderà dalla finestra la città, il bianco del cielo e le luci dei grattacieli, la neve scendere lenta, in grandi fiocchi, confusi e mescolati gli uni agli altri, tristi e monotoni, come i suoi pensieri.

Ricardo prenderà la noce di luce, e la butterà nel cestino virtuale. Poi si infilerà il giaccone, aprirà la porta dell'ufficio, spegnerà la luce, e deciderà, ancora una volta, di tornare a dormire in albergo.

Ricardo guarderà dalla finestra la città, il cielo bianco e la neve scendere lenta, sorridendo alla propria immagine riflessa.

Tu lo sai che è una pazzia, vero?

Si volterà e guarderà nuovamente la nota di biasimo dell'Ordine professionale della giornalista.

Fanculo.

Getterà la nota nel cestino virtuale. Poi prenderà la noce di luce tra il pollice e l'indice, e la infilerà nello spazio olografico, guardandola moltiplicarsi negli infiniti fasci luminosi. Si infilerà il giaccone, aprirà la porta dell'ufficio, spegnerà la luce, e deciderà di uscire in città.

In strada, alzerà la testa a guardare la neve scendere dal cielo. In lontananza, alcune aviomobili staranno lasciando scie luminose nel cielo lattiginoso, sopra le strade coperte di neve. Il traffico sarà già praticamente bloccato, in attesa dei mezzi di pulizia, e si guarderà inutilmente intorno, alla ricerca di un improbabile aviotaxi. Si incamminerà alzando il bavero del giaccone, sorridendo, prima accelerando il passo, poi gradualmente iniziando a correre. Attraverserà la strada e girerà dietro l'angolo, ascoltando la propria corsa nella neve fresca. Passando davanti a una vetrina, si sorprenderà a vedere la propria immagine sorridente dietro la condensa prodotta dal proprio respiro.

Sentirà di essere, per la prima volta, davvero felice, come può esserlo un ragazzo con una rada peluria sul viso.

Lightning Source UK Ltd.
Milton Keynes UK
UKHW010809241220
375840UK00003B/657